限定告白

抱猫 著

上 册

青岛出版集团 | 青岛出版社

图书在版编目（CIP）数据

限定告白/抱猫著. —青岛:青岛出版社,2024.1
ISBN 978-7-5736-1547-3

Ⅰ.①限… Ⅱ.①抱… Ⅲ.①长篇小说－中国－当代 Ⅳ.①I247.5

中国国家版本馆CIP数据核字（2023）第223598号

XIANDING GAOBAI

书　　名	限定告白
作　　者	抱　猫
出版发行	青岛出版社（青岛市崂山区海尔路182号）
本社网址	http://www.qdpub.com
邮购电话	18613853563
责任编辑	郭红霞
特约编辑	李文竹
校　　对	李晓晓
装帧设计	蒋　晴
照　　排	梁　霞
印　　刷	三河市良远印务有限公司
出版日期	2024年1月第1版　2024年1月第1次印刷
开　　本	32开（880mm×1230mm）
印　　张	17
字　　数	497 千
书　　号	ISBN 978-7-5736-1547-3
定　　价	65.00元（全2册）

编校印装质量、盗版监督服务电话 4006532017　0532-68068050

目录

上 册

目录

下册

第一章
倾慕顾医生

10月深秋，地上全是飘落的叶子，树上有零零星星的树叶乘着风四处飘摇。

临江医院心理诊室的窗户恰好对着外头一排耀眼的红枫，盛千姿一抬头便看见大片大片的火红。

"啪"！

有人在她面前打了个响指："你发什么呆呢？"

她换了只手托腮："没……没发呆啊！"

那人笑了声，拿出笔来记录："开始吧，你叫什么名字？"

"盛千姿。"

"年龄？"

"23。"她手支着下巴，稍稍偏头，蹙起眉。

"职业？"

"演员。"

"家里有几口人？"

"……"

盛千姿终于意识到不对劲儿，翕动了下嘴唇："你查户口呢？"

"你没傻啊？"那人抄起手，坐在诊台后的身子往椅背上靠了靠，桃花眼笑得只剩下一条缝。

盛千姿气得拿包砸向他的脸："齐炀，你敢耍我？"

似是被砸过很多回，齐炀驾轻就熟地将包包接住，上身往前倾，用笔敲了敲桌面，语重心长地说道："女人，能不能有点儿耐心？"

"……"

这时，诊室不起眼的角落里传来一声笑，音色如山间清凉的泉水，冷冰冰的，像嗤笑。

估计他是笑这个"心术不正"的心理医生齐炀在诊室内调戏女人吧。

不过他好像误会了。

她和齐炀从穿开裆裤时起就认识，绝无暧昧关系。

之后，齐炀不再逗她，进入正题，给她做心理辅导。

盛千姿总不由自主地被刚刚那笑声的主人吸引，灼热的视线在男人专注的侧影上转悠了两圈儿，春心荡漾。

盛千姿第一次发现，还能有人将白大褂穿得那么得体又好看。

他的纽扣扣得一丝不苟，手腕劲瘦有力，五指修长，不知是不是常年消毒的原因，他手上的皮肤嫩得仿佛白玉。

盛千姿盯着他鼻梁上的金丝框眼镜看，只是他轻垂着淡淡的眉眼，对着一沓似乎是病历的纸张抄抄写写，表情认真，始终没抬头，让她想一窥他好看的瞳眸都不行。

这可真是可惜。

齐炀像瞅神经病一样瞅着盛千姿少女怀春般的脸，啧了声："嘿，干吗呢？你有没有把我放在眼里？有没有听我说话？"

"听了啊！"盛千姿正色道。

"那我说什么了？"

"你说，让我不要怀疑和否定自己，别人怎么评论那是别人的事，在网上跟人较真儿、理论和争辩都是没有意义的，有这时间还不如多看一本书，多发掘一种爱好，多做一件有意义的事情。"

"对。"

"可这些……"盛千姿有些于心不忍，似乎觉得接下来要说的话会很伤人，但她依旧说出了口，"我妹也会对我说啊！"

换言之，你这个心理医生有何用？

齐炀气得用专业理论开导盛千姿，让她看看他的专业水准，还给她做了自评量表，最后口干舌燥地说道："跟你说太多也没用，你就是一根筋，老钻牛角尖，平时没事多出去走走，散散心，少看手机少上网。有个心理医生做朋友，你可别得抑郁症啊，不然砸我的招牌。"

"你还有招牌可言？"

"你少戗我一天是不是会死？"

"是。"

齐炀喝了口水："烦死了，我都下班了，你还过来烦我，逼我工作没钱收就算了，还要被你拿包砸！接下来是问问题的时间，你有什么疑惑或者一直想不明白的人生问题都可以问我，问完快滚。"

盛千姿一听，兴趣立马上来，舔了舔唇，双手托腮，讨好地看着他："什么都可以问？"

后者被看得额角一抽，整个人都有些不好。

她搭在脸颊上的手指收紧了两下，脸扯动，眼珠子转向另一边，正是半小时前硬闯进他的诊室"避难"、现在在专心工作的男人的方向。

齐炀立马生出一种很不祥的预感，刚皱起眉头，便听见盛千姿问："那是谁啊？"

什么是谁？

顾绅啊，临江第一人民医院（以下简称"临江医院"）的活招牌，外科手术能力精湛的天才医生，年仅29岁便已经是国内心脏外科的权威代表。

齐炀咳了声，顺着女人不知收敛的目光看过去，正好瞧见刚刚专心抄病历的男人突然停了笔，又扯了张白纸垫在上面画几下，蹙眉。顾绅站起身，走过来拎走他的一支笔："借来用用。"

他清朗的声音稳重且低沉，带了几分玉石的质感。

盛千姿清澈的眼睛往上一瞟。

他刚好垂眸，然后就这么猝不及防地撞上了盛千姿的目光。

他的双眸无波无澜，像深不见底的湖水，不带半点儿温度，余光落在她的脸上两秒，真的就两秒。

然而她体内的肾上腺素浓度飙升，大脑轰的一下，她也不知道自己犯了什么病，只是觉得，好像真的有那么一种人，他一出现，你的眼睛就只能看见他。

"谁啊？谁啊？"盛千姿用手指掐着齐炀手臂外侧的肉，小声问。

"不是。"齐炀一言难尽，"连你也……我们院的护士、副院长的千金喜欢他就算了，你是怎么回事？好歹你也是个阅帅哥美女无数的女演员啊！"

"那不一样。"

"怎么不一样？是他帅得让你痴迷，还是你最近没戏拍太无聊，想找人玩玩？你可玩不过他……"

"没试过怎么知道？"盛千姿开始逼问，"别废话，你说不说？"

"要我说也行，前几天我找你帮忙的事，你得给我落实。"

"没问题，快说。"

齐炀蔫儿坏地开始胡诌："他啊，喀喀，你听好了……他是我们院最近新招的实习生，样子看上去是不是沉稳成熟又克制？其实，他才……22岁，今年本科刚毕业，比你小一岁，也就那样。你不是不喜欢比你小的吗？我觉得你俩没戏，反而你跟顾珩还挺搭的。"

现在的话题榜上，她和顾珩关联的标题还晃眼至极地挂在上面。

盛千姿见鬼似的呵呵两声，就知道这狗子靠不住，干脆地说："我要他的联系方式。"

"这……"齐炀想到某人拒绝异性时那冰冷的眼神，打了个寒战，"我可做不了主，他就坐在那儿，想要你自己去问。"

"……"

晚上，盛千姿穿着松垮垮的浴袍，靠在墙边吹头发。她肩膀圆润，皮肤细嫩，大片的肌肤露出来，清纯又魅惑，活像个妖精。

"什么？我让你去找齐炀开导开导，你居然说你看上了人家诊室里的实习生？你有病吧？"

"齐炀那个谎话精，说的话没几句是真的，我怀疑他根本就不是什么实习生，而是个医生，看他专注的样子，应该……还挺厉害。"

"这你都能看出来？拜托，重点不在这儿，好吗？虽然你现在成了落魄美人，但这不代表你就可以随心所欲地谈恋爱。"

"我怎么不能随心所欲地谈恋爱了？我又不是什么硬要维持单身人设的偶像。"

"是，没错，但你祸害遗千年啊！"对方拖长尾音，委婉地调笑，"你也不看看，人家顾氏集团大老板顾珩跟你上了话题榜后，在广大'键盘侠'眼里都成什么样了？格局都降了好几层哟……像临江医院里的这种不食人间烟火的美人医生，你忍心将他拉入肮脏的泥坑吗？"

"别这样说，珊姐。"盛千姿想得倒挺美，"那没办法啊，和凡人谈恋爱，总得入乡随俗嘛！"

"滚。"对方险些晕倒，"联系方式呢？联系方式你拿到了吗？"

"差一点儿。"

"怎么说？"话筒里隐隐传来八卦的味道。

"我这是第一次主动喜欢别人，难免会有点儿……不知所措。"

"哦，见鬼了。"

盛千姿忽略那个讽刺的语气词："我下定决心去要的时候，一个护士进来，很急地将人喊走了。不过那个护士喊的称呼是……"

"什么？什么？"对方八卦的语气都变了调。

"顾医师。"

他才不是什么实习生。

翌日一早，天气有些阴沉。不知何时天上飘起了淅淅沥沥的小雨，细细的雨丝顺着树叶的脉络滑落，掉到地上，砸开一朵朵细小的水花。

临江电影学院校门口那两棵生机勃勃的梧桐树傲然挺立，枝繁叶茂，为盛千姿挡去零星小雨，她才不至于那么狼狈。

其实盛千姿已经毕业一年多了，今天回来是因为她大学时的恩师邓瑶过生日。

盛千姿 16 岁以平面模特的身份出道，18 岁考上全国最好的电影学院，20岁出演邓瑶执导的《倾城绝恋》中张爱玲一角获最佳女演员，21岁演绎古装电影《水调歌》中沙漠上红衣明艳的西域女子彻底走红……

这些光鲜亮丽成就的背后，都离不开一个贵人——邓瑶。

盛千姿脱掉高跟鞋，直接赤脚冒着小雨跑进行政楼，而后快速上楼梯，走到邓瑶的办公室门前正欲敲门，忽然捕捉到一点低低的熟悉的声音。

她动作停住……

"吃点儿水果，姨。"

"你老让我吃这吃那的，别以为我不知道你这小子就是想堵住我的嘴。你不想听，我还是得说。你在外那么多年，一会儿跑去美国进修，一会儿又去中东当什么无国界医生，几年不回家。公司一直是你大哥在操持，我们都知道你无心于商场，但家人总得理会吧？你爷爷岁数大了，说句不好听的，老人家这辈子也没剩几年了。顾绅，你该定定心了，工作是工作，抱负是抱负，个人问题也要解决。"

盛千姿半弯着腰，一手拎着高跟鞋，一手扒在门板上竖起耳朵听。

"我知道……"

后面男人回复了什么，盛千姿一个字都没有听见。

她撇了撇嘴，正想打开门瞅瞅里面是不是自己心里想的那个人。不巧，她还没站稳，门倏地被人从里面拉开了。

盛千姿踉跄了下，险些摔进去，是男人扶住她，才阻止了她摔倒。

"没事吧？"

女人发梢滴水，清亮的水珠落在她的面颊上，映得那双漂亮的眼睛明媚又勾人。

她心中窃喜，被他攥进手心里的手指头动了动，摇头道："没事。"

"没事就起来。"

他的声音很温和，淡淡的五个字，不难听出其中还掺着一丝不耐烦。

盛千姿偷偷瞄他一眼，刚站稳，他就松开手，与她擦肩而过，转眼间人影就不见了。

他真够高冷的！

盛千姿有些不适应，很受伤地走进邓瑶的办公室，揩揩眼角，直接抱住邓瑶哭诉："瑶姨，我好苦啊……"

邓瑶毫不嫌弃地摸了摸她湿透的长发，微皱起眉头："怎么了？"

盛千姿委屈地开口，将今天早上一路上的遭遇和盘托出："我一大早出门，想着能早点儿来给你过生日，坐出租车过来，结果在路上撞车了。"

"什么？"邓瑶心脏病都快被吓出来了，拉她站起身，正想看看她有没有受伤。

盛千姿继续道："不是，是前面那辆撞了，不是我那辆。"

"那车撞得可严重了，我坐的出租车也被蹭了一下，路已经封了，那司机骂骂咧咧的，净说些倒霉话，让我下车，我就只能踩着高跟鞋走过来喽！谁知道上天这样对我还不够，竟然下雨，我被淋了一路……头发全湿了。"盛千姿扒了扒自己湿湿的长发，对着邓瑶眨眼睛。

邓瑶无奈地叹了口气，扯了条毛巾给她擦头发："傻孩子，怎么这么不让人省心，出门也不带把伞？"

"忘记了嘛！"盛千姿眯起眼笑，像小孩搂妈妈一样搂住邓瑶，把生日礼物递给她，"姨，生日快乐。"

邓瑶笑得开心，慈祥的目光落在她低垂的眼眸上。她的睫毛很浓密，不施粉黛的五官很耐看，再加上她在表演方面有极高的天赋和灵气，天生就是个演员的料子。

邓瑶仍然记得，盛千姿18岁艺考的时候那令人惊艳的表演，她一眼就看中了这个女孩。

"行了行了，你的心意我收到了，快坐下来陪我聊会儿天。"

两人聊天的话题都很有学术性，她们一直在探讨电影圈的事。

盛千姿无聊地开始剥上周邓瑶从广东带回来的桂圆，盯着桌上一杯还未喝尽的茶水失了神——这该不会是他刚刚喝过的吧？

于是，她顺势问："姨，刚刚那个在门口扶我的男人是谁啊？"

"他？"邓瑶笑盈盈地说，"顾家老二，顾绅，我侄子。"

"顾……绅？"盛千姿问，"绅士的绅？"

邓瑶点头。

"这么说，他是顾珩的亲弟弟？"

"没错，快六年没回来了，刚回国不到半年，现在在那个……临江医院当外科医生。"

难怪他的手那么好看。

原来那是拿手术刀的手啊！

邓瑶想起一件正事："对了，你今天来，我有事跟你说。先前我推了个电影剧本给你，问你演不演，你考虑好了吗？"

盛千姿回归正事，为难地开口："以我现在的名声，您确定吗？"

"那些瞎编瞎写的八卦新闻又不是真的！你是什么性子，我还看不出来吗？你爸也真是，对你不管不问。这片子会在明年 8 月 19 日医师节上映，是国家扶持的献礼片，根据真实事件改编的医疗纪实电影，这是个不可多得的好机会。你的演技绝对是过关的，外形也没问题……"

盛千姿认真地想了想："可这难度会不会很大啊？我没有接触过医疗行业，阅历也不够，我怕演砸了。"

"这你不用担心，我跟阿绅说好了。"

"啊？"

盛千姿眨了眨眼，心想这跟顾绅有什么关系。

"给你一个月的时间，进临江医院当志愿者，近距离观察感受一下。过程可能会有点儿苦，但你还年轻，吃点儿苦没什么。医院方面他会替你沟通，毕竟这片子拍出来也是与医疗行业息息相关的。你就跟着他学习学习，一个月后进组开机。"

盛千姿认真地听着邓瑶的话，原本因为早起有些困倦而快耷拉下去的眼皮又撑起来，她呆愣地看着邓瑶，心中好像有只小鹿四处乱撞，一下一下，让她有些发狂——这是什么好事？

齐炀听说盛千姿准备进临江医院当志愿者的事后，气得打电话来骂她："你疯了？为了追男人跑进医院当志愿者？你玩真的？"

"注意你的言辞啊！这可不是我主动要求的，是工作需要。"

"你敢保证你进来之后只想着工作，不追人？"

"不敢。古人都知道，近水楼台先得月，我都站在月亮旁了，还不许我抱走月亮吗？"盛千姿狡黠地问，"你这是什么居心？上次告诉我错误的信息，现在又突然来骂我，狗子，你不会喜欢上我了吧？"

"滚。"

盛千姿无趣地撂下手机，心想这男人真是不禁逗……

邓瑶给盛千姿发了条短信："182××××××××，这是他的私人手机号码，直接联系就可以。"

私人手机号码？

盛千姿趴在床上对着那一串11位的数字琢磨半晌，不知道该以什么方式联系他。

现在都21世纪了，哪个年轻人还会用短信聊天啊？

他们没怎么说过话，打电话又怕尴尬。

盛千姿先复制那串数字，去微信里搜了一下，搜到一个头像是一条金毛大狗的微信用户，个性签名没有，朋友圈看不到。

她抿了抿唇，尽力压住漾到唇边的笑，编辑了好久验证信息，发送出去。

结果验证消息过了两个小时也没有被他通过。

盛千姿纳闷儿地给自己的经纪人陈芷珊发微信："我给他发验证消息过去，两个小时还没被通过，为什么？"

陈芷珊："谁？"

盛千姿："顾医生。"

陈芷珊是盛千姿签约的经纪公司的创始人，也是盛千姿的经纪人，亦是好友。

陈芷珊："哟——"

陈芷珊："可能是在忙吧，一台手术几个小时或者十几个小时都是常有的事。"

陈芷珊："也可能是人家不玩微信，你不是说他刚从中东回国吗？国外不流行这个。"

盛千姿松了口气："对呀，我怎么没想到？吓死我了。"

陈芷珊："怎么，还没正式认识，微信被人家冷落两个小时就受不了了？听齐炀说，人家顾医生可高冷了，你行不行啊？"

盛千姿："我行啊，愈挫愈勇的那种。"

陈芷珊："千万别找我哭鼻子。"

盛千姿嗤了声，快速打字，决定给顾绅发条短信试试看，措辞简洁明了，语气十分公式化："顾医生，我是邓瑶老师的学生，她让我直接联系你。加你微信加不上，只好发短信了。"

半小时后，盛千姿终于收到了一条来自顾绅的短信："我不玩微信，抱歉。明天来星塘御所，跟你说一下医院里的注意事项。"

盛千姿细细地想，星塘御所不就是顾家那栋老宅别墅吗？她经常听盛千盈说起，和她家之间的距离不远不近，就在市区和郊区的交界处。

对方又发了一条信息："认识路吗？要不要我过去接你？"

盛千姿手速比脑速快，还没反应过来，她就已经回复过去："认识、认识，不用了，我自己去吧。"

该死，多好的机会，她竟然错过了！

不过，自己去也有自己去的好处，至少不会让他觉得她太过娇气。

陈芷珊说，她这是自卑，自信的女人会坦然地接受男人的帮助，而她这种还没恋爱就形成了仰望式崇拜的女人，即便再优秀，也会一直处在对方的脖子以下，他永远看不见。

盛千姿不以为意，一会儿工夫，就准备好了明天去见顾绅要穿的衣服。

线条简约的裙子和薄风衣将她的两条腿衬得修长，第二天秋风送爽，还落着小雨，盛千姿戴好墨镜，撑着伞，被陈芷珊送到了山脚下。

这确实是公事，虽然她掺了点儿私人愿望，她的经纪人也不能说什么。

"注意安全，结束了给我打电话。"

"知道了。"

顾家老宅处在一座小山的半山腰上，山里有一条宽阔的溪流，水波荡漾，清澈见底，周围绿树成荫。人在这样的绿林间行走，感觉呼吸的空气都是甜的，还透着些微青草的香味儿。

据说，这里还有一个很好听的名字，叫"月亮湾"。

这名字多雅致。

盛千姿到了顾家，先给顾绅发短信："我到了。"

她莫名地很想笑，不知道的人还以为她在跟什么老爷爷聊天，居然要用到手机自带的短信功能。

不过这样也挺好，这样才显出与众不同。

男人没回短信，盛千姿站在门口等。房子里突然走出来一位年过古稀的老人，他拎着一个黑色垃圾袋，觉得她甚是眼熟，随口一问："小姑娘，你在等谁？"

盛千姿认得他，上前两步："顾爷爷，我找顾绅。"

"阿绅啊？你就是那个要去他的医院当志愿者的小姑娘？"

"对。"

"快进来，快进来。"

盛千姿撑着伞给爷爷挡雨："爷爷，您怎么不撑个伞就出来了？家里没阿姨吗？"

"就倒个垃圾，小事，不需要阿姨。"

"那也要打个伞呀，淋雨对身体不好。"

盛千姿低头笑，再抬起头时，正好瞧见同样没有打伞的男人抬步从室内走来。

男人正是顾绅。

他个儿高腿长，没几步就走到了盛千姿面前，修长的身影被浅浅的雨幕晃散，落拓忧郁，棱角分明，鼻梁和下颌线堪称完美，若不是那淡漠的眼神，盛千姿真想给他打个满分。

顾爷爷见了，立马说："阿绅，这个就是今天要来找你的小姑娘。"

顾绅点了点头，不经意地扫她一眼。

两人无话。

盛千姿不知道该说什么，只能先开口："下着雨呢，要不先进去再说？"

顾爷爷应了声："好。"

顾家财大气粗，在吃穿用度上从来不会委屈自己，看这老宅的装修就知道了，简约但不失豪华。

顾绅给她倒了杯热水，穿着简约的居家服，露出消瘦好看的脚踝。他身高一米八几，坐在矮沙发上，递给她一份打印的资料。

盛千姿佯装认真地翻阅了一下，睁大眼睛，颇为诧异。

这二十多页的注意事项，他是怎么整理出来的？

"这份资料介绍得很详细，每一条你都要仔细地看，医院不是开玩笑的地方，尤其是心外科。我还有点儿事情要处理，处理完给你挑些特别重要的解释一下。"

"好。"

盛千姿看到里面密密麻麻的文字就要头晕了，但她竭力忍住，眼睛不自觉地往他脸上瞟，想目送他离开，忽然眼尖地注意到他的碎发上挂着几滴细小剔透的水珠。

盛千姿当下没忍住，从旁边抽了张纸巾递给他。

从他的眼睛里看到了疑惑，盛千姿微怔，解释说："你头发上有雨水。"

顾绅蹙眉，清朗的声音响起，冷淡且疏远："不用了，我等下自己擦。"

好吧。

"你专心看这份资料。"他抬起手臂，轻挽袖口，敲了敲腕上的银表，"我早上时间不多，给你四十分钟浏览一遍。"

"四十分钟？"

盛千姿连尴尬的时间都没了，即刻低头，快速翻阅起来。

顾绅的时间观念很强，四十分钟一到，他便从二楼的书房踱步而出，走到她的面前，手上还拿着一支红色圆珠笔，给她圈出各种重要的部分。

志愿者服务的内容一般是安抚病人，给病人送药，时不时兼顾一下护士的工作，帮病人盯一下滴注液之类的杂活，但大多数时间只是在一旁观看。

毕竟她来这儿的目的并不是学什么医理、药理知识，而是感受气氛，让自己更好地完成表演。

顾绅不会让她接触太多专业的东西，但为了避免意外，还是细致地告诉她所有的注意事项。

金丝框眼镜在他的脸上显得禁欲又严肃，那模样怎么看都像个行业精英。

"就这么多内容，你回去后再好好看一遍，努力把每一点都记住。"他的声音冷淡又温润，"虽然你是我带进去的，但不代表我会处处关照你，如果出现什么纰漏，我会第一个让你离开。"

盛千姿郑重地点点头，脸上浮起认真的神色："我知道，不会让你难做的。"

这份由他撰写的文件资料，她看个十遍八遍都不够呢。

事后，顾绅有事要出去一趟，但家里阿姨做了饭，顾爷爷怎么说也要留两人在家吃完再走。

"反正小盛等下也要回市区，你就载人家一程，都顺路。"

顾绅答应了。

盛千姿边吃饭边陪顾爷爷聊天，爷爷记性不好，还是家里的阿姨提醒他，他才想起来觉得盛千姿眼熟的原因。

"原来她就是那个……那个……几年前很火的那部电影《倾城绝恋》的女主角，张爱玲的扮演者？"

阿姨连忙说："对，对，我女儿可喜欢她了。"她随后对盛千姿说："听说你是第一次演女主角就拿了最佳女演员？虽然那角色演得挺成熟的，但演员我一看就觉得年纪小，演技不错，那年你几岁来着？"

盛千姿答："20岁。"

"才20岁？"阿姨惊呆了，"不简单，不简单。我女儿现在也吵着要去考什么电影学院，我都快烦死了。"

"20岁拿最佳女演员？确实不简单啊！"顾爷爷也笑了，"不过人家小盛确实演得好，我看哪，就是实至名归。"

盛千姿自从拿最佳女演员的那一年起，就被身边的人夸赞了无数遍，渐渐已经习惯了。

每次她都很谦逊地说："其实是邓瑶阿姨的功劳。"

"别谦虚。她导演了那么多戏，培养了那么多演员，怎么偏偏就你成了最佳女演员？"

顾绅自顾自地吃饭，低垂的眼眸里寡淡得无任何异色，显然对这话题不感兴趣，直到最后连头都没抬。

盛千姿悄悄地用余光瞄他一眼，沮丧地低下头，揣摩不透他的心思。

相处了一上午，顾爷爷觉得这个小姑娘不错，有意给顾绅撮合一下，咳嗽两声："阿绅，你觉得小盛怎么样？"

顾绅终于抬起头，淡淡地道："什么怎么样？"

"你看看你，今年29岁，还差一年就30岁了，是时候考虑一下个人问题了。别老钻进那些医学学术里不出来，人这辈子还是得找个伴儿，好好过日子，那些文献资料能给你生养后代吗？"

"喀喀……"盛千姿没忍住，掩唇咳嗽了两下。

顾绅蹙起眉，明显不悦："您在说什么？人家是您宝贝大孙子的人，跟我有什么关系？"

顾爷爷蒙了："顾珩？"

这下连盛千姿也蒙了。

阿姨反应过来，敲着脑袋说："哎呀，我忘了。这些天网上全是大少爷跟盛小姐的绯闻，你们不会真的……"

"没有没有，绝对没有。阿姨你别乱想。"盛千姿连忙解释，"事情不是你们想的那样的。其实我也不怎么记得清了……那天……"

盛千姿慌乱中朝顾绅看了眼，发现他也在看她，做出洗耳恭听的模样，她总觉得他是故意的，故意将话题引到这上面来……

那天夜里，圆月撕开浅浅的云层洒下清辉。

银湖酒店门口，霓虹闪烁，各种名流来来往往。

盛千姿被一位今年小有名气的导演扣在饭桌上离不开，被灌了一杯又一杯红酒，醇香的酒味浸染了她唇齿间的每一个角落，她脸颊泛红，意识开始变得模糊。

"我去一下洗手间。"

"喝得好好的，去什么洗手间啊？扫兴！小美人，我带你去。"

"不用。"

盛千姿知道自己快坚持不住了，上了这几个老狐狸的当。

她侧身靠着座椅的扶手站起来，走至门边，一拉开门就冲了出去，在一片喧闹声中用浅薄的意识寻求着救援。

恍惚间，她听见耳畔有人在说——

"顾……你真的不记得我了？这才几年没见啊，就把我忘得一干二净，连茶都没喝一口，你就要走？"

一男一女站在走廊，维持着谈话的姿势。

顾……顾什么？顾珩？

盛千姿推开那女人，像抓住救命稻草似的，双手攀上男人的肩膀，抓住他。

女人见了，瞪大双眼，诧异得半晌说不出话。

盛千姿长发披散，发尾落在肩膀上，脸蛋因为酒精而泛着酡红，双眼迷离，别有一种风情，不知是醉了还是清醒着，在男人准备推开她的一刹那，气息喷洒在他的颈间，她低声道："顾珩，救我一下，后面有人。"

顾珩是顾氏集团的继承人，也是商界手腕最强的年轻领导者，在临江这个城市，谁不对他忌惮三分？

男人眼睛微微眯起，发现不远处几个追出来的油腻中年男子，没几秒就辨明了情况，于是弯下腰，抱起盛千姿，冲那女人低声道："抱歉，董小姐，我还有点儿事。"

他说完，即刻离去。

"不是，她是谁啊？怎么突然冒出来一个女的？"那女人指着盛千姿的背影，气得眼睛都红了。

盛千姿闭着眼，靠在他的肩头，柔软的黑发时不时钻进他衬衫的领口。她穿着一条暗红色的丝质吊带短裙，被身高腿长、高冷禁欲的男人抱在怀里，简直就是一幅活色生香的画面。

盛千姿不记得后来发生了什么，只能隐隐约约想起有一个男人的声音："少爷，这次的相亲真的不关我的事，是老爷子让我这么做的。你也知道顾家就只有两位少爷，都已经30岁上下了，老爷子肯定急啊！"

顾绅一声不吭，在楼上开了个套房，将盛千姿放到床上，扯过被单，将人盖得严严实实的，全身上下没有一个地方能透上气儿。

他总算舒了口气，修长的手指握住衬衫领口，往下一扯，身上沾满了女人的酒气，干脆将外套脱下，扔进垃圾桶。

他正要离开，忽然听见一声："喂！"

"……"

那是从被子里透出来的、又尖又媚的声音，带着醉酒后的疯劲。

他回过头。

女人像只蚕一样，从白色的茧里露出了脸，双眼难得有些清澈，清晰地映出他高高的身影。她唇红齿白，颊边飞着醉酒后的绯红，嘬着嘴抱怨道："服务生就该有服务生的样子！没看见我快被热死了吗？热死人啦！"

"……"

"你想闷死人是不是？"

"……"

顾绅睨她一眼，毫不理会。

盛千姿在睡梦中皱起了眉，踢开被子："太热了！不想盖，你什么态度？"

顾绅又看她一眼，同时疲惫地揉了揉眉心。

热？

就算是喝了酒，脸色也不会这么奇怪。

顾绅强忍住不耐烦，上前两步，伸手摸了摸她的脸颊和手，才发现她全身上下烫得吓人……

这种症状有点儿像发烧，又不是很像。

作为医生，他不可能置之不理，一走了之，折腾了半夜，等到她情况好转，他才快速离开。

翌日清晨。

盛千姿从酒店的床上醒来，脸色、精神都不太好，边打着哈欠边翻手机，才发现她和顾珩上话题榜了。

陈芷珊跟她说，顾珩昨天也在那家酒店吃饭，才碰巧救了她。

盛千姿瞧着手中的几颗小药片以及纸条上几个遒劲有力的瘦金体字，勾了勾唇。

"发烧了，吃药。"

这确定是顾珩吗？

午饭过后，顾绅开车送盛千姿回去，女人望着窗外发愣，不知道在想什么。

男人先开口："刚刚爷爷说的话，你别太在意。"

"什么话？"盛千姿回头，愣了愣，不一会儿就反应过来，"哦……不会啊，不会。其实我还挺开心的。"

顾爷爷不就是想撮合他俩吗？

她正好也想被人助攻一把，何乐而不为？

顾绅不知道有没有听见她最后一句话，干净的手指轻轻敲了下方向盘，漫不经心地瞥她一眼。

"顾医生。"盛千姿决定大胆一点儿，不能总让他忽视自己，"我能喊你顾医生吗？还是说直接喊顾绅？"

"都可以。"

"那还是喊顾医生吧。"盛千姿红唇轻勾，睫毛扇动了一下，那双眼睛映着车窗外的光显得漆黑明亮，"顾医生，你去过银湖酒店吗？"

他抬了抬眼皮："你问这个做什么？"

"就是……那天……我在酒店被一群老狐狸算计，后来听人说是顾珩救了我，但我隐隐约约觉得那个人不是顾珩。所以你去过那里吗？"盛千姿满眼期待地看着他。

其实她已经猜到七八成了。

顾珩那个人，如果她求助，帮忙是肯定会的，但不会那么细心，一直照顾她，还给她留字条，让她吃药。

顾绅轻笑一声，仿佛在笑她自作多情，微压了下嘴角："盛小姐，是不是有什么误会？"

盛千姿回到公寓，敷着面膜挺尸一样躺在床上，生无可恋。

陈芷珊坐在一旁玩手机，觉得好笑，大胆地笑出声："干吗呢？你这还没恋呢，就整天一副失恋的样子，顾医生有那么难攻下吗？"

"何止难，难于登天。"

"今天怎么了，让你这么挫败？"

盛千姿有点儿想不通，将来龙去脉跟陈芷珊说了一遍："你说，他为什么不承认啊？到底为什么啊？那天在银湖酒店照顾我的根本就是他，后来我打电话问了顾珩，顾珩踹得要死，还骂我猪脑子，问我那天到底干什么了，居然什么都不知道。"

"他骂你不是很正常吗？"陈芷珊一边吃薯片，一边慢悠悠地道，"打是亲，骂是爱。"

盛千姿被恶心得打了个寒战，敷着面膜白了她一眼："有病？"

"不是。"陈芷珊看热闹不嫌事儿大地劝道，"你不觉得顾珩对你有意思吗？你干脆从了他得了，大总裁和女明星，多般配啊！"

"他喜欢我妹。"

"你妹个头！"陈芷珊说，"你想想上次你为了撮合他和你妹，你们关系闹得那么僵，他不也没生你气吗？反而还处处照顾你，每次出差都会买礼物让助理送给你。"

"可我没要啊，他助理不立马拿回去了吗？"盛千姿显然不太想聊这个话题。

陈芷珊干脆跳过这个话题，又回到顾医生的身上，放下手机，认真地给她分析："就算你知道那天的那个人不是顾珩，怎么就这么确定是顾医生？"

"很明显啊！"盛千姿撕下面膜，边洗脸边说，"他身上有一股酒精消毒水的味道，虽然那天晚上他身上的味道很浅，但我还是闻到了。其次，他的字是有点儿潦草的瘦金体。"

盛千姿将今天早上顾绅给她解释重点时用红色圆珠笔写下的几个字拿给陈芷珊做对比。

陈芷珊端详两眼，煞有介事地点头："确实很像，字挺好看的。我听人说，瘦金体写得好看的人，最擅长隐藏锋芒，低调沉稳，学识高。不过这样的男人一般很难得到，你加油！"

盛千姿十分赞同陈芷珊的话，顾医生那么优秀，那么高冷，身边喜欢他的女人肯定不少，她与他相处的日子可能只有当志愿者的短短一个月，她不能总是畏首畏尾的，要大胆一点儿，拿下他。

然而要让顾绅在短短一个月之内对她倾心，她必定是要花费一些心思的。

盛千姿送走陈芷珊后，用了几个小时在脑中制订出"攻下顾医生"的计划。

计划从明天开始正式实施。

第二章
我能追你吗

一大早，盛千姿就来到了月亮湾。

顾家阿姨给她开门，笑着说："盛小姐，你来得正好，我们这儿的桂花重阳糕刚做好，老爷子就念着你怎么还没到，非要等你到了才吃。你这不就来了吗？"

盛千姿不好意思地解释："昨晚熬了夜，早上有点儿起不来，所以迟了。"

"没事，没事。"

盛千姿走进去。

顾爷爷一看见她就招呼她过来坐："今天重阳节，我们这里都要吃桂花糕。阿姨做的桂花糕特别好吃，我那两个孙子都不喜欢吃甜的，给他们也是浪费，所以才让你跑一趟。"

阿姨做的桂花糕晶莹剔透，还带夹层。

盛千姿去洗了手，吃了一块，毫不吝啬地夸赞一番："真好吃，感觉比外面那些酒店茶楼卖的还要香，味道很浓郁。"

"小盛，你住在盛家吗？可以拿点儿带回去，给你爸妈尝一尝。"

盛千姿有些为难："不用了吧？爷爷，我不在盛家住。"

顾爷爷心里了然，盛家也算是个不小的家族，盛新荣娶过两个老婆，第一个老婆早逝，现在盛家的女主人是盛千姿的后妈，后妈终归没有亲妈亲近，难怪盛千姿不回家。

顾爷爷不再说什么。

盛千姿为了缓和气氛，笑道："不过我拿点儿给我妹还是可以的。"

"千盈？"顾爷爷笑了，仿佛特别喜欢那丫头，"你那个双胞胎妹妹？"

"对啊！"

她和盛千盈虽然是双胞胎，但长得不一样，智商也不一样。

盛千盈目前在临江大学的软件工程系攻读博士。

很明显，智商低的是她自己。

"爷爷，顾绅呢？"

"阿绅？"顾爷爷这才想起孙子来，"他在院子后面那个网球场，跟朋友打网球。"

"网球？"

日光正盛，金色的太阳被云层半遮住，泻下斑驳的光影。

盛千姿去了网球场才知道，原来跟顾绅打网球的不是别人，正是齐炀。

齐炀看见她后惊诧几秒："小妹，资源渠道这么好，都攻进人家家里了？"

后面那句话，他是压低了声音，不怕死地凑在盛千姿耳畔说的。

盛千姿睨他一眼："要你管？"

"你别太嚣张啊！"齐炀跟着白了她一眼。

顾绅擦了擦汗，看着"打情骂俏"的两人，抿了抿薄唇，客气地说："你们打吧，我歇会儿。"

"不来了吗？"齐炀问。

顾绅摇头。

其实他打得有点儿意兴阑珊，倒不是说齐炀"菜"，齐炀的手法不错，但还够不上他的水准，两个水平相差甚远的人在一起打球，总会出现不平衡的现象。

他来真的，没意思。

他玩假的，更没意思，还不如不玩。

盛千姿接过顾绅递过来的拍子，开心地握在手上掂了掂，像得到了什么宝贝，冲顾绅眨眨眼，脸庞精致，美得如诗如画："谢谢啦，顾医生。"

随后，她奸诈地冲齐炀说："快来，狗子，让我看看你最近球技有没有进步。"

女人自信傲然的样子让顾绅有些诧异，他抬起眼，目光在她脸上停了一秒，很快移开，垂眸开了瓶水。

齐炀感觉有些没面子，但不得不承认，自己球技确实差，跟盛千姿打和跟顾绅打没什么区别，他永远是接不到球的那一个。

不过顾绅偶尔会发发善心让他接俩球，来回颠着玩，盛千姿这小妞就没这么好心了。

二十分钟不到，齐炀累得瘫了，盛千姿却还活蹦乱跳的。

他气得走出球场："不打了，没劲。"

盛千姿疯狂地朝他使眼色，用眼神威胁他。

齐炀坐下递了个眼神给顾绅："绅哥，别玩手机了，手机哪有打球好玩？轮到你们了，你跟她打，让我看看你们两个谁更厉害。你可别打不过女人啊，不然我瞧不起你。"

盛千姿怕顾绅不愿意，正在思考着接下来的 plan B（备选计划）。

结果，顾绅站起身，接过齐炀手上的那支拍子，二话不说，直接就同意上场。

而且他竟然没有要回她手上的网球拍。

盛千姿的小心脏扑腾扑腾地跳了半天，她悄悄靠近一步，追着他的背影，在他面前晃了晃："顾医生，你的拍子要换回来吗？"

顾绅侧头看她一眼，似乎才想起这个问题，沉默良久，声音不疾不徐："你拿着吧，打了这么久，估计也握习惯了。"

"好嘞！"盛千姿对他言听计从，飞快地眨了两下眼，眼尾似撩人地勾了一下，"等一下打球的时候，你不用让着我，该怎么来就怎么来，我学过的。"

"嗯。"

顾绅说不会让着她，到底还是让她了。

尤其是前五个来回，盛千姿明显地感觉很轻松，而越到后面就越吃力，他的实力也越来越发挥得当。

盛千姿从未打得这么爽，动作大开大合，毫不扭捏，额前的汗珠顺着她的脸颊滑落，黑亮的头发被扎成马尾，随着动作轻轻晃动。

三十分钟后，盛千姿输了，是她自己认输的。

"太累了，不打了，顾医生。"

"这就累了？"顾绅走下场，扯过毛巾擦了擦汗，他的瞳孔是泼墨般的黑色，没有一丝杂质。他穿着一身浅棕色的运动服，被日光映衬得高大又凛然。

"这……"盛千姿觉得他对她一定有误解，"我可是女生啊！"

"我知道。"

打完网球，齐炀和顾绅都要去一趟医院，但顾绅要先去洗个澡、换套衣服才出门。

吃过午饭，顾绅和齐炀一起出发，顺道捎了盛千姿一程。

这是顾绅第二次开车送盛千姿回家。

齐炀坐在副驾驶座上，与顾绅有一搭没一搭地聊着天，两人忽然说到搬家的事情——

"房子找到了？"

"嗯。"

"打算什么时候搬啊？"

顾绅开车的姿势很漂亮，也很严谨，他目不斜视地盯着路面，语气平淡："不急，过段时间吧。"

齐炀羡慕地说："你说你，这么大、这么漂亮的别墅不住，干吗非要挤在市区一百多平方米的公寓里？好歹你也是顾氏家族的二公子，顾珩住在临御湾豪华大别墅，你就住小区公寓？"

"我又不是暴发户。"

齐炀笑着说："那你的意思是他是暴发户咯？"

顾绅不说话，不置可否。

盛千姿坐在后座，心想这男人真的好"腹黑"。

要不是她刚刚来不及录音发给顾珩听，他绝对死定了。

车里安静了几秒。

顾绅终于说出了自己搬家的原因："从月亮湾开车到医院，在不塞车的情况下，要四十分钟，你说为什么？我可不想我还没到手术室，我的患者就不在了。"

"唉。"齐炀叹口气，"心外科又不止你一个医生，何必把自己搞得24小时待命？别太拼了。"

盛千姿下了车，慢慢地上楼，打开门，躺在床上休息了一会儿……

当年妈妈在医院去世，就是因为事发突然，主治医生下了班，路程太远，赶不过来，由别的医生临时代替做抢救手术，最后妈妈抢救无效身亡。

其实妈妈的死亡与主治医生并没有太直接的关系，只是如果当时他在场，由他进行抢救手术的话，说不定事情还有转机，妈妈也许不会死。

毕竟他是最了解妈妈身体状况的医生。

晚上临睡前，盛千姿给顾绅发短信："顾医生，我什么时候开始进医院干活呀？"

顾绅："注意事项记牢了吗？"

盛千姿："记牢了，看了很多遍，你说的最重要的地方，我都快背下来了。"

顾绅："明天过来，9点之前。"

盛千姿没想到这么快开始志愿者工作，捧着手机低头笑："真的吗？我……我……可以了吗？"

顾绅："你的意思是你还想在家自习几天？"

盛千姿："不，我想立马上考场。"

我想去见你。

顾绅："别迟到。"

盛千姿："好。顾医生，晚安。"

顾绅："早点儿睡。"

盛千姿瞄了眼时间，凌晨1点，怎么早点儿睡？

他就不能说个晚安吗？好没情趣。

正式"干活"那天，盛千姿穿得低调简约，没化妆，随意绑了个头发，就戴着口罩出门了。

平时她对皮肤、身材管理得很严格，所以即便是在素颜状态下，颜值也没降几分，只不过五官气质清丽了些，攻击性没那么强，让人没有距离感。

她在临江医院为新戏做准备的事，网上鲜少有人知道，各种官博也没有发布任何消息。

但盛千姿明白，她一去医院，不出几日，铁定会被人认出来，然后各种消息满天飞，网上一直盯着她想看她如何落魄的人也很多，因此她更要做好分内的事。

她不能给医院添麻烦，也不能给顾医生添麻烦。

盛千姿来到医院的时候，顾绅正在办公室里跟病人家属谈话，清朗的嗓音从室内传来，措辞严谨，思维清晰，不刻意去卖弄一些难听懂的专业术语，只用简单的话跟家属交代患者目前的基本情况以及接下来的治疗方案。

她没有进去打扰他们，在外面静静地候着，视线落在门右侧刻着"顾绅"二字的铁牌上，越看越着迷。

与家属谈话结束，顾绅似是知道她在外面，喊了一声。

盛千姿走进去，看见他正握笔写病历，字迹干净而有力，透亮的眼眸淡淡地瞟了她一下："你先等我一下。"

话音落下，他似乎还看出她和之前有什么不同，再次抬眸瞥她时，语气平淡得如同话家常："今天……没化妆？"

盛千姿呆滞了一秒，没想到他会问这样的问题。

难不成男人都以为艺人都 24 小时带妆的吗？

这真是太神奇了。

她认真地解释："这里是医院啊，这么严肃的地方，当然不化妆。"

"你又不是病人，怕什么？"他继续写字，眼都没抬，音色懒懒的，"这里女医生、女护士基本都会化淡妆，没那么严肃。"

"这样啊！"

盛千姿仿佛嗅到什么，拉了把椅子在他的对面坐下，手肘压在桌子边缘，托着腮，漾开一缕笑，得寸进尺地问："那你跟我说这句话的意思是，想让我化妆？让我更好看一点儿？"

时间仿佛静止了。

办公室的空气里像被人撒了凝固剂一样，寂静中甚至还飘着一丝尴尬。

盛千姿今年23岁，正是一个女生刚毕业踏入社会，介于成熟与清纯之间，最有魅力的年龄段。

作为娱乐圈公认的荧屏美女，没有人能在影厅抵挡住她的笑，尤其是她现在粉墨尽褪，清亮的眼眸只容得下一个人，少了些距离感，最容易……引起人某种莫名的冲动。

但顾绅显然不是一般人，没想到会听到这样的回答，他歉然一笑，笑得温和，却很有距离感："我只是提醒你一下。"

言外之意，他真没别的意思。

盛千姿气闷道："哦。"

顾绅做完手上的事情，站起身，给她一件工作服穿上，以免弄脏她自己的衣服，又从抽屉里拿了一个口罩。

盛千姿说："我有。"

"用这个。"顾绅帮她撕开口罩的一次性包装袋，"这个是医用的，比较专业。"

接着，他带她来到一间普通病房，病房里有一位年近80岁的老奶奶，术后转进ICU（重症监护室）观察了一阵子，情况良好，今天刚转出来，顾绅建议她在普通病房里住着，留院观察几天，再决定是否出院。

老奶奶的家属对此没什么意见，但也不愿意说太多，老奶奶住院这么多天以来，家属除了必须在签字、缴费的时候出现，其他时间连个人影都见不着。

ICU有专门的护士全程看护，不需要家属照料，但是普通病房不一样，老奶奶行动不便，上洗手间或者吃饭没有人看着是不行的。

"交给你一个任务，看好她。"

顾绅抬了抬下巴，嗓音低沉，说出的语句很公式化，但禁不住声音好听。

盛千姿快速点头："行，没问题。"

顾绅看她一眼，勾了勾唇，不动声色地压下嘴角，估计是在笑她这个阅历太浅的丫头还不知道这是一件多耗神的活儿吧。

但盛千姿不怕，看护病人能比通宵拍戏累吗？

他没再看盛千姿，走上前观察老奶奶的情况，弯腰问她几个问题，无非就是"好点儿没有？""这里感觉怎么样？""还痛不痛？"……

老奶奶驴唇不对马嘴地说自己手很酸，真的很酸啊！

顾绅漫不经心地低笑，修长的手指按在老奶奶说很酸的部位，给她按揉，没有丝毫不耐烦。

直到有护士来提醒他准备手术了，他才离开。

盛千姿将刚刚那一幕尽收眼底，抿着唇，细细地回想。以前她看到的他一直都是高冷又专业的医生形象，过了今天，她估计得给他加上"谦和耐心、温润如玉"这两个标签了吧？

果然他就是一座宝藏。

和他相处得越久，她就越喜欢，对他多一分欣赏，就多一分爱慕。

盛千姿一早上都在陪老奶奶，她睡觉的时候，帮她盯着滴注液；她醒了，就陪她说说话；她想上洗手间，就举高滴注液，扶她过去。

老奶奶看到盛千姿，经常会想起自己的儿女：儿子不愿管她，女儿嫁出去后，在婆家生活也不如意，更没心思来照料她这个老太婆。

家家有本难念的经。

下午1点，老奶奶睡下后，盛千姿去顾绅办公室看了一眼，发现他还没做完手术，便坐在他的办公桌旁摆弄手机，猜着他可能喜欢吃的菜，点了外卖。

外卖送来后，盛千姿用酒精擦了擦桌子，消毒，拿出一杯珍珠奶茶，用吸管戳破塑料膜，刚吸两口，他便回来了。

男人眸色微沉，似乎很疲惫，捏了捏眉心。

盛千姿在看见他的第一时间就问："累不累啊？"

男人声音低沉，伴着些许沙哑，他走去水槽旁洗手："习惯了。"

盛千姿将奶茶放在一旁，将给他订的饭菜拿出来，最近天气有些凉，幸好商家用了保温的材料包装，饭菜现在还是温的："我看你这么久也没做完手术，出来后肯定会很饿，就自作主张给你点了外卖，你不会介意吧？"

男人坐在办公桌后看了眼，点都点了，说介意似乎也无济于事，这么多饭菜，她肯定吃不完，他只能接过她掰开递来的筷子，低声道谢。

盛千姿就坐在他的对面，咬着筷子，摇了摇头说："不客气，跟你吃饭很开心。"

两人安安静静地吃着饭。

盛千姿还没窃喜两分钟，就被递来一张饭卡，听见他说："下次自己去食堂吃，外卖……不健康。"

她拿起饭卡端详了两眼："你的饭卡？"

"嗯。"

"那我拿走了，你怎么办？"

"手机支付。"

"……"

那也就是说，以后他们很可能不能一起吃饭了？

盛千姿险些没忍住，边翻白眼边吃饭。

盛千姿将近一周都在照顾老奶奶，到了吃饭时间就自己去吃饭，到了下班时间就自己回家，与顾绅碰面的机会少之又少。

经常是她去找他，他不是在忙，在手术，就是出差了，鲜少能见他一面。

但在医院待久了，盛千姿也认识了不少朋友，都是一些护士和实习生。

突然，病房门外走过一个穿着玫瑰色短裙、踩着高跟鞋的卷发女人，身材丰腴，前凸后翘，乍　看身高和气质都与盛千姿有点儿像，就是样貌不太行，人工痕迹明显。

有小护士在角落里嘀咕："看看看，就是她，我们院副院长的千金，今天来估计又是找顾医生的吧。"

"啧，她还真是打不死的小强。"

"之前我听人说，顾医生为了躲她，都'避难'避去齐炀医生的办公室了，她还不明白什么意思吗？非要人家亲口拒绝。"

盛千姿听到这话题，霎时来了兴趣，压低声音问："怎么了？她喜欢顾医生吗？"

"对啊，你不知道吗？她是我们医院副院长的女儿陈滢滢，追顾医生好几个月了，有没有告白我不清楚，反正大家都知道顾医生不喜欢她，对她爱搭不理的，一直都是她在热脸贴冷屁股。"

"这样啊！"

盛千姿听到这消息并没有多幸灾乐祸，也没什么值得高兴的，顾医生对她……也是爱搭不理，冷漠对待。

这男人真是，随时随地散发冷漠气场。

盛千姿陪小护士去拿东西的时候，无意间瞧见陈滢滢进了顾绅的办公室，将近一个小时都没有出来，门还是关着的。

盛千姿醋坛子都打翻了——

这是什么情况？

说好的不喜欢，热脸贴冷屁股呢？

为什么关门？

有什么见不得人的吗？

凭什么陈滢滢的福利那么好？

他怕不是看见人家身材好，对他死缠烂打又痴情，然后爱上了吧？

盛千姿无语地回到病房，强迫自己不再胡思乱想，可还是禁不住去猜测他们会在办公室里干什么，越想越离谱，整个人如坠冰窖。

如果他真的有喜欢的人，就应该直接跟她说啊，免得浪费大家的时间。

可她仔细想想，又觉得不对：她还没告白，人家为什么要说啊？

怪就怪自己没用！

下班时间。

盛千姿气急败坏地拎包离开，陈芷珊在停车场等她，盛千姿乘电梯前往负一层，刚出电梯口就被陈芷珊拉住扯到角落，对她"嘘"了声。

她莫名其妙地看向陈芷珊，用口型问："鬼鬼祟祟的，干什么？"

陈芷珊凑在她耳畔低声道："前面拐角，3点钟方向，你家顾医生被一个性感美女拦住啦。"

盛千姿轻声上前几步，悄悄地偷看几眼，果然看见之前那个穿玫瑰色短裙的女人站在一辆白色路虎前，张开双臂拦着，死活不让他走。

盛千姿一头雾水，转身问："什么情况？"

陈芷珊耸耸肩："谁知道，看看呗……"

然后她们就围观了一场女生大胆拦车告白，男人冷漠拒绝的戏码。

"陈小姐，你不是我喜欢的类型。"

"我在你办公室里等了你那么久，就为了等你告诉我这个？那你可以告诉我你到底喜欢什么样的，我可以努力变成你喜欢的样子。"

男人低声嗤笑，语气轻柔又漫不经心："你变不了。"

"你还没说，怎么知道我变不了？"

"我喜欢矮一点儿的，身高最好一米六不到，小姑娘，短头发，娃娃脸，身子骨瘦一点儿。你可以吗？"

"……"

这简直就是为难人！

陈滢滢那身高怎么也有一米七了吧，而且她整容成了瓜子脸，身材丰满，怎么变？

盛千姿刚准备笑，还没勾起唇。

陈芷珊照着顾绅给出的标准意味深长地打量了她一番，最后目光停在她的胸口，险些没憋住笑出来，幸灾乐祸地说："姐妹，你的……好像也超标了。"

"……"

盛千姿气得将她拉走，从另一边绕去车子旁，上车喘了口气，惊魂甫定。

陈芷珊见她被吓坏的样子，安慰道："怎么啦？这么激动？这就失恋了？受不了了？"

"我没有失恋，"盛千姿抚了抚胸口，"就是突然喘不上气。我又不是傻子，他的那些条件根本就是故意针对那女人说的，八成是假的。再说了，齐炀说过顾绅没有谈过恋爱，没谈过恋爱的男人说自己只喜欢某某类型的女人，你信吗？"

"我不信。"陈芷珊摇了摇头，系好安全带，发动引擎离开，"但是也还是有那么一点点可能性的，万一人家真是这样想呢？"

盛千姿皱眉看她。

看完低档配置，再欣赏高档配置，陈芷珊发现盛千姿比那女人美太多了，正欲拍拍自己这张乌鸦嘴。

盛千姿眯起眼，警告道："你可别乱说啊，我整容都整不出那一款。"

"……"

盛千姿前几日托人从国外带回来的特别好吃的车厘子到了，足足有五斤，反正闲着没事干，她干脆用袋子包装好，拿去月亮湾带给顾爷爷。

顾爷爷看见她来，开心得不得了："还是你对我好啊，有好东西还想着爷爷，不像顾珩、顾绅那两个白眼狼，一个两个搬出去住，留我一个老头子在这老宅孤孤单单的。"

盛千姿蒙了一瞬："啊？顾绅已经搬出去了？"

"对啊！"

"搬去哪儿了？"

"谁知道？"顾爷爷气得仿若头顶冒烟，"臭小子，最好这辈子都别搬回来。"

盛千姿兴冲冲地拿着车厘子去顾宅，又灰头土脸地回来，发现她跟顾医生私下接触的机会真的越来越少了。

现在他不在顾宅住，她相当于已经没有机会了。

这可真是难办。

盛千姿回公寓好好思考了一下接下来的计划，难受得用被子盖住脑袋在床上滚了好几圈，差点儿滚到床下。有幸围观过他拒绝陈滢滢那一幕后，她更是觉得顾绅这个人绝非一般难搞。

有了之前那个反面教材，盛千姿深知直接告白肯定是不行的。

她掏出手机，小心翼翼地给他发了条短信："顾医生，你有空吗？最近我朋友从国外带了点儿车厘子回来，太多了，吃不完，不如我拿点儿过去给你尝尝？真的特别好吃。"

理由充分，她应该不会被拒绝吧。

要是他同意了，她还能打探到他现在住哪儿。

结果过了半个小时，顾绅才慢悠悠地回复："我在加班，不用了，谢谢盛小姐。"

她被婉拒了。

盛千姿也不瞎折腾，换了身鲜黄色的皮卡丘造型的连体睡衣，窝在沙发上用iPad（苹果旗下平板电脑）看医疗类的纪录片和电影，又琢磨了一下剧本。

盛千盈给她发微信："姐，这次生日你是想要猪猪侠呢，还是海绵宝宝？"

盛千姿无语得要翻白眼："我说过八百遍了，我不喜欢猪猪侠，也不喜欢海绵宝宝，你别老给我买这些卡通玩意儿！"

盛千盈："不啊，这不仅仅是卡通形象，还代表着一种精神。你看海绵宝宝它经常笑，笑着说'我准备好了！我准备好了！我准备好了！'。它对待什么事都有一种永不言弃的精神，面对困难迎难而上，我觉得你就应该学学人家。"

盛千盈："我去年给你买的皮卡丘睡衣，你不还穿得好好的吗？好啦，这次就准备送海绵宝宝给你了。"

盛千姿隔了很久才回复："我们确定是一个妈生的吗？"

盛千盈："当然。这周末，爸给我们办生日宴，你一定要回来呀。"

盛千姿："知道了。"

盛千姿没再跟盛千盈聊，继续琢磨剧本。

她这个妹妹智商是挺高的，就是脑子好像缺根筋，天真可爱，傻乎乎的，所以才能毫无顾忌地待在盛家，被盛新荣宠着长大。

而她不一样，从小心思细腻，想得就比盛千盈多，当年的事情一直是一根刺儿，横在她和盛新荣中间，让她觉得不舒服。

直到下午两点，盛千姿才惊觉自己入迷得连午饭都没吃，肚子都饿扁了。

她干脆戴上帽子，穿着睡衣下楼，随随便便去附近的店里买份馄饨来吃。

盛千姿付完款，拎着热腾腾的馄饨，一边哼歌，一边心情颇好地返回小区的单元楼，前方相隔二十米左右的距离，有一个牵着金毛大狗的清瘦男人与她走在同一条道上，还进了同一栋的单元楼。

午后的日光洒了他满身，他身量颀长，从背后看，与某人的背影有几分相似。

盛千姿加快脚步，决定走上去看一眼，终于在电梯门前与他会合，并肩而站，眼睛直直地盯着他，唇边漾开一抹笑，歪头说："顾医生，下午好啊！"

顾绅对于她的出现没有过多的惊讶。

他送她回过两次家，虽然每次都没有送进小区，并不知道她住在哪一栋，但这小区不大，他们碰巧住在同一栋的可能性还是有的。

"盛小姐，下午好。"他的语气淡淡的。

盛千姿撇了撇嘴，有些不满："顾医生不是说今天加班吗？这么快就回来了？"

"嗯。"

盛千姿奈何不了他，这人真是连撒谎都不眨一下眼。

电梯下至一楼，门缓缓敞开。

盛千姿先走进去，她穿着鲜黄色的皮卡丘睡衣，格外显眼，屁股后一条黄彤彤的大尾巴在那儿摆呀摆，特别可爱。

那只大金毛调皮地一口咬住了"皮卡丘"的尾巴，害她向前走两步，又被迫退回来，踉跄了一下，差点儿摔倒。

顾绅不怒自威："钱宝，松口。"

大狗嗷呜两声，看他一眼，委屈地松开了嘴。

它的大爪子不服气地一掌拍上那条大尾巴，尾巴一颤一颤的，晃来晃去。

盛千姿快速走进电梯，背靠轿厢壁躲开它，低声问："它叫钱包？好特别的称呼啊，谁起的名字？"

顾绅懒得纠正了："爷爷。"

于是盛千姿弯着腰，一个劲儿地对着金毛喊："钱包，钱包，钱包，真可爱……奇怪，它怎么不理人啊？像只猫一样害羞，怕生人？"

钱宝趴在地上，别开头。

盛千姿顿感无趣，想起自己还没按层数，伸手去按八楼的按键，才发现七楼的按键亮了。

"顾医生住在七楼？"

"嗯。"男人弯腰挠着钱宝毛茸茸的下巴，有一搭没一搭地应着。

"真巧，我住在八楼。"盛千姿开心地说，"那以后我们就是上下楼的邻居了，又是熟人又是邻居的，要是有什么事可以互相照应一下，我那里有……"

叮。

电梯停在七楼，电梯门悠悠敞开。

男人站起身，牵着狗绳，打断了她的话："盛小姐，我到了。"

突然被打断，盛千姿蒙了一瞬，差点儿忘记刚刚要说什么，见他左转去了左边那扇门，趁电梯门还没关上，快速开口："顾医生，我那里还有好多车厘子，吃不完也是浪费，我拿点儿下来给你呗？你等我啊！"

还没等他拒绝，电梯门已经合上。

盛千姿快速返回楼上公寓，拿了个袋子装车厘子，装了一半，又全部倒出来洗干净，找了个盆子来盛着，这样她就有理由进他家或者再下去一趟了。

她真是机智！

盛千姿按门铃的时候，顾绅正在卧室换衣服，过了三分钟才出来开门。

女人笑盈盈的，嘴里还咬着一颗鲜红小巧的车厘子，捏了一颗递给他："喏。这个特别好吃，酸酸甜甜的，比我以前吃过的都要好，你可以尝尝。"

顾绅原本想道谢然后接过水果，才发现她竟然是用盆子装的，只好敞开门，邀请她进来。

钱宝晃着脑袋又想冲上来咬她的皮卡丘睡衣的大尾巴，无奈被顾绅的眼神制住，委屈地趴在地毯上生闷气。

盛千姿将水果放在茶几上，环顾四周，一百多平方米的房子，偏冷淡风的设计，家具不多，客厅宽敞明亮，给人一种清冷感。

顾绅到底没那么小气，倒了杯茶出来招待她。

盛千姿喝了一口，发现有点儿烫，便放下杯子，细细回味。

"原来顾医生喜欢喝红茶，这红茶味道好特别啊，感觉跟我以前喝过的都不太一样。"

"这是托朋友从宜宾带回来的，做法确实和一般的红茶不同。"他耐心地给她解释。

"原来是这样啊！"盛千姿静静地看着他，忽然换了个话题，"顾医生最近都很忙吗？"

"还行。"

"还行？也就是说……不算很忙？"盛千姿说，"可我怎么……总是在医院碰不到你啊？连在食堂都碰不到……"

"下周应该就不忙了。"

"下周？那我能跟你一起去食堂吃饭吗？"盛千姿的声音有些小，她怕他不答应，越说越没底气。

顾绅果然没答应，但也没拒绝，只问了她上周过得怎么样，在医院和其他人相处得如何，就没下文了。

公众人物突然来到医院当志愿者，异样的眼光肯定是有的，但接触过盛千姿的人都知道，她并没有网上传言的那么高傲又自以为是，其实就是个23岁刚大学毕业的小女生，只因成名较早，某些想法会比同龄人成熟，仅此而已。

周末结束，盛千姿继续去医院照顾老奶奶，还有三天老奶奶就要出院了，身子骨比上周好了太多，整个人精神矍铄，仿佛一场大病对她来说不算什么。

中午，老奶奶吃完饭还不想午睡。

盛千姿就坐在一旁，一边看表演方面的书一边陪着她。

突然被老奶奶碰了碰手臂，她抬起头，一眼看见穿着一身白大褂的男人站在门口，似乎在等她。

"小姑娘，顾医生是不是来找你的啊？"

"不……会吧。"盛千姿没起身，等着他进来，以为顾绅过来就是作为主治医师来例行看看老奶奶的情况而已。

她没想到他伸出干净修长的手，抬起手臂朝她招了招。

盛千姿本能地凑过去，还没出声，便听见他说："不吃饭了？"

"啊？"

"不是要跟我一起吃饭？"

盛千姿简直难以置信，以为自己听错了，想要问清楚，可男人已经迈开长腿往食堂的方向走去。

她快步跟上。

原来都已经快 1 点钟了，难怪她那么饿。

盛千姿跟在顾绅的身后，点完菜选了个角落的位置坐下。

顾绅吃饭时不喜欢说话，职业使然，他吃饭的速度特别快，盛千姿当了几年艺人，吃的东西不多，也吃不快，为了更好地保持身材，她一般选择比较清淡的食物，要嚼好几下才能咽下。

十分钟不到，顾绅吃完。

他放下筷子，低头眱了眼腕表，见盛千姿没吃多少，便低声说："你慢慢吃，我先回去做完手上的事情。"

盛千姿抬起头，怔了一下，刹那间有些不知所措，嘴角还挂着一粒饭："很急吗？我再吃一点点就饱了。"

其实她还想说：你就不能等等我吗？

可他依旧站起身，余光轻扫过她的饭盘，声音不疾不徐："再多吃点儿吧。从另一边的门口出去，左手边有一条小道可以直接抄近路去住院部，不用绕路，我先走了。"

盛千姿往他指的方向望了眼，只能妥协："好吧。顾医生，再见。"

顾绅走后，盛千姿就有些难受，但一想到他还有事要处理，便安慰自己，这不算什么。

不就是个木讷又不解风情的男人吗？

反正她在追他，对他包容一点儿好了。

可她没想到，接下来几天都是如此，如此一来，盛千姿也渐渐习惯，不再迎合他的速度，自己吃完，慢慢走回去。

后来她跟护士打听了一下："医生吃饭都很快吗？争分夺秒的那种？"

"不会啊！"小护士回忆说，"不对，这得分人。齐炀医生就慢吞吞的，我总看见他在食堂玩手机打游戏；顾医生就挺快的，他好像永远有做不完的事情，果然心脏外科手术一把手不是吹出来的呀，背后还不知道做了多少功课呢。"

"我懂了。"

"干吗？"小护士凑到她耳边，暧昧地说，"我听人说，最近你经常和顾医生一起吃饭，你们是不是有什么情况了？"

"什么？"盛千姿皱了皱眉，"我们真没什么。"

"行了，你不用解释了。"

"我……"

"我信。"小护士笑着说，"顾医生这种完美主义者，敬业、专业、认真又负责任，待人温和、谦谦君子。你是他带进来的，况且是艺人，他肯定会多照顾你一点儿啦。"

"这样啊！"

"不然呢？"小护士眨了眨眼，"你喜欢他，还是他喜欢你？"

现在正值午休。

住院楼里进进出出的人比较少，盛千姿去洗手间的时候，发现一个男子眼神仓皇还有些飘忽不定地站在电梯前，感觉有些奇怪，但没太在意。

几分钟后。

她洗完手从洗手间出来，忽然听见另一边的楼梯间里有急促的脚步声，紧接着有人大喊："报警！报警！快报警！上面有人拿刀要砍苏医生！"

盛千姿被吓出一身冷汗，手脚发凉。

她很快反应过来，上面，苏医生？

前几日，盛千姿无聊时看过医院展示出来的全体医生简介，整个临江医院只有一位姓苏的女医生，是心外科的，而且她的办公室就在顾医生的办公室旁边。

苏医生出事，顾医生绝对不会袖手旁观。

盛千姿几乎无法冷静地思考，也无法想象顾医生为了保护苏医生去拦住歹徒的画面，她转过身，即刻从楼梯跑上去，看见走廊一片混乱，不见顾绅的身影。

盛千姿清晰地听见苏医生办公室周围有人在惊慌大叫，几个胆小的护士迅速跑下楼，见义勇为的男医生快速赶来相助。

盛千姿慌了，惨叫声与尖叫声都太过真实，她想去看看情况，手臂忽然被人拉住。

齐炀厉声低斥："你上来干什么？这里是你该来的地方吗？"

"齐炀，顾医生他……顾医生肯定在里面……他肯定在苏医生的办公室里。"盛千姿抓住他的手，不知道该怎么办，大脑出现短暂的空白，只能寻求帮助，"怎么办啊？我怕他出事，我想过去看看……"

周围很乱，有穿着制服的医院安保人员陆续上来，也有许多人围在苏医生的办公室门口试图帮忙，刺耳的喊叫声依然持续着，她简直无法想象里面还在做着怎样的僵持。

"你先下去，找个地方好好待着，我过去看看。"齐炀说完，还是不放心，又郑重地说了一句，"如果你硬要冲上去，除了制造麻烦和增添别人的负担，没有任何作用，明白吗？"

盛千姿点头，为了不添乱，找个安全的位置站好，静静地候着，给保安们让开道。

没过多久，歹徒就被制伏了。

据说苏医生被砍伤了肩膀，为了护住身体要害部位，她的手掌也被砍伤了，能不能再上手术台还是个未知数。

大家都在替她惋惜。

盛千姿永远无法忘记，顾绅捂着手臂，穿着被鲜血浸染的雪白长衣，从苏医生办公室里走出来的情景。

除了衣衫有点儿凌乱，他的形象依旧是如此高大。

他果真如她想象的那般做了。

有担当，有教养，人如其名，他一直都是一个绅士，一个在中东战乱地区给疾苦人民带去健康，看见同事有难出手相助的完美的人。

邓瑶让盛千姿参演的电影叫《生命只有一次》，影片宣扬的不仅是患者的生命可贵，医生的命也如钻石一般珍贵。医学界培养一名合格的医生前前后后需要十几年，暴力伤医的现象却时有发生，医生从业为民，在自己的行业里做着奉献，却被冰冷的刀刃指向自己，多么可悲。

顾绅的伤势不重，他被刀砍了一下手臂，伤口也不深，白大褂上的血大多来自苏医生。

有医生和护士来给他处理伤口，现场笼罩着一股低沉又压抑的气氛。

没有人出声。

伤口处理完，顾绅换了件衣服。

盛千姿这才敢来问他："还好吗？严重吗？"

他眉毛微微拧着，尾部上扬几分，似乎很疼，在隐忍。他凑近她看了眼："哭什么？"

"没哭啊！"盛千姿也不知道自己到底怎么了，就是莫名其妙地红了眼，眼泪跟断了线的珍珠似的，啪嗒啪嗒地往下落，"我没想哭的，就是忍不住。你别看我，我再努力忍忍。"

盛千姿的话成功将顾绅逗笑了，他勾了勾唇，神色平淡，仿佛刚刚的事情对他来说没什么："的确难为你了，不应该让你看到这些的，你怎么跑上来了？"

"我能不上来吗？"盛千姿抹掉眼泪，对他的神情表示不理解，"你的眼神怎么那么平淡啊，不害怕吗？刚刚在里面那么危险，刀就在眼前……"

他说："习惯了，在中东某国时更危险。"

那里恐怖分子无处不在，刀枪横行，战火连天。

盛千姿的手不自觉地抠紧桌面，她抿了抿唇，想象了一下在网上看到的中东某国的环境，缄默不语。

顾绅轻笑了一声，不知是在讽刺还是在自嘲："同样是医生，如果他想要夺命的人是我就好了，何必伤害一个女人？"

"你在说什么？你怎么能说这样的话？"盛千姿有些激动，人都是自私的，总会偏爱自己喜欢的人，"你说这句话的时候，有想过顾爷爷吗？有想过你的家人，还有那些爱你的人吗？谁的命不是命？谁都不想突遭横祸，这世上也没有谁比谁该死的道理。"

"你这么激动做什么？"顾绅单手从抽屉里拿出一本书和一些资料文件，弯了下嘴角，"我的意思是说，要是他冲着我来，我或许能自保。"

盛千姿撇了撇嘴，还是不能完全认同他的观点。

"帮我拿一下这些书和文件，我带你去一个地方。"顾绅缓缓站起身，新的白大褂也不穿了，直接往外走。

"去哪儿？"

他手不方便，盛千姿帮他拿着东西。

"临江大学。有个课我一直在想要不要让你跟着去听听，现在刚好我需要一个拿书的助理。"

"临江大学？"

那可是国内名校啊！

盛千姿眨了眨眼："你要讲课吗？你是教授？"

"不算教授，就代个课。你也听听吧，或许有用。"

"可你刚刚受伤了，不能请假或者休息吗？"

顾绅嫌她话多，不耐烦地解释："我没事，都说了是代课，我请假，找谁代？"

"哦。"盛千姿垂下眼眸，想了想，"但你也不能逞强啊，撑不住了就休息。"

顾绅没理她，按电梯的间隙，有小护士过来问候。

"顾医生去哪儿？"

"你的伤严不严重啊？"

"怎么样，没事吧？刚刚真是吓死我了。"

顾绅低头扫了眼缝针的位置，淡淡地说："没事，小伤。等苏医生醒了，你们去看看她。"

领头的小护士被他看了眼，脸即刻飘起一抹绯红，笑着说："我们会的。你这几天应该会很不方便吧，有什么需要帮忙的尽管说，别客气，我们都会帮忙。"

顾绅没说好，也没说不好——他总是这样——只道了声谢便走进电梯，下楼，跟盛千姿一起打车去临江大学。

临江大学是国内数一数二的高等学府，其他专业盛千姿不太了解，但医学院绝对是 TOP 1（第一名），在这里毕业的医学生可以被保送到美国进修，还能回来授课，那得多牛。

盛千姿在阶梯教室最后一排选了个角落的位置坐下，戴着鸭舌帽，尽量降低存在感，托腮看男人游刃有余地在台上授课。

他的声音一如既往地温和，袖口挽起，露出线条流畅的小臂，用没受伤的那只手写板书。

他背过身，盛千姿都能听到身边的女同学在低声尖叫，难掩兴奋地闲聊，她听不清楚她们在聊什么，只隐约捕捉到了一个易懂的四字词语——"人间极品"。

下课时已经临近傍晚。

天边弥漫着红云，玫瑰色的晚霞随着时间的流逝缓缓下移，以肉眼可见的速度沉没于天际。

时间太晚，顾绅今天没有夜班。

他带盛千姿去附近的餐馆吃了顿饭，时间、地点都选得不对，有许多粉丝将她认出来，上来寻求合影和签名。

顾绅递了个眼神，坐在一旁静静地等待，干脆拿出一本书来看，温习以前大学学过的知识，从第 57 页翻到第 62 页时，盛千姿应付好了粉丝。

她特不好意思地说："我们回去吧？"

"嗯。"

顾绅开不了车，打电话让齐炀帮忙去医院将那辆路虎开回公寓楼下，跟盛千姿慢慢走回去。

顾绅中途还礼貌地道了歉："抱歉，我忽略了你艺人的身份，没有选好吃饭的地点。"

"没事啊！"盛千姿不太在意，"空窗期太久，说实话，我都快忘记我是个艺人了。今晚看见我的粉丝，我发现还是有很多很多喜欢我的人，挺开心的。只不过可能要委屈你一下了。"

顾绅似乎不太懂最后一句话的含意，挑了挑眉。

盛千姿见他疑惑，干脆地说："你要上话题榜啦！"

结果他并没有多大的反应。

"怎么？你不怕吗？"盛千姿歪头问他，眼中仿佛有了期待，"跟我上话题榜，跟我捆绑，评论很可怕的。"

"我没微博。"

盛千姿的脸险些垮下来，但她很快又恢复笑容，调侃道："原来你还知道'微博'这个软件啊，看来也不算很死板嘛！"

顾绅直直地看着她，竟然还有些不服气。

"看我干什么？"盛千姿眨了眨眼，脸庞融于月色，夜风清凉，将她柔软的长发吹得轻轻飘动，一副得意的神情，"还看了那么久，都挪不开眼了，是不是觉得我还挺好看的？"

男人移开眼。

"哎呀，怎么又不看了？你再看两眼嘛，就两眼。"盛千姿凑到他面前，皮肤白皙到发光，偏偏薄唇是很自然的红色，红唇勾出微笑的弧度，"看完告诉我答案，我到底好不好看？行不行？"

顾绅铁了心地不肯开口，盛千姿也没辙。

"行，那我再问你一个问题，你一定要回答我。这一次你不要看着我，我怕我说不出口……"她咽了咽口水，生怕舌头打结似的顿了几秒，压低声音问他，"顾医生，我……我能追你吗？"

她闭了闭眼，感觉有些羞怯。

话一说出口，她就没有回头路了。

但盛千姿心里有五成把握，于是等待着他的答复。

顾绅眸色渐沉，路灯下，他逆着光，神情有些模糊，只轻垂着眉眼，迎上她的视线，仿佛对这一问句有些意外，沉默良久，礼貌地道："抱歉，我目前没有谈恋爱的计划。"

盛千姿泄了气，肩膀都险些垮下来："你这表情，我差点儿以为我告白成功了。"

"……"

"没关系呀，我可以等你。你想恋爱了，告诉我一声，我来看看有没有我的位置。"

"……"

"记得，一定要告诉我。"她说得真挚又诚恳，"因为我在等你。"

第三章
告　白

盛千姿回到公寓，郁闷了半天。

她刚刚一定是脑子罢工了，瞧见今晚夜色迷人，月光朦胧，周围寂静，气氛恰到好处，当下没忍住便泄露了自己的心思，竟然开口告白。

他们才认识几天啊？

一个月不到，除非是一见钟情，不然他怎么可能这么快就喜欢上她？

不对。

她堂堂内娱花瓶，演绎过的角色是多少人心中的白月光，竟然没有让人一见钟情的本事？

才23岁，她的脸就开始走下坡路了吗？

盛千姿不信邪，认认真真地化了个妆，穿上之前品牌方送的吊带小黑裙，托腮自拍了几张照片，发到网上。

评论数快速增长，很快便破万——

"嗯……好看是好看，就是人品不太行。我今不出来，楼下来。"

"最火版本的张爱玲竟然是她演的，我至今不想看见关于《倾城绝恋》的任何物料，简直毁了我心中的女神形象。"

　　…………

　　盛千姿前脚刚发微博，陈芷珊后脚就打电话来训她："又犯病了？不是跟你说过了吗？这段时间少发微博、少说话。现在你发什么对你来说都是不利的。"

　　"可我又没做错什么。"盛千姿其实挺有想法的，很多事情她想到就会去做，她给自己规划的路线也很明确，不做偶像派，只做实力派，"我现在连发一个动态都不可以了？"

　　"别激动，好了好了，刚刚是我语气不好，我跟你道歉。我只是担心你看到那些评论心里不好受，最后难过的不还是你自己吗？不是让你卸载微博了吗？"

　　"我没那么脆弱。"盛千姿确实对那些评论已经麻木了，"其实你也不用老劝我去齐炀那儿做什么心理辅导，我的心理状态我自己清楚。"

　　"最近在医院过得怎么样？"这个话题谈论得不愉快，陈芷珊干脆问起她的近况。

　　"还行，他们都对我挺好的，顾医生也……挺好的。"盛千姿想起正事，跟她说，"对了，郑斌导演问我能不能友情客串一下他的电影，一部古装片，女三号，戏份不多，估计就几天的事情，你看档期能不能安排一下？"

　　"档期？"陈芷珊想了想，"下周，你要回电影学院参加校庆，上台发言，校庆结束后，除了医院那边的事就没什么事了。不过听说校庆要改期，我直接跟他们沟通吧。你在医院快两周了，《生命只有一次》虽然还没有定下准确的开机日期，但也要提前做准备，平时有空记得研究一下剧本，别太松懈。"

　　"行。谢谢你，珊姐。"

　　这周六是盛千姿和盛千盈的 24 岁生日。

　　盛千姿将早已给盛千盈挑好的生日礼物拿出来，包装好，坐在镜子前化了妆，去衣橱里随便找一件微微闪光的深紫色吊带长裙穿上，又搭上外套。

她踩着高跟鞋下楼，脚步轻盈，如履平地，跟陈芷珊一起前往盛家。

盛新荣这辈子就只有两个女儿，后来娶的老婆怎么都怀不上，他对女儿的爱半点儿没分割出去，全都投在盛千盈那儿。

因此盛千姿和盛千盈每年的生日宴一如既往地隆重，许多有头有脸的家族会派人来参加。

毕竟盛千姿和盛千盈这两个女孩可是从小耀眼到大。

尤其是盛千盈，样子可爱乖巧，在豪门生活的浸染下出落成了大家闺秀。在那些虎视眈眈的公子哥眼里，她最大的优点应该就是不谙世故，不爱拐弯抹角，容易被人牵着鼻子走吧？

盛千姿噗笑。每到这时候，盛千姿是真的搞不懂盛新荣，既然宠女儿，何不教她一些处世道理，让她少碰壁？

盛千姿到盛家的时候，宴会还没开始。

盛千盈穿着橘黄色的裙子跑出来，拥了她满怀，笑着说："姐，你可算回来了，想死我了。"

盛千姿帮她整理好微乱的裙摆，低声说："过了今天就24岁了，别总像个小孩一样，没心没肺。黎秀芳在家有没有对你不好？"

"她敢？"盛千盈眸子睁大，对某人的厌恶简直到了极点，"你放心，有爸在，她怎么敢欺负我？都是我欺负她。"

"你也别老欺负她，你欺负她欺负得狠了，爸就该心疼了，最后害的还不是你自己呀？"

"我有分寸的。"

"哟——"

两人聊得正高兴，忽然出现一个阴阳怪气的女声，对方慢悠悠地走过来，"我当是谁那么漂亮站在那儿跟千盈说话呢，原来是千姿啊！"

"漂亮不敢当。"盛千姿转过身，轻哂了一下，"你也不用给我拍马屁，反正我不在家住，平时对千盈好点儿比什么都强。"

"那当然得对她好啊！"黎秀芳别有深意地说，"你是不知道啊，她现在可是你爸最宠的心肝宝贝啊！"

"谁说的？"盛千盈瞪她一眼，"我爸喜欢的是我和姐姐两个人。"

盛千姿轻蔑地一笑："我无所谓啊！他不管我，我反倒活得自在。倒是你，挑拨的心思未免太过明显了吧？你有这时间，还不如……操心一下自己的肚子，毕竟你嫁进我们盛家也快十年了，怎么……一点儿动静都没有啊？"

黎秀芳被戳到了痛处，气得不轻："你……牙尖嘴利！"

盛千姿懒得跟她说话，回房休息了会儿。

她在盛家的房间一直都有人专门打扫，她的东西一件不少，纤尘不染地放在原位。

她再次出来时，生日宴已经开始，伴奏声悠缓地响起，清晰地传上二楼。

盛千姿疲惫地揉了揉眉心，想快点儿走出去，结束这麻烦的流程。她刚走到盛新荣身旁，垂眸望了眼，才发现楼下角落里坐着三个令人瞩目的男人。

齐炀和顾珩面朝她的方向而坐，穿得倒是人模狗样的。两人有一搭没一搭地闲聊，时不时喝点儿小酒。

顾珩的视线毫不遮掩地落在她的身上，但她没在意。

她漂亮的眼眸直直地望向那边沙发背对她而坐的男人，那人穿着白衬衫和西裤，背影挺拔而孤冷，正百无聊赖，偏着头喝酒。

原来他还喝酒。

她还以为他是个烟酒不沾的男人呢。

流程结束，盛千姿望向他，走过去瞅了眼，在他身旁悄悄坐下，轻轻撩了下头发，身上清淡的白玉兰香气飘开。她手肘搭在膝盖上，支着下巴，跟他打招呼："顾医生，好巧啊！你怎么在这儿？"

顾绅眼睛都没抬，刚想说，不巧，他是被逼来的。

"阿嚏——"

齐炀不合时宜地打了个喷嚏。

盛千姿白了他一眼。

他怒斥："盛千姿，你干吗呢？好端端的喷什么香水？"

盛千姿无语："我喷香水犯法吗？我是女人啊，女人有香水不喷，给你喷吗？再说了，我坐在顾医生这边，顾医生还没说什么，你倒嫌弃上了？"

　　没有人知道，顾绅听见最后一句，唇角噙起一抹淡淡的笑，又不动声色地压下眼底仅存的一点儿笑意。

　　顾珩用余光扫了齐炀一下，满含警告之意。

　　齐炀被噎了下："行吧。你……你们都欺负我，我认栽，可以了吧？不过小妹，你这香水味有点儿熟悉啊！"

　　盛千姿蹙眉："哪儿熟了？这是我去年在国外拍戏的时候买的，今天第一次用。"

　　"是吗？"齐炀看热闹不嫌事大地开口，"我怎么记得，去年陪珩哥去国外公务出差，也跟他一起挑选过这个味道的香水送人呀？"

　　盛千姿："啊？"

　　顾珩点了下头，认同齐炀的说法，表明确有其事，看向她的视线张扬而明显，在场有眼力见儿的人都应该能猜到那瓶香水最后送给了谁。

　　现场气氛尴尬又诡异。

　　无人说话。

　　顾绅撑着额头，掀起眼皮瞥了顾珩一眼，又很快挪开视线，留下一抹嗤笑。

　　"不是，"盛千姿慌了，"这跟我有什么关系啊？这香水是我和珊姐一起去买的，我自己掏钱买的香水。齐炀，你别乱造谣啊！"

　　"我没造谣啊！有没有这回事，你自己心里清楚。"齐炀摊手，表情认真又透着一丝奸诈，分明是跟顾珩一起在整她。

　　盛千姿快气吐血了。

　　她小心翼翼地侧目，偷偷打量顾绅一眼，见他面色冷淡，并没有任何异样的表情。

　　盛千姿抿着唇，沮丧了一秒，还是认命地揪了揪他衬衫的袖口，伴着些许无奈，用仅能两个人听到的音量说："顾医生，我发誓，我对天发誓，我真的真的没有收过顾珩的任何礼物，包括香水。你要相信我，这香水真是我自己花钱买的。"

　　顾珩看见了盛千姿的动作，脸色微沉，扫了齐炀一眼，像是在问：他俩什么关系？

气氛突然又微妙起来。

齐炀不好现场解释，尽量坐远了些，在一旁默默地喝酒。

顾绅勾唇，笑容礼貌又疏远："我跟盛小姐并没有那一层关系，盛小姐没必要向我解释什么。"

他今天穿了正式的西装，笔直修长的腿被西装长裤裹着交叠在一起，坐在宴会厅里很显眼，嗓音低沉有磁性，面容英俊又性感。

盛千姿脸色微变，被他这副不屑的表情弄得表情也很冷："我知道，我有自知之明，你没必要这么对我说话。我昨晚说了，我会等你，况且你不也没拒绝我追你吗？那我追你的话，有不利于我的误会，我不能解释一下吗？"

"盛千姿！"顾珩终究没忍住，喊了她一声。

盛千姿瞪他一眼："你去找我妹。"

顾珩被气得不轻："你又犯病了？我说过我对你妹没意思。"

"没意思你老找我妹干什么？"

顾珩不想跟她谈这个，他能说他靠近盛千盈是为了接近她盛千姿吗？

"怎么，你喜欢顾绅？那可是我弟。"

"不可以吗？"盛千姿说得坦荡，毫不掩饰。

在她眼里，喜欢就是喜欢，不喜欢就是不喜欢，没必要猜来猜去的，成年人的世界，就应该果断干脆一点儿。

顾绅见他们一来一回默契又类似打情骂俏的对话，眸色深沉，很快又恢复了冷淡，起身离开。

盛千姿见他走了，追过去问："顾医生，你去哪儿？"

"去外面透透气。"顾绅轻垂着眼，话一如既往地少，"盛小姐继续待在里面吧。"

盛小姐？

"你走了，我在里面干吗？"盛千姿觉得好笑，以为他刚刚因为她和顾珩那些对话吃醋了，"我可不想陪顾珩那小学生聊天，无聊死了。"

"你是今晚的主角，应该在里面。"

盛千姿跟着他走至室外，顾珩被盛千盈缠住，出不来，正好给她和顾绅提供了私人空间。

两人走在盛家老宅别墅的花园里，深秋的夜晚有些凉，周围一盏盏路灯泛着昏黄的光，将地上的人影拉得很长。

男人立在灯下。

盛千姿悄悄地打量了他几眼，莫名地觉得他刚刚那几句话有点儿孩子气，笑着说："你干吗老把我推回去啊？你很想让我回去吗？"

"那是你自己的事。"

"对啊！"盛千姿发挥自己的拌嘴技能，得意地翘起唇角，"既然是我自己的事，我想回去就回去，想在这里就在这里，那你又为什么一直非要我回去呢？这不是自相矛盾吗？"

"……"

顾绅看出了她的计谋，低敛着眸子哂了下，不说话了。

这种小学生式的吵架根本毫无意义。

盛千姿看他一眼，得意地说："没话说了？原来高学历、高智商的顾医生只会对着一堆文献资料和病历思考，却不会吵架呀？那你要是跟我在一起，会很吃亏的，不过我肯定会让着你点儿，谁让我喜欢你呢？"

顾绅耐着性子皱眉看她，已经有了生气的征兆，终于不再面无表情。

但盛千姿将他的情绪拿捏得很好，在他即将发怒之时，笑盈盈地竖起大拇指，夸奖道："是个优点，还挺可爱。"

"……"

"反差萌。"她直接笑开了，"反正我喜欢。"

最后两句话成功将男人的火浇熄了大半，顾绅面无表情地看着她，拿她没办法，索性往前走，不理会。

盛千姿开心地给他介绍："你再往前走一百米就到河边了，在那里会看到临江最著名的景点——临江大桥，特别壮观。"

她跟他一起往前走了几分钟，果然看见临江大桥最壮观、最宏伟的夜景，橙色与红色相间的霓虹灯映照着桥身，将它衬托得气势恢宏。

"我没说错吧？"盛千姿吹着微凉的风，张开双臂，又摸了摸脸颊，感受了一下，"这里真的很漂亮。"

"顾医生。"她突然喊道。

男人回头，幽深的眼眸无声地望向她。

盛千姿发现，夜晚将他衬托得特别好看，他有一张足以令人倾心的脸，绅士、禁欲、木讷又不解风情。

除了冷漠难搞外，他几乎拥有所有女人最想征服的属性。

盛千姿的唇抿得更紧了些，音调降下去一半，她仰着脸道："你刚刚说我是今晚的主角，可我不想当他们的主角，也不想跟他们待在一块儿。"

盛千姿见他不说话，兀自开口："跟你出来特别开心，我想做谁的主角，你知道。"

"谁？"

不知为何，男人突然着了魔似的，顺着她的话问了下去，有一种温柔的感觉。

盛千姿以为自己听错了，眉眼弯弯，启唇道："你呀！这还用问吗？"

我眼睛里只容得下你，也只想和你待在一起。

因为我喜欢你。

所以我想要每时每刻都看着你。

今晚月色溶溶，让她的脸颊泛了光，也飘上一抹绯红。

盛千姿穿着深紫色带着微微闪光的性感长裙，领口开得很低，春光乍泄，长发披散下来，宛如一个摄人心魄的妖精。偏偏她看着他的时候笑容很纯粹，仿佛没有任何多余的想法。

她只会传达给他一条信息——就是喜欢你。

这是在很多性感女人身上看不到的灵气与闪光点。

顾绅没再看她，沿着河边往前走。

"顾医生。"盛千姿也不恼他经常不接她的话。

"嗯？"

"你刚刚不说话，看我超过一分钟，为什么啊？"

"你别不说话，你不说话，我就当你默认了。那是不是就表明——"

"你已经开始喜欢我了啊？"

女人的尾音上扬两分，带着三分期许、七分笃定。

现在就差男人一个点头了。

顾绅沉默了几秒，淡淡地望向她，仿佛也在确认自己的心。

过了一分钟。

他眼底无波无澜，淡淡地开口："跟人谈话的时候看着对方的眼睛是礼貌。"

盛千姿感觉头顶有三只乌鸦飞过，瞬间缄默。

此刻她真想大骂一句：顾绅，你大爷！

难怪你家里人给你起名顾绅，你太有礼貌，实在是太有礼貌了！

晚宴结束，送走顾绅、顾珩和齐炀后，盛千姿坐在盛千盈的房间里，姐妹俩聊了会儿天。

她这妹妹天真单纯，社会阅历几乎为零，打小就喜欢顾珩，追在顾珩屁股后面跑，长大后，知道顾氏集团的主营业务是软件开发，高考结束便义无反顾地填报了临江大学的软件工程系，势要成为像他一样优秀的人。

事实上她也做到了。

顾珩修工商管理和软件工程专业双学位，27岁博士毕业，接管顾氏集团。

盛千盈比平常人早几年上大学，大学时因为优秀又破格跳了级，还差一年她就正式博士毕业了。

她真痴情啊！

这么多年，她还喜欢着顾珩哪！

盛千姿问她："你喜欢他那么久，就没有想过放弃？"

"想过。"盛千盈抱着枕头，可怜兮兮地说，"但我觉得我放弃了他，这世上就再也找不到第二个比他还要优秀的人了。"

"所以这就是你的动力？"

"嗯。"

盛千姿好像明白了什么。

但她这个人有个缺点，做事不像盛千盈那样执着，如果看不到希望，她很可能会放弃，放弃投资，停止追逐，她也不知道她会喜欢顾医生多久，能坚持多久。

她会有放弃的那一天吗？

盛千姿如往日一般回到医院，老奶奶已经出院了，她等着顾医生给她安排接下来的活儿。

但是顾医生不知道去了哪儿，一大早不见人影。

盛千姿百无聊赖地帮自己熟悉的护士干些零零碎碎的活，两人忙活了一上午，总算能休息一会儿，靠在护士站的桌椅旁闲散地聊天。

"生病真惨，不仅身体难受，严重的连生活都不能自理，还要别人扶着吃喝拉撒，什么事都要靠别人。"

"可不是嘛！"小护士在这儿工作几年，已经看惯了，"所以人哪，还是要健健康康的好，平时少熬夜，少吃不卫生的东西。"

盛千姿说："我最接受不了的是不洗澡，两天不洗澡我都要难受死，还不如让我死了算了。尤其是生理期，我是真的接受不了。"

"你们演员拍戏累吗？"小护士好奇地问。

盛千姿正想回答，一转身发现身后站着一个人，那人眼眸沉静地盯着她。

她被吓了一跳："顾医生，吓死我了，你走路都没声音的吗？你是鬼吧？"

男人眉峰蹙起。

盛千姿嬉皮笑脸地凑到他面前，补充道："就算是鬼，你也是好看到能勾人心魄的千年男妖精。"

男人扯了扯唇角，无奈地叹口气。

小护士扑哧一声笑出来："你什么时候学会拍顾医生的马屁了？"

盛千姿正色道："我哪有拍马屁，我说的都是实话。"

顾绅一本正经地走上前来，手上不知道拿着什么，一边签名一边淡淡地说："没做亏心事，怎么会被吓到？"

"我哪敢做什么亏心事？"盛千姿微微地笑着，"就算做亏心事，也逃不过你的火眼金睛啊！我最多就是偷个懒。"

顾绅看她一眼，懒得跟她废话，冲身边的小护士开口："让病人准备一下手术。"

"好，顾医生。"小护士对盛千姿小声说了句再见，便干活去了。

盛千姿见四下无人，凑上前，与他站近了些，低语道："顾医生，你要相信我，我刚刚真的没做什么亏心事，就是谈了点儿女孩子之间的隐私而已，你有听见吗？有吗？"

男人蹙眉，一眼就看穿了她在撒谎，顺着她的话回答："听见了。"

"啊？"她佯装大惊，"听见了？你听见什么了？"

男人不说话。

过了几秒，盛千姿白他一眼："你就装吧。好幼稚，你还配合我，我就说了一下生理期而已，哪有什么私事？"

顾绅像看傻子一样地看着她。

明明是她先开的头，最后怎么成他幼稚了？

他签好手上的文件，往护士站的柜子上一放，冷冷地道："干活儿。"

"是，顾医生。"盛千姿笑嘻嘻地说。

近日，临江突遭冷空气袭击，气温骤降。

临江仿佛一夜间走进了寒冬，冷风阵阵，还伴随着持续的雷阵雨。

盛千姿晚上出去了一趟，没带伞，天空刚好下起了暴雨，豆大的雨珠砸得人脑袋疼，就像有人站在云上往下倒水似的，还有越下越大的趋势。

她无奈地跑进一家商场躲雨，翻出手机，正想打电话问顾医生有没有空过来一趟，忽然想起，他今晚好像要上夜班。

他肯定没空。

算了。

等了一个多小时，盛千姿决定自己跑回去，反正路程不算远，回去后立马洗个热水澡，应该不至于生病。

然而第二天醒来，她感觉浑身疲惫，四肢无力，喉咙干哑，单手撑着脑袋又小睡了会儿，再次醒来时，抬手摸了摸自己有些发烫的脸蛋。

她好像真的感冒了。

盛千姿被迫接受这个事实，起床吃完早餐后，自己服了颗感冒药，再去医院。

感冒药有催眠的作用，她整个人昏昏沉沉的，走路时习惯眯着眼，像只慵懒的猫儿。

顾绅今天没有手术，下午坐诊，早上不算很忙，便去病房转了圈，看见盛千姿做事总是慢悠悠的，没什么精神。

顾绅凑近了问她："没睡醒？"

男人的嗓音低沉又好听。

但这一点儿也不能振奋盛千姿的精神，她点了点头。

男人蹙起眉，让她停下手上的动作，抬起手毫不避讳地抚上她的额头，语气一变："又发烧了？"

盛千姿蒙蒙的，也摸了摸自己的额头，她的手很烫，摸上去没什么明显的感觉，不像男人的手冰凉中带着点儿温暖："还好吧，不算很烫啊！"

"跟我过来。"

盛千姿乖乖地跟过去。

顾绅从抽屉里拿了支体温计给她测体温，几分钟后，读数，37.8摄氏度。

这算是低烧。

"最近干什么了？怎么会发烧？"他进入医生状态，语气尽量柔和地跟自己的"病患"谈话，只不过这不是什么跟心外科相关的病。

盛千姿如实交代："昨晚出去了一趟，买生活用品，回来的时候下雨了。"

"淋雨回来的？"

盛千姿点头。

"几点？"

"嗯？什么几点？"

"昨晚几点出去的？"

盛千姿回忆了一下："大概十点半吧。"

顾绅想了想，昨晚接近 11 点的时候确实下了一场大雨，持续到凌晨 3 点才停。

他几乎没有思考，下意识地说："怎么也不打个电话……"

话说了一半，他垂下眼帘，不知道自己为什么要说那后半句话，突然停下来。

盛千姿问："打什么电话？"

他冷冷地道："你没有朋友吗？不能让人送伞？"

"这附近没有朋友啊！我妹住在盛家，我经纪人也住得远，我就认识你一个呀，可惜你昨晚上夜班了。"盛千姿肯定地说。

顾绅给她开了几盒药，让她自己去药房拿，又索性给她请了假。

盛千姿看着病假单，惊讶了几秒："要请假吗？有这么严重吗？我可以不请假的，我不想请假。"

男人神色平淡，语气完全没的商量："回去休息两天，病好了再回来。你在医院带病做事也没有效率，还会传染感冒给病人。"

盛千姿真的被最后一句话给气到了，普通感冒虽然真的有传染性，但也不至于这么夸张吧？

她瞪他一眼，拿过取药的单子："你想关心我就好好关心，别口是心非地说一些伤人的话。你温柔点儿，我又不会小瞧了你。看在你是为我好的分上，我就不跟你计较了。"

盛千姿说完就走，下楼去缴费取药。

结果人家告诉她，顾医生已经缴过费了，她直接去取药就可以了。

女人就是容易心软。

盛千姿的火气瞬间没了大半，她甚至还因为是他开的药而心情甚好。

盛千姿回去吃药后睡了一觉，醒来已经恢复得差不多，她自己测了一下体温，36.4 摄氏度，烧已经完全退下去，就是感冒还没好。

她打开手机相机，对着体温计拍了张照片，打算发给顾医生，问问他能不能明天回医院。

短信还没编辑好，陈芷珊就打了个电话过来。

"千姿，你现在在医院吗？"

"不在啊！"盛千姿如实说，"我昨晚淋了雨，有点儿低烧，顾医生给我请了假，我在公寓。"

"发烧了？"陈芷珊关切地问道，"现在感觉怎么样？"

盛千姿笑道："睡了一觉，好多了。烧已经退了，就是还有点儿小感冒没好，没什么大碍。"

"我跟你说个事情啊！"

陈芷珊的语气有点儿严肃，每到这个时候，盛千姿就知道，接下来肯定是工作上的事情。

"嗯，你说……"

"郑斌导演的团队刚刚跟我说，他们找了池樾来友情客串男三号。"

"厉害啊，居然能请到池樾。"盛千姿诧异了几秒，"池樾答应演戏，让我挺意外的。"

"但是你也知道，池樾正当红，他的个人专辑也快发了，档期特别满。所以他们就想问你能不能明天或者后天去拍，他刚好有个空当。你戏份不多，时间排满一点儿，两三天就结束。顾医生给你请了多久的假？"

"今天周四。"盛千姿想了想，"他给我请了一天半的假，加上周末，刚好三天半。"

"现在就差你一个点头了，去吗？"

"去啊！"

答应了别人的事，她岂能食言？

况且她现在能拿到的资源已经不多了，很多导演不愿意找她拍戏。

盛千姿这几天也在看郑斌导演的剧本，女三号虽然戏份不多，也算是个讨喜并且考验演技的角色。

每一个机会，她都不想错过。

于是，当晚，盛千姿连夜飞去了滨州。

她凌晨3点才从滨州国际机场降落，去附近酒店睡了两个小时，匆匆忙忙地起床粘头套、戴妆发，还剧本不离手地看，细细地揣摩人物之间的情感关系。

她刚换上浅绿色的古装裙裾，郑斌导演敲门而入，跟她寒暄了几句。

"这段时间你一直在医院，我还以为你不来帮我这个忙了。"

"怎么会？除非瑶姨不让我来。"

郑斌是邓瑶的丈夫，对待盛千姿如长辈般亲近，这个忙，盛千姿肯定是要帮的。

这次拍的电影叫《海棠花未眠》，她客串的角色戏份不多，其中有一场落水戏和一场半"拉灯"的床戏。

当然，床戏中的吻戏也仅仅是借位。

她可不敢夺了池樾的荧屏初吻。

盛千姿把情况先说清楚："导演，我就三天假，多一天都不行，顾医生那边很严格，能把我所有的戏份都安排在一起，尽快拍吗？还要留一个晚上给我飞回临江。"

郑斌导演笑了声："没问题，就是休息的时间可能会没多少，等戏的时候，你能歇就尽量歇着。"

"谢谢啦。"

如今正值初冬，刺骨的寒风呼啸而过，滨州地理位置靠北，今年的气温比以往都低，已经渐渐逼近零摄氏度。

寒风刺骨，刮在人脸上生疼，全身上下都凝着冷意，更别说冰冷的湖水了。

为了不让自己说台词时呵出一团白雾，盛千姿每拍一场戏都要喝一口冰水。她舌头渐渐麻木，却还在坚持。

落水戏为了追求真实，也是在室外拍的，盛千姿坠入冰冷的湖水再浮上来，腿在湖中冷得瑟瑟发抖，也要强迫自己发挥出十分演技，演好每一场戏。

拍完落水戏的当晚，盛千姿复发低烧，她吃了药，只睡几个小时，又开始工作。

电影床戏的要求很高，即便是借位，也要借出情欲感。

女人衣衫半褪，露出雪白的肩头和精致的锁骨，身前的肌肤白皙似雪，在古装薄纱的映衬下，活脱脱一个绝世美人。

性感与妖媚层层叠加，配上盛千姿技巧与灵气并存的演技，导演十分满意。

不知道的人还以为她和池槭两人有过什么不为人知的情事，比真正的恋人还要真实百倍。

后来这场床戏不知被谁偷拍传了出去，路透照片满天飞。

两人的话题以迅雷不及掩耳之势蹿上了第一位。

评论区讨论激烈——

"盛千姿真幸福！千万不要告诉我这是真吻。"

"电影一般都真吻吧？很少有电影会借位吧？而且是郑斌导演的电影，呜呜呜呜呜。"

"资源咖就是资源咖，名声再不好，也有名导电影拍，不像贝旋，靠自己的硅胶脸刷存在感，连个上星剧都没有，啧。"

不知道哪条评论戳中了贝旋的痛处，她的团队立马动手脚，将盛千姿落水戏的路透照也放了出来，还造谣盛千姿为了拍戏，抽干了湖水，放温水来拍。

然而该话题没出现多久，郑斌导演便亲自上线辟谣，发了照片，连当时湖水的温度都说得一清二楚——只差 0.5 摄氏度就碰到零摄氏度那条线了。

他说湖水是零摄氏度也不为过。

盛千姿没想到她这几天在话题榜霸屏的事已经传遍了临江医院。

护士们休息期间都在讨论她和池槭的床戏，两人饰演的角色一个是"恃靓行凶"的梁国郡主，一个是妖孽腹黑的燕国王爷，怎么看都很般配。

"你们在干什么？"顾绅查完房，看见几个护士围在一起，低声问了一句。

小芝立马将手机里的照片放大给他看："顾医生，你怎么不早说啊，原来千姿请假是去客串郑斌导演的电影啊，对手戏男演员竟然是池槭。喏，现在网上全是路透照，虽然照片有点儿模糊，但还是能看出来，她的妆发超级美。"

"她去拍戏了？"男人的声音有些冷，他漫不经心地瞥了眼照片。

"对啊！"小芝用白净的手指点了一下手机屏幕，翻下一张图片给他看，"滨州两三摄氏度的天气，千姿下湖水拍戏，居然还被媒体造谣说是抽干了湖水用温水拍的，这些人真是没良心。千姿也真是，都不出来给自己说句话辩解辩解，不过我也不是很懂娱乐圈的事。幸好郑斌导演出来辟谣了，湖水就是零摄氏度，根本不存在什么抽干湖水用温水拍戏，千姿也没有用替身，完全是亲身上阵，那些造谣的人才肯消停。"

男人的眼眸幽深，如一潭寒水。

他低哂了一声，仿佛不感兴趣，转身离开。

盛千姿拍戏回来，只睡了几个小时便去了医院。

这几日连轴转，她的精神状态差了许多，为了不让顾医生察觉，她拼命地掐自己掌心的肉。

如果她真的露馅了，就只能如实交代。

不过他没有微博，应该不会知道吧？

盛千姿天真地想着，站在护士站的桌子后面跟小芝聊天，正好，男人穿着白大褂从对面走来，黑皮鞋，西装裤，大褂里面是他常穿的纽扣扣得一丝不苟的白衬衫。

几日不见，盛千姿格外想他，视线紧紧黏在他的身上，瞳孔里细细碎碎都是他走路的身影。

忽然有个家属过来拦住他。

他扯下口罩，勾起唇，对病人家属展颜，似乎在说"手术很成功，不需要担心"之类的话语。

即便盛千姿听不清他在说什么，也能想到，他此刻的声音绝对很温柔，像大提琴悠缓拉出的小夜曲，有抚慰伤痛的作用。

真羡慕啊！

顾绅谈完话，继续走过来，靠近护士站时，将一沓文件放在桌面上递给小芝，随后重复交代了一下下午的手术安排。

盛千姿站在一旁，大胆地看着他，眼中尽是迷恋，可他并无半分动容，说话的语气也不如以往那般温和，像凝了一层厚厚的冰，整个人寒意凛然。

却不知道为什么……

盛千姿等待着时机，见他交代完工作，便喊了一声："顾医生……"

后半句话还没说出口，已被他截住。

他说话的对象却不是她，而是她身后的护士："待会儿手术的病人安排好了吗？"

"安排好了。"对方比了个"OK（好）"的手势，"就差你这个主刀医生了。"

"我现在就过去。"男人仿佛忽略了她的存在，没几秒便和她擦肩而过，只留给她一个顾长的背影。

盛千姿站在原地，看着他渐渐走远的背影，想到他刚刚明明就站在她面前，却连一点儿余光都不愿施舍给她，心里就不由得失落。

小芝也察觉到刚刚的气氛很微妙，低声问："你和顾医生怎么了？你得罪他了？"

"好像没有吧。"盛千姿不太确定，黯然地垂下眼皮，强迫自己不再想这些乱七八糟的事。

好好做事，等他手术出来后有空的时候再问问他，说清楚就行了。

下午。

有人来告诉盛千姿："顾医生昨天在临江二院会诊，有个文件袋落在那儿了，希望你去取一下。"

"文件袋？"盛千姿蹙了蹙眉，"里面有很重要的东西吗？"

"好像是吧，他说他今晚要看里面的资料。"

来传话的女生叫黄梦雅，盛千姿对她有印象，是苏医生手下的实习生，如今苏医生还在 ICU 昏迷不醒，她自然而然就转到了顾医生的手里，刚刚还跟着顾医生一起进了手术室。

"我知道了。"

盛千姿没多想，应下这份差事。

他在生气，她肯定要好好完成他交代的事情才能去哄他呀！

盛千姿随便收拾了一下，走出医院，打车前往临江二院。

临江第二人民医院是临江这座城市处于郊区的一家小医院，是临江医院专门为郊区人民而成立的分院，医疗医务资源肯定没有临江医院那么先进和完善，患者转院和邀请医生会诊是常有的事。

乘了将近一个小时的车，盛千姿才到达目的地，走进去问了许多护士，碰了很多次钉子，才找到顾医生会诊的科室，拿到他落在这里的东西。

盛千姿准备返回，行至医院门口才发现，天幕黑得明显，乌云密布，风呼呼地刮着，吹乱了她的长发，仿佛下一秒大雨就要倾盆而至。

这里太过偏僻，又是近乡村地带，出租车基本是不会从这里经过的。

她瞅了眼手表，发现快5点了，手机电量即将耗尽，隐隐有要关机的趋势。

有零星小雨从天际飘落，盛千姿翻包拿伞，一边凭着记忆往马路人多的地方走，一边打开手机叫车，奈何等了十几分钟也没有司机接单。

大家都是精明人，估计是嫌路途遥远，大雨将至，要是将车开过来，途经泥地，赚到的钱连洗车都不够，才不干这划不来的事。

眼见电量已经逼近4%，盛千姿打开通讯录，打了个电话给顾绅。

几乎是下意识地，她最想拨通的就是他的电话。

铃声响了将近半分钟才被接起，男人清朗的嗓音传来的同时，豆大的雨点毫不留情地砸下，黑沉沉的天像要塌了似的。

"什么事？"他的声音冷漠低沉，还带着些微不耐烦。

盛千姿生怕手机关机，一口气说完："顾医生，现在天很黑，快要下雨了，看样子一时半会儿也停不了，我一直打不到车。我在绍兴南路一家关了门的粥铺门口等你，你能来接我一下吗？要是没空，喊辆车过来也行。"

"你在城东？"盛千姿从话筒里听出了一声低嗤，觉得有些莫名其妙，"盛小姐是没手还是没手机，不会自己叫车？"

"不是。"盛千姿觉得莫名其妙，"我手机快没电了，也叫不到车，不然我叫你干什么？"

盛千姿听见那边有护士在催促，顾绅似乎也觉得她刚刚这理所当然的语气很莫名其妙，耐着脾气，低声说："你跑去城东，那是你自己的事，我没有义务去接你。盛小姐，你已经是一个成年人了，我希望有些事情你可以权衡一下利弊再去做。"

紧接着，话筒里立马没了声音，盛千姿拿下手机一看，关机了。

他是神经病啊？不是他让她跑来城东的吗？

他不会以为是她挂了他的电话吧？

越想，盛千姿就越生气，气得想将他的东西给扔了，但一想到这是患者的资料和会诊记录，还是将它放进包里塞好。

手机没电，这么大的雨，就算有伞也无济于事，她连坐什么公交车能回去都不知道。

盛千姿只能问人，但此刻雨不停地下，湿冷的雨水顺着粥铺的屋檐淌落，一排排的水滴如厚重的珠帘般拦在空中，让人难以向前。

风轻轻一吹，珠帘就斜了，将人的裤脚打湿，水痕慢慢漫延至膝盖，冷得令人发抖。

时间一分一秒地过去，路上竟然连一个行人都没有，只有冷漠地驾车驶过路面的司机，任凭盛千姿跑出去如何招手，依旧不肯施舍一个眼神。

不多时，夜幕就将这片天空覆盖。

盛千姿看了眼手表，已经接近晚上8点了，顾医生如果真要来，下了班再来这儿也早就到了。

现在还没到，就说明他不会来了。

盛千姿觉得自己有点儿可悲，曾经站在领奖台上风光无限，所有人都夸她漂亮，夸她演技好，可虎落平阳被犬欺，曾经向她告白、欣赏她、爱慕她的人，如今背地里恨不得狠狠踩她一脚，告诉她以前的她有多可笑。

她自以为赢得了全世界，殊不知所有人都在看她笑话，看她何时跌倒。

可她又做错了什么呢？

她被人取笑，被人嘲讽，被人羞辱……

这场雨就像一根导火线，发酵已久的委屈彻底将她击垮，她抱着包，蹲在粥铺门前，任雨打湿她的长发，哭得不能自己。

豆大的泪珠直往下掉，仿佛要砸到人心上。

曾经她自诩幸运，有个完整的家，有恩爱两不疑的父母，有天真可爱的双胞胎妹妹。

8岁那年，母亲患了癌症，半年不到便撒手人寰，盛千姿哭了几天几夜，无心上学，每每午夜梦回，她仿佛都能看见自己的母亲轻轻擦拭着她眼角的泪，让她莫牵挂，往前走。

母亲去世三个月后，盛千姿终于回归了正常生活，作为长女，她像个小大人一样，想去劝劝自己的父亲，不要终日消沉。

当她走进父亲的书房，亲眼看见他的助理秘书坐在他的大腿上——那个属于母亲、她，还有千盈的领地——和他父亲调情时，盛千姿的眼中第一次有了恨意。

母亲才走了三个月！

盛千姿清晰地记得，母亲临终前执着盛新荣的手念出的那句诗：生当复来归，死当长相思。她说："我也好想陪你终老，看着千姿和千盈长大，但生死由天命，天命难违，即便不在你们身边，我也会一直想念着你们。"

母亲在天际日日牵挂父亲，他却像换衣服一样立马迎来新欢，将往日的恩爱抛在脑后。

盛千姿不知道自己哭了多久，眼泪从红红的眼眶中啪嗒啪嗒落下，细密纤长的睫毛都沾了水，显得楚楚可怜，没有平常的明艳妖媚，就像一个无家可归的小女孩，蹲在下着暴雨的昏暗街头，默默地哭泣。

不知不觉间，雨已经砸不到她的身上，她眼前出现了一双锃亮的皮鞋。

她愣了几秒，抬起眼，慢慢往上看，看见挺括的西装裤和白衬衫，一个男人撑着伞站在她的面前。

当看清男人的脸庞时，她心中异常平静，伴随着几丝几不可察的失落感。

盛千姿垂下眼帘。

顾珩蹲下，抚了抚她湿透的长发，借着路灯微弱的光线看着她满是泪痕的脸，心头漾起柔软的情绪，无奈地说："怎么哭了，还哭得这么惨？"

其实他还想说：让我心疼死了。

盛千姿捂着脸不让他看，眼睛依旧湿漉漉的，泪水盈目。

盛千姿惨兮兮地道："我想我妈了……"

"傻瓜。"

顾珩扶她起来，揽着她的肩膀，伞面几乎完全倾斜到她的头顶，带她上了路边的一辆科尼赛克。

顾珩完全不介意盛千姿穿着湿透的衣服直接坐进他的超级跑车，耐心地递毛巾给她擦头发，递纸巾给她擦眼泪。

盛千姿擦完头发，柔软的黑发凌乱地缠在一起，她毫不理会，随意地用手拨了拨，抽张纸巾擤了下鼻涕，清澈的眼瞳直直地看向他："你怎么知道我在这儿啊？"

顾珩绕开了这个话题，捏着眉心，像是有些无奈，笑着开口："你就这么不喜欢我吗？堂堂最佳女主角，许多人心中的白月光、朱砂痣，在我面前毫无形象地擦眼泪、擤鼻涕？"

盛千姿无语地瞪他一眼："我也是人好吗？"

"如果来接你的人是顾绅，你也会这样？"

她说不出话来，因为答案很明显：不会。

在顾医生面前，形象是最重要的，尤其是她目前还处于追求阶段。

"所以是他让你来的？"盛千姿试探着问。

"怎么可能？"

天色不早了，顾珩发动引擎，准备送她回去。

盛千姿不死心地问："那你怎么知道我在这里？总不能是因为你去医院找我，发现我不在，然后绕了大半个临江才找到我的吧？"

"我哪有你那么傻？齐炀说的。"

"顾医生不知道？"

"我怎么知道他知不知道？现在来接你的人是我，能别提那小子了吗？"顾珩别过头看她一眼。

他的语气有点儿重，女人低着头不说话，手指摩挲着已经关机的手机，显得甚是可怜。

他认命地再补充一句："齐炀管我叫哥，当然向着我。"

这盛千姿是知道的，顾绅在国外那么多年，就算小时候他和齐炀玩得再熟，也抵不过这几年齐炀和顾珩的"狼狈为奸"。

"哦。"

那意思就是说，顾医生不知道有人来接她，他也没来。

车厢内陷入难挨的沉默。

只是他们都没注意到，相隔五十米左右的距离，有一辆出租车停在路边。

"先生，到了。"司机礼貌地提醒。

车里的男人声音平和、冷淡，他仿佛才回过神来，收回望向某处的视线："回去吧。"

"啊？这不才来？"

"回去。"

盛千姿回到公寓，先放水盈满浴缸，等待水满的间隙，她去洗了个头，开着免提跟齐炀打电话。

齐炀恨铁不成钢地说："你怎么那么蠢？那黄梦雅让你去干什么你就去干什么？你是傻子吗？难怪顾珩说你从小猪脑子，你就是猪脑子。"

"什么啊？"盛千姿听得不明不白的，"又骂我。"

"你还没反应过来？"

"我反应过来什么？"

"你的智商真是刷新我的认知啊盛千姿，真不知道你是怎么混娱乐圈的。"齐炀说，"我就直接跟你说吧，让你去二院拿东西根本不是顾绅的意思，那件事本就该是黄梦雅去做的，而不是你。"

盛千姿诧异了几秒："真的？可为什么啊？我又没得罪她，我跟她接触得不多，我碍她的事了吗？"

齐炀将今天下午在医院无意间听到的话一字不落地告诉盛千姿：

- 66 -

"你碍没碍她事我不知道，我也搞不懂你们女人。黄梦雅原本是苏医生的实习生，前几天苏医生出事了，黄梦雅就暂由顾绅接管。今天应该是她第一次跟顾绅进手术室，各种基础知识不够扎实，还自以为是，被顾绅骂了一顿，让她去跑腿，结果她将这个吃力不讨好的活儿推给了你。"

盛千姿认真地回想了一下。

难怪今天她打电话的时候，顾医生的语气和态度那么奇怪。

她梳理了一下大概的过程，恍然大悟："也就是说顾医生根本就不知道我去城东是为了给他拿文件？"

"嗯，算是吧。"

盛千姿知道这个消息后，方才一直压抑着的心缓和了一些，但也没缓和多少。

当时情况那么紧急，她都跟他说到那个份上了，他怎么也该来看看吧？

万一顾珩不来，她无法想象自己一个人在乡村偏僻地带会发生什么意外。

淋了那么久的雨，盛千姿感冒加重，因为拍戏复发的低烧也没有完全恢复，她未着寸缕，抬脚踩进装满热水的浴缸。

在袅袅水雾中，她又困又累，闭上哭得酸涩的眼睛，屏息。

所有的疲惫在一瞬间倾巢而出，她累得差点儿直接睡过去。

第二天，盛千姿重新返回医院，与顾绅进入了冷战状态，见面不打招呼，也不跟他说话，自己看见活儿就去干。

其间，他来她所在的病房两三回，病人是个七八岁的小孩，对于自己的病既担心又害怕。

每次，他与小孩对话都表现出十足的耐心，那嗓音是盛千姿从未听过的柔软。

护士来给小孩打针做检查，中途出了点儿小差错，顾绅没有过多责怪，还低声让她别紧张。

盛千姿沮丧地垂下头，一瞬间觉得自己很坏。

但不可否认，刚刚那些画面，她感觉有些刺眼。

既然他有时候是那么温柔的一个人，怎么不对她也温柔一点儿？

盛千姿发呆半晌，被他冷冰冰的嗓音唤醒。

"来我办公室一趟。"

盛千姿深吸一口气，跟过去。

一进门，他就打了个电话，语气极冷："黄梦雅，来我办公室一趟。"

黄梦雅不知道顾绅叫她来所为何事，却也猜到了七八成。她敲门而入，看见室内还有盛千姿时，心已凉了半截，声音毫无底气，低声问："顾医生，这么急地把我叫过来，是有什么事吗？"

顾绅生气的时候没有很明显的特征，除了声音有些冷、不直视对方外，基本看不出低沉的怒意。

他喝了口水，慢条斯理地开口："昨天下午，你把手术室搞得一团糟，我将你赶出去，让你去二院帮我拿回一份文件。文件呢？"

盛千姿听见最后一个问句，眨了眨眼，脑子有点儿蒙。文件不是让顾珩给齐炀，再让齐炀转交给他了吗？

黄梦雅双手攥紧垂在身前，低着脑袋，半天都说不出一句话："我……我……"

"你什么？"顾绅抬起眼，追问。

这时候，盛千姿才发现顾绅在生气，而且气得不轻。

这种无声无息的怒意更瘆人。

顾绅拉开抽屉，将那份文件从里面拿出来，放在桌面上。

盛千姿垂眸，安静地看着他。

"你没有去，而是自作主张把这个你认为吃力不讨好的活儿以我的名义推给了别人，让别人替你去做。"

黄梦雅根本不敢抬头。她原本以为顾医生早上不找她是不计较，却没想到是还没来得及计较。

她泪水盈满眼眶，没几秒，办公室里便响起了她细弱的哭声："对不起，顾医生……我不是有意的，我早就认识到自己的错误了，以后不会这样做了……真的不会了。"

顾绅撑着额头，并不在意她哭得有多惨，眼眸无波无澜："如果现在摆在你面前的是一个病情棘手且危重的病人，你是不是也打算将病人推给别人？"

"没有，我不会的……这根本不能类比。"

"怎么不能类比？"顾绅说，"医生本来就是一个投入与回报不成正比的职业，而你被训了几句，不但不反省，还将本该由自己完成的事推给别人。你需要道歉的对象不是我，而是她。"

齐炀这时候闯了进来，靠在门边，抱臂调笑："哟，有好戏啊？"

黄梦雅哭得喉咙一哽一哽的，一边抹眼泪，一边低头向盛千姿道歉："对不起，我不应该以顾医生的名义让你去完成本该由我完成的事情，对不起，真的对不起。"

刚入职场没几个月的女生脸皮薄，不一会儿就承受不住，羞得跑了出去。

盛千姿叹了口气。其实她在意的从来都不是黄梦雅以他的名义让她干什么，而是那天她用仅剩的电量抓住救命稻草一般向他求救，他却无动于衷。

那句"我没有义务去接你"仿佛一把冰刃割在她的心口，让她久久不能释怀。

齐炀突然来这儿肯定是有原因的。

他随便拉了把椅子坐下，发现气氛有些微妙，打算快点儿说完自己的事开溜。

"那谁……梁一然，梁一然还记得不？他在新塔路那边开了间酒吧……"

盛千姿当然记得。

顾绅点了点头。

"我手头有些存款，就稍微……投资了一下。"齐炀家不算豪门，父母都是老师，顶多是个中薪阶层，第一次搞投资，自己跷着二郎腿说得倒起劲儿，但没人想听，"那酒吧我也有份儿，后天酒吧开张，你们就赏个脸，晚上抽空去玩玩？不许拒绝啊，兄弟的面子怎么也得给。"

盛千姿没兴趣，揉揉鼻子，立马回绝："我就不去了，感冒。"

顾绅答："再说吧。"

齐炀难以置信："不是，怎么回事啊你们？还是不是朋友，还是不是兄弟了？"

现场又陷入尴尬的沉默。

盛千姿一时半会儿不是很想看见顾绅，实在撑不住，以"不想将感冒传染给病人"为由请了两天假，回公寓休息。

顾绅并未拒绝，还职业病犯了一般地嘱咐了她一些发烧感冒的饮食忌口和细节。

齐炀对他俩这状态感到无语，又不知道该说什么，只能耸耸肩，自讨没趣地离开。

刚迈出门口，他又立马退回来，警告顾绅："那小妞不去，你必须给我到场，别想骗我！我知道那天你没有夜班，下了班就给我过来，几个兄弟难得聚到一起，下次都不知道得等到什么时候。"

盛千姿回到公寓，没吃午饭，脱了鞋，换上睡衣，裹着被子在床上躺了一下午。

临近傍晚，她这低迷的情绪愈演愈烈，原本轻微的低烧也变成了高烧，体温直逼 39 摄氏度。

陈芷珊不放心，大老远地跑过来照顾她，想带她去医院，她死活不愿意，盖着被子独自在里面难受，手指紧紧地抠住被单，说什么都不愿松开被子露出脸来。

陈芷珊第一次见她这样，没辙，只能先倒杯水过来，放在床边的柜子上。

"千姿，我给你倒了杯水，就放在这儿，你等下起来把它给喝了啊！"陈芷珊说，"我现在下去找个药店买点儿药上来，你不去医院怎么也要吃药，不然烧太久，会把人给烧坏的。等我回来，我要看见水杯里的水喝得干干净净，记得一定要喝。"

陈芷珊走出卧室，她对这附近不算熟悉，打开手机，正准备翻导航看周围有没有药店。

她倏地想起，盛千姿说过，顾医生就住在楼下。

既然有个现成的医生在，她何必下去买药呢？

于是她下楼按响了顾绅家的门铃。

隔了两分钟，男人才开门，看见她稍显讶异。

她解释说："我是盛千姿的经纪人，她现在发烧了，已经快39摄氏度，不肯去医院。大晚上的，现在……已经12点多，不知道楼下的药店还不开门，顾医生，你有什么办法吗？"

她把盛千姿形容得要多惨有多惨。

男人听完，让她进来先坐一会儿，走进卧室待了五分钟才出来，用干净透明的小盒子装着几粒药片，外加一盒没开封的口服液，递给陈芷珊。

陈芷珊接过一看，里面还夹着一张手写的字条，是药的用法和用量。

字体是熟悉的偏潦草的瘦金体。

顾绅不愧是医生，家里常备的药简直应有尽有。

她只不过抱着微小的希望来问一下，还真让她拿到药了。

陈芷珊安心了许多，想起刚刚盛千姿的状态，那傻丫头可不仅仅是发烧那么简单，貌似心情还有些低落，多半也与他有关。

她眨了眨眼，指着楼上："千姿她……挺难受的，你要不要上去看看？"

说完，她感觉措辞有些暧昧，又补充了一句，给他一个台阶："她不肯去医院，我没有办法，毕竟你是医生，懂的东西肯定比我多得多，也不至于手忙脚乱……"

顾绅轻轻摇头，低沉的声音显得有些冷漠："时间不早了，你上去吧，让她吃了药就睡一觉，我不去了。"

"好。"陈芷珊提议失败，摆了摆手，"再见，顾医生。"

初冬的晚风掠过。

陈芷珊叹了口气，强迫盛千姿服下药，等她睡着，摸摸她的额头，感觉没那么烫了才放心离开。

翌日，盛千姿从卧室醒来，感觉整个人轻松了许多。她屈起膝盖，将脸靠在上面，静静地待了会儿。

她望着窗外缓慢移动的浮云，呆愣了许久，眼睛几乎没眨过。

昨晚她想了很久，也想了很多。

关于母亲，关于她的童年，关于顾医生……

仔细想想，她是不是太自私了，不懂得换位思考？

她少时离开盛家独自生活，16岁做书模和平面模特入圈，基本没有怎么得到过长辈的关爱，齐炀说她是"依赖型"人格。

在择偶方面，她会更偏向于沉稳成熟、比她年纪稍大的男人，也会更喜欢外表温润亲切的那一类。

那日，她打电话给顾医生，让他来接她的时候，本就没有说清楚自己去城东的目的是什么。

顾医生的语气有些冲，他说出一些气话很正常。

盛千姿下床倒了杯水，喝了几口，忽然很想下去问问他，那天晚上，他到底有没有去……

哪怕他只是动过念头，也是可以的。

这至少证明他不是完全不在乎她。

盛千姿换了身衣服，去七楼，纤细的手指伸出，又犹豫地缩回，迟迟按不下门铃，但又不愿跟他再这样冷战下去。

她是动心的那一方，痛苦的永远只会是她。

盛千姿闭起眼，往下一按。

结果过了五分钟也没有人来开门，她不死心地又按了几次，依旧没人开门。

她等了快二十分钟，顾医生也没出来。

他应该是不在家吧。

依照他彬彬有礼的性子，怎么会有不给人开门的一天？

盛千姿给他发短信："顾医生，你在家吗？"

男人还没回复，陈芷珊的电话倒先打了过来。

"怎么样？好点儿没？"

"好多了。"盛千姿气音有些弱，胜在楼道安静，将她细弱的音量提高了几度，"谢谢你啊，珊姐。昨晚真不好意思。"

"跟我提什么谢啊？"陈芷珊说，"你既然醒了，就出去买点儿粥啊面啊之类的吃一下，不要吃煎炸油腻的食物，多穿点儿衣服。我还有点儿事要处理，处理完去看你啊！"

"知道了。"

盛千姿没有回公寓，而是直接乘电梯下到一楼，穿着白色长款羽绒服，戴上毛茸茸的帽子，把围巾缠了一圈又一圈，往上一扎，遮住大半个脸蛋。她抄着手，走了十几分钟也不知道该吃什么。

最后，她只能折回小区附近经常去的馄饨店，点一碗清汤馄饨。

吃完结账，她随意瞄了眼手机的短信界面，顾医生并没有回复。

盛千姿也不在意，这个点儿虽然已经临近中午，但顾医生估计还在忙，肯定没时间碰手机。

所以他不回复很正常。

然而她走回去的时候发现，身旁驶过一辆异常熟悉的白色路虎，在小区门前停了半分钟后，慢慢驶入……

远远望去，从车的右侧后视镜内，还能看见一个女孩坐在副驾驶位上托着腮百无聊赖地看风景。

画面和谐又美好。

盛千姿顿住脚步，手像是没有安全感似的缩进羽绒服的袖子里，紧紧地攥住袖口，几乎是下意识地走过去，不远不近地站在车的周围，静静地看着。

一个女孩拉开车门，开心地下了车，平刘海，短头发，娃娃脸，个子不高，身子骨瘦瘦的，十八九岁的模样，样子不算好看，胜在可爱。

盛千姿觉得这人有点儿眼熟，好像在哪儿见过。

仔细一想，她才想起来，女孩叫边小凝，曾经和她在邓瑶阿姨的办公室里见过几面，是邓瑶阿姨的学生。

顾绅下了车，将车落锁，与她说了几句话，无奈地走进单元楼，那女孩也跟了进去，一起进电梯。

顾绅的车子并没有停进小区停车场，盛千姿知道他肯定还会出来。

果然，没几分钟，他跟那女孩又下来了，手上拎着一沓类似文件的东西，开车离开。

盛千姿看得入迷，竟然忘了回去。

她一个人坐在小区公园的石凳上发了许久的呆，强迫自己不要乱想，或许那只是顾医生的亲戚或者朋友，他们没有那一层关系，顾医生也不会喜欢那个女孩。

可是那天他拒绝陈滢滢时说的话犹在耳边清晰地回响，一遍又一遍地提醒着她，所有的条件，那女孩都符合。

盛千姿正当红那会儿，每次出席活动都会被媒体逼问关于理想型的问题，她只能大概地形容出她可能喜欢的类型。

如今这些标准套在顾绅身上，却只中了一半。

若不是心里念着一个人，他又怎会说得丝毫不差呢？

盛千姿自嘲地想。

手机铃声忽然响起，她快速从羽绒服里掏出手机，以为是顾绅的电话，在看见陈芷珊的来电显示的那一瞬间，又密又长的睫毛掩下失落的情绪："珊姐。"

"干吗？语气怎么怪怪的？你以为是谁给你打电话啊？"

"哪有，你别笑话我了。"

"不笑你了。"陈芷珊换上严肃的语气，"你在哪儿呢？我到你家门口了，怎么按门铃没人理我，你还没回来吗？让你去买点儿东西吃，怎么去了那么久？"

"我在楼下公园呢，无聊。"

"无聊还不快上来？外面冷。"

"嗯。"盛千姿缩了缩脖子。

外面是挺冷的。

太冷了。

盛千姿上去后，陈芷珊忘了跟盛千姿说药是从顾医生家里拿的，盛千姿也没告诉她刚刚在楼下看见的事。

陈芷珊看出她情绪低落，低声问："怎么了？最近不开心吗？"

"有点儿。"

陈芷珊直截了当地问："是因为顾医生？"

"算是吧。"

"感情的事不能勉强，你别把自己逼得太紧，顺其自然就好。"

"我不会勉强的，也不是非他不可。如果他真的不喜欢我，我会选择离开，就像当年离开盛家一样。"

盛千姿想开了许多，回医院干活，仔细算算，她来医院当志愿者已经快三周了。

昨晚邓瑶还打电话跟她商量，因事情有变，希望她提前结束体验期，留出一个星期或半个月的时间，主演、主创们围在一起研读一下剧本，再开机。

盛千姿没意见，如果一减再减，时间就没多少了。

还剩三天，她就可以正式离开医院。

今天顾医生不在医院，小芝也不知道他去了哪儿，说是最近外院有个重症病人特别棘手，顾医生已经外出会诊过很多回了。

小芝还说，她最近听到了很多八卦。

盛千姿对此不太感兴趣，但闲着也是闲着，任她在那儿起了劲儿地说，听着就好。

"你这两天不在医院，都没看见最近经常有个个子不算很高的小女生来找顾医生，顾医生每晚下班都会跟她一起出去。哦……有时候中午也会出去，连饭都不吃就走了，不过他俩应该是去外面吃吧，反正我是不懂。你说顾医生会不会恋爱了呀？"

"小女生？"盛千姿低声询问，"是平刘海、短头发、娃娃脸的女生吗？"

"咦？"小芝笑，"你怎么知道？就是娃娃脸、短头发、平刘海的女生啊！"

"我无意之中看见过。"盛千姿无奈地笑。

临近上午11点，顾绅才从医院外面回来。

盛千姿没有主动打招呼，佯装没看见他，以为他会从她身边径直走过……

她却没想到，他停下脚步，淡淡地瞥她一眼，低声说："姨都跟我说了，你再在医院待三天就可以结束这边的事情离开，我这边没有意见。之前她将你交给我的时候，简略地说过剧本的大概内容，待会儿我来跟你说一下现实里的医生放大到荧屏需要注意什么细节。现在是上班时间，我们午饭的时候再聊？"

盛千姿没想到他要跟她说的是这个。

离别的气氛越来越浓……

"没问题啊！"盛千姿大方地回视他，"我正好也想问顾医生一些专业性的问题，没想到你先提出给我解惑了。"

"嗯。"顾绅又看她一眼，总觉得她今天的语气与那天相比变了许多，整个人像是活了过来，"身体好些了吗？"

"谢谢顾医生的关心，好多了。"

顾绅见她笑了，语气温和，又将她当成了自己的病患，语速缓和地开口："你拍戏经常需要拍下水这类桥段吧？平时要多注意，少吃生冷油炸的食物，尽量不要喝冷水……"

盛千姿轻笑了声，心不在焉地听着，手指轻轻拨弄护士站桌面上的圆珠笔，歪头敷衍道："顾医生，我拍戏的时候连米饭都很少碰，更别说这些了。"

顾绅蹙起眉："饭还是要吃的。最起码要维持人体机能，吃到适度饱就可以了。"

盛千姿不走心地冲他笑，乖巧地点头："知道啦。听你的，都听你的。"

"好了，你去干活儿吧。"

顾绅没再看她，叹了口气，转身离开。

窗外的光线洒在他的身上，像是镀了一层柔和的光晕，淡金色的光柔和了他以往的清冷形象，让他看起来温柔了许多。

盛千姿看着他的背影，黯然地垂下眼皮，拍了拍自己的脸蛋，强迫自己不要胡思乱想。

不就是个男人吗？

这个不行，那就下一个。

她能在医院学习的时间已经不多了，是时候做点儿正事了。

这一小会儿的工夫，她已经将自己沉浸到了一种观察学习的状态，极少与人闲聊，小声询问了一下重症病人和病人家属面对疾病的看法和心态，观察他们的表情，认认真真地做着笔记。

事实证明，越观察，只会越抑郁。

他们脸上大多透着一种无力感。

死亡是世上既无奈又无解的事情，对世界而言这是自然规律，可对一个家庭或者个人来说，便是大难临头，油尽灯枯。

人人都说，20岁的盛千姿是个有天赋、有灵气的演员，但没有人知道，她当年为了演张爱玲，每天泡在学校图书馆，几乎翻遍了所有张爱玲的作品与传记，并且写了读后感。

她又请仪态老师帮她纠正形体，足足用了一个月才将自己大大咧咧的随意性子变成了民国才女的模样。

张爱玲虽出身于贵族，幼年成才，但亲人一直对她不好，因此造成了她孤高冷傲的个性，对人对己，尽是刺骨的凉薄。

当初试第一场戏的时候，邓瑶坐在机器后看见由盛千姿演绎的张爱玲，便知道这个姑娘不简单。

"最佳女主角"于她不过是荣耀加冕，更难能可贵的是她身上那股对演艺事业较真的劲儿。

盛千姿的报告写到一半，顾绅过来了。

为了不打扰别人，她是蹲在角落的长椅边上写的，男人也跟着蹲下，随意瞥了两眼。

"其实你完全可以用电脑打字，姨应该不会在意这些。"

两人挨得有些近，盛千姿甚至都能闻到他身上清淡好闻的酒精消毒水的味道，勾唇一笑，没看他，低声说："我这不是为瑶姨写的，是为我自己写的。"

他仿佛顿了一秒，换了个话题："你写完直接去我办公室找我，我们去食堂谈。"

"不用了。"盛千姿将笔帽盖好，站起身，"现在就去吧。"

两人一起前往食堂。

顾绅个儿高腿长，走起路来步子迈得比她大得多。他总是这样，完全不等她，她需要快步走才能追上他的步子。

但这一次盛千姿不想走那么快了，赌气地按照自己的步调，慢吞吞地跟在他身后。

他们走的是小道，周围没什么人。

男人走了一段才发现有什么不对劲，转过身来，轻轻看她一眼。

"怎么那么慢？"

"不慢啊！"盛千姿并不觉得自己的速度有什么问题，"我的步子一直都是这样。"

"是吗？"他面无表情地又打量了她一眼，估计心里在想：以前不是挺快的？

但今时不同往日了，顾医生。跟在你身后，太累了。

盛千姿腹诽。

她将他的饭卡递给他，提议说："顾医生走得那么快，不如先去打饭吧？我吃得不多，快拍戏了，随便来两样青菜就行。"

他接过饭卡，同意了她的提议。

不一会儿，他就没了人影。

盛千姿走到食堂的时候，顾绅刚好将两盘饭打过来，她在他的对面坐下。

他说："先吃饭，吃完再聊。"

盛千姿点头。

她吃得不多，一方面是最近生病，没什么胃口；另一方面是确实要管理一下身材和脸蛋，不然拍戏的时候肉都挤到脸上去，观众看了得多难受。

所以当顾绅吃完的那一刻，她也放下筷子，说："吃饱了。"

顾绅问："这就饱了？"

盛千姿答："嗯。"

"行，我先来跟你说说我能想到的细节。"

盛千姿早有准备，将饭盘推到一边，拿出纸和笔，一边听一边记录。

顾绅为了迎合她记录的速度，语速也刻意慢了些。

此刻她的长发松散下来，有几缕碎发落在颊边，被她随意地撩到耳后，露出精致而完美的脸，皮肤白皙，红唇饱满，不点而朱。

忽然写错一个字，她漾起笑意，勾了勾唇，当没事发生似的，勾掉，继续写……

结束后，盛千姿向顾绅道了谢。

他问她："今天怎么没绑头发？"

盛千姿怔住，摸了摸散开的柔软长发，掩下眼底的失落。

明明她早上是绑着头发的，才半天不到，他就忘记了吗？

盛千姿低声说："头绳断了，下午我找人借一根。"

"嗯。"

顾绅没有过多停留，直接离开。

盛千姿走回住院部，看见几个护士趁病人在午休，偷了个懒，低声讨论得热烈。

护士 A："喂，你们有没有看见这几天傍晚来找顾医生的女生啊？"

护士 B："有吗？我没留意啊！"

护士 C："我知道，我知道，我看见两回了。每到傍晚，她都会来顾医生的办公室外等他，然后一起走。"

护士 B："你觉得她会是顾医生的女朋友吗？"

护士 A："不清楚，我感觉像。而且他们一起走，是回家吧？前段时间不是听说顾医生不住在顾家了吗？他搬出来不会是为了谈恋爱吧？"

几人围在一起一边笑一边聊八卦。

原本还想借头绳的盛千姿无奈地转了个身，掏出耳机，一边听歌一边往外走，在医院的后花园闲逛。

冬日午后的太阳带着几分暖意，阳光落在她低垂的眼睫上，睫毛浓密又细长，掩盖住眸子里的黯然。

盛千姿觉得无聊，就找了处幽静的小亭，坐在石凳上，安安静静地写报告。

她的字小时候跟母亲专门练过，母亲是南方江浙一带的人，平日里讲的是吴侬软语，能写出一手娟秀柔婉的小楷。

所以盛千姿的字也不差。

写得差不多了，盛千姿继续回医院帮忙，没想到那群小护士的八卦还没停止。

小芝过来撞了撞她的肩膀，笑着问："你知道……我刚刚从她们口中知道了什么惊天大八卦吗？"

"又是顾医生？"

其实盛千姿很想说，她不想知道。

小芝拼命点头，凑到她耳边低语："顾医生有娃娃亲，原来之前那个经常来找他的女孩就是他的未婚妻啊！"

盛千姿愕然："未婚妻？"

小芝道："对啊！"

盛千姿狐疑："假的吧？"

之前她去过顾家几回，如果顾绅真的有未婚妻，顾爷爷为何还要撮合她和顾绅呢？

盛千姿不太相信。

小芝说："怎么会有假？那些人说，就是那个未婚妻亲口跟她们说的，应该不会是假的吧？谁会拿这种事情吹牛啊？"

"亲口说的？"盛千姿笑了，"顾医生在场吗？"

"不在啊，那时候顾医生应该在手术室。"

盛千姿嘴角勾出讽刺的弧度，又问了一个问题："那顾医生知道，你们知道他有一个未婚妻吗？"

"我怎么知道他知不知道啊？"小芝被盛千姿绕晕了，"我们哪儿敢在他面前说这些与工作无关的八卦啊？"

这倒也对。

那就是说，他不知道喽。

傍晚下班后。

盛千姿去顾绅办公室问他几个专业性的问题，两人聊了近半个小时。

走出办公室时，盛千姿发现边小凝坐在外面的长椅上玩手机，背部稍稍弯曲，T恤的领口往下垂，正好可以瞧见她胸口文身的一角。

盛千姿辨不出那是什么图案，只是觉得图案与她本人的外表反差有点儿大。

边小凝看见她，愣了一秒，笑着打招呼，但眼睛已经将盛千姿上上下下打量了一遍。

"学姐，你怎么在这儿？原来邓瑶老师说的在临江医院观察学习的人就是你啊！"

"嗯。"盛千姿随便应了个字。

"挺意外的。"边小凝问，"你们在里面聊什么啊？聊了那么久……"

盛千姿忽略她说最后那两句话时不一样的语气，准备抬步离开："怎么意外了？找顾医生问了些问题，现在没事了，我先走了。"

"学姐，再见。"边小凝望了盛千姿的背影一眼，别过头，转身便走进了顾绅的办公室。

盛千姿没有让自己回头看，也不想知道他们在里面干什么。

陈芷珊来接她下班。

一上车盛千姿就感觉四肢发软，肩膀塌了下来，一股浓浓的无力感漫上心尖。

她特别想找一个昏暗无人的地方发泄一场。

陈芷珊准备倒车，随口一问："今天怎么样？"

盛千姿支着额头，手肘撑在窗边，不想说话，目光落在不远处，瞧见与边小凝一同走出的顾绅，眼睛逐渐失了神。

陈芷珊见她不说话，顺着她的视线看过去，也瞧见了那两个人，霎时明白过来。

难怪盛千姿最近跟颓废了似的，做什么事都郁郁寡欢的，原来是顾医生有"新欢"了啊！

她惊讶了一瞬，乍然想起之前顾医生拒绝陈滢滢时说的话……该死，她这乌鸦嘴……还真被她说中了。

陈芷珊看盛千姿这副样子，也不知道从何安慰，只能开口建议："我们一起去兜兜风吧？"

盛千姿回过神，感觉全身脱力，昏昏沉沉的，丝毫不想动："不去了，回去吧。"

"那……行吧。"陈芷珊发动引擎，慢慢地说，"回去也好，最近天气冷，你回去吃了饭早点儿睡。你还感冒着，别再着凉了，不然身体吃不消。"

"嗯。"

奈何盛千姿根本不听她的叮嘱，回到公寓，随便吃点儿东西，吃了药就趴在床上研读剧本，做着笔记。

剧本都快被她翻烂了，她才惊觉全身上下都累得要命。

仿佛脑子不停运转，让自己忙得焦头烂额，就不会去想一些不开心的事情，也就没有烦恼和忧愁。

凌晨4点。

她抱着枕头，睡了过去。

这一夜算是好眠。

第二日与昨日并没有什么不同。

盛千姿安安静静地干活儿，偶尔放空自己，将积攒起来的疑问写在纸上，中午去找顾绅解惑。

没想到她出来时还是碰到了边小凝。

边小凝看见她，仿佛早有预料，客气地说："学姐，又是你啊！"

盛千姿不懂她这副语气想表达什么，眉眼酿出冷淡的情绪，嗯了一声，转身离开。

傍晚下班，她正欲离开，莫名其妙地被边小凝拦住。

边小凝扬着她那张精致俏丽的娃娃脸，微微一笑："学姐，方便单独谈谈吗？"

"谈谈？"盛千姿看着她的眼睛，语气寻常，"我们貌似……不太熟。"

"你是我的学姐，好歹我们在邓瑶老师那里也见过几次面，难道连聊聊都不可以吗？"她耸耸肩，语气轻巧，每一个字都掺着道德绑架的意味。

盛千姿轻笑了声，瞅一眼手表，见时间还早，便应了下来。

谈就谈，没什么好怕的，她行得正，坐得端，如果边小凝和顾绅真是男女朋友的关系，她在看见他们关系密切后就已经很好地保持距离了。

虽然她不太相信边小凝和顾绅会在这么短的时间内就成为情侣，但顺便去打探打探情况也是好的。

边小凝提议："那不如去隔壁的咖啡厅？"

盛千姿没意见，已经到了下班时间，她拿起包就往外走，却意外看见边小凝朝她的包打量了两眼。

这款包是全球限量款，只有两个，一个在盛千盈那儿，一个在她这儿。

这是今年她和盛千盈生日时，盛新荣给她们买的。

盛千姿注意到这些，原因很简单。

边小凝如果真是顾绅的女朋友，那应该也不至于因为区区一个限量款的包而产生异样的情绪，毕竟她的男朋友可是顾氏集团的二公

- 82 -

子，名副其实的豪门世家公子。

可边小凝嫉妒的表情让盛千姿倍感意外。

她居然会嫉妒。

为什么呢？

因为这一新发现，盛千姿心情好了许多。她们走进咖啡厅，找了个靠窗的位置，她很快点了自己平时喜欢喝的美式黑咖啡，而边小凝想了好久也没想好点什么。

盛千姿给她提议道："不如来一杯卡布奇诺？大学时期的女生应该会喜欢喝这种甜一点儿的花式咖啡。"

"不要。"边小凝偏不遂她的意，"我要摩卡。"

"你别误会。"盛千姿大方地解释，"我看我妹妹平时也喜欢喝这种，才建议你点的。我喝黑咖啡是因为我当艺人习惯了减肥和通宵熬夜工作，经常喝黑咖啡提神。"

边小凝说："我没误会啊！"

盛千姿问："你貌似对我敌意很深？"

其实她自己对边小凝何尝不是如此呢？

盛千姿自嘲地想。

"你找我来，到底想说什么？"她开门见山地问。

边小凝身高比盛千姿矮一截，平时习惯懒散，坐在椅子上也没有对方仪态端庄，气势难免弱了些，但还是很大胆地问："你喜欢顾绅？"

盛千姿没想到她能直接到这种程度，唇角微勾，低笑了声，反问："你觉得呢？"

边小凝说："那就是喜欢喽！"

盛千姿不否认。

咖啡送来了，她轻轻抿了口，发现有些烫，放下杯子，看向边小凝。

边小凝继续说："我只是比较好奇，为什么你总是一副高高在上的模样啊？"

她说这句话的时候托着腮，像个小女孩说着不成熟又讨人嫌的话，如果她年纪再小一点儿，别人肯定会劝盛千姿别跟小孩计较。

但盛千姿入圈太久，不少人为了挑衅对她说过类似的话，她往往应付自如："我从来不觉得自己比别人优秀或者好在哪里，术业有专攻，谁都有厉害的地方。如果你觉得我高傲，那是你没将自己跟我摆在同一水平线上。"

时至今日，盛千姿才发觉边小凝对她敌意很深，以前倒没怎么注意，现在是越来越明显了。

边小凝被她的话说得脸色微变，捏紧了手中的咖啡杯："是啊，为什么呢？我确实是没将自己跟你摆在同一水平线上，因为我本来就在你之上，你也不看看网上有多少人在骂你！"

"所以……"盛千姿冷笑，"你比较人的方式就是通过别人的评价？那我奉劝你一句，你根本不适合这一行。如果硬要比，你可以去数数我的微博底下不骂我的人，与你的微博粉丝数，谁的数目胜出。"

"那……那是因为我出道没多久。"边小凝狡辩得脸都红了。

"你真无聊。"盛千姿站起身，"如果你真想把我当成竞争对手，就应该了解一下我的经历。我在你这个年纪，每天都在研究表演，而你呢？上赶着找碴儿找骂，真不知道顾医生是怎么喜欢上你的……"

盛千姿转身，走去收银台结账。

边小凝听见最后一句话，勾唇笑了，还不死心地追过来，特意大声说给这附近的所有人听："既然知道他喜欢我，那你就应该识趣一点儿，离他远一点儿，别天天在他面前晃来晃去的，惹人嫌。"

盛千姿结好账，把手机放进包里，将边小凝准备攀上她肩膀的手拦住，漾起一抹冷笑："放心，过了明天，我自会离开医院，一刻都不多留。"

边小凝的目的达到，开心了几秒，她想收回手，却发现手腕被攥得紧紧的，有些疼。

"不过，"盛千姿睨她一眼，上前几步，"你专门来找我说这些浪费时间的话，是觉得我好欺负还是好拿捏？边小凝，我奉劝你不要惹我。"

盛千姿说完，从服务台一侧抽了张纸巾擦手，快步走出去。

当她推开门时，却发现顾绅正从医院的方向走来……

几乎是下意识地，她转身，从另一侧离开。

顾绅最近被一个晚期充血性心力衰竭、扩张型心肌病和严重冠状动脉疾病三者兼有的病人弄得焦头烂额，每天休息的时间极少，其余时间都在筛选排查可行办法。

若有其他办法能解决问题，他绝对不进行最难又最危险的一步。

他推门进咖啡厅，本想点杯咖啡拿回去，却意外地看见边小凝站在点餐台旁，不知道在干什么。

顾绅偏头看她一眼，没说话。

边小凝被盛千姿刺激得语气都变了，平复好情绪后，舔了舔唇，看向顾绅："顾绅哥，你怎么过来了？"

"买杯咖啡。"

"哦。"边小凝咬了下唇，轻声问，"我爸怎么样了？"

聊到正事，顾绅语气柔和了几分，面对病人家属，他通常很温和："会诊结果不太好，估计很多办法行不通，你要做好最坏的打算。"

"最坏的打算，"边小凝垂下眼帘，"是什么？"

顾绅淡淡地道："心脏移植。"

"这么严重？"边小凝被吓了一跳，担心得都快哭出来了，"可是我爸妈……他们离婚后，我妈就再婚了，也不管我们死活，我可能没有钱。"

顾绅轻笑。

他出国进修过，也在中东和非洲辗转过，看遍了形形色色的人，太懂他们表情背后大概的意思。

"这个你不用担心，曾经顾家破落的时候，你爸向我们顾家伸出过援手，我们会替你支付所有的医疗费用，包括后续的康复费用。"

边小凝问："只是因为我爸帮过顾家吗？不能是因为我吗？4岁的时候我就认识了你和顾珩哥哥……"

"对。"顾绅将她的话打断，显然并不想听下去，"明天就安排你爸转院吧，临江医院的医疗设备和资源都很完善，我们也不用总是下班时间跑来跑去。"

"那我今晚能去你家吃饭吗？"边小凝不愿放弃，直接开口。

顾绅愣了一秒："为什么？"

边小凝说话的声音越来越小，显得没底气："你也知道，我爸他好赌好色，我的同学和舍友一直在背后议论我、孤立我，我不是很想回宿舍。"

——今晚能去你家吃饭吗？

——我不是很想回宿舍。

是个成年人都知道，这两句话连在一起是什么意思。

顾绅偏头笑了下，黑眸清冷，薄唇扯出讽刺的弧度："抱歉，今晚我没空。"

他握着咖啡杯走了。

夜色渐深，临江市区并未因这低垂的夜幕而沉静下来。

齐炀和梁一然的酒吧开业，许多兄弟朋友前来捧场，礼物不断。

盛千姿果然没来，齐炀也不怪她。

几人坐在包间里喝酒聊天，大家都是曾经在院子里一起玩的兄弟，几年没见，话题不断，聊到深夜才差不多停歇。

倒是顾绅一直没怎么说话。

齐炀看着他，拈着根烟，调笑道："顾医生怎么了？最近你可是活得比我们都自在啊！大晚上的，搞得跟失恋了似的。"

顾珩跟着笑，带着点儿不屑和羡慕。

不了解情况的兄弟看见这微妙的气氛，多嘴一问："怎么了？阿绅不是刚回国吗？是医院美女太多，抵抗不住，无欲无求的阿绅也开了窍，开始谈恋爱了？"

"哪有？"齐炀说，"你们还不知道吧，盛千姿那小妞最近一直跟在他屁股后面，追他呢。"

"盛千姿？"那人想起来了，"就以前拽着她那双胞胎妹妹特别横，老踹我那个？说起来也好久没见她了，绅哥可以啊，人家可是最佳女主角、女神。"

"女神个屁。"齐炀叹了口气，"没落了，没落了，她最近不知道怎么了，天天跟得了抑郁症一样……"

那人瞥了他一眼，笑："你开导开导呗，你不是心理医生吗？这么废啊？不过老盛家估计也不会不管她。"

齐炀说："你还真说错了，人家老盛就是铁了心不管，等着她低头回家认错呢，可你觉得她会吗？她宁可饿死，也不会回家献上膝盖。"

"唉，哪有这样的父亲？听说当初她妈死后还没半年，老盛就交新女朋友了，我都惊呆了。中年人的爱情，说一套做一套，信不得。"

顾绅还有很多事要做，在这儿坐得没趣，打算起身走人。

齐炀见他要走，便送了他一程。

街上路灯昏暗，小虫飞蛾盘旋，隐在一棵棵行道树之间，让地上朦胧的暗影泛起细微的波纹。

顾绅知道齐炀跟出来肯定是有事要说，开门见山地问："说吧，想说什么？"

"你还真实在。"齐炀看他一眼，"算了，反正大家都这么熟，我就直说了啊！"

顾绅不说话，等着他开口。

齐炀叹了口气，说："绅哥，现在只有我们两个，你就跟我说句实话，你到底喜不喜欢盛千姿？"

顾绅沉默了几秒，唇边噙着一抹笑，表情平淡："你喜欢她啊？"

齐炀险些没忍住翻白眼，干脆地开口："我哪儿敢啊？我从小被她欺负到大，给我十个胆子我都不敢喜欢她。本来这只是你们两个或三个人的事，我也没兴趣插手，但盛千姿是我妹，我8岁就认了她做妹妹，比我亲妹还亲，看她变成这样，我多少有点儿愧疚……"

"愧疚什么？"顾绅不明白他最后那句话是什么意思。

齐炀就直接跟他说了："不知道你还记不记得，一个月前，那天中午你来我办公室躲人，里面有个病人打打闹闹、嘻嘻哈哈，没个正行，那就是她。"

顾绅认真地回忆了一下，似乎有点儿印象，但不怎么记得清了。

齐炀说："实话跟你说吧，她就是在我那诊室对你一见钟情了，然后不管不顾没羞没臊地追了你大半个月，现在估计追累了，泄了气似的。你要是真喜欢她，能别吊着她吗？做事像个男人一点儿，喜欢就喜欢，不喜欢就不喜欢，别给她念想。我做心理医生那么些年，最害怕的就是她得抑郁症。她要是真得了抑郁症，我都不知道怎么跟天上的阿姨交代。"

顾绅舔了舔下唇，发出疑问："怎么……算吊？"

"你不知道？"齐炀震惊了，"也对，你没啥恋爱经历，也搞不懂女孩子的心思，你对其他人怎么样我不管，但盛千姿不行。兔子还不吃窝边草呢，她是我们这群兄弟看着长大的，怎么能让自己人给欺负了？绅哥，我喊你一声大哥，我知道你肯定不是有意的，但你好好想想，认真理一理，如果你真对她没意思，就不要给她什么暗示或者念想，如果你给了又做不到，她成什么了，备胎吗？"

月影模糊，月亮被轻薄的云层遮了一半，光线暗淡，看不清男人此刻的神情。

顾绅瞥了他一眼，淡淡地说："知道了。"

顾绅喝了点儿酒，齐炀作为东家反倒没喝，开车送他回去。

齐炀知道顾绅是个明事理的人，会给盛千姿一个交代。

他仔细一想，不知道自己今天那番话会不会改变盛千姿以后的生活轨迹。

但他是真心为她好，顾绅和顾珩之间，顾珩才是她最好也最适合的另一半，顾绅表面看上去待人温和、彬彬有礼，其实比任何人都要凉薄，对人说话的时候面带微笑，别人却又能清清楚楚地感受到这微笑背后隐藏的客套与疏远。

而顾珩是顾氏集团继承人，三观性格与盛千姿完美契合，能一门心思地对她好，不管是对盛千姿以后的事业还是生活都有很大帮助。

如果顾绅不喜欢她，顾珩绝对是她最好的选择。

这是盛千姿在临江医院当志愿者的最后一天。

盛千姿照常来到医院，以为今天会平平淡淡地过去，然后她安安静静地离开。

却没想到，她一大早就在这儿看见了边小凝。

盛千姿正疑惑边小凝在这儿干吗，身旁的小芝已经悄悄和她咬耳朵，给出了答案："我感觉我们误会了，那个边小凝好像不是顾医生的女朋友啊！昨天下晚班前，顾医生亲自警告了我们不要乱说话，乱造谣。"

盛千姿往边小凝那儿望了眼，问："那她今天来这儿干吗？也当志愿者啊？"

"不是。"小芝说，"今天有个心力衰竭的病人要转院过来，那个病人是她爸爸。"

"她爸爸？"

这盛千姿倒没想到。

"对啊，最近顾医生一直在忙这个事情。我听说边小凝和顾医生算是那种青梅竹马的关系，她妈顾宜欣好像是顾家那边的亲戚，但是她爸妈都离婚了，当年她妈抓到她爸出轨的证据，将她爸扫地出门的事闹得沸沸扬扬。不过说来也奇怪，顾医生既然是顾家的人，为什么要那么尽心尽力地帮边小凝她爸啊？应邀来会诊的医生级别高到吓人，看来顾医生在这里出了很多力，连医药费都是顾医生去缴的。可是这不会让顾宜欣觉得硌硬吗？"

"不奇怪啊！"盛千姿干巴巴地眨了下眼睛，低喃，"他喜欢她的话，这件事就说得通了。"

毕竟自己喜欢的女孩的父亲出事了，顾绅怎么会不尽心尽力地帮忙？

"啊？"有个老人经过这里时咳嗽了声，小芝没太听清盛千姿说什么，"什么说得通了？怎么说得通啊？说来分享一下呗。"

"没什么，小屁孩。"

盛千姿知道顾绅与边小凝并不是情侣关系后，并没有多开心。

边小凝的父亲边巍奕在上午 11 点就转院成功了，顾绅直接将他转进了 ICU，由专门的 ICU 护士全天照顾，他也一直忙前忙后，帮忙做着各种检查，分析情况。

小芝接到一个棘手的任务，指尖夹着一张崭新的信用卡在盛千姿面前晃了晃。

"猜猜，谁的？"

"谁的啊？"

盛千姿刚忙完手上的活儿，莫名其妙地看她一眼。

"顾医生的啊！"

盛千姿蹙起眉："顾医生的卡怎么在你手上？"

她凑过来，低语："顾医生忙死了，不仅要安置好边巍奕，还要兼顾其他病人，没时间去给边巍奕缴住院押金。"

盛千姿低笑了声："所以他让你帮他去缴？"

"对啊！"小芝说，"而且一下子押好几万呢。不过这也很正常，ICU 里的病人手术费和检查费都是以万元计算的。"

"好了。"盛千姿冲她笑，"你快去吧。"

小芝不说闲话了："你等等我啊，我回来后咱们一起去食堂吃饭，今天是你在医院的最后一天，我要给你饯行。"

盛千姿果断答应下来。

吃完饭回来，看见忙了一早上的顾医生拎着一沓文件从走廊的另一头走来，盛千姿立马转身……

小芝问："怎么了？"

她眨了眨眼，胡诌："好像吃得有点儿撑了。"

"不是吧？"小芝问，"我刚刚是不是点得太多了？你很快就要拍戏了，要减肥，都怪我，管不好自己的手。"

"没事。我想下去走走，消化一下。"

"行。"小芝笑着说，"那我就不陪你了，我还有事要做。"

盛千姿从隔壁的楼梯间走下去，还没走几步，冷不丁听到了男人熟悉的嗓音。

小芝向他问好："顾医生。"

他的声音很淡然，他客套地问："刚刚去吃饭？"

"对啊，吃完了。"

"盛千姿呢？"

"她？"小芝说，"她下去散散步，反正这会儿也没有什么事干。"

盛千姿准备往下走的脚步顿住，她想听听后面顾绅还会说什么……

医院三楼的走廊和楼梯间只隔了一扇门。

顾绅没有出声，盛千姿也没有发出任何动静。

他似乎在翻什么文件，直接将话题转到了工作上，语气冷淡又从容，仿佛他刚刚关心了一只猫，问问它去了哪里，知道它的大概位置，就没了。

他从来不去想她的动机与情绪。

毕竟她不是他喜欢的人。

盛千姿低头哂笑了一下，往下走了几级台阶，走去楼梯间的窗台望了几眼，窗户对着的恰好是那大片大片的红枫树，可惜已经完全没有之前的盛景了。

初冬已至，树叶凋零。

一眨眼，一个月不到。

枫叶怎么落得这么快？

第四章
偷偷关注

傍晚，盛千姿做完手上的事情，犹豫半晌，还是决定去顾医生办公室道个别。

陈芷珊发来微信："结束工作，去吃个大餐？我在楼下等你。"

盛千姿："好。"

她走到顾医生的办公室前。门没有关，一眼望进去，他正坐在办公桌后翻看病历和查阅资料，修长的手指搭在纸张的边缘，偶尔翻一翻页，低着头，看得格外认真，并没有察觉她的存在。

窗外的暮色晕染天空，他逆着光，似是镀了一层金色的光，平添了几分柔和感。

盛千姿盯着他看了半晌，他忽然掀起眼皮，抬头看过来，两人的视线就这么撞在一起。

盛千姿心脏重重地一跳，抿了抿唇，感觉自己被抓包，佯装镇定地走过去，手指在他的书桌边上蹭了蹭，想了好久，都不知道该以什么句式开口。

她明明只是来道别的，却带着一丝惶然不安感。

顾绅深沉地看了她一眼，冷静又直接地开口："来跟我告别？"

面对冷静的他，盛千姿感觉自己落了下风。

她盯着他的眼睛看了许久，想将他眼里细细碎碎的光都看进去，掰碎了分析里面到底有没有不舍的成分。

果然，男人就是理智得可怕。

他冷淡的眼眸像一潭沉寂千年的古井水，看不出一丝她想要的痕迹。

盛千姿点头，低声说："对。我明天就不来了，瑶姨那边也催得紧，电影快开机了，以后估计就没有什么机会见面了。所以走之前，我觉得应该来跟你说一声。"

她用了"应该"，而不是"想"。

"嗯。"顾绅平静地看她一眼，语气无波无澜地说出一句，"拍戏顺利。"

这句话就四个字。

盛千姿等了半天，没等到他的下一句话，动了动唇，想说什么，又不愿说出口。

办公室里寂静无声。

盛千姿藏在桌下攥紧的手缓慢松开，像跑了气的气球一般。她说声"谢谢"，转身就走。

一滴泪顺着她的眼角落下，她伸手抹掉。

论无情，他绝对是第一。

陈芷珊原本只是想带盛千姿去吃顿大餐，再迎接接下来的减肥魔鬼训练。

哪料盛千姿死活都要去喝酒，陈芷珊百般无奈之下只能打电话给齐炀，带盛千姿来到齐炀的酒吧，随便开了个包间拉她进去。

盛千姿一开口便要了一打酒，一共 12 瓶。

负责经营酒吧的老板是梁一然，与盛千姿有几分交情，听到这个数字眼睛都睁大了，当然不会真的拿很烈的酒进去，随意拿了几瓶度数不高的红酒去敷衍。

盛千姿旋开酒瓶，将酒慢慢地倒进高脚杯里，暗红的液体淌进去，她一饮而尽。

陈芷珊劝她："哎，别喝那么快。"

"不喝快点儿，哪有意思啊？"盛千姿侧过身，不听劝，就喝自己的。

"你喝醉了不也没意思吗？"

"有意思啊，谁说没意思了？喝醉了就不记得了，什么都忘记了。"盛千姿笑了声，又是一杯酒入腹，"然后我还是我，我努力工作，努力拍戏，努力赚钱，我要变成以前的盛千姿，让那些看不起我的人都来仰望我。"

陈芷珊奈何不了她："是，你有这个想法固然好，但是你得知道，喝酒除了让你更难受，根本不会让你忘记什么，你醒来后还是会记得他，跟现在没什么区别。"

"那我能怎么办啊？谁能告诉我该怎么办？"

"你知道吗？他连留都不留我，说一句'以后有什么疑问可以来找我'有什么难的？"盛千姿语气里藏着幽深的哀怨之意。她仿佛走进了一条死胡同，周围很黑很暗，她很害怕，但是没有退路了，用了很多办法还是走不出去，"我也不知道怎么能让自己变回以前那样，要是时间能倒流就好了，不认识他，就什么事都不会发生，也不会那么难受。"

女人最懂女人。

盛千姿经历过的，陈芷珊多多少少也体会过。

她撑着额头，看着难受的盛千姿，就像看到了从前的自己，叹了口气，低声问："你为什么难受啊？是不是不甘心？"

"不知道。"盛千姿晃了晃脑袋，像个小酒鬼，美艳妩媚尽数被她丢弃，"我也想不明白，明明我很想放弃的。"

"你不会不知道的。"陈芷珊认真地说，"你心里想什么，你最清楚。"

盛千姿呢喃："是吗？"

陈芷珊点了点头，慢慢开导她："世上最令人难过的事情是亲人去世和爱而不得。这些我都经历过，没什么的。现在呢，你有两条路可以走。第一条，你继续喜欢他，继续追求他，不过你可不能因此耽误工作，接下来的工作计划很重要，公司已经替你谋划好了。你从去年开始被黑，沉寂了一年，也该出口气了。在不影响工作的前提下去追求顾医生，我觉得可能性有点儿低，你们接触的机会也不多。你自己想想，是不是？"

盛千姿无力地点头，认同陈芷珊的看法。

她撑着脑袋，靠在酒桌旁，双颊染上醉酒后的绯红，即便已经醉入三分，依然安安静静的，特别乖，心里空荡荡的。

她看向陈芷珊，问："那第二条路呢，是什么？"

"第二条路，就是去逼他啊，逼他接受自己，或者'杀死'自己。"

盛千姿皱起眉头。

陈芷珊看她这么难受，作为朋友，自己也不好受，摸了摸她的脑袋，将她凌乱的长发捋好，心疼地问："宝贝儿，你都告白多少回了？"

她认真回忆了一下，竖起两根手指。

两次。

一次是陪他代课回来后的夜晚。

一次是她生日的那天。

"再去试一次吧。"陈芷珊劝道，"再去试一次，告诉他你有多喜欢他，认真一点儿，诚恳一点儿，看着他的眼睛，如果他还拒绝，我们就放弃，别在一棵树上吊死了。千姿，你那么好看，那么优秀，没必要委屈自己，你还年轻，以后会遇见更多更优秀的人，总有人奔赴山海来爱你，并不是非他不可。"

"凡事都要有个度，事不过三，加上这一次，你都告白三次了，失败的话就放过自己，忘了他，珊姐带你闯荡娱乐圈。你忘了吗？你当初入圈的目标是什么？你可是我们公司力捧的对象，你是要重新跻身一线的。"

盛千姿眼神微微地涣散，有一滴剔透的泪珠滚落，淌下脸颊。

她靠在沙发上，屈起膝盖，把下巴搁在上面，低低地道："可是，如果……真的把自己吊死了，怎么办？"

陈芷珊说："那就重生啊，没什么大不了的。他这么狠心，你还要满腔热情地扑过去吗？女人对待感情，其实要的并不多，但那一样东西不是所有男人都能给。"

盛千姿问："那是什么啊？"

陈芷珊说："是'在乎'，而且是全心全意的在乎。一个男人不在乎你，你又何必在乎他呢？"

陈芷珊将盛千姿送回去。

盛千姿拎着包，垂着眸，孤零零地走进单元楼，如一个没有灵魂的木偶，按亮电梯上行的按钮。

她不需要陈芷珊将她送上去，她想自己一个人静静。

可这样又有什么结果呢？

临走前，陈芷珊提醒她："千姿，你要是真想做，那就速战速决，不管是成功还是失败，晚上回去睡个好觉，好好休息，明天又是崭新的一天。"

"知道了，知道了。"盛千姿醉得站都站不稳，摇摇晃晃地扶着墙，硬撑着摆手，跟她说再见。

陈芷珊一走，电梯门就打开了。

盛千姿走进去，盯着那一列排列整齐的楼层按钮发呆，目光在七楼与八楼间徘徊，不知道该按哪个……

她仿佛走到了一个交叉路口，不愿懦弱，又没有足够的勇气。

"再去试一次，告诉他你有多喜欢他，认真一点儿，诚恳一点儿，看着他的眼睛。"

"千姿，你那么好看，那么优秀，没必要委屈自己，你还年轻，以后会遇见更多优秀的人，总有人奔赴山海来爱你。"

"你当初入圈的目标是什么？你可是我们公司力捧的对象，你是要重新跻身一线的。"

"可是，如果……真的把自己吊死了，怎么办？"

"那就重生啊，没什么大不了的。"

对，重生。

重生。

盛千姿闭上眼，按下七楼的按钮。

十五分钟前。

顾绅下班回到公寓，疲惫地捏了捏眉心，正欲按下密码开门，倏尔捕捉到房间里隐约传来的音乐声。

这栋公寓楼的隔音效果不算特别好，若在客厅放音乐的音量过大，声音依旧会透过门板传到楼道间来。

他蹙起眉，看了眼门牌，确定这是自己的公寓。

那么为何里面会有音乐声……

难不成是齐炀？

他前几天确实将公寓的密码告诉了齐炀，让齐炀过来拿点儿东西。

如此一想，顾绅便放心了许多，只是有着些微不耐烦，开始输入密码，开门。

毕竟私人领地被人不打一声招呼硬闯进来，谁都会有些不爽。

即便那人是自己的好兄弟。

可是他推开门才发现，里面的人根本就不是齐炀……

边小凝看见顾绅回来，原本还窝在沙发里，边听歌边在网上冲浪，当下没反应过来，手忙脚乱地将音乐关了。

她喊了他一声："顾绅哥，你回来了。"

顾绅眼睛深沉，一眨不眨地盯着她，不发一言，仿佛周身自带冷淡的气场。

但边小凝莫名就被顾绅这副样子吓到了，因为她知道这是他生气的前兆。

她深吸了一口气，握着手机，可怜地说："顾绅哥，我不是故意的。"

顾绅不想听："出去。"

"我真的不是故意的，你别赶我走，我真的没地方去了。"边小凝眼泪都快落下来，泪水在眼眶打转，她看着顾绅阴沉的脸，一点儿谎都不敢撒，"我在宿舍真的待不下去了，她们都排挤我，每天在背后议论我，还在我的桌子、椅子和书上动手脚。电影学院里，她们都是千金小姐，而我除了一个好色好赌，如今还在医院昏迷不醒的爸爸以外，什么都没有，她们欺负我，我连还手都不行。而且不是我自己进来的，我没有偷看你的密码，真的没有。"

"你怎么进来的？"顾绅问。

"是齐炀哥带我来的。"边小凝小声说，"我今天下午和宿舍里的人一起去逛街，我以为她们开始接纳我了，就跟着去了，谁知道她们当众羞辱我。齐炀哥看见我们，帮了我一把，但是他没空应付我，也打不通你的电话。刚好他要来这附近处理一些事情，就把我放在这儿了。我就坐在这里，什么都没碰过，真的没有，而且齐炀哥走之前已经把你的卧室门和书房门关了。"

顾绅低头扫了眼手机短信，果然看见了齐炀的短信，脸色终于缓和了些。

齐炀："我遇到边小凝了，本来不想管，但看她被人欺负，怪可怜的。"

齐炀："我有点儿事要处理，先把她塞你那儿。你要是回去得早，就开个酒店房间让她住着，晚的话，我处理完事情就把她拎走。"

顾绅将东西往玄关处的柜子上一放，换鞋，低声问："来多久了？"

"没多久，"边小凝看了眼时间，"就半个小时不到。"

她话音刚落，门铃声响起，在安静的室内显得格外突兀。

顾绅就站在玄关处，以为是齐炀来了，随手拉开门，却意外地看见傍晚刚跟他说了"再见"的女人站在门口。

盛千姿也没想到，自己来这里"寻死"还能碰见边小凝。漂漂亮亮的女孩坐在客厅的沙发上安静地玩手机，享受着她从来不敢奢望的待遇，羡慕和妒忌在一瞬间随着眼泪倾巢而出。

她不知道自己哪儿来的执拗劲，明明事情的真相已经摆在眼前，还是不死心地问了他一句："顾医生，我想跟你单独谈谈，可以吗？"

男人沉默了几秒。

盛千姿看出他此刻很头痛，是因为她的贸然拜访吗？

顾绅问："你喝酒了？"

"顾医生，"盛千姿没回答他的话，垂在身体两侧的手指攥紧，恳求，"这可能是我最后一次找你了，能单独和我聊聊吗？"

两人来到无人的楼梯间。

顾绅微微垂首看她，语调未变："说吧。"

盛千姿绷着嗓子，深吸了一口气，盯着他的眼睛开口："顾医生，你知道吗？从我看见你的第一眼起，我就喜欢上你了。当时你坐在窗边，窗外漫天的红枫都吸引不了我的视线，唯独你，令我愣在了那儿，我坐在齐炀的诊室里对着你发呆，看你认真写字的样子，对你一见钟情。

"再后来，跟你接触得多了，我知道你是一个很有教养的人，你绅士温柔的个性让我当场沦陷。可能我的喜欢在你的眼里不值一提，我也不奢望你能回报我什么。你还记得我那天晚上对你说过的话吗？我说，我会等你，如果你有恋爱计划了，一定要告诉我。可是……等你太累了，真的太累了，我变成了自己最讨厌的样子。

"我从来没有这么累过……"

她眼眸垂下来，眼泪砸在地上，透过浓密的睫毛，顾绅能清晰地看见她眼中的无奈与决绝之意。

她仿佛真的要在今晚将自己的心掏出来给他看，然后让他亲手捏碎。

男人漆黑的眼瞳一眨不眨地盯着她，在她眼中清晰地看见自己冷漠的身影。

他不知道为什么，看着她哭，看她落泪，他心脏最深的某处也开始揪着疼，一阵心慌，仿佛在暗示他，他可能要失去某些东西了。

"千姿。"

他第一次这样喊她。

盛千姿心弦微动，抿着唇。

两人沉默着。

在他组织语言的间隙，盛千姿的心跳一下一下变得缓慢，心脏开始沉下去。

他沉默得越久，她的心就沉得越彻底，仿佛要死了一般。

顾绅想起齐炀的话，他不想伤害她，也不想让她做什么备胎，浪费大家的时间。

因为他觉得自己也给不了她什么……

他说："对不起，你是个好女孩，但我对你来说或许不是一个很好的选择，我们并不合适。"

"为什么？"盛千姿大脑微微一震，觉得这个理由荒诞可笑，"我们怎么不合适了？你是觉得我配不上你吗？我可以立马回盛家，我是盛家大小姐，也是盛旭集团未来的继承人，我们门当户对，哪里不合适？"

她醉了似的，说出的话丝毫不经过大脑思考。她从未觉得自己如此可悲，竟然也会有为一个男人卸下盔甲、露出软肋的时候。

盛千姿喃喃地重复："你总得给我一个理由吧？一个让我彻底死心，放弃你的理由。"

她闭起眼，眼泪从眼角落下，静静地等待着他的宣判。

顾绅叹了口气，满足她的要求："好。抱歉，我有喜欢的人了，我不想让她误会，我觉得我们在这儿谈话已经够久了。"

空气凝固了几秒。

果然是因为边小凝。

盛千姿睁开眼看他，泪珠依旧留存在眼角，却不见了方才那副卑微的样子。她抹掉眼角的泪，笑着说："行。这是你说的，顾绅，你记住这句话是你亲口告诉我的。从现在开始我放弃你了，不会再喜欢你了。"

她转身准备离开，倏尔又补充道："既然不喜欢，为了避免尴尬，我们以后还是不要见面了，如果在路上遇到，就当彼此是陌生人吧。"

盛千姿连头都没回，直接走上楼。

眼泪在这一瞬间开始干涸。

心，却像死了一般，被沉进幽深的湖水，一下一下地泛着疼。

但这些都无关紧要，因为她知道，明天她就"重生"了。

她的世界里再也不会有顾绅这个人。

夜晚，月影憧憧。

齐炀被顾绅打电话训了一顿，着急地往这边赶，将边小凝提走。

室内气氛压抑。

边小凝也不敢乱说话，刚刚她只不过因为好奇，小声问了一句"顾绅哥，你和学姐出去聊什么了？"便被他冷冷地扫了一眼，目光冷厉，也不知道她又哪儿得罪他了，他的薄唇勾出讽刺的弧度，语气低沉又冷漠——

"关你何事？"

边小凝哪儿敢说话。

齐炀将边小凝提走后，室内重归了安静。

顾绅倒杯水喝了口，坐进沙发，望着窗外阴暗灰沉的天空，心蓦地一沉。

以前他很喜欢这种安静的感觉，如今只觉得屋子里空荡荡的，像是有什么东西他本能地伸手抓住，却已然随风消散……

顾绅进浴室简单地洗漱，走进书房，打开台灯，拿出今晚需要看的资料和病历，仿若什么都没发生过，让自己进入工作状态。

他有轻微的近视，金丝框眼镜架在他的鼻梁上害得他眼睛发涩，他摘下眼镜，轻轻揉了揉眼睛，修长的手指扶住书脊，慢慢地往后翻，继续看。

不管做什么事，顾绅从小就比别人家的小孩容易专注，极少会因为杂事影响学习。

幸好，今晚焦躁的情绪并没有持续多久，很快他便正式进入了工作状态。

然而工作还未持续半小时，楼上突然传来持续不断的吱吱声，嘈杂且刺耳。

似是有人拖着沉重的家具在地板上挪移，响声连绵不断，动静堪比拆家。

顾绅鲜少有烦躁的时候，但此刻他确实有点儿想揪楼上的人下来听听自己制造的噪声。

他闭了闭眼，拧着眉，尽力压住心头的烦躁感，关掉书桌的灯，睡觉。

盛千姿上楼后，心情舒畅地站在阳台吹了半个小时的风。夜幕深浓，她望着楼下的车水马龙，霓虹闪烁，开导了自己几分钟。

随后，她返回室内，毫不心疼地从储酒柜里掏出一瓶去年从国外拍卖回来价值超百万的白雪香槟，旋开瓶塞，将酒倒进高脚杯，一饮而尽。

她从未如此轻松过。

盛千姿喝得开心，但这酒后劲有点儿足。

她酒量不大，不一会儿就醉得歪歪斜斜的，站都站不稳，闭着眼靠在墙边歇了会儿，忽然很想听歌，便打开音乐调大音量，外放。

软件自动播放的歌竟然是《别爱我没结果》。

盛千姿翻了个白眼，直接放了首最近很火的电音舞曲。

她大晚上还不想睡觉，突然跟疯了似的，瞧自己乱糟糟的房间不顺眼，把各个角落仔仔细细地打扫了一遍，做到纤尘不染。

而后她又觉得哪里不满意。

网上总说，改造房间会让人心情变得愉悦，生活质量也会提高。

盛千姿一本正经地拿了纸和笔，坐在餐桌旁，将铅笔嵌着橡皮那一头抵在她微微拧紧的眉毛上，纠结了很久都不知道该怎么改造。

于是她打了个电话给齐炀。

"喂？"

"喂？有话快说，老子现在没空。"

"喂？"

"你喂什么！快说话！我真没空陪你聊天，老子大晚上的没个女朋友抱抱亲亲就算了，还要陪个丫头片子找酒店。"

盛千姿感觉喉咙有点儿干，又有些热，用手扇了扇风，去喝口水。

他那么凶，她懒得理他。

齐炀敏锐地察觉到什么，恨铁不成钢地破口大骂："你又喝酒了？疯了吗？就你那一杯倒的酒量，就该离酒这种液体远一点儿，不然害人害己。不是，你为什么又喝酒啊？你今晚不是才在酒吧喝完一轮吗？照这时间，你发疯的劲儿也该过了。"

盛千姿开着免提，听见这话，心情颇好地答了一句："因为又喝了呀！"

齐炀没忍住翻了个白眼："得了得了，这炫耀的口气。"

盛千姿凑到手机旁，小声说："你知道吗？我喝的是去年从法国拍卖回来的两百万力的香槟。"

齐炀没她家那么富裕，虽不羡慕，但不代表他喜欢上赶着找虐，果断挂了电话，发条信息给某人。

消费水平持平的人，聊起天来才不会被对方虐到吐血。

盛千姿皱起眉，心想：正事还没问呢，他怎么这么快就挂了？

她正想再打个电话过去。

恰巧，手机有来电。

盛千姿醉得神志不清，看见一个"顾"字立马挂了。

他是神经病啊？

那人不死心地打来电话，如此重复了两三遍。

盛千姿终于接通电话，眉间藏着不耐烦，愤然开口："干吗？不是说了我不喜欢你了吗？我以后都不想看见你了，打电话来到底想干吗？"

"千姿。"一个温柔的男声清晰地传进她的耳朵里，冷静淡然。

盛千姿平静下来，细眉轻微地拧起。

他缓缓地开口："我是顾珩。"

盛千姿哦了一声。

顾珩问："怎么了？"

"认错人了。"

顾珩想起刚刚她还提到了"不喜欢"这三个字，稍微想一想就明白了："你告白了？"

"嗯？"

"跟顾绅。"

盛千姿不想提他，直截了当地说："能不聊他吗？我不喜欢他了。"

"行。"

盛千姿忽然想起正事，像个小学生一样，握着铅笔，对顾珩说："我想改造一下我的公寓，你有什么好法子吗？"

"现在？"

"对啊！"

"时间不早了，不怕吵到楼下吗？"

"楼下没人呀！"

顾珩道："顾……"

他刚说了一个字，意识到她不想听到某人的名字，及时止住，温柔地附和道："可以啊！"

随后，顾珩问她大概想怎么改造，让她简单说一下。

盛千姿干脆地拍照发给他，让他出主意。

顾珩大学时期看过的书特别杂，什么类型都有，他对于室内空间管理和利用略懂一二，给她出谋划策了一番。

盛千姿乖巧地听着，还用铅笔画了个图："沙发挪去那边是吗？……好的……那个架子挪去另一边……还有……"

帮她全部规划好后，顾珩低声说："快去睡觉，明天再弄。"

"不要，我还不困。"

盛千姿摇了摇头，坚决不听他的，挂了电话就开始瞎搞，弄得地板吱吱作响……

最后她还精力充沛地拎起平板电脑窝在沙发上，一边啃苹果一边看鬼片，明明害怕得不行，还要用手捂住眼睛，从指缝里偷看。

第二天。

盛千姿是被陈芷珊的电话吵醒的。

日上三竿，此时竟然已经接近中午。

陈芷珊说："你忘了？今天电影学院建校一百周年校庆，你要回去上台发言的。"

"你昨天怎么不提醒我啊？"她当然忘记啦，不然还会喝酒熬夜发疯到那么晚吗？

对了。

她连她昨晚具体干了什么都不记得，脑子里一片空白。

不过看这房间乱糟糟的，她铁定没干什么好事。

盛千姿有个毛病，每次醉酒后都异常兴奋，跟吃了兴奋剂一样，必须做一些运动来使自己疲惫下来，否则就会弄得周围不得安生。

如此看来，昨晚她应该是又拆家了。

宿醉害她有些头痛，她伸手抚上额头，闭眼休息了一会儿。

全然清醒后，她一边掀开被子下床一边和陈芷珊打电话，将落地窗的窗帘全部拉开，温暖的光线透过不薄不厚的玻璃从室外投来。

盛千姿一边刷牙一边说："什么？校庆发言名单里有贝旋？她是怎么混进来的？"

"人家现在是有靠山的好吗？"陈芷珊翻了个白眼，不知是在责怪盛千姿轻敌，还是在暗示贝旋背后那些肮脏事，"我听说贝旋下一部戏是大IP（intellectual property，知识产权），而且是上星的电视剧。"

"上星剧收视惨淡的多了去了。"盛千姿吐了口泡沫，不甚在意地说。

"关键是那部剧是古装偶像剧，而且是书粉众多的大IP，跟她搭档的男演员是某网站里'四大古装大神'之一，我觉得收视率不一定会低。"

盛千姿顿了几秒："是吗？那看来我要更加努力才行了。"

"你早该这样了。"陈芷珊笑。

盛千姿挤洗面奶洗脸，笑了笑说："过几天要去北京拍戏待几个月，你帮我找两家高级一点儿的美容院和健身房，办个卡。我都一年多没拍戏了，最近又老是情绪低落，状态都不知道差了多少。"

盛千姿一想起这段时间发生的事就无比心痛，自己这一个月劳心劳力，费了百般心思，几乎把整颗心掏了出去，结果什么都没得到。

说不定，她还白白多了几条小细纹。

代价太大。

她随便护了下肤，素颜，只抹了点儿口红，让自己的唇色不至于太过暗淡，戴上墨镜，就这么出门了。

今天天气不是很冷，气温十几摄氏度。

一般十几摄氏度到女明星那儿就变成了二十几摄氏度，气温不接近零摄氏度，鲜少会有女艺人穿上厚外套将自己的盈盈纤腰藏在里面。

盛千姿穿了一条紧身牛仔裤，配上既百搭又干净利落的白衬衫，衬衫的下摆被塞进裤腰里，衬得一双腿又细又长，终于有几分女明星的样子。

然而她刚乘电梯到一楼，电梯门打开，才发现门口站着三个男人。

不止三个，还有一个脸生的中年男子。

那三人分别是顾绅、顾珩和齐炀。

盛千姿笑着朝顾珩和齐炀打了声招呼，连余光都没分给某人一下，没心没肺地刚要走，就被顾珩拦下来，手臂被暧昧地抓在手心。

她疑惑地看向他，问："怎么了？"

顾珩自然地说："不是你让我今天来帮你重装一下公寓的吗？"

"啊？"盛千姿完全不记得自己跟顾珩说过这样的话。

有……有吗？

她怎么一点儿印象都没有？

顾珩叹了口气，说："你昨晚凌晨两点打电话跟我亲口说的，不信看看手机。这么快就忘了？说你猪脑子真是……"

盛千姿知道他接下来要说什么，瞪他一眼："又骂我？不许骂我！"

"我看看……"盛千姿滑开手机看了眼，果然看到接近三十分钟的通话记录，顾珩没骗她，"真的打了啊，我这记性。"

顾珩既无奈又宠溺地看着她。

盛千姿歪着脑袋心虚地笑了笑。她知道自己昨晚肯定是因为醉了才和顾珩聊那么久的，至于聊了什么，有没有让他来帮她重新装修公寓，她毫无印象。

盛千姿咬着唇，思忖了几秒，祸从口出，既然已经说出口了，也不好再让人回去。

顾珩应该不会骗她吧？

她大大方方地掏出公寓的钥匙，在手里晃了晃，表现出百分之百的信任，将钥匙放在顾珩的手上："喏，给你。空间设计和颜色搭配这些随便你怎么弄，反正我没什么艺术细胞，而且接下来也没空，你来决定好了。我有事，先走啦。"

两人宛如恋人般默契的谈话声传进周围所有人的耳朵里。

顾绅敛眉走进电梯。

齐炀大大咧咧地吹着口哨催顾珩："珩哥，快点儿！不然我和绅哥先上去了。"

顾珩将钥匙握在手上掂了掂，钥匙发出金属碰撞的轻响。

他走进电梯，不经意抬眸，发现顾绅的视线落在他手上那串钥匙上，只有几秒，却被他无意之中捕捉到。

顾珩将钥匙放进西装口袋，随后跟身旁他带来的室内家装设计总监交谈了一下，用淡淡的语气将盛千姿本人偏爱的风格和喜好说得顺畅无比，仿佛对她了解至深。

齐炀并不意外顾珩对盛千姿的了解，但在公共场合这样秀，明显不是顾珩以往的作风。

他看看顾绅，又看了眼顾珩，掏掏耳朵："珩哥，你好歹顾及一下我们啊！秀恩爱是要遭雷劈的！"

"秀恩爱"三个字迫使顾绅往那边扫了一眼。

顾珩轻笑，幽深的黑眸一眨不眨地盯着他，话却是对齐炀说的："抱歉，第一次帮女人弄这些，有些手忙脚乱。"

齐炀噗了一声。

电梯刚好停在七楼，门缓缓敞开。

齐炀摆了摆手，跟顾绅走出去："我们还有事，先走了。"

顾珩颔首，表示请便。

走至公寓门前，顾绅从容自若地按密码开门，按错一次，门锁报警了一下，他再按，又错了。

齐炀单手插兜，靠在门边看他："你不会忘记了吧？"

门锁只有三次输入密码的机会，再按错就要等十五分钟。

顾绅淡淡地瞥他一眼，接着按，终于没再错，进门。

进去后，顾绅开始找文件资料，齐炀坐在沙发上等他，见他今天状态一直不是很好，没忍住问了句："绅哥，你今天不太对劲儿啊，昨晚没睡好吗？最近压力很大？"

顾绅敷衍地嗯了一声。

齐炀叹了口气："是因为边小凝她爸的事？很棘手？"

"在准备心脏移植手术。"顾绅说。

齐炀没想到边小凝爸爸的病这么严重，难怪顾绅今天一天都怪怪的。

齐炀又问："对了，盛千姿今天怎么没黏你啊？奇怪，她也没跟你打招呼，很反常啊！"

顾绅道："累了吧。"

"啊？"齐炀一时间没听懂，"累？她怎么会累？她昨晚还喝酒，喝得可嗨了。不是，确实很奇怪……"

齐炀突然想到什么，转身问："她昨晚为什么喝酒啊？昨晚你们怎么了？说什么了？是我想的那样吗？"

"嗯。"

"你怎么说的？"齐炀果然没猜错。

"拒绝了。"

齐炀无奈地摇头，仿佛在痛斥他的冷酷："你果然不喜欢她啊！不过拒绝了也好，说不定以后就是嫂子了，早点儿拒绝，也不会太尴尬，我看她和顾珩还挺……"

他的话还未说完。

顾绅侧首看他一眼，眼神冷淡："你很闲？"

九天城，市中心一家五星级酒店内价格昂贵、服务最优的美容院。

盛千姿和陈芷珊都是这里的钻石会员。

她们已经好些天没来了。

穿着小西装的男总监一瞧盛千姿的脸就惋惜不已，痛斥她的不听话："不是说了让你有空没空，每周都要来一趟吗？你看，你看，啧啧啧……你的脸都垮成什么样了？"

实际情况哪有他说的那么夸张？

盛千姿摸了摸自己的脸蛋，感觉还行啊："可能就是精神状态差了点儿。"

"娱乐圈第一美女"的称呼，她估计还是能保住的。

"何止是精神状态差了点儿！你对自己的认知有点儿错误啊！"

男总监引路，带她和陈芷珊走进一个双人包间，让她躺在美容床上，自行去调弄东西，招呼了两个清闲的女生去招待那两位贵客，随口问："这些天干吗去了？怎么连来趟美容院都没空？对于你这靠脸吃饭的人，脸就是黄金白银啊，要是我，肯定每天都好好呵护。"

陈芷珊走到另一边，躺下，调侃道："她啊，被爱情迷昏了头，被爱情蒙蔽了双眼，玩爱情游戏去了。"

"恋爱了？"那男的问。

"哪有？"盛千姿不带感情地说，"男人都不是什么好东西，良心被狗吃了。"

尤其是又高冷又温润的男人，无情起来比什么都可怕。

陈芷珊闭起眼准备休憩一会儿，懒懒地说："那就好好搞事业，想什么男人！靠别人还不如靠自己。"

盛千姿答："你说得对。"

男总监："我怎么感觉我被嘲讽了？"

陈芷珊道："感觉到就对了。"

"对了。"陈芷珊想起什么，"下午盛千姿有个活动要参加，帮她捯饬得好看一点儿，要上镜呢。"

"没问题。"

今天是临江电影学院建校一百周年校庆的日子。

作为国内知名度最高的电影学府，典礼还未举行便已受到了多方媒体的关注，相关话题频繁出现。

——林鹿溪校庆。

——安燃校庆生图。

——贝旋校庆演讲。

大多是近期曝光度比较高的新生代"小花"或流量明星。

贝旋居然也被邀请上台发言，顺序还在盛千姿之后，两人必然少不了同框。

上一次两人同框，不良营销号为了捧贝旋，硬是将她和贝旋的同框照PS（指用Photoshop软件对照片等进行修改，泛指用软件对原始照片进行修改），悄悄将她的脸锐化过度，大肆传播，独留贝旋一人清清纯纯、干净漂亮。

底下的评论几乎一边倒，都说盛千姿看着不像23岁，整容过度，脸都僵了，比30岁还要老。

所以当化妆师问她今天想化什么妆，是符合女神形象的高冷酷系妆还是最近流行的渐变妆的时候，盛千姿看着镜子里精致小巧的脸蛋，伸手挤了挤："又不是走红毯，随便化个伪素颜的裸妆就可以了。"

这怎么能随便?

化妆师给她精心弄了个冷调的米色妆容,修饰了一些因为熬夜而产生的微小瑕疵,使她显得更有气质,有种温柔如水又亲近的感觉,她让柔软顺滑的长发散在肩上,就像个刚大学毕业、清净淡雅的学姐。

盛千姿穿着黑裤白衬衫直接前往临江电影学院,一出现便成为镜头的焦点,各种"长枪短炮"恨不得往她脸上撞,引她发怒,最好让她露出那种狰狞的神情。

可惜盛千姿大大方方,不戴墨镜,直接往前走,看上去心情甚好,随便他们怎么拍,即便是再刁钻的角度她都能扛得住。

走进校内,因为校园实行治安管理,媒体终于跟不进来,她看见校园的道路上有几个挂着绶带的女生挤在一起聊天,其中就有边小凝。

那几个女生看见盛千姿,立马露出惊讶的表情。

女生A:"那不是盛千姿吗?前几年金鸡奖的最佳女主角奖得主,校长和老师口中天赋与努力并存的好学生。"

女生B:"她真的好漂亮啊!我的妈呀,这身高,没穿高跟鞋就比我高了差不多一头。"

就在这时,不知道谁给的勇气,边小凝瞅准时机,当着几个舍友的面喊:"盛千姿。"

盛千姿听见了,没回头,继续走,清冷干净的眼睛差点儿没忍住翻个白眼。

边小凝见盛千姿不理自己,气得攥紧了手。

身边舍友已经开始嘲笑她:"你行不行啊?居然会认识盛千姿?太把自己当回事了吧?"

"她要是真认识盛千姿,估计资源都拿到手软了,还至于像现在这样吗?"

边小凝眼睛都快红了,如实说:"我们真的认识!我们还一起喝过咖啡。"

舍友:"是吗?那你去证明啊,你总得证明一下,我们才能相信你吧？如果你真的帮我们拿到了签名，以后我们就不笑你了。"

边小凝说："你说的，别食言。"

边小凝真的去了，她拦住盛千姿，午后的阳光洒在她的脸上，她的眼眸泛着一点儿红，小声说："学姐，你不记得我了吗？前天我们一起在临江医院旁的咖啡厅喝过咖啡。"

盛千姿停下脚步，扫了边小凝那几个舍友一眼，没几秒就辨明了情况，看来这又是一个被舍友排挤的可怜虫，真是够惨的。

如果她现在回应了边小凝，以她的资历和身份，无形之中给边小凝树立了威风，那些舍友不仅不会低看边小凝，或许会因为她而不敢再欺负边小凝。

可是她为什么要帮边小凝呢？

自己尝过被人看不起、被人骂、被人嘲笑的滋味，却转身用同样的方式对待另一个人。

边小凝真的……可怜吗？

盛千姿像看陌生人一样看着她，唇边漾起笑，慵懒又随意地说："小妹妹，我认识你吗？"

她语气轻巧，轻飘飘的一句话就让边小凝瞬间沦为舍友们的笑柄。

校庆典礼流程繁多，其中最隆重的是下午的总结会和晚上的盛典晚会。

临江电影学院作为国内最强的"造星工厂"，从这里走出去的明星、艺人数不胜数，许多老艺术家包括演员、导演都回母校参观，拜访恩师旧友。

盛千姿先去行政楼找了趟邓瑶，不巧，有个资历颇高的前辈在跟邓瑶谈话，听起来那演员也是邓瑶阿姨的学生，如今回来拜访寒暄几句。

盛千姿本想站在外面等，不打扰他们，邓瑶见了她，立马喊她进去。

盛千姿进去后才发现，原来跟邓瑶谈话的是一位备受公众认可、主演影片获过奥斯卡奖项的男演员，无论是作品、奖项，还是国际影响力，几乎高居国内艺人榜首。

她恭敬地打招呼："齐衡老师。"

"这就是盛千姿？"齐衡语气温和，一副欣赏她的样子，"看起来年纪不大，比我想象中的还要年轻。"

"刚过 24 岁生日。"邓瑶给他介绍，"你别看她年纪小，表演特别有灵气，有代入感。"

"还行啦。"盛千姿谦虚地说。

后来邓瑶告诉她她才知道，接下来她在《生命只有一次》里会和齐衡合作，齐衡饰演她的哥哥，男二号，友情客串。

盛千姿顿时觉得压力好大，但如果拍好了，这会成为她重归影坛最好的机会。

和齐衡聊了几句，盛千姿便要赶往报告厅准备演讲。这次的演讲很简单，只是以校友或者学姐的身份去分享一些自己在母校的趣事，表达一下感恩之情。

为了体现真诚，她自行准备了一些祝母校越来越好的词，但趣事那一部分，她打算自由发挥。

发言结束，底下掌声一片，幸亏她说得还算生动有趣，台下不至于死气沉沉。

晚上。

盛千姿打开微博瞟了眼舆论。

"母校校庆，贝旋自己上台炫了一堆专有名词，还说什么表演的真谛，恕我直言，真的很尴尬。这又不是高考动员大会，这些内容导师上课不会说吗？要你现场教学？"

"我觉得盛千姿的发言稿更好啊，人家就是说一些别人感兴趣的大学生活趣事，说她上课爱走神也爱逃课，最后还感谢母校的培养，很接地气。"

"嘿，别提了，盛千姿摘下墨镜的那一瞬间，我酸了。别人的脸vs（对比）我的脸，呜呜呜。"

盛千姿觉得这已经够了，反转太快反而会惹人反感。

什么事情都要一步一步来做，否则一旦反噬，毁的是自己。

盛千姿观察了一下自己的公寓，发现东西没怎么变动。顾珩不会随意碰她的东西，但她觉得有些事情还是要说清楚。

于是她打开微信。

盛千姿："今天你带来的那个是设计师吗？所以是先来量一下房子，然后设计再开始动工？"

顾珩："对。"

顾珩："大概一周后可以动工。"

盛千姿："啊，好的，我不急。完工后你告诉我费用，我转给你，然后请你吃顿饭感谢，顺便捎上齐炀吧。"

顾珩："你知道我在意的从来都不是钱。"

盛千姿："我当然知道你不缺钱，但既然是朋友，就不能一方一味地为另一方付出，而另一方欣然接受还觉得理所当然，不然我心里会过意不去。"

顾珩："盛千姿。"

顾珩顿了几秒，回复："就不能给我一个机会吗？"

盛千姿佯装看不懂："什么机会啊？"

顾珩："你知道。"

盛千姿："对不起，不能。"

盛千姿："我是什么态度，你是知道的。昨天晚上是我喝醉了，我没有考虑事情的后果，跟你聊了那么久，我要跟你说声抱歉。"

盛千姿知道自己很坏，但不狠心一点儿，以后伤害的人会更多。

之前已经坦白过，她不介意再当一次坏人，说得更明白一些。

顾珩问："是因为千盈？"

盛千姿没否认："算是吧。"

盛千姿："对不起，我知道这样对你很不公平，但说实话，就算没有千盈，我们也不可能。"

顾珩没再回复了。

爱情真是个圈，顾珩不给盛千盈机会，盛千姿不给顾珩机会，顾绅也不给盛千姿机会。

他们都深陷其中，无法自拔。

顾绅跟往常一样，日复一日地去医院上班，接收病人，治疗病人，做手术，恢复了平静又安宁的生活。

他独自面对复杂又危重的心脏病患者，目睹生命的轮回和脆弱。

再也没有人在他手术结束后，双眼盈盈地望向他，问他："累吗？"

深夜，他时常会靠在公寓阳台的围栏边，看着远处深沉的夜景，细想——

那天在电梯间里，齐炀只不过说了"秀恩爱"三个字，他心中便泛起了一抹嫉妒与无奈感。

那到底是为什么？

嫉妒，是因为那个女孩不再对他笑，不再向他讨乖，而是把目光转去了另一个人身上？

无奈，是她说不喜欢，就真的不喜欢了。

或许是这样，也或许都不是。

他很快便将这种复杂的情绪掩在心底，表面上看还是那个淡漠的心外科医生。

他的眼里只有手术和病人。

直到某个下午，他坐在办公桌后喝了口水，准备查资料，意外踩到一个硬物。

他往地上一看，竟然是一枚精致小巧的玫瑰金镂空耳环。

顾绅认真地回忆了一下，盛千姿貌似戴过，这个耳环估计就是她的吧。

他拿起耳环摩挲了一下，圆形，小巧，还镶着钻，价格必定不菲。

他曾经在国外听人说过，生活质量高、有经济能力的女人喜欢在物质上满足自己，追求高定或者限量款的衣服和首饰。

顾绅将它放在一边，没有多想。

出于某些特殊原因，盛千姿去北京的时间推迟了几天，今天刚好要出发。

她慢悠悠地坐在公寓的化妆台前化妆，打理头发。

今天的造型稍显明艳，毕竟要走机场，也是她去北京准备新戏新生活的开始。

盛千姿打开首饰盒翻了翻，找到那款她最近特别喜欢的镂空耳环，对着镜子戴在左耳上，再找另一只，却发现不见了。

怎么会这样？

盛千姿在公寓的地板、沙发和桌椅上找了找，都没有找到，连床也翻了个遍，还是没有。

最近只有顾珩来过这里，他肯定不会乱动她的东西。

耳环估计是哪天不小心在街上丢了。

盛千姿叹了一声，心塞地将左耳上那只耳环摘下来，用一条流苏耳链代替，再用口红加深了下唇色。

陈芷珊打电话催她，她随便嗯了两声，推着行李箱下楼。

将行李箱放进后备厢后，盛千姿忽然想起自己没带最重要的剧本。

陈芷珊吐槽了一句："我看你哪天把自己也丢了。"

盛千姿吐吐舌头，立马跑上楼。

再次下来时，她意外地在一楼的电梯门外看见了顾绅。

他穿着干干净净的白衬衫，领口处解开了两颗纽扣，比平日慵懒了几分，那线条优美的锁骨直接暴露在她的面前。

即便如此，他神情依旧冷得要命，令人感觉高不可攀。

盛千姿顿了顿，黑白分明的眼坦坦荡荡地对上男人的视线，几秒后便很快挪开，微微一笑，往单元楼外走。

她将他视若无物。

不巧，她刚走了几步。

男人在身后喊住她，嗓音低沉："盛千姿。"

周围一片安静，虫鸟无声。

盛千姿停下脚步，搞不懂他喊她干什么，打算不理他直接走，却听见他往这边来的脚步声。

她偏头悄悄打量了他一眼，语气不耐烦："不是说了，以后碰到就……"

她的话还未说完，男人开口："你的耳环。"

盛千姿抬眼看过去，果然看见自己刚刚找了半天却没找到的那枚耳环躺在他宽大、骨节分明的手里。

她愣了大概五秒钟，视线漫不经心，唇角上扬，不知在笑什么，或许在嘲笑自己刚刚居然期待了一下。她话里带着冰凉的温度："顾医生果然是绅士，捡到东西，不管和物主的关系闹得有多僵，都要亲自送过来。但是顾医生可能不知道，这只耳环我已经不喜欢了，另外一只也扔了，你没必要还回来。"

细风混在她慵懒的声音里，她转过身，连多看他一眼都不愿。

她直截了当地开口："这个也帮我扔了吧。谢谢。"

她决绝的背影与语气仿佛在表明，不喜欢的东西就真的不会再喜欢了，既然不喜欢，不要也无妨。

人也一样。

盛千姿搭乘晚上 8 点的航班飞往北京，凌晨到达，前往附近酒店休息了一会儿。

陈芷珊带她去见清越传媒的一位老总。

清越传媒是内陆最大的一家专业影视传播机构，是一家涉及娱乐营销、电影投资制作、宣传以及艺人经纪的综合类影视文化公司。

它对电影与艺人的营销公关能力堪称一流，捧红了不少一线明星。

盛千姿的经纪合约近几年一直挂在陈芷珊的公司，商务、营销、公关都是陈芷珊一手承包的。

前几年，盛千姿出道后一直很顺，自从拿了最佳女主角，接拍的都是大制作电影，从未出过什么岔子。

但今时不同往日，如今的盛千姿名声极差，众多不实的黑料缠身，"路人缘"一跌再跌，不能再跟陈芷珊两个人单干了，而是要找大公司去依附，至少商务与公关这块是肯定要外包的。

正好清越看中她的潜力，向盛千姿抛出了橄榄枝。

前提条件是要签对赌协议。

协议的内容特别简单——

清越传媒会在接下来两年内对盛千姿进行商务投资，而盛千姿必须在两年内给清越净赚 4 亿元人民币。

陈芷珊估量了很久，觉得这份协议很有风险，因为4亿元实在是太多了。

盛千姿目前的"路人缘"尚处于崩盘状态，这个目标要如何完成？

但盛千姿还是签了。

两年说长不长，说短不短，足够她做很多事情，如果她真翻盘了，一部电影就能赚4亿元。

第二天，盛千姿进入《生命只有一次》剧组进行剧本围读，见到了和自己搭戏的演员，饰演男一号的邱鹤和饰演男二号的齐衡。

剧本围读进行了近半个月。

电影终于在元旦前一天正式开机。

临江医院，因为元旦节假日，病人激增，尤其是急诊部。

新年到来。

距离春节不到一个月，病人家属问得最多的问题便是：春节前能康复，能出院吗？

顾绅特别理解他们的心情，也尽心尽力地做好本职工作。

心脏外科的医生每天的工作与生活都很真实，也很残酷。

顾绅几乎没怎么休息，手术一台接一台，在亮着蓝灯的手术室里进进出出，用坚如磐石的信念破解心脏死亡的魔咒。

小芝知道最近顾医生每天都很累，尤其是医院意外接收了好几个重症病人后，他更是忙得不可开交，所以去门卫处拿快递的时候，顺便帮他也拿了。

她走进办公室将快递递给他，看见快递包装特别精致，八卦地问："顾医生，里面装的是什么呀？女朋友给的？"

男人无奈地瞥她一眼，耐心地解释："是之前在英国救治的一个病人寄来的礼物。"

"哇！"小芝眼睛泛光，"不愧是顾医生，病人满天下，哈哈哈。"

病人寄来的是一支木杆钢笔，看上去设计很独特，还附有卡片。

卡片上用外文写着："Happy New Year（新年快乐）。"

顾绅拉开抽屉将钢笔放好，刚一抬眸便听见小芝一边拆快递一边开心地说："我这也是礼物，你猜猜是谁送来的？"

顾绅猜不到。

小芝将礼物掏出来一看，竟然是一套完整的故宫新年贺卡，入眼精美绝伦，融合了中华文化的多种元素，山河盛景。

顾绅看了贺卡两眼。

小芝说："当然是……我们千姿啊！"

顾绅的眼神立马就变了。

像是许久未见的人忽然出现在眼前，他盯着贺卡，都能想象到她购买贺卡时开心的样子。

他忽然想起那天，她让他将耳环扔掉，转身就走。

顾绅站在电梯口叹了口气，打算先将耳环收好，找个空闲的时间再上楼还给她。

然而当他找了个闲适的下午第一次踏上八楼，看见他公寓正上方的公寓门开着，里面发出巨大的施工的声音和细微的谈话声。

他稍一拧眉，走进去才发现，她根本不在里面，而她的公寓正由装修公司施工，进行着翻新改造。

戴着安全帽的男人走出来问："你是这家房主的朋友吗？"

他点了点头。

那男人说："不好意思，她目前不住在这儿。我听说她好像是去外地出差，要几个月才能回来，具体不清楚，你还是打电话联系她吧。"

顾绅说了声谢谢便下楼。

夜晚。

顾绅靠在阳台吹了会儿冷风，修长漂亮的手指间夹着一根燃到一半的烟，俊美的脸庞在烟雾中有些模糊。他往楼下深深地望了眼，神情平静，却感觉有些疲惫。

一种复杂的情绪涌上顾绅的心头。

小芝收到贺卡特别高兴，给盛千姿发微信回了个谢谢，还发了个卖萌的表情包。

顾绅问："你们经常聊天？"

小芝不知道是该点头还是该摇头，想了想，说："不算经常吧，就偶尔聊一下近况，她好像挺忙的，在拍电影，每天收工都很晚，而且回来还要琢磨明天的戏份、背台词，我没敢打扰她。"

顾绅了然，没再问什么。

反倒是小芝趁现在有空，打开了话匣子，心疼地说："她今年工作量挺大的，我感觉她要复出翻盘了。"

"什么意思？"顾绅不懂。

翻什么盘？

她为什么要翻盘？

复出？

她不是一直都是艺人，一直在拍戏吗？

在医院那大半个月，她不也去拍了几天吗？

"你不懂？"小芝苦着脸说，"顾医生，你也太落伍了吧！"

小芝说："麻烦你下载个微博，偶尔上去翻一翻，紧跟一下娱乐新闻，不然你以后怎么追女孩啊？不对，你根本用不着追，一堆女生上赶着追你。"

顾绅压住脾气，又问了一遍："我问你，刚刚那句话什么意思？"

"哦。"小芝认真地给他解释，"就是，盛千姿刚出道的时候特别火，拿了金鸡奖的最佳女主角奖，含金量特别高。但是从去年开始，就有很多她的黑料爆出来。她的商务代言解约了很多，她都将近一年没拍戏了，也没有作品，今年她那么努力地工作，不就是要复出翻盘吗？"

小芝咬着唇说："跟她相处过的人都知道，她根本就不像网上说的那样，她真的特别好，所以我还挺想看她翻盘的。"

小芝走后，早已过了下班时间。

明天是元旦，也是新年。

顾绅收拾东西，下班。

因为明天要加班，顾绅拒绝了齐炀的酒吧跨年聚会的邀请，直接回公寓随便吃点儿东西，进书房看书。

时间已经接近零点，各大电视台的跨年晚会也到了高潮的抽奖倒数环节。

顾绅撑着额头，疲惫地闭眼休息了会儿，渐渐发现他那不是疲怠，而是心烦。

至于为什么烦，他也说不上来。

他睁开眼，拿起桌边的手机，第一次打开软件商店，在搜索栏输入"微博"二字，点击"安装下载"。

下载软件花费的时间明明只有一分钟，他却觉得犹如一个世纪般漫长，可能是好奇心逐渐爆棚，又或者是许久不见的想念瞬间涌出，顾绅打开微博，用手机号注册了一个账号，登录。

他摸索了几分钟才将微博的基本功能弄明白，点进搜索栏搜索"盛千姿"，下面关联的词条内容惨不忍睹。

顾绅选择性地忽视这些，先点进她的微博主页看了眼。

她的头像是她 22 岁那年演的一部极火的古装大片的剧照，一袭古装红衣、戴着西域风格头饰的漂亮少女迎风微笑，长发飘起，眼睛好看得像是盛满了月光，既灵动又惊艳。

与此同时，盛千姿正开着微博直播。

她没有去参加任何一个电视台的跨年晚会，有三个电视台朝她抛出橄榄枝，她都婉拒了。

这样做最大的原因是，她正在《生命只有一次》的前期剧本钻研和培训阶段，并不想分心去做一些与演员这个本职工作无关的事情，也不愿让其他演员认为她不专业、不认真。

开开直播，与少数的真爱粉互动一下也挺好的。

刚收工回来的盛千姿订了份外卖，边吃边跟粉丝闲聊，有说有笑。

直播间里混进了许多黑粉，一直在刷屏。

盛千姿无力地笑了笑，突然觉得她选这个时间点直播不是一件正确的事情。

她低声说："经纪人珊姐喊我了，我再陪你们几分钟，零点就不陪你们倒数了。大家去跟自己的朋友或家人一起跨年吧。"

新的一年，大家应该开开心心的，不管是陪家人还是陪朋友，开心最重要。

盛千姿正准备关直播，忽然直播间被人连刷了 20 架"游艇"。

所有人蒙了。

刷"游艇"的是一个微博ID（账号）为一串阿拉伯数字的新用户。

顾绅刷"游艇"的目的很简单，也很纯粹，只是看见弹幕里数以千计的谩骂评论，想压制一下而已。

他不想那么高调，也并不知道送"游艇"后，会如此醒目地出现一个大游艇的动画在直播间的中间，连他的ID也会展示在上面，不仅如此，礼物信息还会在直播平台接连滚动，别的直播间也能看见。

难道刷礼物的信息不应该出现在弹幕里，将恶意评论打断吗？

这有点儿打破他的认知……

盛千姿觉得有些奇怪，怎么会有路人给她刷礼物呢？

她被黑了一年后，剩下的粉丝已经不多了，基本是一些死忠粉。

而且她今天开直播明显是心血来潮，没有做过任何宣发和预告。

奇怪，这实在是太奇怪了！

即便如此，她还是很友好地提醒那位新粉："用户1548792，这位姐妹不要再给我投礼物了，我并没有跟平台签约，只是借平台来跟大家聊聊天，钱我不会拿的，也拿不了，不要再浪费钱了。"

盛千姿观察过自己的超话，发现里面百分之九十几是女粉，所以她基本认定刷礼物的粉丝也是女粉。

刚刚她一时口快，直接说出了"姐妹"二字，连她自己都没有意识到。

刚刷了礼物的某人愣住了。

盛千姿笑着说："快到零点啦，我准备下线啦，下线前祝大家新年快乐，事事顺利，天天开心呀！再见。"

直播结束。

盛千姿快速吃完饭，洗漱完拎着剧本上床，继续背台词。

顾绅百无聊赖地翻了翻她的微博动态，她最近发的微博特别少。

第一条动态是刚刚的直播分享。

第二条是《生命只有一次》的开机官宣转发。

顾绅点开官宣剧照，将照片放大看了眼，照片上的女人穿着干净利落的职业衬衫，外面套着白大褂，长发被扎起披在肩后，妆容不浓不淡，晕染出几分成熟感。

她的眼神表现得恰到好处，令人一看就觉得她是个学识渊博的女医生。

顾绅多看了几眼，零点钟声敲响，全世界都在狂欢的那一刻，他才猛然发觉——

自己竟然在微博里看盛千姿。

他眸色起了细微的变化，不愿多想，即刻将微博关了，走出书房，关灯，睡觉。

《生命只有一次》这部电影由真实事件改编。一位准妈妈从小身体就不是很好，风湿热诱发了一种对身体破坏性极大的炎症，让她的关节持续肿痛了几个星期，但她并不知道自己关节痛的原因是什么，也不知道这样的炎症已经蔓延到了心脏瓣膜，形成慢性风湿性心脏病。

由于经济能力不足，她没有去做任何检查治疗，也没有重视，怀孕后，她的病越发严重，为了腹中的胎儿，她坚持不治疗、不吃药，直接熬到了生产。

医院为她接生后，她的心脏病直接危及了生命，出现了心力衰竭的现象。

即便医院尽力挽救，她依旧死在了手术台上，她的丈夫对此极其不满，认为是医生的过失害死了她，挥刀砍向了妻子的主刀医生——也就是盛千姿扮演的角色。

盛千姿功课做得很足，电影拍摄十分顺利。

到了拍摄后期，她已经可以做到游刃有余。

有时候，她还会和电影里饰演男一号的邱鹤相约去打网球、健身，来往较为频繁。

剧组在北京的取景工作结束时，齐衡老师的戏份已然杀青。

导演给他办了个杀青宴，顺便让全部主创人员一起过来吃顿饭。

盛千姿刚下戏，去卸妆洗了头才下来。

彼时，整个宴席只剩下唯一一个空位，她直接坐过去，坐在邱鹤的身边。

副导演见了，调侃说："难怪邱鹤身边的位置没人敢坐，原来是给我们女主演留着的啊！"

"啊？"听见副导演的话，盛千姿有点儿蒙，不知道发生了什么。

邱鹤无奈地摇头："您想多了。"

副导演说："我看人那么准，怎么会看错？"

男女主演郎才女貌，邱鹤今年 27 岁，拿过的最佳男主角奖杯的分量虽然没盛千姿最佳女主角奖杯那么重，但咖位一点儿也不低，尤其是在电影圈。

算起来他还是盛千姿的前辈，跟她搭在一起，看起来很般配。

剧组里，明眼人都能看出来邱鹤对盛千姿有意思，只不过盛千姿一心扑在表演上，没想这些。

副导演趁大家都在，干脆撮合他们一下："千姿，你和邱鹤合作了那么久，你觉得他人怎么样？评价一下，就当是提前演习路演采访了。"

很明显，这是在给盛千姿下套啊！

她肯定不能说邱鹤不好，但是说好，又会令人误会。

盛千姿偏头笑笑，大大方方地开口："不错啊！怎么啦？"

"人家有那么多女生喜欢，你就没点儿意思？"副导演说得直接。

邱鹤虽略显尴尬，又充满期待，眼睛没看盛千姿，却在等待着她的答案。

盛千姿出道已久，深谙说话的艺术，声音压低了几分，道："我哪敢有意思啊？而且鹤哥怎么会对我有意思？"

"你怎么知道他肯定对你没意思？"

"我们只是朋友啊！"盛千姿把自己撇得干干净净，又加了一句，"说实话，如果恋爱的话，我比较喜欢和圈外人交往。"

这是真的。

副导演问："你是觉得圈内的不靠谱？"

"没有啊！"盛千姿说，"只是希望生活与工作分开，如果和艺人交往结婚，就感觉聊天的话题啊……还有生活的各种事情都与职业挂钩。另一方面，我特别崇拜我没接触过的领域里能力很强的人，这种崇拜会让我喜欢他一辈子，我也喜欢跟别的领域里的人聊天，去了解一些我不知道的事情。"

副导演听完笑了："我发现很少有女演员会有你这种想法。"

既然撮合不了，这个话题就不了了之了，副导演也不在意。

倒是邱鹤低着头，一直不怎么说话。

剧组在北京取景结束，盛千姿收到通知，明天要去临江，前往国内心脏外科领域最具权威性的临江医院取手术室内景。

盛千姿一看通告单，惊呆了。

虽然剩下的拍摄周期不长，只有两周，但一想到又要去心外科，她尴尬得想逃跑。

翌日。

盛千姿收拾好行李，准备跟随剧组一起出发回临江。

邱鹤因为有别的综艺通告在身，要先去上海两天，不跟随大伙儿。

反正剧组到临江也是要布景筹备两日的，在没有拖延拍摄进度的前提下，他去赚点儿其他通告费也无可厚非。

盛千姿出门准备去机场的时候，意外地在电梯前碰到了邱鹤，出于对前辈的尊敬，她主动打招呼："鹤哥好。"

邱鹤穿着休闲的衣裤，单手插兜，戴着鸭舌帽，垂眸睨了眼她脚边的行李箱，低声问："去机场啊？"

"对啊！"盛千姿好奇地问，"你呢？你还没走吗？"

"下午走。"邱鹤说，"上午的机票售光了。你的助理呢？怎么自己拿行李？"

盛千姿特不好意思地说："她已经拿走两个箱子了。"

这是第三个箱子。

在北京的酒店住了那么久，盛千姿积压的东西特别多，怎么塞都塞不下。

毕竟是女艺人嘛，光是化妆品和衣服的数量就超乎想象。

电梯门打开，邱鹤原本想帮盛千姿将行李箱推进去，盛千姿坚持自己推。

他垂下略微黯然的眼眸，薄唇轻动，想说什么，又不是很想说出口，最终在电梯到达负一层之前，嗓音低沉喑哑地问："昨晚你在杀青宴上说的话是真的吗？"

盛千姿看他一眼，似是没想到他会提出如此直白的疑问，用两秒钟消化了这个问题，点头，如实说："真的。"

"好。"邱鹤笑了笑，"我就随便问问，没别的意思。"

"我知道。"

盛千姿出发赶往机场，上飞机准备离开时，竟然还有点儿不舍。

她在北京待了两个半月，半个月研读剧本，两个月拍戏，每天忙忙碌碌的，但也会挤一点儿时间出来让自己逛街玩耍，放松心情。

陈芷珊问她："接下来有两天假，你有什么安排？"

盛千姿想了想："回去先找个酒店睡觉，然后明天下午要去参加一个高中同学的婚礼，后天就看剧本啊，虽然只剩下两周，但接下来的剧情都很重要，不能松懈。"

"啊……"陈芷珊这才想起来，"还要找酒店，你的公寓还没装修好啊？"

"装修好了，就是还不能这么快入住。"

而且她要找时间拉齐炀和顾珩吃顿饭，还一下人情。

飞机在临江降落时已经接近下午。

入住酒店后，盛千姿难得地休息了半天，午觉睡得还算舒服。

她中午没怎么吃东西，这会儿已经饿得不行，胃部隐隐胀痛，是胃痉挛导致的。

她几个月前就有轻微的胃痛，在陈芷珊的监督下，开始注意饮食健康，尽量让自己三餐营养均衡，可没想到去了北京，因为拍戏常常吃饭不准时和紊乱的作息，她的胃痛加剧，好像越来越严重了。

等《生命只有一次》拍完，该去看看医生了，盛千姿想。

她随便换了套衣服，穿上运动鞋，打算下去买点儿小吃，填填肚子。

由于剧组接下来会在临江医院拍戏，所以在酒店的选择上，也会选靠近医院的酒店。

近到什么程度？

盛千姿住在 11 楼，透过落地窗往下望，下面就是临江医院。

最近天气转暖，她只穿了件单薄的卫衣，戴上连体帽，双手揣进兜里，就这么低调地出了门。

盛千姿其实有点儿尿，尿的原因是不想看见顾绅，两个月不见他，又没和他联系，说实话，她对他的感情已经淡了很多。

她害怕自己一看见他，就想到之前干出的那些令她懊悔的蠢事，宛如打开QQ（腾讯QQ的简称，一款基于互联网的即时通信软件）空间翻看自己"中二"时期的动态一样令人尴尬。

盛千姿决定去一家偏僻的小店点一碗牛肉面，走进店铺，瞄了眼菜单，说："要一碗招牌……"

她还没说完，身后传来一阵皮鞋踩在地面上的声音。

盛千姿心里发怵，差点儿以为顾绅就站在她的身后，可转念一想，怎么可能，她再怎么倒霉，也不会倒霉到这种程度吧？

现在已经傍晚7点，顾绅早就下班了。

她清了清喉咙，继续点餐："老板……"

与此同时，老板看见盛千姿身后的人，喊了一声："顾医生。"

两个声音重叠在一起，女人的声音相对较弱，音量也不大，身后的男人并未察觉。

盛千姿却感觉背脊发凉，犹如捧了颗定时炸弹，随时都有可能爆炸。

幸亏她戴上了连体帽，将后脑勺儿完完全全遮住，他估计也认不出来。

这里的老板似乎跟顾绅很熟，一见他来就热情地问："顾医生，又加班啊？"

盛千姿没听见顾绅说话，应该是点头或者摇头了。

她揪着菜单立在原地，走也不是，不走也不是，从未觉得如此尴尬……

老板终于意识到自己忽略了客人，连说好几声抱歉，问："小姑娘，想吃什么？"

盛千姿摇头，表示没事，清了清喉咙，为免被身后的人认出，刻意将声音拔尖了些，别别扭扭地说："老板，一碗……招牌牛肉面，打包。"

老板和气地笑："好嘞。"

身后并无动静，盛千姿松了口气，心中认定了他没有发现自己，心情甚好地掏出手机来玩，静静地等着老板将牛肉面做好。

不一会儿，老板又抬头问她身后的人："顾医生，还是老样子吗？"

顾绅意味深长地停顿了一秒，嗓音一如往日般好听，低声说："牛肉面，打包。"

老板笑："哟，换口味了啊！好，等着。"

她怎么感觉哪里不对劲？

盛千姿深吸了口气，情绪并未因这个小插曲而有一丝波动，老板将牛肉面做好，打包先递给她，她伸出手指轻轻钩住袋子，直接从他身前像只猫一样快速溜走。

而她身上熟悉且清淡的白玉兰香气依然停留在空气中，久久散不去。

盛千姿回去后，一边看电影一边吃面，紧接着洗漱，认认真真地护肤，敷完面膜就睡了，直接睡到中午 12 点才醒来。

她快速起身，叫了份早餐，吃完收拾一下自己，穿了件薄薄的米色 V 领毛衣和长裙，整理一下头发，直接出门。她打扮得低调素雅，在人群中依旧扎眼。

今天结婚的是她高中混得比较熟的闺密黎岫，虽然高中毕业后，她们因为各自的生活轨迹不一样，没怎么联系，但当年的友情还在。

她结婚，盛千姿有空，当然要来。

新郎站在门口迎接宾客，看上去一表人才，穿起西装来干净利落。听黎岫说，她老公是个医生，在妇幼保健院工作，是眼下最稀缺的儿科医生。

新郎将盛千姿引到一个位置去坐，是临近主桌的那一桌。

婚礼还未开始，新娘在后台房间准备着，时不时有宾客进来落座。

盛千姿掏出手机，打开小游戏玩了一下，玩得正起劲儿，身旁有人落座。

她只用余光注意到那人腿很长，穿着黑色的西装，搭在膝盖上的手好看到令人嫉妒。

但也仅此而已，她全神贯注地盯着游戏界面，生怕自己操控的游戏角色因为自己稍有不慎便死掉。

两分钟后，即便她玩得认真，游戏还是输了。

盛千姿挫败地关掉游戏，感觉室内有点儿热，想将外套脱了，刚抬起头，便看见一张俊美冷淡的侧脸，近在眼前。

她被吓得心跳漏了一拍，差点儿就要在这个心外科医生面前被吓出心梗。

他坐在她身旁的一把椅子上，侧对着她，看向舞台。

头顶精致的琉璃灯光落下，将他半边脸映得越发精致，下颌线条凌厉，喉结突出，全身上下找不到一处可以挑剔的地方，连气质都干净得令人着迷。

可惜盛千姿已经不会被他迷倒，看着他就像看着一个陌生人。

他们坐在一起就坐在一起呗，反正吃顿饭就走，又没什么。

她从容自若地坐在那儿，看完了婚礼全程，一对新人真诚地宣誓，拥抱接吻。

典礼结束，便是晚宴。

盛千姿低调又淡然地坐在位置上吃饭，不去敬酒，也不乱跑，专挑自己喜欢的东西吃，新郎新娘过来敬酒，便寒暄几句。

新郎貌似是顾绅的大学同学，两人关系还不错，在自己的大喜之日，不忘关心地问："绅哥，怎么样，29岁了，有女朋友了吗？不会还每天对着一堆文献和医书，当个无欲无求的和尚吧？快找个嫂子结婚，让我也出出份子钱。"

对方语气稍有调侃，顾绅也不恼。

盛千姿用余光稍稍往他的方向瞟了眼，听见他说："顺其自然，再等几年也不晚。"

一般没有女朋友的人会回答"看缘分"，而顾绅这种回答明显在暗示自己已经有喜欢的人，待到心心相印，自然会谈婚论嫁。

说者无心，听者有意。

新郎了然地笑笑，劝道："可别让人等太久了，你等得起，人家不一定。"

被对方误解了意思，顾绅没有任何解释。

盛千姿就坐在旁边，将两人的谈话听了进去，眉眼逐渐酿出无限的讽刺。

边小凝今年 19 岁，确实还没到法定的结婚年龄，也就是说顾绅在等她。

可这又与她有什么关系呢？

盛千姿倒了一杯水喝了一口，过两天还要拍戏，她只敢吃一两块肉稍微放纵一下，汤里油太多，她不敢喝。

于是她往餐桌上望了眼，寻找自己能吃的食物，最终目光锁定在离她最远的一盘青菜上。

盛千姿翘起唇角，刚要转桌上的转盘，将青菜转过来。

男人手长反应又快，很快便帮她转好了。

现在青菜就在她的面前。

盛千姿脑中蹦出一个大大的问号，实在猜不透他帮她转的动机是什么。

这人，脑子里有泡吧？

第五章
艰难追妻路

　　盛千姿没搭理他，也不去问他这样做的目的是什么，就完全当他是个透明人或者陌生人。

　　他偶尔会和邻座的同学聊天，嗓音清朗又沉稳，谈笑的话题涉及各个领域，足以显示他知识面之广阔。

　　端餐盘来的服务员将水果盘和甜点放在餐桌转盘中央，手肘险些撞倒盛千姿面前的高脚杯，最后是顾绅扶住杯子，才避免了意外。

　　盛千姿看他一眼，出于礼貌，低声又客套地说了句谢谢，很快挪开视线，没有半点儿停留。

　　后来顾绅仿佛已经摸透了她喜欢吃的菜式，每次他转完转盘后，那几盘被她看上的菜总会出现在她面前，或者在她面前停留几分钟。

　　她没说什么，只是默默地吃着。

　　晚宴结束。

　　盛千姿走去跟黎岫聊了会儿天，回忆当年青葱稚嫩的过往，时间渐晚，为了不打扰她和新郎的洞房花烛夜，挥了挥手识趣地离开。

　　盛千姿已经打电话让陈芷珊过来了，陈芷珊让她去马路的另一边等，不然要绕一大圈，还容易塞车。

过马路需要走人行横道，她走出酒店的时候，天幕黑得深浓，在幽深的夜色里，雨声潺潺，有丝丝小雨飘落，如莹白的银丝从天而降。

雨势不算很大。

盛千姿冒雨前行，走至交叉路口，人行横道的路灯显示绿色，她随着人流穿行道路。

她丝毫没发现，斑马线的后方停着一辆低调沉稳的白色路虎，驾驶座上的男人手肘撑在车窗边，干净修长的手扶着方向盘，眼睛直视前方，视线有意无意地落在她的身上。

没有人知道，他们两个人曾经有过交集，也没有人知道，他们相交的轨迹早已偏离了方向。

女人穿过马路，机动车道的信号灯由红转绿，他愣了几秒，还不想走，却被身后的鸣笛声催促前行，还被身后着急的司机骂上一句："发什么呆啊！还不走？"连回头的机会都没有。

陈芷珊到的时候，看见盛千姿站在路边只能挡些微雨水的公交站牌底下，羸弱得仿佛随时都能被风吹走，她头发被雨水打湿，软绵绵地塌了下来，毛衣和裙子也湿得七七八八，狼狈极了。

盛千姿一上车就拿纸巾擦头发。她也没想到，路走到一半，雨就下大了，她没带伞，只能小跑着过来。

陈芷珊教训她："干吗又淋雨？我不是说了下雨就不要过来，在酒店门口等我把车开过去吗？现在淋了雨，明天感冒了怎么办？你还要拍戏啊盛千姿！就算你不管自己，也要想想整个剧组啊！"

"对不起。"盛千姿对自己冲动的行为表示歉意，"下次不会了。"

"算了算了。"陈芷珊也不是真心想骂她，只是担心她的身体。陈芷珊将车内的暖气温度调高，"回去后洗个澡，喝杯姜茶，免得感冒。明天哪儿也别去了，好好在酒店看剧本。"

盛千姿笑道："知道了。"

她真的很乖，也是真怕自己病倒给整个剧组带来损失和麻烦，一回酒店房间就进浴室洗了个热水澡，把身体都弄暖和了，才舒舒服服地出来。

盛千姿靠在床上，膝盖上躺着一本已经被翻旧的剧本，一边刷手机看附近有没有姜茶的甜品外卖，一边心情不错地哼着歌。

结果还真没有。

她叹了口气，惰性一上来就什么都不想干，下床喝杯牛奶就算了。

孰料天意弄人，当天晚上，盛千姿真的病了。

或许并不只是因为那一场细雨，它更像是一根导火索，长时间的心情抑郁和消耗式的工作状态彻底将她的身体击垮。

在杀青前的两个星期，盛千姿因为胃痛，晕倒在酒店，还是陈芷珊担心她，拿着姜茶去找她才发现的。不然后果难以想象。

盛千姿在凌晨毫无意识地被送到了酒店隔壁的临江医院，艺人的身份和这个尴尬的时间点，引起了一阵小范围的骚动。

医院的微信群里都在聊："天哪！我看错了吗？盛千姿被送进急诊科了！"

"急诊科？什么情况？发生什么事了？"

"我不太清楚，经过急诊科时看见的，据说送过来时已经晕了，暂时不知道是什么情况。"

"哇！艺人好可怕啊，怎么感觉比我们工作还辛苦？大晚上的突然晕倒，幸好有人发现，要是发现得不及时，说不定真出什么事了。"

"应该是身心上的双重打击吧，经常要熬夜拍戏，还要扛住舆论攻击，不被击垮才怪。网上那么多恶意言论，她也怪可怜的。"

群里发出的这些讨论，顾绅并不知道。

齐炀第一时间获得了这些消息，没做思考，直接拨了个电话给顾绅："绅哥，听说盛千姿晕倒被送急诊了，没事吧？"

刚洗完澡，正擦头发的顾绅动作一顿："晕倒？"

"嗯。"齐炀一边打游戏一边说，"你不知道？你不是今晚值班吗？没听说？"

顾绅没有回答齐炀的问题，心里想的是：她怎么会晕倒？在婚礼上不是还很精神、活蹦乱跳的吗？是因为那场雨？

"喂？喂？你有没有听我说话？"

他回过神，依旧有些不放心："我没有值班，有事调班了。"

"啊？这样啊……"齐炀顿了顿，"那没事了，我再问问别人。"

"我帮你问。"

齐炀愣住。

他没听错吧？

这是肯定句？不是疑问句？

今晚的顾绅是不是有点儿奇怪啊？

顾绅没有真的去问，他平日里用社交软件本来就少，在手机上与人聊工作一般用短信和电话，下载过微信，但后来又卸载了，没有辅助的社交软件，问起事情来着实麻烦又尴尬。

他换了身衣服，拿起钥匙，直接下楼开车去医院。

深夜的风透着一丝凉意，暗淡的路灯从马路边一闪而过。

顾绅像往常上班一样，直奔办公室。

走到办公室需要经过急诊科，他留意了几眼，走廊很静，像是刚刚发生过什么，但现在看不出半点儿痕迹，盛千姿也没在里面。

他皱了皱眉，抿着唇走进办公室，将白大褂穿上，一遍又一遍地洗手。

同科室的医生看见他回来，有些惊讶，以为见鬼了："顾……顾医生？今晚不是我替你值班吗？你怎么……怎么过来了？"

"刚好那边结束，没什么事。"顾绅半弯下腰在抽屉里找表格文件，答得随意且敷衍，"你可以回去了，下次我还替你。"

"不是，老顾，"那人总觉得有坑，不敢相信地问，"你确定……你没有喝醉，也没有吃错东西？"

顾绅睨他一眼："没有。"

"不是，为什么呀？"同事真的搞不懂了。

明明不用上班，硬是要来，这么奇特的人，他还是第一次见。

顾绅将原本拿起来的文件又放回桌面上，似乎也被这个"为什么"问倒了。

顾绅看着他，心里顿了一秒。

那医生一瞧不对劲儿，知道顾绅要反悔了，立马转身走人："不管什么原因，我还是要走的。谢了兄弟，下次请你吃饭。"

顾绅双手插进白大褂的兜里，站在办公室的窗前，沉思了一会儿。

他也想问，自己来这儿干什么呢？

这突然成了一个怎么都解不开的难题，被他暂时搁置在一边。

顾绅没再乱想，敛好情绪，锃亮的皮鞋踩在安静的走廊上，打算先去例行查房，经过护士站时，低声问："今晚急诊什么情况？"

"急诊？"值班护士想了想，"今晚有三个急诊病人，都不是心脏问题，与我们无关啊！"

"都说说。"

"啊？"护士没想到顾医生要这么详细的信息，这不是她的工作范畴啊，因为急诊科没有通知心外科去帮忙或者要求转科室，小姑娘立马紧张起来，"我想想啊，一个阑尾炎，一个呼吸道问题，还有一个好像是胃……病吧？"

"知道了。"

顾绅转身走去查房。

值班护士也搞不懂他要这些信息干什么。

盛千姿突然晕倒，惊动的人可不少，整个剧组都知道了女主演生病的事。

人非钢铁之躯，生病很正常，怨不了谁。

只不过剧组为了这次拍摄，提前申请进临江医院取景，过了层层关卡，光是文件就走了好几个月，上头批下来的拍摄日期是固定的，一时半会儿还改不了。

邓瑶作为总导演，需要操心的事情有很多，她既担心盛千姿的身体，又要考虑整个剧组。

她暂时还没决定怎么办，毕竟后天电影才开拍。

第二天一早，她让人做了些清淡的粥，带去医院看望盛千姿。

盛千姿觉得自己入院挺突然的，明明傍晚婚礼时还好好的，晚上因为胃疼蜷缩在床上，一觉醒来，就躺在了医院。

"瑶姨，对不起。"

"你对不起什么呀？"邓瑶无奈地看她，打开保温盒，盛了碗粥给她。

盛千姿接过，慢悠悠地说："你现在这么忙，还要来看我、担心我。等我吃完，你就去处理事情吧，别累着了，不是还有很多东西要准备吗？"

"明天……先休息一天。"邓瑶心中有了决定，"暂停一天，看看情况。"

"不用。"盛千姿直起身，为了证明自己没事，忍着胃部的微微疼痛，笃定地说，"真的不用，我可以的。今天还能休息，一天足够了，又是在医院拍摄，就算我真的不行，找医生不就完了吗？"

"你晕倒，就已经说明你的身体出现问题，发出警告了。"邓瑶严厉地说，"听我的，加上今天，就歇两天，多一天都不给你。"

盛千姿的妈妈去世得早，邓瑶像长辈一样对她好，长辈严厉起来，她肯定是怕的。

这么多年来，也是在邓瑶的严厉监督下，她在演戏上的业务能力才越来越好，她因为怕挨骂，怕看见邓瑶失望的表情，所以一直很努力。

邓瑶语气渐渐变缓："要是精神状态不好，拍摄出来的效果你肯定也会不满意，毕竟你演的不是病人，而是医生。你要是演病人，我今天让你去拍都没问题，还本色出演呢。"

盛千姿配合地笑，哪敢真的不听她的话呀："好，听您的。就再歇一天，然后好好拍戏。"

盛千盈中午来给姐姐送饭了。

吃过午饭，盛千姿越待越无聊，将剧本放在大腿上翻，一边看一边跟妹妹说话，甚至还和她讨论起来，让她以观众角度去说这一段女主角的情感该是怎么样的。

盛千盈认真思考了一下，说出来的答案没有半点儿敷衍。

盛千姿感觉她的想法挺有用，用笔在剧本上做着简略的笔记。

屋内宁静安好，没有一个人打扰。

忽然听见半掩的病房门外有个护士喊"顾医生"，盛千姿下意识地往门缝那儿瞥了眼，却只看见白大褂的一角从门外飘过，连人影都捕捉不到。

顾医生？

盛千姿蹙眉。

这里是消化内科，这边的病房都是安置内科病人的，一个外科医生怎么会出现在这儿？

盛千盈问："怎么了？"

"没什么，走神了。"盛千姿没多想，继续看剧本，"你继续……"

中途，有护士来给盛千姿打针，嘱咐她多注意休息。

盛千盈待了一会儿就走了。

盛千姿一直在医院的床上待着，原本的拍摄突然被喊停，她有些焦躁，也闲不住。

护士推着换药车来给她换滴注液时，盛千姿小声问："你知道我们剧组在临江医院取景，具体在几楼吗？"

"取景？"

"嗯。"

护士应该不会不知道吧？

盛千姿听见护士说："在四楼，心外科那边的手术室。"

"什么？"

盛千姿曾想过剧组可能为了追求真实性，直接在心外科手术室取景，但没想到居然真的在心外科。

护士临走前告诉她："这是早上最后一瓶了，打完睡一觉。"

盛千姿点了点头："好的，谢谢。"

护士走后，她犹豫了很久。她原本的想法是反正没什么事干，正好取景区在附近，那里现在肯定也有剧组的工作人员，她想去拍摄场地看看，提前设计一下具体的动作。

现在她却在犹豫，这自然是因为顾绅。

但她仔细想想，还是工作要紧。

等滴注液打完，盛千姿喝口水，休息了一会儿，立马下床，穿着拖鞋走出去。

除了素颜格外耐看外，她完全没有半点儿女明星的样子，鬼鬼祟祟，生怕碰见邓瑶，走出四楼的电梯，在拐角处张望了会儿。

走廊没什么人，她也没看见与剧组有关的告示牌。

通常剧组在马路或者商场拍戏，想要一些拍摄空间时，剧组的工作人员都会提前架上告示牌，告诉路人前方有剧组进行拍摄活动。

这里没有的话，应该就在另一边的手术室。

盛千姿往另一边走，扶着墙，站在转角处看了一眼，皱起眉，居然又没有。

那她怎么知道剧组到底在哪儿取景啊？

正当她懊恼地拍自己的额头，不知道该怎么办才好时，一低头，瞧见地上的暗影，紧接着，转身就看见了一个男人站在她身后。

顾绅穿着白大褂、西装裤，身量颀长，居高临下地看着她。

盛千姿明显矮了一头，穿着病号服，没化妆，气势也弱了一截。

突然四目相对。

盛千姿挑了挑眉，一时间不知道该说什么。

走廊静悄悄的。

她觉得自己有点儿可笑。

他不会自恋地以为她还对他贼心不死，来这里纠缠吧？

毕竟这里是心外科。

盛千姿清了清喉咙，眼眸中含着几分讥讽，先问："怎么了？"

他干吗这么看着她？

她是杀人了，还是放火了？

顾绅语气冷淡，视线错开几秒，又落在她的脸上："这句话……不应该是我问你吗？"

"我不是因为你才……"盛千姿想要解释。

因为她告白失败已经够丢人了，不想再莫名其妙地给他一个不死心、默默伤怀的印象，她根本没有伤怀好吗！

顾绅说："我知道。"

"嗯，你知道就好。"盛千姿没再理他，毕竟已经是陌生人了。

他没有误会就行，没有误会，那她就没什么需要解释的，她没什么好解释的话，就没有好说的了。

盛千姿也不偷偷摸摸的了，走过去自己看，碰见邓瑶的话，向她撒个娇想要留在场地待一两个小时应该也问题不大。

孰料，她刚走几步，顾绅就在身后问："你要去剧组？"

盛千姿顿了一秒，原来他知道啊，但她还是没理他。

顾绅又说："剧组不在这儿。"

这下盛千姿终于回头："你知道在哪儿？"

她说完就觉得自己这话问得真蠢，他就是这里的医生，能不知道吗？

顾绅不答反问："我带你去？"

"不用了。"盛千姿想了想，这心外科也没多大，都找一遍不用太多时间，这种小事不需要麻烦他，于是果断拒绝。

顾绅看她这别扭的样子，忽然低头轻晒了下。

盛千姿的种种反应，很明显都是在躲他。她在认真地执行着那天晚上说要做陌生人的决定。

"走吧。"顾绅无奈地转了个身，亲自带她去，"今天没有拍摄活动，里面没有工作人员，所以即便你是女主演，没有工作牌，不是这个医院的医生、护士，也是进不了手术室的。"

盛千姿皱眉看着他的背影，有点儿怀疑他说这话的真实性，主要还是拉不下脸去跟他走。

顾绅往前走："我带你进去。"

盛千姿抿着唇，犹豫了一会儿，如果他说的是真的，她找一天都不可能找到剧组啊！

算了。

捡到的便宜，她不要白不要。

盛千姿跟过去，在距离取景区域几米时，顾绅指了指说："就在前面，我有点儿事，不过去了。"

盛千姿独自走过去，进到里面才发现——

谁说没有人？！

里面有三个大活人！三个工作人员呢！

她居然被顾绅给骗了，以至于进来的那一刻都没什么准备，与三个工作人员面面相觑。盛千姿气得不轻，立马用微信跟陈芷珊吐槽："我被顾绅骗了！"

陈芷珊："什么情况？"

碍于有工作人员在，盛千姿只能用打字的方式向陈芷珊描述，因为激动，中途还打错了几个字。

陈芷珊看完后，恍然大悟："也不算骗吧。"

盛千姿："你在替他说话？"

陈芷珊："不是。"

陈芷珊："我昨天去那里看过，确实没有工作牌不能进去，我忘记拿了，人家就把我拦住了。"

陈芷珊："所以说，要不是他带你进去，你还进不了呢。"

盛千姿还是很生气："可他也不能骗我啊！"

陈芷珊站在旁观者的角度去看，是觉得盛千姿有点儿小题大做，但站在盛千姿的角度，现在的盛千姿对顾绅是有敌意的，顾绅做错一点儿事，都会被她记在心里。

陈芷珊很理解盛千姿，如果是她前男友这样骗她，她也会很不爽，甚至想将他大卸八块。

于是她直接打字过去附和："对！臭男人！一天天好的不学，净学些骗女孩的手段。"

盛千姿看见"臭男人"三个字就很解气，回陈芷珊："后面一句就严重了啊，他也没对我骗财骗色。"

陈芷珊开玩笑地回复："骗感情不算骗？"

陈芷珊："合着我吃力不讨好呗？说啥都不对。"

盛千姿："没有没有，至少'臭男人'骂对了呀！"

盛千姿心想，刚开始是她自己硬要扑上去的，好像也不能全怪他。

这男人哪儿都好，就是不喜欢她。

为了不妨碍工作人员工作，盛千姿尽量降低自己的存在感，站在一旁，连椅子都不要了，默默地看。

她最近血糖有点儿低，经常晕晕乎乎的。

而且刚刚打的那瓶药水，是不是有点儿催眠的副作用啊？

刚刚那护士说："这是早上最后一瓶了，打完睡一觉。"

打完睡一觉？

完蛋。

她立马走人，返回病房，走起路来头重脚轻，因为走得太快，一个没注意直接撞到男人的胸前，撞得晕头转向。

盛千姿抬头看他，险些没站稳，被他握住手腕，提供了支撑。

顾绅叫她："盛千姿……"

下一秒，她就站不稳了。

顾绅弯下腰，手臂穿过她的膝弯，将她腾空抱起，怕乘电梯太瞩目，直接走楼梯将她抱下去。

两人温热的气息几乎交缠在一起，这是他第二次抱她，盛千姿却没什么感觉。

她沾枕就着。

顾绅专业地将听诊头贴在她的腹部，听了下肠鸣音，发现没什么大碍。

这时盛千姿的主治医生赶过来，正巧看见顾医生将听诊器收起来的动作，大吃一惊："顾医生？你怎么在这儿？"

"她上了心外科，出了点儿状况。"

"哦哦。"主治医生自然而然地走过去，将听诊器的听诊头拿出来，"我看看。"

顾绅补了一句："我听过了，没什么问题。"

"你听过了？"主治医生抬头，想起来了，"啊，对，我刚刚看见了。应该就是我让小范补的那一瓶药水的副作用，睡一觉就没什么问题了，最近病人的情况也好了很多。没什么事情的话，那我就……"

顾绅静静地看着在病房里睡得迷糊的女人。

主治医生总觉得哪里怪怪的，但又说不上来，此刻的他感觉自己有点儿像一样东西——电灯泡！

他试探地问："那我先出去了？"

顾绅答："嗯。"

主治医生：这就更不对劲儿了。

顾绅和盛千姿什么关系啊？

盛千姿是艺人，身份特殊，医院给她安排了单独的病房，主治医生出去时将门带上了，室内就只剩下两个人。

顾绅低头睨了眼手表，扯了把椅子，轻轻地坐下，没有发出半点儿声音。

他不知道自己在这儿坐了多久，盛千姿睡眼蒙眬地醒来时，他还在。

顾绅抿了抿唇。

其实他是想在她醒之前走的，但没想到她这么快就醒了。

这会儿，他走也不是，不走也不是。

盛千姿慢慢坐起来，双手放在膝盖前，垂眸沉默了一会儿，看着他，低声问："你在这里干什么？"

又是这个问题。

上一次是他问自己，这一次是她问他。

顾绅瞥她一眼，眼中闪过柔和的情绪："没什么。"

"没什么？"盛千姿觉得有些荒谬。

她想不明白了。

现在是什么情况？打一巴掌，再给一颗糖？

他把她当三岁小孩，随便哄一哄就能好，还是说将她的话当耳边风了？

盛千姿冷淡又平静地开口："谢谢你刚刚送我下来。但是就算是这个医院的医生，也不能待在病人的病房里一直不走吧？何况你还不是这个科室的医生。"

她说这话时，顾绅已经站起身倒了杯水给她："刚睡醒，喝口水吧。"

"不是。"盛千姿感觉自己被无视了，"你有没有听我说话啊？"

顾绅将水杯放在桌面上，看了她几眼。

这样的场景竟然有点儿像情侣吵架，女人咋咋呼呼的，男人沉默且温和。

他问："为什么一定要做陌生人？"

"不然呢？"盛千姿盯着他，"还做朋友吗？你有跟自己喜欢过的人做朋友的习惯，但是我没有。请尊重我的选择。"

就在这时，陈芷珊拎着大包小包的生活用品推门闯进来，正好撞见这尴尬的一幕。

顾绅整理好白大褂，叹了口气，先离开了。

陈芷珊挑了挑眉，见他走后盛千姿还一副置气的样子，笑着问："怎么了？"她使了个眼色，"后悔了？来追你了？"

"追我？"盛千姿明显气还没消，"他后悔我就一定要搭理他吗？"

"那……肯定是不能啊！"陈芷珊瞧她那样，又添了句，"至少现在不能，总得让他知道你的厉害。咱们娱乐圈美翻天的盛千姿小姐怎么能被人招之即来，挥之即去，他当你是小狗啊？来，给你带了点儿东西吃。"

盛千姿接过东西看了眼，是一碗馄饨，清清淡淡的，特别适合她现在的身体状况，缓了口气说："他才是小狗。"

陈芷珊走去桌子旁边，一边整理东西一边说："不过话说回来，这顾医生好像对你也不是全无感觉啊！我这都在消化内科碰见他第二回了。"

"第二回？"盛千姿不解地问，"第一回是什么时候？"

陈芷珊想了想："昨天啊，看见他从你病房外的走廊走过。不过我不清楚他是不是有自己的事情碰巧路过的。"

盛千姿现在已经认定了顾绅对她没有半点儿喜欢，自嘲地说："是啊，不是全无感觉，但拒绝了我三次告白的是他吧？"

"那确实也是。"陈芷珊坐下歇了会儿，削了个苹果自己吃，"现在的男人真难伺候。你说吧，你追他的时候，他不要；现在不追了，又硬凑上来，图啥？"

盛千姿吃了个馄饨，含混不清地说："我不知道，别问我。"

陈芷珊说："我知道，备胎。"

盛千姿一顿："他拿我当备胎？"

"不喜欢又不想要彻底放手，"陈芷珊实在想不到另一个名词能形容这种感觉了，"不是备胎是什么？"

盛千姿捏勺子的手都用了些力："那他怕是活腻了。"

因为身体还没完全恢复，剧组又给了她一天假。

盛千姿吸取教训，安安分分地待在病床上，按时吃饭吃药，绝对不让自己累着，多喝热水，不吃凉的。

顾绅和小芝去办了点儿其他事情，经过她的病房时，无意之中瞥见她睡意沉沉地趴在膝盖上睡觉，脸颊与膝盖之间垫着一本书，应该是剧本。

顾绅原本已经走过去了，因为上次不愉快的对话，也没打算去管她。

走了几步，他突然停下来。

小芝问："顾医生，怎么了？"

顾绅吸了口气，有种被她打败的感觉，淡淡地说："你去身后这个病房，把她膝盖上的剧本拿掉。"

"啊？"小芝知道盛千姿住院的事，但她最近实在太忙，没有时间去看盛千姿，只是在微信上表示过关心，所以此刻她是不知道身后这个病房里的人是盛千姿的。

顾绅催促："去啊！"

小芝觉得奇怪极了："好的。"

她走进病房，恍然大悟，没一会儿就出来了，兴奋地给顾医生反馈："里面的人居然是千姿啊！顾医生，你怎么知道千姿在这间病房的？"

"刚看见的。"顾绅不多解释，径直往前走。

小芝偷笑："那你还真厉害，那门缝那么窄，这都能看见。"

顾绅结束工作，瞧见手机有电话进来，是齐炀打过来的。

他皱起眉，接通："什么事？"

齐炀二话不说，破口大骂："什么事？你还好意思问我什么事？那晚你说帮我问，你问出啥了你问？这都快两天过去了，也没个结果。你是忘记了吧？盛千姿喜欢你，真是倒霉。"

顾绅确实是忘记了，忘记给他回信息了。

他还没来得及解释，齐炀就挂了电话。

最后那一句话像洗脑似的，不断在他脑中回响——

"盛千姿喜欢你，真是倒霉。"

盛千姿倒霉吗？

顾绅沉思片刻，好像确实有点儿。

不然她那晚也不会哭得那么惨。

不知不觉间，前天晚上被他搁置的问题似乎有了模糊的答案。

他抿着唇，觉得自己真是疯了。

隔日上午，电影正式开拍。

临江医院与剧组合作，按照约定，为他们清空了某栋医疗楼的半个楼层的拍摄空间，并且立好告示牌，表示"前方有剧组进行拍摄活动，请勿前往"。

盛千姿化好装，穿着白大褂与职业装站在房车旁，紧身窄脚的黑色长裤衬得一双腿又长又细，表情淡漠，拎着小镜子在看眉毛，朝化妆师说："这里好像有点儿歪了。"

化妆师仔细看了眼，确实歪了，拿个棉签蘸了点儿卸妆水，给她擦掉，重新补了一下眉尾。

为了加快拍摄进度，剧组早上6点就来到了现场。

所有演员包括群演化完装，一切准备就绪时，已经临近8点。

医院里不用上夜班的医务人员刚好回来上班，小芝经过拍摄现场时看见盛千姿，没忍住感叹了一下："千姿穿白大褂、职业装真好看，感觉就像个干练的女医生。果然演员就是演员，演什么像什么。"

有人发出疑问："他们在拍什么啊？"

小芝对此了解得比较深，解释起来头头是道："据说是今年医师节的献礼片，专门致敬医务人员的，这还是国内首部医师节献礼电影呢。"

"难怪连临江医院都可以取景了，大家都很重视吧？"

"估计是。而且听人说，这片子最终产生的盈利除去制作成本会被全部捐出，成立一个慈善基金会，专门扶持小城镇和偏远地区那些医疗资源不是很完善的医院。"

其实还有一点他们并不知道：这部电影所有的主演都是无片酬拍

摄，自愿参与制作的。

剧组接下来要拍的戏特别重要，可以说是电影的关键点之一，也就是产妇生产时心脏病发作，抢救无效死亡的剧情。

这部分要表达的本意是，医生是一个利他的职业，他们不是铁石心肠的执刀者，而是悲天悯人、热血澎湃的救赎者。

他们每天面对着难以想象的风险与挑战，也承受着巨大的心理压力。手术失败给一位医生带来的阴影远比常人想象的更可怕，他们比任何人都想让手术台上的病人活下来。

盛千姿有些紧张，将剧本放下，深吸了口气。

邱鹤走过来，低声笑道："怎么了？没信心？"

"确实有点儿……没信心。"盛千姿摇了摇头，如实承认，"里面的东西我并没有真正地接触和看到过，只在纪录片和一些书籍上通过视频和文字了解了一下。而且这是一部献礼片，到时候肯定会有很多医务人员慕名进影院观看……"

邱鹤说出了她的担忧，"毒舌"又直戳要点："你在害怕，如果做不好会被人说你在应付，你在敷衍，你只是为了拍戏而拍戏，你拍这部片子只是为了洗白自己，根本没有想过要为医务人员做什么。"

盛千姿补充："如果漏洞百出的话，他们估计也会看得很难受。"

邱鹤慢慢开导她，两人就站在医院三楼的走廊边上，静静地等戏，等剧组的工作人员调整灯光，调整机位。

"但是你要明白这只是少数人的想法，那些挑刺的人，你做得再好他们也会吐槽两句。有没有做好，有没有尽力，你本人是知道的，问心无愧就可以了。你是一个演员，也是艺人，没办法让所有人都喜欢，只需做好自己该做的就够了。"

"是啊！"盛千姿叹了口气，跟他打开了话匣子，"从作为演员出道开始，别人就夸我有天赋、有灵气、演技好，为了这几个字，我每次拍戏都要下很大的功夫。"

她说出这句话，不是抱怨，不是委屈，这是她该承受的，要得到赞美，就要经受住这些赞美背后的一切。

但是被抬上高处的人最怕的是什么？

他们最怕的是摔下来，然后被告知，以前的荣耀，你都不配。

顾绅去手术室走了一趟，经过拍摄现场附近时，无意间瞧见走廊那边谈笑甚欢的两人。刚刚他才看见女人靠在墙边闷闷不乐，看上去心理压力极大，这才过了多久，便被男人逗笑了。

他站了一会儿，小芝过来拍他的肩膀："顾医生，在看什么？"

"没什么。"顾绅收回视线，淡淡地问，"怎么了？"

"4号床有个病人，说是胸口有点儿痛，需要您过去一趟。"

"好。"

顾绅转身离开。

副导演说，各种设备已经搭好，演员可以就位。

盛千姿和邱鹤进去走了一遍戏，邓瑶站在一旁，指出了不少不足之处，不断地调整他们对于情绪的表达方法。

医生是一个看尽生死的职业，他们在手术室内的情绪更多是隐忍与内藏，不能将所有情绪外露。

一上午，盛千姿拍摄得还算顺利。

午饭时间，她和邱鹤外加一个配角围在一桌吃饭，几人相谈甚欢。

邓瑶就坐在他们身后不远的位置，跟一位本院的心外科医生探讨拍摄过程中产生的医学上的疑惑点，不断修改台词，力求做到最严谨。

盛千姿并未留意到身后人的存在。她背对邓瑶而坐，突然被邱鹤问到"为什么不回公寓住？"这个问题。

盛千姿说："公寓刚翻新装修了，甲醛还没散去，得再等等。"

"原来如此。"配角笑道，"你在那小区住得好吗？就是小区的管理方面。你都开始翻新装修公寓了，应该住很久了吧？"

盛千姿想了想："挺好的呀，我住了差不多三年。那小区不大，治安管理挺严格，很多媒体记者是混不进去的。"

"鹤哥最近不是在找房子吗？"那位演员似乎没有放弃撮合他们，撞了邱鹤的手肘一下，挤着眼说，"你可以问问千姿啊！"

"我？"盛千姿顿了顿，问邱鹤，"你要搬家？为什么啊？现在的房子不是住得好好的吗？"

邱鹤叹了口气，无奈地开口："有人骚扰，打算换个环境。"

盛千姿挺同情他的，思忖了几秒，说："我公寓隔壁有一套房子是空的，那个房主我见过几次。据说那房子是当时买来送给她儿子结婚用的，结果还没结婚，她儿子就跟女朋友分手了，一直闲置到现在。听说她最近手头有点儿紧，准备卖房子，我可以帮你问问，看看她可不可以卖给你。"

"行。"邱鹤眼睛亮了亮，"那谢谢你了。"

"不客……"

盛千姿话说到一半，邓瑶喊她一声，让她过去看看台词。

盛千姿应了声"好"，一转身便看见不知何时来到这儿的某人正一本正经地端坐在邓瑶身侧，看样子应该是来了很久了。

她竟然不知道他来了。

盛千姿原本挂在脸上的笑立马僵住，明艳的双眸逐渐冰冷。

可邓瑶在这儿，她也不敢乱来，快速坐过去，认真地听邓瑶解释哪里改动了台词，为什么要改……

盛千姿拿出一支笔，做着笔记。

邱鹤作为男主演，吃完饭也坐了过来。

说到最后，邓瑶给他们说下午的戏该注意什么，盛千姿心不在焉，却强迫自己专心听。

关键是那人没走，明明没他什么事了，却还坐在这里，有点儿尴尬。

况且这里的空间并不宽敞，因为不能打扰到病人，扰乱医院的秩序，剧组都是靠角落安置的。

盛千姿和顾绅挨着坐在一起。

他人很高，腿又长，被西装裤包裹着的一条大长腿紧挨着她，两人的鞋时不时还能碰到一起。

男人身上浓厚的荷尔蒙气息萦绕在她的鼻尖，干净又清冷。

过了几秒，盛千姿抬眸，冲邱鹤低声道："鹤哥，我能跟你换个位置吗？"

盛千姿话音一落，正专心听讲的邱鹤明显怔了一秒，没发出声音，摆了个"啊"的口型。

盛千姿神色自若，眼睛看不出任何异样，低低地道："你来得比较晚，刚才我已经听得差不多了，你坐过来吧。坐这里可以看到瑶姨的笔记，会更好理解一些。"

虽然掺了点儿私心，但让邱鹤坐过来更好地理解新改的台词，也确实是她的想法。

盛千姿无视身侧的人，站起身，给邱鹤让位。

邱鹤并不知道盛千姿和顾绅的关系，也不知道顾绅和邓瑶的关系，客气地坐过去，位置交换成功。

少了其他因素干扰，盛千姿听讲更专注了些，连顾绅什么时候离开的都不清楚。

离开后的男人不似以前那般眼神有光，眼眸暗淡下去，忆起她刚刚恨不得逃离他，离得远远的的表现，一时间说不出什么感觉，心脏仿佛被什么东西狠狠地抓住，揪在一起。

顾绅走进医院大楼，在电梯外碰见陈芷珊，微微颔首。

陈芷珊放下手中的行程单，偷偷瞄了身旁的男人一眼。

这人果然是仪表堂堂，气质、样貌哪儿哪儿都不缺。

盛千姿这种"颜控"，喜欢这样的男人，简直再正常不过了。

陈芷珊咳嗽了两声，试图打破平静，说了一句："听说顾医生最近经常找我们千姿，关心她啊？"

男人不说话。

陈芷珊问："我没记错的话，你应该是心外科的吧？我怎么总能在消化内科看见你啊？"

顾绅将手揣进白大褂的兜里，当然知道陈芷珊在套他的话，答起来略有敷衍："碰巧路过。"

"路过？"陈芷珊惊讶于他的镇定自若，撒起谎来没有半点儿情绪波动，"是吗？我怎么这么不信呢？你就是来看她的吧？怎么，听说她住院了，想要关心她、心疼她？"

"你也不必急着否认。"陈芷珊说着说着突然变了语气，想起一些以前的事，"她确实挺招人心疼的，经历过的事还真不少，但就是自己憋着，什么都不说。"

顾绅终于有了反应："经历过什么？"

"这个……"陈芷珊笑，"不用我说，真正想关心她的人肯定能想办法查到，毕竟……她是一个没什么隐私的公众人物。"

"一个女明星抛开自己光鲜靓丽的职业外表，去追求自己喜欢的人，说实话，我挺佩服她的。但也有挺多人不把她当回事，一个戏子而已，陪陪酒，撑撑场子，最好不过了。"

陈芷珊说的人并不是顾绅，顾绅对盛千姿只是没有恋人之间的喜欢而已，作为朋友，还是尊重她的。

陈芷珊说的只是那些看似有钱有势却不把艺人当人看的禽兽。

顾绅低声叹了口气："我没有不把她当回事。"

四楼到了。

陈芷珊走出电梯，往拍摄场地而去。

顾绅返回办公室，坐在桌后沉思了一会儿。他好像有点儿纠结，又有点儿蠢蠢欲动，像是站在了某人的世界的大门前，再往前一步，就彻底走进去，被她吸引，再也走不出来了。

而这个世界是他曾经从未想去触碰、去逾越的，也是盛千姿敞开过无数次，他却无动于衷的。

办公室外传来小芝的声音："悠悠，你吃饭了吗？一起去吃饭？"

"好啊！"

小芝往顾绅办公室里瞄了眼："顾医生，你吃饭了吗？"

顾绅摇了摇头。

小芝说："别忘了吃饭，工作完就吃饭吧。"

她象征性地关心了一下自己的同事，就拉上悠悠的手走了。

顾绅神色微敛，干净有力的手握住鼠标，打开网络，输入"盛千姿"三个字。

盛千姿出道八年，火了四年。

网上有关于她的各种信息百分之六十与一位导演有关，这位导演叫王艺。

各路帖子分析得头头是道，盛千姿跟王艺曾经有短暂的合作，两人一起做过宣传，当时王艺的手放在盛千姿穿着露腰短裙的腰间，而她勉强保持着微笑。

如果有人看完视频全程，一定会发现后半段盛千姿都离王艺远远的，可帖子只截了短短的一段，引人遐想。

顾绅没再看下去，而是去微博上搜了搜。

网友对她的关注大多在她的情感方面，微博上有很多她的绯闻，然而很多绯闻并没有得到证实。

盛千姿后援会的活粉数不是很多，但基础粉丝数还在，并且接近百万。

后援会置顶的微博是盛千姿目前所有黑料的澄清，顾绅逐一看完了九张长图，置于中间的第五张是盛千姿获金鸡奖时的宣传图，配字"感谢所有尚在且愿意陪她走来的人，她永远都是那个认真努力的盛千姿"。

底下有个网友在问："你们都是因为什么一直喜欢她呀？"

回答五花八门：

"好看！大美人谁不爱？"

"实力啊，演技啊！她演的每一个角色都是我心中的白月光。"

"可能是因为心疼吧。她总是这样，不开心的时候什么都不说，总是笑嘻嘻的。"

…………

顾绅一直看下去，中途看见有条回复说："姐姐性格太欢乐了，一点儿都不高冷，看着她就感觉很开心，相信跟她相处的人也会觉得和她在一起很开心。"

顾绅低声笑了，想起之前盛千姿当志愿者期间闹出的一些令人啼笑皆非的事。

他恍然发觉，粉丝说得好像也没错，跟她相处确实挺开心。

她会对你笑，认真地完成你交代的事情，也会关心你，问你累不累……

短短半小时，小芝已经吃完饭回来了，在外面跟病人聊天。

顾绅关掉电脑屏幕，收拾东西，起身往外走，只觉得所有的事情都在渐渐走向明朗。

原来不知不觉间他早已踏入她的世界，只是过去二十九年的思维定式将他封闭了起来。

他曾想过自己喜欢的人是什么样子，却没想到真正喜欢上的会是她这样的，古灵精怪，容易哭，容易麻毛，也很独立、坚强。

剧组的拍摄正常进行。

虽然某些台词有所改动，但改动的部分不多，而且电影拍摄不会像电视剧或网剧一样如流水线般拍得极快。

电影要求的质量更高，何况这次的导演是邓瑶，通常一天下来能拍完一场戏都算是高效率了。

所以改动台词对盛千姿来说不算什么。

经过近十天昼夜不分的拍摄，最难的高潮部分总算是拍完了，最后只需再补几个镜头，电影就能正式杀青。

出于某些特殊原因，剧组的演员放了一天假。

盛千姿心里的大石头落了地，心情轻松不少，她也不用整天绷着神经，生怕哪里出错，害得所有人跟着一起重拍。

明天恰好是周末。

盛千姿晚上回去看了会儿书，与陈芷珊商讨了一下下部戏选什么剧本的问题。

原本以她目前的名声是接不到什么好剧本的，但几个月前《生命只有一次》电影官宣，让某些投资方发现了她的潜在价值，想要赌一把。

毕竟邓瑶执导的电影影响力巨大，更何况这部影片还是献礼片，公益电影。

谁也不知道电影上映后，盛千姿的人气和咖位会发生怎样翻天覆地的变化。

他们若赌赢了，那便是低片酬请到了大咖；若赌输了，以盛千姿目前的"黑红"流量，也不会亏到哪儿去。

盛千姿苦笑，最近她也在考虑下一部戏到底是接古装剧还是现代剧，想得正入神……

邱鹤发来了微信："在干什么？"

盛千姿："看剧本啊！"

邱鹤："这么认真？都要杀青了，就剩几个简单镜头，你还在看剧本啊？"

盛千姿笑了笑："我看的不是这个电影的剧本，我在看下一部戏的剧本。"

邱鹤："哈哈哈，抱歉，下部戏拍什么？"

这几个月跟邱鹤相处，搭档演情侣，盛千姿觉得他们相处得挺融洽的，各种话题都很聊得来，对他也没什么好隐瞒的，便将自己难以抉择的两个剧本大概说了一下，一个是电影剧本，一个是电视剧剧本。

盛千姿："你觉得哪个好？"

邱鹤："第二个，第二个女主角的性格比较不像你。"

盛千姿没想到他会让她拍电视剧："为什么？"

邱鹤："因为人要学会走出舒适区啊，挑战最难的，勇于尝试。"

邱鹤："谁说电影演员不能演电视剧？只要你想，只要你愿意，什么都可以做。"

盛千姿想明白了。

邱鹤开导完，才提出自己来找她聊天的真正目的。他约她明天去打网球，让她当老师。

盛千姿捧着手机立马笑了："老师不敢当，不过陪你打打还是可以的。"

邱鹤："那就这么决定吧。"

翌日。

盛千姿睡到了上午10点才起床，慢悠悠地刷牙、吃早餐，在房间倒腾了一会儿，预约搬家公司将之前装修搬出去的东西搬回公寓。

到了中午，她和邱鹤一起去吃了个午饭，再休息一会儿，直接前往酒店楼下的网球场打网球。

盛千姿换了套相对清爽利落的运动服，柔软的长发被扎起绾到脑后，露出雪白的后颈以及有两个小耳洞的白皙耳朵，看上去年轻不少。

邱鹤也　改以往在镜头前成熟沉稳的形象，穿衣风格从西装革履变成了运动风，竟然还有几分少年感。

盛千姿耐心地教他，从最基本的开始，告诉他该以什么样的姿势开球，怎么握拍，怎么抛球……

学了大概半个小时，他已经上手得很顺利了。

盛千姿腹诽：果然比齐炀聪明。

然而说曹操曹操到，她刚将邱鹤和齐炀两个人做了个对比，原本冷冷清清的场馆突然走进来两个人。

一个是齐炀，一个是顾绅。

"盛千姿，你怎么在这儿？今天不用拍戏吗？"齐炀嗓门本来就大，他一喊，运动馆里直接有了回音。

对于他们的出现，盛千姿并不觉得意外，毕竟这酒店就在临江医院旁边，他们过来打网球放松一下也很正常。

盛千姿说："不用啊，明天再补几个镜头就杀青啦。"

"这么快？我还以为至少还得一周。"齐炀视线落在邱鹤的身上，觉得他甚是眼熟，不知道在哪个电视台或八卦公众号上见过照片，客气地问，"这位兄弟有点儿眼熟，不介绍一下？"

盛千姿礼貌地先给邱鹤介绍："这是我的朋友，齐炀。"

她直接略过某人，又向齐炀介绍："他是我参演的电影的男主角，也是我演艺界的前辈，邱鹤。"

"你好，初次见面。前辈算不上，就是个男性朋友而已。"邱鹤伸出手，出于社交礼仪，与齐炀握了握，随后又出于礼貌，将手伸向顾绅。

他并不知道为什么刚刚盛千姿介绍时忽略了顾绅，明明之前已经见过一面。

但是人家的私事，他又不方便过问，只能伸出手，试探一下："你好，还没正式介绍吧？你是临江医院的医生？我对你有印象。"

顾绅与他身高相当，两人一对视，便暗流涌动。

邱鹤只觉得这样的男人身材五官样样不输明星，偏偏没有半点儿纨绔气质，还满腹学识，走在路上定会引人注目，连男人看了都觉得扎眼。

顾绅伸出他那只常年拿手术刀的手，五指修长，骨节分明，声音不咸不淡："心外科，顾绅。"

顾绅。

邱鹤反复咀嚼了一下这个名字。

而后盛千姿喊了一声，让他回来继续打球，他没再多想。

齐炀痞痞地吹了声口哨，纳罕地说了句："罕见啊，盛千姿居然教人打网球，看上去还是个连球拍都握不好的男人。"

"很稀奇？"顾绅垂眸问。

"稀奇啊！"齐炀重复道，"怎么不稀奇？平时我让她教一下，她都不愿意，说没耐心。看，她这不挺有耐心的吗？感觉比你都有耐心。或许是看人吧，那男的她愿意教，别人可就不一定了。"

顾绅不知道被哪个字眼给戳中，心里发闷，直截了当地问："还打不打？"

言下之意：他不打就走人。

"凶什么？"齐炀回了句嘴，"我就说几句话而已，那么凶干吗？"

齐炀嘴上问着"那么凶干吗？"，还是屁颠屁颠地走去网的另一边，开始打球。

不知道从什么时候开始，顾绅跟齐炀打球都会让着他点儿，偶尔放一点儿水。

反正就是图个运动，没必要争个你死我活。这还是齐炀死缠烂打，约他过来打网球时说的话。

但今天，齐炀明显地感觉到，顾绅岂止是放了一点儿水，他放的水简直可以汇成汪洋大海。

十球里有六球，顾绅接不到。

刚开始几局，齐炀还扬扬得意，心想：我的球技进步这么快了吗？居然能打败顾绅？小样儿，迟早将你打趴在地上。

然而他很快发现他错了。

某人似乎极度"享受"拿球开球这个动作，拿球时，视线总有意无意地往左侧瞟，余光估计没离开过那边。

这让齐炀有一种顾绅在偷看盛千姿的错觉，他差点儿以为自己瞎了。

顾绅不是不喜欢盛千姿吗？那现在是什么情况？又喜欢上了？

为了验证这个猜想，齐炀要求暂停休息一会儿，独自跑去前台买了几瓶水回来。

　　他递给顾绅一瓶水，留给自己一瓶，再走去左边那个场，爽朗地喊邱鹤一声："兄弟，打那么久了，累不累啊？我这儿多买了两瓶水，给你们分分，休息一下？"

　　邱鹤没意见。虽然不怎么会打，但他体力好，一直打下去都没问题，可盛千姿是女人，女人与男人终究体力悬殊。她隐隐有些累了，额角冒出了几滴汗珠，双颊隐隐泛红。

　　邱鹤喊停，让盛千姿过来。

　　本着第一次见面不能白拿人东西的原则，他问齐炀："多少钱？我转给你。"

　　"不用了，都是些小钱。"齐炀摆了摆手，丝毫没把这种小事放在眼里，"不必介意，盛千姿的朋友就是我的朋友，过去坐着歇会儿吧。"

　　场地边只有四把不能移动的椅子，围着一张桌子摆放。

　　盛千姿选了个离顾绅最远的位置坐下，拧开瓶盖喝了一口，而后直接大半瓶水下肚。

　　她刚才确实有点儿累，也有点儿缺水，喉咙很干，这才恢复了些。

　　齐炀像个话痨似的，跟邱鹤侃侃而谈，丝毫没有和刚认识的人聊天的尴尬感。两人一会儿聊医疗方面的社会事件，一会儿聊到电影圈、娱乐圈的事，像是相交多年的好友。

　　感到尴尬的只有顾绅和盛千姿。

　　盛千姿托腮，觉得无聊，拿出手机，低头安安静静地玩消消乐小游戏。

　　她没发现顾绅的视线一直落在她的脸上，倒是邱鹤将这一切尽收眼底。

　　玩了几分钟，她又觉得渴，盯着手机屏幕不愿挪开，手下意识地去拿身边的矿泉水瓶。她并不知道邱鹤的水瓶也放在那儿，而且盖子没拧紧。

　　手轻轻一碰，瓶子就歪了下去，盖子掉到地上，冰凉的液体像小溪一样流淌而下。

盛千姿被吓了一跳，抓着邱鹤的胳膊，让他站起来。

水瓶倒在她与邱鹤两人的中间，不过邱鹤的裤子和衣服下摆被水打湿了不少。

盛千姿非常抱歉地翻包，抽出纸巾，手忙脚乱地给邱鹤擦拭衣服和手臂上的水珠。

她因为慌乱，指尖总不经意地碰到他的手臂，两人又挨得极近，显得有些暧昧。

她不停地道歉："对不起，对不起，我不是故意的，我不知道你的水也放在那儿，早知道我就停一下游戏了……"

盛千姿的母亲是江南一带的人，平日里说的都是婉转的吴侬软语。

盛千姿虽说得少，但在慌乱和危急时刻会下意识地说吴地方言，带着点儿做错事的懊恼和娇软，听得身旁某人一阵酸涩，总觉得有那么几分刺耳。

邱鹤不怪她，偏头低笑，也抽了张纸巾给她，安慰道："没事，我知道你不是故意的，况且这水瓶的盖子是我没拧紧。你的衣服也湿了，擦擦吧。"

盛千姿安下心，接过纸巾擦了擦衣服下摆。

等休息得差不多了，齐炀提议："单打多没意思啊，不如双打？盛千姿，敢不敢？"

盛千姿无聊地瞅他一眼，显然不怎么赞成。

这里只有四个人，双打，怎么分组不都得跟某人一起打球吗？

孰料邱鹤很赞同这个游戏玩法，立刻点了头，说："可以啊！但是我和千姿比较熟，配合起来也会默契一些，我和千姿一队，你们两个一队，怎么样？"

齐炀意味深长地看他一眼，无声地笑了下。男人最懂男人，齐炀早就将他那些小心思看透了，他不就是想借此机会跟盛千姿培养培养感情吗？

齐炀说："可以啊！绅哥，来吗？"

顾绅思忖片刻，点头。

这下就剩盛千姿没表态了，她明显不是很愿意。

邱鹤睨了眼腕表，劝道："反正还差十五分钟我们就要走了，就玩一下？"

这里，顾绅、齐炀和她都很熟，唯有邱鹤与他们不熟，作为真正的中间人，盛千姿知道自己不答应会很没礼貌，犹豫了半分钟，只能应下来："行，我跟邱鹤一队。"

齐炀掂了掂拍子，笑着说："那开始吧。不过小心被我们绅哥虐惨。"

"是吗？"盛千姿不以为然，"谁虐谁还不一定呢。"

盛千姿拿着拍子上场，齐炀让她先发球，顺便暗示顾绅："绅哥，别放水啊，让他们看看你的厉害。"

顾绅无声低笑，没拒绝。

盛千姿不客气地握着网球，手掌向上，随手一抛，以最大的力量挥拍击球。

接球的刚好是顾绅。

这场双打就是强强对决，菜的那个基本没什么事干。

邱鹤也是第一次见识到盛千姿的真正实力，看似随意，其实每一招都给对方以致命一击。第一局中规中矩，两方势均力敌，难分高下，最终是邱鹤没接住齐炀那边打的球，害盛千姿这边输了。

齐炀得意扬扬地晃了晃拍子。

盛千姿瞪他。

随后又是盛千姿开球，她开得更狠了些，打了两个来回，没想到这回接不住球的是顾绅。

齐炀蒙了，刚刚这球毫无杀伤力，顾绅怎么可能接不到？

接下来的几局，都是盛千姿这队赢，而另一队不是顾绅接不到球，就是齐炀接不到球。

盛千姿是打得挺爽的，毕竟一直是她赢。

其他三人各有心思，齐炀直接证实了心中的想法，顾绅肯定喜欢盛千姿，这已经不是放不放水的问题了，完全就像是做了错事的男朋友在哄人。

十五分钟时间到，盛千姿不玩了，没有挑战性没意思。

顾绅和齐炀也准备回去，齐炀边收拾东西边问："我们去酒吧玩一轮，你们去吗？"

邱鹤淡淡地说："我和千姿约好了，晚上去买点儿东西，就不去了。"

盛千姿点了点头，收拾好东西，即刻离开。

齐炀无语了："这丫头，看见我们就像看见仇人一样。我得罪她了还是你得罪她了？"

顾绅不发一言，弯腰收拾东西。

齐炀却还跟个话痨一样说个不停："话说刚刚那男的，我看他第一眼就知道他不简单，特别有气质，特别成熟，看上去年纪也不小，应该挺有成就。这种男人肯放低姿态让女人教他打网球，你觉得他是什么心思？"

齐炀故作惊讶地说："他不会是想泡盛千姿吧？他喜欢谁不好，喜欢盛千姿？这么想不开？"

齐炀继续说："绅哥，话说你是怎么抵抗住诱惑，没喜欢上那丫头的？她虽然脾气是不好了点儿，但好歹也是娱乐圈数一数二的美女啊，说来听听呗？"

顾绅忍了许久，终于爆发，淡淡地瞥他一眼，俊美的脸逐渐紧绷起来，低声问："你的嘴是停不下来了？"

顾绅又说："我的事，我敢说，你敢听吗？"

齐炀被吓得瞳孔一缩。

威胁，这绝对是威胁。

齐炀确实不怎么敢听，不过不敢听不代表他是傻子，连观察都不会。

这男人和盛千姿之间肯定有猫儿腻。

顾绅拎出车钥匙，走去停车场上车，将钥匙插入点火开关，准备发动车子的那一刻，蓦然想起刚刚那一幕幕碍眼的画面，突然跟泄了气似的，也不知道在拿谁出气，低声道："去哪儿？"

齐炀正用手机刷微博呢，突然被这样一句话吓了一跳："你这么凶干吗？不是说好了去酒吧吗？"

"是你自己说好，我没跟你说好。"

这是什么意思？

顾绅发动车子离开。

齐炀偷瞄他一眼，发现他漆黑的眸子直视前方，仿佛掺杂了许多阴冷的情绪，有一种莫名的寂寥感，与车外深浓的夜色融为一体，深入骨髓。

这还是齐炀第一次见他这样，不知道的人还以为刚刚在网球场内发生了什么大事。

顾绅回公寓洗澡，换了套衣服，开车将齐炀放在酒吧门口，没有跟进去，而是以"要回老宅，明天老爷子生日"为由与齐炀分开，绝尘而去。

明天确实是老爷子的生日，但他还不急着回去。

他漫无目的地开着车，脑中不停地回放着邱鹤下午那句——

"我和千姿约好了，晚上去买点儿东西，就不去了。"

千姿？

他和盛千姿约好了？

他们是什么关系？

车里的男人低啮了声，随随便便地找了个广场。

位于临江国际会展中心下的商贸城，内里进驻的都是一些国外高奢品牌，走的是优雅精致、低调奢华的路线。

顾绅没有一丝犹豫，快步走进去，在门店之间穿梭，气质独特，矜持冷淡，不一会儿便引来了不少店员的注目。

他眉眼疏淡，手中捏着一枚精致小巧的玫瑰金耳环，目的性极强地瞥了眼导向牌，直奔二楼。

导购员正托着腮，无聊得发闷。突然店铺迎来一位看上去不一般的贵客。

他长了一张俊美冷毅的脸，穿着剪裁精致的白衬衫、黑色长裤，腕上的银色男士表更是价位惊人。

男人走过去，将干净的手放上展柜，未等导购员问出那句"请问有什么可以帮到您的吗？"，他已然拿出那枚精致小巧的镂空耳环，淡淡地问："这一款，还有吗？"

这只耳环看上去很漂亮，也很独特，估计是女友或者情人的首饰吧，不过看这男人干净的气质，也不像是会有情人的。

导购小姐更羡慕男人的女友了，拿起耳环来仔仔细细地瞧了眼，特别抱歉地说："不好意思，先生。这款耳环我们已经停产了，线上线下均已售空。"

男人又问："能再次定制吗？"

"不能。"导购小姐摇了摇头，"限量款的东西，我们得对得起已购买的顾客。不过您要是愿意的话，我们可以为您定制一对其他款式的耳环，尽可能满足您的需求。"

"不用了，谢谢。"

男人语气里有些怅然，像是来这儿寻回一份期待，如今空手而归，眼中尽是黯然之色，让人不免有些心疼。

顾绅正欲离开，导购小姐又将他喊住，快速从一个橱窗里拿出一枚戒指，是和耳环同一款式的，仅仅是佩戴的方式不同，也是经典款，只不过没有耳环稀有，属于比较实惠的价格便能买到的东西。

"先生，或许您对这款戒指感兴趣呢？它跟您这枚耳环的图案设计是差不多的，只是在某些细节方面有些不同。"

顾绅垂下眼帘，连价格都没看就让她包起来，直接拎着导购小姐递过来的浅紫色购物袋，付款离开。

这个购物小袋让商城里注意他的女士们充满遐想，谁也不知道里面的东西会被送入谁手。

临江作为海滨城市，一年四季都是雨季，云层湿答答地黏在天空上，随时都有下雨的可能。

顾绅没想到，刚走出商贸城，准备去停车场，稍一侧目便看见了下午刚分别的女人站在广场门口的阶梯上，望着外头满天的雨丝，皱眉发愁。

他静静地看着她，第一反应是——

她不是和邱鹤一起去买东西吗？怎么只剩下了自己？

盛千姿离开网球场后，直接上了邱鹤的车，想了好久都不知道该去哪儿。

邱鹤扶着方向盘，笑着提议："不如你先跟我说说，你要买给谁、什么年龄段的人，或者那个人有什么喜好？"

盛千姿打开各大社交网站搜索了一轮，试图抄答案，可怎么看都不满意，感觉没有戳中自己的心思。

她撇了撇嘴说："后天是一个比我年纪大7岁的朋友的生日，明天是这位朋友的爷爷的生日，这位朋友呢，是一位集团总裁，品位高，眼界高，看上去比较成熟。"

邱鹤帮她想："爷爷年纪大了，比较务实，送一些老人家需要的东西就可以了。不过看你这形容，我感觉他应该也没什么特别需要的，就算有，家里人也会给他备齐，那就只能从他喜欢的入手。你可以买一些平日里很难淘到的古书或者古董器具……"

"对啊！"盛千姿恍然大悟，"我怎么没想到？"

邱鹤继续说："至于你那位朋友的礼物，我觉得我们可以去商贸城逛一逛……"

于是两人先去临江偏远的一处古董街淘了点儿小玩意儿，随后解决晚饭，前往商贸城逛了一下。

因为是在公共场所，两人之间的距离不远不近，为免被偷拍，邱鹤还戴了顶鸭舌帽。

盛千姿走进一家西装店，认真地挑选领带，挑了个低调简单的款式给顾珩。

邱鹤有些疑问闷在心里许久，突然问了句："刚刚网球场那两个男的都是你的朋友吗？"

盛千姿将选好的领带拿去结账，没怎么用心听他的话，敷衍地点了点头："算是吧。"

盛千姿拿出一张卡递给导购员。

邱鹤又问："我怎么感觉你对那个医生很有敌意啊？"

"啊？"盛千姿一边在付款单上签名，一边听他的疑问，破天荒地笑了。

邱鹤又问："你们在一起过？"

盛千姿说："你想多了。我跟他什么关系都没有。"她想了想，又补充一句，"就目前来看，确实……不是很熟。"

邱鹤定下心，哦了一声："我还以为你们曾经关系很好，现在闹僵了。"

导购员包装好领带，准备递给盛千姿。

她犹豫了几秒，说："算了，你们帮我直接寄过去吧。我填个地址。"

"好的。"导购员拿了张送货单给她。

盛千姿拿起笔，写得极快，填的地址正是顾氏集团。

邱鹤无意间扫了眼地址，心中更是有万千谜团。

所有礼物买完，两人还打算逛逛，看看其他东西。

不巧，邱鹤接到了电话，他掏出手机看了眼来电显示，指着某个角落低声说："我去接个电话，很快回来。"

盛千姿表示请便。

几分钟后，邱鹤急匆匆地赶回来，说："抱歉，我经纪人出了点儿急事，要马上去医院一趟。我先把你送回酒店，再赶过去。"

"医院？"盛千姿瞳孔一缩，想来肯定是很急的事情，"我不着急的，你先过去吧，别耽误时间了。我自己叫辆车回去就行了。"

"那好吧。"邱鹤看她一眼，"注意安全。"

他转身走了。

盛千姿一边往外走，一边打开手机叫车。

雨丝在天地间织起了一张大网，黑沉的夜里暴雨如注，空气湿凉黏腻，雨珠顺着商贸城的外檐坠落，砸在地上，溅起一圈圈不大不小的水花。

看样子，这雨一时半会儿是停不了了。

盛千姿有点儿发愁，祈祷着司机到的时候，雨势不要那么大，稍微停一停，让她有足够的时间钻进车里，顺利回去。

她抓了抓头发，稍稍一偏头，便与身侧的清冷男人对上了眼，视线猝不及防地撞在一起。

他穿着利落的白衬衫与黑裤，熨烫得一丝不苟的外套被挽在臂弯，没有打领带，衬衫领口的两颗纽扣松着，露出凸起的喉结与精致的锁骨。他矜持、成熟，站在她的身旁，手中还拎着一个设计独特的购物袋。

盛千姿眸子动了动，上下打量了他一眼，视线落在购物袋的英文品牌名上，眼底露出讽刺，转过身，直接无视了他。

怎么在哪里都能碰到他？盛千姿抿了抿唇。

她不认为他会有这个闲心来这里的门店只为给自己买一件珠宝，除了买来送人，没有别的理由。

她走远了一些，与他拉开距离，低头解锁手机，随便打开个软件刷了刷。

这时男人仿佛叹息了一声，上前两步，离她近了些。

一把纯黑色的伞出现在她的视野里。

他面容清冷，没有丝毫的情绪波动，仿佛只是了解了她现下的困境，伸出手递了把伞过来，声音平和，漫不经心地开口："盛千姿。"

盛千姿的视线落在伞上，顿了顿。

他继续说："下雨了，拿着。"

他语气冷淡，比刮在她脸上的风还要冷，淡淡的五个字只是提醒着她：下雨了，你不拿伞，就要淋雨。

盛千姿睃着他的动作，明显皱了下眉，有些懊恼。

这几天，她压抑了许久的情绪在这一刻就要爆发。

她克制了自己很久，也试着逃离了很久。既然他们成了陌生人，那就平静地对待对方，碰见了也当不认识，甚至招呼都不要打，可他一次又一次的靠近和莫名其妙的举动让她忍无可忍，脑中只能想到四个字：阴魂不散！

她又忆起了几个月前在城东的下雨天，她站在偏僻的街头，打电话让他来接她，而他给的回应是"我没有义务去接你"。

既然他没有义务，那现在又算什么？

盛千姿深吸了一口气，盯着他手中的购物袋自嘲了一番，像是一下子就恼怒了，清澈好看的眼里满是不屑与嘲弄之色，薄唇勾起冷厉的弧度，嘲讽："顾绅，你到底要干什么？你是听不懂我曾经说过的话吗？

"我说，再见面，我们就是陌生人了。我怎么样，那是我自己的事情，希望你不要打扰我，也不要来扰乱我的生活，让我厌恶你，可以吗？"

我不是任何人的备胎，更没兴趣做你的备胎。你不要在给别的女人买了礼物后，又装模作样地来施舍我。

顾绅蹙眉，见她又要走，在这滂沱的大雨下，他第一个反应是担心，隐忍地出声："盛千姿……"

盛千姿没有接过他的伞，也不愿在这儿多停留半秒，看见司机来了，直接拎起包挡在头顶，冒着雨往车的方向走。

上车后，她没看顾绅一眼，抽出纸巾，装作毫不在意地擦被雨水打湿的手机和头发。

若是刚刚他们的对话不幸被路人听见，大家肯定以为他才是被拒绝、被抛弃的那一个，望着他的眼神会带着些许同情和不理解。

如此矜贵好看的男人，居然也会在感情路上这么不顺。

其实谁会比她更狼狈呢？

她曾经将尊严卸下，站在他面前，祈求他爱自己，可他的回应又是什么？

盛千姿并没有因这无关紧要的小插曲而心情低落，回酒店开了瓶红酒，看视频、看书。

到了深夜，她拎着浴袍进浴室洗漱，平静得像是什么都没发生过，睡得没心没肺。

一夜好眠。

而另一边。

齐炀在酒吧喝酒喝得好好的，听梁一然说顾绅大晚上不回公寓，在马路上飙车，心脏病都快被吓出来了。

他俩对视一眼，纷纷摇了摇头。

齐炀问："刚刚和你打电话，他有说发生了什么事吗？"

梁一然说："没有，他就说等下过来。"

齐炀又问："那你知道是什么事吗？"

梁一然给他一掌，粗暴地说："我能知道个啥？你是不是傻？我要是知道，会像个傻子一样坐在这里跟你说话吗？"

这事不简单，不简单。

齐炀摸了摸下巴："他刚刚在哪儿啊？"

梁一然想了想："好像是商贸城。"

"商贸城？他去商贸城干吗？"齐炀摆了摆手，不甚在意地说，"商贸城离这儿远着呢，一时半会儿来不了，咱们继……"

齐炀话音还未落地，酒吧突然走进来一人，正是干净清冷、处事冷静的顾绅。

如今他哪有半分清冷的样子？

深夜零点刚过，晚风习习。

黑沉的天幕上，寥落的星星挂在边边角角，空旷且寂寥。

顾绅一进酒吧就叫了好几瓶酒，长腿交叠坐在包间的卡座上，面无表情，周身寒气冷得瘆人。

梁一然给齐炀使了个眼色，让他去问问情况。

眼下也只有齐炀敢冒这个险了。

他凑过去，端起酒杯，也给自己倒了杯酒，像是随口一问："嘿，出事了？"

男人没说话。

齐炀又问："出什么事了，这么严重？我还是头一回见你这样……"

男人脸色阴冷，眼都没抬，更没有兴趣回答他的话。

一个字没撬出来，齐炀快快而归。

梁一然叼着烟，看顾绅那个样子大抵也能猜到几分："失恋了？被甩了？"

"不可能，"齐炀摆了摆手，"他都没恋爱过。像他这种人，能喝成这样，只有两种可能……"

梁一然没插话，示意他接着说。

齐炀伸出手指，数得认真："一是亲人去世，二是病人在手术室死亡。"

齐炀摸着下巴，又细想："刚刚他不可能去医院，也不可能这么快就结束一台手术，这两者都不存在的话，我就不知道是什么了。"

"你错了。"梁一然得意扬扬地说，"还有一种可能，他虽然没恋爱过，但不代表没喜欢的人。依我看，来酒吧买醉的人里八成是因为情伤，其中六成是因为爱而不得。爱而不得还不是最惨的，最惨的是自己曾经伤害过、拒绝过对方，现在又反悔，到头来一场空。"

"天哪！"齐炀给他一掌，有种恍然大悟的感觉，"双商在线啊你。我再去探探……"

齐炀又坐过去，问顾绅刚刚去商贸城干吗了，还有这个暧昧又小巧的购物袋里面装的是什么，把袋子拎起来，正打算瞧一眼。

下一秒，袋子被顾绅夺回去，他眸底压抑着怒意，从喉咙里挤出一个"滚"字。

齐炀当下就怒了，兄弟间吵架是常有的事，他和顾珩也常吵，这两兄弟当真是一个妈生的，顾珩老叫他滚，现在连礼貌自持的顾绅也让他滚。

齐炀抽出根烟，啪的一声点燃，长吸了口，厉声道："你还挺跩？爸爸那是在关心你，'关心'这两个字你懂吗？别拿别人的关心不当回事，我看你现在心情不好，不跟你计较。来，跟爸爸说说，到底怎么回事？好歹我也是个心理医生，给你开导开导。"

顾绅冷冷地瞥他一眼，眸中闪过几分不耐烦之色，明显看上去心情不好，整个人异常烦躁。

齐炀被吓得眯了眯眼，总觉得今天这一切都不简单。

他仔细想了一下，顾绅先是打网球放水，紧接着回去时心情不佳，现在突然像被人点着了一样，平日里烟酒不沾的顾医生也开始喝酒了？

所以点炸药的那个人是谁？不会是盛千姿吧？

齐炀视死如归，壮着胆子问："怎么着，碰见盛千姿了？"

顾绅抬眸看着他，跟被定住了一样，看了他一分钟以上，看得齐炀险些就要缴械投降走人。

顾绅没理他，但也没否认。

齐炀眼睛一亮：好家伙，探到消息了。

他跑过去对梁一然说："是盛千姿搞的鬼。"

梁一然幸灾乐祸地笑："厉害啊！终于有人克他了，我怎么那么高兴呢？"

齐炀说:"就你高兴,我都快愁死了。我先给那丫头打个电话问问情况。"

齐炀拨了盛千姿的电话,还没接通,就被挂了。

这么狠?他又打了一个过去,被告知对方已关机。

这丫头够狠。

围观全程的梁一然看热闹不嫌事大地啧了声:"女人狠起心来,真没我们什么事。"

齐炀刚想附和一句,就听见包间内有玻璃落地后破碎的声音。

哗啦——

他立马走进去看情况,一眼就看见顾绅趴在桌面上不知道在想什么,眼中尽是无奈与伤怀之色。

齐炀看他那样,也有些不忍嘲笑,但有些事情终归要他自己去弄明白。

顾绅喝醉后很安静,只是趴在桌面上慢慢地去想以前的一些事情……

其实他和盛千姿的交集能追溯到十几年前,大概是他刚上初中的时候。

那一年,盛千姿8岁。

结束晚自习的顾绅在学校逗留了一会儿,独自回去。

那时候的顾绅已经很有主见,学习成绩在年级中永远是第一,顾老爷子劝过他几次,让他平时多关心商界时事,多了解一下外面的动态,大学直接出国去学管理,学成归来后留在顾氏集团,辅助顾珩。

顾珩一点儿也不比顾绅差,还是顾家的长孙,顾家上上下下都清楚地知道,顾珩会是将来顾氏集团的掌权人,因此本就对经商不感兴趣的顾绅,更是连半点儿兴致都提不起来。

他下晚自习回家的路上,意外地在漆黑的小道碰见一个拉着马卡龙小行李箱、粉雕玉琢的小女孩。

小女孩身上的裙子、鞋子价位不低,她满脸泪痕,低头盯着路面,抽抽噎噎地从他身边走过,浓密的睫毛下眼泪跟断了线的珍珠似的啪嗒啪嗒往下掉。

顾绅觉得她有些奇怪，也有点儿眼熟，转过身喊了她一声。

小女孩回头，她的眼睛挺漂亮，皮肤娇嫩，有一张白白软软的包子脸，满是疑惑地瞅着他。

他问："你去哪儿？"

她没认出他，也不想搭理他，咬着腮帮子，揉了揉眼睛，不说话，继续往前走，仿佛他是一个坏人。

顾绅迈开长腿，走过去将她拦下。

她嗓音稚嫩软糯地问："我认识你吗？"

她认不认识他，顾绅不知道。

但他认识她，之前见过好几面，虽没怎么说过话，却也认得，这绝对是盛家那两个双胞胎丫头中的一个。

可他"脸盲"，不清楚她到底是盛千姿还是盛千盈。

他望了眼天色，直接拽起她的手将她往后方带："我带你回去，你走反了。"

孰料他刚走两步，小女孩甩下行李箱，扎起小马步，开始扒拉拍打他的手，拼了命地反抗。

少女的声音尖细且娇软，委委屈屈，带着呜咽："我不回去……我不要……你放开我……"

见她不走，顾绅松开手，定了几秒，问："为什么不回去？"

"不。"小姑娘脾气还挺犟，咬着唇，小小的身子转去另一侧，不看他。

"理由？"

"凭什么告诉你？"

"小屁孩，离家出走啊你？"少年碰了碰她细软的头发。

"不要你管。"

她推着行李箱往前走，明明只有 8 岁，却对自己的家产生了厌恶感。

顾绅总不能真的不管，任她自生自灭，于是慢慢地跟上去。

后来，两人走了一路，小女孩对他放松戒备，肯向他透露信息了。

比如他问："你是盛千姿还是盛千盈？"

她逆反地说："盛千盈。"

顾绅了然，那她就是盛千姿。

"为什么不回家？"

"我要去我小姨家。"

"你小姨家在前面？"

"嗯。"

"前面是死路，是一条江。"

小女孩瞪他一眼，往回走了一段，揉了揉眼睛，许是觉得委屈，脚步刚停下来，就这么盯着地面齉声哭了，眼泪不断地落下，砸在地上，声音细细的，几不可闻。

顾绅买了一大包糖给她，才慢慢哄好，套出了话。

原来她看见一个女人坐在爸爸的大腿上，爸爸将她训了一顿，还警告她，不经大人同意，不能擅自进书房。

她不服气，妈妈才去世三个月，三个月前她是可以随便进书房的。

她还说不想看见爸爸了，要去小姨家住。

可是她不认识路。

顾绅倒是知道盛千姿的小姨陆凌辛的家在哪儿，将她送过去。

到了目的地，小姑娘年纪小又爱面子，想说谢谢又不好意思说出口，最后连他的名字也没问就离开了。

之后的几年，两人都没什么交集。

顾绅知道，她与顾珩、齐炀走得特别近，只是偶尔在书房外听见她咯咯的笑声，也听到过关于盛新荣娶了自己秘书的八卦传闻。

仅此而已。

直到他出国又回国，六年过去，她坐在齐炀的诊室里托腮望着窗外发呆。

齐炀问她："你叫什么名字？"

她吐字清晰，平静地开口："盛千姿。"

清晰又明朗的三个字落进顾绅的耳里，让他想起了一些往事，勾唇笑了下。

所有的事情从那一刻开始好像都变得有所不同。

有一种喜欢，它扎根在你心底，隐藏在灵魂深处，无声无息。

它在你不知道的时候来，在你不知道的时候慢慢积累，丝丝缕缕，一点一滴，你却毫无所觉。

然后它又在你半梦半醒间离你而去，等你幡然醒悟，侧身一看，身旁早已空无一人。

第六章

顾医生吃醋了

作为一个医生，顾绅平时鲜少抽烟，只有在心情特别烦闷的时候才会抽一会儿。

手中的打火机被他打开，又啪的一声合上，如此反反复复，来来回回。他吸了一根又一根烟，青白的烟雾都挡不住他有些寂寥的脸。

楼下小道昏暗，一排排路灯散发出昏黄的光。

有一对依偎的恋人从路灯下面走过，女人皱起眉，拉起男人的手晃呀晃，仿佛在说走不动了，腿好酸。

男人无奈地在她面前蹲下，示意她上来。

女人问："不会累吗？"

"不累啊，累的话怎么做你男朋友？以后……还怎么养你？"男人捏了捏女人的脸。

女人脸上满满都是幸福，咯咯地笑，趴在男人的背上，圈着他的脖子，被他托着臀，一步一步地往前走。

路灯将两人的影子越拉越长，直至消失不见。

顾绅望着地上的光圈失神。

他孤独地站在阳台上，身旁连个人都没有，只有呼啸而过的风声做伴，冷冷清清。

吹了会儿凉风，醉意稍散，顾绅回到屋里洗了个澡，自行测了下体温，温度接近 38 摄氏度，低烧伴随着酒后的头痛害得他整晚辗转难眠。

为了不让老爷子担心，他选择先待在自己的公寓，明天下班再开车去月亮湾给老爷子庆生。

翌日一早。

小鸟缠在枝头不停地啼叫，初春已至，树叶郁郁葱葱。

今天是《生命只有一次》杀青的日子，盛千姿如往日般早早起床。连续几年的艺人生涯让她形成了一套成熟的、属于自己的护肤方法，脸蛋、头发、脖子和手，乃至全身上下，她都会细心地护理一遍，用了将近一个小时。

她快速下楼，让梳化师做造型，换上今天拍戏需要穿的服装。

刚好邱鹤也过来了。

他轻声打招呼："千姿，早。今天是最后一天了。"

"是啊！"盛千姿站起身，与他一同走进医院，乘南边的升降电梯去四楼的拍摄地点，"拍了快三个月了吧？"

邱鹤点头："时间过得真快。"

盛千姿双手插兜，低头笑，垂眸瞄了眼鞋尖，再抬眸时，不经意地瞅见这个点儿刚来上班的顾绅，他比往日迟了足足两个小时。

她只与邱鹤相谈甚欢，将顾绅视作陌生人，完全没有多余的心思去思考为什么他会迟到，为什么他的精神状态看上去那么不佳。

临江医院这栋医疗楼一共有两个自动扶梯和四个垂直升降电梯，南边和北边各两个。

不巧，顾绅和剧组的人都挤到了南边的电梯前。

顾绅每天上班，乘的都是南边的电梯，因为他的办公室就在上面电梯口左转不远处。

剧组的人成群结队，有助理，有梳化师，也有下来拿道具上去的工作人员，另外还有几个本院病人站在电梯门前等候。

顾绅往侧边看了眼，漆黑的眼眸无声无息地瞥向她。

她柔软的长发发尾微卷，被焦糖色的发绳绑住，落在后背，雪白的脖颈若隐若现，线条流畅。

　　不知道是不是想起昨天晚上的一些话，抑或目前电梯前的人太多，他主动做了退让，走去北边的电梯。

　　但这不代表他放弃了。

　　原本请了半天假的顾绅，回办公室继续工作。

　　小芝看见他回来，大惊，走进去问："顾医生，你怎么过来了？你不是请了病假吗？"

　　"没什么大碍。"顾绅撑着额头，不知在翻看什么，想起刚上楼时电梯间里一些小护士的话。

　　"听说今天是剧组拍摄的最后一天，要杀青了。"

　　"这么快？才取景了不到两周，好可惜啊，我还以为至少能看邱鹤一个月呢。"

　　"你想得美。我还听说，他们今晚会在隔壁盛洲酒店办杀青宴，你可以去那边吃饭啊，看看能不能在包间走廊偶遇他，或者碰见他在某个角落抽烟，这绝对是搭讪的好机会。"

　　"算了吧。明星用来仰望就好了，真要接触，我怂。"

　　今晚杀青宴？

　　转了下手中的蓝色圆珠笔，顾绅不知道在盘算什么，打算中午找个时间问问齐炀。

　　窗外的阳光透过玻璃洒进来，在地上落下一片斑驳的光影，诊室墙壁上时钟的时针指向"12"。

　　顾绅刚结束手头的事情，顾珩就打电话过来提醒他，今晚要回老宅。

　　他随便应了声，直接走去五楼。

　　齐炀看见他进来，阴阳怪气地说："哟，稀客啊！什么事啊？昨晚光顾了我的酒吧，今天又来我的诊室，你想让我为你单独开诊治疗？"

　　顾绅面无表情地扯了把椅子坐下。

　　齐炀继续说："不好意思，昨晚免费给你开异都不要，现在我收费了，请下去挂个号再上来。我们是朋友，你也不能挂我的号，另请高明吧。"

顾绅淡淡地看他:"你继续阴阳怪气。"

齐炀无语了:"有话直说。"

顾绅问:"你今晚有什么安排?"

齐炀不明所以:"去你家啊,不是老爷子生日吗?我作为你家顾老爷子的第三个乖孙,怎么着也得去看看,拜访一下老人家吧。"

顾绅又问:"还有谁?"

"什么还有谁?"齐炀不是很懂他问这个的意图,"你想问谁?"

"盛千姿。"

齐炀在心里感叹了一声,没想到顾绅这么直白,这是想通了,准备行动了?

他凑近顾绅,一盆冷水泼下去:"哦,所以呢?关你什么事啊?我为什么要告诉你?"

齐炀越来越觉得自己抓到了顾绅的把柄,肆无忌惮地继续调侃他,暧昧地问:"说说啊,这么关心人家,你想干吗?"

室内安静了几秒,陷入短暂的死寂。

顾绅开始发恼,却半个字也说不出来。

这人果然"闷骚"。

齐炀没趣极了,看着他渐渐显露的火气,说:"不去啊,她今晚参加剧组杀青宴呢。"

顾绅乜他一眼,直接走了。

啧。

盛千姿拍完最后一场戏。

导演打板,《生命只有一次》正式杀青。

三个月以来,近百位工作人员的努力让电影在计划的时间内顺利完成拍摄。

承蒙这么多人的照顾,盛千姿给大家买了点儿小礼物,每个人都有,另外还有她专门打电话去订的咖啡和奶茶。

"一年没拍戏了,刚进组的时候,我特别担心给大家添麻烦,谢谢大家一直以来的照顾,谢谢瑶姨和余导。

"今晚杀青宴我就不去了，我还有点儿事情，抱歉啦。大家吃好喝好，玩得开心。"

邱鹤刚知道盛千姿不去杀青宴的事，凑过来问："你不去了吗？"

"不去了。"盛千姿抱歉地说，"昨天我们不是去淘了点儿礼物给老人家吗？我想着寄过去不是很礼貌，还是得亲自跑一趟。况且拍戏忙碌了几个月，我也好久没去拜访他了。"

"好吧。"邱鹤语气里有些遗憾，"下一次见面就是宣传路演了。下部戏加油。"

男人揉了揉她的脑袋，眼中尽是宠溺之色。

盛千姿脑后的碎发凌乱了些，她伸手抓了抓，眯起眼笑："谢谢鹤哥，我会努力的。"

这一幕碰巧被路过的顾绅瞥见，他顿时万般愁绪涌上心头，喉间溢出冷笑。

今天几场戏拍摄得很顺利，杀青的时间比原本预计的早，盛千姿回酒店收拾了一下东西，让陈芷珊帮忙监督一下搬家公司的人，将所有东西搬回公寓。

随后她拎起给顾爷爷准备的礼物，打车去了月亮湾。

望着车窗外溪流清澈、竹林翠绿的景象，她倏尔想起自己之前每次来这儿都带着期待，还傻乎乎地制定攻略，计划要拿下某人。

她走至顾宅大门，还没按门铃，在花园走动的顾爷爷已然瞧见了她，高兴得脸上的皱纹都浮了起来："这不是小盛吗？这么久没来，还以为你把我这个老头子给忘了，快进来，快进来。"

"哪有？"盛千姿走进去，亲昵地挽起他的手臂往室内走，"最近拍戏去了，一直在北京，前两周才回来。"

"哦。"顾爷爷敲了敲脑门儿，"瞧我这记性，你去拍邓瑶那部公益电影了吧？拍得怎么样？"

"还行。"盛千姿抿了抿唇，认真地说，"不管结果怎么样，我已经尽力了。"

"尽力就好，尽力就好。"

盛千姿走进室内，换了鞋。

顾爷爷乍然想起一件事："对了，忘了跟你说，"他暧昧地指着楼上，"阿珩在上面，你不去看看他？"

盛千姿搞不懂老爷子这语气是怎么回事，上次的误会不是已经解释清楚了吗？老爷子怎么还能继续误会下去？

"不是。"盛千姿摆了摆手，"爷爷我……"

"快去、快去。"顾爷爷带她到楼梯前，让她自己上去，"你不用理我这个老头子。记住了，左边是阿绅的书房，右边才是阿珩的，他在右边。"

盛千姿抚了抚额，做着最后的挣扎，特别不好意思地问："他在办公，我贸然进去不好吧？"

"没有。"顾爷爷说，"没有办公，他刚回来。你这丫头害羞什么？你再这么害羞，我老头子可要生气了，今天是我生日……"

盛千姿赶紧应了声好："行吧，那我上去看看。就看看。"

盛千姿走上二楼，慢慢踱至右边的书房前，抬起右手，轻轻敲了敲门。

"顾珩，是我。"

"请进。"

盛千姿深吸了口气，走进去，看见穿着居家服的男人站在几乎占据整面墙的书橱前翻翻找找，并无令她尴尬的气氛。

她松了口气，走过去问："你在找什么？"

"一本软件项目管理的案例书。"

"哦。"盛千姿瞄了眼名目繁多的书柜，低声说，"我帮你找找。你现在还看案例书啊？"

"不是我看。"顾珩看她一眼，解释说，"是千盈。"

盛千姿没接话，认认真真地帮他找。

两人找了半天，终于找到了那本书。

书被翻得有些破旧，看上去有些年头了。

顾珩拍了拍封面，语调轻松而随意："这本书比我们年龄还大，现在已经绝版了。"

盛千姿不太懂这些，对于软件工程，她是真的连一些专业术语都听不懂，而顾珩作为顾氏集团总裁，每天接触的都是这些东西。这也是他们成年后共同话题越来越少的原因。

顾珩倒了杯茶给她，坐下："你怎么上来了？"

盛千姿将刚刚在楼下发生的事情对他叙述一遍："实属无奈，今天爷爷生日，不好惹他生气。"

"你就不能骗骗我？"

"我们是朋友，没必要骗来骗去的。"

顾珩端起茶杯抿了一口，齿间有一种淡淡的涩味。

正好，今天两人在书房，没有其他人打扰，他找回之前在微信中断了的话题，又问了一遍："盛千姿，你真的……一点儿机会都不给我吗？"

盛千姿稍稍歪了下脑袋，看着他，认真地说："对不起，大总裁，我真的只是把你当成我的好朋友。不管有没有千盈，不管有没有顾绅，单纯谈我们两个人的事，我真的只想跟你做朋友。"

"哪怕你跟顾绅一点儿可能都没有，他不喜欢你，也不爱你，你还是不愿意考虑一下我？"

"我说了，跟他真的没有关系。爱情跟选东西不一样，不是说上一个不行，选下一个就可以的，我想你也不愿意做任何人的替代品。就像你所看见的，我喜欢一个人，第一眼就喜欢上了，如果我真的能喜欢上你，早就喜欢上了，不是吗？"

"就没有日久生情的可能？"

"拜托，"盛千姿白他一眼，"我们认识十几年了好吗？"

"行了。我就问问……"

盛千姿看他："你笑什么？"

顾珩放下茶杯，低声说："只是没想到，你的性子跟以前一样，倔得不行。我们下去吧，准备吃饭了，顾绅和齐炀也快来了。"

盛千姿转头问他："今天千盈不来吗？"

"她有课，说明天再单独跟我出去。"顾珩说这句话的时候瞥了眼盛千姿的反应。

她心情释然，笑得开心，应了声："那就提前祝你生日快乐，玩得开心。"

"谢谢。"

顾绅一下班便和齐炀一起来了这儿。

原本顾绅还有些期待，现在半点儿兴致都提不上来。

齐炀揣着明白装糊涂，打死都不说出真相，就喜欢看他憋着一口气的样子。

估摸着时间，盛千姿来了估计有半个小时了吧。

顾绅进门换鞋时，无意间在玄关处发现一双白色高跟鞋，有些眼熟，鞋码与某人的也能对上。

他随口问了句："谁来了？"

顾爷爷让他过去帮忙看看老同学漂洋过海寄来的明信片上写了什么。

顾绅坐过去，心想老人家还挺紧跟潮流，嗓音温和地给他念出明信片上的内容，又问了一句："谁来了？"

"什么谁来了？"顾爷爷觉得他莫名其妙。

"柜子上那双高跟鞋，谁的？"

"小盛啊，还能有谁？"

顾绅一听，黯然的心像是立马鲜活起来，面上带着浅笑，正欲用目光去寻找某人的身影。

顾爷爷又补充了一句："一来就上你哥的书房了，现在还没出来。"

顾绅垂下眼："多久了？"

顾爷爷记性不好，也不怎么记得时间，推了推眼镜，含混地说："一个小时了吧？不知道两个人在里面干吗，处得真久。"

顾绅一口气堵在心口不上不下，偏偏自家爷爷还有种要撮合他俩的意思，完全没看身边人的脸色，唠唠叨叨："他们一个是演员，一个是公司老总，真配哟，郎才女貌。两个人个子都挺高，以后的小孩肯定也会很漂亮、很突出。小盛那丫头一有空就来看我，以后嫁来我们顾家，一定很孝顺。"

顾绅薄薄的唇抿成了一条直线，他难得地呛了一句："您想得太远了。"

"哪里远了？"顾爷爷乜他一眼，将明信片收好，"你哥过了明天就32岁了，按理说，30岁就该成家立业了，这都拖两年了，真要结婚，就是这几年的事。"

顾绅一听"结婚"二字，默不作声，垂眸给自己倒了杯水，良久才挤出一句："女的才几岁？"

"小盛？"顾爷爷想了想，"她前几个月不是刚过生日吗？24岁，24岁也不小了，都超过法定结婚年龄4岁了。"

"您怎么知道人家互相喜欢？"

"这不是你之前说的吗？"自己的孙子一回来就跟自己顶嘴，没一句是顺着自己的，顾爷爷站起身，真想拿东西抽他，"你怎么回事，呛来呛去的？她不跟你哥好，难不成跟你好啊？"

顾绅没吭声，去了趟洗手间洗了洗手，出来时，正好瞧见盛千姿和顾珩一起从楼上下来，结束了据说将近一个小时的书房"相处"。

女人踩着棉质拖鞋，穿着轻薄的长裙，发丝落在巴掌大的脸上，少了平日里的明艳之气，低着头在跟男人说话。

男人垂眸淡淡地笑。

去外面取蛋糕的齐炀也回来了，大大咧咧地问："开饭了吗？开饭了吗？"

阿姨笑着说："没有，等你呢。"

菜陆陆续续地被端上长方形的餐桌，满满当当，特别丰盛。

临江傍海，这里的人尤其喜欢吃海鲜，海蟹、龙虾、鲍鱼、海螺，应有尽有，怎么吃都吃不腻。

饭碗和筷子摆得整整齐齐，还飘着些氤氲的热气。

盛千姿在餐桌旁找了个位置坐下，幸好坐在她对面的是齐炀。

顾绅与顾珩相对而坐。

爷爷先动筷，盛千姿才敢动筷，夹了点儿青菜吃。

青菜太烫，她低头轻轻吹了吹。

顾珩倒了杯水给她，边倒边问对面的人："最近过得怎么样？边巍奕的事情弄得怎么样了？"

顾珩说话，莫名有一种大哥的口吻。

盛千姿听到"边巍奕"三个字，眼睛动也没动，比想象中要冷静得多。

她知道，那人是边小凝的爸爸，是顾绅喜欢的女孩的父亲，也是顾绅的病人。

原以为心里会有复杂的情绪，直到今天再次从别人的嘴里听到关于边小凝的事情，她才发现她早已释然。

顾绅说："手术进行得比较顺利，但排异反应挺大，后续能活几年还是个未知数。"

而且之后的人生中，边巍奕都要不断地承受身体排异反应导致的后遗症，不停地吃药、治疗。

顾爷爷感叹了一声："不管怎么样，我们已经做到了曾经承诺的事。至于宜欣那孩子，过段时间我去劝劝她，看看她能不能照顾一下边小凝，当年的事情闹得再大，终归也是她的骨肉。"

盛千姿搞不懂，为什么父亲出轨，母亲要把自己的女儿也扫地出门，难不成是中间发生了什么很复杂的事情？

她想得正入神，碗里突然被放了一块色泽鲜艳、被层层酱汁包裹的糖醋排骨。

盛千姿愣了愣。

顾珩说："在想什么？想得这么入神，饭都不吃了。"

盛千姿下意识地看他，笑了笑，意外地瞧见某人往这儿瞥了一眼，她脸色冷淡了些。

顾珩眼中藏着戏谑与玩味之色。

从小相处十几年，顾珩给一个眼神，盛千姿就知道他是什么意思。

她看了眼碗里的排骨，夹起，咬进嘴里，吃下去后才说："谢谢珩总，特别好吃。"

顾珩微笑："好吃就多吃点儿。"

晚饭吃到后半程，顾爷爷来了兴致，用看孙媳的表情看着盛千姿，说："小盛啊，以后你要常来，你一来我这儿，我的孙子肯定就回来了。"

他口中的"孙子"指的是顾珩。

盛千姿有点儿蒙："我？"

这怎么可能？

"对啊！"

盛千姿想了想，觉得顾绅误会不要紧，但不能让老人家也误会，不然以后很难解释清楚："爷爷，其实我们……不是您想象中的那种关系。"

"什么？"顾爷爷有点儿耳背，小姑娘说话声音又小，更是听不见。

顾绅放下筷子，喝了口水，冷淡地看向她，正准备听她再说一次，撇清和顾珩的关系。

顾珩淡淡地开口："确实不是那种关系，是我在追她。"

晚饭过后。

齐炀将他专门排队从高级酒楼定做的蛋糕拿到桌上，插好一根根蜡烛，啪的一声打开抽烟常用的金属打火机把蜡烛点燃，然后关灯。

老人家年纪大了，经不起唱《祝你生日快乐》那一套小朋友的庆祝模式，大家就说祝福语祝福爷爷。

顾珩先开口，祝爷爷身体健康，每天开心无忧，少一点儿烦心事。

这是孙子对爷爷最纯粹的祝福。

顾绅的祝词也很简单，他只希望往后的岁月里，爷爷都能与"字""棋""茶"相伴。

大家的祝福可以用《诗经》中的话来描述："如月之恒，如日之升。如南山之寿，不骞不崩。如松柏之茂，无不尔或承。"

顾爷爷许了愿，将蛋糕切成一块一块的，分下去。

盛千姿要管理身材，没吃多少，只拿了小小的一块，吃完才发现，她竟然是吃得最多的一个。

甜食果然是男人的天敌。

她唇角沾上了点儿奶油，顾珩抽了张纸巾给她擦嘴。

盛千姿拿过纸巾自己擦，无奈地说："你太幼稚了，没必要这样。"

顾珩说得随意且轻松："我只是觉得看到我那弟弟吃瘪很有意思。"

"他怎么会吃瘪，你太看得起我了吧？"盛千姿喝口水，清了清喉咙，总算不再觉得那么腻。

顾珩盯着她精致的脸蛋，说："你怎么对自己这么没信心？"

"不是对自己没信心，是事实本来就摆在那儿。在他眼里我没有任何吸引力，就算他真的不爽，那也只是暂时不习惯而已。他自己不想要，又不乐意被人抢走，我就像一件物品一样。"

顾珩不认同她的说法："别想太多，你很优秀。"

晚上10点，几人准备回去，顾珩今晚打算住在顾宅，拿出车钥匙，换了双鞋。

"千姿，我送你回去。"

盛千姿点了点头，跟顾爷爷说了"再见"便走出来。

刚巧，走在前面的顾绅回头瞥了眼，两人视线对上，她先挪开眼，往顾珩的方向走。

齐炀劝说："珩哥今晚不是住在这儿吗？就让盛千姿跟我们一起走吧，免得你跑一趟。不嫌麻烦啊？"

顾珩刚想说不碍事，立马就有电话打进来。

他接通电话，静静地听对方说。

盛千姿看着他，见他眉头紧锁，总觉得是发生了什么不好的事情。

果然他挂断电话，抱歉地说："我要开个视频会议。千姿，你是等我，还是先跟他们一起回去？"

盛千姿想了想，现在已经10点了，顾珩开会保守估计要一个小时，开完会再载她回市区，来回要一个多小时，再回到这里最早也要零点。

她淡淡地说："你先忙吧，我跟他们一起走。"

"也行。那……注意安全。"顾珩看了齐炀一眼，拍拍他的肩膀，"照顾好她。"

齐炀比了个"OK"的手势。

盛千姿跟在齐炀的身后走去院子，发现顾绅换了车，一辆暗黑色的劳斯莱斯古思特停在车位上。

顾绅走去副驾驶座旁，拉开车门，远远地看她一眼。

盛千姿犹豫几秒，不想过去。

齐炀已经捷足先登，坐进了副驾驶座，还贱兮兮地说："谢了哥们儿，服务那么周到，还给开车门。"

话音刚落，他就收到顾绅的一个白眼，以及巨大的甩车门的声音。

顾绅还真是一点儿都不心疼车。

盛千姿松了口气，自己拉开后座的车门坐进去，柔软的坐垫和狭窄的空间让她有些不自在，但从半开的车窗微微灌进来的夜风吹散了她的愁绪。

车厢内安静得可怕。

顾及顾绅和盛千姿之间如此尴尬的关系，谁也不知道该说什么，或许大家都只是累了。

轻缓的歌声从车载音响里传出，盛千姿不知道这是什么歌，只觉得旋律里有一种淡淡的忧愁。

顾珩抽空打了个电话给盛千姿，让她到家了给他报平安。

盛千姿无语地笑了一下。

这人是有多不放心自己的弟弟？

难不成他还能拐了她？

盛千姿应了声好："知道了，到了会跟你说一声的。"

她刚挂电话。

齐炀听见，随口一问："珩哥吗？"

盛千姿说："是啊！"

话音刚落，车内气压明显低了许多，尤其是驾驶位那边。

盛千姿撑着额头，望着车窗外霓虹闪烁的夜景，稍稍合了合眼。

她知道自己没心没肺，却没想到自己能没心没肺到这种程度——

她竟然睡着了，还是在某人的车上。

从月亮湾开往盛千姿所在的小区会经过齐炀住的地方，车开到中途，顾绅直接把齐炀放下。

车里就只剩下了两个人，一个睡得迷迷糊糊；一个心不在焉，总忍不住往后视镜瞟。

顾绅将车里的音乐关掉，顺利回到公寓楼下的停车场，在车里待了许久，不敢动，也不敢说话。

她近在咫尺，却又离他很远。

他怕一不小心，就会像那天晚上一样，被她无情地宣告——

他已经在她厌恶的人的名单里了。

时间接近午夜 12 点。

盛千姿睡着睡着，一低头，成功将自己磕醒。

她咬牙，摸了摸被磕到的额头，观望四周。车里只有她一个人，驾驶座前的车钥匙没拔，为了确保空气畅通、温度适宜，顾绅开了 20 摄氏度左右的暖气。

盛千姿走出去，一边揉额头，一边寻找他的身影，终于在一处角落寻到了他。

她敛着眼眸，喊了一声："顾绅。"

男人看过来。

盛千姿说："把车关了吧。"

顾绅将钥匙拔出，将车门关闭。

两人一同上楼，一路无话。

两人之间唯一的一句话还是在进电梯时，盛千姿拿出手机看了眼时间，客套地说："谢谢你送我回来，耽误你这么长时间，我给你转钱吧。"

电梯间的面积一般为 6 平方米，人与人之间的距离最远 4 米。

曾经有人统计一见钟情的高发地，电梯发生一见钟情的概率遥遥领先，能排榜上前十。

尤其是当电梯里面只有两个人，空间封闭且狭窄时，在这幽闭的空间里，你能清晰地感受到身边人所有的动向和情绪，不由得利用余光去打量对方全身，感受他此时此刻的呼吸，体内激素与肾上腺素含量飙升，直至春心荡漾。

可显然盛千姿和顾绅同乘的电梯中并没有这种"粉红冒泡"的氛围，只有无限的压抑与冷寂感。

顾绅当然没有要盛千姿的钱。

盛千姿也不逼他，一句多余的话都不说，直接上了八楼。

顾绅走进公寓，关门、换鞋、脱外套，一气呵成。

他将客厅的灯打开，坐进沙发，灌了好几杯水才渐渐冷静下来，可握着手机的手指依旧一点儿一点儿地收紧，直至关节隐约泛白。

他沉默良久，一声凉薄的浅笑从喉中溢出，脑中不断重复回放她刚刚说过的话——

"耽误你这么长时间，我给你转钱吧。"

她都开始和他谈钱了。

她可知道，她在后座闭眼浅寐的时候，他盯着她的睡颜看了多久？

翻新过的公寓看上去顺眼许多，精致简约的黑白色调十分符合她的喜好。

几平方米的阳台上，她一直养着的两盆郁郁葱葱的绿萝被放回原位，心形的叶片装满花盆，枝条顺着半开的围栏伸到室外，悬在半空。

她的床被换上了米白色的床单，上面摆放着两个柔软小巧的抱枕。

盛千姿伸手戳了戳抱枕，一侧头，瞅见当时火遍全网的《倾城绝恋》的剧照竟然被挂在了床头一角，照片被精修过，有一种民国风的妖媚感，入门即见。

等逛完已经大变样的公寓，盛千姿躺进沙发，真真切切地感叹了一声，眉眼间透着难得的惬意感。

说不惊喜是假，她没想到实际效果会比预期的好那么多。

大家都说，改造完自己居住的环境，会有一种从头再来、开始新生活的错觉。

盛千姿觉得这不是错觉，她的生活的确正在一点儿一点儿地慢慢步入正轨，开始变好。

盛千姿边整理东西，边发了个微信给顾珩报平安，直接说："我到啦。"

他似乎在忙，过了大半个小时才回："到了就好。"

盛千姿无奈地笑："你到底在担心什么？"

顾珩："你猜？"

盛千姿不想猜,玩这种打哑谜的游戏,她从未赢过。

她想起刚刚在顾宅发生的一些事,打了几个字,问他:"你今天晚上反常的表现都只是在……演戏吧?"

顾珩打趣地问:"演技怎么样?"

盛千姿松了口气:"还不错,我差点儿没看出来。"

顾珩:"所以你也是演的?"

盛千姿逗他:"不然你以为呢?"

顾珩沉默了几秒,紧接着很认真地打了个电话过来。

盛千姿盯着来电显示,愣了几秒,刚接起便听见顾珩说:"盛千姿。"

"怎么了?"

"没什么……"他深吸了口气,似乎想了很久很久,下了很大的决心,"就是想跟你说一声,我打算放弃了。"

盛千姿大脑有短短两秒钟的停滞,而后反应过来他话里的"放弃"到底是指什么。

"好啊!"她淡淡地回应,唇角上扬,笑了下,"恭喜你,是时候找个女孩谈谈恋爱,成家立业了。你看爷爷今天多着急。"

"他就那样。"

"是。"盛千姿说,"但他也是为你好。"

顾珩嗯了一声,电话就被挂断了。

作为过来人,盛千姿知道放弃一个人需要很大的勇气和决心,也需要很长很长的时间,所以说,接下来一段时间,她估计都看不见顾珩了。

下一次见面应该要等很久,但他们再见面时,关系会变得没那么尴尬。

盛千姿的好心情又攀升了一层,她打开手机,翻了翻最近三个月拍戏期间保存的照片。

她选了几张,有与邓瑶的,与齐衡的,与邱鹤的,与余导的,还有全剧组的大合照,稍微 PS 一下,写了点儿小感想,发上微博。

盛千姿:"杀青了。再见了,坚强又勇敢的钟医生。"

半个小时后。

齐衡惊喜转发："恭喜妹妹杀青，8月19号，来看《生命只有一次》女主角钟意，钟医生。"

众人皆知，在《生命只有一次》里齐衡扮演的是盛千姿的哥哥钟戈。

微博底下的评论一片乖巧——

"哥哥发博了，8月19号，看起来！"

"一起看钟戈和钟意啊！感谢齐衡老师对千姿的照顾和喜欢，嘿嘿，8月19号一定支持！"

"两个实力派演员合作，到时候电影院估计要爆满吧？希望剧情、'人设'都饱满，期待国内第一部医师节献礼电影！"

盛千姿洗完澡出来，边敷面膜边翻了翻微博的评论区。

《生命只有一次》杀青"的标签已经爬上了话题榜的前三。

电影话题迅速关联了她，让她成功增加了好几拨新粉。

盛千姿下线前，不忘摸去齐衡老师的微博下，回复了个表情，表示感谢。

随后她跟陈芷珊打电话商量了一下接下来的行程安排。

"下周，我们接的那个古装电视剧《秋酿》要进组开机了。后天你去定妆，拍摄地点不远，就在临江本地的影视城，只不过就要进入夏季，条件可能会比较艰苦。你要做好心理准备。"

"我知道。"盛千姿说。

夏天拍古装戏最为难受，这是业内公认的事实。

两天后，盛千姿收拾了一下，还没休息几天，又要离开刚翻新好的公寓，前往影视城定妆拍摄。

下一次她回来估计又是三个月后了。

早上7点。

太阳斜挂天边，熹微的晨光透过窗户洒进来，四周暖融融的。

顾绅收拾了一下心情，继续回医院上班，做医生该做的事，打开病人的胸腔，使屡弱的心脏在药物和体外循环下停跳，经过手术又恢复跳动，病人彻底苏醒，生命得以延续。

其实早些年，在心脏外科手术技术尚未成熟之际，心外科医生并不被世人认可。

19世纪，被后人誉为"外科之父"的奥地利医生比尔罗特就断言：在心脏上动手术是对外科的亵渎，任何试图在心脏上进行手术的人都将身败名裂。

这条魔咒足足笼罩了心脏外科手术五十余年。

神奇的是，百年过后，心外科医生却成了大家崇拜的对象。

临江医院里的护士对顾绅表现出的爱慕八成缘于心外科的光环。

顾绅日复一日地工作，和盛千姿已经一周没见面了，连在单元楼的电梯间碰上一面的机会都没有。

顾绅觉得盛千姿在躲他，而且是花了心思地躲，以前她想见他的时候，总能在一些奇怪的时间点出现在电梯口堵住他，现在她连见他一面都这么难以忍受了吗？

顾绅说服自己，静下心开始翻阅病历，穿梭于病房之间，公式化地给病患治疗，表情平静，仿佛那冷淡的眉眼从来都没有变过，清心寡欲得能出家当和尚。

午休时间，齐炀吊儿郎当地去四楼找他："今晚还喝酒不？"

顾绅瞥他一眼，一声不吭。

齐炀被他盯得发怵：他不会以为自己在嘲讽他吧？虽然顾绅那晚在酒吧买醉是挺惨的，但齐炀绝无半点儿嘲讽之意，只是看他最近心情有些压抑，想拉他去放纵一下而已。

如此一来，齐炀又想起了那晚的事，好奇心一上来，便忍不住问："绅哥，那天晚上你到底怎么回事？是因为什么事那么难受啊，你就不能说说？"

"没事。"顾绅的嘴严实得别人一个字儿都撬不出来。

"真没事？"齐炀不信。

顾绅沉默。

齐炀看他那样，就直说了："不会……真是因为盛千姿吧？"

这三个字宛如他的逆鳞，一掷出去，便掀起惊涛骇浪。

顾绅握笔的动作一顿，他原本已经进入了工作状态，现在又被齐炀给拉了出来。

他的大脑在暗示着他：你看，你无时无刻不在想着她，她却天天想着怎么躲你。

火气一上来，顾绅瞪他一眼，眼神倏地变冷，从心底溢出的郁闷与烦躁感不断加剧。

齐炀竟然有些怕，口不择言地说："你看你看你看，干什么？别啊兄弟，喜欢一个人算什么？真没什么，就算你以前再高冷、再无情，也会有喜欢上一个人的那一天，不敢认才叫尿。"

齐炀半劝半激地说他："每次提到她，你脸色就变了。不就是盛千姿吗？承认喜欢她有那么难吗？她……虽然从小到大被我们嫌弃，可好歹也是个大美女，还有演技有实力，哪一处不值得人喜欢啊？"

顾绅并没有因为喜欢盛千姿而觉得丢脸，齐炀误解了他的意思，他只是觉得有些挫败而已。

齐炀见他脸色缓和，开玩笑地说："你们是真的配！太配了！般配得不行！"

齐炀说："嫦娥和后羿都没你们配！你就认了吧，你就是喜欢盛千姿！"

这莫名其妙的"彩虹屁"，顾绅听不下去，直接起身赶人。齐炀临走前还劝他一句："珩哥都放弃了，你就不打算做点儿什么？别浪费好机会啊！"

顾绅将办公室的门关上。

嘭——

一扇门隔绝了所有声音。

齐炀啧了声："'闷骚'老男人，没救了。"

后来几天齐炀跟打了鸡血似的，天天在顾绅面前念叨："我听说那个谁，啊……上次一起打羽毛球的那个邱鹤一直在追盛千姿，还准备搬到她对门住。你就没点儿想法吗，绅哥？"

顾绅将白大褂脱下，准备下班，冷淡地瞥他一眼。

这几天，这话他听得耳朵都快出茧子了，他冷笑一声："搬到她对门？"

"对啊！"齐炀这消息还是盛千姿说漏嘴告诉他的。

顾绅收拾好东西，迈开长腿往停车场走："有可能？"

齐炀想不通顾绅怎么这么自信："怎么没可能？她什么事干不出来？"

盛千姿是那种怕绯闻的人吗？

她的绯闻还少吗？

顾绅深吸了口气，没说话，上车离开。

第二天，齐炀下班后蹭他的车回家，坐在副驾驶座，一边玩游戏一边向他汇报情况："听说邱鹤拍完现在这部戏就会来看房，然后全款买下。"

顾绅听完，情绪微微波动，随即恢复平静："什么时候？"

齐炀想了想："就下个月吧，还有两三个星期。"

顾绅将车驶向路边，突然一个急刹车踩下去，齐炀打游戏的手机从手指间飞出去，跌在了座位下，把他吓得魂都飞了："不是，你干什么？突然一个急刹车，想吓死人啊？"

顾绅脸色冰冷，不知是不是听见他刚刚说的关于邱鹤买房的事，整个人透着一股冷厉的气质，看上去特别不好惹。

"怎么了？"

齐炀也注意到了顾绅的反常，心里有一种很不好的预感，总觉得顾绅这架势像是要办什么大事。

孰料想法刚刚生出，他便听见顾绅说："你最近不是很闲吗？帮我办件事。"

"什么事？"齐炀捡起手机，警惕地看着他，"你不会想要截和吧？"

"嗯。"

齐炀难以置信地指了指自己："我帮你截？"

"嗯。"

这人疯了？！

齐炀没想到，顾绅说要截和居然真的要截，没有半点儿开玩笑和耍帅的成分。

这可是几百万啊！顾绅为了追一个女人，说不要就不要。

齐炀总觉得盛千姿这人是给顾绅灌迷魂汤了，不然顾绅怎么会这样？

齐炀发短信给顾绅，截和之前想再确认一遍："你真要截？"

顾绅在书房看书，过了半小时才回复："我像在开玩笑？"

齐炀想了想自己卡里那仅剩的几百万，心酸了一下，果然有钱人就是有钱人："那行，我帮你试试。但是试之前你得回答我一个问题作为交换。"

顾绅："说。"

齐炀问："你是不是喜欢盛千姿？"

这话问得直白，只有两种答案。

顾绅的手在手机的 26 键键盘上停留了一会儿，两分钟后他发送了一个字："嗯。"

齐炀气笑了，就一个"嗯"字，他傲娇什么呢？

看顾绅开窍比看顾珩有意思，难怪他最近连背影都透着烦躁感，就是因为盛千姿不理他了呗。

人家去影视城拍戏都快一个月了，以她毛毛躁躁的性子，应该都忘记他了吧？

齐炀啧了声，顾绅这漫漫追妻路，有好戏看了。

以齐炀的社交能力和人脉，不出几天，他便拿到了房主的联系方式。

正巧房主是因为手头紧才打算卖房子，齐炀将计就计，开了比邱鹤多一百万的价格，直接将房子截和。

他截和成功的那一天，盛千姿正在影视城拍《秋酿》中的一场武打戏，对此事一无所知。

她的道具是一把银白色的剑，有四五斤重，她拿得有些吃力，还需要吊威亚，穿着层层叠叠的戏服，一天下来难免会大汗淋漓。

幸好盛千姿在大学时期学过舞蹈，对武术动作的记忆和掌握能力较强，武术老师指导的动作，她通常看个一两遍便能刻在脑里，并很好地发挥。

常年拍戏，她也知道如何管理表情，即便是在很累的情况下，脸上依旧保持着角色该有的情绪。

连续几场戏拍完，盛千姿揉了揉泛酸的手臂，去休息区歇了会儿。

在《秋酿》中扮演女二号的宋璎走过来，友好地递了瓶水给她，夸奖道："拍得不错，很顺利啊，比我顺利太多了。"

"谢谢。"盛千姿不客气地接过水，拧开，仰头喝了几口。

宋璎今年刚满23岁，比盛千姿小一岁，据说也是临江电影学院毕业的，是个比盛千姿小一届的学妹。

从进组第一天开始，宋璎就特别喜欢盛千姿，偶尔路过，都喜欢夸她两句。

其中夸得最多的就是她的脸。

如今宋璎又以一副欣赏的表情托腮看着她，那可爱的样子，活脱脱就是个眼眸泛光的小"迷妹"。

盛千姿摇了摇头，无奈地说："我终于知道，为什么导演说这部电视剧，这么多演员，最契合角色的就是女二号了。"

"为什么？"宋璎以为盛千姿要夸她了，双手放在膝盖上，小学生似的，做出洗耳恭听的姿态。

盛千姿说："因为她简直就是你本人啊，太可爱了。"

"喊。"宋璎撇了撇嘴，"我还以为你要夸我别的呢。以前在学校的时候，就有特别多的人夸我可爱，那时候我还挺骄傲的。"

"嗯，然后呢？"盛千姿第一次听人这么大言不惭地说自己骄傲，觉得很有趣。

"后来进了圈里，我才发现在娱乐圈被人夸可爱不是什么好事。"

"为什么？"

"因为不够好看啊，就是因为不够好看，人家才只能夸你可爱。"宋璎说，"你看你，你那么漂亮，就很少被人夸可爱，人家对着你，都是直接说你漂亮的。"

"不会啊！"盛千姿放下矿泉水瓶，认真地想了想，给她解释，"夸你可爱呢，是因为你给人的第一印象就很萌、很讨喜，但不代表你就不漂亮啊！"

宋璎皱了皱眉："是吗？"

"当然。"盛千姿笑了笑，还想再说点儿什么，突然接到一个电话。

她看了眼来电显示——"隔壁房主"。

宋璎无意中瞄了眼她的手机屏幕，好奇地问："怎么了？"

"没什么。"盛千姿说，"最近在帮一个朋友留意一套房子，房主打电话过来了，不知道是什么事。"

"接接看吧。"

盛千姿刚接起电话，房主阿姨便诚恳地道了个歉。

盛千姿愣了愣，听这语气几乎猜到了结局，直接问："是出什么事了吗？阿姨，你就直说吧。"

"对不起啊，盛小姐。"房主为难地道，"你也知道，我卖房子本来就是因为缺钱，我真的等着这笔钱急用啊，真的很不好意思，房子可能不能卖给你了。跟你说好了又反悔，实在不好意思，但是阿姨没办法，只能是谁先跟我办手续我就给谁了。对不起啊，姑娘。"

盛千姿皱起眉，眼底闪过一丝不悦之色。

"可是我已经跟我朋友说了。"盛千姿尽力争取着，"他这段时间没空，要拍戏，下个月就可以去看房，大概率是会要的。"

"大概率？那就是不确定？"

盛千姿被噎了一下。

买房子的人不是她，她不敢保证邱鹤不会反悔，所以并不能对房主做出什么承诺。

房主也懂了这沉默背后是什么意思："我已经做决定了，不好意思。打扰你了，盛小姐。"

"不是，或许我可以……"

盛千姿正想说话，电话已经被挂断。

宋璎问："怎么了？房子不卖给你了吗？"

"对啊！"盛千姿放下手机，脸上浮现少有的戾气，"约好的房子突然被人截和，现在的人怎么出尔反尔，这么容易反悔？关键是我都已经发微信跟我朋友说了，还信誓旦旦地说这房子肯定能让他满意，真是尴尬死我了。"

"嘿。"宋璎扯过身侧的一包瓜子，晃着小腿，优哉游哉地说，"这世界上什么人没有？奇葩一大堆，别生气，为了这种出尔反尔的人气坏自己可就得不偿失了。来，吃瓜子。"

盛千姿接过瓜子嗑了几颗，越想越来气。

因为这个，她和新邻居间的关系十有八九是好不了了。

她倒想看看，住在她对门、截她和的到底是个什么样的人。

为了确保万无一失，没过几天，齐炀便拉着顾绅喜滋滋地去看房。

不知为何，他特别想看盛千姿发现顾绅住在她对门后惊讶的表情，那肯定很精彩。

房主是个个子不高、身形微胖的中年妇女，面容看上去有点儿憔悴，估计是这几天太操劳一直没睡好。她浮现皱纹的手拎着钥匙，将房子的大门打开，她絮絮叨叨地说："还以为什么样的人这么豪爽呢，原来是两个年轻精神的小伙儿啊！你们捡到宝啦，这房子南北对流，光线充足，冬暖夏凉，就算是冬天，阳光依旧可以透过卧室这个大落地窗，照到房间的最深处。你们四处看看……"

"嗯。"

齐炀装模作样地背着手，走进里面瞧了几眼，随随便便地问了房主几个问题："这里大概多少平方米啊？"

"我想想。"房主不怎么记得这个，"160平方米左右，三房两厅，挺宽敞的。你们两个人住吗？"

齐炀摆摆手，指了指穿着衬衫、身形高挑的男人："就他住。"

"哦哦。"房主瞟了顾绅一眼，觉得他有点儿眼熟，多看了几眼，"咦？我怎么感觉这个小伙子很眼熟啊？我们是不是在哪儿见过？话说，你有亲戚或者朋友在这个小区住吗？"

她认真地打量着顾绅。

顾绅垂眸看她一眼，干净修长的手指在卧室的墙面上滑过，指腹沾了些许灰尘，咳嗽两声，正欲说话。

齐炀忙走过来救场，插嘴道："怎么会？我们不住在这儿，是听人说这个小区地理位置、治安管理什么的都挺好，才想着来这儿碰碰运气。"

"是吗？"房主挠了挠头，"那应该是我记错了。这房子确实挺好的，当初我也是看中了这里的地理位置，觉得挺好，市中心，交通什么的都挺方便。这房子是我买来给我儿子当婚房的，可惜啊可惜，他一次都没住过。"

顾绅瞥齐炀一眼，仿佛在问：为什么撒谎？

齐炀摊了摊手：难不成要坦白说，你就住在楼下，像个傻子一样为了追人，还要跑到楼上来买个房子吗？

房子看得差不多了，一百多平方米的地方，他们逛来逛去，没几分钟便能逛完。

房主问："还有什么问题吗？有什么问题尽管问，我知道的基本会回答。对了，这个房子有个缺点，我得先跟你们说明。"

齐炀抬头看过来，好奇地问："什么？"

房主说："这里隔音不太好。但是没关系，住在隔壁的姑娘是个演员，一年到头没几天是在家的，所以影响不会很大。"

齐炀了然地笑："没事，不碍事。"

"那就行。"房主用纸巾擦了擦沾了灰尘的手，顺势问，"我看你们也挺喜欢这房子的，决定了吗？打算什么时候办手续？"

顾绅沉默了几秒，低低地道："就这几天吧。"

"好，爽快。"

两天后，顾绅和齐炀一起前往市区的房产交易中心，和房主办理手续。

办好手续，两人返回车上。

齐炀盯着鲜红色封皮的房产证瞧了几眼，一时失语，沉默了几秒才道："绅哥，你还真是下血本啊！这八字还没一撇呢，就花了三百多万，你说你怎么就这么想不开，本来不喜欢，高冷得要命，现在又突然想追人家了？"

顾绅将车钥匙插进钥匙口，手扶在方向盘上敲了敲，听到"追"这个字，至今不敢相信现在已经是进行时，他在追盛千姿了。

顾绅神色淡淡，直接问："不行？"

"行行行。"齐炀瞧他那样，这世上吃回头草的人又不少，不缺他一个，但是盛千姿爱不爱吃就不一定了。

以齐炀对盛千姿十几年的了解，他似乎也不怎么能看得透她，但可以肯定的是她一点儿都不好追。

于是念在兄弟情分上，齐炀觉得还是要先给他打个预防针："我跟盛千姿认识这么多年，对她这个人太了解了。她这样的人，说好追又不好追，说不好追，又感觉挺容易被骗的。"

顾绅拧眉扫他一眼，不知道他要表达什么意思："所以到底是好追还是不好追？"

齐炀直戳心窝，指出了他的弱点："之前她那么喜欢你，你都不答应。那天晚上我都让你回去好好理一理、想一想了，谁知道你想都不想就把人给拒绝了，我还以为你对她半点儿意思都没有。她这个人并没有表面看上去那么乖，也只有在喜欢你、追求你的时候，才表现出乖的一面，那都是装出来的。她对自己不喜欢的人简直是要多狠心就有多狠心。"

齐炀道："你看珩哥，追了她那么多年，不也放弃了吗？她不是一般地爱作死啊！这些年，我被她坑得，真的是……"

"作死？"

顾绅眼神平静，丝毫没有将齐炀的话放在心上，因为他觉得盛千姿不像是那样的女人。

况且在他看来——

女生作死能作到哪里去？

齐炀瞧顾绅这冷淡的表情，就知道他根本没将自己的"逆耳忠言"放在心上，指不定还以为盛千姿有多好哄呢。

作为兄弟，他决定要让顾绅本人亲自感受一下，体会体会他这些年被盛千姿"踩"在脚下受的苦。

于是齐炀开始了他助攻的第一步。

他掏出手机，打开通讯录，随便翻了翻，翻到一个备注是"除特殊情况，不接转账 100 元"的手机号码。

顾绅盯着这备注瞅了几眼，明知故问："这是谁？"

齐炀呵呵两声："你将来的女王大人。"

生怕他不明白，齐炀又补了一句："你未来的老婆，前提是……你得追得到。"

齐炀深吸了口气，按下通话键，直接拨出去，没几秒，听筒中便响起一阵短促的音乐声。

一个月不见，顾绅确实有点儿想念她的声音，眼中多了些许期待。

齐炀将免提打开，铃声响了近半分钟，电话才被接起，他还没来得及喂一声，就被电话那端的人抢了话茬。

盛千姿似乎很忙，从手机里能听到拍戏现场导演说话的声音。她开门见山地问："什么事？有事直说，我没空陪你聊天。"

"喂？"齐炀不爽了，"你去拍戏这么久，我打个电话过来问候一下，你庚气这么大？"

"我对你温柔过吗？"对方不答反问。

"行行行。"齐炀服气了，"反正这么些年我也习惯了，谁让爸爸就喜欢惯着你呢？"

"别大老远打电话过来恶心我。"

女人的声音透过电流传至车内，她似乎在吃东西，说半句话咬一下饼干，发出"咔嚓咔嚓"的声音，像松鼠。

"我怎么恶心你了？"齐炀气得骂了句脏话，得寸进尺地说，"我还就恶心你了，反正闲着也是闲着，等下去探你班啊，记得招待一下。"

"啊？"

电话那头在咬饼干的"小松鼠"停了动作，一口将食物咽下去。

她连原因都懒得问，直接说："为什么来？不许来！"她真是无情到了极点。

齐炀被噎了一下，指了指开着免提放在驾驶位和副驾驶位之间的手机，用唇语对顾绅说：看吧看吧，这破脾气。

顾绅表情依旧没什么松动，也许因为被怼的人不是他，心想：还挺可爱的。

"我说不许来就不许来，我在拍戏，在工作呢，你莫名其妙地过来捣乱，烦不烦啊？"一点儿商量的余地都没有，盛千姿回绝得彻彻底底。

齐炀还真就跟她对着干了，大不了被她揍一顿，她手劲儿又不大："怎么不能去了？我就无聊去影视城参观参观，顺带去看看你怎么了？"

"你以为你是领导啊？还参观……"盛千姿啧了声，想到什么，又问，"你不会是想来找我请你吃饭吧？我没钱。"

"不用，爸爸过去请你。"

"我不用你请，我吃剧组伙食很快乐。"

"由不得你拒绝，爸爸等下就过去，顺便带个朋友去玩玩，挂了啊！"

齐炀懒得再跟她废话，直接挂了电话。

车厢里隐约还能听见从手机里传来的女人"喂——"到一半戛然而止的声音。

"怎么样，绅哥？能受得了吗？"齐炀微微一笑，发问。

顾绅说得轻巧，嗓音平和，仿佛早就预料到后面会发生的事："还行。"

"还行？"齐炀怔住，"你可得清楚这只是我的级别，我并没有得罪她。你可是将她得罪得彻彻底底啊！"

"现在说再多也没用，走吧，去影视城。哥们儿教你，追女孩的第一步就是不断在她面前晃悠，不停地刷存在感，哪怕她烦。"

顾绅对这些确实没什么经验，也挺虚心的，沉默了几秒，将手机夹在架子上，准备导航，虚心请教："一般频率是多少？"

"什么？"齐炀没懂，"什么频率？"

"晃悠。"

你看病历看坏脑子了吧？这还计算频率？

齐炀说："看情况吧。现在距离你拒绝她快四个月了吧？那可得抓紧了。据统计，女人想要彻彻底底放下一个人，最少也要半年，你还差两个月过期。"

顾绅皱了下眉："过期？"

齐炀说："对。所以这两个月多刷刷存在感，她烦你不要紧，曾经喜欢过你的女人现在越讨厌你，越不想看见你，就越证明你在她心中还是很有地位的，因为她们不想让自己重蹈覆辙。"

顾绅不是很懂齐炀哪来的这套理论，但仔细想想也不是全无道理。

汽车开出房产交易中心，驶进车流湍急的马路，往影视城而去。

从这边去往影视城大概需要一个半小时，齐炀打开手机，在影视城内找了家酒店，订了两个房间。

与此同时，盛千姿正在拍一场受伤的戏。

她嘴角沾了点儿道具血，手臂和脸蛋都有大大小小的划痕，头发被刻意弄得凌乱，看上去狼狈极了。

她不仅要被踢、被打，还要吊着威亚从上面摔下来。

整场戏拍下来，盛千姿累到了极点，幸好她NG（失败）的次数不多，原本计划在6点拍完的戏份，5点不到就结束了。

接下来是别的角色的戏份，没盛千姿什么事。

她想起今晚跟宋璎一起去吃饭的约定，朝还在场上的宋璎摆了摆手，指着化妆间说："我先去卸个妆，然后等你。"

宋璎眉开眼笑，食指与拇指合拢，比了个"OK"的手势。

盛千姿卸完妆，本想找人帮她卸一下头套，结果大家都在忙，根本没有时间搭理她，只能作罢。

最近的戏份不是很紧张，一直在拍的都是男女主角刚认识时的戏，还没有进入感情深刻的部分。

盛千姿翻包，翻出一本斯坦尼斯拉夫斯基写的《演员的自我修养》，找了个离拍戏地点不远的小亭子，打算坐过去再阅读一遍。

这本书是她上大学的时候邓瑶阿姨送给她的，好像还是某一年的生日礼物，从里面能学到不少东西，平时一有空，她就会翻一翻。

俗话说得好，常看常新，多学一点儿，记牢一点儿，也无妨。

午后的阳光从西边斜照过来，极淡的金色阳光仿佛给她镀了一层金边，光晕之下，她静静地坐在椅子上翻书，安静且惬意，美好得让人不忍心打扰。

隔了一会儿，一个男人走过来，在她对面坐下，穿着简单的长衣长裤，气质沉默内敛又稍显高贵，只是静静地坐着，便散发出一种令人心动且着迷的气息。

许多人经过这里时侧目打量他，还以为他是哪个新人演员，抑或是尚未被发掘的帅哥偶像。

大家都在悄悄地观察着他，甚至有胆大的人试图搭讪。

只有盛千姿将头垂得低低的，专注于书中的文字，看得仔仔细细，丝毫没察觉到他的存在。

直到她觉得脖子有点儿酸了，拍了拍后颈，抬头打算休息一会儿，一抬眸便看见几周未见的男人坐在眼前。

他嘴角勾了勾，似乎在冲她笑。

这是幻觉吗？

片刻后，盛千姿才反应过来，这真的是顾绅。

那个吃完饭连多待一分钟都不愿意的顾医生来影视城旅游了？

他可真闲。

盛千姿的第一反应是愣怔，她愣了好久都没弄明白他怎么在这里。

最近不知道怎么了，她无论去哪里总能碰见他，上一次在商贸城是这样，这一次亦是如此。

可这是影视城啊！

他为什么会在这儿？

顾绅也看出她的疑惑，喉结一滚，想了好久都不知道该以什么句子开口。

他刚说出一个"盛"字，盛千姿抢先开口，语气冷淡又疏离："这位先生，难道你没看出来，我已经坐在这里了吗？"

顾绅掀唇："看出来了。"

"那你还坐在这儿？"

"可这儿只有两把椅子。"言下之意：你坐了一把，我就只能坐另一把了。

盛千姿无语地看着他："行吧，那你坐在这儿吧。我走了。"

她将看到一半的书插好书签，合上，站起身，准备离开。

顾绅也站起来，视线定在她的身上，在她离开的前一秒低声问："盛千姿，我有些话想跟你说，能给我几分钟吗？"

"可我不想跟你说多余的话，"盛千姿说得毫不留情，"也不想跟你单独待在同一个地方超过五分钟，甚至连四分钟、三分钟、两分钟我都难以忍受。"

"我不需要那么长的时间，我只想跟你说几句话。"顾绅垂眸盯着她的脸，她戴着长发假发套，头发细长，脸蛋干干净净，就像个单纯的小女生，"我来只是想解释一下，我根本……"

"停！"盛千姿捂住自己的耳朵，完全隔绝外界的声音，语气覆着寒霜，"我没兴趣听，你也没什么好跟我解释的。那些话那天晚上你没有说出口，就再也没必要说出来了，我也不在意了，不想听了。你想说的话，去跟你喜欢的人说。"

盛千姿说完，头也没回，直接往化妆间走。

顾绅连伸手抓住她的机会都没有。

下午6点，夕阳以极快的速度坠入地面，留下一抹半浓半暗凄美且绚丽的色彩。

盛千姿返回化妆间，卸了发套，换了便装，挽着宋璎的手打算离开。

齐炀及时出现将她拦住："去哪儿？"

他的身旁还站了一个俊美挺拔的男人，穿着深色系的衣服，眉目清朗，很帅气。

宋璎一眼便发现了他，打量几眼，好想问问盛千姿这是谁，但没好意思问出口。

盛千姿没什么表情。她并不想看见某人，如今对齐炀也有些迁怒和厌恶："这个点儿，能去哪儿？吃饭啊！"

"吃饭？"齐炀问。

宋璎自来熟地点头："对啊！我们早就约好了，去前面的皇家酒店吃晚餐，那里新开了一家日本料理店。"

齐炀盯着这可爱的小姑娘笑了，客气地说："那正好，四个人拼个桌。"

宋璎心想这两个人应该是盛千姿的朋友吧，下意识地想说声好。

不料盛千姿抢先拒绝："不行，凭什么？"

齐炀蒙了："为什么？"

盛千姿不客气地说："在这种地方，我不习惯跟男人一起吃饭。"

齐炀瞪她："你有病吧？这是什么地方？怎么就不习惯了？"

宋璎刚开始也很疑惑，很快便反应过来，替盛千姿打圆场："哦，这里是影视城啊！很多狗仔媒体潜伏在四周，你们还是不要跟过来了，免得被偷拍。"

盛千姿挑了挑眉："听到了吗？"

齐炀是真无语了："我们怕什么？"

盛千姿说："就因为是你们才怕，怕你们降低我们的形象。走了。"

"盛千姿。"一直不出声的男人低低地喊了她一声。

盛千姿当然不会为他停留，挑了挑眉，继续往前走。

她低着头，心再冷硬也禁不住胡思乱想，总觉得有一双眼睛一直在盯着她的后背。到底是谁给她的自信，让她觉得某个人会看她？他这辈子都不可能！

"降低形象？"

宋璎越想越搞不懂，因为她觉得不会，那俩男的还挺帅的呀，尤其是不怎么说话那个，帅炸天了好吗！

但作为盛千姿的"迷妹"，宋璎永远支持盛千姿，小跑着跟上去，小声问："千姿姐，你跟他们是什么关系啊？"

盛千姿抬起头，微微思量了一会儿："算是朋友吧，怎么了？"

"我感觉你们很熟啊！"

"有吗？"盛千姿怕宋璎误会，绕着弯地解释了一下，"也……没熟到那种程度吧。"

"嗯嗯，但我觉得差不多。"宋璎猛地点头，"因为很明显，你在他们面前和在我们面前是不一样的。"

盛千姿这个人很奇怪，在不熟的人尤其是圈内人面前，她会表现得很有礼貌、很安静，只有在比较亲、比较熟悉的人面前才会原形毕露，展现出自己最真实的样子。

因为她潜意识里明白，无论说什么，她都不会得罪他们，跟他们相处会舒服很多，没有名利场上的尔虞我诈。

影视城内有一家国际酒店，里面住了许多在影视城拍戏的高咖位明星，一个月下来，花销简直是天文数字，但依旧源源不断地有人入住。

盛千姿和宋璎一起走进那家新开的日料店，店面不算宽敞，整体偏狭长，墙壁和桌椅都是木质的，透着淡淡的日式古朴风格。

穿着围裙的服务员弯腰引她们进去，小声问："小姐，几位？"

盛千姿说："两位，但我们想要靠角落一点儿的位置。"

随后服务员将她们带到角落一处比较幽静的四人餐桌边上，开始倒茶、递菜单，服务周到且细致。

盛千姿瞄了眼菜单，转着铅笔，心里有几个想吃的小菜，还没点单，就有两个男人闯进来，分别坐在了她和宋璎旁边。

尤其是某人，在她身边让她想忽视都难。

盛千姿想走，可左边是一堵墙，右边又是一堵身高接近一米九的"肉墙"，她被夹在中间，肉夹馍似的。

"齐炀！"盛千姿想发怒，瞪了齐炀一眼。

齐炀自来熟地让服务员加了两双筷子和两只碟子，掏掏耳朵："这么大声干什么？不知道的还以为我绑架你了。就吃个饭怎么了，我大老远来一趟，一起吃个饭会怎么样？大不了我请你。"

盛千姿心里那点儿小九九，齐炀简直是看得透透的，不在意顾绅，她又怎么会咋咋呼呼，一直逃避？

他在给顾绅机会，也在给盛千姿机会。

盛千姿身边的人见气氛有些微妙，打破了平静，说："我来结账吧。"

宋璎瞄他一眼，又瞄一眼盛千姿，越发觉得两人关系不简单，不敢轻易乱动，乖乖坐好。

盛千姿确实有些为难，这边上还有宋璎呢，要是只有她一个人，怎么作都没关系。

既然如此，那就一起吃吧。

盛千姿礼貌地给宋璎介绍了一下他们，冲男人笑了笑，逆反心理一上来便一发不可收拾："既然顾医生请客，那我就不客气啦？"

顾绅将菜单递给她，递过菜单的手指修长干净："嗯，点吧。"

盛千姿翻了个白眼，不客气地转着铅笔，大抵也知道就算点完这家店所有的东西，都不会吃穷他，便心生一计，摊开菜单，跟宋璎小声商量："宋璎，你是不是很喜欢吃甜品啊？"

"啊？"宋璎大脑迟钝，见盛千姿眨了下眼，似懂非懂地点头，

"啊……对啊，女孩子都喜欢吃甜品的嘛！"

"好啊！"盛千姿在那些甜到可以腻死人的食物上逐个打钩。

日式奶油蛋糕、西米露、甜酒……这家店里所有的甜品被她点了个遍。

顾绅扫一眼菜单，问："不点些主食？"

"不用。"盛千姿十分替他着想，"已经很多了，够啦。把这些全部吃完，我们都得撑坏了。"

她手速很快地将菜单递给服务员："就这些。不用向我们读一遍了，去准备吧，上快一点儿，我们赶时间。"

服务员走后，齐炀刚打完一局游戏，慢悠悠地抬起头来："不是，你点啥了？"

盛千姿撑着下巴，一字一顿地说："你爱吃的。"

顾绅低头，装作什么都不知道。

所有的东西上完，齐炀才发现这些全是饭后甜点，盛千姿搞什么？！

盛千姿体谅宋瓔也是艺人，要保持身材，将两碗面匀一碗给她："好了，开吃吧。给你们每个人都点了爱吃的东西。"

齐炀几乎是愤怒得要喷火，又好气又好笑。

可顾绅却有点儿"逆来顺受"的意思，盯着桌上的一碗西米露和一个奶油蛋糕，无声地低笑。

盛千姿观察他的表情，察觉到不对劲儿："你笑什么？不喜欢？"

顾绅当着她的面舀起一口西米露放进嘴里。他连吃东西都这么好看，盛千姿觉得自己真失败，如此近距离地看着他，竟然还有点儿被他吸引的意思。

"还行，不讨厌。"他嗓音清朗，略带宠溺，又吃了一口。

盛千姿看不到他生气的表情，觉得有些无趣，撇了撇嘴，"你喜欢就好。"

晚饭过后，四人没什么共同话题，气氛迅速冷了下来。

齐炀被那三碗甜品噎住，已经吃撑了，一句话都不想说。

桌子上围绕着一股怨气。

盛千姿见天色不早，还要回去背台词，准备明天和后天的戏份，找了个理由，拉着宋璎走了。

齐炀被盛千姿气得不行，顶不住，第二天就想回临江。

刚好顾绅明天也有个临时会议突然要开，一晚都没逗留，便开车回去。

就这样，顾绅的影视城"追妻"之旅以失败告终。

盛千姿对他的态度完全没有变，不喜欢他，不想跟他说话，甚至连朋友都不想和他做。

盛千姿拍了半个月戏，就请假回临江了。

明天她要去临江医院复诊，上次胃痛住院后，还有许多问题没有根治，胃病是慢性病，所有的症状都需要慢慢调养才会好。

医生建议她注意饮食，定期回医院复诊，以便清楚地知道自己的身体状况。

盛千姿复诊完还有一天半的时间可以休息。助理开车将她送到小区门口，她慢慢地拎包走进去，揉了揉额头，有些疲倦。

电梯间有两个刚去超市采购回来的阿姨在聊天，盛千姿对她们有印象，好像是九楼的邻居。

她礼貌地打了声招呼。

阿姨瞧见她，哟了一声："这不是千姿吗？怎么累成这样？工作很辛苦啊？脸色都不好了！"

"没事。"盛千姿说，"昨晚拍完戏连夜赶回来，正要回去睡觉呢。"

阿姨见她这么憔悴，好心劝她："别太累了啊，你还年轻，记得注意一下身体。钱是赚不完的，身体最重要，不要老了的时候像我们一样，身体出现毛病了，受罪。"

"知道啦，谢谢阿姨。"

"啊，对了，你知道你那层有人搬进来了吗？"

"搬进来了？"这盛千姿多多少少是知道的，毕竟截和那事她还没忘，但没想到那个人居然速度这么快，一个月不到就搬过来了。

"对啊！"另一个阿姨八卦地说，"就前几天，我看见有人在搬家，还是个小伙儿。雇了一个搬家团队，搬了一下午啊……"

"哪有一下午？"刚跟盛千姿聊天的阿姨打断道，"就两个小时的事，我也看见了，不就是从七楼搬到八楼吗？"

从七楼搬到八楼？

另一个阿姨："是吗？"

和盛千姿聊天的阿姨说："对的对的，我不可能看错，就是从七楼搬到八楼。我真是搞不懂现在的年轻人脑子里到底在想什么，是钱太多了没地方花？咱们这栋楼的户型不都一样？七楼和八楼有什么区别？还这么大费周章地又买一套房子搬一次家，真不嫌麻烦哟……"

另一个阿姨："区别可大了。"

叮——电梯门开了。

盛千姿走进去，察觉到那阿姨意味深长地扫她一眼，小声说："八楼有明星！"

对方秒懂，露出老阿姨式的慈爱微笑。

她越想越蒙，这……都是什么跟什么啊？！

她们说的人是顾绅吗？

盛千姿真的很累，脑子昏昏沉沉，已经连续二十几个小时没睡觉了。她不愿多想，回公寓，走进房间，抱着枕头，倒头就睡。

盛千姿睡到晚上 9 点，才因为没吃晚饭被饿醒了。

她又躺了一会儿，慢悠悠地走进浴室洗澡，随后拿出陈芷珊早就给她准备好的便当，放进微波炉里加热，一边看电视一边吃。

吃饭时，她忽地想起那两个老阿姨的对话，因为当时太累，她记不太清，只隐隐约约捕捉到几个关键词。

"小伙儿""从七楼搬到八楼""八楼有明星"……

谁啊？

这说的是顾绅吗？

如果真的是他，那他为什么要搬上来呢？

因……因为她？

盛千姿猛地摇头。怎么可能？！他疯了才会因为她搬到八楼来，顾医生也不像是会干出这种事情的人。

那肯定不是他。

他已经不年轻了，都是"奔三"的人，怎么会是阿姨口中的"小伙儿"？

盛千姿蔫儿坏地将她划进"老男人"的队列，努力说服自己。

可这不上不下的钩子实在钩得她难受。

盛千姿吃完饭，将桌面简单收拾了一下，将残渣用袋子包装好，打算出门扔一趟垃圾，顺便去打探情况。

可惜隔壁房门紧闭，一点儿动静都没有。

盛千姿倍感无趣，遂放弃了这一念头，躺回床上，继续看剧本。

与此同时，顾绅刚结束加班，回了家。

他并不知道盛千姿已经从影视城回来，明天是周末，他还想着要不要再去影视城一趟，见她一面。

这一次他自己去，想跟她好好说清楚。

顾绅刚做好决定，手机又响了起来。

他略有不悦，打开短信扫了眼，主任告诉他，明天院长找他有点儿事，估计是聊一下医疗项目的事情，要他明天过去一趟。

这下他又没空了。

好好的周末，他一天天加班加班加班……

顾绅穿着衬衫和西装裤，累得坐进沙发，无奈地抚了抚额。

在他看来，追妻最难的根本不是盛千姿恶劣的态度——她态度不好他可以等，也可以哄，总有把棱角磨平的一天——而是他的职业。

但没办法，他必须把医院的事情放在第一位，然后才是他喜欢的人。

翌日，顾绅又忙到了深夜。

他按部就班地下班，回公寓，上楼，叮一声，电梯门打开——

他一眼便瞧见了站在公寓门口的盛千姿。

她背对着他，穿着奶白色的睡衣和小短裤，刚吹完头发，深黑色的发丝泛着一丝潮意，脑袋上箍着一个粉色的兔子耳朵状的发带，活泼又俏皮地站在门口，正从睡衣口袋里掏钥匙，与她平时用来示人的形象大相径庭。

顾绅笑了下，许是早就料到会有这一幕，并无多少尴尬与意外的感觉。

倒是盛千姿被吓得不轻，刚扔完垃圾回来，没有半点儿准备就碰见他了。

他们是分别乘两部电梯，一前一后上来的吧？不然怎么会这么巧？！

这下盛千姿彻底相信了那两位阿姨说的话。她眨了眨眼，半晌没回过神来，又气又好笑。

原来在她帮邱鹤谈房子时截和的是他，从七楼搬上八楼的也是他。

他肯定知道她在帮邱鹤盯房子，所以才算准了时间去截和的吧。

可是为什么？

他以前对她避之不及，现在却连家都搬上来了。

作为了解过该房子的人，盛千姿清楚地知道这套房子的大概价位是多少，怎么也要几百万。

原来高冷禁欲的顾医生还有两副面孔呢。

盛千姿瞥他一眼，疑惑地挑了挑眉，倒是很想听听他怎么解释。

顾绅淡定地说："你怎么回来了？拍完戏了？我刚搬上来没几天，没想到这么快就碰到你了，这里风景挺好的。"

盛千姿一脸蒙。

所以他就为了这个搬上来？

顾绅小声补了句："至少能看见你。"

他这句话的音量很小，估计不是说给盛千姿听的，但盛千姿还是耳尖地听到了。她皱了皱眉，总觉得他最近像变了个人，她都快不认识他了，但又莫名觉得现在的他好像接地气儿了不少，不再是以前那个犹如神祇般高不可攀的顾医生。

可那又怎样？

盛千姿心脏怦怦乱跳，面上却没什么表现，抽了抽嘴角，白他一眼："你在说什么疯话？"

她不想听了，打开公寓的门，准备进去。

顾绅的下一句话彻底将她拦住，犹如一块巨石落入心湖，激起千层波澜，在她心间久久回荡。

他也学聪明了不少，不再问能不能跟她说几句话，让她给他一点儿时间，干脆又直接地开口说——

"盛千姿，我能追你吗？"

盛千姿猝不及防地愣住，想要迈进公寓的脚当即停在了那儿，捏着钥匙的手一点儿一点儿地收紧，慌张与紧张感并存，已经无法用言语来形容此刻的心情。

她开心吗？是有一点儿，但好像又没有很开心。

她生气吗？当然生气，他以为她是什么，小狗吗？

他想喜欢她就喜欢，想不喜欢她就不喜欢，对她招之即来，挥之即去，他是不是还很自信地觉得自己将她吃得死死的？

所以这是告白？

这种告白真的很没诚意。

顾绅见她不说话，一直背对着他，也无法看清她此刻的表情，不知道她是高兴还是在生闷气。

但恰巧因为她不看他，他多了几分勇气，在幽幽的黑夜中继续开口，带着诚恳与真心喊她："千姿……

"给我个机会，好吗？你让我赎罪也好，打我也好，骂我也好，我只想把你追回来。"

盛千姿眨了眨眼，眼角微微泛红。她不是想哭，只是感慨罢了，抿唇笑笑："顾医生不是不喜欢我吗？你这演的又是哪一出啊？还是说我身上哪一点又突然吸引你了？"

那天晚上，她虽然喝醉了，但他跟她说的每一句话、每一个字，她都记得一清二楚："你要是追我的话，边小凝怎么办？你不怕你喜欢的人误会？你们要是因为我闹别扭了，我可担不起，也不想担。"

这会儿顾绅才想起来那天闹了一个大乌龙，他不但没解释，还顺势将它当成借口来伤了她的心："我可以告诉你，除了患者家属与医生的关系，我跟她没有任何感情上的关系。"

盛千姿转身对上他的眼睛，扯唇笑了下："没有任何关系？你是觉得我很好骗？"

她眼中的顾医生可没有这么豪放，凌晨时分让一个女孩待在自己的公寓，这叫没有任何关系？

顾绅解释说："齐炀可以证明，边小凝是他带来的。"

他还越扯越离谱了，边小凝既然是齐炀带来的，为什么当时齐炀不在场？

盛千姿真的不想听了，不过都是借口罢了。她走进屋内，并没有把他的话当真。在顾绅看来，她也并没有将他刚刚说的话当一回事。

盛千姿给大家都留了几分余地，客气地说："顾医生，喝醉了吧？过来人告诉你，酒后告白可不好，因为会被人拒绝，而且拒绝得彻彻底底。不管你刚刚说的话是真是假，我都不在意，也无所谓。"

她顿了几秒，说得毫无感情："我拒绝你了。"

顾绅看着她，她的反应让他有些意外，却也在他的意料之中。沉默半晌，他说："嗯，我猜到了。"

盛千姿看着他的脸，看着他的眼睛，发现他的眼眸暗淡了不少，这罕见的无奈神情都不像他了。

他是真的喜欢上她了吗？

盛千姿抿了抿唇，不知道该说什么，他眼中的深情让她不敢直视，眼神躲闪地说："嗯，我睡了。顾医生也早点儿睡。"

她关门，徒留他一人在走廊站着。

盛千姿用了近五成的忍耐力，让自己不去看猫眼。

他有什么好看的！追她又怎样？娱乐圈内喜欢她、追求她的人还少吗？

第七章
我喜欢你

第二日一早，盛千姿又回了影视城拍戏。她没有将昨晚的事情告诉任何人，这成了她与他之间的秘密，所有事情只有他们自己知道。

盛千姿又回归了正常的生活，该拍戏拍戏，该生活生活，日子如往昔般过得平平淡淡。

因为胃痛住过院，她现在已经不单纯地靠节食来减肥了，进健身房的次数多了许多，身体也恢复了不少。

只是她偶尔也会想起那天晚上顾绅所说的每一句话。已经过去一个星期了，她连他的人影都没见着，这里离临江并不远，他随时都能来。

看来他说追她也只是说说罢了，被她拒绝一次就放弃了。

渣男！

盛千姿觉得自己真厉害，没拒绝错。

时间如流沙，匆匆而过，一晃又半个月过去了。

《秋酿》的拍摄到了收尾的阶段。戏份拍得七七八八，时间没那么紧凑，她跟宋璎在剧组每天都很开心，以至于有一段时间她短暂地飘了一下，原本是早上七点钟到现场化装，她居然睡过头，七点半才起床，快速刷牙洗脸，紧赶慢赶地到了现场。

彼时，《秋酿》的男主演尤恺已经做好了妆发，坐在一边喝茶。

他是个很正派的演员，接近30岁，还有个已经公开恋情的女朋友，据说准备结婚了。他长了张下颌棱角分明、鼻梁高挺的古装男神脸，跟盛千姿搭起戏来毫无违和感。

盛千姿一蹿进化妆间，他自然地瞧她一眼，打招呼："早啊，来了。"

"恺哥，真早。"盛千姿心虚地在化妆位坐下。

虽然她只是第一次迟到，也难免会有些不好意思，在这种原则问题上，她脸皮还挺薄的。

尤恺是个守时守信、很有原则的演员，朝盛千姿看了眼。

盛千姿做好了心理准备，原以为尤恺会"教训"她，结果他指了指旁边的一个小餐盒，提醒了一句："千姿，那里有你的早餐。"

"啊？"盛千姿正闭着眼让化妆师上底妆，突然听到这么一句，好奇地睁开眼一看。

果然一个特别精致的一次性餐盒放在化妆桌旁，她拿过来瞅了眼，餐盒上是国际酒店的标志。

这应该是酒店内部餐厅做的吧。

是谁这么神机妙算，算到她今天必会迟到，还贴心地帮她带了早餐？

天上掉馅饼，有点儿幸福呀。

盛千姿礼貌地道谢："谢谢恺哥，明天早上我也请你吃早餐吧。"

礼尚往来，应该的。

尤恺没忍住笑了声，知道她理解错了，解释道："这不是我给你买的，是酒店的送餐员送过来的，那时候你不在，我只是帮你接收一下。"

"这样啊！"盛千姿说，"那这应该不是我的，我没有订过早餐。"

尤恺说："怎么会？这就是你的，送餐员说的就是你的名字。你是不是自己订了早餐，然后忘记了？"

盛千姿更迷惑了。

真的没有啊，她还能梦游去订餐不成？

尤恺问："那是不是你的助理？"

"也许吧。"

盛千姿觉得很奇怪，打开餐盒看了眼，里面居然只是一碗普普通通的糙米糊。

但这种早餐营养价值很高，尤其适合需要管理身材的艺人，不仅能排毒减肥，还能促进血液循环，容易产生饱腹感。

化完装就要开始拍戏了，盛千姿没多少时间，又问了一遍："确定是我的吗？没有弄错？"

"没弄错。"尤恺眼都没抬，语调平淡地说，"不信你自己找找，桌上还有一张单子，上面写着你的名字。"

盛千姿找到那张单子看了眼，上面果然写着"盛千姿"三个字，备注那一栏还标着"不要放糖，千万记住"。

盛千姿惊叹了一下，觉得很神奇，这个人居然连她在戒糖都知道，八成是她的助理。

化妆师提醒她："要吃早餐吗？吃完我再给你化，不然唇部容易脱妆。"

"好。"

盛千姿捧起糙米糊喝了几口，米糊没有加糖，却硬是被她尝出了几丝甜味。

她的心情也跟着好起来。

今天早上盛千姿要拍的都是与尤恺的对手戏，没什么激烈的戏份，拍得还算轻松。

任务结束，盛千姿放下剧本去了趟洗手间，出来时意外地在盥洗台旁碰见了边小凝。

她依旧是那张不谙世事的娃娃脸，穿着浅色的古装戏服，眼睛灵动有神，不得不说，还挺可爱的，就是头饰粗糙了些，看上去比从地摊上几块钱买回来的装饰还要糟糕几分。

盛千姿冷笑，心想：这剧组是有多穷？

或者说，边小凝扮演的角色有多不起眼，多龙套？

边小凝抬眸看她一眼，在盛千姿看不到的地方撇了撇嘴，刻薄地说："怎么总是看见你啊？"

盛千姿并不想理她，干净好看的手放进洗手池，等待着感应器感应，随后接住一抔清水。

她刚洗了洗手，便听见边小凝咬牙说出四个字："阴魂不散。"

盛千姿洗好手，从一侧扯过干净的纸巾擦了擦，冰冷的视线落在她的身上，腔调淡淡的："阴魂不散？我在这里拍戏，待了几个月，碰见你两次，你就说我阴魂不散？那你呢？在哪儿跑龙套啊？"

边小凝瞪她一眼："谁说我跑龙套？"

"哦，不是跑龙套？那你是演什么十八线小网剧里的什么配角呀？"盛千姿翘了翘唇角，故作关切地问。

《秋酿》是盛唐背景，女人的服饰几乎是齐胸襦裙，裙子窄而瘦长，特别显身材。她今天穿了条蓝边轻纱垂肩薄纱裙，可谓"肌理细腻骨肉匀"。

她身高比边小凝高，身材比边小凝好，资源又胜边小凝千百倍，如此一来，边小凝不眼红都难。

边小凝不甘地说道："我演什么配角跟你有关系？迟早有一天我会超过你，下一部戏我就演女一号了，如果剧顺利播出，一年后，我肯定能跟你平起平坐……"

盛千姿打断她的话，掏了掏耳朵，没兴趣听下去："下一部戏？你怕是太天真了吧？戏还没拍就到处炫耀，娱乐圈的风云变幻你还没体会过吗？就算你已经开机在拍了，或者已经拍完了，导演将你换掉都有可能。你是不是还想说，两年后将我踩在脚下呀？做做梦挺好的。"

边小凝喊了一声："听说你现在电影资源都接不到了，一个凭借处女作就拿了最佳女主角的人，如今也沦落到拍电视剧了？能上星吗？"

下一部戏便是电影的盛千姿挑了挑眉，故作忧愁地开口："是啊，接不到了，怎么办才好呢？"

边小凝见自己的目的达到，得寸进尺地说："活该！昨天顾绅哥来了，你不知道吧？"

顾绅来了？

她当然不知道。

昨晚她在拍大夜戏，忙到挺晚的，凌晨两点才回酒店，一回去就睡了，手机没电也忘了充，所以今天迟到了。

盛千姿心想：他来不来跟我有什么关系？她无所谓地说："不知道啊！"

"你当然不知道。"边小凝扫她一眼，"因为他根本就不喜欢你，怎么会去找你？"

"是吗？"盛千姿看着她虚荣且不自量力的嘴脸，觉得她很可怜，翻了个白眼，走出去，在午后温暖的阳光下伸了个懒腰，语气轻飘飘的，"那正好，让他千万别出现在我面前，我一点儿都不想看见他。"

盛千姿走了。

边小凝将手机拿出来，对刚刚录的音频做了一下裁剪，直接发给某人。

她发的那段刚好是——

"因为他根本就不喜欢你，怎么会去找你？"

"是吗？那正好，让他千万别出现在我面前，我一点儿都不想看见他。"

几分钟后，有信息传进来，内容却只有一个字："滚。"

边小凝被惊了一下，完全没想到顾绅哥会是这样的态度，抓着手机，一不小心发了一个字过去，却接收到已被对方拉黑的提醒。

边小凝气得差点儿把手机给砸了。

盛千姿返回剧组，宋璎正坐在那儿吃饭，她的对面还摆了一把椅子和一盒午餐。

看见盛千姿回来，宋璎忙招手："千姿姐，快过来吃饭。"

盛千姿没多想，走过去，如往日般掰开筷子夹起牛肉吃了一口。

今天的菜是一点点牛肉和蔬菜，外加一个鸡蛋，跟平时的饭菜不一样。

宋璎吃的是剧组正常的伙食，一碗饭，两菜一汤。

昨天盛千姿吃的也是这样的，只不过为了避免浪费，她会和宋璎一起吃一盒，因为她吃得不多，什么都吃一点点，吃个三分饱，再喝一口汤就够了。

宋璎是那种吃不胖的小姑娘，不怎么刻意减肥，匀一点儿给盛千姿后，剩下的分量刚好够她吃饱。

可今天是怎么回事？

"我怎么会有另外一份啊？"

宋璎笑着说："这是酒店送来的，我帮你拿来这里啦。"

"又是酒店送来的？"盛千姿越发迷惑。

"对啊！"

难不成这也是助理去订的？

陈芷珊最近在改善她的伙食吗？

好久没见到陈芷珊，盛千姿这才想起来跟她聊几句，用微信发了条语音消息过去，问："你现在帮我改善伙食，连声招呼都不打？害我吃得一点儿都不安心。"

陈芷珊正忙，还没回复。

盛千姿将手机搁在一边，却有点儿期待陈芷珊的回复。因为她在试探，如果陈芷珊不知道这件事，那今天的早餐和午餐到底是谁订的就有待调查了。

刚刚边小凝还说顾绅来了。

难不成是他？

可这算什么？

上一次齐炀和顾绅来捣乱，害得盛千姿和宋璎没有正式尝到那家日料店的美食，光顾着给他们点甜品了。

今天导演说可以早点儿收工，盛千姿和宋璎约好再去那家日料店试试。

她们驾轻就熟地走进店内，直接去上次偏僻角落的四人餐桌，一坐下便开始看菜单，讨论吃什么。

演员嘛，要有职业素养，由于电视剧还没杀青，她们点得不多，只是选了几个两人都喜欢的菜式各点了一小份，每样都试一点儿。如此一来，罪恶感也不会太大。

服务员从木质柜台上拿了两个干净的杯子，分别给她们倒了酒，介绍说："两位小姐可以先尝一下我们店新出的梨子酒。这种酒也是我们师傅家乡的特产，他对这种酒的制作特别上道。"

宋璎听到"上道"二字笑了。

盛千姿端起酒杯尝了一下，这种酒果然又酸又甜，酒味不是很浓，特别适合女生喝。

"那就来一瓶吧。"

"好。"服务员把梨子酒记录在点餐器上。

十分钟不到，菜和酒陆陆续续上齐，价格虽然偏贵，但分量不少，烹饪得尤为精细。

宋璎吃得开心，脸颊一鼓一鼓的，想起之前在这儿发生的事，笑着问："千姿姐，你还记得之前你的朋友来看你，我们也是在这儿吃饭吗？"

"记得啊，怎么不记得？"盛千姿抿了口酒。

"对了，"宋璎想起一件事，不知道该不该告诉她，犹豫了一会儿，"昨天……我好像看见他了，但不知道有没有看错。"

"谁？"盛千姿蹙了蹙眉。

宋璎说："就是上次身高最高的那个。"

顾绅？

盛千姿略感不耐烦，一激动便进出了句："怎么你们都能看见他？"

"我们？"宋璎眨了眨眼，有点儿蒙，一时没懂她话里的意思，"怎么了？我发誓，我真的是无意之中撞见他的，我不会说出去。你们藏得也挺好的呀！说实话，要不是我在影视城撞见他，我都不知道你们在一起了，更别说剧组现场的工作人员，你不用太担心，他们不会知道的。"

这下轮到盛千姿蒙了。

这话什么意思？

他们什么时候在一起了？

她逐渐平静下来，意识到自己刚刚的情绪有些问题："你瞎想什么呢？我们没有在一起，我这几天根本就没见过他，好吗！"

"啊？"宋璎不理解，"上次吃饭的时候，我看你们的状态就感觉他对你有意思，而你也不是全无感觉，我还以为经过这一个月，你们也该在一起了，现在看来是我理解错了。不过你应该是喜欢他的吧？对吧？我一直觉得你们挺般配的，无论是颜值还是气场都很搭，一个特别漂亮，一个特别帅。"

"帅？"

是啊！顾绅那一身的气质和外表能甩别的男明星几条街，同样是接近 30 岁的人，连《秋酿》的男主演站在他面前，都要逊色几分。

要不是他足够好看，足够优秀，她这个"外貌协会会长"又怎么会对他一见钟情？

可帅有什么用呢？

盛千姿抚了抚额头，不知道该怎么跟她解释："还行吧。有些人，你不能只看外表，要看内在。"

"他内在不好吗？"宋璎将一块寿司喂进嘴里，"他是做什么的呀？"

"医生。"

"这还不好啊？"宋璎迷惑了，"这种职业都是为人民服务欸。"

"为人民服务又怎样？还不是个骗子？"

"骗子？"宋璎细细想了想，"我怎么感觉你对他敌意很深啊，你们有过节儿？"

"有啊！"

盛千姿应得干脆，像是积怨已久，说着说着便打开了话匣子，酒也越喝越多，渐渐有些神志不清了，只是低喃道："我跟你说，你千万不要告诉任何人。"

"什么？你是不是喝醉了呀？"宋璎试图抢走她的酒杯，不让她喝，奈何手速不够快，看着她一杯干了下去。

完了完了。

宋璎感觉自己闯了大祸，早知道在盛千姿说要一瓶酒的时候就阻止一下了。

现在说什么都太晚了。

"你先答应我，千万不要告诉别人。"

"什么呀？你能不说吗？我怕我忍不住说梦话，告诉别人了。"

盛千姿瞪她一眼："不能。"

"好吧，好吧。"宋璎决定努力一把，帮她保守一下秘密，"我不会说出去的。"

"我跟你说……"盛千姿打了个嗝，迷迷糊糊地眍着眼，还不忘说话，"他就是一个十足的大骗子，他骗了我。"

"骗了你？"

"对，他就是骗了我……可他为什么要骗我？我曾经那么喜欢他，他说他没有恋爱计划，可没过多久就告诉我，他有喜欢的人了。既然有喜欢的人，那为什么不早点儿说清楚，他说清楚，我还会纠缠他吗？"盛千姿生着闷气，隔了那么久，终于憋不住，吐出了自己的心结，"那时候的我就像个傻子，在他周围转啊转，居然还傻傻地等他。"

女生在情感方面的共情能力比较强，宋璎一听就沉默了，瘪了瘪嘴，觉得这种事确实挺让人难受的："原来他是这样的人，表面根本看不出来。我还以为他很优秀，你们互相喜欢，只是没有戳破那层窗户纸罢了。"

"你当然看不出来。我跟你说，千万不要相信男人的鬼话，没几句是真的。他不喜欢你，还享受你追求他的感觉，享受这种虚荣，要不是我打不过他，我见他一次打他一次。"

宋璎第一次瞧见这样醉醺醺的盛千姿，笑了笑。

她还没说话，便听见身后有服务员说了句："你好，先生，麻烦让一让。"

宋璎下意识地往后方瞥了眼，看见盛千姿口中骗了她的男人，穿着初春深色系的风衣，站在身后静静地看着她。

宋璎有些恍惚，惊了一下，不知道他是怎么找来的，也不知道他是什么时候来到这儿的。

他来了多久，听到了什么？

只一瞬间，场面立马变得尴尬起来。

宋璎不太善于处理这种事情，也不知道此刻应该说些什么，张了张嘴，沉默片刻，只能小声说："她刚刚喝了酒，醉了，有点儿不清醒。你什么时候来的？"

　　男人走过去，随意说了个时间："大概两分钟前。"

　　"两分钟前？"

　　宋璎无聊地计算了一下，也就是在盛千姿说"千万不要相信男人的鬼话"的时候他出现了。

　　这可真巧！

　　那他知道她骂的人是他吗？

　　宋璎跟盛千姿比较熟，内心肯定是向着盛千姿的，如果那男的真的伤害了她，骂骂他也应该，打就不用了，毕竟现在是法治社会，打人犯法。

　　然而她没想到，盛千姿刚说了要打人，立马就付诸行动。

　　这个位置可以坐四个人，四人两两相对而坐。

　　顾绅不可能坐在宋璎旁边，只能去盛千姿那边坐下，她正醉着，估计也干不出什么奚落他赶他走的事。

　　结果他刚坐下——

　　啪！

　　宋璎一瞬间很想戳瞎自己，或者让自己忘了刚刚那一幕。

　　盛千姿不知抽了什么风，抬起手，没有半点儿犹豫，一个巴掌就甩了过去。

　　她还真是……见一次打一次！

　　偏偏男人没躲也没逃，硬生生受了下来。

　　服务员以为发生了什么事，侧目望了眼。

　　虽然她力气不大，对男人没有造成什么实质性的伤害，但在大庭广众之下莫名其妙地被扇耳光，对一个男人的尊严也是极大的摧残。

　　宋璎睁大了眼睛，以为顾绅会生气。

　　殊不知，他咬着牙深吸了口气，内心生出一种被她折腾得抓心挠肝又不知道怎么办才好的情绪，除此之外，并无任何异色，也没有丝毫不悦，抓住她的手，让她乖乖地在旁边坐着。

这……挺让宋璎震惊的，也让她对他的印象有了一些改观，他好像并没有想象中的那么坏。

她没什么好说的，这两个人一个愿打，一个愿挨，别人之间的私事，她一个外人操心什么呢？她坐在这里就像个电灯泡，尴尬极了。

晚餐吃得差不多了。

夜幕降临，窗外夜色弥漫，月亮躲进云层，透出淡淡的光。

盛千姿有胃病，前段时间还严重地发作过，其实是不能喝酒的，酒中含有大量的乙醇，会刺激胃肠道的黏膜，引起黏膜破损、水肿、充血与糜烂，让之前的调养功亏一篑。

宋璎对盛千姿的病了解得不深，只隐约知道她胃不舒服，朋友之间有时候很难注意到这些细节。

但顾绅不一样，他是医生，也是喜欢她的人，看见她喝醉，下意识地想到的就是她的病。

他低声问了句："你们这儿附近哪里有药店？"

"怎么了？"

"她的胃有点儿问题，她喝了酒，等会儿肯定会难受。"

宋璎这才猛地想起来："对呀，她有胃病。对不起，对不起……我没想到这些……我忘记了……刚刚应该阻止她喝酒的……"

顾绅没怪她，哪有资格怪她，连盛千姿本人都忘记这回事了，大概是觉得距离上次住院过了好几个月，以为没什么事了，开始放飞自我了吧。

宋璎年纪小，对很多事情不是很懂，尤其是对场面的掌控能力不佳。

顾绅一出现，她莫名地就开始信赖起他来。

他说："你看着她，我去买点儿东西。"他顺便问了她这里最近的药店大概在哪个方位。

宋璎瞄了眼时间，想了想："不如这样吧，你告诉我要买什么，我去买。我知道药店在哪儿，挺难找的，尤其是现在天黑了，就更难找了，我速去速回。"

宋璎刚准备走，又折回来，咽了咽口水，郑重地问了几个问题："你能回答我几个问题吗？你就是她口中的'骗子医生'，那个骗了她的男人，没错吧？"

见他点头，宋璎又问："你有别的喜欢的人吗？"

男人皱了下眉。

宋璎怕他误会，解释道："不是不是，我不是那个意思，不是我问你，是我替她问的。所以……有吗？"

顾绅盯着盛千姿茫然的脸，心顿时一软，勾了勾唇："没有。"

"那你为什么要骗她说有啊？奇怪……"宋璎知道这是他们之间的私事，也不好过问，只是嘀咕了一下，"行吧。你应该不会伤害她的吧？"

"你觉得我会？"顾绅反问了一句。

宋璎挑了挑眉说："我不知道，但是我想告诉你的是，你刚刚回答我的话，我已经录音了。"她晃了晃手机。

顾绅挺意外的，却没说什么。

"如果你伤害她，我就报警，顺便把录音证据给警察听。"宋璎继续说，"如果你不伤害她……我也可能会发给她听，你有意见吗？"

顾绅没意见："求之不得。"

他最怕的是盛千姿不信他的真心。

宋璎离开后，盛千姿闹腾了一阵，又乖了，两只手放在桌面上，也不嫌脏，把脸靠上去，安安静静地趴着。

顾绅低头看她一眼，觉得她这个样子很熟悉，似乎在什么时候见过。

他想了片刻，终于想起来，是那个告白的夜晚。

那是他第一次看见她喝醉酒的样子，明明站都站不稳，却还是努力地走到他面前，跟他说了一堆真心话。

盛千姿盈盈含泪的双眸望着他的眼睛，像是要深深地看进去，一刻都不舍得挪开。

与之前告白时的她相比，那一次的她眼中并无期待，也无任何光芒。

哪怕他喊她"千姿"，她的眼睛依旧是暗淡的。

是因为心死了吗？

顾绅伸手捋好她凌乱的头发，望了眼桌上的一片狼藉，低低地问："吃饱了吗？"

盛千姿歪着脑袋，盯着他的下巴，跟梦游似的，慢吞吞地说："不吃了，不吃了……再吃就成猪了。"

顾绅问："成猪了吗？"

她猛地坐直身子，将手伸下去，想揪起衣摆瞧一瞧自己的小肚腩，不料中途被某人按住了手，动弹不得。

盛千姿不悦地瞪他一眼，低声警告："放开我。"

"要做什么？"

"我就检查一下，最近是不是胖了。"

顾绅感觉头痛。他其实挺不明白为什么女生对体重这么执着，宁愿不吃饭也要瘦下来。在他看来，她无论胖瘦，他都能接受。

为了避免她做出一些奇奇怪怪的举动，顾绅连她的手都不敢松开，像看小孩似的时刻盯着。

盛千姿拼了命地要将自己的手拽出来，奈何力气没男人大，怎么使劲儿都行不通，气得不行，快哭了："你放开我，快放开我！谁允许你碰我的？你是我的谁啊？我手疼，被你弄疼了。"

其实顾绅根本没用多大力，但她喊疼，他又不可能置之不理，认命地松了一点儿。她迅速抽出一只手，唇角勾起，凶巴巴地又想打他，手被顾绅拦在半空。

他有些无奈，却又觉得现在的盛千姿可爱得不行："不怕疼啊？乖，别闹。"

"不疼啊！"她看了眼自己的手心。

顾绅也跟着低头看，见她手心的红色已经消去一半了。

怎么可能不疼，刚刚那一巴掌，她简直使出了全力。他没什么感觉，但那会儿她的手心是红通通的。

时间越来越晚，已经快到晚上 8 点，再晚些，这里就会出现许许多多多回房间休息或出去逛影视城的行人。

酒店大堂人来人往，进日料店吃饭的人也渐渐多了起来。

盛千姿是公众人物，以前他不懂娱乐圈，可自从认识她之后，深知网络环境复杂，所以他们不能待在这儿了，被偷拍的话，微博舆论会纷纷指向她。

顾绅把盛千姿挂在椅子靠背上的外套拿下来，摸到里面的房卡，上面标着 1011 号房。

他扶着醉醺醺的女人艰难地走出日料店，酒店门口进来几个路人，许是觉得男人身旁的女人很眼熟，偏头多看了两眼。

顾绅动作迅速地将盛千姿的头扳去另一边，用高大的身体挡住她，才避免了一些不必要的麻烦。

他想来想去，觉得这样不是办法。

电梯间必定会有许多人来来往往，如果他将她扶上去，没被偷拍还好，要是被偷拍了，明天新闻估计就爆了，但她的房间在十层，从楼梯间走上去也不切实际。

顾绅心念微动，将身上的长风衣脱下搭在女人身上，连她的脑袋也盖得严严实实。

他身高一米八七，盛千姿一米七二，他们的身高差距不算明显。

所以被男人的风衣从脑袋盖下来，她依旧露着纤细的小腿，两只袖子在耳朵边晃呀晃，看上去特别可爱。

“干什么？”女人不懂他什么意思，也不想盖住自己的头，要把风衣扯开。

男人又将它弄好，低声哄她：“我知道你肯定不想跟我一起上话题榜，被人讨论。你不是说，我会降低你的形象吗？”

“降低我的形象？”女人皱眉看他，想了想他话里的意思，顺便探究地扫他一眼，觉得有道理，“对啊！你那么丑，当然降低我的形象啦。”

顾绅垂下眼帘，勾唇笑了下：“那你就乖点儿，藏好自己，嗯？”

“丑的是你，不应该是你藏吗？”

盛千姿不懂，噘了噘嘴，还是不乐意干这事。

“你说，我说得有没有道理？”

“有道理。”她怎么这么可爱，顾绅好气又好笑，跟她讲道理，“可我要背你啊！我不仅要背你，还要看路，盖着脑袋看不了路，知道吗？"

顾绅帮她再次弄好风衣，见她睁着一双黑白分明的眸子，一派天真，有一瞬间觉得自己在骗小孩，特无奈："你不想睡觉啊？我背你上去，很快就可以睡觉了。"

一听"睡觉"二字，女人眼睛都亮了，揉了揉眼，确实是有点儿困了，拍他一掌，像赶马一样催促："那你快点儿啊，还不给我蹲下？"

她仿佛高高在上的女王，吩咐着自己手下的用人，不允许他有一丝一毫的马虎。

顾绅闭了闭眼："行。"

他刚蹲下，女人便像只猫一样扑上来，圈住他的脖子，手臂没个轻重地卡在他的脖子上，差点儿将他勒到呼吸困难。

顾绅轻咳了两声，想让她松松劲儿，让他缓一缓，但又不舍得再要求她什么。

她安静地趴在他的背上，清淡好闻的香水味儿和梨子酒的味道萦绕在他周围，呼吸似有若无地喷在他的耳边。

他身上的重量不轻，但他觉得一点儿都不重，因为那是她的重量。

顾绅拿起她的包，双手圈过她的膝盖，将女人托稳了，刚走两步。

宋璎气喘吁吁地买完药从门外走进来，差点儿就要跑进日料店了，又狐疑地退了两步，看见顾绅背着个人站在大堂。

顾绅也看见她了："回来了？"

宋璎嗯了一声，呼吸有些急促："影视城内的药店没有，我快速跑出去买了。这是千姿吗？你盖着她做什么？"

"人太多。"

他视线落在前方，升降电梯前聚集了五六个人，要是他明目张胆地背着盛千姿过去，绝对会很引人注目。

毕竟盛千姿知名度高到连圈外人都知道，一看她的脸便能反应过来，这是那个《倾城绝恋》的女主角，上网一搜，就全明白了。

这样的话，明天她必会成为别人茶余饭后的八卦谈资。

宋璎觉得有道理，但又贴心地给她掀开了个缝隙透气。

顾绅背盛千姿进电梯，宋璎按了第十层，下电梯后接过房卡，打开房门，让他背她进去。

这是他第一次走进女生房间，虽然只是酒店的，但好歹盛千姿也在这儿住了几个月。

房内有些凌乱，玄关处摆着几双高跟鞋和板鞋。

踩着软绵绵的地毯，顾绅走进里面，将盛千姿放倒在床上，让她的脑袋安安稳稳地落于枕上，又扯过一旁的被单给她盖好。

顾绅望了眼周围，床上胡乱摆放着好几本被翻到边角卷起的剧本，还有荧光笔、记号笔；二三十瓶护肤品、化妆品堆在书桌一角，也是乱到不行。难以想象，她平时是怎么生活的。

宋璎去倒了杯水过来，一边掏药一边问顾绅："现在就让她吃吗？"

顾绅点了点头，帮忙把盛千姿扶起来，可下一秒，女人抓着他的手臂，从床上滑下来，猛地跑进浴室，难受地对着马桶干哕。

顾绅神色微动，跑进去看她几眼，意识到是什么状况后，镇定地拿了杯温水过来，一边顺着她的背，一边将水递过去。

"漱一下口。"

女人难受地皱起了眉，含一口水，正要咽进去，听见他温柔的嗓音："乖，别喝了，吐出来。我再给你倒一杯。"

盛千姿看着他，眼泪不知为何突然从眼角溢出，盈满眼眶，她是被难受哭的，不只是因为醉酒……等她漱完口，顾绅又倒了杯水给她，让她吃下药，她才渐渐消停。

盛千姿躺回床上，快睡着的时候，顾绅已经走了。

明天早上有手术，他不得不回去补觉。

次日醒来，盛千姿对昨晚的事情只有模模糊糊的记忆，记得顾绅好像来过，照顾了她一会儿，也是他将她送上来的。

那他现在人呢？走了？

她是洪水还是猛兽啊，他连正式见她一面都不敢？！

盛千姿起床去现场拍戏，到了中午才看到陈芷珊给她回复的微信:"谁给你改善伙食了? 我没有啊! 你不是一直跟剧组一起吃的吗? 怎么, 想让我给你专门准备? 可以啊! 你以后提要求能直接点儿不? 别那么委婉, 我看不懂。"

盛千姿翻了个白眼:"好啊! 我要专业的营养师搭配的营养餐。"

陈芷珊:"没问题, 我宠你。"

既然饭不是陈芷珊订的, 那就是另一个人了。

盛千姿咬着唇, 托腮犹豫了一会儿, 最终还是打开短信, 给顾绅发了两条信息。

盛千姿:"以后不要再给我订餐了。"

盛千姿:"我拒绝了。"

其实她前几天就去酒店那边婉拒了送餐, 相信酒店负责人也会很快联系订餐的人, 做好退款工作。

因此她也没必要隐瞒什么。

顾绅似乎这会儿并不忙, 很快便回复了短信:"我只是怕你胃不好。"

他承认得很痛快。

盛千姿果然猜对了:"胃不好, 我会自己想办法解决, 去看医生, 去吃药。我有经纪人, 有朋友, 我过得很好, 并不需要你这突然的关心。你让我很有负担, 你知道吗? 虽然我不知道你的目的是什么, 但希望你以后不要再这样做了。"

顾绅在那边仿佛被气笑了:"我的目的是什么, 你不知道?"

盛千姿笑了下, 反问:"我会知道?"

他跟边小凝不清不楚, 还没解释清楚, 就想来追她, 找死!

顾绅是真拿她没办法。许是隔着一个屏幕, 用冷冰冰的文字根本说不清那些复杂的事, 他打了个电话过来, 盛千姿很坦然地接了。

顾绅绕去办公室门口关门, 靠在桌边, 深吸了一口气, 直入正题, 也明白该说些什么:"那天晚上我确实骗了你, 那是因为我觉得我给不了你什么, 也不想伤害你。"

这是他当时的真实想法。

顾绅继续说:"但我现在说的每一句话、每一个字都是真的。边小凝是齐炀带来的, 我11点多才回公寓, 站在门口连鞋都没换, 你就来敲门了。"

盛千姿起身，走到阴凉偏僻的地方，避免被人偷听，话筒中传来的音量也压低了些，但依旧很清晰，甚至都能听到他的呼吸声。

她认真回想了一下，那天晚上，顾绅确实是穿得很正式，白衬衫、西装裤和皮鞋。

在晚上接近零点时还穿成那样，的确很不正常，所以他应该没撒谎。

盛千姿背靠墙，低头沉吟了片刻，感叹了一下，只是觉得，哦……事情原来是这样的啊！

所以他解释清楚又能怎么样呢？

她那段时间所有的难过就可以一笔勾销了吗？

她就像一个宠物，他不喜欢时就永远一副冷冰冰的面孔，喜欢的时候又来关心她、照顾她。

万一他又不喜欢她了呢？就一脚踢开？

盛千姿问："然后呢？"

"我没有骗你。"顾绅停了一秒，接着说，"我喜欢上你了，以后都不会骗你了。"

盛千姿耳根微热，明明他不在身边，只是话筒贴着她的耳朵，耳朵莫名其妙就发烫了？其实她有点儿讨厌这样的自己……

盛千姿心跳漏了一拍，嘴角不自觉地翘了翘："哦。"

这个"哦"字真的很精妙，与"已阅"有异曲同工之妙，让人摸不出态度，猜不透意思，不知道要表达什么，冷冰冰的，就像一盆冷水，将煽情的气氛迅速浇灭了大半。

在扎人心方面，盛千姿的段位真的很高，得亏顾绅心理素质不差。

顾绅笑着问："哦什么？"

盛千姿说："我知道啦，我相信你。可是你喜欢我我就一定要喜欢你吗？"

顾绅叹了口气："确实……没有这个道理。"

盛千姿煞有介事地点了点头："那不就是了？我目前没有恋爱计划，顾医生。所以你懂了吗？"

"我在拍戏呢，我们还是不要说那么久了，免得被媒体拍到我在角落打电话，产生误会。"

顾绅顿了下，直接愣在了那儿："行。"

他没想到，自己曾经说出去的话，被她一遍又一遍地还了回来。

这小姑娘就是料定了他不会跑才如此肆无忌惮，事实上他还真不会。

"嗯。"盛千姿现在很得意，因为报仇了，她很开心，"那我挂了。"

"千姿。"临挂电话前顾绅又喊了她的名字。

这两个字他好像已经喊习惯了。

盛千姿也没想着去纠正什么："怎么了？"

顾绅问："所以……我可以追你的吧？"

这一次盛千姿不回答了。

他以前不是很喜欢不回答别人的问题吗？不答应又不拒绝，那她也一样，直接挂了电话，留给他几声嘟嘟声。

挂了电话，盛千姿心情甚好地返回剧组。

有人说过，当一个女人从爱情里走出二分之一或三分之二时，她就完完全全成了这段爱情的一个局外人。她会将那一段过往认认真真地回忆和剖析一遍，进而分析出失败的原因，再去劝自己"我和他不会有结果的""就算在一起，也不合适"，强迫自己走出那剩下的二分之一或三分之一。

当她彻底说服自己，产生一种释然的情绪，并且准备或已经踏入新生活后，再有人试图将她拉回那场失败的爱情或单恋，她就会变脸。

她不再是以前那个不顾一切、带着满腔热血，甚至不求回报地去付出、去喜欢的女孩。她会用理性的眼光去看待和处理问题。

以前因为喜欢你，她会不顾一切地奔向你，不管你们有没有未来，会不会分开。现在，她会考虑和你在一起后，结局是好是坏，若是坏的，她宁愿趁早离开。

以前因为喜欢你，她可以包容你性格上所有与她相反的属性。现在，她会考虑你们性格相差那么大，会不会不合适，如果不合适，她宁愿不再回头。

以前喜欢你的时候，她可能只是个陷入爱情的小女生，现在，她是渴求对等付出的理性女人。

盛千姿之所以拒绝顾绅，并不完全是在报仇，也有对这段感情的不确定。

因为不确定，所以她没有安全感。

她也不想草率地去开始一段恋情。

盛千姿挂了电话，什么都没说，顾绅权当她默认了。

第二日，他便开始了直男式的追求行动。

他人倒是没来，花却没停过，花店的人忽然送来一束花，点名是给盛千姿的。

助理帮盛千姿接收，捧去休息室给她，是一束粉紫色的木剑锦葵。

这是一束毫无特点的花，不及牡丹高贵，不及玫瑰艳丽，也不比水仙芬芳，细小的花瓣稍稍舒展，花蕊藏在中央，虽不突出，其实看久了也挺耐看。

助理笑着问："是粉丝打听到了这里，给你送花吗？"

"应该是吧。"

盛千姿心中有了怀疑的人选，但没太在意，她正准备将它放在一旁，才注意到花束中央藏着一张精致的卡片。

许是怕它在运输过程中丢了，又或许是里面有什么话只想给她一个人看，那人把卡片藏得特别深。

盛千姿摊开卡片看了眼。

卡片干干净净，没有花里胡哨的花纹，没有署名，只有简单的三个字："对不起。"

瘦金体没那么潦草，看得出来这是某人一笔一画认认真真地写的。

盛千姿无语地勾了勾唇角，心想：难怪这花那么丑，果然是他的手笔。

她的想法刚生出，有个化妆师走进来瞧见这束花，似乎知道这是什么，凑过来闻了闻，特别喜欢，八卦地问："千姿姐，你恋爱啦？"

盛千姿一头雾水："什么？别乱说，就一束花，我恋什么爱呀？"

"这你就不懂了。"化妆师意味深长地说，"如果有人送你红玫瑰，我或许还能猜到是谁在追求你，但这花不一样。"

"哪里不一样？"她是真的看不出来这花有什么特别。

"这花叫木剑锦葵啊，网上出了名的道歉花。"

盛千姿眼眸动了动："道歉花？"

她不懂。

"对呀！"化妆师说，"之前我和我男朋友因为一些事情吵架分手了，然后他来求和，送了一个月这种丑花给我。刚开始，我还以为他故意整我，存心不让我好过……"

"还有送花整人的啊？"助理站在一旁，笑了。

盛千姿问："然后呢？"

"然后我气不过，有一天就爆发了，拿着那束花去敲他家的门，把花直接扔在他脸上，他当时莫名其妙，不明白我为什么这么做。后来他跟我说了我才知道，这花是送来道歉求和的。我真的无语了，这还有更隐晦的道歉方式吗？连个卡片都不写，好歹写个卡片告诉我这是什么意思啊！"

盛千姿捏着手上的卡片眨了眨眼，最后把它藏进口袋里。

助理笑得上气不接下气。

化妆师继续说："然后我上网搜了一下，发现这花的花语挺可爱的，叫'别嘬嘴'。其实送花的人就是想跟你说他认识到自己的错误了，对不起。"

接下来几天，盛千姿接连不断地收到了各种花。

幸好，与化妆师不一样，她收到的花，每天都不重样。

第二天，盛千姿收到的是一束夹着两朵红玫瑰的黄玫瑰，里面的卡片还是写着"对不起"。

又有人调侃盛千姿："怎么还是道歉的花啊？千姿姐，你生谁的气了？"

黄玫瑰比木剑锦葵的意思更明显，是专门送给女友和情人道歉的。

只不过黄玫瑰里面掺了两朵红玫瑰，估计是另一番寓意，或者是某人怕她看见单调的黄色心有不悦，来两朵最经典的红色爱情花中和一下。

第三天，盛千姿收到的是黄色郁金香，花束里面的卡片又是写着"对不起"。

盛千姿也不等别人告诉她了，自己上网查，这花竟然也有道歉的含意。

搞什么啊？他在道什么歉？

盛千姿想不明白，他难道是因为之前骗了她，所以道歉吗？

想道歉，他为什么不亲自来？

盛千姿没想到顾绅像会读心术一样读懂了她的想法，下午，真的亲自来到了现场。

彼时，她正与尤恺在树下拍一段有许多肢体接触的感情戏。她靠在树边，尤恺抵着她，远远看去，就像是要亲下去似的。

盛千姿补妆时，无意间瞧见导演旁边坐了个人，那人个子很高，气质清冷独特。她一眼就认出来，那是顾绅。

他为什么坐在那里一副很悠闲的样子，还跟导演那么熟？

后来，盛千姿听人闲聊才知道，《秋酿》招商的时候，顾氏集团的影视分公司参与投资了。

顾珩是《秋酿》的出品人，那顾绅就是《秋酿》的半个出品人，因为顾爷爷对两个孙子很公平，顾绅在顾氏集团的股份一点儿也不少。

她当然不会自恋地以为顾珩是因为她才投资《秋酿》的，这部剧潜力很大，属于正统的古装权谋剧，不会逻辑混乱，有专业的编剧和导演团队，制作精良，几乎全是实景，火的可能性很大。

拍摄结束，盛千姿走过去想要喝一杯水，孰料助理递给她一杯茶。

盛千姿抿了一口，发现是乌龙茶。

这茶是顾绅带来的，可以清热去火，性平，夏天喝刚刚好。

导演吮喝着说："最近天气有点儿热啊，大家过来休息一下，喝杯茶。"

盛千姿见大家都喝了，她也喝，一边喝还一边玩手机，靠着椅子，小腿晃晃悠悠的，闲适又惬意。

一个长得挺清秀的男演员拿着零食过来跟盛千姿分享，她接过，礼貌地说了声"谢谢"。

顾绅往后看了眼，视线落在男演员身上，略有不善。

盛千姿瞪过去，他想干吗？

顾绅收回视线，导演在跟他说话："今天来现场看，觉得怎么样？"

接着导演又很闲地对一个外行人说了一堆关于拍戏的事。如果是其他人听见这些，估计会感叹一声：哦……原来电视剧都是这样拍出来的。

但顾绅没什么表情，淡定地喝了口茶："挺好的。"

他身上有一种很奇怪的气质，这种气质顾珩也有，明明他不是顾氏集团的掌权人，只是顾家的二少爷，与导演也是平等的地位，不知不觉间，总会让人有一种他身处高位、清冷独特且不自觉臣服的感觉。

这种感觉是自然而然的，可能顾家人都有这样的特点吧，毕竟顾家在临江也是个大家族。

"快杀青了，最近的戏份不是很多，演员都比较轻松。"导演怕他误会，尽力解释着，"平时都不是这样的，经常早上五六点起床，凌晨收工，大家都很敬业。"

"没事。"顾绅察觉到他的紧张，笑了下，淡淡地道，"我就过来坐坐，随便看看，顺便探班……"

"探班？"

一般人说探班，都是意有所指，就是不知道这位探谁的班。

顾绅干脆挑明了说："嗯，那个……我是盛小姐的粉丝。"

这还挺傲娇啊？简直把害羞诠释得淋漓尽致，现场听到的人都蒙了，这这这……顾氏集团的二少爷竟然追星？还喜欢盛千姿？

这是什么惊天大新闻！

盛千姿抬起头，愣了愣，突然成了全场瞩目的焦点，他还冲她笑，搞什么？她莫名被公开调戏了一把。顾绅是她的粉丝？他还真会编！

导演笑了，趁机给他介绍："来来来，千姿，介绍一下，我们《秋酿》的独家赞助商是顾氏集团，这位是顾先生。"

导演的意思就是顾绅是剧组的投资人。

顾绅真是越来越高调了，顾珩还没说话，他这个弟弟倒开始招摇过市。

那她就陪他玩玩。

盛千姿故作乖巧，坐直身，装不认识："你好，顾先生，初次见面。我是盛千姿。"

顾绅挑了挑眉，伸出手："好久不见。"

她刚搭起的台阶，他瞬间给她拆了。

盛千姿明白了，顾绅在整她。

导演问："你们认识啊？"

盛千姿说："不认识。"

导演蒙了："那……这……？"

顾绅一愣，解释说："有一些交情，可能盛小姐已经把我给忘了。"

"的确是忘了。"盛千姿撇了撇嘴，"大概是顾先生长得不太容易让人记住吧？我脸盲……"

旁边的助理震惊了一下，这还是她第一次见女演员怼投资人，这两人有仇吗？

就顾先生这种长相，还叫长得不容易让人记住？人家气质已经超凡脱俗了，干干净净又禁欲绅士，辨识度极高，出道都没问题。

顾绅一点儿都不计较她的无礼："抱歉，是我的错。但我对盛小姐仰慕已久……"

盛千姿看着他："喀喀……"

这连环告白，他害不害臊？

导演是个精明人，一看就知道这两人肯定很熟，突然不知道该怎么接话了。既然他们装不认识，那他也不拆穿："既然顾先生这么喜欢千姿，想必今天是专门来看她的吧？千姿，跟人握个手。"

盛千姿有些不情愿，却还是照做，握完手后，去了趟洗手间。

随后她收到了顾绅的短信："我在影视城门口等你。"

盛千姿问："干什么？"

顾绅："齐炀生日，接你回去。"

对呀！今天好像是齐炀的生日，她居然给忘了。

原来他亲自过来是有目的的——给她当司机。

盛千姿走进隔间，刚用完，正打算冲水出来。

好巧不巧，有几个女生一边聊天一边进来洗手，在盥洗台旁聊得正起劲儿。

"听说边小凝混了个女一号？她是什么来头，怎么拿到的？就她那种要人气没人气，要演技没演技，连背景都没有的人，居然能拿女一号？"

"好像是诚悦的剧，诚悦以往的剧评分都挺高的。会不会是她妈搞的资源啊？她妈可是顾宜欣啊……"

"怎么会？顾宜欣最不喜欢的就是演员，当年边巍奕出轨的小三就是一个十八线小演员，将边巍奕当成了靠山，谁知道那男的还是个吃软饭的货色。现在顾宜欣的女儿当了演员，啧，真是……狗血，这都可以写成连续剧了。"

"真的假的？"

"前几天的事，据说她已经吊着人家老总很久了，前几天才答应的，估计是受了什么刺激吧。"

"你怎么知道？按理说这些东西想爆出来很难啊！"

"想知道还不简单？诚悦老总就没想瞒着，反正人家离了婚，公开场合……"那人险些说不下去，"不说了，太恶心了。边小凝那么弱，豺狼随时随地发情，边小凝能扛得住吗？"

盛千姿听到这事震惊了一下，边小凝为什么要这样做？

为了区区一部戏出卖自己，真的值得吗？

盛千姿想起那天在洗手间碰见边小凝，她说她拿到了女一号，这女一号就是这么得来的？

盛千姿有一瞬间觉得是自己刺激了她，有些闷闷不乐。

盛千姿收拾好东西，去影视城门口找顾绅，却没想到竟然在这儿目睹了刚刚在洗手间被人谈论的香艳一幕。

果真如那些人所说，诚悦老总真没打算瞒着，影视城门外的公共临时停车场停着一辆迈巴赫，边小凝和一个年近40岁的男人在里面。

盛千姿挪开了眼，不想再看下去。

过了几分钟，边小凝下车，瞬间跟换了个人似的。边小凝没发现她，眼睛往右侧看，紧紧地盯着那儿，不知道在看什么……

盛千姿也下意识地顺着边小凝的视线看过去，正好瞧见刚从一辆纯黑色劳斯莱斯上下来的男人，他穿了深色系的上衣长裤，修长的腿迈出，往她的方向走，与她的距离越来越近……

仿佛旧事重演，三个人又撞到了一起。

这一次他毫不犹豫地走向她，握住她的手腕，带她往车的方向走，语气自然又温和："刚刚按了几次喇叭，怎么没听见？你不仅脸盲，连车也盲？"

他这是什么态度？

盛千姿回过神，提醒他："在这里按喇叭是要被罚款的！"

其实她是胡诌的，她也不知道。

顾绅愣了愣，勾唇笑了："行，我记住了。"他握着她手腕的手没有任何松开的迹象，盛千姿也毫无察觉。

"走了。"

"顾绅哥。"两人没走几步，边小凝站在一侧，喊住他，眼眸里带着深深的眷恋之情。

顾绅没理她，她又喊了一遍，还说："对不起。"

盛千姿眯了眯眼，感觉她的处境很尴尬，但她真的……很想看戏，想看看顾医生会怎么处理，想看看这结果……会不会让她满意。

不知不觉间，她好像对某人已经有了很大的信心。

顾绅不耐烦地垂眸，有些不悦，拉开副驾驶座的车门，让盛千姿先上车。

盛千姿看他一眼，想说我不想进去啊！要看戏！

但顾绅一副"我会处理好一切"的表情，让她待在一旁，等着他。

盛千姿也不能表现得过于八卦，只好轻轻地关上车门，撩开耳边的碎发，竖起耳朵，静静地听……

这样竟然真的能听见！

边小凝说："我没想跟你说别的，只是想要你帮我一件事，刚刚的事情，不要告诉我爸爸。"

顾绅顿了几秒，没正面回答，只是作为主治医生，面对病人的家属，公式化地说："边巍奕的手术已经完成几个月了，我最近在准备别的事情，无暇顾及，前段时间申请将他转到了梁医生的手里。既然我已经不是你父亲的主治医生，以后我们就没必要联系了，也不要发一些无聊的东西给我，你有什么问题可以去联系梁医生。"

他就这样快速交代完，不带半点儿感情，也没有正面答应她的请求，只是隐晦地说他们以后不会见面了，自然也不会把事情告诉她爸爸。

边小凝没想到他会这么无情，好歹他们之间也有些亲戚关系。她捏紧了拳头，不甘心地问："为什么？到底为什么？"

顾绅没理她，直接上车。

盛千姿有点儿被顾医生的冷酷吓到了，原来当时他拒绝她，还是手下留情了的。

等到男人坐进车里，她一边玩手机一边调侃："真绝情啊！我发现……有时候你还挺狠的。"

"你不满意？"顾绅一边发动引擎一边问。

这是什么话？

盛千姿才不上他的当，小声问："我只是有一件事情不是很懂……关于你们顾家的，不知道该不该问……"

顾绅没将她当成外人："你问。"

既然如此，盛千姿就不客气了："边小凝不是你家亲戚吗？为什么顾宜欣不要她啊？感觉她还挺惨的，跟舍友的关系不是很好，也潜……潜……"

不说了，她不好意思说出剩下那两个字。

顾绅还以为她要问什么问题，结果就这："因为……她不是亲生的。"

盛千姿被惊到了。

女人有时候真的很八卦，也好奇心爆棚。

顾绅为了满足她，又多说了一点儿："学校里的事情我们管不了，只能她自己去处理。之前爷爷还在劝姑姑将她带回家，现在不可能了。"

盛千姿问："为什么？"

顾绅知道这个问题很敏感，尽量委婉地说："顾家不喜欢这样的女孩。"

盛千姿立刻就懂了，挺无奈的，却思维发散起来："我出道八年了，也在娱乐圈混了八年，我是你们顾家喜欢的女孩吗？"

顾绅没有一丝犹豫："你是。"

"不怀疑我？"

盛千姿在想，假设她之前资源置换过，顾绅也不知道啊，他就不怀疑一下吗？

还是说，他已经将她查过一遍了？

顾绅知道她在想什么，露出一丝得意的表情，笑着问："你很在意我的看法，或者顾家的看法？"

盛千姿嘴硬："不在意，你别多想，我就随便问问。我又不喜欢你……"

顾绅看她一眼："真的不喜欢？"

"不啊！"盛千姿没看他，盯着手机敷衍地答。

"一点儿喜欢都没有？"

"你烦不烦？"

"我相信你。"

"嗯？"

他在说什么？相信她不喜欢他？

盛千姿还没想明白，便听见他补充了句："我相信你不是那样的人，你很聪明。"

"也会好好保护自己。"

齐炀的生日会在酒吧举行。他狐朋狗友很多，虽然嘴是贱了点儿，但为人够义气，朋友请他帮忙，只要不是犯法的事，基本能帮则帮。

所以他人缘特别好。

他的大多数朋友盛千姿都认识。男生聚会一般玩得很开，得亏顾绅一直照顾她，帮她挡酒，看着她，有人调侃得有些过了，也会一记眼神扫过去警告，处处暗示着盛千姿碰不得。

场上还是有不少女生的，盛千盈也在，只是有些闷闷不乐，撑着下巴，一直在吃花生米，什么都不说。玩到中场，盛千姿就和她一起出来了，两人在街上闲逛了一下。

盛家派了车来接盛千盈，司机是刘叔，二十年前就在盛家了，看着她们两姐妹长大。他看见盛千姿，犹豫半响，还是决定问一下："大小姐，要不我送你回去吧？你把你现在的住址告诉我，我就载你到那儿。放心，我不会告诉老爷的。"

盛千盈拉着她的手："就让刘叔送吧。现在天色太晚了，珊姐又不在，里面那些人几乎喝醉了，送不了你，上车吧姐。"

"好。"

盛千姿没理由不答应，勾出一抹笑，拉开后座的车门，上了车。

她并不知道，酒吧二楼的顾绅看着她上了盛家的车，才放心地走回包间。

坐进车内，透过车窗，望着外头一闪而过的车流，盛千姿想起小时候跟千盈一起上学放学的时光。

那会儿一直是刘叔载着她们，还会在车里给她们备一些小零食，妈妈不许她们吃那么多，刘叔就偷偷给她们吃一点点，在车上填饱肚子。

一晃十多年过去，什么都变了，她真的好想回到那段无忧无虑的时光啊！

盛千盈问："姐，你最近拍戏累吗？"

"不累啊！"盛千姿偏头看她，"最近还好啦，以前一边拍戏还要一边跑通告，几乎没什么休息时间。现在没什么商业活动，我反倒能专注一点儿，可以钻研一下演技，给自己充充电。"

"那就好。"盛千盈托腮笑了笑，露出两个小酒窝，"演员嘛，还是要以作品说话。"

"那……你什么时候毕业啊？"

盛千姿不在盛家住后，就没怎么管过盛千盈的事了。

大家都是成年人，都有自己的生活，没必要跟对方汇报自己的每日行程。

因为盛千姿知道盛新荣虽然是个渣滓，但对千盈还是挺好的，这些年也没让她受过什么委屈。她爱干吗干吗，不踏入社会，就一直读书。

盛千盈撇了撇嘴，不知道为何，一听到"毕业"二字，竟然有些委屈。她从小就不是一个能藏得住事的人，尤其是在最亲的妈妈和姐姐面前。

今晚盛千盈一直都很不正常，闷闷不乐，盛千姿看出来了，不过她要是不想说的话，盛千姿也没理由逼她，只能等她慢慢地说出到底是什么事，盛千姿才能想办法帮她。

盛千姿抱抱她："怎么了？毕业有什么好哭的？这应该是开心的事情啊，虽然跟同学分开了，还是能短暂小聚的。"

"不是因为这个……"盛千盈把头埋在盛千姿的肩膀上，轻声说。

盛千姿越发觉得不对劲儿，千盈肯定是有事瞒着她："发生什么事了？哭什么呀？快告诉姐姐，是不是有人欺负你？顾珩，齐炀，还是梁一然？"

"都不是。"

"那是什么啊？哭没有用，宝贝儿，你得告诉姐姐，姐姐才能帮你啊！"

盛千姿觉得这事肯定不是什么小事，那群男人再浪，也不会对千盈开玩笑，害她委屈成这样，朋友间的分寸他们还是有的。

盛千姿着急地问："刘叔，是最近家里发生什么事了吗？"

"小姐……这……"刘叔有点儿为难，不敢开口，"哎呀……我不知道怎么说……"

盛千姿的性格从小到大都比较冲，尤其是有人欺负盛千盈的时候，她绝对会第一个冲上去替妹妹讨回公道。

刘叔两头为难，手心手背都是肉，他担心千盈，却又不想让千姿知道这件事后回去得罪老爷。

"说啊！到底发生了什么？"盛千姿快急死了，"刘叔，你是看着千盈长大的，她那么单纯，你就忍心看着她被欺负？"

"我当然心疼二小姐，但是这件事一时半会儿也说不清啊，大小姐。"

"那你就慢慢说。"

盛千姿今天无论如何也要知道这件事的前因后果。

刘叔找了条人车稀少的马路，靠边停车，沉默许久，叹了口气，不知道是在组织语言，还是做了什么重大的决定，良久后才慢慢开口。

盛千姿静静地听他说……

"从我来到盛家到现在有二十几年了，我不敢说对盛家有多了解，但多多少少也明白一些。老爷在商场打拼，一直很看重利益，没有盈利的事情，他是不会做的。你估计也能了解到，当时老爷跟夫人结合，恩恩爱爱，闹得多轰动啊……以前的陆家无论是地位还是资产都远在盛家之上，陆家老爷子又特别宠夫人，夫人嫁过来后，光是跟着嫁妆送过来的股份都不知道有多少。"

"其实……其实……"刘叔说着说着突然有些不忍说下去，但事情隔了这么多年，他再不说出口，怕是会酿成什么大祸，"十几年前，我做着两位小姐和夫人的司机，偶尔也会载一下老爷，那个时候我就知道，老爷和现在的夫人关系不一般。他们虽在我面前避嫌，可戏演得再好，总有露馅的一天。只是我没想到他们在前夫人去世之前就已经……"

听到这件事，盛千姿并不意外，神色平淡得仿佛早有所料。

小时候她不懂情爱，以为盛新荣的感情只是来得快，去得也快，在妻子去世短短三个月后，他就忘了以前所有的事情，与别人调情。

长大后她还不懂的话，那真的是白活了。

盛新荣绝对是在妈妈去世前就和那位秘书勾搭上了，或许还要更早一些。

刘叔继续说："那时候你还小，知道那件事后，闹着要离开盛家我还不理解，现在才发现你那时的决定有多正确。不然……现在要被老爷拿去联姻的就是大小姐你了。"

"联姻？！"盛千姿惊得睁大了眼，蒙了将近半分钟，"他要将千盈送去联姻？疯了吧？现在是什么社会？他真是什么都干得出来！"

"是的。"刘叔叹了口气，"大抵是觉得自己与前夫人的结合稳赚不赔，通过一段婚姻，分走了陆家的财产，他打算让二小姐与段家联姻，还保证说要是二小姐不喜欢段桉桤，大可在他成功后离婚，他自会帮她离。"

不用细想，盛千姿都知道这"成功"二字意味着什么。盛新荣又想占了谁的公司，吞了谁的财产？

他这是狼子野心！

敢情之前对自己女儿所有的好，不过是他精打细算的投资罢了。

难怪每年千盈生日他都会举办宴会，办得如此盛大，原来是要昭告所有人，他盛新荣有两个既优秀又漂亮的女儿。他将她们展示给所有人看，将自己的亲生骨肉当成一件商品。

她16岁以前，盛新荣会每月定时来劝她一次，问她要不要回家。

她16岁以后，他再未劝过。

盛千姿还傻傻地以为他是劝累了，发现女儿长大了有自己的想法了，便让她独自在外生活。

时至今日，她总算明白，他不劝，是因为16岁的她一脚踏进了娱乐圈，从此在那些所谓的"上层人士"眼中变得廉价，没了价值。

盛千姿安慰好盛千盈，直接让刘叔开车回盛家，她是绝对不会让盛千盈嫁过去的！

到了盛家，盛千姿让盛千盈别下车，自己一个人踩着高跟鞋，风风火火地走了进去。

盛宅的庭院挺大，树下的小灯泛着昏黄的光。

有用人看见盛千姿，恭敬地喊了声："小姐。"

盛千姿没理他们，走进内厅寻找盛新荣的身影，结果哪儿都不见他，问用人："盛新荣呢？"

自那件事后，盛千姿从不喊盛新荣"爸爸"，用人也见怪不怪，指着餐厅："老爷在和夫人吃夜宵。"

"还吃夜宵？"

盛千姿冷笑，眯起一双幽深的眸子，直奔餐厅而去。在看见正与黎秀芳恩爱地共享夜宵的盛新荣时，她一声不吭，走上去抬手一个巴掌直接扇到了他布满皱纹的脸上。

啪！

黎秀芳在看见盛千姿的第一秒，还试图扮演善解人意的后妈，刚矫揉造作地说出几个字："千姿怎么回来……"

话说到一半，黎秀芳看见她甩巴掌后，惊得啊了声，是被吓的。

"你，你……盛千姿！你怎么打人啊？他是你爸爸！"

盛千姿勾出冷笑，对她连一个眼神都欠奉，刚刚那一巴掌声音响亮。

没过几秒，她毫不犹豫地又甩了一巴掌过去。

盛千姿好歹是女生，力气也不算很大。

黎秀芳快疯了："盛千姿！你是不是有病？他再怎么样也是你爸爸！"

盛新荣很淡定，仿佛早就猜到会有这一出。

盛千姿嫌弃地甩了甩手，盯着他的眼睛，瞧见他如此平静的神情，莫名觉得很讽刺。摊上这样的父亲，她不知道是该哭还是该笑："第一巴掌，是我替你的妻子，也就是我妈打的，这辈子你负了她，害了她这一生，也对不起外公。第二巴掌，是我作为姐姐，替千盈打的。怎么样？没有想要辩解的是吗？盛新荣，你配做丈夫，配做父亲吗？所有人都说你幸福，你的太太为你生了一对双胞胎女儿，而你呢？你在卖女儿！你醒醒吧！"

"千姿，你别这样说，你爸他是有苦衷的……"黎秀芳想替盛新荣抱不平，插了句嘴。

"闭嘴！"盛千姿瞪她，眼神冷得像冰刀，"这里有你说话的份儿吗？别以为这里的人喊你夫人，你就是我妈了。就算你进了盛家，也改变不了你是'小三'的事实，所以管好你的嘴，嗯？"

"盛千姿！"盛新荣终于开口，双眸猩红地盯着她，"这全是我一个人的决定，不关她的事，你有什么怨恨大可冲我来！"

"怎么？"盛千姿用嘲弄的眼神看向他，"肯说话了？敢情你的死穴在这儿呢？我骂她'小三'让你心疼了是吗？你要搞段家为什么不把她送去段家，要祸害自己的女儿，千盈难道不值得你心疼吗？她喊了你二十几年爸爸……"

"千姿，你要信爸爸，爸爸不会害了她。段桉桤跟他父亲不一样，他会对千盈好的。"

"不会害了她？你有问过她喜欢谁吗？你有真真切切地替她考虑过吗？你根本就不了解你的女儿。十几年前，你失去我，今天，恭喜你，失去了一直信任你的千盈。"

盛千姿看着他，一时失语，一个人该有多自私，才会变成这样？

她曾经最喜欢的父亲变成了她最讨厌的样子，她的眉眼里满是讽刺之意，她攥着拳头，尽力压抑住自己的怒意，一字一顿地说："盛新荣，这是你逼我的。迟早有一天，我会让你现在所拥有的一切，一点儿一点儿地落到我的手里，返还陆家。你会有报应的。"

盛千姿说完，转身就走。

刘叔不可能待在盛家了，盛千姿让他先送盛千盈去小姨陆凌辛家，她也进去小坐了一会儿，将事情的来龙去脉跟小姨详细说了一遍。

陆凌辛气得浑身发抖，替自己死去的姐姐不甘，并且说要帮盛千姿对付盛新荣。

盛千姿虽然没有盛千盈那么聪明，但在娱乐圈混了几年，最擅长的就是在尔虞我诈中自保与反击，她将自己的计划告诉陆凌辛……

首先，她一定要把盛宅拿回来。

盛千姿预约了律师咨询，但因为最近还要拍戏，她暂时搁置了一下，决定杀青后再处理。

剧本在公寓，她不得不连夜赶回去，先背了明大的台词再睡觉，却一整晚心烦得怎么背也背不进去，几乎整夜没睡。

第二日一早。

盛千姿约了齐炀七点钟出发回影视城，现在已经七点半了。

她快速拿包下楼，四处去找齐炀那辆跑车，结果在单元楼对面看见了一辆异常熟悉的劳斯莱斯古思特。

这是顾绅的车？！

车里的人鸣了一下喇叭，那低低的喇叭声仿佛在向她"招手"。

盛千姿垂眸睁了眼手表，认命地走过去："齐炀呢？"

"喝醉了，在睡觉。"

盛千姿真想将齐炀拎起来暴打一顿。

时间不早了，她再不出发就要迟到，会严重影响拍摄进度，这几天是杀青前的关键日子，导演很重视。

已经迟到过一次的盛千姿不好意思再迟到，想了想，还是拉开了后座的车门，正要坐进去。

驾驶位传来声音，慵懒的声音敲击在耳膜上，格外好听："坐前面吧，我手机的 GPS（全球定位系统）坏了，你得给我指一下路。"

"GPS 坏了？"盛千姿眨了眨眼，大脑有些迟钝，"可我也不记得路呀！"

"你的手机记得。"顾绅看她一眼，"你的没坏吧？"

"那倒没有。"

盛千姿摸了摸鼻头，总觉得他刚刚看她那一眼有点儿不一样的含意，似乎在骂她笨？

盛千姿坐进副驾驶位，系好安全带，掏出手机，将导航软件打开，输入影视城的地址，将音量调到最大，让他听着声音来辨路。

她懒懒地靠在座椅上，打开相册，放大早就拍摄好的剧本台词照片，不停地默默重温背诵。

车内安静无比，空气像被人撒了凝固剂一般。

两人都默契地没有说话，只有口音标准的导航女声在给顾绅指路。

盛千姿觉得这样的状态很舒服，互不打扰，互不干涉。

大约过了半小时，她累了，昨晚本来就没睡好，现在又在车上舒服地坐着，倦意上头，挡都挡不住，困得眼皮直打架。

盛千姿没忍住打了个哈欠，眼角溢满水雾，只能将手机屏幕关掉，决定小睡一会儿。

过了几秒，她想了想，又将屏幕打开，调出导航界面，递给他说："你架在上面吧，方便看路。"

顾绅没说话，余光往她的方向瞥了眼，接过手机，架好。

盛千姿的手机壳是暗红色的，有一个用银线描出的暗夜玫瑰的图案，是去年粉丝送给她的出道周年礼物，她一直用到现在。

如今，网上也有很多她的手机壳的同款。

刚刚接手机时，顾绅摸到她的手有些冰凉，趁盛千姿闭眼休息的间隙，悄悄地将车窗升上去一点儿。

手机叮的一声，有人发来微信，备注是一个叫"尤恺"的男人。

顾绅瞧导航地图时，无意之中瞥了眼消息内容——

尤恺："还有半个小时，你赶得来吗？"

尤恺："赶不来就吱个声，再给你拖半小时。"

盛千姿睡得很熟，长发下的脸蛋泛着明显的倦意，导航和微信两个软件同步传出的声音都没能将她吵醒。

她今天完全是素颜状态，皮肤白皙，脸上瑕疵很少，唯有眼睑下方泛着点儿熬夜后的青色，看来应该是很累了。

顾绅不忍叫醒她，估算了一下时间，在停车等信号灯时，点进微信，打字发了条信息给尤恺——

盛千姿："再给四十分钟。"

尤恺："好。"

收到尤恺的回复，顾绅返回导航界面，继续开车，只是这一次的车速明显提了上去，直接驶进马路最左边的超车道，疾驰而去。

影视城一到，盛千姿似有所觉地惊醒。她睡得迷迷糊糊，揉着眼睛，嘟囔了声："到了吗？"随后，瞟了眼手表，"完蛋，迟到半个小时了！"

盛千姿对着车子的右侧后视镜整理了一下头发，拎包，接过顾绅递来的手机，整个人急得像是热锅上的蚂蚁，拉开车门走出去。

顾绅薄唇勾了勾，淡淡地道："别急，还有时间。"

盛千姿莫名地从他的语气中听出了一丝温柔之意，抬眸瞥他一眼，礼貌地道："谢谢你送我过来，没时间了，我先走了。"

顾绅跟她说："再见。"

盛千姿却一个字都没听见，直接无视了他，朝影视城内狂奔，颀长又灵动的身影消失在远处的转角。

盛千姿气喘吁吁地赶到拍摄现场，半弯下腰撑住膝盖歇了会儿才直起身，特别抱歉地说："对不起，对不起，大家辛苦了，我又迟到了……实在对不起啊……为了补偿大家今晚可能要因为我而晚收工，今晚请大家吃夜宵呀……"

"千姿姐，"助理对她一来就道歉的操作有点儿蒙，尴尬地提醒盛千姿，"没什么大事，你已经请假了，用不着道歉的。而且刚刚有台机器坏了，在修呢，估计还得等上几分钟。"

导演坐在椅子上瞧着盛千姿方才那一系列举动，笑得肩膀直抖，一边拿剧本扇风一边调侃："干吗呢？一来就上赶着请我们吃夜宵，昨晚玩得太高兴，脑子喝坏了？"

"什么啊？你才喝坏了！"盛千姿无语地看他一眼，"我不是迟到了半个小时吗？给你们赔罪呢！"

尤恺似乎懂了盛千姿这反常的操作是怎么回事，打开手机给她看："你忘了？半个小时前，你让我们再给你四十分钟。"

"什么时候的事？"盛千姿呢喃，走过去瞧了眼他手机里的微信对话框。聊天记录真真实实地存在着，她差点儿以为自己失明了。

她什么时候发过这个？那会儿不是睡着了吗？

她怎么发的信息？梦游？

盛千姿狐疑地看他一眼，眼珠子转了转，掏出手机打算求证一下。

然而她发现她真的发了。

不是……那会儿她的手机分明就架在顾绅的导航架上，她没有拿下来发过这句话。

难不成是顾绅发的？

难怪他刚刚那么淡定，还说不急，还有时间。

盛千姿有些尴尬，想起方才大家都在取笑她，撇了撇嘴："行吧，我喝糊涂了。但……晚上还是请大家吃夜宵，把你们这些刚刚笑过我的人通通喂胖，胖到手粗胳膊也粗。"

"谁怕谁啊？"灯光老师大声呛了句，"有免费夜宵我们还怕胖？我们又不是女演员。"

盛千姿叉腰，瞪他一眼："那就再叫几瓶啤酒，将你喝成啤酒肚，吃成猪，怎么样？"

灯光老师讪讪地道："那倒不必。"

现场的人大笑起来，气氛融洽。

盛千姿有时候就是这么幼稚，平时大家都在工作，没时间陪她聊天、陪她玩，她就像个文静的女生，安安静静地坐在角落背台词或者补觉。

其实她才是这个剧组玩心最重、最爱开玩笑的那一个，一点儿女明星的架子都没有。

跟她一起拍过戏的演员或者共事过的工作人员在了解她之前，会以为她是个高冷美艳的演员；了解她之后，没想到她就是个爱捉弄人的调皮女生，特别喜欢搞一些无伤大雅的恶作剧，但也特别喜欢请人吃饭、喝奶茶、吃夜宵。

有工作人员拍下刚刚那一幕，觉得好笑，便发布到网络上。

"今天是宁王妃调皮呛人的一天 @盛千姿。"

尤恺在《秋酿》里饰演的角色是宁王，盛千姿便是剧中的宁王妃。

有人@自家漂亮姐姐，盛千姿家的"小树枝"很快就摸了过去——

"姐姐太可爱了吧！竟然要用夜宵来喂胖别人！"

发微博的工作人员是剧组现场的场务，也是盛千姿的粉丝，连微博 ID 也在一个月前改成了"宁王妃的贴身小丫鬟"。

她从两个月前就开始在微博尖叫，反复感叹跟盛千姿在同一个剧组工作的幸福感，因为拍摄照片和视频会导致服化道泄露，所以内容大部分是文字描述。

宁王妃的贴身小丫鬟："我这是走了什么狗屎运？我竟然看见了盛千姿，还要跟她一起在一个剧组待三个月！"

宁王妃的贴身小丫鬟："她今天跟尤恺对戏，尤恺拉着她的手奔跑，裙摆太长，她被绊倒了，一头扎在地上，变成了'黑泥精'。对不起，我知道我不该笑的，但真的好好笑也好可爱，哈哈哈哈哈！"

宁王妃的贴身小丫鬟："我问她为什么总是不上微博，她说不喜欢玩微博，微博上永远消不去的红点儿害她有密集恐惧症。怎么会！其实她是怕看到网络评论吧，嘿，希望大家都对她好一点儿。"

宁王妃的贴身小丫鬟："她为了拍戏不被晒出斑，每天都在喝牛奶，今天喝到吐了，真的吐了！她漱了漱口，过了半小时，不想浪费，又把剩下的半杯喝了下去，我真的好崇拜她！"

这个微博号里有一堆盛千姿在《秋酿》剧组的可爱日常。

盛千姿本人没有真正上去翻阅过，但听说过，她对粉丝一向很大方，只要不是干什么坏事，她都不会阻拦。

久而久之，这反而成了"小树枝"们每天卑微求更新，获取盛千姿在剧组可爱日常的地方。

微博主人发现自己上了话题榜，那条小视频竟然有上万转发量，吓了一跳。

盛千姿火出圈了，各种博主都在转发那条微博，视频播放量高达百万。

"宁王妃的贴身小丫鬟"这个微博号的主页都被人翻烂了，其中各条微博下的留言数直线激增。

盛千姿的形象在逐步转好，清越不断地发她在各大红毯的礼服美照，不拉踩，不捧杀，只专注夸奖与赞美，又迅速收了好几拨"颜粉"。

一周后，陈芷珊告诉盛千姿，清越计划让她上一档真人秀节目。

目前，她的形象转变已经进入了第二阶段，私底下真实的样子渐渐显露在大众面前，只需再上个真人秀，让大家看看鲜活可爱的盛千姿，最后再将以前的黑料辟个谣，不用多久，便能成功。

盛千姿答应下来，两周后去节目组进行拍摄。

这个综艺节目叫《充满活力的一天》。

节目名听上去挺有正能量的，其实就是一个"无聊"的节目，专门拍摄艺人的日常生活，一天24小时在干什么，发生了什么有趣的事。

综艺开始拍摄的那一天，刚好是《秋酿》杀青的日子。

今晚她要去参加杀青宴，还要连夜从影视城返回临江公寓，明天要和下一部戏的男主演一起出去"约会"。

"约会"完完全全是电影投资方安排的，一方面是为了更好地拍摄感情戏，让演员通过私下的相处来增进感情；另一方面是想让两人提前营业炒作一下，提高CP（配对）热度。

投资方要求的事情，不算很过分的话，艺人基本会答应。

杀青完，盛千姿换下戏服，先回酒店收拾东西，卸了妆，再来宴席吃饭。

宴席上大家都在敬酒，说着"收视长虹"的祝福语。

整场酒宴下来已经过了三个小时。

盛千姿精疲力竭，晕乎乎地走出酒店，有工作人员提醒她，《充满活力的一天》准备开始拍摄了。

她打了个手势，说："好。"

拍摄正式开始。

摄影师先拍了一下盛千姿跟助理一起拎行李下楼的画面，她站在满是行李的电梯间里，脑子昏昏沉沉，也不知道自己想说什么，却还是要说，不能让节目冷场。

她决定先打个招呼："Hello（大家好），hello，我是盛千姿，刚从《秋酿》的杀青宴出来，我杀青啦。现在……嗯……没错，我准备回家。"

导演问她："怎么喝了这么多酒？"

盛千姿眨了眨眼，双颊酡红，撇了撇嘴，无奈地道："没喝多少呀，但我酒量不好。没办法，女主演嘛，杀青宴上被敬酒了总不能不喝。"

她的助理掩唇笑了一下："好真实。"

陈芷珊开车过来接她，晚上道路通畅，一个多小时就到了公寓楼下。

节目组觉得盛千姿现在醉了很可爱，让节目很有看头，打算让她拿着小型相机，自己一边拍一边上去，怎么掌镜，全是她自己说了算。

盛千姿点头答应。

陈芷珊在她耳边提醒："收敛点儿，你的客厅被节目组装了摄像头。"

盛千姿又点了点头，表示知道了。

陈芷珊看她这表情，也不知道她是真知道了还是根本不知道。

盛千姿就知道陈芷珊肯定不信自己，乜她一眼："我没醉得那么厉害，放心吧。"

"行吧。"陈芷珊准备走了，"上去后早点儿休息，别熬得太晚。"

盛千姿推着行李走进单元楼，随手打开相机，跟录 vlog（video blog，视频网络日志）一样开始拍摄。

她自言自语："这个箱子好重啊，幸好有轮子可以推。

"朋友们，我拍了三个多月的戏，现在终于回家啦！你们能体会到我有多开心吗？

"今晚一定要睡个好觉。

"因为……我实在是太累了。"

她觉得有点儿好玩，专注地盯着相机的屏幕，没注意看前方，突然发现一双属于男人的大长腿出现在画面里，男人穿着黑色西装裤和皮鞋，很养眼，也很有气质。

她将镜头随着打量的视线慢慢地往上挪，由下至上，拍到男人垂在身体两侧的骨节分明的手和干净利落的白衬衫，紧接着，是一张视线落在她身上、无奈又性感的脸。

说他性感主要是因为他下颌线过于流畅完美，鼻梁英挺，五官精致又分明，凸出的喉结配上禁欲的白衬衫，干练又冷峻。

男人还没说话，她先说了，准确地说，不是对他说的，是对镜头说的："顾医生，你怎么在这儿？你入镜了！你不能入镜，走开走开，小心吓到观众了！"

她好像对他越来越无礼了。

盛千姿盯着屏幕眨了眨眼，自问自答："要不给顾医生打个码？算了，不拍他了。"

她将相机挪开，继续自娱自乐，对着墙壁、角落等各种地方拍来拍去。

顾绅看她奇奇怪怪的动作，没忍住问："你在干吗？"

"拍综艺啊！"盛千姿答得敷衍。

顾绅了然，又问："你喝酒了？"

这一次她没回答。

电梯门打开，盛千姿将行李箱拖进去，奈何有个轮子卡住了，箱子太重，她拖得很艰难。

顾绅见状，修长干净的手钩住箱子上面的把手，没几秒就很轻松地将箱子提了进来，用淡淡的语气提醒道："应该是有什么东西卡进去了，不要硬拉。"

"哦哦，好。"盛千姿道了谢，随手将相机关闭。

男人却在这一刻单膝跪地，盛千姿被吓了一跳，心跳猛地漏了一拍，瞬间醉意全无。

顾绅半蹲在地上，一只手将她的箱子倾斜，另一只手去摆弄轮子，抬眸瞥她一眼，用低沉的嗓音道："怎么了？我帮你看看，到底哪里坏了……"

盛千姿的心跳还如擂鼓，如雷鸣，她抿了抿唇，瞬间发现一切都不过是她的一厢情愿、自我感动罢了。

为什么到现在她还喜欢他，连他一个简简单单下跪的动作，都会高兴成那样……

这一刻，她很讨厌这样的自己，或许是酒精上脑导致她的想法偏激了些，下一秒，她便拒绝了他的好意，将行李箱往自己的方向挪："顾医生别弄了。"

"怎么了？"顾绅总觉得她刚刚怪怪的，现在的表情很委屈，但他不明白到底是因为什么事，"到底怎么了？"

"你别弄了。"盛千姿不知道该对他说什么，只是一个劲儿地重复着类似的话，"也别对我好，我都不喜欢你了，你干吗还这样？"

八层到达，电梯门打开。

盛千姿推着行李箱走出去，准备返回公寓。

顾绅从身后一把拉住她的手，不想稀里糊涂地让她就这么回去："千姿，你怎么了？到底发生了什么事，你可以告诉我……我会帮你。我喜欢你，跟你喜欢我有关系吗？我喜欢你，我在追你，自然就会对你好，不然我干脆别喜欢了。"

顾绅表达的意思是：如果一个男人喜欢上一个女人，还不对她好的话，那他的喜欢有什么用？

可盛千姿很明显理解错误，咬着牙抬头看着他，甩开他的手，将他的话接了下去："那你就别喜欢了。"

短短的一句话，一个字一个字地砸在他脸上。

顾绅怔了几秒，难以置信地看着她。他以为他们的关系已经有所缓和，现在又突然回到了原点，他一瞬间有些无法接受："盛千姿，你说什么？"

盛千姿不理他，也不想再说一次。

顾绅站在她身后，又问了一遍："这是……你真实的想法？都是实话？一点儿都没撒谎？"

盛千姿掏出钥匙开门，犹豫了几秒，有几分动摇，却又很快冷硬起来，瞪他一眼。她就是讨厌他自始至终不管是追她还是告白说喜欢她，都一脸自信，将她吃得死死的样子，仗着她以前喜欢过他，就认为她会黏着他一辈子。

两人的性格有些相似，他们都好面子，都有点儿犟，一出现矛盾，伤害的便是双方。

顾绅见她不说话，知道她刚刚说的兴许只是气话而已，想握紧她的手，孰料，刚有所行动，便被甩开。

盛千姿没有回答他的问题，只是小声说："我累了，先回去了。"

徒留顾绅一人在门口，手还停在半空……

盛千姿走进客厅，整个人像是泄了气一样好累好累，明明累得要死，却还要装作很精神的样子，笑着继续拍综艺。

她去洗手间洗了洗手，短暂地颓废了一会儿，连去思考刚刚的话是不是说得太重了的时间都没有，来到客厅坐在毛茸茸的地毯上，将行李箱摊开，在摄像头的注视下，开箱，给观众看看她常备去拍戏的行李箱里都有什么东西。

开箱完，盛千姿又将所有东西整理放好在房间，随后去浴室洗头洗澡。

她穿着睡裙，一边擦头发一边走出来，象征性地跟镜头说晚安，找了件衣服盖住摄像头，结束拍摄，准备去吹头发睡觉。

这时，门铃响了。

盛千姿猜不到这个点儿还有谁会按她家的门铃，感觉像是某个人，但刚刚闹得那么僵，他还来做什么？被虐得还不够吗？

盛千姿打开门，往外看了一眼，外面一个人都没有。

走廊空无一物，只有轻微的穿堂风吹过，仿佛在嘲笑她的愚蠢。

盛千姿朝着对门想骂一句"幼不幼稚啊？"，但这太傻了，只能咽下这口气，关门。

隔了半分钟，门铃又响了起来。

盛千姿烦躁地去看猫眼，还是没有人。

顾绅在整她？报仇吗？

她打开门，站在门口犹豫了一会儿，在想要不要拉他出来再理论一遍，却不小心脚下碰到了一个杯子……

吱的一声，杯子挪位。

盛千姿往脚下看去，才发现地上还放着一盒药。

药盒被放得歪歪斜斜的，一点儿都不像他处女座的作风，像是不情不愿地用脚踢过来的。

盛千姿蹲下，狐疑地将药拿起来端详几眼，是一瓶糖浆，药盒表面的简易说明书写着糖浆的功效：止咳，化痰……

而那个杯子里盛着暖暖的液体，被他贴了一张便利贴在杯身上，写着："醒酒汤。"

他还会煮汤？

盛千姿觉得很神奇，心当下就软了下来，他怎么知道她咳嗽的啊？

虽然她今晚真的犯了点儿咳嗽，但刚刚在电梯间内只咳了两下，喉咙有些痒，后来她是极力忍住的。

盛千姿有点儿感动，薄唇勾了勾，盯着对面紧闭的门笑了笑，刚想小声又不让他听见地说声谢谢，便看见药盒下还压着一张字条，上面写着："糖浆30元，醒酒汤20元，加微信182××××××××，转钱。"

盛千姿无语。

盛千姿总觉得他不怀好意，尤其是"加微信"那三个字处处透着心机，但她还是加了，毕竟吃人家的嘴软。

盛千姿将那串熟悉的11位数字在微信搜了一下，搜到那个她在第一次拿到他手机号时搜索过的微信号，大金毛带着憨憨的笑容出现在他的头像里，她也笑了下。

如今这个号活了，也成功地与她加上了好友，像一场梦。

盛千姿不知道的是，这个号因她而活，连某人的微信软件也是因为她才重新下载的。

微信好友的申请很快通过，两人的对话框立马蹦出一句："你已添加顾绅，现在可以开始聊天了。"

但……盛千姿不想跟他聊天，简单粗暴地转账，一分不多一分不少，刚好50块钱。

同一秒发来的还有顾绅的一句话："这里有个打折机会，想不想要？"

他是什么意思？

他真把自己当微商了？卖药，卖醒酒汤？

那他要不要顺便再卖个色呀？

盛千姿回复他："不用了，50块钱我还是有的。"

盛千姿："谢谢老板。"

盛千姿："你突然玩微信我有点儿不习惯，不如我们以后还是用短信聊天吧？"

顾绅不懂："为什么？"

在医院的时候，顾绅总是听小芝说盛千姿又发什么朋友圈了，又去了哪里取景拍摄，拍了什么好看的照片，他才知道她是一个经常玩微信的人，为了更好地了解她，进入她的世界，顾绅也下载了微信。

现在她告诉他，继续用短信聊天？

这个好友，盛千姿加得挺不情愿的，因为早就知道顾医生不爱玩微信，所以她经常肆无忌惮地在朋友圈发一些日常动态，其中有一些就不想让他看见。

但是直接屏蔽了他，好像过于明显。

盛千姿想趁机劝退他，让他继续用短信聊天，久而久之他便会忘了这个微信号，她也可以悄无声息地将他屏蔽或者删掉。

盛千姿一口气发了几十个表情包过去，咻咻咻，一条条消息从顾绅的手机屏幕冒出。

她敲字："因为我会这样啊！"

顾绅："停！"

盛千姿又连发了几个表情包，问："怎么样？用回短信吧？"

顾绅："就微信吧。"

顾绅："我不介意。"

但她很介意。

盛千姿不理他了，将微信关掉，坐在餐桌旁一边刷微博，一边喝醒酒汤，头痛缓解了许多，也没那种迷迷瞪瞪的感觉了。

隔了几分钟，她将药吃了，披上薄外套，走去阳台将落地窗关上，意外地发现隔壁窗户有灯光，暖黄的光泻了点儿过来，映在墙壁上。

以前隔壁没人住，盛千姿很难发现原来在自己卧室的阳台可以看见隔壁房间的灯光，现在那里有人住了，晚上灯光常亮，倒多了几分人气。

盛千姿没怎么理会，将窗户关上，仅留一条小缝，便返回卧室，查看明天的通告单。

她明天最主要的任务是拍摄《充满活力的一天》，需要早上7点起床，拉开遮住摄像头的衣服，再躺回去，在摄像头的"注视"下，重新起床一次。

盛千姿知道这是真人秀节目最基本的操作，但依旧觉得有点儿滑稽。观众看的内容是剪辑过的，其实短短一个小时的一期综艺是要经过很多人的共同努力才能完成的，其中艺人最重要的任务就是制造看点。

明天必定会很累，盛千姿没敢熬夜，直接关灯睡了。

翌日，6点50分。

盛千姿在闹钟的巨响声中，拖着没有骨头似的身子走去房间的各个角落，将遮挡摄像头的衣服拉下来。

然后她又躺回去，过了十分钟才懒懒地从床上坐起来，盯着摄像头发呆。

她头发有些凌乱，显得毛茸茸的，脸蛋未施粉黛，穿着深紫色的吊带睡裙，有种软乎乎又很娇艳的感觉。

待彻底清醒，她朝镜头晃了晃脑袋，语气懒散："早安。"

如果这是一场现场直播，估计盛千姿的颜粉都要尖叫一片了！

盛千姿没急着下床，捞过一旁的手机，自言自语："今天……今天要干什么呢？要和一个人出去，先打个电话，看看他起床了没。"

应节目组的要求，她先给那位演员打了个电话，对方似乎很精神，不像是没睡醒的样子，有风声通过话筒传到这边。

对方喂了一声，嗓音淡淡的，夹着笑。

投资方说要营业，盛千姿没怎么跟人营业过，怕自己把握不好分寸，因为营业过头容易遭反噬。

她做起事来小心翼翼，喂了声，问："你醒了吗？"

"不醒怎么跟你说话？"

被怼了回来，她好蠢。

营业第一步，失败。

"对呀。"盛千姿敲了敲额头，"我脑子不清醒。我刚醒，你在干吗呢？"

对方顿了好久才道："跑……步。"

"晨练啊？"她毫不吝啬地夸奖，"这么勤奋，真厉害。"

没什么话题说了，聊天险些进行不下去，盛千姿直入正题："我打电话来就是想问问你平时都喜欢玩些什么或者干些什么，好决定我们待会儿去哪儿。"

"都可以啊！"对方答得爽快，"平时比较喜欢的话，应该是……"

对方说了好多种运动项目，盛千姿都惊呆了。

现在的弟弟都这么厉害的吗？

最终盛千姿从他喜欢的项目中选择一个，决定去骑马，先起床洗漱化妆，节目组导演发信息来提醒她，他们在楼下接着拍摄。

盛千姿回："好。"

随后她下楼，在节目组的带领下来到与男演员会合的地方。对方叫陈绍，是个刚满 20 岁的男生，身高腿长，气质干净又独特，但有时候会有些孩子气，有许许多多的"妈粉"。

见面后，两人一起去了骑马场，这个活动是他喜欢的，也是他提议的，盛千姿不会骑马，由他来教她。

上午的行程结束，下午就去由盛千姿提议的地方，两人吃完午饭，她说想去见一群人。

陈绍问："见什么人？你的朋友吗？"

盛千姿刻意卖着关子，笑了笑："对啊，也算是朋友吧。带你认识一下？"

"没问题。"

之后，两人坐了将近一个小时的车，来到城郊一所残疾福利院，里面住了很多有先天或者后天残疾的孤儿，他们没有父母，但有一群陪伴他们成长的志愿者和老师。

陈绍没想到，盛千姿要带他去见的朋友竟然是残疾孤儿。

他盯着福利院内展出的捐赠资助榜，盛千姿的名字高居榜首，光是去年和今年的捐款总额就超过了 500 万元。

位列榜单第二的是一个叫顾绅的男人，捐赠金额 450 万元。

盛千姿也顺着陈绍的视线去看。其实她每次来都不怎么留意这个榜单，今年因为拍戏很久没来了，当她看见顾绅位居榜单第二时，直接愣在了那儿。

节目正在录制中，她不能表现得太过惊讶。

院长来跟她聊天，随口说："大概四个月前，我们院有个患有先天性心脏病的男孩突然晕倒，我们喊了救护车，临江医院有个心外科的医生跟车来到了这儿，将那个孩子送去医院救治。那天他也在看这个榜单，我们跟他说了一些关于你捐赠资助的事情，然后连着几个月每个星期他都会挑一个下午来这里陪小朋友玩，也给了我们很多捐款。他现在也在里面呢。"

院长只是想夸赞一下盛千姿的影响力和带头作用，却没想到这两人有一些瓜葛。

盛千姿眨了眨眼，面无表情地赞叹了一句："挺好的，多一点儿关心和帮助，这里的孩子就会多一点儿幸福。"

倒是陈绍看到这个捐款数额有些钦佩："竟然是医生，那他很无私啊！"

盛千姿无奈地想笑，看他这么天真，真的很想敲敲他的脑袋告诉他，对人家来说400多万就相当于400多块钱。

"走吧。"院长指了指路，"我们进去看看。"

福利院里面有好几个活动室，也有教室，由于活动1室的小朋友比较活泼好动，也更适应镜头，院长提议就在1室拍摄。

好巧不巧，盛千姿一进去便看见了正在陪一个软萌可爱、没有听力的小女孩吃饭的顾绅。

他穿着利落的白衬衫与黑裤，盘腿坐在地上，小女孩穿着粉色的蓬蓬裙乖巧地待在他旁边，眼睛滴溜溜地盯着他。

顾绅侧头看过来一眼，与她四目相对，盛千姿眨了眨眼，一瞬间有些尴尬。

虽然昨晚加微信后气氛缓和了些，但之前……他们确实闹得挺僵的。

活动室很大，节目组基本不会拍摄到他。

院长也去跟他说明了情况，此次拍摄不仅是做节目，也能对福利院起到宣传的作用，让更多的人去了解和关心残疾孤儿。

顾绅表示没问题，扯过纸巾给小女孩擦嘴。

很多小朋友拥到盛千姿和陈绍面前，乱哄哄地围着他们，有人记得她，大声说："千姿姐姐，你终于来啦！"

"对啊！我来啦，来看看你们有没有乖，有没有不听话。"

盛千姿拿过一个大袋子，里面装着刚刚在路上买的小零食，先吊着大家的胃口，不发下去，指了指陈绍："给大家介绍一下，我旁边的这位哥哥叫陈绍，零食都是他买的，是他花的钱哟。所以待会儿大家要记得说一声谢谢。"

盛千姿身后有手语老师在给有听力障碍的孩子做手语，他们真的特别乖，有的女孩已经抱住陈绍的腿开始说谢谢了。

"哥哥好帅好高啊！"

"哥哥真好！"

"哥哥太帅了！哥哥会常来吗？"

听到这个问题，为了避免陈绍为难，盛千姿帮忙答了："哥哥不是这边的人，他只是来这边工作，有时间肯定会过来的。"

陈绍蹲下，戳了戳小女孩的脸蛋："对啊，下次有机会再来临江，我肯定来看你们。"

"不会食言？"

"绝对不会。"

这时，突然有孩子进出一句——

"千姿姐姐，他是你的男朋友吗？"

被问到这种问题，盛千姿感觉有些窘迫，这些小屁孩全在起哄，有的说"在一起"，甚至还有人问"姐姐你不喜欢哥哥吗？"。

这都哪儿跟哪儿啊？他们电视剧看多了吧？

气氛热烈到连不喜欢凑热闹坐在顾绅旁边安安静静吃饭的小女孩也抬起亮晶晶的眸子瞧了过去，小声问："他们在做什么？"

女孩不是先天失聪，所以说话并没有什么问题。

顾绅虽有些不爽，却也知道这是盛千姿的工作，扯了张纸给小女孩写："他们在问哥哥是不是姐姐的男朋友。"

小女孩眸子亮了亮，有点儿好奇地问："所以是吗？"

当然不是！

顾绅绕了个弯，想逗她，写道："你觉得呢？"

小女孩皱着鼻子，又往那边瞄了眼，思考着说："我觉得有点儿像，又不是很像。但是我更喜欢你，我觉得你更好。"

小朋友的话题总是转得很快，上一句话与下一句话没有半点儿关联，但顾绅不可否认，最后一句话确实取悦到他了。

顾绅揉了揉小女孩的头发。

小女孩激动地问："你觉得姐姐漂亮吗？"

顾绅："漂亮。"

他写完，总觉得哪里还不够，又添了句："她是我见过的最漂亮的人。"

小女孩笑得更开心了："那……你喜欢姐姐吗？"

顾绅没想到她问得这么直接，沉默了几秒，写："喜欢。"

小女孩看着他，歪了歪头："是因为姐姐漂亮？"

顾绅笑："当然不全是这个原因。"

问题越来越深奥了，小女孩不懂，竟然鼓励他："既然喜欢姐姐，那就去告诉她呀，姐姐这么好，不会不喜欢你的。"

连几岁的小孩都知道告白这东西，顾绅有些无奈，心想，他怎么没告白，都告白不止一次了，她还叫他别喜欢她了，真是没有心。

盛千姿那边已经否认了和陈绍的恋爱关系，与小朋友们玩了点儿小游戏，开始发零食。

她笑得很开心，被小孩子们簇拥着，无忧无虑地玩耍。

顾绅问小女孩："想吃蛋糕吗？"

小女孩说："想吃，好像很好吃。"

顾绅从旁边一个放手工工具的抽屉里拿出一张纸，凭着上次来这儿教小朋友折纸的记忆，折了一朵简陋的玫瑰，递给小女孩。

"你把这个送给她，夸她一下，她肯定会给你蛋糕。"

小女孩懊恼地问："怎么夸呀？"

顾绅无奈地又扯了两张纸过来，给她笔，让她写。

"你就写，眉似远山不描而黛，唇若涂砂不点而朱……"

几分钟后，盛千姿的跟前忽然走来一个穿着粉色蓬蓬裙的可爱女孩，她白白胖胖的手拎着一朵纸玫瑰，一沓红色方形卡纸上歪歪斜斜地写了一些话。

小女孩用小胖手一张一张地将卡纸往后翻，盛千姿就蹲在她面前，看得认真——

眉似远山不描而黛，唇若涂砂不点而朱。

姐姐，你真漂亮。

你笑起来比海边尽情翱翔的海鸥还要潇洒，

比夜空上灵动的星星还要耀眼，

就像幽幽深夜中引人深陷的暗夜玫瑰，

一低头，比池塘里的莲花还要楚楚动人。

你胜得过这世间最美的一切，

善良又大方。

我喜欢你。

所以能不能让我也拥有一个草莓蛋糕？

盛千姿看完这些，说不出是什么感觉。她当然知道这些句子不可能是小女孩想出来的，可不管是谁想的，都能让她嘴角上扬，唇边的笑怎么也敛不住。

女人都是爱面子又有点儿虚荣的生物，没有人会不喜欢别人用一大段话来夸自己。

盛千姿揉了揉小女孩的头发，笑得眯起了眼："谢谢，你好可爱啊！"她抱住女孩，"你叫什么名字？"

"巴桃。爸爸妈妈还没给我取名字就不要我了，这个名字是院长抓阄抓出来的。"

"那也好听，小桃子多好听啊！"

盛千姿将没有分完的草莓蛋糕拿了两个给她："给，姐姐多给你一个。"

小女孩看着袋子里的蓝莓蛋糕，小声问："姐姐，我能拿一个蓝莓蛋糕给叔叔吗？"

"叔叔？"盛千姿一时没反应过来，叔叔是谁？

"对，顾叔叔。"

盛千姿惊了一下："你喊他叔叔？"

"对啊！"小女孩说，"我一直这么喊，他说怎么喊都可以，我开心就行。"

盛千姿没说什么，只是问："那……刚刚那些话都是叔叔教你写的？"

"对啊，我年纪太小了，不会写。"

她怕自己诚意不够，盛千姿会把蛋糕收回去，委屈得快哭了，眼看眼泪就要掉下来。

盛千姿捏捏她的脸："没事没事，我就问问。行吧，那你把玫瑰留下，我再给你一个蛋糕？"

小女孩抱着三个蛋糕蹦蹦跳跳地回去，和顾绅一起分享。

不爱吃甜食的顾医生难得地将那个蓝莓蛋糕吃了。

两人在福利院进行完活动，本来是要去下一个地方吃饭的，但陈绍似乎很喜欢这里的小朋友，提议就在福利院吃。

他用手机点了一些小朋友们喜欢吃的东西，让他们也尝一尝外面那些小吃、肯德基和麦当劳的味道。

院长没意见，只是希望能够适度。

陈绍说："没问题，我会把握好分寸，不会点很多辛辣油炸的东西给他们吃的。毕竟都是小孩子。"

他们又陪孩子们玩了将近一个小时，外卖就送过来了。

顾绅医院有事，提前离开，中途没有打扰他们，只跟院长说了一声，默默地走了。

盛千姿都不清楚他是什么时候走的。

直到那个穿着粉色蓬蓬裙的小女孩见没人陪她玩，走过来黏盛千姿，盛千姿才发现顾绅不见了。她拉着巴桃的手晃了晃，问："怎么了？"

"无聊，叔叔走了。"巴桃也跟着晃了晃身子，戳戳自己肉嘟嘟的脸蛋，仿佛要在上面抠出两个小梨涡。

盛千姿捏了捏她的脸："叔叔是医生，应该是有什么重要的事情需要他去处理。"

"我知道。"巴桃笑着说，"所以我很乖，没有缠着他。"

"你很喜欢他吗？他经常来陪你玩？"

"对啊！"巴桃摸了摸裙摆，眨着眼说，"我很喜欢叔叔，这里的人都喜欢他。姐姐，你不喜欢他吗？"

盛千姿一愣，完全没想到小姑娘会问这样的问题。

小孩子心思单纯，她说的"喜欢"跟大人们理解的"喜欢"不一样。

虽然现在节目组已经暂停拍摄了，自己说的任何话都不会被录进去，但在回答这个问题时，盛千姿还是不可避免地犹豫了半分钟。

就在这半分钟里，巴桃觉得姐姐应该是不喜欢叔叔的，替顾绅抱不平，补充说："可是……可是，叔叔今天下午说，他喜欢的人就是你，他还说……你是这个世界上最好看的人。"

"怎么可能？"盛千姿摸了摸她的脸蛋，"你在逗姐姐开心呢，是不是？"

盛千姿打心眼儿里不太相信顾绅会跟一个小女孩说这样的话，以他的性格，根本就不存在这样的事情。

手语老师在盛千姿背后给巴桃做着手语，巴桃看完，都快急哭了，不知道怎么样她才会相信："我真的没骗你，我从来不骗人的，我从小到大都没骗过人。"

"好好好……"盛千姿抱住她，使劲儿安慰，"我信你，好不好？姐姐信你了，那下次叔叔来，你帮姐姐跟他说一声谢谢，怎么样？"

女孩的脸色终于缓和下来，点点头："好。"

时间如白驹过隙。

吃完饭，两人又在福利院和院长聊了一会儿天，今天的节目拍摄就正式结束了。

盛千姿弯腰感谢所有工作人员的付出，笑着发出邀请："刚刚订餐的时候，我和陈绍特意多订了点儿，大家辛苦了，一天拍摄下来也不容易，来吃点儿东西吧。"

陈绍明天有其他节目通告，已经被他的经纪人接走了。

盛千姿也由节目组安全送回了家。

深蓝的夜幕像一张拉开的大网，蛾眉般的月亮挂在天边，黑夜无比漫长。

综艺拍完，《秋酿》也杀青了，所有的工作暂时告一段落。

工作一结束，盛千姿整个人就跟废了似的，想脑子放空几天，什么都不想，什么都不干，睡个三天三夜。

但事实告诉她，不行。

她还有很多事情没有处理，例如盛家老宅的事、盛新荣的事、盛千盈的事……

所有重担突然间全压在她的身上，害得她险些透不过气来。

盛千姿简单地收拾了一下心情，将第二天准备跟律师说的话和资料细致地整理了一遍，力求做到高效，能尽快解决问题就尽快解决。

第二日一早，盛千姿去了一趟小姨家，跟小姨一起吃早餐。

千盈刚好起床，见盛千姿略有倦色，担心地问："姐，你最近是不是很累啊？要不你去休息吧？这件事就让我和小姨来弄，反正都是靠法律手段嘛，我们先跟律师聊聊，看看有什么办法可以解决，遇到棘手的事情，我们再一起商量。你有你的工作需要完成，我都听说了，你跟清越传媒签了4亿元的对赌协议，接下来肯定还有很多工作，能休息一下不容易……"

"没事。"盛千姿笑了笑，觉得千盈最近成熟了不少，但还是不放心，"你这丫头连吵架都不会，让你去，不得吃亏？"

"这不还有我吗？"陆凌辛乜她。

盛千姿讨饶："是是是，那我总得表面跟一下吧？不然我不放心……"

前些天，盛千盈和陆凌辛趁盛新荣不在家时回了趟盛家，将盛千盈母亲的遗物逐一收拾好，大箱小箱，全都拿了过来。

陆凌辛将有用的东西整理出来，给了盛千姿。

盛千姿按照约定的时间，戴上墨镜，前往市中心的一家高级律所。

律师在里面等候多时，两人谈了大概两个小时，盛千姿将自己的诉求说了一遍，希望拿回原本属于自己、母亲和妹妹的东西。

律师委婉地说："你目前最希望要回的是你母亲当年作为嫁妆带来的遗产，其中就包括那栋别墅。这些嫁妆是在你父母办理结婚登记之前由你外祖父赠予的，属于你母亲的婚前财产。这种情况比较好处理，你母亲去世后，若立有遗嘱，则按遗嘱进行财产分配；若没有遗嘱，就由你和你的妹妹、父亲共同分配。"

"若父亲在婚姻存续期间存在出轨行为呢？"盛千姿问。

"出轨这种事情……"律师说，"是不影响财产继承的，只能让出轨方做出相应赔偿或者受到惩罚。"

母亲在世时并不知道盛新荣的嘴脸，那么爱盛新荣，连合眼前一秒都紧紧地握着他的手。

遗嘱这种东西估计是不存在的，但盛千姿还是决定找一找，说不定真能找到。

这二十多年来，盛新荣从未跟她与盛千盈提过母亲有遗嘱这件事，但没提不代表没有。

他在母亲去世前就出轨了，与黎秀芳狼狈为奸，这说明他很早就开始提防自己的妻子和两个女儿了。若母亲的遗嘱令他不满意，以他的性子，篡改遗嘱或直接销毁遗嘱都是有可能的事情。

怎么才能让一个庞大的商业集团发生动荡，军心不稳，甚至开始质疑领导者？最简单的方法就是利用舆论，引起公愤。

盛千姿身后有清越的公关团队，这两年清越的工作重心和目标都在她这里。

她以两年后若对赌成功则绝对不会跳槽，一直留在清越签长约为条件，与清越达成共识：只要清越帮她扳倒盛新荣，她便会和清越签五年或者十年长约。

清越对此没什么意见，也可借此机会将盛千姿洗白。

没多久，网上便有消息说盛千姿是盛旭集团的大小姐，并且登上话题榜，位列榜首。

"盛千姿是盛旭集团老总的女儿？那……那些黑料是怎么回事？"

"老爹都有钱成那样了，还需要别人捧吗？我有点儿怀疑之前那些东西的真实性，别的不说，盛新荣总比那半吊子导演王艺牛吧？要真比，盛新荣才算是'大腿'啊！"

"不是，我以为大家都知道盛千姿后台很强，原来这件事还没出圈吗？以前我就纳闷，为什么亲爹那么有钱，自己的女儿被网暴却一点儿反应都没有，现在还是未解之谜啊！"

"楼上发现了盲点，为什么亲爹那么有钱，自己女儿被网暴却一声不吭呢？还是整整一年哟。"

清越让舆论先发酵一段时间，一周后，盛千姿拍摄的《充满活力的一天》播出了。

节目播出后，盛千姿的路人缘上升了不少，尤其是那段去福利院的行程，刷了一大波好感，连院长也时髦地开通了微博来互动转发，支持盛千姿。

彼时，盛千姿正在床上认真地翻看下一部戏的剧本，临睡前刷了刷微博，本以为会在话题榜上看到自己的名字，结果榜上第一的话题虽然与她有关，却不是她的。

限定告白

抱猫 著

下 册

青岛出版集团 | 青岛出版社

第八章
独家粉丝

话题榜榜首竟然是顾绅？！

"盛千姿邻居长什么样"以超高的讨论量雄踞话题榜榜首。

盛千姿有些迷惑，也很费解，抚额点进话题扫了眼，原来是那段她醉酒后在电梯间不小心拍到顾医生的视频片段火了。

当时她后面说了句"给顾医生打个码"，节目组真的很听话地给顾绅打码了，却只挡住了他的脸。他的脖子、锁骨以及身材，尤其是那双无法忽视的大长腿全都暴露在镜头前，他偏偏还穿着一身能杀死一片"少女心"的白衬衫和西裤，浑身的冷峻气息透过屏幕扑面而来。

他喉结凸出，手指修长且骨节分明，全身上下，怎么看都赏心悦目。

盛千姿汗颜，没怎么理会这些网友，随便她们花痴好了，反正被花痴的人又不是她，她们也扒不出来他到底是个什么人。

但过了几分钟，她仔细想想，还是有点儿……不是滋味。

按照计划，后天清越应该会发大量通稿澄清她的黑料，他们做了许多反推式的澄清图，为了确保万无一失，公关部门也围绕这些澄清开了很多次讨论会议。

造谣微博的转发与点赞总数量向来会比澄清微博高好几倍，这样的澄清效果肯定不大，但也不能放弃。

现在的盛千姿心态已经好了很多，她也没抱多大希望，放下手机，敷完面膜，安安稳稳地睡觉，却没想到微博在半夜直接瘫痪了一次。

原因是当年使盛千姿被网暴的主要人物——王艺导演被捕了。

热门微博下的评论数瞬间破了十万，转发、点赞量达五十多万。

一大早，天还没亮，陈芷珊跟疯了似的用手机"轰炸"盛千姿，让她起床"吃瓜"，兴奋地大喊："快快快！快给我上微博，绝对不能错过这个振奋人心的大好消息！"

别说网友，连盛千姿也很迷惑，在娱乐圈造谣事件中，她还是第一次看见有人因此被捕，还是导演级别的人物。

这是怎么回事？

评论区有人说王艺是自首的，也有人说他是被人收集证据举报的，各有各的观点。

盛千姿觉得还是问一下清越的公关经理比较稳妥："王艺被捕，是你们做的吗？"

公关经理："我们正想问你呢，是你做的吗？"

盛千姿："不是我啊，我什么都没干。"

公关经理也是一样的说法："我们哪有那么大能耐？我们还打算发发澄清通稿就算了。"

公关经理："确定不是你做的？"

盛千姿："我有这个能力，还用签对赌协议吗？"

公关经理无语。

那就奇怪了。

王艺在这个节骨眼儿被捕，本来就是一件很神奇的事情。

若说王艺是自首的，以他的脾性，那绝对不可能。可想要拿到他利用各大营销号散布不实消息进行诽谤的证据也很难，没有几个月甚至半年的时间基本是不可能办到的。

盛千姿绞尽脑汁都想不到是谁在帮她，齐炀和顾珩应该不会，而且以他们的思维，估计不会想到用这样的方式帮她辟谣。

造谣者被捕是最直击要害且最快速的辟谣方法。

清越什么澄清都没做，只是睡了一觉，盛千姿"路人缘"尽毁的局面瞬间就被扭转过来，网上陆陆续续有人开始心疼她，并且痛骂王艺，替她抱不平。

盛千姿边刷微博边发愣，怎么都觉得有点儿不真实，像天上突然掉下一个大馅饼，她什么都没做，就大获全胜了。

作为诽谤事件的被害人，没多久，她便接到了王艺居住地公安局的电话，说要她过去进行问话并做笔录。

盛千姿刚好还有一天假期，后天才进组拍电影。次日，她前往公安局，大概地描述了一下当时的情况。其实就是王艺找她谈一部电影的剧本，她不喜欢，拒绝了，引发了一系列的祸事。

所有事情交代完，雨过天晴。

盛千姿礼貌地问："我能知道他是怎么被捕的吗？"

警察看她如此小心翼翼，笑着说："有人举报。你不用这么小心翼翼地跟我们说话，你是被害人，又不是嫌疑人。"

盛千姿放松了许多，也冲警察小哥哥笑了笑，大胆又直接地问："那我能知道是谁举报的吗？我想感谢一下对方。"

"嗯……"警察小哥哥沉默了半晌，说，"他希望我们保密。"

盛千姿泄气地看着他，肩膀塌了塌："一点儿信息都不能透露吗？"

"不行。"警察小哥哥守口如瓶。

盛千姿有些无奈，却还是不肯放弃："好吧。那我能隔空感谢一下他吗？比如说，你可以告诉我他是男是女，是不是我的粉丝之类的呀！"

警察小哥哥想了想，不知道该怎么形容……

盛千姿等了很久都没等到他开口。竟然连举报人的性别都没撬出来，她无奈地瞪警察小哥哥一眼，撇了撇嘴："算了，不为难你了。但有个忙，你总能帮一下的吧？我找找我有什么东西可以作为谢礼。"

她开始低头翻包，找到一瓶昨天才到货的橙瓶香水，不管是男粉丝还是女粉丝都可以用，男粉丝收到也可以送给女友。随后她抽出一张纸巾，用今天带出来的最喜欢的一支枣泥色口红写上自己的名字，外加"谢谢"两个字，最后还画了颗心。

盛千姿说："麻烦你了，可以帮我递给他，顺便说声谢谢吗？"

警察想了想，最终还是应下。

两天后，收到由外地寄来的快递的顾绅，下班之后打开包装瞧了眼。

顾绅看到的是一瓶橙色的香水，以为是病人寄来医院给他的礼物。他拿起香水盒子旁边被保护得很好的纸巾，奇怪地瞅了眼。

与香水放在一起密闭的时间过久，它散发着一种淡淡的茉莉花和鸢尾花的香味，上面是又大又整洁的三个字——"盛千姿"。

他有些无奈，又有点儿惊喜，想起与她好久没见了，两人虽然住在同一层，但盛千姿最近好像很忙，经常见不着人影，所以他一直都没机会和她碰上一面。

顾绅打开微信，给她发消息："在干吗？"

盛千姿："反正与你无关。"

顾绅无语。

她还真是越来越皮了。

几天后，盛千姿主演的姐弟恋题材电影《冰糖蜜柚》就要开机了。

没有黑料，没有绯闻，少了谩骂，她最近的日子似乎从容了不少，她像是一下子卸下了重担，心情也跟着不断变好。

盛千姿从酒店坐房车来到现场时，恰巧看见一大群人围在一个极大的花板前，啧啧惊叹。

一整块花板上全是蓝色妖姬。

鲜艳的玫瑰与绿色的满天星铺满了整块板子，花与花之间的排列整齐且有规律，被拼成了三个字——盛千姿。

远远看去，这三个字仙气十足，妖而不艳，媚而不俗，任谁看了，都得说一声"羡慕"！

有人已经在激烈讨论——

"全是蓝色妖姬，这得多少钱啊？"

"虽说姐姐喜欢蓝色，但这么一大片的蓝色妖姬，我还是第一次见，开眼界了。"

盛千姿本人并不知道粉丝们在讨论什么，也不会专门联系粉丝去问这到底是谁做的。

开机仪式结束，她分别去便当车、马卡龙甜品小间和蓝色妖姬花板前拍了照片。

今天，她穿着高跟鞋、白色小西装外套和窄脚黑裤，被染成深栗色的头发发尾微卷，绑成了高马尾，落下几缕碎发，眼瞳生来敛着些水色，透着明亮，红唇轻轻一掀，勾唇笑了笑，把大姐姐的气质展现得淋漓尽致，气场冷艳慵懒，尤其是和陈绍这个干净大男孩站在一起，CP感十足。

盛千姿拍的照片一般会先传送到工作室由专门的修图师进行修图，再由工作室或她本人发到微博，供粉丝们欣赏。

这一次工作室大方地满足粉丝，发了九张图，让人大饱眼福。

其中和蓝色妖姬花板合照的那张图传播得最广，没几天便已成了她的美貌出圈图之一。

她这次的造型很好看，大家都在期待着电影的播出。

"姐姐终于不拍正剧了，呜呜呜呜，感天动地，就应该多拍拍这种甜甜的恋爱剧，毕竟么漂亮！'偶像剧脸'不能浪费！"

"嘻，盛千姿的这部电影以后估计要作为某站姐弟恋的剪辑素材广为传播了，这开机造型简直帅得不行。"

"之前有小道消息说她跟清越签了4亿元对赌协议，这电影也是清越的，应该会很快上映吧，不然对赌很难完成啊！我是清越老总的话，肯定先保障她的剧啊，毕竟又美又有实力的摇钱树不是哪里都有的。"

"那我就开始期待了，希望明年能上映！我爱姐弟恋！"

网友猜测得基本没错，盛千姿签约清越后，公司内部和外部能拿到的最好的资源通通往她身上砸，很多已经杀青的剧也在进行后期剪辑，以最快的速度排队送审。

距离签约已然过去半年，在这期间，盛千姿一共拍了一部公益电影、一部古装电视剧，加上这部姐弟恋题材的恋爱电影，共三部作品。

暑假即将来临，8月19日眼看就要到了。

邓瑶给盛千姿发了《生命只有一次》的首发预告片，让她先看看，其中很多令人热血沸腾、很触动人心的镜头被剪得超级好，看得盛千姿随着剧情的转折和深入，手指也跟着握起来，竟然有点儿激动。

邓瑶在微信上夸她："这次你拍得不错，演技有进步，共情能力很强，剪片后的效果已经超出了我的预期，加油。"

盛千姿："谢谢瑶姨。片子剪完了就好好休息，注意身体啊！路演见。"

《生命只有一次》的路演很快就要开始，《冰糖蜜柚》的拍摄不需要很长时间，30天左右基本就能拍完。

电影《冰糖蜜柚》一杀青，盛千姿就正式开始《生命只有一次》的宣传工作，今年大概率不进组了。

陈绍是个科班出身的新人演员，演技不错，但经验不足，水平忽高忽低，还需要再磨炼一下，但拍目前这种恋爱片是没有问题的。

反正男帅女美，怎么拍都有一种甜甜的感觉。

尤其是一场在海边的戏。

盛千姿穿了一件吊带的雪白纱裙，露着锁骨与肩膀，在海风的吹拂下，跟陈绍在海边玩耍，突然她潜进海里游泳，不见了。

陈绍以为她出了什么事，拼了命地找她，将她从水里捞出来，公主抱在身前。就在这一刻，盛千姿狡黠地睁开双眼，钩着他的脖子，边笑边凑近，睫毛上还挂着水珠，水盈盈的眸子带着种清澈感，直勾勾地看着他，凌乱的长发如海藻般散在肩后，她的侧脸在镜头前放大，找不出一丝瑕疵。

即便知道是在演戏，陈绍还是不可避免地因为她的靠近而心跳漏了一拍。他快速掩藏住那一份心动，凭着演员的专业素养，半真半假地勾了勾唇，对她既无奈又宠溺。

盛千姿说："楮恒，你刚刚是不是很担心很担心我？"

"没有。"弟弟高傲地不看她，直视前方，抱着她一步一步地往岸上走。

盛千姿撇了撇嘴，追问："没有？"

陈绍答："没有。"

"你高傲个什么劲儿啊？"盛千姿边笑边掐他的脸，认真地说，"我想好了，不如我们就试试吧。不要骗自己，不要在意外界的眼光，就只是单纯因为喜欢……"

"嗯？"陈绍脚步顿住，"只是试试？"

盛千姿愣了愣，凑到他耳边："那……我们在一起，正式在一起，一直在一起，好不好？"

导演一声"Cut（停）"，这场戏就拍完了。

拍摄结束，陈绍将盛千姿放下来，她赤着脚，等助理拿来拖鞋和毛巾，有人给她擦头发，将毛巾披在肩上，防止着凉。

有工作人员跑过来说："男女主演，过来接受个花絮采访。"

陈绍和盛千姿分别应了声，一起走过去，在工作人员安排的椅子上坐下。

面对镜头，两人先各自做个自我介绍——

"大家好，我是盛千姿，在电影里扮演的是一个事业有成的小姐姐，宋相宜。"

"我是陈绍，在电影里饰演的是宋相宜的男朋友，楮恒。"

采访前半段问的都是跟电影有关的事，问到后面，越问越偏，不断往观众八卦的点去引。

这种采访盛千姿早已见惯，也很会见招拆招。

主持人问："听说在《冰糖蜜柚》里，陈绍饰演的角色比千姿饰演的角色年纪小？千姿会介意不到 25 岁就接到了姐弟恋题材的剧本吗？"

盛千姿抿唇一笑，并无尴尬之色："不会啊，不会介意。每个人身上的气质不一样，外形给人带来的感觉也不一样，我很清楚自己的定位，也无惧面对各种挑战。女演员的年龄大并不可怕，那是一种阅历和经验的证明，而我才 24 岁就拥有了别人两三年或者三四年后才有的东西，这难道不是一件值得高兴的事吗？"

主持人会心一笑，特别认同盛千姿的观点："那你们生活中会接受姐弟恋吗？"

陈绍思忖了几秒，措辞严谨："不会排斥。"

轮到盛千姿回答时，她无意间往远处瞥了眼，捋了捋被风吹乱的头发。他们周围站了许多围观拍戏的路人，有一道清冷的身影忽然在人群中一闪而过。

她蹙了蹙眉，以为自己看错了，可又觉得刚刚那一瞬间很真实，不像是幻觉。

盛千姿心不在焉地朝那一堆围观的群众又扫了几眼，仿佛在寻找谁的身影，奈何根本就找不到。

主持人不知道她在做什么，引她回神，又问了一遍："千姿呢？会接受姐弟恋吗？"

"姐弟恋？"盛千姿重复了一遍，鬼使神差地说了句，"别人姐弟恋肯定无所谓啊，但是我的话，大概率不会吧。"

如果要炒 CP，她刚刚的回答应该是"可以接受"或者"都行"。

但她偏偏说了不会，不知道是无意看见某人的原因，还是真的走神说错话了，盛千姿愣了几秒，心想，不营业就不营业吧。

她认真地说："因为我这个人有时候特别疯，虽然也会有安静的时候，但跟身边的人熟了的话，就会有点儿肆无忌惮，需要有一个人管着我。"

主持人不死心地问："大概是什么类型的男生？很成熟，很稳重的？"

"嗯……在他的领域里比较出众，偏成熟类型的。"关于私生活，盛千姿不愿透露过多，只说了一点点，其他的留给网友遐想。

采访结束。

盛千姿拍完接下来的电影戏份，直接穿着拖鞋一瘸一拐地返回酒店。

如今已然进入初夏，剧组又是在南方靠海的地方取景拍摄，天气比较炎热，她赤脚站在沙滩上拍了一下午戏，脚底隐隐发疼。可她一直没时间去察看，为了不让他人担心，也没有说出来。

盛千姿立马走回酒店，想看看自己到底是被烫伤了，还是被那些贝壳石头划破了脚底，好应对处理一下。

她刚进门没几秒，便有人按响了房间的门铃。

盛千姿问："谁啊？"

门外是一个很温柔、很有礼貌的女声，隔着门板，声音听起来有点儿小："您好，您在楼下订的双氧水和碘伏到了。"

盛千姿蒙了大概三秒钟，打开门，委婉地说："我没有订过什么双氧水和碘伏啊，你是不是送错了？"

工作人员打开单子仔细地核对了一遍："没有错，就是1541房间。"

盛千姿不敢相信地问："真的是我吗？可我真的没有订啊！"

工作人员笑了下，将单子递给她看："对啊，已经付款了，房间就是1541。您可以看一下。"

盛千姿低头仔仔细细地瞧了眼，是没错，单子上面还有她的名字。她只好将药拿过来，道谢："好的，谢谢啊，这可能是我朋友买的，我并不知道。我能问一下买药的人大概长什么样子吗？我想感谢一下对方。"

她说完就发现这话特别熟悉，好像已经不是第一次说了，最近种种事情都发生得十分蹊跷，让人不得不怀疑。

工作人员为难地说："我只负责送药，没有见到买药的人，不好意思。"

盛千姿遗憾地说道："没事、没事。"

将门关上，盛千姿把双氧水和碘伏放在桌面上端详了两眼，托腮发了半晌的呆，突然想到什么，打开手机瞅了眼时间。

今天是周日，休息日，他不用上班……

那个她在片场瞧见的熟悉人影，以及这里的两瓶外用药水，似乎都指向某人。

盛千姿进浴室用清水冲干净脚底板，拿毛巾擦干，果然看到一粗一细两条被贝壳划破了皮的伤痕位于脚掌中央，用手指轻轻去碰，还泛着疼。

她一边消毒一边想，最近一直都没见到顾绅，他也没有出现在她面前。

可她总感觉他无时无刻不在关注着她，这种感觉很微妙，说不上来是为什么，也无法求证。

不，她还是可以间接求证一下的。

盛千姿打开手机，翻出通讯录，给齐炀打了个电话，喂一声，说："问你个问题啊！"

"快问。"齐炀永远一副贱得要死的语气。

盛千姿翻了个白眼说："不许骗我，认真回答，顾绅现在在哪儿？"

齐炀说："我哪知道，我又不是他的保姆。"

盛千姿道："你就不能替我去打探一下吗？"

齐炀无语："真烦。"

齐炀挂了电话，转而打电话给顾绅："绅哥，在哪儿？"

话筒里的声音又冷又淡，低低地道："工作。"

"哦。"齐炀不怎么信，快速使出后招，"什么时候结束啊？今晚出来喝酒呗！"

"在外地，不方便。"

"没劲。"

齐炀挂了电话，直接发短信给盛千姿："他在外地。"

盛千姿一看，顾绅在外地？那就是说不在临江喽？

那种感觉越发强烈……

盛千姿叹了口气，擦完药，躺在床上休息了会儿，竟然有点儿想见他。

他们……这算什么啊？

次日。

盛千姿借清越之手，放出盛新荣的两个女儿均已不在盛家住和盛新荣疑似婚内出轨的消息。

之前网友讨论了许久的盛千姿被黑而亲爹无作为事件被重提。

而后，过了半天，清越利用各大论坛和社交软件，放出盛新荣现今妻子为当年总裁秘书和他为了侵吞段家财产试图让盛千盈与段家继承人联姻的事。

所有的事情串联起来，发酵得更严重了。

盛旭集团主营家具设计和制作生产，也做一点儿房地产生意。

如今事情越闹越大，瞬间引起公愤，已经有不少人开始退货抗议了。

众所周知，家具退货是一件很困难的事情，盛旭生产的家具质量又特别好，当年他们为了吸引更多的人来买，竟然打出了一个月内无理由退货的噱头。

如今正好方便了盛千姿，她倒要看看盛新荣会怎么处理这件事。

与此同时，顾绅看过这些新闻，手中的笔转了几下，打电话给熟人："能帮个忙吗？"

"怎么了？"对方似乎跟他很熟，语气颇有调侃，"老同学，连你也有要我帮你的一天啊？"

顾绅淡淡地道："有还是没有？我没多少时间。"

"有有有……"对方无奈地说，"聊聊天都不行。上次你帮了我之后，我让你有事就找我，没想到还真有这个时候。说吧，什么事？能帮上忙的兄弟一定帮。"

顾绅勾了勾薄唇，心中已有计划："帮我举报一件事，最好越闹越大……"

对方听完："什么？你跟盛家有仇啊？海边那块地可是大工程啊，

有仇也不至于黄了人家的地啊！"

顾绅只说："没想黄，举报就行了。"

盛新荣这人虽然想钱想疯了，但他做事从来都是谨小慎微的，顾绅刚刚托人举报的事情，盛家八成是没有的，他只是想给盛旭集团一些压力罢了。

退家具这种小事，还不至于让盛新荣这只老狐狸手忙脚乱，地皮就不一样了。

打蛇打七寸，这样才能让对方自乱阵脚。

盛千姿让盛千盈和小姨逮住机会，在盛旭集团开高层会议的时候进去掺一脚，逼盛新荣拿出母亲的遗嘱。

她的目的很简单，只是想看看母亲的遗嘱里到底写了什么。

两天后，盛千盈打电话给刚拍完戏的盛千姿："没有遗嘱。"

"没有遗嘱？"盛千姿皱了下眉，思考了两秒，"我不太相信。盛新荣这个人诡计多端，我们把没有遗嘱这件事公布出去，最好闹到公证处的人都知道。到底有没有遗嘱，不超过一周，我们就会知道。"

盛千姿虽然人不在临江，但能想象到如今盛新荣脸上是什么表情，估计已经难看得快要发疯了。

她时刻关注微博的动态，事情进展得很顺利，心情好得不得了。

但也有不少朋友看见网络上发生的事，打电话过来关心她，问她有没有事，会不会心情不好之类的。

被熟人关心还好，盛千姿会跟他们说没事，我很好。

而一些明明关系不怎么好，还在公众平台发通稿拉踩嘲讽过她的人，见她如今流量又回来，有重回巅峰的趋势，竟然厚着脸皮打电话来问候她。

盛千姿感觉挺莫名其妙的，也很有负担。

《冰糖蜜柚》快杀青了，陈芷珊最近没什么事，来陪她拍戏，见她又放下电话，无奈地问："今天第几个了？"

"第四个。"盛千姿撇了撇嘴，"居然还说以后有空约，我不知道有什么好约的。"

陈芷珊也不知道该怎么形容那些人，干脆翻了个白眼："他们想得美，我们大美女的档期这么好约吗？说，最近有几个男的来向你示好啊？"

　　盛千姿搬了张小凳子坐下，喝口水："没有，哪有示好？你在想什么？"

　　"我才不信。"陈芷珊看她一眼，"以前你被全网黑的时候，就有挺多男演员追求你的，现在他们会放过这个大好机会不来表示一下关心？"

　　她凑近盛千姿，携着八卦的语气："顾医生有来关心过吗？"

　　"没有啊！"盛千姿说这句话的时候，语气里带着遗憾之意。

　　陈芷珊听出来了："怎么，很失落啊？"

　　盛千姿没好气地瞥她一眼："你不要胡乱揣测我的心思！我失落什么？有什么好失落的？"

　　"没什么好失落的？"陈芷珊阴阳怪气地调侃她，"你当然失落啊，所有人都想趁着这个时候来关心你、讨好你，或者直接在公众平台上蹭你热度，他却没有。你现在……心里肯定在想，这个狗男人到底什么时候来？"

　　盛千姿托着腮，无奈地笑笑："你想象力挺丰富啊！"

　　"那是因为我知道你心里在想什么。"陈芷珊不多说什么，"算了，不打扰你了。你自己的事自己解决。"

　　盛千姿回酒店后也在细想这个问题，这几天顾绅没有来找她，但之前微信可没少发，她就调皮地回了句"反正与你无关"，就没再回过了。

　　不管他说什么，她一概不理。

　　盛千姿给自己找的借口是太忙，但借口终归是借口，她迟迟迈不出那一步，不过是觉得有一根刺卡在他们中间，暂时没办法忽视。

　　她叹了口气，舔舔唇，无聊地打开某在线问答软件，搜了一下——

　　"拒绝过自己追求的男人突然想要追回来是为什么？"

　　回答1："这得分很多种情况吧。大部分男生比较爱面子，一般拒绝女生，就真的拒绝了，就算后来对她有一点点好感，也不会怎么样，但是也有例外。不管是男生还是女生，能够鼓起勇气去追求一个人，我感觉都是喜欢到一定程度的（渣男渣女除外）。"

回答2："谢邀，我男朋友就是啊。当初他拒绝我的时候，我难受了整整一个月，觉得他很冷血无情，后来他来追我，我不太敢相信，也有点儿生气，就使了点儿小心机，担心他就这么跑了，又怕他只是玩玩而已，就在这犹豫之间，他追了我半年。现在我们已经在一起7个月了，我问他后来为什么又喜欢上我了，他说，一只兔子突然出现在身边吵吵闹闹，他只想一脚踹开，后来兔子失落地走了，他才发现很不习惯，这只兔子已经影响了他的生活，不然他也不会纵容她在他身边烦了他那么久。"

盛千姿看完所有回答，勾唇笑了下，别人的爱情好像都来得特别容易且幸福。

她发现她与顾绅之间很像那只小兔子的故事，她是经常烦他、黏着他的兔子，他是恨不得一脚将她踢开的人，现在又来告诉她，他很喜欢兔子，后悔了，想要追回来。

有些人的喜欢来得晚一些，盛千姿是知道的。

他没谈过恋爱，也没有喜欢过别人，看再多的书，有再多的学识，不经历一遍，都很难领悟"感情"这两个字。

但盛千姿依旧觉得差了点儿什么，让她很难受。她发微信给小芝，试图解开最近困扰她的几个问题："小芝，问你几个问题呗？"

小芝："怎么啦？"

小芝："问吧问吧。"

盛千姿："你有没有觉得顾医生最近很奇怪啊？"

小芝愣了几秒，像是瞬间找到了知己："你怎么知道的？顾医生最近就是很奇怪啊！"

盛千姿："啊？"

盛千姿："哪里奇怪了？你说说……"

小芝："你别跟他告密啊，我就感觉吧，他最近好像……谈恋爱了。"

盛千姿瞳孔缩了一下，差点儿就误会了这句话，下一秒，小芝给她解释："他最近真的很奇怪，以前凶巴巴的，现在经常笑，这算奇怪吗？"

小芝："还有，前几天我去他办公室拿文件，无意之中在抽屉里发现一瓶香水。顾医生的抽屉里有香水！我的天哪！这难道还不奇怪吗？"

盛千姿怔了一下，看见"香水"二字，似有什么强烈的感觉在心底炸开，却又不太敢相信，咽了咽口水，小心地打字问："那你记得是什么牌子的香水吗？"

小芝停顿了半分钟，似在回忆："牌子不知道啊，我没见过，而且我不用香水，但是包装挺好看的，是橙色的。你问这个做什么？这你都要买啊，太夸张了吧？"

橙色？

那瓶橙瓶香水？

盛千姿抑制住上扬的嘴角，继续问："真的是橙色吗？你没看错？"

小芝："我只是不懂牌子而已，颜色怎么会看错，我瞎啊？"

盛千姿心情大好，笑着回她："对啊，不行吗？"

小芝："拿你没办法，周一上班我帮你问问顾医生吧，然后告诉你牌子，希望他不会打我。"

盛千姿："他还打人？"

小芝："说笑的。我们顾医生可是文明人，干不来这种事。"

盛千姿挑了挑眉："也可以是斯文败类啊！"

小芝："还能这样？"

盛千姿："喀……喀……"

话题突然有点儿少儿不宜，盛千姿打马虎眼："不跟你说了。对了，不用帮我问香水牌子了，我好像已经知道是什么牌子的了。"

她能不知道吗？

这香水本来就是她买的，只是没想到竟然到了他手里。

盛千姿无聊地在床上躺了一会儿，一边跷起小腿拉伸，一边望着天花板发呆，胡思乱想，越来越待不住。

她瞄了眼时间，才晚上8点，今天是周末。

盛千姿内心挣扎了一下，而后滑下床，换了身衣服，穿鞋下楼，在街上漫无目的地走。

遇到一家口碑很好的蛋糕连锁店，她走进去挑了些颜值和口味都不错的买下来，还顺手拍了照片，发到朋友圈，明确地暗示了她在这里。

小芝很快给她评论："啊啊啊啊啊啊，你去梦之屋了吗？那里的蛋糕超好吃！"

盛千姿回复："对啊对啊，就在拍戏的酒店附近，无聊了就来逛逛。"

小芝和顾绅是好友关系，盛千姿和顾绅也是好友关系，所以盛千姿朋友圈下面的评论，顾绅都能看见。

盛千姿要的就是这种效果。

她刻意穿了一双浅蓝色的细高跟鞋，正思考着要以什么样的姿势故意崴个脚，然后把某人喊出来。她离开蛋糕店，刚走几步，正好走过一个雨水口，十二厘米的鞋跟咔的一声往下滑，直接卡在雨水口箅子的缝隙里。

盛千姿整个人都蒙了。

虽然她是打算卖个惨，但也不至于这么惨吧？

四周没什么人，她皱了皱眉，不嫌丢脸地将鞋子脱掉，弯下腰，蹲在地上像拔萝卜一样，试图将鞋跟拔出来，可她力气太小，怎么拔也拔不出来。

盛千姿倍感心累，正好小芝又回复她，她顺势在评论区大喊："玩手机太不小心了，鞋跟卡在雨水口出不来了！无语！"

小芝哭笑不得地问："你也太惨了吧，旁边没人帮忙吗？"

盛千姿："没有。"

盛千姿都要崩溃了，蹲在那儿拔了几分钟，没有一个人前来帮忙，顾绅也没有来。她尴尬得想要手指抓地。

她开始暗骂自己有病，在网上看了点儿爱情小故事、小"鸡汤"，知道他有一瓶橙色香水后就出来瞎晃悠，以为人家多在意自己似的，现在被打脸了吧？

一个女明星惨兮兮地站在深夜的街头，孤立无援，明天要是上了话题榜，全微博的人估计都要笑她。

盛千姿深吸了口气，叉腰站起身，想放弃了。

她打开手机，翻了翻通讯录，正打算打电话让陈芷珊出来一趟。

结果拨号键刚按下去，顾绅不知道从哪儿出现，来到她的面前，无奈地瞥她一眼，叹了口气，穿着黑裤的大长腿弯下。他像一个从天而降的神祇，俊美无俦的脸、清冷又流畅的下颌线清晰地出现在她的视野里。

盛千姿盯着他蹲下的背影，许久说不出话。

他俯身看了看，抬眸问："这鞋还要吗？"

这意思就是说，硬拉出来，高跟鞋可能会损坏，如果不想损坏鞋，那就得另想办法了。

盛千姿愣在了那儿。

刚好，陈芷珊接通电话问："怎么了，我的小祖宗？"

"嗯？"男人在征求她的意见。

盛千姿回过神，掩唇冲话筒低语："没事、没事，挂了啊！"她告诉顾绅："应该……是要的。"

这双鞋可贵了。

他嗯了声，走去附近的便利店，从货架上挑了一盒不知道是什么的东西。

盛千姿亲眼看见便利店里的收银小妹打单价的时候盯着他，脸都红了。

随后，顾绅拎着一个袋子走过来，淡定地将里面的东西掏出来，研究了一下。

盛千姿惊得把手机掉在了地上。

润滑剂？

他有病吧？！

盛千姿不知道这种方法他是怎么想出来的，不过效果居然还挺好，倒一点儿下去，不一会儿，晃一晃高跟鞋，鞋跟就出来了，简直不费吹灰之力。

掏出鞋子后，顾绅把鞋子擦干净放在地上，站起身看向她，瞳孔仿佛被泼了墨，与夜色融为一体。

气氛突然有一丝尴尬。

盛千姿不知道该说什么，只能先说一声："谢谢。"

顾绅垂眸看她一眼，唇角上扬几分，眼神深情又宠溺，一不小心便能让人溺毙其中。

与两人上一次见面时有所不同，盛千姿的棱角被磨平了不少，她一时半会儿也说不出那些口是心非的话。

其实她今晚找他是真心地想谈一谈他们两个人之间的事情。

孰料她还未开口，顾绅便皱起眉，率先发问："大晚上的，一个人穿这么高的高跟鞋出来买蛋糕？"

他的语气带着些斥责，又有点儿无奈，声音低沉，透着一股瘆人的气息。

顾绅的出发点是好的，但盛千姿已经觉得很委屈了，明明是他说想要追她，现在却要她以这样的方式逼他出来，到底是谁追谁啊？

盛千姿低头，抿了抿唇，逆反心理一上来就变得很幼稚，脱了鞋，直接赤着脚走："那我不穿了，我自己走回去。"

顾绅隐忍地看着她："盛千姿。"

盛千姿没理他。她穿高跟鞋确实有些累了，光着脚除了脏点儿，轻松自在。

顾绅被打败了似的，走上去拉住她的手："你能成熟点儿吗？你可以不喜欢我，也可以拒绝我，甚至可以要求我不喜欢你，但你能不能对自己好一点儿？别大晚上的一个人出来瞎晃，连鞋子都扔了直接走，你就不能心疼一下你自己？"

盛千姿仰头看他，眼尾泛着红，本来想直接怼回去的，可无意间瞥见他拎着她的高跟鞋，鞋面与西装裤蹭在一起，颇有几分暧昧："我怎么不心疼我自己了？而且我有要求你不喜欢我吗？你自己三分钟热度，喜欢到一半又不喜欢了，还赖上我了？"

顾绅被她气笑了："三分钟热度？所以我在这里是来旅游的？"

盛千姿咬了咬牙："我怎么知道！"

"对。"顾绅顺着说，"就是旅游。"

"你不是风景吗？所有人都夸你漂亮。"顾绅的话里无意识地含了点儿醋味，"那我更要好好看着了。"

"无聊。"她甩开他的手，"你才是风景，你全家都是风景。"

顾绅怎么可能让她甩开，攥着她的手，将她往怀里带，许久未见，他疯了似的靠在她的身上，下巴蹭在她的肩头，不让她走。

这是他第一次抱她。

盛千姿不够高，被他抱得脖子后仰，只好站在他的鞋上，毫不客气地用力踩："顾绅，你放开我。我们还没吵完呢！"

"吵什么？"顾绅的气息喷在她的耳边，声音很弱，带着一丝无奈，"最后是不是还要像上次那样对我说，让我不要喜欢你？你到底怎么样才肯相信我？不是不甘心，不是三分钟热度，更没空陪你玩，我就是喜欢你，想要你原谅，想要和你在一起。"

如此一番话让盛千姿冷静下来，他缱绻的尾音蹿进她的耳中，害她的心脏颤了颤。

只有经历过的人才知道自己的真心和喜欢不被别人当回事有多痛苦，这比爱而不得更让人无可奈何。

盛千姿感觉顾绅都快被她逼疯了，闭了闭眼，妥协地说："我信你，信你可以了吧？我快透不过气了……"

盛千姿一句煞风景的话成功让顾绅松开了手。

盛千姿的鼻间全是他身上清冷好闻的消毒水气味，她眯了眯眼，喘了口气，才慢慢地看向他："你果然是斯文败类啊！"

盛千姿的脚还踩在他的皮鞋上，他也不赶她下来，单手护着她的腰，防止她摔倒："对不起。"

"对不起什么呀？"盛千姿歪了歪头，傲娇又嫌弃地看着他，向他发出邀请，"顾绅，我们谈谈？"

今晚的夜色沉静得吓人。

不知道是不是第一次打破心中的隔阂，尝试与他进行一次深入对话的原因，盛千姿的心跳有点儿快。

顾绅没有磨磨叽叽地问一些"为什么突然想谈了？""谈什么？""去哪里谈？"之类的问题，而是干脆又爽快地说："好。"

两人去了不远处的一家24小时营业的咖啡厅，店面精致，皎洁的月光透过落地窗洒到靠窗边的卡座上，显得温馨又静谧。

盛千姿戴着墨镜走进去，顾绅引着她选了个安静人少的位置，点了一杯咖啡和一块蛋糕。

折腾了这么一阵，盛千姿有些饿了，将墨镜摘下来，叉一小块蛋糕过来咬了口，咖啡厅暖黄色的吊灯垂下的光影落在金色的叉子上，顾绅眼睛一眨不眨地盯着她。

盛千姿挑了挑眉，手指蜷缩了一下，低声问："看我干什么？"

顾绅移开视线，只是低笑，笑得盛千姿都不好意思了。

"嗯？"

"以前你不是让我多看看你，告诉你好不好看吗？我在看。"

盛千姿撇了撇嘴，他现在才看？

"所以好看吗？"

顾绅顿了几秒，点头："嗯。"

盛千姿受宠若惊，又问："那……后悔吗？"

顾绅没有正面回答，估计是还没放太开，只是说："我不是回答过很多次了吗？"

盛千姿刻意刁难他："有吗？我不记得了，你就不能再说一次？"

顾绅拿她没办法，又点头："后悔。"

"那还差不多。"盛千姿又咬了一口蛋糕，继续问，"你什么时候来到这儿的？"

顾绅答："昨天下午。"

"哦。"盛千姿抿了抿唇，又问，"经常来？"

顾绅回答："一个月两次吧。"

盛千姿点了点头，这个频率倒挺像他的作风的，他平时做事就不会太疯狂、太过分，而且他有自己的工作要忙。

顾绅以为她问这些是准备劝阻他不要这样做，解释说："我只是偶尔去片场看一眼，大部分时间还是在酒店。"

盛千姿双手托腮，直直地看向他，问了一个一直很疑惑的问题："顾绅，你到底是什么时候喜欢上我的啊？"

"真想知道？"

这个问题顾绅也思考过。

要说他真正想追回她，大概是买房子的时候，要说喜欢，估计是下载微博的时候吧。

盛千姿眼巴巴地等待着他的答复。

他唇角扯出浅浅的弧度，根据记忆说了个大概的时间："去年最后一天。"

这么精确？

盛千姿的眼珠子转了转，那不就是跨年夜那天吗？

可她不在临江啊，那会儿《生命只有一次》刚开机，她在北京拍戏。

顾绅看她的反应，问："你想知道这个干什么？"

"不干什么。"盛千姿眼睛眯了眯，感觉他在套她的话，"就是好奇啊！而且我想好了。"

顾绅问："想好什么了？"

盛千姿说："就那晚的事。你不是说你喜欢我吗？你刚刚又说了一遍，我没记错吧？"

顾绅答："没有。"

盛千姿抿着唇，眨了眨眼，继续说："可我不知道你到底有多喜欢啊！你觉得呢？"

顾绅也不自夸，很客观地说："这需要时间。"

盛千姿说："时间？可以。那我给你机会，让你追我一次。当时我追你追得那么卖力，你总得让我看看你的诚意，我才考虑接不接受你。"

盛千姿想得很明白，经历过这么多事情之后，他们的关系也该到这一步了。她给了他机会，也在给自己机会，对他来说这也是一次试探。

他想追回她，那得把她之前经历的都经历一遍，她才能考虑接下来的事情。

当时她为了追他天天围着他转，"贴"他的冷脸，还要保持微笑。现在这么轻易就想让她回头？他想都不要想。

顾绅松了口气，她从他眼里看到了带着温度的光芒，像是重新看到了希望。

男人低低的嗓音缠绕着清淡的笑意，深情地看着她："所以我有机会追你了，是吗？"

盛千姿没回答，其实是没好意思答，而且要装高冷，治治他。

他淡淡地笑，不逼她，看着她白净姣美的脸蛋，开始执行自己很久之前就想做的事——名正言顺地追她。

顾绅的目光落在她的身上，丝毫不动，他语调平静地说："嗯。今晚我就要回临江了，明天有手术，等放假的时候，我再来看你。等下陪你回酒店，我就走了。"

盛千姿觉得好没劲，这才刚说开他就走了，别扭地说："我不用你陪。"

顾绅看了眼窗外的天色和街上寥寥无几的行人："你确定？自己一个人走回去，然后像刚刚那样鞋跟卡在雨水口里，怎么拔也拔不出来？"

"那是意外好吗？我都说了是意外！"糗事被重提，盛千姿微微炸毛。

顾绅的嗓音轻柔了许多："好了，是我不放心你。你长得太漂亮，我怕你被人拐跑。"

被夸了一句，盛千姿没忍住，嘴角上扬了一点儿，继续维持着高冷，厉声说："我没那么好追，别想用花言巧语来骗我。"

"花言巧语？"顾绅刻意逗她，"这不是实话吗？还是说，堂堂娱乐圈女王对自己的脸蛋一点儿信心都没有？"

盛千姿当艺人习惯了，一听到有捧杀嫌疑的名词就特别害怕且敏感："我不是娱乐圈女王，不要乱说，被别人听见我会被黑的。"

顾绅不以为意："在我这里你就是，谁敢黑你？"

盛千姿撇了撇嘴："之前就被黑得很惨啊，又不是没被黑过。"

顾绅无奈地开口："那是因为我不……"

盛千姿见他话说到一半又不说了，掀起眼皮问："你不什么？"

顾绅想说，那是因为他不知道，王艺那件事他从半年前就开始想办法了。

"对不起。"他语气淡淡的，却含着十二分的笃定，"以后不会了，我绝对不会再让你遇到类似的事情。"

"算了。"盛千姿吃完蛋糕，擦了擦嘴，"反正都过去了，现在也真相大白了。我不会倒霉一辈子的。"

说最后一句话的时候，她语气中带着几分愤愤的恨意。

顾绅觉得她可爱，多看了两眼。

如果可以，他真想摸摸她的脑袋，安慰她说：以后的霉运都吸到我身上好了。

他想到了什么，换了个话题问："所以晚上为什么穿十二厘米的高跟鞋出来？你的脚好了吗？"

不愉快的话题再次被提起，盛千姿不想回答。还别说，刚刚她没注意，现在脚突然挺疼的，加上方才赤着脚站在地上，滑稽地拔了十几分钟的高跟鞋，划痕被地上的小石子磨得泛了红。

顾绅让她抬一下脚，给他看看。

盛千姿不愿意："不要，这里是咖啡厅，看什么脚啊？有病！"

看她气急败坏，顾绅笑出声："行，你在这里等我，别乱跑。"

他转身走了出去。

盛千姿安安静静地等他，过了十分钟，他又拿着一个袋子返了回来，袋子里是一双拖鞋，有两只兔耳朵，可可爱爱，穿着走起路来，兔耳朵一晃一晃的。

盛千姿瞄了眼拖鞋："给我买的吗？"

顾绅反问她："不然是给我买的？"

盛千姿不怀好意："你有这种小癖好也很正常啊！"

顾绅看她："我喜欢看你穿。"

"变态。"盛千姿骂他一句，随后不知道是不是联想到了其他什么东西，小兔子睡衣、小兔子发圈，还有其他比较有情趣的东西在脑海中一一浮现……

盛千姿发现他的脾气真的变好了很多，刚刚她骂他，他居然连瞪都没瞪她一眼。

顾绅单膝蹲在她脚边，将拖鞋的吊牌摘掉，然后把两只很可爱的兔耳朵拖鞋放在她的跟前，抬眸瞥她一眼："不穿？"

穿啊，有人"伺候"，她为什么不穿？

盛千姿脚跟微微一动，将高跟鞋脱掉，白白嫩嫩的脚丫露出来，放进其中一只兔子拖鞋里。

另一只脚上的高跟鞋怎么动也脱不下来，她下巴微抬，还没说"帮我弄一弄"，顾绅自然而然地帮她把那一只高跟鞋也脱了，随后，修长好看的手将那双浅蓝色的高跟鞋暧昧地钩起，低声说："走吧，送你回去。"

盛千姿没意见，现在接近零点了，她也有些困了，懒懒地打了个哈欠，是时候回去睡觉了。

回去的路上，顾绅问了她很多问题，例如：

"这部戏什么时候拍完？"

"下一个通告去哪儿？"

"最近胃有没有不舒服？"

盛千姿被问烦了，瞪他："你问我就要回答吗？"

他面无异色，垂眸注视着她的脸蛋，笑着开口："当然不是。现在我在追你，你有拒绝回答的权利，我只是表达我的关心。"

行吧。

盛千姿没话说了。

最后她问他："我是不是很任性，很作？经常挑你的刺，你会不会很快就受不了啊？"

顾绅唇边噙起几分笑意，语气笃定："这种程度还不算作吧？要是你连这点儿任性的权利都没有，做我女朋友是不是太委屈了？"

盛千姿挑了挑眉:"可我还不是你女朋友啊!"

顾绅说:"那先给你享受权利。"

盛千姿狡猾地笑了下:"所以说我现在是有权利,却不用尽义务喽?"

回酒店的这一路上,盛千姿穿着平底拖鞋,优哉游哉,没心没肺。

顾绅却从未想过这一刻竟如此幸福,希望时间再漫长一点儿,昏暗无人的小道再长一点儿,一直走不到尽头,这样他可以永远陪在她身边,与她并肩而行。

回到酒店后,顾绅不放心盛千姿毛毛躁躁的性子,以自己是医生会处理伤口为由,让她坐在椅子上,仔细又耐心地给她处理伤口。

明明就是一道微小到几乎可以忽略的划痕,竟让他如此紧张。这让盛千姿不禁想起那一句"你再晚点儿来,伤口都愈合了",扑哧一声笑了。

顾绅抬眸瞥她一眼:"笑什么?"

盛千姿故作深沉:"不告诉你。"

顾绅不用猜都知道那是些无聊的事,处理完伤口,他收拾了一下桌面。

顾绅临走前,盛千姿趴在床上,边翻剧本边慢吞吞地说:"下周不要来了,我不在这里了。这部戏周四就杀青了。"

顾绅认真地问:"你会回临江吗?"

"大概吧。"盛千姿不知道,也就敷衍地说,"总会回一次的。你走吧,我要睡觉了。"

这话很明显在赶人。

男人低低一笑:"行。我等你。"

盛千姿后知后觉地反应过来,看着已经关上的酒店房门,怔了怔……

他刚刚说什么?

他说等她?

盛千姿睡了个好觉，从未睡得如此舒服过。

凌晨 4 点，被柔软的被褥压着的手机发出两声微信铃声，都没能将她吵醒。

翌日一早。

她快速下床，趿拉着拖鞋走去浴室洗漱，直到坐在化妆台前一边护肤一边看手机的时候才发现，他昨晚给她发了两条微信。

顾绅："到了。"

顾绅："忘记跟你说，晚安。"

晚安？

他以前可是说"早点儿睡"的。

盛千姿没理他，挤了点儿保湿水拍在脸上，最后抹了点儿乳液，一系列的护肤流程结束，时间已经接近早上七点半。

顾绅发来短信："起了吗？"

盛千姿站在玄关处，一边换鞋，一边伸手打了一串"1"。

盛千姿："11111。"

顾绅："这么冷漠？"

盛千姿挑了挑眉，想回复"不然呢？"，但还挺开心的，期待他下一条会发什么。

顾绅："早上有台手术，得早点儿去医院准备，不陪你聊了。"

他在报备他的行程和工作安排。

盛千姿第一次感觉到安心。

即便不在她身边，也要告诉她，他此刻在做什么，接下来会做什么，不用她猜，也不会让她胡思乱想。

大家都是成年人，都有自己的事情要干，这种无保留的交代，让人特别有安全感。

只要她瞄一眼时间，稍微一想他现在在干什么，立马就有了答案——

哦，他肯定是穿着手术服，戴着口罩，拿着手术刀，在手术室里为某个生命努力着。

为了奖励他，她也给他报备："我去拍戏啦。"

顾绅："注意安全。"

盛千姿："死不了。"

盛千姿前往拍摄取景地点，由梳化师进行梳化，换装，随后是等戏、试戏、拍戏……

姐弟恋真的不是盛千姿喜欢的一种情侣相处模式，所以，整部电影，尤其是感情戏的部分，她都拍得很艰难。

导演说要在"依靠"和"照顾"之间寻找一个平衡点，有时候她需要靠在陈绍身边像个小女人一样撒娇，有时候又要变成能照顾他和爱他的姐姐。

盛千姿觉得挺难的，可能因为这跟她渴望的爱情不一样。

每拍一场戏，她牵着陈绍的手，都会联想到如果是顾医生，肯定不会像电影里的男主角那样不让人省心，他会做好自己的事情再来找她，永远可以让她依赖。

电影拍摄接近尾声，《生命只有一次》已经开通了点映预售通道。

时隔两年，再一次把作品呈现在观众面前，盛千姿有点儿害怕，也逃避一般地不上网，不刷数据，不看预售票房。

反正电影已经拍完了，好与不好都成了定局，她现在去刷新查看数据，发现现实与理想的结果差太远，反而会影响心情，影响目前这部电影的拍摄状态。

所以当陈绍很开心地对她说"恭喜"的时候，盛千姿有点儿蒙。

"恭喜什么？又要套我什么话？"

"哪有套你什么话？"陈绍怼她，"恭喜你票房大卖！"

票房大卖？

从别人口中听到一些消息，盛千姿笑了笑，如此看来《生命只有一次》的票房应该还不错。

有邓瑶阿姨和齐衡老师的口碑和"路人盘"在，票房估计也不会差到哪里去。

中午吃饭时，盛千姿一边玩手机一边用筷子挑菜吃，看上去轻松自在。

陈芷珊调侃她："怎么了？在看数据啊？"

以前的盛千姿很自信，不是那种不敢看数据的人，每上映一场电影，都会提前给自己制定一个小目标，亲眼看着它实现。

盛千姿看她一眼，坦白地说："没啊，我在看其他的。"

陈芷珊问："怎么不看一下票房？"

现在所谓的"票房"都是预售票房，在猫眼 App（应用程序）实时更新，但盛千姿没下载。

她小声问："你告诉我呗，有多少？"

陈芷珊笑着看她："排片率挺高的，8 月 19 日不是什么特殊节假日，但好歹也是暑假，7.2% 的排片率，怎么样？"

"这么高？"盛千姿惊了一下，"这只是点映啊！"

陈芷珊继续说："对啊，这部电影'路人盘'很大，目前预售六千多万，离点映还有几天，到时候估计能破亿。"

六千多万？

盛千姿松了口气，原本因为担心票房悬了一天的心总算是安定下来。

与此同时，小芝拿着一大沓电影票，像个小富婆一样晃荡在临江医院的走廊，给大家分发，只要是医院里的医护人员都有。

有护士拎着电影票调笑："小芝什么时候变得这么大方了？还给我们发电影票，这票价可不便宜啊，一张票接近四十块钱，一百张就得三千多。"

"钱又不是我的。"小芝看着她们，挑了挑眉，忙解释，"你们可别误会啊，这是顾医生请你们看的，是顾医生花钱买的电影票。《生命只有一次》是医疗题材公益电影，大家记得去看呀！如果跟上班时间有冲突，可以找我换票，我哪个时间段的票都有。你们看完了，记得上豆瓣给电影打个分，人家演员、导演拍这戏都不容易，拍了三个月呢，什么都可以忘记，分不能忘了打，记得打分啊！"

最后小芝还掩唇透露小秘密似的告诉她们："听说演员拍这剧一分钱片酬都没拿，动动手指头，给我们演员姐姐一点儿鼓励呗。"

有人说出了实话："我怎么感觉你在暗示我们刷分啊？"

"怎么刷分了？"小芝吐了吐舌头，"我又没说让你们打五分，是不是？况且不是我让你们'刷分'的，是顾医生，这锅我不背。"

大家纷纷笑了："顾医生什么时候开始搞慈善了？"

小芝将所有电影票分完，舒了口气，大步返回顾医生的办公室汇报情况。

顾绅穿了一件白大褂，鼻梁上架着一副禁欲的金丝框眼镜，坐在办公桌后，眼都没抬，一边看心电图一边问："分完了？"

"分完了。"小芝坐下歇了会儿，"我给自己留了一张，顾医生你有留吗？"

顾绅看傻子一样抬眸看她一眼，冷冷地反问："你说呢？"

"还别说，你对千姿的电影挺上心的呀！"炎炎夏日，小芝一边用手朝脸上扇风一边说，"如果她知道了，一定会很感动。"

顾绅没说话。

说时迟那时快，小芝立马打开手机给盛千姿发了条微信。

盛千姿收到消息时刚好在等戏休息，一下子收到了两条消息。

一条来自小芝："你知道顾医生今天干什么了吗？"

一条来自顾绅："在干什么？"

盛千姿比较好奇第一个问题，先回了小芝："他怎么了？"

小芝一边笑一边打字："他买了好多电影票，然后取出来，让我给医院里的人发，还让他们看完务必评分。他在给你'刷分'。"

盛千姿："真的假的？"

盛千姿不太相信。顾绅这种严肃又严谨的人居然会做这样的事情？这可能吗？

小芝："真的，我没理由骗你啊！你看，这都下班一个小时了，我还没走，就是帮顾医生发电影票去了。"

小芝打完字，顺便调侃了一下坐在办公桌后的男人："顾医生，千姿根本不信你请全医院的人看她的电影的事情，笑死我了。"

顾绅摘下眼镜，微微蹙眉盯着她看了半晌，问出一句："她在跟你聊天？"

"对啊！"小芝觉得他这个问题问得莫名其妙，"不然我怎么知道她不信呢？"

说完，她还得意扬扬地将手机展示给顾医生看，正好是微信聊天框的界面，盛千姿后来的回复有不少字，密密麻麻。

顾绅办公桌下的腿随意交叠着，气场清冷的男人此刻透着一股前所未有的无奈感。

他十五分钟前发出去的四个字，连一个回复都没有。

顾绅赌气地继续发："在干什么？"

顾绅："在干什么？"

顾绅："在干什么？"

他连发了三条，盛千姿瞧见，发现自己好像真的忽视了他，点进去回复。

盛千姿："你是小学生啊？"

顾绅："小学生就不配得到回复了，是吗？"

盛千姿："你在质问我？"

顾绅："不敢。"

盛千姿："那你刚刚是什么语气？"

要不是选不到合适的表情包，盛千姿真想扔张猪的表情包过去。

顾绅："我在吃醋。"

盛千姿扑哧一声笑了，直接问："找我干什么？"

顾绅："什么时候回来？"

盛千姿如实说："不回来了。"

盛千姿歪了歪头。

顾绅猜到这是什么意思，干脆地问："路演第一站在哪儿？"

盛千姿一看，有些诧异，没想到连他这种不喜欢上网冲浪还"老干部"性格的人都知道"路演"这个词，看来没少做功课啊！

盛千姿回复："北京。"

路演是电影宣传的重要环节，一般分为映前场和映后场，其中映后场比较有意思，可以近距离地接触观众，最直观地获取观众观影后的感受和反馈，观众也可以和导演、编剧、主演一起深入聊一聊对电影的看法和理解。

国内电影的路演第一站一般逃不开北上广，《生命只有一次》的最初取景地在北京，影片又是政府重视的献礼电影，所以这一次的路演第一站经过长时间的斟酌，定了北京。

《冰糖蜜柚》杀青后，盛千姿只休息了一晚就直接飞往北京，在剧组安排的酒店放下行李箱，还没歇上一分钟，立马又前往小会议室参加主创会。

彼时，所有主创都来到了小会议室，包括主演、导演和编剧，大家对明天的点映都很重视，围坐一桌，探讨了一下之后的路演方案。

前一晚没睡好的盛千姿一边打哈欠一边做笔记，认认真真地听，不敢有半点儿马虎。

顾绅突然发来消息："到了吗？"

为图方便，盛千姿在桌下悄悄打了一串"1"过去："111111。"

顾绅："饿不饿？"

盛千姿："饿。"

她是真的饿，早上天还没亮就往这边赶，只吃了飞机上的早餐，现在开会已经过了中午，她还没吃饭，能不饿吗？

顾绅："给你点了吃的，记得下去拿。"

他效率这么高的吗？

盛千姿觉得挺神奇的——他是怎么知道她现在在哪家酒店，又是怎么将时间算得这么准确，知道她此刻没吃东西的？

难不成是因为瑶姨？

开完会，盛千姿收到一条外卖短信，下楼去看了眼，居然是两份外卖。

外卖包装非常精致，貌似还是北京什么大饭店送来的。

顾绅又发来消息："姨也有份，拿去跟她一起吃，不然你肯定不会老老实实吃饭，没几分钟只吃几口就吃完了。"

这意思不就是说，要邓瑶阿姨看着她吃吗？

盛千姿幼稚地冲手机翻了个白眼，这种被人当小孩的感觉不能说不舒服，就是觉得又讨厌又甜蜜。

她喜欢跟他对着干，却又喜欢这种被人处处照顾的感觉。

晚上，盛千姿挑剔地告诉他："我不喜欢吃香菇。"

他没有表达出很奇怪的语气，只是平静地问："我能知道是为什么吗？"

盛千姿说出自己的真实感受："味道不喜欢。"

她确实从小就不能接受菌类的食物，就跟很多外科医生不喜欢吃内脏一样，一碰就想吐。

平时她跟人聚餐，偶尔有人看见她不吃香菇，都会给她扯一堆"香菇很有营养"之类的话来劝告她，说她挑食不好。每次她都很无奈，她也知道香菇很有营养啊，但接受不了就是接受不了。

盛千姿本以为顾绅也会像其他人一样教育她一通，没想到他直接回复："好，下次不点了。"

盛千姿的心当下被击中，这种瞬间被理解的感觉让她莫名地觉得安心："你不会觉得我很奇怪吗？"

顾绅："哪里奇怪？每个人都有选择自己不喜欢和喜欢的东西的权利，不奇怪。"

盛千姿："可是有些人就会说我太娇气了，爱挑食，香菇这么健康又有营养的食物都不吃。"

顾绅："有营养的食物千千万万，不缺这一个。"

顾绅："世界上的人本来就是独立的个体，没必要将自己认为理所当然的事情强加在别人身上，何况还是个会独立思考的成年人。"

这话好像还挺有道理？

顾医生就是顾医生，几句话就把她说服了。

盛千姿哼哼着回复："好。那下次我就用这句话跟别人吵架，就说是顾医生让我这么说的。"

顾绅："你幼不幼稚啊？"

《生命只有一次》的正式点映，第一场在下午 1 点 55 分，盛千姿睡到上午 11 点才起床，洗漱，吃饭然后化妆。

化妆师被陈芷珊领进房间，站在化妆镜前，给她化下午出席路演的妆容。

盛千姿一边用手机观看以前路演时粉丝拍的视频，一边回忆着上台都要说什么……对了，她昨晚还专门撰写了一篇自己对于钟意这个角色的理解和感受，不停地默读直到背诵下来，生怕待会儿有哪个点出错，被人问得哑口无言。

时隔两年，就要再次站上舞台，她神经紧绷，紧张到极点。

陈芷珊理解她的心情，正因为太难得，所以才珍惜，才害怕自己因为一点点小错误又立马回到原点。

剧组一行人一同前往电影院，从后门低调上去，随后走进一个相对较小的影厅，开始等待电影的放映。

所有的主创里看过成片的估计只有导演和剪辑师，演员只在配音的时候看过粗剪。

这种感觉特别奇妙，走进影厅，验收自己三个月努力的成果。

盛千姿突然想知道顾绅此刻在干什么。

今天是周六，他不用上班，会不会也在电影院里看着大屏幕上放出的眼镜广告，等待影片的开始？

眼镜广告播放完，变成了啤酒广告。

顾绅发来信息："在干吗？"

盛千姿低头打字："你为什么总是问我在干吗？"

顾绅："网上说，问自己喜欢的人在干吗，其实是'我想你'的意思。"

盛千姿："您还挺时髦？"

顾绅："对吗？"

盛千姿："别问我。"

顾绅："所以你是喜欢我说'你在干吗'还是'我想你了'？"

这话肉麻得盛千姿鸡皮疙瘩都起来了，摸了摸手臂。

有没有毛病啊？这个人。

他到底是怎么做到一本正经又严肃地打出这些肉麻的话的？

盛千姿舔了舔唇，回复："如果你总说第二句，估计这辈子都追不到我。"

顾绅立刻懂了："看电影。"

他也在看？

盛千姿不打扰他了，没回复，将手机收好。

邱鹤偏头看她嘴角上扬，笑着问："跟谁聊天，这么开心？"

"有吗？"盛千姿眨了眨眼，"就……一个朋友。"

邱鹤问："之前跟我们打网球的那两个人中的一个？"

盛千姿点了点头，敷衍着说："对吧。"

邱鹤的眼里有种意味深长的味道。

其实因为之前买房子的那件事，两人闹得有些不愉快。

大抵是邱鹤不太相信这世界上会有这么巧的事情发生，他们刚跟房主约定好了看房时间和房款，房子就被人截和了，而且是完全没商量的截和。

他期待了很久的事情不打一声招呼就变成了泡影，当时他心里是真的很不爽，进而对盛千姿有些迁怒。

那天，盛千姿发了一大串文字告诉他前因后果，向他道歉和解释，他只回了一个"哦"，后来的聊天也爱搭不理的。

盛千姿感觉挺无奈的，脸上挂着淡淡的笑，从那之后与他的交情也浅了很多。

电影开始。

大家都沉默下来，视线放在荧屏上。

在这将近两个小时里，盛千姿看得很投入，仿佛影片里面的角色根本不是她演的，而是另一个活生生的人，一个被暴力伤医毁掉了一生，毁掉了人生理想的可怜至极的人。

如果是医护人员看这部片子，一定会很有共鸣。

因为这是根据真实事件改编的，是随时可能发生在他们身上并且让人细思恐极的事。

电影放映完，盛千姿跟随剧组前往舞台大厅，正式开始路演。

路演流程很简单，大多只是为了交流。

主创们先自我介绍，接着由观众提问题，演员或者导演一同进行深入的解答与探讨。

盛千姿被问到的问题大多与电影的高潮有关。

有观众问："电影里有一幕特别吓人，患者家属偷偷藏着刀去砍钟医生那里，你害怕的情绪非常真实，是怎么做到的？"

盛千姿当下就联想到了半年前在临江医院里真实发生的暴力伤医事件，抬了抬话筒说："其实在这部电影开机之前，邓瑶导演提前一个半月把剧本给了我，说要我来演钟意。当时我心里特别害怕，怕演不好，她将我推荐去临江医院当志愿者，观察学习了一个月。其间我目睹了一件十分不幸的事，就是当时……大家留意新闻的话都会知道，临江医院发生了一件类似的事情，我刚好亲身经历了……"盛千姿叹了口气，"说实话，我还是希望这样的事情能够少发生，当时真的挺难受的。"

有观众惊了一下："原来你进医院是为拍电影做准备啊？"

盛千姿歪了歪头："不然呢？"

看观众这反应，盛千姿都能猜到那会儿营销号拍到她在医院的照片会编什么内容来造谣了，肯定不是什么好事。

继而有观众问："你怎么理解《生命只有一次》这个片名？"

盛千姿说："很好理解啊，字面的意思。世界上的每一个人都是普普通通的个体，每个人的生命只有一次。医生、护士为患者的生命努力着，跟时间赛跑，抢救手术台上那仅有一次的生命，那为什么某些人要把魔爪伸向医护人员，残忍又无耻地去剥夺他们的生命呢？"

路演结束，这段话连同盛千姿今天路演的小视频直接在微博上被传开了。

今天下午的话题榜上，有五个话题与这部电影相关：

"对暴力伤医的看法。"

"生命只有一次。"

"钟意、盛千姿。"

"齐衡客串。"

"邓瑶谈电影制作初衷。"

评论基本很中肯：

"盛千姿演技不错，共情能力是真的强，但情绪的层次感还需要再磨炼一下，相比之下齐衡老师就好很多。"

"一个演员为了拍戏在医院当了一个月志愿者，我是真的佩服，业内有多少人能做到这样，何况还是零片酬的公益献礼电影。必须支持！"

也有不少医生、护士感谢电影的主创们为他们发声，号召人们重视这件事情。

盛千姿挺开心的，不管最后票房如何，尽力就好。

邓瑶阿姨也说，这次的电影不是为了赚钱，是带着公益性质的，能够起到作用、帮助到别人就好。

晚上，盛千姿回酒店休息，临睡前刷微博无意间刷到一个名为"《生命只有一次》豆瓣长评"的新话题，特别疑惑。

盛千姿很喜欢看观众的反馈，经常能从别人的影评里学到东西，发现自己很难发现的缺点。

她好奇地点进去看了眼，热门微博来自一个有上百万粉丝的博主。该博主截图转载了豆瓣某篇上千字影评，供人欣赏阅读。

影评没有刻意卖弄文笔、无病呻吟，也没有说一堆表扬演员、言之无物的话，反而内容深刻且客观公正。

从文字里，人们可以了解到这是一位医生，也经历过暴力伤医事件。

这位医生说出了很多人的感受与心声，底下评论都是赞同和认可。

盛千姿总觉得在里面看到了某人的影子，但仔细想想，又觉得不太可能。

他会做这样的事情吗？

接下来的路演地点分别在沈阳、天津、成都、上海、广州、深圳，最后才回到临江。

近十场路演跑下来，盛千姿感觉特别疲乏。

到了临江，她直接回了趟公寓，将行李箱随便往玄关处一放，累得什么都不愿想，上床睡觉。

她连着睡了好几个小时，从中午睡到傍晚 6 点，门铃响了两遍都没有听见，直到手机有电话打来。

盛千姿又累又困地将手伸出被子外，摸索到枕边的手机，来电显示都不看一眼就迷迷瞪瞪地接通。

"喂？"

"在睡觉吗？"

话筒里的声音温柔得过分。

盛千姿听出对面是谁了，几不可闻地嗯了一声："还在睡呢。"

顾绅问："不吃饭？"

盛千姿还没彻底睡醒，眼睛都没睁开，闷闷地道："不想吃了，太麻烦。"

其实她是想再睡一会儿。

电话那边静了几秒，男人的嗓音低沉，他只是提醒着："你胃还没好，再睡一个小时，我来叫你。"

这声音含着几分不容置喙的语气，也没得商量。

盛千姿起床气发作，怒得吼了过去："我就是不想吃，你烦不烦啊？！"紧接着，她直接将电话挂掉。

一个小时后，晚上 7 点。

盛千姿家的门铃被持续不断地按响，电话铃声也响了起来，简直是双重轰炸，她用枕头压住耳朵，依旧被吵得不行。

盛千姿感觉自己浑身的怒气都被顾绅激起，起床，将卧室和客厅的灯打开，赤脚走去玄关处，拉开门，正要破口大骂，猛然看见男人就站在她的公寓门外，捧着两盘菜，穿着舒适休闲的居家服，袖子被挽上去一点儿，露出流畅的小臂线条。

盛千姿抬眸看着他那张英俊的脸，顿了几秒，厉声道："激怒我对你有什么好处？"

他垂眸睨她一眼，许是许久未见，连她皱着眉都觉得格外好看，轻轻哄道："没什么好处，但你的胃比较重要。菜快凉了，我能进去了吗？"

盛千姿的目光往他手中的两盘菜扫去，虽然只是普普通通的家常菜，却一点儿都不好做，一盘是竹笋炒牛肉，一盘是油炸小鱼干，酥香的气味已经飘到她的鼻间，格外诱人。

盛千姿依旧很生气，拼命地找碴："为什么要进我家吃？我是女生。"

他偏了偏头，开始退步："不然去我家？"

"我为什么要去你家？我们又不是男女朋友。"盛千姿说得理直气壮，仿佛自己真的没去过他家。

顾绅也觉得在理，妥协，提出一个好建议："那……在门口摆一桌？"

盛千姿无言。

第九章

男友考核

他说这话时，明显带着调侃之意。

盛千姿觉得他就是存心耍她，不客气地踢他一脚："馊主意。"

盛千姿将门打开，懒懒地走进去。

这意思是可以进了？

顾绅比餐厅的服务员还尽心，将两盘菜端进去，随后又返回自己的公寓，将另外的一菜一汤拿过来，所有碗筷摆好，准备吃饭。

盛千姿盯着被男人盛满饭的碗，皱眉说："我不吃那么多。"于是她端起碗来，毫不客气地用筷子拨了点儿饭到男人的碗里。

眼见顾绅眉头皱起，盛千姿瞪他："你敢嫌弃？我都还没碰过呢。"

"不敢。"他不过是看她吃得少才皱眉，问，"你就吃这么点儿？"

"嗯。"盛千姿夹起一条小鱼干咬进嘴里，开心地说，"要保持身材。"

顾绅问："你不是不拍戏了吗？"

盛千姿边吃边答："宣传期也要控制啊！"

顾绅看着她："不减肥也好看。"

"你就吹吧。"盛千姿白他一眼，"现在网上有很多结了婚的男人嫌弃自己的老婆生了孩子后肚子又大又胖的，真是没有心。"

顾绅沉默半晌，突然说："就算你不给我生孩子，现在胖成猪，我都喜欢。"

盛千姿脸一红，有点儿接受不了他的直接告白，撂下筷子，恼羞成怒地也他："骂谁呢？谁是猪啊？"

顾绅不说话，自顾自地吃饭。

盛千姿却感觉现在这种氛围似乎有点儿甜。

以前的顾绅会这样吗？想都不要想。

明天周六，剧组会在市中心的一家影厅进行路演。

顾绅问她明天什么时候出发。

盛千姿歪了歪头，想不到他问这些的意图是什么："你要干吗？"

"送你过去。"顾绅直接明了地说。

盛千姿道："可我有经纪人，有保姆车啊！"

顾绅诱惑她："劳斯莱斯不比保姆车快？能多睡十几分钟，还有专门的司机，嗯？"

不得不说，最后一个能多睡十几分钟的条件确实诱人。

盛千姿默认了。

次日一早，顾绅拎着一杯牛奶和一碗馄饨来叫醒盛千姿。

她最喜欢吃馄饨了。

盛千姿吃得津津有味，最后把牛奶喝光，随口问："早餐、晚餐都是你做的吗？"

顾绅回去换了身衣服，做好出门的准备，靠在门边看她化妆，嗯了一声。

盛千姿问："你怎么这么会做饭啊？"

顾绅说："以前在国外留学都是自己生活，西餐吃腻了，就渐渐学会了做中餐。"

"那你会做西餐吗？"盛千姿眨了眨眼，开始夹睫毛。

顾绅问："你想吃？"

盛千姿夹完睫毛，拎出睫毛膏："我想吃，你就给我做？"

顾绅看她折腾这么久，轻笑了声："不是说了，让你享受女朋友的权利吗？不给女朋友做，给别的女人做？"

盛千姿呀了一声，不小心眨了下眼，睫毛膏沾到眼睑那里去了。

她忽然想起自己的卸妆水在浴室，开始支使顾绅去拿："顾医生，去浴室帮我把卸妆水拿过来呗。"

顾绅一走进浴室，立马惊住，盥洗台上一堆的瓶瓶罐罐，这里的东西价值都要好几万了吧。

这就是女演员的生活？

通过英文，他准确地判断出哪瓶是卸妆水，拿过去给她，问："你要卸妆？"

"当然不是。"盛千姿用棉签蘸一点儿卸妆水弄到眼睑上，"化错了。"

折腾了将近一个小时，顾绅都快打哈欠了，盛千姿才收拾完毕，准备出门。

她戴着墨镜，唇红齿白，慢悠悠地走去停车场。

顾绅穿着日常的白衬衫和西装裤，比盛千姿走快了两步，走去副驾驶座旁，替她拉开车门。

盛千姿弯腰坐进车里，睡了一夜好觉，心情特别好地逗他："司机好，今天的司机真帅，要小费？"

她扶着车门时，不小心与顾绅的手指相碰，肌肤短暂地相触，耳根红了一下，瞪他一眼，警告："不许占我便宜。"

顾绅垂眸无奈地看完她的表演，眼睛里含着浅笑，关门的同时低声反驳了句："小作精。"

盛千姿：反了他了。

这一次的路演是映前场，顾绅提前买了票，坐进影厅就能看到路演的横幅挂在舞台上。

主持人请出电影的主创们。

这一次齐衡老师没有来，邓瑶阿姨也没有来。

盛千姿身穿抹胸短裙，踩着七厘米高的红色高跟鞋紧跟着邱鹤的步子走上舞台。

她一眼就看到了坐在影厅第二排的高冷男人，男人目光灼灼地看着她，竟然还拿起他那部啥娱乐软件都没有的手机对着她拍照。

盛千姿无语。

她莫名有些羞涩是怎么回事？

这人看路演就看路演嘛，还拍什么照！

偏偏他一点儿尴尬之意都没有，像是在做一件再寻常不过的事情，唇边勾着清浅的笑意，眼睛只藏得住她一人，害得盛千姿嘴角止不住地上扬，真想将他扔出影厅。

邱鹤发觉盛千姿的异样，顺着她的视线看过去，一眼便瞧见了顾绅，心中只有一个想法：他们……在一起了吗？怎么那么亲密？

主持人开始走流程，让所有主创进行自我介绍。

盛千姿说："大家好，我是盛千姿，在《生命只有一次》里饰演钟意，钟医生。"

映前场的环节比较少，最大的福利就是主演陪大家一起看电影。

盛千姿跟着剧组走下去，在第二排坐下，剧组人员的位置是提前定好的，但没有限制其他座位的预订。

正好最后剩下的位置是顾绅旁边的两个。

目前只剩她和邱鹤没选座位了。

盛千姿走在前头，按照礼貌和走路顺序，她应该坐在顾绅旁边。

邱鹤见状，提议说："我坐右边那个吧。"

右边就是顾绅旁边那个座位。

盛千姿感觉有些莫名其妙，总觉得邱鹤在提防什么，这种感觉让她很不舒服，笑着推辞："谢谢邱前辈的好意，我还是坐右边吧。"

邱鹤一听"邱前辈"三个字，眼神黯然，才发现她一直在介意上次那件事。

盛千姿整理好裙摆，慢慢坐下。

昏暗的灯光中，顾绅将毯子盖在她穿着短裙的大腿上，暖暖的，让她自在了许多，不用因为坐姿或者担心走光而拘束自己。

她低声道了句谢。

顾绅凑到她耳边低语："想跟我坐是觉得我比他更让人安心，还是说你喜欢上我了？"

盛千姿推开他："少臭不要脸，别离我太近。"

"行。"顾绅臭不要脸地说，"你不回答，我就当你默认了。"

电影放到一半，两人因为都看过，有些心不在焉。

顾绅将爆米花放在两人中间，盛千姿无聊，伸手拿了两颗来吃，不小心与顾绅的手指碰在一起，影厅空调温度低，她指尖冰凉，稍稍一触，心跳就像是漏了一拍。

顾绅想将她的手攥住，与她的手指钩在一起，刚要有所行动，立马被反拍了一掌。

盛千姿瞪他，咬牙说："别惹我。"

顾绅耸了耸肩，拈起一颗爆米花放在她手上，不乱动了。

距离电影结束还有二十分钟，电影里的男女主角，也就是盛千姿和邱鹤抱在了一起，盛千姿的情绪毫无波澜，就像在看一部不是自己演的电影，倒是身边人的脸越来越黑。

整场感情戏持续了十分钟，盛千姿咬着爆米花，无声地偷笑，就喜欢看他吃瘪的样子。

突然被另一侧的人碰了碰手臂，她偏头看了眼。

邱鹤问："等下能谈谈吗？"

谈什么？

盛千姿不觉得他们有什么好谈的。帮他看房子本来就不是她的义务，她认认真真地跟他交代事情经过，却被他不信任和冷处理。

这是人品问题吧？

电影差几分钟结束时，艺人一般会提前离开。

盛千姿原本想起身离场，站起来时，无意中发觉自己的裙子拉链好像松了，有隐隐往下滑的迹象。

这是抹胸裙，往下滑了的话，后果不堪设想。

盛千姿小声冲顾绅说:"我去洗手间弄一下裙子。"

顾绅颔首。

这句话不小心被邱鹤听见了。

盛千姿踩着高跟鞋往洗手间而去,走至一半,被人从身后喊住:"盛千姿,我想跟你谈谈。"

"有什么事等下再说吧。"情况紧急,盛千姿护着胸前往洗手间赶,但她穿着高跟鞋,哪有男人的大长腿快?

邱鹤想伸手留住她,就在即将碰到她的手的那一刹那,顾绅不知从何处出现,直接拍开了邱鹤的手。

有着强大气场的高大身影挡住盛千姿有些狼狈的倩影,顾绅用低沉的嗓音提醒道:"邱先生,请自重。"

有顾绅挡在身后,盛千姿一秒都没停留,直接走进洗手间。

她一进去,外面就只剩下两个男人,相对而立。

顾绅相对高挑挺拔,气质干净又利落,浑身散发着一种清清冷冷的气场,现在的他,除了对盛千姿,对其他人都疏淡得要命。

邱鹤对顾绅不太熟悉,只接触过两次,顾绅在他印象中还是那个在网球场被盛千姿刻意忽视的男人。他眯起眼,嗤笑:"自重?你跟我说自重?"

顾绅盯着他那张上了妆却依旧肤色暗淡的脸,勾唇浅笑:"所以邱先生是觉得自己在女洗手间前截人很有礼貌,很值得歌颂?"

邱鹤脸一黑,自知理亏,刚刚他确实是心急了点儿,现在认真想想,确实不对:"那跟你有什么关系?我没记错的话,她对你意见好像更大吧?你有什么资……"

不巧,邱鹤的话音还未落地,洗手间里立马传来女人有些娇软的声音。

她说:"顾绅,你在外面吗?把口红给我,我要补妆。"

盛千姿今天穿着没有口袋的短裙,只拿了个很小的手包,若把口红塞进去,会显得有些臃肿,她不喜欢,便直接把口红塞在了男人的口袋里。

反正他是司机兼保镖,随叫随到嘛!

顾绅神色自然地将一支口红从西装裤的裤袋里暧昧地掏出来。

盛千姿伸了只手出来拿。

他递过去，而后看见邱鹤的脸色变得难看。

打脸来得太快，邱鹤好歹也是个公众人物，脸面挂不住，低骂了声，转身离开。

盛千姿补完妆，走出来问："他走了？"

顾绅盯着她一张一合的娇俏红唇，低声问："是啊，你很遗憾？"

"我的样子看上去像是很遗憾？"盛千姿指了指自己，勾起红唇，要笑不笑的，显然对邱鹤早已没有半分好感。

顾绅伸手将她一缕凌乱的长鬈发捋好，听见这话，呼吸顺畅了许多，心情也不错："我发现你有个优点挺好。"

"什么？"

"无论是交朋友还是做事，你都有自己的底线，一旦被触及底线，转身得干干脆脆。"

盛千姿对这个优点没什么意见，走去楼梯间，调皮地驳他一句："所以顾医生是在嘲笑你自己吗？"

盛千姿只顾着逗他，没注意看脚下，穿着高跟鞋走楼梯本来就难，这下差点儿摔倒，要不是顾绅及时扶住她，都要摔下去了。

纤细的腰被男人宽大的手掌搂着，仿佛一掐就断。

暧昧的气氛间，顾绅附在她耳边低语："牙尖嘴利。"

他说谁呢？

盛千姿不客气地隔着衬衫捏了下他腰间的肉，发现居然还挺硬！

两人返回公寓。

盛千姿窝在沙发勾着腿懒懒地玩手机，虚度时光。

顾绅则挽起袖口，站在他家的厨房做午餐。

因为盛千姿喜欢吃西餐，顾绅满足她，煎了两块牛排，又做了一点儿蔬菜搭配，外加一小碗燕麦汤。

顾绅做的牛排简直是餐厅主厨的水平，香味四溢。

盛千姿看见都惊呆了。

只要有美食，什么都好说，她打开门，腾出空间让他进来。

盛千姿像个贪吃宝宝一样，乖乖地在餐桌旁坐下，等待开餐，好奇地道："原来你还有这技能，我以为你只是吹吹牛而已。"

顾绅说："我在国外待了差不多六年。"

"我也在国外待过啊，我怎么就没学会？是我待的姿势不对？"

"是你太懒。"顾绅毫不客气地拆穿她。

盛千姿瞅他一眼，用发绳将海藻般的长发绑在脑后，拿起叉子试吃了一下，毫不吝啬地夸奖："好吃，太好吃了，人间美味。"

盛千姿嘴上说着好吃，手却拿起手机拍了照后，不停地刷微博。

她一边吃一边玩，完完全全将顾绅当成了透明人，也似乎是仅仅两天不到就习惯了这样的生活。

顾绅嗓音低沉，轻轻提醒："就不能吃完饭再玩？"

"不能。"盛千姿瞥他一眼，"现在正是最精彩的时候，你知道我在干吗吗？"

顾绅当然不知道："干吗？"

最近盛千姿搞盛新荣搞得很爽，整个人都得意扬扬的："先前我弄了些舆论，让千盈去逼盛新荣将母亲的遗嘱拿出来，你猜现在怎么着了？"

"怎么？"顾绅配合地问。

盛千姿说："他说没有遗嘱，然后我让千盈把这件事在微博上闹大，最好让公证处的人也知道。公证处出面辟谣说，母亲当年是有遗嘱的，可盛新荣拿不出来，估计已经销毁了。虽然现在真正的遗嘱已经销毁了，但这不重要，重要的是盛新荣撒谎，弄得公司军心不稳，董事们对他意见很大。"

顾绅安安静静地听她说，没有丝毫要打断的意思。

盛千姿继续说："后来不知道是谁，应该是公司里一直不满他的人吧，查到盛新荣从几年前开始就将一些钱转到黎秀芳的账户上，公司有时候会莫名其妙地出现亏损和资金周转不灵的情况，近几年估计都是停滞不前的局面。其实这都是盛新荣搞的鬼。"

顾绅问："所以现在怎么样了？"

"我可不管他怎么样。"盛千姿翻了个白眼，"他是生是死都与我无关，我只要拿回我、我妈和妹妹的东西就行了。就是不知道那个查到他账户的人是谁，应该是很恨他的人吧？毕竟他那么讨人厌……"

顾绅倒了杯水，淡淡地说："也可能是想帮你的人。"

"想帮我的人？"盛千姿想不到，"会有谁想帮我？小姨吗？要是小姨做的，我肯定知道，肯定不是小姨。反正就是盛新荣的报应来了，他也算是罪有应得。以后估计连总裁都当不成了。"

两人聊着聊着，越聊越深。

盛千姿简直把顾绅当成了垃圾桶，把心里积压了很久的话，对某人的吐槽，以及这些年在娱乐圈遇到的糟糕事都吐了出来，眼眸黯淡下去，没有了之前骄纵恣意的样子。

如果她是一只猫，此刻耳朵一定是耷拉下去的。

被无端倾倒了那么多负能量，顾绅没有半句怨言，反而很开心她能跟他说这些。

这说明她已经信任他了，而且是很信任、很信任。

盛千姿意识到自己有点儿自私，抱歉地说："不好意思啊，我不是有意要跟你说这么多负能量的事情的，这些我对谁都没说过……"

也不知道今天怎么了，她懊恼地捶了捶脑袋，却被人抓住了手，心中某根弦像被拨了一下，轻轻震颤。

顾绅将她的手放下来，低笑的嗓音带着轻微的宠溺之意："打自己干什么？我又不在意。我很开心，我不是心理医生，你还能跟我说这么多心里话。"

盛千姿舔了舔唇，问："我这叫心里话吗？"

顾绅问："不算吗？"

盛千姿说："也……算吧。那你能给我疏导一下吗？专业一点儿。"

专业一点儿？

顾绅无奈地说："我没学过心理学，只看过一些书籍，略懂皮毛。不过如果你需要，我可以立马去学，给我一个月……"

"好了。"盛千姿打断他，"我乱说的，好端端的，学什么心理学啊？我让你给我疏导一下，只是让你安慰我。"

盛千姿不服气地瞪他一眼："明明是你在追我，却连怎么追我都是我在教你。"

"已经进步很多了。"

两人像小孩，在斗嘴。

盛千姿同意："确实进步很多了。"

顾绅笑意不减，与她凑近了些："所以现在的我比以前进步了那么多，如果你最后不答应跟我在一起多亏啊！"

"为什么会亏？"盛千姿无语地问。

不过几秒她便懂了：调教出了一个好男朋友，却拱手让给别人，确实有点儿亏。

"所以你不打算考虑一下什么时候接受我？"

"别套我话。"盛千姿不留情面地拒绝，"你的考核还没结束呢。"

吃完午餐，顾绅看她又困了，思考几秒，突然问："你有多久没休息了？"

"大半年了吧。"盛千姿记不清了，从进医院当志愿者开始到现在，基本没怎么休息过。

演员为拍戏熬夜甚至熬通宵是经常发生的事情，有时候一星期的睡眠都不超过 20 个小时。

"有想过要休息一下吗？"顾绅提议，"哪怕只是一周、半个月或者一个月。"

"休息？"盛千姿根本无须思考，立刻回绝，"休息不了。"

顾绅不解："为什么？人不可能总处在亢奋的工作状态，一直这样下去是会垮的。"

"可是……"盛千姿也不怕告诉他，"我签了对赌协议啊，我的行程不是由自己安排的。"

"对赌协议？"顾绅当然知道对赌协议是什么意思，这种协议不仅在娱乐圈，在各种企业投资中出现得更是频繁，"签了多少？"

盛千姿怯怯地举了四根手指——4亿元。

顾绅叹了口气，漆黑的眼眸注视着她明艳的小脸，淡淡地笑："你现在连1亿元都没赚到吧？怎么想的？还真是只不怕死的小野猫……"

"喂！"盛千姿在桌下踢他一脚，"你看不起我？我可是有过二十几亿票房的女主角欸。"

她的意思是，指不定一部电影就赚翻了。

顾绅收拾桌面，低声说："没人看不起你。"

相反的是，他觉得这样的女人很有魅力。她不畏首畏尾，有自己的目标，肯拼、肯努力，虽然有时候也会犯懒、会叹气，但人不就是这样的吗？

这是一个真实的人。

盛千姿回房看了会儿书，舒舒服服地躺在软沙发上睡了一下午，醒来后跟小姨通电话，谈了一下，也查阅了许多相关资料。

陆凌辛说："盛新荣一直想见你，想跟你谈谈，我原本已经帮你拒绝了，但他一直坚持。我想了想，还是得把这件事告诉你，问问你的意见。"

"谈什么？"盛千姿听到他的名字就生理不适，一想到他是自己的亲生父亲更是恶心得不行，"我不是很想谈。"

陆凌辛想了想，说："他应该是想跟你商讨一下解决方案吧。"

"解决方案？"盛千姿冷笑，觉得实在是太滑稽了。

她忽然想起这两天貌似都没什么事干，确实可以会会他，看看他到底想怎么解决："行啊，正好我也有我的解决方案想跟他探讨探讨。"

盛千姿跟盛新荣约好了傍晚6点在傍海路的某家餐厅碰面。

小时候的她虽然知道父亲无情，却怎么也想不到有一天父女二人会以这样的方式见面。

下午五点半。

盛千姿随便穿了件短袖衬衫和牛仔裤，在玄关处换上平底鞋，就出门了。

她刚打开门，就碰见也准备出门的顾绅。

顾绅看见她，明显一愣，问："怎么了？去哪儿？"

盛千姿关门锁门，干脆地说："去见盛新荣。"

"现在？"顾绅由上至下地打量了她一眼，发现她手上还像模像样地拿着一个文件袋，里面估计是一些很重要的法律文件，"一个人吗？"

"对啊！"盛千姿走过去按电梯。

顾绅干脆地说："我送你过去。"

盛千姿忙摇头："不用不用，你出门也有事吧，去医院吗？"

"不急，你告诉我地址，我送你过去再去医院，有什么事情打我电话，结束了也打电话给我，我去接你。"他语速很快，声音干净而清冷，每一个字、每一句话都体现了对她的关心，给人一种温柔入骨的感觉。

她顿了顿，说："好啊！"

盛千姿走进电梯，左手摸着右手，努力忍住自己因为感动而产生的某种情绪，又补充了一句："谢谢你，顾医生。"

她又喊他顾医生了。

在盛千姿看来，"顾医生"并不是什么生疏的称呼，这三个字包含着她曾经对他的崇拜与爱慕之意，也有他们初相识的那种熟悉感。

男人手上把玩着车钥匙，低头瞥她一眼，笑着问："怎么了？感动了？"

顾绅继续说："可别感动，我对'好人卡'（在男女关系中代表不接受对方的心意，表示拒绝的意思）没兴趣。"

两人走去停车场，找到那辆暗黑色的劳斯莱斯。

盛千姿熟门熟路地走去副驾驶位，拉开车门，坐进去，还没坐上三秒钟，就透过风挡玻璃瞅见站在车前的男人渐渐无奈的脸。

顾绅上车，想说她几句，瞧见她无辜又天真的表情，又不敢说什么了。

盛千姿知道他是想给她开门，看破不说破，撑着脑袋，余光瞄见他尴尬的表情，越发觉得好笑。

她与盛新荣约好的地点离公寓不算很远，和顾绅正好顺路。

夕阳刺眼，昏黄的光线轻洒于马路，照得道路金黄。

盛新荣比盛千姿先到，坐在餐桌旁点好了菜，菜上得差不多时，才透过玻璃窗看见不远处的马路对面停下一辆劳斯莱斯。

一个气质高冷的男人下车，走至另一边，给她开门。

他们站在路边谈了一会儿。

距离太远，盛新荣一直看不清那男的长什么样，却也知道他仪表不凡。

顾绅不放心地嘱咐了盛千姿很多话，不仅仅嘱咐她安全方面的，也嘱咐她："如果他让你立马确定或者决定什么事情，不要急着答应，现在处于上风的是你，回来咨询一下专业人士或者朋友再决定也不迟。"

盛千姿想了想，觉得在理，盛新荣那只老狐狸，万一拿母亲或者其他东西来打感情牌，说不定她就被他绕进去了。

"我知道了。"

盛千姿走过马路，推门而入，一眼就瞧见穿得人模狗样的盛新荣。

盛新荣年近五十，脸上明显的皱纹是岁月带给他的痕迹，年轻时的盛新荣长得一表人才，不然也不会有盛千姿这样在娱乐圈也漂亮得数一数二的女儿。只不过他好看的皮囊下却是那样险恶的心——既危险，又恶心。

盛新荣见盛千姿来了，脸上浮起慈祥的笑，指了指桌上满满的菜："来，爸给你点了些你爱吃的菜。"

桌上是各种大鱼大肉，不是龙虾就是鲍鱼汤……

盛千姿往桌上扫了眼，无声地冷笑，这一桌菜得好几千吧？

"我爱吃的菜？"

盛新荣似乎自信心很足："快坐下，爸爸专门给你点的。"

"不要在我面前说'爸爸'这两个字，你不配。"盛千姿立马打断他的话，生怕多听几遍这些恶心的讨好的话，真的会当场翻脸走人。

盛千姿认真回忆了一下，大抵也能猜到盛新荣为什么会如此信心十足地说这些是她喜欢吃的菜了。

她曾经上过一档美食节目，夸赞过某个师傅做的龙虾特别入味好吃。

她也上过一档宣传综艺节目，喝过鲍鱼汤，笑着说这个汤很好喝。

她没记错的话，上微博搜一下"盛千姿，吃货"，下面会有一堆她吃东西的动图。

作为父亲，他了解到的只是经过包装后的盛千姿，却信誓旦旦地对自己的女儿说"爸给你点了些你爱吃的菜"。

盛千姿的口味随母亲，她喜欢吃江南一带的家常菜，而不是电视节目上的玉盘珍馐。

盛千姿做不到跟他一起吃饭，立马拿出协议开始谈正事："我的要求很简单，你和黎秀芳搬出盛家，至于集团，我和妹妹该有的股份给我们，另外还要追加你持有股份的一半作为补偿。如此一来，你所持有的股份就不足以支撑你成为集团董事长了，至于继任的人选，就不是你来操心的事情了。"

盛新荣想打断她的话，喊了她一声："千姿……"

盛千姿眼中不掺一丝感情，只求尽快说完："如果你不同意，那我们就法庭上见。但你销毁遗嘱和做假账，你想想，你有胜算吗？当然做假账这件事，如果集团其他董事要追究责任的话，我也没有办法，毕竟你平时也挺招人恨的，不是吗？"

盛新荣听完，终于怒了："盛千姿，我是你爸！"

盛千姿毫不畏惧地看向他，歪了歪头："那又怎样？"

盛新荣开始讨价还价："盛家我可以搬出去，但是集团不行，我没有功劳也有苦劳，我拼了一辈子，你现在让我把成果让给你们？"

盛千姿的手紧紧地攥着，她深吸一口气，努力保持微笑，给他解释着："正是念在你是我生父，对我妈也好过的分上，我没时间陪你打官司拖个一两年，才给你一点儿面子。不然你以为你销毁遗嘱之后还有继承权吗？你以为这里所有的东西都是你的吗？没有我妈，你什么都不是。"

盛千姿甩下一份文件，不想跟他废话，站起身，冷静地说："你自己回去好好想想，如果执意要上法庭，我也奉陪到底。至于这顿饭……抱歉，盛先生，里面没有一样东西是你女儿爱吃的。"

不到半个小时，盛千姿便从餐厅出来了。

她一个人沿着傍海路慢吞吞地走，看见沙滩上有一家三口在等待日落，和谐美满地一起野炊。

爸爸在烤东西，小孩扯着妈妈的手，一边吃烤肠一边手舞足蹈，还不停地告诉爸爸："我要吃那个……还有这个……"

爸爸帮孩子烤东西也不能委屈了妈妈，拿起一根烤熟的玉米递给自己的爱人。

真好。

盛千姿坐在沙滩上，托腮看着，渐渐入了迷。

顾绅处理完事情，问她谈话结束没，她说了个地址。

没几分钟顾绅就赶到了，也不问她谈得怎么样，只在她身边坐下，看着远方最后一缕暮色沉入地平线，低声问："吃饭了吗？"

盛千姿摇头。

顾绅问："他没给你点东西？"

盛千姿晃了晃脑袋，眼中尽是嫌弃之色："是我不想跟他吃。"

话音刚落，她就被顾绅牵着手，拉去了对面的烧烤场。盛千姿想说自己不吃，但看见他开心地去向老板问价，要了一个烧烤的位置，某些拒绝的话又被她咽在了喉咙里。

顾绅穿着与海边的氛围格格不入的白衬衫，坐在烧烤场的小板凳上，问她喜欢吃什么。

他跟老板买了很多食材，有牛肉丸、鸡翅、秋刀鱼，还有韭菜……

盛千姿指了指牛肉丸，他显然不太会烧烤，第一次烤得不算好，但慢慢地就烤得越来越好了。

他还说："不想吃那么多的话，剩下的留给我。"

盛千姿点头，咬下第一颗丸子，蘸了烧烤酱的缘故，丸子甜甜的，还挺好吃。

吃了两颗丸子，她就不吃了，剩下的给顾绅。

她准备找个一次性碗给他装起来，却猛然想到什么，问他："你吃饭了吗？"

"没有。"

盛千姿又问："那你饿吗？"

男人看着她，摇了摇头："你先吃。"

盛千姿抿了抿唇，现在已经过7点了，没吃饭的话，他肯定会很饿。

而且他在烤东西，也没法吃……

于是她第一次主动地叉了一颗丸子，递到他嘴边，干净的眸子看着他，仿佛在说：吃啊，过了这个村可就没这个店了。

盛千姿故作镇定地说："张口。"

顾绅咬下第一颗丸子的时候，她感觉自己的心重重地跳了一下，心弦一颤。

而这种细微的变化，顾绅是不知道的，盛千姿自然也不会说。

吃完烧烤，两人聊了很久的天。

顾绅给她说了很多故事，她才知道，原来这个世界上不幸的事情和糟糕的家庭还有很多，不幸的人不止她一个。

她能做到的就是不要自卑，好好地过自己的生活，接下来还有大半辈子需要她去探索，去寻找幸福的真谛。

两人聊到最后，远方燃起烟花，一颗金灿灿的豆子升上夜空，在半空中释放出绚丽的色彩，再化作星火落下，映衬着身后的朗月星辰。

盛千姿看见身边有人在狂欢，才想起今天是中秋节。

今天竟然是中秋节。

她和顾绅在这里烧烤，算过节了吗？

上了车，准备离开时，顾绅拿出一份文件，给她一个提议："最近我和瑶姨在弄一个项目，你看要不要参加，只需要一个月左右的时间。这样的话，你既能休息，又能增加影响力和路人好感。"

盛千姿狐疑地打开文件扫了一眼，一眼便瞧见大标题——《偏远地区医疗卫生建设：扶危济困项目》。

车厢里安静极了，盛千姿一瞧见这个项目标题就严肃起来，慢慢地翻阅下去，轻声问："这是用我们电影的盈利票房弄的一个项目吗？"

顾绅说："对，还会有临江医院里的一些医生参与。"

"地点在哪里啊？"

"西部，具体还不确定。"顾绅诱哄着问，"参加吗？"

盛千姿看他的表情就知道，他别有用心。

如果她去了，不又得跟他待在一块儿了吗？羊入虎口的道理她不会不懂。

盛千姿合上文件，傲娇地递给他，温和地说道："这件事我做不了主，请联系我的经纪人，谢谢。"

接下来的几天，盛千姿去拍了两个广告，参与了一个品牌站台，以及其他一系列的商业活动。

知名度与商业价值提上来以后，就开始吸金了，这是每个艺人必经的过程。

电影《生命只有一次》的放映已经接近尾声，由于票房还不错，下映会比一般电影晚几周，正因如此，每天都会有源源不断的人相约去二刷三刷，再次观看。

这部电影给盛千姿带来的效益很大，大家对她的实力和演技又有了新认识。

盛千姿完全可以骄傲地说，在众多年轻女演员里她是演技最好的那一个。

当然，这些话艺人是不能说的。

复出不到一年，盛千姿拿下了一个大刊首封，一个高奢品牌亚太地区代言，还有一个世界顶级化妆品牌的彩妆线区代言，忙得不可开交。

盛千姿的团队有个不成文的规定，就是访谈不上，综艺少上或不上。

盛千姿上综艺节目的频率几乎一年不到三次。

这也恰恰给她制造了一种神秘感。

在所有活动即将落下帷幕时，陈芷珊将后续的通告单发给她，盛千姿意外地发现，后面几乎一整个月都是空白的，没有通告。

"什么意思呀？"盛千姿不解。

"去支援国家建设啊！"陈芷珊笑着说，"半个月前顾医生来找我谈了一下，一句废话不多说，给我分析了一通你参加这个项目的好处，我半句话都插不上。然后我就将他的观点转达给了清越，清越那边同意了。你去放松一下也好，别总处在那么紧张的工作状态下，多经历一些事情对你以后拍戏也有好处。"

盛千姿边玩手机边看她："就是那个扶危济困项目？"

陈芷珊眯起眼，若有所思地瞅着她，仿佛看穿了她的心思："对啊！别在我面前装啊，没有你的允许，他会直接来找我？说，你们发展到哪一步了？"

"什么发展到哪一步了？"化妆师让盛千姿闭眼，画眼影，她闭上眼睛说，"别乱说。"

"还没在一起啊？"

"没啊！"盛千姿说得轻巧。

陈芷珊偷笑着开口："之前看你倒追得那么干脆，还以为你很好哄，听顾医生说几句好话就缴械投降。没想到，他现在还没把你哄回来？"

盛千姿答："哪有那么容易？"

"你就嘴上逞强，恃宠而骄，"陈芷珊就爱怼她，"其实心里早就同意了。"

今天晚上是上海电影节，盛千姿需要走红毯、参加晚会和接受采访。

盛千姿拎着礼服走进更衣间更衣，一袭深蓝色的收腰鱼尾裙将她的身材展现得淋漓尽致，黑色的发丝微卷，如海藻般披在肩后，行走之间，裙摆宛如被微风吹过的倒映星空的水面。

距离走红毯还有半个小时，盛千姿百无聊赖地坐在酒店的沙发上选口红，一直选不出到底该用哪一支。

她眨了眨眼，问："今晚有贝旋吗？"

"有。"陈芷珊边吃盒饭边说，"她好像提名了最佳女配角。"

"那就更要好好选了。"

盛千姿从装满几十支口红的箱子里挑出三支，分别涂在光滑的手臂上，正准备问人哪一种颜色搭今天的礼服好看。

手机叮的一声，来了信息。

盛千姿打开一看，居然是顾医生。

顾绅："在干什么？"

盛千姿猛然想起之前顾绅说"在干什么？"就是"我想你"的意思，抿唇笑了下，打字回复："刚化好妆，准备走红毯。"

顾绅："陈芷珊跟你说那件事了吗？"

盛千姿："说了。"

顾绅："结果怎么样？"

盛千姿刻意不告诉他，反而打开相机给自己的手臂拍了个照："哪个颜色好看？"

顾绅对着三种颜色端详了半响，除了第三个颜色和前两个有些细微的差别，前两个颜色他实在是看不出有什么区别。

他打了三个点："…"

盛千姿："什么意思？"

顾绅蒙蒙地回："前两个颜色有什么区别？"

盛千姿一看回复就笑了。她早就猜到他对这些东西不敏感，没想到天赋还挺高，至少没有问她这三个颜色有什么区别，区分出一个也很厉害了。

反正没事干，盛千姿就用手机给他讲解了一下口红颜色的区别。

顾绅思忖了半分钟："能看看你今天穿什么吗？"

盛千姿挑了挑眉："你这是在空手套自拍？"

顾绅承认自己有点儿私心，但逻辑合理地说："总要看看裙子是怎么样的，才能搭配吧？"

盛千姿舔了舔唇，将刚刚试礼服时拍的照片发给他看。

曳地的星空深蓝鱼尾裙，抹胸长裙腰间缀着细钻，裙摆及脚踝，由上及下逐渐变成极光蓝，颜色过渡自然，仿佛有仙气萦绕。

平滑的抹胸设计将盛千姿漂亮又流畅的直角肩修饰得极好，她锁骨深凹，这种骨感加禁欲美往往最是撩人。

盛千姿并不知道，顾绅已经将那张在公众平台不会出现，只有他一个人有幸看到的照片保存。

随后他按照自己的直觉选了第一个亚光雾面的正红色口红。

他本以为盛千姿只是参考他的意见，并不会真的采纳，孰料盛千姿心情颇好地将那支口红打开，抹在了唇上，再让化妆师帮她描好唇线，大功告成。

盛千姿坐车前往红毯现场，在无数闪光灯的照耀下，踩着高跟鞋下车，如天仙降临，慢慢走过红毯。

电影节晚会的流程十分烦琐。

盛千姿坐在第一排，左边是齐衡老师，右边是个资历颇深的女演员，没人说话。

她懒懒地打了个哈欠，陈芷珊发信息跟她说："等下上台宣传一下扶贫济困项目。"

盛千姿回了个"OK"。

上台领奖时，刚好有个颜值挺高、个子高挑的男演员跟她一起，对方伸出手扶了一下，盛千姿很给面子地搭上他的手腕，慢慢踩着阶梯上台。

她领完奖，说完获奖感言，工作就结束了。

盛千姿回房车吃夜宵，打开微博准备看一看今晚的美图，却莫名其妙地看见一个话题明晃晃地挂在那儿，并且有爆的趋势——

"盛千姿、邱鹤恋情。"

当事人盛千姿蒙了。

这是什么鬼？她就去参加了个电影节，世界怎么变了？

《生命只有一次》拍摄期间，她确实和邱鹤出去逛过街、吃过饭、打过网球，但距离恰到好处，一点儿都不亲密，怎么会被拍到那种亲密逛街的照片？

这很明显是拍摄角度问题和 PS 过了。

《生命只有一次》电影刚上映完，底下的"路人粉"都很激动，纷纷觉得自己嗑的 CP 成了真，都在祝他们长长久久。

盛千姿无语，正准备上线辟谣，却发现又一件事上了话题榜。

邱鹤在临江路演那天凌晨两点进了盛千姿居住的小区，直到早上才出来，并且行为谨慎，生怕被偷拍。

这是什么匪夷所思的行为？

陈芷珊看着话题，无语地说："那天晚上你跟他见过面吗？"

盛千姿蒙了，差点儿以为自己那晚梦游了，真的和他见过面："哪有啊？我那天晚上跟顾医生在一起，回去后就没见过其他人了。"

"那他这是……自导自演？有毛病吗？"

这种行为连陈芷珊这种在娱乐圈闯荡这么多年的人都觉得很奇特，蹭热度能蹭到这个份儿上也真是……够不要脸的。

"别急，你的号保持沉默，对待这种人，别理就行，就当他是'戏精'。待会儿工作室发个声明看看。"

"只能这样了。"

盛千姿气得夜宵都不想吃了，撂下筷子，开始玩手机转移注意力。

盛千姿的工作室于话题出现的第二个小时发出声明——

"无意占用社会公共资源，近日关于盛千姿恋情等消息纯属造谣，二人仅为朋友关系。"

但两人逛街的亲密照和邱鹤进出盛千姿所在小区的动图实在是太真实了。

盛千姿无语，原本清清白白的一个人，突然多了个恋人，这事搁谁身上都难受，关键是怎么撇都撇不清，就算是辟谣或者以后她交男朋友了，网友私底下还是会说她和邱鹤有过一段恋情。

一个晚上，盛千姿心情都很不好，想找邱鹤直接问清楚或者让他去澄清，但又很容易被人抓到把柄，越弄越糟。

陈芷珊说："无视吧，时间会证明一切的。"

盛千姿不愿意也只能说好了，毕竟该做的都已经做了，自己问心无愧就行。

夜晚 10 点。

盛千姿回到酒店才发现顾绅一晚上都没找她，手机的聊天记录还停留在下午选口红的对话那里，一条新增的消息都没有。

他也看见话题了，是吗？

他吃醋了？还是说，他真以为她那天晚上回去后见了邱鹤？

盛千姿觉得自己很奇怪，居然会关心他会不会吃醋，拎着衣服进浴室，甚至一边洗澡一边想着这件事，心里不断打鼓。

她要不要解释？

万一他真信了那些谣言，她多冤啊！

盛千姿忽然间觉得这件事的性质与之前边小凝的事情有点儿像，只是她和顾绅角色对换了。

之前的顾绅默认盛千姿去追他，却从未跟她解释他与边小凝的关系，让她误以为他喜欢边小凝却还在耍她，享受她追他的过程。

如今事情变成了盛千姿允许顾绅去追她，也没有很明确地解释与邱鹤的关系，加上微博上那些动图的真实性……

盛千姿换位思考了一下。

如果她是顾绅，她估计会以为对方在"脚踏两条船"，一边享受着被人追的过程，一边又和别的男演员暧昧不清吧。

这简直是人间惨剧。

盛千姿来不及多想，即刻将水龙头关了，裹着浴巾走进卧室，想打个电话给他，至少把事情说清楚，却没想到手机的锁屏页面显示着一个未接来电。

五分钟前，顾绅打了个电话过来，她没有接。

盛千姿回拨过去，深吸一口气："顾绅。"

她的嗓音轻飘飘的，有些没底气。

顾绅问："刚刚怎么不接电话？"

"我洗澡去了。"盛千姿在床上坐下，又补充了一句，"没听到。"而后她淡淡地问，"话题你看到了吧？"

顾绅嗯了一声："看到了。"

盛千姿通过听筒听到那端有人群嘈杂的声音，感觉有些蹊跷，但很快，她又觉得应该是自己多想了："你就没什么话想问我吗？"

"有。"他果断地问，"想公关吗？"

"啊？啊？"盛千姿没听懂。

他这是什么意思？要帮她公关？

"我可以把人借给你。"顾绅狡猾地道。

盛千姿还是不太明白："你想干吗？"

顾绅叹了口气，严肃地说："我想说，我看到微博后很不高兴。我喜欢的女人在别人眼里有了男朋友，既然你说过要给我机会，那就证明你还是喜欢我的，是吗？"

盛千姿咳嗽了两声，死不承认："我没说过啊！"

顾绅淡定地说："那我当你默认了。"

顾绅说："公关的黄金时间是72小时，现在还来得及。如果我们以后注定要在一起，先被别人误会一下也无妨，你可以慢慢考验我，考验多久都行。但我不想让你受委屈，也不想以后我们在一起的时候，别人会说我是你的第二任男朋友，毕竟是我们先认识的。"

"毕竟是我们先认识的。"从这句话里盛千姿听到了他的委屈，确实是他们先认识的，也是她先喜欢上他的。

就在这一刻，一片寂静里，她感觉心里某根弦被轻轻地拨动，仿佛听到了自己的心跳声。

他没有怀疑过她，第一时间想到的是帮她处理事情。

原来被人信任的感觉是这样的。

盛千姿想了想，无奈地说："可是我们以前一起出去的时候没有被偷拍过啊！"

顾绅淡淡地道："所以我现在不是来了吗？"

顾绅继续说："上飞机了，不说了，明天陪我吃个饭。"

盛千姿挂了电话，心中有个疑惑：他真的是来帮她公关的，而不是借此机会来满足自己的私欲的？

第十章
意外之吻

顾绅下飞机时，刚好是凌晨4点。

天空灰蒙蒙的，还下着淅淅沥沥的小雨，雨声潺潺，被雨水拍打的树枝稍稍弯了腰。

他自作主张地给盛千姿发了条短信报平安后，去酒店休息了会儿。

盛千姿没回，估计睡得正香。

清晨，盛千姿看见短信，跟陈芷珊说顾医生来了，对方不信，翻了个身像猪一样继续睡。

昨夜，陈芷珊翻来覆去睡不着，来找她谈心。

两人聊到很晚，两三点才睡，从出道聊到了那一年的低谷，万般思绪爬上心头，感慨的同时，都觉得两人一路走来很不容易。

那时候的她们都以为这辈子可能就这样了，不温不火，不至于太差，却也回不到巅峰。

但盛千姿没想到，如今的她站上了那个比原来更高一层的巅峰，成了别人口中的"天赋型演员"。

盛千姿没管陈芷珊，反正今天早上没事干，也没通告。

她起床，洗漱，化妆，最后挑选口红时，又蔫儿坏地挑出三支，在手臂上试色，拍照问顾绅。

盛千姿："哪个好看？"

顾绅："又要我选？"

顾绅："我能理解为你在迎合我的审美吗？其实怎么都好看，按照自己的喜好来就行。"

不可否认，看到最后一句话盛千姿确实有点儿心动，眯起眼，严肃地回他："谁迎合你的审美了？"

盛千姿："我只是想看看直男的审美跟我的有什么不同。"

盛千姿："反正你随便选一个，要是选得不好……"

后面半句话，她没打出来，只是内心暗道：你就"死"定了。

顾绅问："选得不好，然后呢？"

盛千姿："那我很可能就不出去了，顾医生自己去吃早餐吧。"

顾绅霎时觉得这个问题很严肃，像思考学术问题一样斟酌了许久。

盛千姿都等急了："在干吗呢？"

十分钟过去，顾绅没回复。

盛千姿觉得他应该在查百度，偷看口红试色博主的作业，可他知道她发的颜色是什么色号吗？

十五分钟过去，顾绅还是没回复。

盛千姿隐隐有些不耐烦，一个问题要思考那么久？

盛千姿："还没好？"

半小时后，顾绅终于回复："我觉得我选哪个都不对，我还是亲自来带你吃早餐。"

三秒后，顾绅追加了两个字："开门。"

盛千姿顿时蒙了，大脑一片空白。

开门？

他在门外？

等他消息等了半个小时的盛千姿狐疑地走去客厅开门，果然看见半个月未见的高冷男人穿着深色系的长款风衣，长身鹤立地站在门口。

盛千姿眨了眨眼，但笑不语。

他有病吧？她让他选口红只是一种小情趣而已，难道他说错了，她真的会不出门，让他一个人去吃早餐吗？

他真是奇葩！

顾绅垂眸看她，气质温润如水，体贴地说："我等你。"

盛千姿也不知道自己哪来的气，反正就很不爽，气得直接把门给关了，让他一个人站在门外，走进室内好好地补了个妆，抹上口红才慢吞吞地出门。

顾绅走在她身旁，见她莫名其妙地生气了，低声问："还因为昨天的事不开心？"

盛千姿没说话。

两人一同走进电梯，下楼，去一家早就订好的餐厅吃早餐，推开包间门进去。

顾绅无奈地注视着女人不高兴的脸，伸手捏了捏，却被盛千姿瞪了一眼："好了，你不开心，不就让他的目的达到了吗？他这么做就是要打击你的心理……所以别想太多，嗯？"

盛千姿撤开他的手，感觉自己简直是在对牛弹琴："可我并不是因为邱鹤生气啊！"

"那是因为什么？"顾绅勾起唇角，天真地问。

盛千姿呼吸一顿："你不知道？"

顾绅很迷惑："嗯？"

盛千姿气得不知道该说什么好，恼怒地在桌下踢他一脚："我让你选口红，你不选，所以你是觉得我在利用口红找一个不跟你出去的借口吗？"

"没有。"顾绅笃定地说，"我只是想着我过来比较好，反正都是要过来的，先过来给你一个惊喜不好吗？秋天到了，天气转凉，我怕你下楼等我感冒了。"

"你有病吧？"盛千姿心里咯噔了一下，真不知道自己是该哭还是该笑，拿起包砸过去，"这算什么惊喜？我等你等了半个小时，你知道我有多担心吗？聊着聊着突然没消息了，谁知道你是生是死，还是掉进粪坑了啊？要真因为跟我聊天出了什么事，我可担待不起。"

顾绅一怔，看着她的眸色深了几分，抓住她乱砸的小手，攥紧手掌，越握越紧，声音低到极致地说："对不起，是我考虑不周。"

盛千姿想挣开他，不停地挣扎："你放开我，我还没答应做你女朋友呢。就你这情商，就该一辈子单身，找不到女朋友，娶不到老婆，谁跟你在一起谁倒霉，迟早会被你活活气死！"

"可你没法否认，你的心已经回到我身边了，不是吗？"顾绅强迫她看着他，声音低沉缓慢，清晰的话语一个字一个字地叩在她的心上，逼她审视自己的心。

盛千姿对上他的视线，才发现他的眼瞳早已染上温柔。

此刻他离她很近，近得能听见彼此的呼吸声。他盯着她茫然的小脸，又问了一遍："千姿，是吗？"

盛千姿一下子就被他诱了进去，愣怔半晌，却不知道该怎么回话。

时间一分一秒地流逝……

顾绅从她眼中看到了答案，修长的手指抹上她绯色的唇，干净的指腹立马染上了一抹鲜艳又暧昧的口红色彩。

盛千姿皱眉看他："你干什么？"

顾绅扫了眼自己手指的颜色，看得很认真，像是要深深地刻进脑里，唇畔漾起微笑："看你喜欢的是什么颜色，下次我给你选。"

"晚了。"盛千姿任性地别过脸，"就你这种审美，我才不要你选，把我的妆感直接拉低一个层次。"

顾绅不服气地问："对我这么没信心？"

盛千姿乜他："你看我现在的样子，像是对你有信心吗？"

顾绅无可奈何，拿起菜单，叫人进来点餐，随便点了几样清淡的食物："一碗粥，一份蒸饺，再来一份米线。"

盛千姿越听越不对劲："怎么就一碗粥啊？我也要粥。"

服务员正准备再加一碗粥。

顾绅立刻说："不用，给我们一个小碗就可以了。"

"好。"

服务员走后，顾绅碰了碰她白皙的耳郭，淡淡地说："小朋友，吃那么多干吗？反正你也吃不完。"

盛千姿无语。

想让她跟他同吃一碗就直说，还找那么多理由！

盛千姿发现顾绅真是越来越精了，就仗着自己对她了解了几分，自作主张地帮她决定事情，还不经同意越线撩她——这是她最不能忍的。

早餐逐一摆到桌上，男人耐心地端起小碗，先给她盛，盛到她平时的饭量，再出于私心地加了点儿。

吃早餐的过程中，盛千姿严肃地跟他探讨了一下"撩"这件事。

顾绅唇边漾起轻笑，淡淡地说："既然你都用'撩'这个字眼了，说明我的行动有了效果，而且你很享受。"

盛千姿白他一眼："你从哪里看出来我很享受了？"

顾绅反问："难道你希望我每天问的，除了今天吃什么，就是你今天穿的衣服是什么颜色这种无聊的问题吗？"

盛千姿死不承认："无聊吗？"

顾绅瞥她一眼："你喜欢？那我天天问。"

盛千姿忍无可忍："滚。"

顾绅成功转移了话题，将米线推到她面前让她先吃："剩下的给我。待会儿我们去哪儿？"

"待会儿？"盛千姿心不在焉的，用筷子将浮在汤上好吃的酸豆角和肉吃掉，"不知道啊，就不能你来想？"

吃完早餐，顾绅带盛千姿去逛街，早上10点钟的广场人不是很多，尤其是满是奢侈品专柜店的楼层，人烟稀少。

盛千姿不敢相信："你真的要陪我买衣服？"

"嗯。"顾绅轻松地问，"不能吗？"

"可以啊！"盛千姿笑着说，"你别后悔就行。"

接下来盛千姿开启了疯狂买买买的状态，看到好看的裙子、上衣和裤子都要试一试。

对于服饰、彩妆这类东西，盛千姿很有自己的一套审美，她当然知道自己的定位在哪儿、适合什么，就是要观察男人会不会烦她。

每换一套衣服，她都转身问他："好看吗？怎么样？"

顾绅基本会说好看，因为盛千姿身材不错，腿匀称修长，个子高挑，肩膀又好看，有很多衣服适合她，只是偶尔穿上不同风格的裙子，风格变了而已。

盛千姿发现，顾绅什么都不用做，只是静静地坐在那儿等她更衣，就招来了几个店员欣赏的目光，仿佛他举手投足，轻轻一个动作，都足以让人春心荡漾。

几个店员站在不远处小声地议论。

盛千姿不爽，他说好看的衣服，她全要了。

顾绅挑了挑眉，没想到她买衣服这么干脆，还以为她要在几件之间比较一番才能决定。

这样也好，省时间，反正他又不是没钱。

两人走到收银台，收银员录入价格后，报出一个惊人的数字，悄悄地看向男人俊美的脸。

盛千姿正准备掏包拿卡。

顾绅比她早一步，拿出皮夹刷卡付钱，连眼睛都没眨一下。

这一系列操作让几个店员眼睛都红了，不仅陪逛街，还掏钱付款的男朋友哪里找啊？

盛千姿戴着墨镜的眼睛，好奇地注视着他，想从他眼中看出一丝心疼。

很遗憾，他并没有。

顾绅看向她，问："怎么了？"

盛千姿摇了摇头，小声说："没有。就是……现在让你付款会不会不太好啊？"

顾绅签了名，将邮寄地址写好，牵着她的手走出门店，慢吞吞地说："我知道你有能力，但我也有想给你的东西，包括我力所能及的事情和别人羡慕的目光。"

盛千姿觉得这话在理，刚刚她豪气地拿了那么多东西，连钱都不是她付的，看到别人羡慕的目光，确实有点儿爽。

盛千姿问："你给别的女人花过钱吗？"

"病人？"顾绅想了想，只能想到这个。

盛千姿皱起眉："你还给病人买衣服、买礼物？"

顾绅无奈："想什么呢？医药费。"

"那算什么花钱！"刚刚还觉得他情商长进了些的盛千姿又无语起来，"所以除了病人，还有吗？"

"没有了。就你，就你最烧钱。"

盛千姿撇了撇嘴，心中有一丝甜地问："那你还喜欢我？"

顾绅低头看她，发现她今天有点儿嚣张，又有点儿可爱，钩了钩她的下巴："不是你先勾引我的？"

所以这意思是她勾引到了？

盛千姿推开他的手，走进洗手间，刚进入隔间就听到外面盥洗台旁有两个女生叽叽喳喳地在议论什么。

"刚刚那男的好有钱啊，将近十套价值几万的衣服全买了，长得还帅。真是……羡慕。"

"羡慕什么？这样的男人，你要是整个容，说不定也能勾引上他。"

"别！我可不想变成刚刚那女的的样子，说实话，那女的看着有点儿眼熟啊，但她一直戴着墨镜，我没认出来。真是……不是自己的钱就不心疼，衣服挑都不挑一下就全要了。我可不想让自己成为那样的女人，又作又不节俭，迟早被男人甩。"

"是吗？"盛千姿推开隔间的门，冷笑着走出来。

那两人吓了一跳，怯怯地问："你……你怎么在这儿？"

"这儿不是公共场合吗？"盛千姿皱眉问，"我这样的女人，买衣服从来不挑，你知道为什么吗？"

盛千姿不等她们回答，即刻说："因为我穿什么都漂亮，不像你们，样子比不过别人就算了，嘴还那么碎。客人买衣服谁付钱关你什么事啊？客人买衣服挑不挑跟你有关系吗？就算我买回去不穿，那又怎样？别人的钱轮得到你来心疼？"

"你不就仗着有人包养你吗？真以为自己高贵到哪里去？"其中

一人大胆呛了声。

盛千姿气笑了："他包养我，你疯了吧？"

那人说话嗓音比较大，直接让站在洗手间外等的顾绅听见，他勾唇冷笑，冲里面问了声："老婆，好了吗？"

正准备呛声的盛千姿怔住。

两个店员蒙了。

他们结婚了？

盛千姿无奈地洗手，开口道："小姑娘，别以为人人都跟你想象的那样。像你这样只会小人嘴脸地在背后议论别人的人，才是真的可怜。"

店员气得走出去，不巧瞧见刚刚付款的男人站在不远处的门店内，正询问店里其他人什么话。

她们顿时感觉大事不妙。

刚问完投诉方式的顾绅转身就看见那两人跑了过来，拿着手机，唇边勾着一抹讥诮的弧度。

被给了这么大单子的客人投诉，还有这么恶劣的嚼客人舌根的事，要是被上司知道了，她们肯定会被开除的。

两个小姑娘忙向男人赔罪，可怜兮兮，眼角挂着泪说："对不起，对不起，求求你不要投诉我们……我们以后不会了，真的不是故意的……投诉了我们就没有工作了。"

顾绅冷冷地低笑："是吗？你们没工作跟我有关系吗？"

"不是、不是。"其中一个姑娘抹着眼泪说，"跟你没关系，是我品行不端，我以后会改正的，求求你了。"

"求我有什么用？"顾绅掀起眼皮，表情冷漠，"你们该道歉的对象好像不是我吧？"

盛千姿刚好走过，看见方才那两个嚣张的店员不停地向她赔礼道歉。

顾绅搂着她的腰，两人形似夫妻，看得人心生妒忌。

盛千姿说："工作就好好工作，要是碰上别人，估计就撤单了。你们老板有这样的员工真倒霉。"

就因为刚刚那段小插曲，盛千姿原本还不错的心情被弄得一团糟。

顾绅带她走出店面，走至广场的天井围栏边，一把拥住了她。

盛千姿没想到他会突然来这一套，眼睛猛地睁开，心跳也乱了一拍，脸颊不可抑制地染上了一抹绯红，低声呵斥："你干吗？放开我……"

盛千姿想推开他，奈何根本推不动，突然而来的肢体接触害她脸红心跳，一瞬间只觉得双颊好像有火在烧，怎么都适应不了。

顾绅抚着她的脑袋，让她靠在他的肩头，小声说："后面有人在偷拍，我们就不能表现得恩爱一点儿，嗯？"

"偷拍？"盛千姿狐疑地问，"我怎么觉得……你这个主意很傻啊？万一网友说我脚踏两条船呢？"

女人声音娇软，说话时热气喷洒进他的耳里，带着慵懒感。

顾绅无奈地道："如果你真的想脚踏两条船，就不会发澄清声明撇清关系了。先是撇清关系，而后跟别的男人当众秀恩爱，你猜网友会怎么想？"

网友的思维千奇百怪，盛千姿永远猜不透。

她撇了撇嘴。

顾绅长臂圈过她的腰，将她紧紧抱住。

两人的身体严丝合缝地贴在一起，男人的气息一瞬间将她笼住，萦绕在她的周围。

盛千姿总觉得自己上当了。

他真的在帮她公关，而不是趁机占便宜，顺便宣示主权？

太精了，这个男人不安好心！

盛千姿刚退出他的怀抱，他就握住她的手，塞了个冰凉的硬物在她掌中。

她蒙蒙地问："你给我什么？"

盛千姿好奇，想看一下，却被顾绅用五指包住掌心，怎么掰都掰不开，看不了。

"什么啊？"她好奇死了。

顾绅拧了拧眉，似是有些不好意思。

他竟然会不好意思，含混地说道："一个早就想给你的礼物。"

"那你也得让我看看啊！"

盛千姿拼命想掰开他的手，却突然被搂入怀，男人跟个小孩似的，埋首在她的肩头，低声说了句："对不起。"

他怎么又道歉？

盛千姿愣了愣，气氛骤变，她鬼使神差地摸了摸他的头，低笑着问："怎么了？突然这么乖。"

"没什么……只是后悔没有早一点儿看清自己的心，害你伤心了那么久，我们也浪费了那么长时间。"他的嗓音温和又低沉，含着些微的自嘲，"现在我总算体会到，自己喜欢的人不喜欢我，或者不回应我，有多难受……"

盛千姿毫不客气地回他："那是你活该。"

"是，我活该。"他搂着她的腰，脑袋埋得更深些，所幸两人身高都不矮，男人稍稍弯腰，便能蹭在她的肩头，"直至今日我才发现我有多喜欢你……你不在我身边，会突然想起你，想知道你在干什么；你不开心，会想方设法哄你，直到看见你笑；看见昨晚的话题，生气之余还是选择相信你，买票过来，只为见你一面。我没有喜欢过任何人，也从来没有出现过这样的情绪，如果这一切都可以归结为爱情的话，那么我想我已经爱上你了……"

"顾绅。"盛千姿的眼中有一丝动容之色。

这是她第一次从他口中听到"爱"这个字眼，就连她也不敢轻易地说出"我爱你"三个字。

原来看见话题他还是会生气的。

也对，微博上的图片那么真，中秋节那晚，她明明跟他一起烧烤、谈心，回去后如果真的与邱鹤相处一晚的话，任何一个男的都受不了。

这种被欺骗、被耍的感觉，她真真实实地经历过，着实不好受。

盛千姿将他刚刚在门店内对那两个员工冷酷无情的模样与现在突然的低姿态做了个对比，沉默半响，语气轻柔许多："你总得让我看看你给我的礼物吧？"

顾绅放开她，她摊开手心一看，竟然是一枚戒指，与她之前喜欢的一对耳环有点儿相似。

几乎是下意识地，她忆起那天在商贸城门口，他手中拎着的精致小巧的购物袋。

戒指是他那时候买的吗？

盛千姿有点儿怀疑，但没证据。

顾绅不容置疑地将戒指穿过她的指尖，语气低缓幽沉，无端带上一层蛊惑的味道："千姿，你爱我也好，不爱我也罢，别让自己不开心……"

盛千姿看他："戒指你都强制给我戴上了，现在告诉我不爱你也罢？"

"我还没说完。"顾绅俯首靠近她的耳畔，话语清晰地伴随着温热的气息落入她的耳里，"不爱我，那我就一直等你，守在你身边，等你爱上我为止。"

盛千姿挑了挑眉："哦，所以你说的'也罢'只是说说而已？"

顾绅沉默地看着她，忽然对她这种见招拆招的说话方式有些无奈，却还是老实地嗯了一声。

盛千姿心情大好，不跟他计较，以至于那枚戒指一直都没有摘下来。

下午盛千姿有个品牌站台活动，就在上海市区的广场，一个大众护肤品牌，也算是盛千姿的粉丝见面会。

陈芷珊喊盛千姿回来化妆，准备出发前往活动现场，盛千姿回来时带了一个人——顾绅。

陈芷珊正吃着午餐，惊得手中的筷子都掉在了地毯上，跷着二郎腿，嘴巴张成了"O"形，不敢相信地问："你们……你们在一起了？"

两人几乎是同时回答——

盛千姿说："没有。"

顾绅说："嗯。"

盛千姿抬眸看他一眼，满脸疑惑。

顾绅立马改口："没有，说错了。"

陈芷珊简直捏了一把汗，然而她打开手机才发现，微博上关于他俩刚刚在广场相拥的话题已经广泛传开，讨论热烈。

幸好偷拍的人是从广场天井另一边拍的，没有拍到顾绅的正脸，只能从高挑的身形和戴着墨镜的脸蛋分辨出女人是盛千姿。

他们都抱在一起了？

陈芷珊气得瞪了盛千姿一眼："还说没在一起？全世界都知道了，你们知道这样的舆论会带来多严重的后果吗？会有人说盛千姿恋爱出轨，脚踏两条船。"

顾绅扯了把椅子坐下，淡定地说："很快澄清就来了。"

"你请人做了澄清？"陈芷珊狐疑地问，"怎么澄清？"

盛千姿拿过一旁的慕斯蛋糕，找了个小勺子挖来吃，她也很想知道顾绅会怎么澄清，澄清什么，期待地看着他……

但她不像陈芷珊，一点儿也不急，一种莫名的信任感从心底油然而生，相信他会摆平一切，将所有事情处理妥当。

顾绅垂眸睨了眼腕表，淡定地说："再等五分钟，差不多了。"

五分钟后，一篇澄清文章从豆瓣开始传出，进而传播到微博和其他娱乐论坛，不到半小时，名为"邱鹤修图"的话题便上了话题榜。

有人扒出，当时放出盛千姿和邱鹤亲密逛街照的账号，早在去年就被发现是邱鹤的职业粉丝号，而且其所发的六张"亲密照"虽然被PS得很好，但还是被人找出了破绽。

有人专门将这些破绽放大，圈出，供人对比，引起一阵唏嘘。

"好爽啊，我已经想到姐姐的潜台词是什么了：一边去，老娘有男朋友！"

…………

盛千姿刷完微博，松了口气。

不过她现在在谈恋爱已经是"实锤"了，幸好她不是什么偶像明星，只是个靠实力说话的演员，恋情对她的影响不大，况且她的对象是个圈外人。

不存在她的粉丝不喜欢她跟哪个男明星在一起的情况，也不存在有人在微博乱嗑真人 CP 的情况。

盛千姿化妆换装，前往市中心广场进行品牌站台。

陈芷珊坐进房车，问她："你和顾医生真的没在一起？"

"还不算吧。"盛千姿也觉得他们现在的关系怪怪的，要说正式在一起了，肯定没有，但神奇的是，这种暧昧的关系她并不排斥。

如果绯闻对象是邱鹤，她就觉得哪里都不舒服，不知道这种不舒服是因为对方龌龊的手段，还是因为只要不是顾绅，她就不喜欢。

陈芷珊沉默了几秒："也就是，快了？"

盛千姿答："不知道。"

"别这么愁眉苦脸的……"陈芷珊摸了摸她的脑袋说，"跟着自己的心走，你觉得他可以交付，那就跟他在一起，你觉得不喜欢，那就不接受啊！"

"也没有不喜欢……"盛千姿立马反驳。

陈芷珊笑着说："我知道，曾经喜欢过的人，怎么可能真的忘得一干二净？尤其当他重新出现在你面前。就算你们在一起，那又怎样？谈一场恋爱而已，没什么大不了的，如果不合适，那就分手，别有太大压力。"

她瞥了眼盛千姿的手指："你看，你戒指都戴上了，就别口是心非了。"

盛千姿尴尬得立马把手藏起来。

陈芷珊继续说："我都听说了，之前在剧组顾医生经常去找你，想来追了你挺长时间的吧？跟我说说，他都干了些什么？姐姐帮你判断判断……"

盛千姿跟陈芷珊算是最亲的闺密，两人之间几乎没有秘密。她如实交代，但忽略了一些她不知道，顾绅也没有告诉她的事。

陈芷珊斟酌几秒，说："还算合格。"

盛千姿托腮笑："其实刚开始我挺排斥他的，就觉得这么高冷的男人，我干吗还要吃回头草给自己找不痛快啊？"

"现在他不高冷了吗？"陈芷珊问。

盛千姿认真想了想，想起早上在广场顾绅面对那两个员工时冷漠的表情："也没有吧，就是除了我之外……"

陈芷珊懂了："你是想说，他只对你不高冷，对其他人还是很高冷的。这个确实……"她抖了抖肩膀，"刚刚在酒店我就被他冻到了，他怎么话那么少啊？完全聊不起来。"

盛千姿眨了眨眼："我觉得他变了很多，至少在我面前是不一样的。"

"其实……"陈芷珊理智地给她分析，"这些东西呢，追求阶段是不怎么能看出来的，一个男人追你的时候，肯定什么事都做到最好啊！想要看他是不是真心喜欢你，要看恋爱过程。"

盛千姿觉得陈芷珊说得有道理："那我考虑考虑。"

话音刚落，顾绅发来信息："我先回临江了，你什么时候回来？"

盛千姿瞄了眼接下来的行程通告单，打字回复："后天吧。然后就准备去西部了。"

顾绅："好，回来发个短信给我。"

盛千姿："没问题，注意安全。"

过了几秒，她盯着无名指上的戒指，好奇地发问："那个……"

顾绅："嗯？"

盛千姿："戒指，你是什么时候买的？"

顾绅回复得很快："去商贸城那天。"

盛千姿惊了一瞬——果然是那天。

她咬着手指回忆了一下，那天她好像怼了他，是吧？

她以为那个袋子里的东西是顾绅买给边小凝的礼物，在看见他给她送伞后，觉得可笑到不行，直接呛了他一番。

盛千姿突然想知道他的生日是什么时候。

他送了她戒指，她也得送他点儿礼物才说得过去呀，至少得礼尚往来。

盛千姿问："你生日是什么时候啊？"

顾绅："已经过了。"

盛千姿："那你也得告诉我。"她可以补礼物啊！

顾绅莫名其妙地发了个省略号："……"

顾绅："2 月 28 日。"

2 月份。

他明年的生日快到了，现在已经秋天了。

不对。

盛千姿对着这个日期端详了许久，对着手机上的日历计算了一下。

盛千姿："就是那天？"

顾绅没否认。

盛千姿差点儿两眼一黑晕过去，莫名觉得他很惨是怎么回事？

她在脑中理了一遍他当日的行程：下午和齐炀去网球场打球，遇见她和邱鹤，被她无视了一下午，晚上去商贸城给她买戒指，然后在门口遇见她，瞧见大雨滂沱，想要借伞给她，被她怼了一顿。

盛千姿撇撇嘴，回复："该。"

盛千姿："谁让你拒绝我的？"

不过为了感谢他，不管是谢他早上给她选的衣服付款，还是谢他中午帮她澄清绯闻，盛千姿觉得都应该给他补一份礼物。

品牌站台结束，她乔装打扮了一下，戴上墨镜、口罩和帽子，返回广场，跟陈芷珊在高层闲逛，逛了一圈都不知道买什么好……

盛千姿想了想，想到一个好点子："像顾医生这种满腹学识的人，应该经常看书写字吧？"

"你的男人，你问我？"陈芷珊也她一眼。

盛千姿没好气地推她一下："什么……什么我的男人？就买钢笔好了。"

陈芷珊似笑非笑："他会不会有很多钢笔了啊？毕竟你说他学识渊博，爱看书写字嘛。我身边的编剧朋友都很喜欢收藏钢笔欸。"

盛千姿脾气上来了，强势地说："不管，我送的东西，他爱用不用。"

"哟哟哟——"陈芷珊看她那得意扬扬的小脸就想笑，"谁给你的底气啊？肯定是顾医生啦。未来女朋友送的礼物，怎么会不用呢？就算不用，也是舍不得用。"

"就你嘴贫……"

盛千姿进店选了一支低调的深蓝色的钢笔，握在手上试了一下，出水特别顺畅，笔杆也很轻，写字挺好看的。

"就这个吧。老板帮我包起来，我送人。"

"好嘞！"

门店老板让她过去选礼物盒。

盛千姿选了个暗黑色的，包装好，下楼走去停车场，回了酒店。

她还买了一张贺卡，从抽屉里随便拿了支笔，写上——

生日快乐。

迟到8个月的礼物。

两天后，盛千姿收拾好行李，成功坐上了回临江的飞机。

飞机计划在中午1点降落。

顾绅要上班，盛千姿不需要他来接，公司有专门的司机接她回去。

盛千姿戴着墨镜走出航站楼，跟陈芷珊一起坐上商务车，往公寓而去。

两人有一搭没一搭地聊着天——

盛千姿扣上安全带，边玩手机边问陈芷珊："你去西部吗？"

陈芷珊摇了摇头："不去，公司还有很多事情要处理。有顾医生和邓瑶导演陪你，你就当去放个长假，好好休息一下吧。"

"那行吧。"

盛千姿没再说话，注意力全在手机的小游戏上，完全没注意到车子上了高速公路……

突然，嘭的一声巨响，接连响起几声车身撞击的声音和车内人员的惨叫声。

盛千姿的手机因为惯性，直接飞出去，摔碎了。

她和陈芷珊坐在商务车中部，幸好有副驾驶位和驾驶位挡着，她只是被柔软的座椅撞到了头部，有些头晕，全身都像是散了架一样。

她们并没有什么明显的大碍，倒是前面的司机好像快不行了，鲜血从他的头部流下，早已不省人事……

盛千姿急得喊了陈芷珊一声，观察周围，这才猛然意识到发生了高速连环追尾事故，而且是四车相撞。

与此同时，临江医院 120 急救电话接线员收到通知，从机场往市中心的一条高速路上，发生了连环追尾事故，其中两辆商务车、一辆跑车，外加一辆大货车连环追尾，现场状况惨烈，需要出动几辆救护车前往救援。

听到此消息的顾绅握着笔的手都在颤抖，立马申请上救护车，打了个电话给盛千姿，铃声响了十二声，没人接听。

他不死心地又打了三次，依旧没人接……

随车护士瞧见，问了句："顾医生，怎么了？"

他低声说："没事。"

可护士发现，临江医院的心外科手术一把手说话时居然连声音都是抖的，救护车里的气压低得让人喘不过气来。

没人知道，在这短短的十几分钟路程里，顾绅几乎不能控制自己的情绪，像度过了一生那样漫长。

大多数医者有一种很奇怪的心理，叫"肾上腺素效应"。一听见救护车的鸣笛声，一看见命悬一线的患者，一碰到危急苦难的困境，他们就血液上涌，血脉偾张，无论当时多么疲惫无神，都会变得充满斗志，内心杂念全无，一心只想着施救。

此刻的顾绅完全没有这种状态，也从未像现在这样害怕过。

他在医院看过太多生死，常常觉得自己就像个在人体上动手术的机器人，麻木且没有感情。

如果躺在手术台上的是盛千姿，他竟然完全不知道该怎么办，他用十余年的从医经验在脑中构想了一下她可能受的伤，闭了闭眼，强迫自己冷静……

无论如何，他都会想办法治好她的，临江医院有最好的医疗设备和资源，她一定会没事的，再不济，他可以倾尽所有，请全国乃至全世界最好的医生过来会诊，只为她平安。

但最好的情况就是她不在那儿。

救护车在事故地点停下，车门开启，顾绅长腿一迈，直接跳下去。

已经有先到的医护人员在救治伤者，顾绅在一片混乱中绕了一圈，一眼就看见了孤零零地站在警车旁扶着手臂等待的女人，她脸上淌着泪，估计是被吓坏了。

她看见他的同时，顾绅沉着冷静地喊了一个护士："你过去那边看看她的手，给她处理一下，应该是出了点儿问题，这边让我来。"

护士愣了愣，看见是顾医生，应了声"好"，将伤势更重的患者留给他。

顾绅轻声说："轻一点儿。"

护士眨了眨眼，当下没反应过来："啊？"

顾绅手脚麻利地给身边的伤者做着急救工作，头也不抬："她应该怕疼。"

护士更迷惑了。

盛千姿看见顾绅的时候，他已经移开了目光，正专注地急救面前的伤员，那双手干净、漂亮又神圣。

她没有因为他不过来看她而难过，反而勾唇笑了下。

这样的男人才是她喜欢的，懂得轻重缓急，冷静持重，永远知道不管爱情多伟大，生命都排在第一位。

这是一个能让她一生都崇拜的男人。

盛千姿正看得入神，一个护士走过来问她："手有没有不舒服，或者有没有哪里痛？"

她啊了一声，没反应过来，抬了抬手，被痛到了，发出尖细的惨叫。

没人发现，顾绅动作顿了一秒，而后摇了摇头，强迫自己凝神。

护士让她不要动，伸手在她手臂的一些部位按压了一下，能摸到明显的裂缝，且她表情痛苦。

"应该是骨折了。你撞到哪里了？"

盛千姿正要回忆一下，余光瞄到顾绅上了救护车准备离开，陈芷珊的腿也有点儿伤，她被抬上担架，上了另一辆救护车。

顾绅喊了护士一声。

护士说："这样吧,你过来,回医院拍X光(X射线)片看看情况,会有骨科医生给你治疗。"

就这样,盛千姿与顾绅上了同一辆救护车。

她安安静静地坐在旁边,眼巴巴地看着他给病人止血、包扎、吸氧,等终于处理完,他看她一眼,低声问:"骨折了吗?"

盛千姿不太懂,含糊地道:"好像是吧。"

"撞在哪儿了?"他认真地问。

盛千姿说:"当时我在玩手机,手臂是弯曲的,撞车的时候,右手手肘就撞在门上了,然后手掌又卡在副驾驶位的靠背上,刚好副驾驶位和车门之间有一小段空间,就在那里折了吧……"

这一大段解释险些没把顾绅绕晕,他点了点头,说:"能想象到。"

随后,他给她做了个简单的局部固定,不顾旁人的视线,握上她的左手,十指相扣。

盛千姿怎么甩都甩不开。

小护士瞧见,瞬间懂了。

盛千姿怔了几秒,问:"你怎么来了?你不是心外科的吗?"

这些事情不应该都是急救医生做的吗?

"刚好没什么紧要的事情。"他解释说。

盛千姿垂下头,沉默了几秒,喃喃地道:"结果还是让你来接我了。"

救护车回到医院。

顾绅让护士带盛千姿去骨科黄医生的办公室,就转身急匆匆地离开,八成是做手术去了。

在如此严重的车祸中,盛千姿的伤势不重,算是最轻的一个。

看了片子后,医生说:"幸好没有出现很严重的错位,不用切开复位。"

盛千姿听到那四个字就手脚发凉,担心地问:"那现在呢?"

"给你做个简单的保守治疗……"

医生突然走到她跟前,握住她的手,用看似专业的手法——

咔嚓！

盛千姿痛得闭起眼，没忍住喊了声："你干吗？"

"帮你复位啊！"对方看起来就像个不正经的医生，低声问，"刚刚那护士说，是顾医生让她带你来这里的，你和顾医生是什么关系啊？"

"没关系。"盛千姿疼得额头都渗出了汗，不想理他。

对方给她的手臂进行石膏固定，还漫不经心地说："怎么可能没关系？我听说顾医生都上救护车了，你是他什么人啊？"

盛千姿见他没个正行，便不客气地呛回去："这里不是临江医院吗？我以为所有的医生都跟顾医生一样工作认真、做事严谨呢。"

黄医生不服气地瞪她："我哪里不严谨了？你夸他就夸他，不要'拉踩'别人。"

"我没'拉踩'啊！"盛千姿没忍住翻了个白眼，"是你自己对号入座。"

黄医生："你……"

他眯了眯眼，突然发出疑问："我怎么觉得你是他女朋友？"

"你哪只眼睛看出来我是他女朋友了？"

"就觉得你有点儿眼熟，他是不是带你见过我？"

盛千姿面带微笑，给他解释："觉得我眼熟，是在电视上看过吧？我是演员，抱歉。"

"啊——！"他终于想起来了，"你是演员？哦，对，我在电视上见过你，你叫什么名字？"

盛千姿道："你们医生都断网的吗？盛千姿。"

"想起来了。"黄医生笑了笑，"不是断网，是忙，而且我都结婚了，还关注女演员做什么？"

处理完，他给她开了些活血止痛的药和消炎药，让她自己去药房拿，顺便叮嘱几句："注意不要碰到伤处引起二次损伤，一周后过来复诊。洗头、洗澡这些事，让他帮着你点儿。"

盛千姿瞅着他，失去耐心："我说了，他不是……"

黄医生笑着以牙还牙："我知道，你别对号入座啊！快下去拿药吧。"

盛千姿下去拿完药，去探望陈芷珊，她正吊着腿躺在病床上，生无可恋地用手机处理事情。

人生的变故真是突然，你永远不知道下一秒会发生什么。

那个司机还在手术室里被抢救着，生死未卜。

盛千姿坐在陈芷珊的病床旁发呆，愣了许久。

陈芷珊看她一眼，问："怎么了？这么凄凉……"

"你在处理司机的事情？"盛千姿问。

陈芷珊叹了口气："算是吧。别想太多，谁都不想发生这样的事情，他会没事的。"

盛千姿嗯了声："你还记得，当时四辆车撞在一起，卡车前的那辆跑车吗？里面的人全死了。我在想……如果我们没那么幸运，或许死的就是我们，这种事情太可怕了。"

"是啊！"陈芷珊回想了一下，"现在想想都手脚发凉。好了，哭什么？下去买点儿东西上来，我肚子饿了。你妹打电话到我的手机上了，估计是你的电话打不通，你回拨一下吧。"

盛千姿拿着陈芷珊的手机走出去，跟家人报平安，然后买了两碗面上来，和陈芷珊一起吃。

等她睡下，盛千姿去问了护士顾医生在哪个手术室，直接走过去，看见手术室的灯亮着，就静静地坐在长椅上等……

距离顾绅进手术室过去了六个小时，夜幕降临，弯月挂在天边，天色变得暗沉。

顾绅从手术室里出来。

门上的灯光熄灭，患者家属站起来问情况怎么样。

顾绅耐心地给他们解答，说手术很成功，但术后还需要注意一些问题："转进 ICU 术后观察一阵，暂时不用担心。"

家属悬着的一颗心终于安定下来。

顾绅刚准备走，就注意到角落长椅上坐着的闭眼休憩的女人。她看上去很疲惫，右手被固定在胸下几寸，睡得正沉，完全没有被刚刚家属激动的声音吵醒。

他睨了眼时间，晚上9点。

她怎么在这儿？

顾绅走过去，在她身旁坐了会儿，没几分钟，她就醒了。

盛千姿看见顾绅，迷迷瞪瞪地揉了揉眼睛，带着刚醒的惺忪感，声音低沉地问："好了吗？"

他嗯了一声。

盛千姿又问："是不是早就好了？你等了我很久？"

顾绅答："没有，刚好。"

"哦。"盛千姿坐直了些，整理了一下头发，"手术怎么样？"

顾绅只说了两个字："成功。"随后问她，"怎么在这儿睡了？"

盛千姿莫名其妙地笑了下，没回答他的话："好累啊，我能挨着你吗？"

顾绅没想到她会说这样的话，侧了侧身，边笑边无奈地说："不行，白大褂太脏。"

盛千姿瞪他一眼：他有没有情趣啊？

他明显已经换了一件外套，现在这件根本不是中午在现场那件沾了血的，而且做手术他也不可能穿白大褂。

这只能说明，他做完手术后，在里面洗了澡，换了衣服。

她声音莫名有些软地说："可是我想啊！"

顾绅觉得即便这件衣服已经被洗干净，以前也可能沾过血或者细菌，还是不太干净。

说到底，他就是洁癖症发作了。

盛千姿不管他，就这么凑上去，直接将脑袋靠在他的肩膀上，低声呵斥："别动。"

顾绅真的不动。

两人坐在安静无人的手术室门外，第一次相处得如此和谐。

之前她在临江医院待了一个月，怎么也没想到有一天会出现今天这样的情景，她左手挽上男人的臂弯，几乎半个身子挨了上去。

顾绅捋好她的长发，低声问："手痛不痛？"

盛千姿说："现在不痛。"

顾绅又问："那个医生有没有轻一点儿？"

盛千姿皱了皱眉，果断告状："一点儿都不轻。"

顾绅说："好。"

盛千姿抬眸看他："好什么？"

顾绅扶着她站起身："明天替你教训他。现在先回去，时间不早了。"

盛千姿笑了，被他牵着手，小声说："那你说到做到啊！"

顾绅回办公室换下白大褂，随后收拾东西离开。

盛千姿没想到，顾绅带她去的不是他们住的小区公寓，而是他在医院里的单身公寓。

盛千姿看过很多主角是医生的电视剧，发现他们在医院内的公寓基本是四人间，集体宿舍。

她拉住顾绅的手，警惕地问："你要干吗？"

"上去啊！"顾绅看着她微略胆怯的脸，勾了勾唇。

盛千姿无语地看他："你……你，你带我去你们的集体宿舍？你把我当什么了？我不去！"

盛千姿转身要走。

顾绅知道她刚刚为什么那么激动了，牵着她的手走上楼梯："没上去，你怎么知道是集体宿舍？"

她咬着牙说："就算不是集体的，我也不去，我要回家！"

"顾绅，你放开我！"

"你有病啊？！"

"流氓！"

顾绅带她上去，公寓在二楼角落的地方。

他嘘了一声，将她抵在门板上，小声说："这里住了很多医生、护士，同一个楼层的，都知道我住在这儿，你确定要喊这么大声，让所有人都知道盛千姿在我的房里？"

他刻意加重了那三个字，妥妥的威胁。

盛千姿倚在门板上，抬眸看他："你就仗着我的手受伤了，不能把你怎么样，然后就欺负我呗？"

顾绅边掏钥匙边说："你这么理解也没错，我就欺负你了，嗯？"

他仿佛下一句就要问：你能把我怎么样？

盛千姿气得瞪他，黑白分明的双眸映着外头皎洁的月光，纯粹得过分。她低喃了一句："斯文败类，伪君子……"

她用没受伤的那只手使劲儿地掐他腰间的肉，让他知道欺负她的后果。

也就是在这一刻，顾绅将钥匙插入锁孔一转，公寓门往里打开。

盛千姿身后没了依靠，直接往后摔去——

顾绅无奈地忍着腰间的痛，边皱眉边伸手将她捞回来。

盛千姿被吓了一跳，原本就放在他腰间的手，下意识地缠住他精壮的腰，娇小的身体几乎要贴他高大的身躯上。

她蒙了一瞬，还没来得及做下一步反应，就听见隔壁啪嗒一下，有开门的声音。

两秒后，有人出来，喊了声："咦？顾医生……"

顾绅反应快速地附在她耳畔，险些亲下去，用一种极暧昧的方式挡住她的脸，急急躁躁地将她推进屋里。

砰，门关上，两人进入密闭的空间。

盛千姿松了口气，但两人的姿势还处在刚刚那种暧昧的状态，她后知后觉地想起，方才在混乱中，他好像亲到了她的耳朵。

清冷的气息萦绕在她的周围，她敏感地战栗了一下，直接推开他，不断地喘着气。

顾绅倒没什么反应，将门关上，淡淡地解释说："刚刚是为了挡住你，才……那样，免得被人看见议论。"

"我知道。那人是谁啊？"盛千姿眼神躲闪，想往里走，参观参观，却被某人拦住。

冰凉的指腹碰上她微热的耳朵，有些粗糙的手指摩挲着她娇嫩的肌肤，盛千姿恼羞成怒地将他的手拍下，怒斥："你干吗？"

他低低地笑："你耳朵怎么红了？"她的脸也红了。

盛千姿捏了捏耳垂，发现果然有点儿烫，磕磕巴巴地解释："关你什么事啊？那是因为……你这里太闷了。什么破地方，你到底住没住过这里啊？窗户都不开……"

她走去窗边，帮他拉开窗帘，将窗户打开，让夜晚的新鲜空气涌进来。

顾绅没有追问，知道了她或许只有他一个人知道的秘密……倒也不赖。

盛千姿像个女王一样坐在餐桌旁，晃了晃手中的玻璃杯，撒着娇说："水呢？我要喝水！"

顾绅拎起水壶给她烧水，随后又折回来："让我看看刚刚有没有碰到石膏。"

他半蹲在女人身边，微抬她的右手，专业地检查了一番。

刚好，他的手机上有短信进来，是黄医生发的："门卫处有你女朋友的行李箱，那些人联系不到她，你去拿一下。"

盛千姿好奇地问："怎么了？"

"没事。"他站起身，"我下去一趟，帮你把行李箱拿上来。"

"等等。"盛千姿拉住他，特不好意思地问了一个很严肃的问题，"我今晚要睡这儿吗？"

这是一间单人的公寓，有一张大床、一个沙发，还有一套桌椅，浴室和洗手间是连在一起的。

如果她睡这儿，顾绅睡哪儿？

睡一起是绝对不可能发生的事情。

顾绅特别尊重她的意思，没有逼她，淡淡地问："你想睡哪儿？"

盛千姿觉得他现在这个样子特别欠打，拎起沙发上的抱枕直接扔过去："你把我拐到这里来，现在倒挺尊重我的？快去拿东西，我要洗澡！"

顾绅知道她同意在这儿住下了，开门正要走出去，又被喊住——

"等等，将那个抱枕捡回来，那是你今晚的枕头。"

顾绅侧头疑惑地看着她。

盛千姿理所当然地说："不然，你想跟我睡吗？"

"想得美！"

顾绅没理她，下楼拿东西，回来时，手上还多了两份打包好的晚餐。

盛千姿已经将烧好的水倒进水壶，然后给自己倒了一杯水来喝。

顾绅将行李箱推到角落，将两份饭放在桌上："先吃饭吧。"

"你买了饭？"盛千姿单手艰难地扯开包装袋。

顾绅看不下去，伸手利落地帮她打开了，将勺子递给她，刻意逗她："要不要我喂你？"

盛千姿接过勺子，很有骨气地说："不用，我只是一只手骨折，又不是没手了。"

她慢慢地吃，吃了十来分钟也没吃多少。

顾绅吃饭本来就快，吃完后，干净漂亮的手掰开她没用过的筷子，夹了一块肉喂到她嘴边，哄小孩似的："张嘴。"

盛千姿不乐意，偏要自己用勺子慢吞吞地吃。

顾绅将她的勺子拿开。

盛千姿气鼓鼓地瞪他，又问："你到底想干什么？"

顾绅举着筷子，仿佛完全将她当成了自己的女儿："喂你啊！"

"我又不是没手。"

"我就想喂。"

"你是不是有病啊？"

"是。"

盛千姿没辙，恶狠狠地咬下那块肉，刻意嚼了很久很久。

偏偏顾绅不急，就这么等着她。

接下来顾绅一口青菜、一口肉、一口汤，如此交替着喂……

盛千姿感觉他在喂猪，不想吃了，他还在喂，语气温柔得过分，且透着不容置喙的味道："乖，接下来不用拍戏，也不用上镜，多吃点儿，不然这手，一个月你别想好了。"

盛千姿道："可我真的吃不下了。"

人的胃口有时候真的根据平时的饭量而定，她平时吃得太少，现在也吃不了太多。

顾绅斟酌了一下："那汤能多喝几口吗？这是骨头汤。"

"就几口？"盛千姿打着商量。

顾绅无奈："我还能逼你？"

盛千姿激动地说："你没逼我吗？"

她白他一眼，果真听话地喝了几口汤。

吃完饭，顾绅收拾桌面，让她去洗澡，并且帮她调好了水温，最后还帮她扎了头发。

盛千姿的长发柔软且顺滑，垂落在腰间，他折腾了很久才勉强扎起来，嘱咐她小心一点儿，别碰到手。

盛千姿攥着睡衣，调皮地问："我要是不小心碰到了或者摔倒了，难不成你会进来吗？"

顾绅捏了捏她的下巴，沉默了几秒，说："你说呢？"

盛千姿看着他，慢慢地用口型吐出那两个字：流氓。

顾绅推她进浴室，淡淡地道："所以你就小心一点儿，别让我有这个机会。不然我很可能真的冲进去帮你……"

最后两个字，他尾音上扬，说得既暧昧又引人遐想。

盛千姿觉得顾绅这人真是闷骚得过分。

幸好整个过程都很顺利，她开着水，慢吞吞地冲洗，不急不躁，就是换衣服的时候有些艰难。

现在是夏天，她只需穿一件短袖就可以了，倒也方便了许多。

盛千姿洗完澡出来，顾绅已经给她铺好了床，让她过来吃药："吃完药就睡觉，时间不早了。"

她舔了舔唇，问："你呢？"

"我洗完就睡。"

"哦。"

盛千姿还是头一回睡男人的床。她慢吞吞地走过去掀开被子，躺进去，床垫很柔软，被褥里有专属于他的清淡气息，特别好闻。

顾绅帮她把被子盖好，关灯，准备洗澡。

月光从窗外泻下，洒进室内。

他好像并没有刻意遮掩什么。

盛千姿抿着唇，不小心瞟到他站在沙发边，背对着她，手扶在裤边自然解开皮带的样子。

啪的一声，暗扣打开，皮带被从西装裤里抽出来。

盛千姿感觉自己的脸红了，昏暗寂静的空间里，有一种说不出的感觉在她心底漾开。

而后，她看见男人走向衣柜，拿出一条长裤和一条平角内裤。

黑暗中，她分不清那是什么颜色的，只知道肯定是深色系的。

她确定了颜色深浅后，不知道从哪儿传来一声淡淡的笑，他微压下唇角，笑着问："干吗总是偷看？"

轰的一下，盛千姿感觉自己受了当头一棒，脸颊好像有火在烧，已经到了七分熟，一个激灵闭上眼，不停地暗骂自己"色鬼"，直接装死，仿佛在说：谁看你了？我睡得好好的，你没发现我睡死了吗？

直到浴室传来哗啦啦的水声，她才松了口气。

今天发生了太多事，她从上海坐飞机回来，又遭遇车祸，人生大喜大悲亦不过如此。

盛千姿身心俱疲，却又感觉安全感满满。

喜欢的人在她的视线范围内，她躺在他睡过的被褥里，被他照看着的感觉真好。

顾绅从浴室出来时，盛千姿已经睡着了，像个夺魂索命的暗夜女妖，黑色的长发铺在雪白的枕头上，巴掌大的脸蛋干净娇嫩，柔软的薄唇透着自然的粉红，呼吸安静而均匀。

她心还真大，在男人的宿舍竟然也睡得如此安稳。

还是说她已经完全信任他了？

顾绅感觉喉咙有些干，倒了杯水来喝，随后，乖乖地拿起那个被她扔过的抱枕，一米八七的大高个儿局促地窝进沙发，闭眼睡觉。

今天本来是要去参加西部扶危济困项目的，但因为这突如其来的车祸，盛千姿伤了手，邓瑶让她不要去了。

盛千姿不依，答应的事情，怎么能说食言就食言呢？

况且她只是伤了一只手，又不是生活完全不能自理，这次的计划如果有明星参加，影响会大很多，也会事半功倍。

她觉得自己不要脸地当个吉祥物坐在那儿也挺好，邓瑶斟酌了半响，让她一周后过来，先看看手的情况。

接下来的几天，顾绅每天早出晚归地上班，盛千姿跟个咸鱼一样待在他的寝室里发闷，或者去住院部看看陈芷珊的腿怎么样了，陪她聊聊天。

陈芷珊边给她剥橙子，边笑着说："听说你跟顾医生住在一块儿了？你们在一起了？"

盛千姿接过她剥好的橙瓣，摇了摇头："没有。"

陈芷珊简直觉得不可思议："还没有？"

盛千姿乜她一眼："我们没干那种事好吗？"

陈芷珊不怎么相信，孤男寡女，都一起住了三个晚上了，居然会不干那档子事："为什么不在一起？"

盛千姿勾了勾唇，尴尬又不失礼貌地提出一个关键的问题："他没告白啊，难不成我自己往上凑？"

陈芷珊被橙子酸到，眯了眯眼说："那……你们在一起住了那么久，就没试过越线？"

这一问直接把盛千姿给问住了。

他们越过线吗？

她好像不怎么记得了。

她只依稀记得有一晚，半夜起床上洗手间，回来时，看见他躺在沙发上睡得正香，上半身没穿衣服，肩宽腰窄，精瘦而又紧实的肌肉像是落着光影。

盛千姿好奇地蹲在沙发边看着他，也不知道在看什么，看他的眼睛、鼻梁、嘴唇、下巴……还有那凸起的喉结……和精壮的胸膛……

她看着看着，男人睁开了眼。

盛千姿浑身一僵，往后退两步，半蹲着的姿势害她差点儿摔倒。

顾绅抓住她的手，将她往回捞，才避免了她屁股着地。

顾绅将她捞起让她坐在沙发边上，这个姿势极为尴尬，她穿着真丝的深紫色睡裙，领口很低，裙摆也不长，堪堪遮到膝盖往上几寸。

她的屁股后就是他的腰腹。

肌肤隔着那两层薄薄的布料相触，确实容易让人产生一些不一样的情愫。

盛千姿装模作样地咳嗽两声："我去睡觉了。"

她起身准备走开，被他突然搂住腰拦下。

他长臂圈住她的腰身，胸膛贴着她的后背，将她抱住，两具身躯紧贴在一起，她柔软白皙的肌肤还带着幽香，四周空气的温度忽然有些不受控制，急速上升。

盛千姿捏了一下他的手背，努力平复心跳，低声警告："你干吗？放开我，我要回去睡觉了。"

他搂得更紧了些，温热的薄唇在不知不觉间印上她纤细的后颈，盛千姿浑身一抖，全身仿佛有电流经过，颤了颤。

她低斥道："顾绅，你这是在要流氓，知不知道？我们什么关系都没有。"

顾绅蹭在她的肩头，撩开她的头发，鼻端全是她身上好闻的气息，他低声说道："你不是已经住在这儿了吗？"

"可是……"盛千姿顿住。

对啊，她住在这儿，不就变相说明她答应他了吗？

盛千姿有点儿讨厌自己的不争气，又有点儿委屈，心里的落差感无限放大，歪过头，侧身看他："所以我就不配拥有一次正式的告白了吗？"

她不知道他有没有听进去那句话，想来是没在意了。

因为下一秒，他直接抬起她的下巴，含着她的唇，吻了下去，喉结克制地滚动，享受她在他怀里不断战栗的感觉。

气息交缠，炙热又缠绵。

盛千姿不太记得后来发生了什么，但从她的身体情况来看，应该是没发生什么大事。

他也不至于那么禽兽，在她手受伤的时候，还干那档子事吧？

翌日清早，最神奇的事情发生了：顾绅忘记昨晚的事了！

狗男人！臭流氓！闷骚无赖的下流坏子！

后来的这几天，盛千姿都看他不爽，觉得自己实在是憋屈得要命，每天都在找碴儿……

她让他下班去买一些难找又刁钻的小吃回来，吃了两口发现并没有网上推荐的那么好吃，干脆不吃了。

公寓里的电视坏了，她让他亲自修理，足足修了两个晚上。而她跷着腿，一边吃薯片，一边优哉游哉地监工。

她甚至还会心血来潮，打开手机里的某张美食照，指给他看，咬着唇说："我想吃这个。"

顾绅拿来研究了会儿，不管食材多难买都会买回来，认认真真地给她做出几乎一模一样的菜式。

可惜他的厨艺实在太好，让她挑不出一丝毛病。

盛千姿目光微微一动，狐疑地问："顾绅，你谈过恋爱吗？"

"没有。"

"怎么可能？这厨艺不是女人教你的？"或者是，他被哪个像她一样懒惰的女人调教过。

顾绅难以置信地看着她："你在质疑我的学习能力？"

盛千姿严肃地道："别岔开话题，真没有？"

顾绅说："没有。"

盛千姿还是不怎么相信，托着腮不停地念叨："你在国内读了五年大学，就算在这期间没有喜欢的人，在国外六年，也没看得上的？"

顾绅不知道从哪儿拿来几本书，吃完饭收拾好桌面，就放上来，认真地说："不存在什么看得上或者看不上，只是没有看对眼或者喜欢的女孩罢了。"

盛千姿意识到自己的措辞有些不友好，拍了拍嘴巴："哦。可是，我见过的国外的女孩子都很漂亮、很性感啊，金色的头发，穿着吊带上衣和牛仔短裤，喜欢在海边或者阳光下奔跑，又热情又浪漫。"

顾绅摇了摇头："可你觉得我会有机会接触到这么浪漫的姑娘吗？"

"怎么不会？"盛千姿挑了挑眉，"你在国外留学的时候，不会一直泡在图书馆或者教室学习看书吧？那也太没趣了。"

她迅速从他刚刚的那一句话中，捕捉到关键字眼，眯起眼说："所以说，你只是没机会接触到她们，而不是不喜欢她们。"

"你连这个都要抠我字眼？"顾绅瞅她一眼。

盛千姿理所当然地道："我有说错吗？"

他点了点头："说错了。"

盛千姿皱起眉，明显一愣："嗯？"

顾绅认真地看着她，接下来说的话饱含深情和诚意："我不喜欢这种性格的女孩。以前我的生活特别刻板，每天除了看书复习和做手术，就没别的能称为娱乐的项目。"

盛千姿撇了撇嘴，在心里怼他：看书复习也不是娱乐项目啊！

"后来，我去了中东、非洲，那里的各个国家都有幸转了一圈，用自己学到的知识帮助了各种各样的人，加入了无国界医生组织，感受到了自己生存在这个世界上的意义，你所说的那些恋爱、结婚，都离我很遥远，我甚至没有想过。"

人在进入自己感兴趣的领域，亢奋地工作时，确实会有种与世隔绝的感觉。

这种感觉盛千姿深有体会，大概就是她拍《倾城绝恋》的时候，有个电影学院的校草来跟她告白，被她果断拒绝，理由是没有心思去想这些，也不想分一丝一毫的心给与工作无关的事情。

盛千姿点了点头，有点儿好奇："那你在国外好好的，怎么想到要回国啊？"

"一次手术失败了。"顾绅在她面前毫无保留地坦白。

盛千姿哑了声，倒吸一口凉气。她想象了一下那个情景和状况，发现越想越心疼，偏偏还不知道怎么安慰他。

"你肯定很难过吧？"

她甚至觉得用"难过"这个词来形容他当时的感受，太轻了。

"人生低谷。"顾绅却笑着说，"心脏手术中，所有在手术台上死亡的患者，重新缝合伤口后，都要送到验尸官那儿进行尸检，刚停止跳动的心脏又要被无情地剖开一次。我眼睁睁地看着她被送进太平间，然后送到验尸官的手里……"

盛千姿不想听了："别说了。现在的你这么自信，我没想到你会经历这样的事情。"

"不稀奇，很多医生经历过这些。"他平静地说，"别想太多，心理状态我在国外就调整好了，后来是因为爷爷病了一场才回国。然后我接受了现实，安安分分地在国内找个医院继续当医生，也……被迫相过亲……"

盛千姿扑哧一笑："你还需要相亲？"

"第一个相亲对象自称是我的同学，可我完全想不起来。她很聒噪，不停地说话，那时候我就在想，我以后的妻子一定要是个话少的女人。后来，我遇见一个醉了酒的疯女人，一见面就抱上来，满身酒气……"

盛千姿越听越不对劲，总感觉膝盖隐隐作痛。

"我将她抱进酒店的房间后，她开始闹腾，那时候我就在想，我以后的妻子一定要是个文静内敛并且省事的女孩。"

盛千姿嘟起嘴，不服气地说："喝醉酒的那个不是我吗？你在讽刺我？我一点儿都不文静、不话少啊，那你现在又为什么……？"

顾绅笑起来："所以这就是为什么我们刚认识的时候，我对你毫无感觉，并且从来没有怀疑过自己喜欢你。"

"哦……"盛千姿懂了，语气有些激动，"是因为你不相信你会喜欢上我这样的女人。我怎么了？我有那么差劲吗？你给我说清楚，你知道我这样的女生叫什么吗？宝藏女孩！"

他憋着笑："嗯。"

盛千姿继续说："既可爱又漂亮，既跳脱又灵动，世间难找！"

"嗯。"他又点了点头，将拿出来的那几本书递到她手上，"给你借了几本书，看你最近挺无聊，没事就看看。"

说完，他走去另一边倒了杯水。

盛千姿总觉得提不起劲，干脆翻开第一本书，随便扫了扫第一页，没多久便发现不对劲。

这本书挺陈旧的，应该是在图书馆放了几年，第一页上被人用红色圆珠笔圈出来几个字，按顺序去读就是：请当我女朋友好吗？

盛千姿无语。

盛千姿把书砸过去，直接砸到坐在沙发上淡定喝茶的某人身上，无情地呵斥："顾绅，你是小孩子吗？告白的方式能不能成熟一点儿？无聊！"

顾绅有点儿蒙，显然没反应过来："什……什么？"

盛千姿觉得他肯定是装的，这人简直有病，亲了她第二天忘记就算了，告白方式还这么低级。

她想都不想，直接开口拒绝："我告诉你，我不接受！"

顾绅莫名其妙地拿起书翻了翻，看见第一页后，瞬间僵住，咬牙切齿地想将那一页撕下来。

哪家的熊孩子在变相坑他？

第十一章
秘密约会

顾绅确实没打算用书来告白，那几个圈也不是他画的，估计是之前借阅这本书的人用这个方法追求自己喜欢的女孩子。

第一页的页脚下，追求者还用铅笔浅浅地表达了一下当时的心情——

"后面借书的各位，体谅体谅，我已经告白三次了，这次成功了，我就将家里全套的教科书和漫画书都捐出来。"

后来，他告白成功了吗？

可能得问问图书馆的管理员才知道。

顾绅什么都没做，无端被拒绝了一回，心里一口气闷着，险些没把自己给气着："这告白方式怎么不成熟了？"

"哪里成熟了？"盛千姿乜他一眼，"这简直像初中生或者小学生恶作剧才搞的小伎俩好吗？"

他仿佛抓到要点，快速地问："你怎么知道这是那个年纪的人才能做出来的事？"

"因为，我……"盛千姿话说到一半，差点儿说漏嘴。

顾绅看着她："嗯？"

盛千姿用她特有的单手剥花生的技能，一边吃花生一边说："没事。"

"哦。"他忽然明白了，"原来我喜欢的人以前那么受欢迎啊！"

"我喜欢的人"这几个字让盛千姿的唇角上扬了几秒，她被他捧高了，便越发肆无忌惮。其实她还挺自恋的，她跟盛千盈不一样，盛千盈整个少年青春都花在了学习和考试上，而她则全花在了自己的脸和身材上。

她初中学会了化妆，高中开始护肤，入了行更是不用说，美容院成了她每个月必去的地方。

她颜值、身材、品位、穿搭都很好，喜欢她的人肯定相对多得多。

但他们基本是些玩世不恭的"中二少年"，或者是看着挺上进但生活邋遢头发也懒得修剪一下戴着眼镜的好好学霸。后来她上了大学，终于有正常的男生追求她了，可她一心只想着搞事业。

至于她是怎么喜欢上顾医生的，契机很重要——

那刚好是一个她处于事业低谷又有些萎靡的时期，而顾绅是在国外度过了许多救死扶伤的岁月后，被迫接受现实回了国。

直到很多很多年后，她回想起来，依旧觉得上天安排给他们重逢的时机实在是太对了。

盛千姿挑了挑眉说："那当然，每个人在学生时期都被人追求过的吧？你没有吗？"

顾绅明显黑了脸，是的，他没有！因为他性格太高冷，太无趣了！

顾绅走过来问："那你们现在还有联系吗？"

盛千姿想了想："没有啦。"

他总算放心了些。

次日一早。

顾绅去上班，盛千盈去医院看望盛千姿和陈芷珊，三人坐在一块儿聊天，什么都能聊下去，一会儿八卦这个，一会儿又讨论那个。

　　对于盛新荣的事情，陈芷珊还不是很了解，盛千盈将事情的来龙去脉对她复述了一遍，还说："姐姐给他的那份协议，他签了，现在他在公司就是个没实权的董事，在小姨的监督下也从盛宅别墅搬出来了。对了，小姨还打算问问你，那栋别墅怎么处理？要不要重建或者翻新一下？"

　　盛千姿斟酌半晌，歪了歪头："就这样吧，重建就不用了，内部翻新一下就行。毕竟那里是我们小时候和妈妈一起住过的地方，要是房子倒了，就真的什么都没有了。你觉得呢？"

　　这房子盛千盈也有份，盛千姿当然要问她的意见。

　　结果两姐妹的看法不谋而合。

　　盛千盈松了口气："我也不想推倒它，它没做错什么呀，不能因为一两个讨厌的人就不要它了，是吧？"

　　"是是是。"盛千姿笑着说，"毕竟那里还是我们的家。"

　　盛千盈挽着姐姐的手，低声问："那姐姐什么时候回家啊？好久没跟姐姐一起住了。"

　　"回家啊……"盛千姿尴尬地看向陈芷珊，试图求救。

　　盛千盈理所当然地说："对啊，他们不在了，难道你不回家住吗？家里比较宽敞，也有用人照顾，那些老人都盼着你回家呢。"

　　如果是以前，盛千姿肯定毫不犹豫地答应她，可现在……

　　陈芷珊幸灾乐祸地乜盛千姿，试图救人："千盈啊，是这样的，你也知道你姐姐最近复出了，特别忙，而且过几天还要去西部，回家这件事不急啊，等她有空或者有档期的时候，我帮她一起搬回去也行。"

　　"这么……忙吗？"盛千盈无奈地说，"那好吧。我也知道你喜欢演戏，对这份工作很上心，来日方长，我们是家人，多晚都不算晚，总会有在一起的那一天。"

　　盛千姿恍惚觉得自己有那么一丝丝过分，眼角泛了点儿泪花，握了握妹妹的手："我一定会回去的。现在少了阻碍，你可以做自己喜欢的事情，那就趁年轻去拼一把，但是不要让自己受委屈。毕业的时候，姐姐去参加你的毕业典礼啊！"

"好。"

盛千盈下午还跟同学有约，就先走了。

陈芷珊怒斥她："重色轻妹！你有没有良心啊？"

"什么？"盛千姿日子算得很精细，"我后天就要去西部了，现在这个样子，搬回去也没用，还不是要过来？而且突然要搬回去，我还真有点儿不习惯。"

陈芷珊能理解，毕竟在外独居了那么多年，突然改变生活方式，确实会有点儿不习惯："那你就偶尔回去住一住，或者把顾医生拽回去也行啊！ Big house and big size bed（大房子和大床），换个环境对某种事情而言，也相当于一种催情剂哟。"

"催你个头！"盛千姿故作大力地推了她架在半空中的脚一下，"一天天的，脑子不干净。"

"噢噢噢……"陈芷珊没个正行，眯眼呛她，"你干净，你干净，你天天跟人家挤 60 平方米不到的单身公寓……"

盛千姿意识到什么，立马捂住陈芷珊的嘴。

就在这一刻，顾绅饶有兴致地站在病房门口，敲了敲门。

真不夸张，与他对视的那一秒，盛千姿想找把水果刀把自己杀了，埋进地洞里……

顾绅藏住嘴边的笑，尽量低声地问："吃饭吗？"

他穿着一身整洁的白大褂，身材挺拔修长，嘴角向下弯了些，即便很认真地收敛，笑意还是从眼睛里冒了出来。

盛千姿知道他肯定听见了，有点儿尴尬，调整情绪用了半分钟。

顾绅被西装裤包裹着的大长腿迈开，走进来，他又问："吃饭吗？"

盛千姿微低着头，视线落在他修长的双腿上，发了半晌呆，盯着他的下半身，竟然想到了陈芷珊刚刚说的话。

顾绅瞧着她，也觉得有些奇怪，顺着她的视线往下面看去。

盛千姿一个激灵抬起头。

他也无奈地看向她，歪头，笑得有些耐人寻味："原来……"

说时迟那时快，盛千姿仿佛预知了他下半句话是什么，凑上去捂住他的嘴，另一只手不能动，就用肩膀将他推出病房，喘了一口气，用气声说："你想说什么？我不是那个意思，我没看那里，你别曲解我的意思。"

"我什么都没说，你就知道我要说的是你想的那个意思？"顾绅笑了，觉得两人最近真是越来越暧昧，看来某件大事要提上日程，让她给他一个正式的名分。

"我想的是什么意思？你怎么知道我在想什么？"盛千姿语无伦次。

她知道自己的脸一定红了，实在是太不争气了。

医院里的工作人员推着小拖车从走廊另一侧的拐角过来，刚好从盛千姿的身后擦过，顾绅轻轻揽住她的肩膀将她往后拉了一步。

带她躲开拖车后，他又放开她，没什么表情，淡淡地说："我只是觉得很新奇，原来女生平日里谈话的尺度这么大？"

盛千姿想要辩解却无从解释，这种事情怎么说都解释不清，最后只能认命。

两人一起从之前走过的小道去食堂。

盛千姿盯着他明显放缓的步子，得意地笑着说："怎么……现在不走那么快了？"

她可记得，以前他是把她甩在身后，还不耐烦的。

"照顾一下病人。"顾绅俯身揽着她肩膀，慢慢地走。

盛千姿喊了声。

这一次，顾绅吃饭也不快了，即便吃完，也会在食堂乖乖地等她。

盛千姿问："看你现在一点儿都不急的样子，所以，你之前为什么那么急啊？"

顾绅求生欲很足地想了一下，没有立刻回答："以前我的生活里只有工作，现在我想分一半的时间邀请某个人进来。"

盛千姿问："谁？"

"你猜？"

好幼稚的两个人，好无聊的对话。

接下来平平淡淡地过了两日。

盛千姿去西部之前要去骨科黄医生那里进行复诊，路上碰到穿着白大褂的顾绅。他陪着她去，当着她的面将黄医生"教训"得服服帖帖的，黄医生半句调侃的话都不敢说。

拿了药，盛千姿回去收拾行李。

顾绅却下了班很久都没有回来，不知道去了哪儿，晚上8点才见人影。

盛千姿气得将门反锁，不让他进来，完全没意识到，自己现在这个模样就像个在教训彻夜未归的老公的小媳妇。

"千姿，开门。"顾绅骨节分明的手有一下没一下地敲着门板。

盛千姿躲在门后，用猫眼看他，气哼哼地说："说，你刚刚去哪儿了？这么晚都不回来，你知不知道明天我们就要出发了，今晚是要收拾行李的？"

"知道。"他勾了勾唇，"你总得让我进去，我才能告诉你，我去哪儿了吧？"

盛千姿警惕地问："现在不能说吗？非要进来才能说？你不会就是想诳我开门吧？"

"想给你一个惊喜。"顾绅的嘴很严，但还是透露了点儿信息，"说了怎么能叫惊喜，嗯？"

盛千姿微微挑了挑眉："如果进来后没惊喜呢？"

"就这么不信我？"顾绅轻声问，"我东西都拿回来了。"

"什么东西呀？"

盛千姿好奇心增强，直接拉开了门，结果看见他两手空空，顿时跟被人兜头浇了盆冷水似的没劲。

她反手想要关上房门，却被他手脚麻利地挤进来。门关上的一瞬间，她也被他抵在了门后，以一种极暧昧的姿势站立着。

盛千姿正要发怒，他忽然俯身在她耳畔，低低地道："闭一

- 369 -

下眼。"

盛千姿用一种探究的眼神看着他，满脸疑惑，没有照做。

顾绅挑了挑眉，漆黑的眼盯住她，无所谓地说："惊喜，不要啊？"

"那要闭多久？"女人对未知的东西总有无限的好奇心，所有的东西加上"惊喜"二字，都会变得有所不同。

顾绅貌似也不确定，商量着说："一分钟？两分钟？"

"到底是一分钟还是两分钟？"

"一分钟。"

"好。"

盛千姿闭上眼，纤细卷翘的睫毛像鸦羽一般，细细地颤抖。

顾绅从西装裤的口袋拿出两个东西，快速又紧张地半弯下腰，一边研究她耳垂上的耳洞，一边研究耳环怎么戴上去的，偏偏这只耳环的构造跟别的不太一样，不是一个小钩子，一钩就钩上去的那种。

顾绅怕弄疼她，指尖微颤，汗水也逐渐从额头两侧沁出，折腾了一分钟，总算折腾完一边："再给一分钟。"

好低劣的送惊喜手法。

从他碰上她耳垂的那一刻，她就知道他要送她的是耳环，温柔地出声："知道了。你不用那么小心翼翼，不会痛的。"

两只耳环都戴好后，盛千姿睁开眼，去镜子前看了看，这一看便愣在了那儿。

这款镂空耳环不是停产了吗，他怎么弄到的？

她之前让他扔掉，他还没扔吗？

盛千姿摸了摸耳垂，低声问："你要送我的就是这个啊？"

"不喜欢？"顾绅勾了勾唇。

盛千姿很自得地说："没有不喜欢，就是觉得很奇怪，你是从哪儿搞到的？这是限量款？你不会是从别人手里买的吧？"

"定制的。"顾绅瞥她一眼。

盛千姿道："哦。"

顾绅补充道："但是……"

盛千姿疑惑："嗯？"

顾绅直视她的眼睛，低低的嗓音混合着近乎温柔的笑声："这耳环只给女朋友准备，有没有兴趣以后换个身份，一直待在我身边？"

顾绅告白的方式有些委婉，不知是否两人早就通过某些行为心意相通的原因，这次的告白没有那么轰轰烈烈，平淡中带着点儿小惊喜。

惊喜的原因，一方面，是这只曾经被她说过要"扔掉"的耳环又出现了；另一方面，是如今成年人的世界已经缺少了很多仪式感，有的人或许因为一次对视、一次同床共枕就成为恋人，总觉得告白的话语难以启齿，好像先说出来的人会失去什么。但顾绅没有，他还是说了。

近几天的同居，其实也是盛千姿对他的一次考核。

他生活作息规律，娱乐时间极少，在寝室的时候，不是专注于他的病历、书籍，就是陪她聊天，有她在身边，很少去碰手机，也侧面证明了他的私生活干净坦诚到她一眼即见。

盛千姿此时难免有些心动，心动之余又有些许恶趣味，瞥他一眼，撇着嘴说："我不想换身份，怎么办？那这耳环就不给我了？"

顾绅看她委屈至极的样子，淡淡一笑，低声反问："你真的不答应？"

盛千姿挑了挑眉："你这是什么意思？怎么比我还委屈了？"

"没什么意思。"他认命地说，"就想问一问，你对我的想法有没有改变，我的考核结束没。"

"哦。"盛千姿撩了撩头发，将碎发捋到耳后，漫不经心，"你怎么知道我在考核你啊？说实话，我这样像审判官一样考核你，会让你不高兴吗？"

毕竟男人嘛，都是要面子、要尊严的雄性生物，被人一直盯着、估量着，谁都会觉得不好受。

盛千姿挺想知道他心里对这件事情是怎么看的。

顾绅在她对面坐下，修长有力的手搭在桌面上敲了敲，很明显，这是在思考的表现。

盛千姿立刻说："我这不是在考你啊，我只是想知道你心里真实的想法。我也不希望你骗我，恋爱前的谎言，诠释得再完美，总有破灭的一天，我想了解的是一个真实的人，我想要的，也是一个不管是在追求阶段，还是热恋期、平淡期，或者婚后，都一样的人。"

盛千姿这段话，充满一个女性对于自己未来男友或者丈夫的理性分析与渴望。

很多人说，婚姻是一场赌局，赌赢了，下半辈子都会过得很快乐；赌输了，下半生都会变得很糟糕。

盛千姿之所以这么说，其实是把顾绅当成了一个想要结婚或者想要一直相处下去的对象。

顾绅也敏锐地捕捉到了其中的含意，顿了顿，真诚地开口："我的个性确实有些孤傲，刚确定心意试图去挽回的时候，会有些不自在，也想过就这么算了。"

盛千姿没有因为他这段话而生气，这很正常，如果角色对换，她或许也会这样："现在呢？"

顾绅望着她的眼睛，郑重地道："越来越喜欢，由喜欢变成爱，开始去思考怎么才能让你不受委屈。你的态度其实是对自己的一种保护，女孩子受到的委屈通常比男孩多，相比男人，她们更为弱势，考验一下自己想要交付终身的那个人，怎么了？"

盛千姿有点儿感动，眼泪不知不觉地沾湿了眼角，泪眼模糊。

只有真正爱对方，替对方思考的人，才会想到这一层，而不是像"我想要跟你在一起，就先委屈一下自己，向你低头，在一起后再变回原来的样子"那样虚伪。

顾绅继续说："如果我们最终没能走到一起，我希望你也要这样去'考验'下一个喜欢你的人，而不是随随便便就把自己的信任和喜欢投到一个不完全了解的男人身上……"

他还没说完，盛千姿就抱住了他，下巴搁在他的肩头，鼻子有点儿酸，摇了摇头："好了，不要说了。你想让我在你面前哭到鼻涕都流出来吗？"

她说最后一句话的时候，带着点儿哭腔，眼泪慢慢洒落，低声说："对不起。"

顾绅看着她的眼睛，抬手给她揩眼泪："哭什么？"

"我才发现，对比你的喜欢，我的实在是太微不足道了，我甚至都不敢说'我爱你'……"盛千姿沮丧地低下头，"虽然你说的那番话有道理，但我也有错，人与人之间的相处本应该是平等的，我之前做得是不是太过了？"

一对男女互相体谅，就是互相喜欢的时候；一起反思，就是一起成长的过程。

顾绅答道："还行吧。"

盛千姿拿纸巾擦了擦眼泪："是吗？"

顾绅不答："所以，审判官小姐，可以告知我的审判结果了吗？"

盛千姿眨了眨眼，笑着道："要不我再考虑考虑，给你打个分？"

"还打分？"她简直得寸进尺。

眼见她准备溜，顾绅抓住她的手腕："不用打分了，直接说吧。"

盛千姿气鼓鼓地说："如果我偏要呢？"

顾绅有些无奈，迁就她："那我好像也没什么办法拒绝？这样，你要是立刻给我答案，我就说一个只有我知道的秘密。"

"秘密？"这个条件诱惑力挺足。

盛千姿犹豫几秒："不许骗我！"

"不会。"

"好。"盛千姿顿了几秒，抿着唇，明明很简单的一句话，突然变得有些难以开口，怎么都说不出来。

顾绅调侃："害羞？"

"谁害羞了！"周围的空气被奇异的气氛笼罩着，她将手搭在他的手心，轻声说，"那……通行证就放你手上啦。"

顾绅没想到她这么可爱，揽上她的腰，也附在她的耳边低语："秘密是，你知道我为什么选今晚告白吗？"

"为什么？"盛千姿觑了觑他。

顾绅舔了舔唇，悠悠地道："因为今晚我不想睡沙发了。"

盛千姿愣住了。

今晚是他们待在这个寝室的最后一晚，明晚就要入村，分开住了。

好你个顾绅！

盛千姿用手打他："不要脸的老男人！这就是秘密？你骗我！"

顾绅抓住她的手，叹了口气："不算？那再说一个。"

"还有？"盛千姿不信他了，肯定又是什么荤段子。

结果他勾了下唇，居然说："我好像亲过你。"

盛千姿有一瞬间的呆滞。

原来他没忘啊！只是以为她不知道而已！

怎么办？

这么大一个乌龙。

偏偏老男人还一副"这件事只有我知道"的表情，盛千姿决定配合一下他，惊讶地问："什么时候呀？"

话音刚落，一个吻印在了她的唇瓣上，他轻轻地含着她的下唇，将她的嘴唇撬开，吻进去……

盛千姿蒙得完全就像个提线木偶，被他锁在怀里吃干抹净了才反应过来，推开他："你干吗？"

"告诉你，我什么时候亲过你啊！"

盛千姿郁闷死了，所以他还是不知道？！

"顾绅，"她直接又大胆地问，"这是你第几次接吻？"

顾绅不解："怎么这么问？"

盛千姿烦躁地看着他："你说啊！"

"这么生气？"顾绅眉目微敛，"是我吻得不好？"

这问题有点儿暧昧，盛千姿不想回答。

"好了好了。"顾绅真是怕她了，将她搂入怀，如实说，"第二次。"

盛千姿问："那第一次是……？"

"你。"

"原来你记得啊，那你干吗不说？"

"怎么说？我们昨晚亲了，你当我女朋友吧？这样？"

好像也是，这样多没诚意，而且他的表白也就晚了两天。

算了算了，看在他情商告急的分上，她就放过他了。

盛千姿如是想着。

盛千姿洗完澡，半躺在床上，看顾绅前几天给他借回来的书。

不得不说，这些书都挺对她的胃口，都是国外的小说，内容很精彩。

顾绅从浴室出来，倒了杯热牛奶，走过来，递到她嘴边："张嘴。"

盛千姿正看到精彩情节，别过头："等会儿，等会儿。"

"先喝了。"

顾绅帮她将书举高，她一边喝一边看，唇边都沾上了奶泡，顾绅给她擦嘴时，感叹了句："像个小孩。"

随后，他上床，自然而然地躺下。

盛千姿浑身一震，有点儿不习惯这么亲密的相处方式，这是不是太快了？

她试探着问："你今晚要睡这儿？"

顾绅躺着看她，他的颜值竟然一点儿都不受影响："不然呢？我就睡一晚。"

盛千姿无语。

好吧！

貌似，他也没有要干什么的意思。

他就是太累了，每天都做手术，那么高挑的一个人，老睡沙发也不好。

顾绅说睡觉，就真的是睡觉。

职业的缘故，他极少熬夜，因为第二天要全神贯注地工作，不容许一丝一毫的马虎。

但盛千姿不一样，她熬夜习惯了，没到十二点，通常睡不着，况且最近没工作，懒惰成性。她开着小灯，静静地看书，翻书的声音也尽量小，让他在旁边睡。

十一点半。

盛千姿打了个哈欠，合上书，关灯的同时躺下来，没几分钟，便被男人拉到身前。

盛千姿屏住呼吸，细细地想：他应该是无意识的吧？他知道他圈过她的腰搭在她身前的那几根手指碰到那儿了吗？

盛千姿越想越羞耻，尽量催眠自己：他不是故意的！他不是故意的！他不是故意的！

她慢慢睡了过去。

翌日清早。

盛千姿醒来时，顾绅已经整理好一切，包括行李，连寝室的卫生也打扫了一遍。

毕竟他一去就要大半个月。

"几点了？"盛千姿以手臂遮着眼，还想赖床。

顾绅将早就买回来的早餐热一热，放在桌面上："9点了。快起床，12点的飞机。"

还有三个小时。

盛千姿一个激灵坐起身，逼迫自己睁开眼，浑浑噩噩地走进浴室洗漱，然后坐在餐桌前吃早餐。

顾绅买了几个小笼包给她，是青菜肉馅的，居然还挺好吃。

盛千姿吃完，打算去换身衣服，然后化妆，却被某人喊住。

她迷惑不解："嗯？"

顾绅问："你现在换衣服也要进浴室吗？"

盛千姿想说不然呢。

可是她转念一想，不对，他们已经谈恋爱了，情侣之间应该是不在意这些的，可现在就……会不会有点儿太快了？

顾绅没有想要占便宜的意思："在床边换吧。我不看，每次你进去换衣服我都不放心，地又滑又湿，你手还不方便。"

盛千姿犹豫了一下："真的不看？"

"你想让我看？"顾绅反问，"还是说你不信我？"

盛千姿恼羞成怒："神经病啊！那你说话算数，别看！"

"嗯。"他答得笃定，刚好现在坐的位置就是背对着床的，只要不转过身，就不会看到她。

盛千姿看见他这副无所谓的样子，忽然又觉得很挫败——她这么没吸引力吗？

女人真是情绪易变又矫情的生物。

盛千姿换衣服的过程特别缓慢，手很难张开，而且经常扭到，她发出一些无意识的抽气声。

顾绅一边喝水一边说："要是不行，就让我帮你，别发出的声音像是我怎么你了似的。"

盛千姿瞪他的背影一眼："不会说话你就塞住自己的嘴。"

换完衣服，她气不过地去拍他一掌，被他钩住，捞到自己的大腿上坐着："怎么？别人谈恋爱都是随便怎么来就怎么来的，我这样，你还生气？"

"那也是别人啊！"盛千姿难以想象高冷的顾医生会说出这样的话，"你要是喜欢，就去跟别人在一起。"

"不行。"他深情款款地说，"别人哪有你漂亮？"

顾绅将行李箱拿下楼，三个箱子，有两个半装的都是盛千姿的东西，而他的只有半箱。

顾绅将行李分了两趟拎下去，隔壁的一位医生瞧见，问候了句："顾医生，去西部啊？"

"对。"他轻声应着。

"具体什么地方啊？"

"西藏。"

"哇！厉害！拍点儿照片回来让哥们儿也欣赏欣赏呗。"

顾绅觑他一眼，说："登录官网或者官博，有摄影师专门拍摄的照片，随时可以看。"

"不是。"那位医生差点儿语塞，"我看啥风景啊？你以为我真是看风景啊，那都是看人啊，看你的照片。"

顾绅很认真地问他："你看我的照片？"

有种被误会的感觉，怎么办？

平常朋友去旅游或者远行，他不都很客套地说一句"多拍点儿照片啊，回来看一下"吗？怎么到这儿就不客套了？

他干脆换了个话题："听说你有女朋友了？"

"嗯。"顾绅没否认，"刚在一起。"

医生："刚在一起就同居啊？我都看过好几回了，她从你的寝室里出来，就是老戴着墨镜，没看清全脸，但身材还是不错的，长得又高……"

不知不觉，话题就偏了。

那医生越说越感觉听的人不耐烦，气氛渐渐有些微妙，他识趣地咳嗽两声："我还有事，先走了。"他直接开溜。

顾绅发现一个很严肃的问题：为什么所有男人在评论盛千姿的时候都会说到身材？

盛千姿发短信告诉他："你在下面等等我，我还没好，再给十分钟。"

顾绅："好。"

接着，他打开微博，搜了一下"盛千姿"，刚好在广场跳出来一条热门微博——

@是你的小树枝吖："整理了一下姐姐的红毯出圈美图，美人共赏！"下面附着 18 张长图。

每一套长图都是一个红毯造型，精美绝伦，分别是盛千姿征战戛纳、金鸡、白玉兰，以及一些盛典晚会的红毯生图或精修图。

图片中的盛千姿穿的不是抹胸、露背，就是露腰腹的精致礼服。

其中一套最惊艳，深黑色的抹胸鱼尾长裙，酥胸半露，天鹅似的雪白脖颈，一条精细银链坠着一颗闪闪发光的水滴形钻石，越过细瘦纤长的锁骨，钻石刚好停在那条白嫩的沟壑上，欲掉未掉，绝美长裙将她的身材展现得淋漓尽致。

顾绅发现盛千姿的身材好评率超高，很多图博下的评论不是夸颜值，就是夸身材。

他对娱乐圈的事情不是很懂，也没有深入了解，看过的明星不算多，但一直都没有看到比盛千姿好看的女艺人，他一直以为是自己情人眼里出西施的缘故，现在想想，好像并不是。

在等她下来的间隙，顾绅破天荒地搜索："娱乐圈身材最好的女明星？"

热评第一："身高170厘米以上，罩杯目测C与D之间，腰细腿长，胸形刚刚好，穿抹胸性感，穿衬衫不显胖，绝对是盛千姿了！"

这条评论下的评论、点赞数几乎破千。

盛千姿迟到了三分钟。

她拉开车门，喘了口气，坐进车内，摘下墨镜看了眼时间："几点了？时间够吗？"

顾绅立马将手机锁屏，低声说："够。怎么这么急？"

他目光锁在她摘下墨镜后的脸上，看了许久。

盛千姿看到他的眼神，以为是自己的妆化得不好，紧张地问："怎么了？是我的眉毛不对称吗？太难画了，我只有一只手能动。"

"不是。"顾绅突然握住她的手。

盛千姿看他："嗯？"

顾绅诚实地说道："就是觉得，我好像……捡到宝了。"

中午机场中人还挺多，随处都是拖着行李箱来来往往的人，行色匆匆间，夹杂着欢乐的谈笑声。

盛千姿全副武装，不仅戴口罩，还戴墨镜、戴帽子，挽着顾绅的手，笑眯眯地说："我们现在像不像去旅游？"

顾绅看她一眼，推她额头："我在跟木乃伊去旅游。"

盛千姿不服气地哼了一声："那是你的问题，反正我体验很好，我在跟帅哥秋游。"

穿得干干净净、毫无遮掩的顾绅无语。

两人排好队，将行李托运手续办好，随后过安检，进入候机室。

盛千姿坐在长椅的角落打游戏，顾绅则坐在她身边静静地等，偶尔也看她修长好看的手指在手机屏幕上飞跃的模样。

突然，有个女生过来搭讪："你好，你们也打算去西藏吗？"

听到"你们"，盛千姿没理她，顾绅应了一声。

女生问："第一次？"

顾绅顿了几秒，又点了点头。

女生觉得这男人有点儿高冷，不怎么能聊下去，想放弃，但又不甘心，试图进入下一个话题："我也是第一次去，自己攒了钱，就打算去看看祖国的河山，还专门辞了职，去了香港、深圳、上海……"

那女的说个不停，盛千姿越听越不耐烦，游戏打输了，脾气也跟着上来，抱怨了句："太吵啦。"

盛千姿这三个字的意思已经很明显了。

但女生居然还在说："后来进中部转了圈，现在打算去西部看看，你了解过西部的民俗风情吗？听说……"

她单方面聊天的对象都开始由"你们"变成"你"了。

她跟谁说话呢？

盛千姿的耳朵快炸了，就没见过这么没眼力见儿的人。她摘下口罩，薄薄的红唇一张一合："这位小姐，你当我是透明的吗？"

女生茫然："啊？"

盛千姿正准备冒昧地提醒女生一下，她和顾绅的关系。

顾绅揽住她的腰，轻声说："宝贝，我们换个地儿。"

盛千姿呆住。

宝贝？

"起来。"顾绅拿起东西，一个正眼都没有给那位唱独角戏的女生，直接牵着盛千姿走了。

登机很快开始。

上了飞机，顾绅让盛千姿坐靠窗的位置，他坐在她的旁边。

盛千姿扯着他的手问："你再喊一次呗？"

"什么？"

"宝贝。"

"你喜欢？"

"嗯。"盛千姿舔了舔唇角，没脸没皮地央求。

顾绅凑到她耳边，原本要说出的那两个字突然变成了："以后会有机会的。"

盛千姿气得咬牙，瞪他。

所以什么时候才有机会？

飞机要飞将近 10 个小时。

盛千姿前两个小时还挺有精神，顾绅拿着 iPad 在看纪录片，一副严肃认真的样子。

她也跟着看。

这部纪录片叫《香巴拉深处》，是我国首部描摹四川藏区文化风俗、自然景象的大型人文地理类国产纪录片。

他看得很投入，但盛千姿兴味索然，没看几集就想睡，撑着额头问："你很喜欢这类纪录片吗？"

"还行。"他终于抬眸看她。

他都看成这样了，居然说"还行"？

盛千姿觉得他真是个奇人："那你还看得那么入迷？"

"打发时间。"他捏了捏她的脸蛋，将 iPad 关了。

盛千姿趁机问："那……我的电影，你看过了吗？"

顾绅点头。

盛千姿知道他应该看过，但亲眼瞧见他点头，还是有点儿惊喜："怎么样？评价一下？"

顾绅顿了一秒，问："你是想听真话还是假话？"

盛千姿无语。

这个男朋友，这么没眼力见儿的吗？居然问她想听真话还是假话？

她当然是想听假话啦！

但盛千姿绝对不会这么自恋，眨了眨眼，违心地说："你就说实话好了。"

"嗯。"顾绅认真地想了一下。

盛千姿的心都揪了起来，从未如此紧张过，感觉又回到了那场最佳女主角提名的晚会上，催他："快点儿！"

他说："不是风景片。"

盛千姿没懂，虚心地问："什么意思？"

她暂时判断不出来，这是夸奖还是批评。

顾绅蹙起眉："很难理解？"

"很好理解？"明明两人的年龄就相差6岁而已，她怎么感觉差了一个年代？

这是什么年代的老梗？

顾绅无奈地给她解释："我们管那些特效不好、演员演技也不好的片子叫风景片。"

盛千姿问："为什么啊？"

顾绅答："因为只有风景出彩，只能当风景片看。"

盛千姿扑哧笑了。

之前在别的电影的影评里，她确实看到有人给电影打了三分或者一分，理由是：这电影当风景片看还行。

她当时真的不懂这是什么意思，现在看来，顾绅貌似比她还要紧跟潮流。

盛千姿挑了挑眉，继续问："这是实话，褒义的？"

顾绅答："嗯。"

盛千姿问："那假话呢？"

她还以为真话是要抠她演技，假话是用来吹她的。

现在看来好像并不是。

"假话就是——"尾音拉长，他饶有兴致地说，"没认真看。看了第二遍，才投入剧情。"

盛千姿皱眉："哦？"

这是在变相损她吗？

他看着她紧张兮兮的模样，心软了几分，低头凑到她跟前，哑声道："第一遍注意力都在主角身上。"

"哦。"盛千姿眨了眨眼，控制不住地笑，揣着明白装糊涂，"是男主角太帅了，是吧？"

"是吗？可能是吧。"顾绅看她得意的表情，抬起她的下巴，忍不住亲了她一下，"宝贝，吻我。"

许是他的话诱惑力十足，盛千姿心头微动，闭了闭眼睛，主动送上了红唇，柔软的唇瓣不得章法地落在他的唇上。

她没什么技巧，最后还是让顾绅做了主导，吻到面色绯红、气息紊乱才被放开。

盛千姿靠在他的身上，开始犯困，没多久便睡着了。

飞机在高空飞了很久，中途出现几次颠簸。

盛千姿靠在他怀里，不愿起来，没想到他就这么让她靠了近七个小时。

他们下飞机时已经是深夜。

睡了这么久的觉，盛千姿依旧困得要命。

取行李，走出航站楼，找车，去邓瑶阿姨那儿，一路上全是顾绅在安排和掌控。

盛千姿只牵着他的手，跟他不停地走。

进了村，邓瑶阿姨披着外套来接他们："怎么样？是不是很累？快进来，快进来。"

盛千姿跟着走进去，看见简陋的农村小屋。

邓瑶指了指房间说："这是顾绅的，这是千姿的。"

她还不知道他们已经在一起，专门留了两个房间。

盛千姿走进去倒头就睡，有什么事明天再说。

顾绅也进了房间。

翌日。

盛千姿睡到早上9点才醒，大家可能是看在她昨晚很晚才到的分上，没有人叫醒她。

她洗漱完，走出去瞧了眼，发现这房子虽然破旧，但透着一种古朴的感觉，被打扫得干干净净。

邓瑶看见她，喊她过来吃早餐。

大家都已经吃完，只剩下她的份儿。

盛千姿环视四周，下意识地问："顾医生呢？"

"他早就起床，去医院那边了。"有人告诉她。

这么早啊？

盛千姿吃完早餐，用水吞服药片。

邓瑶过来跟她说了最近他们都在干什么："我们这一次呢，在一个连医院都没有的偏僻小镇捐了一所医院，还给一些医疗资源不足的医院送了很多医疗设备和药物……"

盛千姿听得认真："那我们今天的任务是什么呀？"

邓瑶说："先去慰问一下几年前就来这边扶贫的医生吧。"

盛千姿一早上都没看见顾绅，一直跟着小分队去看望扶贫医生，他们大多是退休返聘人员或者是刚工作的学生，一直坚守在这里。

小分队到的时候，他们感动得不得了，有人看见盛千姿很激动，想要合影，最后大家一起合了影。

邓瑶给他们准备了很多东西，分发下去。

他们所拍的照片会由盛千姿工作室或者负责此次项目的工作室进行精修，发布到网络上，让更多人知道这样一群人的存在。

这次活动的效果挺好。

话题热度持续上升，其一有电影的热度在；其二此次公益活动的资金来自电影票房，也就是说，是观众出的钱，相当于是观众在做公益，自己做的公益，当然要关注一下啦。

由此活动产生了极大的热度。

接近傍晚，顾绅才从外面回来。

邓瑶让他快去洗手，准备吃饭。

盛千姿偷偷地走过去，站在洗手池旁问："你打算什么时候告诉瑶姨？"

顾绅拧开水龙头，干净修长的手伸到急流的清水中，稍微一顿："待会儿？"

"这么快吗？"盛千姿心虚地说。

顾绅并不觉得快："早晚要知道的。"

"可是这个屋子不只是我们三个人住，四个房间，除了我们仨，还有三个女生。"盛千姿伸出三根手指。

顾绅问："所以你打算我们这半个月就……这样？"

他垂眸看了眼两人的间距，能塞得下另外一个人。

盛千姿也觉得不是办法，妥协："那行吧。你来说。"

她甩下一个大锅，自己走了。

顾绅关掉水龙头，看着她的背影，无奈地摇头。

饭桌上一共有六个人，另外三个分别是两个医生和一个护士。

顾绅坐在盛千姿旁边，盛千姿踢了踢他的脚，示意他开口。

他看向她，仿佛在想该以什么方式"官宣"，刚摸上盛千姿的手，准备开口，邓瑶夹了菜到盛千姿的碗里："多吃点儿，这个好吃。"

"谢谢瑶姨。"盛千姿甩开顾绅的手，无奈地乜他，拿起勺子尝了一下，"真的好吃欸。"

邓瑶雨露均沾："阿绅也多吃点儿。"

顾绅嗯了一声，表情有些认真与严肃，低声道："姨，我有事跟你说。"

"你说。"邓瑶看着他。

三个女生听见这话，也突然把注意力集中到他身上。

顾绅莫名地成了焦点，盛千姿心里有些紧张和期待。

顾绅简洁明了地开口："我们在一起了。"

"啊——"这一声是那三个女生中的一个发出的。

他没有明确地说他跟谁在一起了，在场的除了盛千姿、邓瑶，其他人都有点儿蒙。

邓瑶竟然一点儿意外的表情都没有，笑起来："我知道。"

这下盛千姿愣住了："你知道？"

敢情她和顾绅白忙活一场？

"早就看出来了。"邓瑶没好气地看着他们。

那三个女生通过对话也知道了这件事的女主角是谁，竟然是盛千姿！

医生和演员谈恋爱，一个学识惊人，一个美貌惊人，郎才女貌，这是小说里才有的情节吧？

盛千姿没忍住问："怎么看出来的？"

邓瑶给她解释自己的思路："你不是伤了手吗？本来是说好，你先等一周，一周后再过来，他的步伐应该跟我们一样，结果他竟然说有事也要等一周，要跟你一起来，我当时就有点儿怀疑了。"

盛千姿无语："然后呢？"

邓瑶说："然后昨晚你们本来牵着手，牵得好好的，一看见我就松开，是当我人老了，看不见？"

盛千姿吐了吐舌头，脸蛋禁不住泛了点儿红："哪有？"

"你没有。"邓瑶瞪顾绅一眼，"那臭小子有。"

有邓瑶在，盛千姿和顾绅就像两个小学生谈恋爱，不能在长辈面前接吻，也不能婚前睡在同一个房间。

睡同一个房间这件事确实很难办。

如果顾绅去说，会被邓瑶教训：才谈了多久，就开始动手动脚？

不行。

如果盛千姿去说，那更不行了，会显得女孩子太过着急和不矜持。

难办。

晚上，盛千姿躺在床上刷微博，忽然接收到一条信息——

顾绅："要不要过来？"

盛千姿笑了笑，回："瑶姨睡了吗？"

顾绅："早睡了。"

盛千姿："那为什么你不过来呢？"

顾绅："下午听说，还有一个女生要过来，估计要跟你住同一间。"

盛千姿觉得有道理，如果是两个女生的房间，就不能让他过来了，毕竟要尊重一下还没来的那个人。

顾绅："来不来？"

盛千姿撇了撇嘴："过去干吗？"

顾绅："干情侣该干的事。"

盛千姿捧着手机，磨磨蹭蹭，最后还是偷偷溜去了他那儿，结果看见他坐在一张简陋的书桌前，翻阅着一沓资料。

这怎么跟她想象的有点儿不一样？

还是说，她想歪了？

盛千姿慢吞吞地关上房门，看见他向她招手，让她过来。

她皱起眉，走过去问："叫我来干吗？陪你看这些啊……"

孰料，她话还没说完，被他拉着手搂着腰，直接坐在了他的大腿上。

顾医生鼻梁上还架着一副淡金色框架的眼镜，目光冷淡，让她有一种下一秒就要被他拆吃入腹的错觉。

盛千姿刚洗完澡，身上混着清淡的香气，直扑鼻间。

顾绅叹了口气。

盛千姿嗅到一丝微妙："怎么了？"

他直接说："不应该这么快让你来的。"

盛千姿不解："嗯？"

顾绅说："本来想让你乖乖坐在这儿，我再看看这些东西，现在好像一点儿都看不进去。"

"那……"盛千姿感觉有点儿委屈，又感觉有点儿膨胀，毕竟她是唯一一个能影响顾绅的女人，"是我打扰到你了？"

她气哼哼地开口："我先去那边等你好了，你先看。"

顾绅答："好。"

什么？

盛千姿真想打开百度搜一搜：男朋友的情商太低怎么办？

但一想到他们确实不是来这边度假的，更重要的是帮助别人，盛千姿就咽下这口气，乖乖地爬上床等他，末了还自恋地觉得自己真是天下第一体贴的女朋友。

盛千姿躺在床上玩手机。

顾绅见了，走过来帮她调整好枕头的位置，让她靠着枕头坐："不要躺着玩儿，对眼睛不好。"

"可我以前一直都是这样的。"盛千姿撇着嘴说。

顾绅直接使出"撒手锏"："近视太严重，眼睛就不好看了。"

盛千姿无语。

好吧。

盛千姿乖乖地坐在床上，他给她盖上被子就返回书桌后，看得认真，有时候还会抄抄写写。

看得出来，他是很认真地在对待工作。

随着时间的流逝，天色渐晚，困意袭来。

盛千姿的眼皮一耷一耷的，正要合上，蒙蒙眬眬间看见男人将笔盖上，扯开椅子，站起身，走到她身边来。

顾绅这个人好像很死板，也很有自己的原则。

他上班必穿白衬衫、西装裤，所以她经常看见他在办公室脱下白大褂后，那一身干练的装束。

现在来了西藏，他居然还是穿白衬衫。

盛千姿不知道他要干什么，只见他俯身，两手撑在她的身侧，清俊冷淡的脸往下压时，她适时地闭上眼，脖子也跟着往后缩。

两张薄唇贴在一起，轻柔地触碰。

盛千姿颤了一下，他的金属框眼镜蹭到她的鼻梁，冰冰的。她听见他说："张嘴。"

鬼使神差地，盛千姿真的张开了嘴，看见他唇边勾起一抹笑，再度吻上了她。

这一次的吻与刚刚的有所不同，深入得可怕，将盛千姿迷得七荤八素。

顾绅的手下意识地伸向了自己的衬衫领口，打算解开身前的纽扣，事情一发不可收拾之前，有人敲了敲门——

"阿绅，我有话跟你说。"

两人怔住。

盛千姿瞧见他准备将自己的衬衫脱下，露出大半个胸膛，貌似要做些什么，挑了挑眉，仿佛在问：你要干吗？

顾绅叹了口气，显然有些无奈地将上衣整理好，走去门口开门："姨。"

门只开了一半，被男人挡住。

盛千姿急忙用被子盖住自己，试图装死。

被家长发现干坏事，实在是太尴尬了！

邓瑶刚开始没想到这一层，只是说："我有些话跟你谈谈，我们进去说。"

顾绅无情地开口："明天再说吧，很晚了。"

"你这小子，我就是翻来覆去睡不着，想着一定要跟你谈才行。"她瞪他一眼，看他这架势，思考几秒，好像懂了，"你把门打开一点儿。"

顾绅不动，皱起眉："干什么？"

邓瑶验证了自己的猜想，直接上手打他的肩膀："臭小子，千姿在里面？"

他无奈地点头。

"你给我出来。"

之后，盛千姿看见顾绅被邓瑶揪着出去谈话，谈了大概半个小时才回来。

盛千姿强忍着睡意，想等他回来问问瑶姨说了什么。

结果，还没等到，她就睡着了。

翌日醒来，居然是在顾绅的床上，她又和他睡了一晚。

他却早早地起床离开，去县里的医院办事了。

盛千姿胆小又贱地出去刷牙吃早餐。

邓瑶看见她，什么也没说。

她倒宁愿邓瑶能说点儿什么，让她获取一些信息也行。

结果什么都没有，一天平淡地过去。

傍晚来了个小志愿者卓思辰，刚大学毕业，听说家庭还挺富裕，就想来这里体验一下，长长见识。

邓瑶让她跟盛千姿住一个屋。

盛千姿友好地给她介绍厨房在哪儿，洗手间在哪儿，平时什么时候起床，什么时候吃饭，午饭基本在外面解决，晚饭时间是不确定的之类的问题。

卓思辰都很认真地听着，对于自己跟女艺人一个屋也没有多大反应。

盛千姿挺喜欢她，相处了半天，也没发生什么矛盾，直到晚饭时间。

林彤负责今天的晚餐，一直待在厨房干活，突然哭着跑出来，表示不想干了。

盛千姿见状，去问："怎么了？"

林彤的头发有些凌乱，显然刚刚在厨房弄得一团糟，但这里的人基本是不怎么会做饭的，要说会做饭的人，好像就只有顾绅和邓瑶。

今晚刚好他们俩都有事，没那么早回来。林彤就想着自己虽然不太会做饭，但一两顿家常菜还能应付，便好心地想给大家露一手。

她一边哭一边说："我在里面干得好好的，那个卓思辰进来抱怨，一会儿说我的手不干净，一会儿又说我拿勺子来试味道玷污了整盘菜……我哪有……我都是洗干净了的。我跟她说我洗手了她不信我，我说我勺子也洗了……我不太会掌握味道，要试一下才知道够不够……"

"好了好了。"盛千姿懂她的感受，正好瞧见卓思辰趾高气扬地从厨房走出来。

盛千姿安慰道："没事，她不喜欢，我们就做我们自己的，让她自己去找吃的。不用管她，不用哭的，你想想，你愿意给你讨厌的人做饭吗？"

林彤看了卓思辰一眼，咬唇道："不愿意。"

"那不就行了？"盛千姿牵起她的手，"走，我去厨房帮你。"

卓思辰瞪盛千姿一眼："盛千姿，她那么不干净，她做的东西你也敢吃啊？"

盛千姿本来不想将这件事闹大，毕竟他们是一个团队，但卓思辰明显就是来显摆自己千金大小姐的脾气的。她深吸了口气，走上前："卓思辰，你是不是有病啊？没长大就回家吃奶，这里所有人都比你大，不代表大家都是你妈，都得惯着你！你开口闭口说人家不干净，我看她的手比你的心都要干净一万倍！"

"你！"卓思辰皱眉看她，"公众人物骂人喷脏话，还有理了？"

盛千姿觉得很好笑："谁说公众人物就不能骂人了？我有说脏话吗？你没病吧？要不要去医院检查下你的脑袋，看看里面装了什么东西？"

"你才有病！"卓思辰恶狠狠地瞪她一眼，"我和林彤的事情关你什么事啊！你找死——"

说完，她一巴掌甩向盛千姿，手刚挥到一半，忽然被人截住。

顾绅不知道什么时候从外面回来，冷冷地瞥她一眼："你想干什么？"

男人的气场过于强大，冷厉又凛然，他扫过来的目光像是冰冷的刀锋割过皮肤，令人皮开肉绽。

卓思辰甩了甩被顾绅握得生疼的手，看向男人时，眼神多了几分畏惧和惊讶之意。

畏惧是因为他刚刚实在是太凶了，惊讶是因为他的气质独一无二，他从头到脚都干净利落，完美到让人喜欢。

顾绅问盛千姿："怎么了？"

林彤替盛千姿说完了大概的情况，卓思辰却突然变了脸说："哪有，我只不过是在提醒她洗手，怎么就凶了？难道提醒做饭的人洗手有错？"

盛千姿嗤笑，简直对这人厚脸皮的程度感到无语。

顾绅说："无论如何，你打人是事实，这件事我会一字不落地转述给负责人，接下来的事情，就不在我的工作范围内了。但是……"

盛千姿盯着他的侧脸，忽然感觉安全感满满。

他一字一顿地说："下次如果让我看见你打她，我可能会将你的手腕捏断。"

最后两个字听得盛千姿浑身一颤，想扯扯顾绅的手劝他没必要这么血腥，但看见那女的不可思议又害怕的表情，顿时觉得很爽。

这时有个男人走进来问："饭做好了吗？"

顾绅介绍说："我的同事，今晚在这里吃饭。"

林彤恢复笑容："快了，今晚在这里吃饭是吗？我们刚好做了七人份的饭菜，再等一会儿就可以吃了。"

　　这里的人加上那位男医生，明明就有八个人，几人完全将卓思辰当成透明人，氛围活跃起来。

　　那位医生举起手中的两条鱼："我去给你们做吧，我会两手，今晚加个餐。"

　　"好啊好啊！"林彤跟他进了厨房。

　　盛千姿没理卓思辰，低声问顾绅："累不累？"

　　"过来，有东西给你。"顾绅将盛千姿带入房间，发现她身上没有伤后才渐渐放下心来。

　　盛千姿道："我没事，我们就互相骂了几句，她刚准备打我，你就回来了。说实话，我没想到她那么……居然会动手。"

　　"下次小心一点儿。"顾绅睨她，"你伤了一只手，做什么事都不方便，就不要参与这些。"

　　"可我看不得别人受委屈啊！"盛千姿撇了撇嘴。

　　顾绅毫不意外："我也就说说，下次你还是会这样。"

　　盛千姿笑起来："你知道就好。所以你要给我什么东西？"

　　他拿出一串手链，穿在一起的是一些奇怪的石头，但是怪好看的："一个本地的阿姨给的，送你。"

　　"还挺好看的欸，谢谢呀！"盛千姿将手链戴在手上，端详了两眼，觉得很好看，尤其是在阳光下反射出的莹莹的光。

　　"就一句谢谢？"他得寸进尺地问。

　　"不然呢？"盛千姿看他，"你还想怎么样？对了，你要答应我一件事情。"

　　"什么？"

　　盛千姿抿了抿唇，想起刚刚卓思辰看顾绅的眼神就很不爽，因为这种眼神她也有过，刚喜欢顾绅的时候，她的眼神也是这样的，带着点儿爱慕之意。

　　"不要跟那个女的走得太近。"她慢吞吞地说，"她好像喜欢你。"

　　顾绅对此并不在意："可我不喜欢她。"

"我不管。"盛千姿强迫他看着她，"要是没有中间那段，你也算是我追回来的，刚开始你对我也不好，也不喜欢我，我怕——"

她无奈地扶着他的肩膀，被抵在门后，后半句话直接被一个深吻挡回腹中。

厮磨喘息间，他悠悠地开口："怎么能一样？她是她，你是你，我的眼里只有你。"

顾绅的几句话瞬间就把盛千姿哄得服服帖帖的。

她眨了眨眼："你说，我是不是很好哄啊？你说什么我就信什么。"

顾绅挑眉看她："难道你不该信我？"

"万一……"盛千姿蔫儿坏地补充，"有一天你出轨了呢？我不就被你哄得团团转了吗？"

"如果……"

顾绅一"如果"起来，盛千姿汗毛都立起来，突然不那么想听下去。

他继续说："我真的喜欢上别人，肯定会第一时间告诉你，隐瞒对三个人都没有好处。"

"那就是说你还是有可能喜欢上别人的喽！"盛千姿不高兴地说。

"我只是假设。"顾绅无奈地看她，"如果我说，我这辈子绝对不可能喜欢上别人，任何精神出轨、身体出轨都绝对不会有，你会相信吗？"

盛千姿认真地想了想："你这么一说，好像也不太可信。"

婚姻殿堂上，有多少新人许下誓言，还不是说打破就打破？现实很残忍。

"但我希望这辈子都不会发生，况且……你对自己就这么没信心？"

"那也是。"盛千姿睨他一眼，"你要是不喜欢我了，有的是人喜欢我，一辈子谈一次恋爱是不是太亏了？两次、三次也不是不……"

顾绅捏着她的下巴，强迫她直视他："你敢？"

盛千姿不跟他闹："昨晚你跟瑶姨出去谈什么了？"

"随便聊聊。"顾绅说得很含糊。

盛千姿好奇心爆棚："聊什么？"

他直接说："现在算是在工作，住在一起影响不好，所以姨让我们收敛一点儿。"

"哦。"这个问题盛千姿也想到了。

反正他们也不在乎这半个月的时间。

"只是那个卓思辰……我看见她就烦。"盛千姿毫不避讳地吐槽，"还要每晚和她睡在同一间屋子。"

顾绅捏捏她的脸蛋，安慰："你就忍忍，床位已经安排好了，也不好乱调，现在大家都知道她的德行，估计谁也不愿意跟你换。她要是欺负你，你就告诉我。"

"算了吧。"盛千姿挑了挑眉说，"欺负倒算不上，我也不是善茬。"

晚饭时间。

六人安安静静地坐在饭桌旁等着邓瑶，邓瑶回来听说那件事之后，将卓思辰喊出去训了一顿。

邓瑶好歹是个导演，有资历，有背景。她在片场怼不负责、不认真的大咖，也是不留情面的，更别说一个初出茅庐的小丫头。

林彤听见卓思辰的哭声，抖了抖肩膀："我们是不是太过分了？"

"哪里过分？"有人回答，"如果不教训一下，她会以为全世界是她家，要是步入社会还这样，可不是被骂一顿就能解决的了。"

"而且她这种空有一张嘴，情商那么低的小妹妹，要不改改这种性格，以后铁定吃亏。"

盛千姿撇了撇嘴，低低地补充："邓瑶老师骂人还算轻的，有的剧组里的导演骂得更凶，甚至一点儿面子都不给就开始人身攻击。"

一位女医生也附和："我也被病人家属骂过，跟这个根本不是一个量级。"

"我们哪，都是被社会摧残过的人。"护士拿筷子戳着碗里的米饭，叹了口气。

卓思辰回来时，眼睛红通通的，肩膀哭得　抖　抖的，忙向林彤和盛千姿道歉："对不起，对不起……今天下午是我的错，以后不会了。"

"好了。"邓瑶敛起戾气，坐在盛千姿旁边，"坐下吃饭吧。道过歉，这事就算完了，大家都是成年人，有什么事情商量着来，不要觉得自己高人一等，别人就该为自己服务。"

大家都低着头认认真真地听邓瑶说话。

盛千姿开小差地伸出手指，挠了挠顾绅的腿。

男人垂眸看过来，她眨了眨眼，眼尾勾起，瞬间被抓包。

"千姿，"邓瑶说，"最近不用拍戏，多吃点儿菜。等下有话跟你说。"

盛千姿有些蒙地抬头："啊？好，谢谢瑶姨。"

吃完饭，盛千姿帮忙收拾了一下桌面，说是和邓瑶谈话，其实就是陪她去外面逛逛。

这附近是个风景名胜区，夜晚人还挺多。

邓瑶跟她去看了下藏区的衣服，本来想让她试穿一下，但她手不方便，直接买了下来："有没有大一码的？帮我包起来。"

店员今天头一回看见这么爽快的客人，知道她们不是本地人，笑得开心，去给她们结账。

盛千姿说："这就买了？"

"又不贵。"邓瑶乜她，"难得来一次，有什么不能买？"

盛千姿也不推辞："好吧，谢谢姨。"

"唉。"邓瑶认真地应了声。

盛千姿大脑发蒙，感觉有些奇怪，刚刚那一声"唉"是她想多了吗？

"你唉什么呀？"盛千姿大胆地问。

邓瑶说："你不是提前叫我姨了吗？以后都不用改口了，我直接就是你亲姨。"

确实不是她想多了，果然有那一层含意。

盛千姿脸色泛红，辩解道："什么啊？我喊你姨都喊好几年了，根本不是因为那个人。"

"你那么急干什么？"邓瑶看她，"跟我说说，什么时候在一起的？"

"他没跟你说吗？"盛千姿有些愕然。

邓瑶无奈地问："你看他那死样子，会跟我说这些？"

盛千姿说："好像也是。没多久，就来这儿的前一晚。"

邓瑶一听，想打她："那你那么快就跟他住一个屋，找死！"

"什么啊？"盛千姿强词夺理地解释说，"虽然关系确定得晚，但是我们其实互相喜欢也有一阵子了，而且现在是 21 世纪了，哪有以前那么传统？"

邓瑶苦口婆心地劝："但是也要好好爱惜自己。"

盛千姿知道，邓瑶这番话是为她着想，在自己的亲侄子和她之间，选择提醒她要爱惜自己，证明邓瑶早就将她当成了自己的家人。

盛千姿挽着她的手臂，承诺说："我会的，我也不傻啊！谁对我好，谁对我不好，谁是真心，谁是虚情假意，眼睛都可以看到。"

邓瑶欣慰地说："那就好。"

两人最终还是没有搬到一起住。

盛千姿还得跟卓思辰一间屋，但卓思辰已经不怎么说话，见人也不打招呼了，每天晚上都戴着耳机，躺在床上自己玩手机。

盛千姿不是看书就是跟顾绅聊天。

盛千姿不知是否该庆幸自己的手受伤，让她少了很多重活和累活，这次的扶贫工作还挺辛苦，很多物资运送是大家亲力亲为。

每次她都觉得挺愧疚，干站着，没法干活，只能从其他方面去帮助他们。

卓思辰这人好像真的一点儿眼力见儿都没有，明眼人都能看出来盛千姿和顾绅的关系不一般，但她貌似完全没察觉。

有一次，盛千姿坐在庭院的小板凳上陪附近的几个留守儿童玩，顾绅刚好从外面回来，卓思辰将他截住，手中捧着一盘不知道从哪儿弄来的鲜红樱桃，问："顾医生，吃水果吗？"

一瞬间，盛千姿想起了那天，她捧着一盘车厘子问他吃不吃水果的情景，跟今天如出一辙。

顾绅冷淡地扫了卓思辰一眼，直接与她擦肩而过，走进去拿了一份文件，出来时，走到盛千姿身边问："要不要跟我去趟医院，拍个片？"

"手吗？"盛千姿有点儿没反应过来。

顾绅答："嗯。"

"好啊！"

于是她直接跟着顾绅离开，看都没看卓思辰一眼。

他们来到医院，挂号拍片，整个流程都是顾绅陪着她。

他虽然对骨科的知识不够了解，但也能凭经验猜到，回临江后盛千姿应该就可以拆石膏了。

结果一出来，医生也是这样对她说："骨折程度不算严重，恢复得差不多了，再等一个星期就可以拆石膏。"

下星期刚好也是他们回临江的日子。

盛千姿有点儿高兴："终于可以双手活动了，不然我这只手这么久没用过，感觉手臂都粗了很多。"

顾绅无奈地看她："你不是应该担心一下其他的吗？"

"我担心其他的干吗？"盛千姿无所谓地说，"我吃好睡好，还有个医生男朋友，我用担心吗？我该担心的是我复工后，该怎么快速减肥塑形。"

"什么时候工作？"顾绅认真地问。

盛千姿想了想："拍戏一时半会儿不太可能，只能去刷刷脸，上综艺。我签了一档综艺，大概半个月后就开始录制。"

"什么综艺？"顾绅看过的综艺不多，但从微博那些搞笑的综艺片段来看，都是玩游戏的，而且男女艺人肢体接触不比拍戏少。他稍稍警惕起来。

盛千姿一听就知道他脑子里在想什么："一个女团选秀综艺《少女训练营》，就当个导师而已。我也没什么好教的，就去当个节目'吸血包'。"

顾绅根本听不懂她口中的名词，却也没想太多。

她的职业一直是她热爱的东西，不能因为跟他在一起就抛弃。

既然喜欢上一个人，那就得包容她的全部。

时间一眨眼就过去。

很快扶贫项目就要结束，但邓瑶说这只是一期，二期他们不参加，而是由真正热衷帮助别人、想为社会做点儿贡献的人报名参与。

他们只是做了个领头羊和宣传的作用。

回去的前一晚，顾绅带盛千姿出来逛街，两人逛了一会儿便累了，坐在一处静静地看天上的星星。

这些天，他好像都挺忙。

两人好长一段时间都没有亲热过了，虽然最亲密的时候也不算多亲密。

盛千姿找了个话题问："顾绅，你是因为什么喜欢上我的啊？"

顾绅坦白地说："不知道。"

盛千姿无语。

有男朋友这样回答问题的吗？！不合格！

"不知道？"盛千姿觑他，"不知道，你喜欢我干吗？"

顾绅认真地想了想："可能是因为个性、外貌或者其他方面……喜欢就喜欢了，还需要什么理由？"

盛千姿无趣地看着他，感觉聊不下去："那我呢，你知道我是因为什么喜欢上你的吗？"

"我知道啊！"顾绅直接开口。

盛千姿啊了一声："你为什么会知道？"

"不是你自己说的？"顾绅将之前她说过的话搬出来，"那天……在齐炀的诊室里……我坐在窗边……漫天的红枫下……"

"不要说了。"盛千姿听不下去了。

顾绅看着她脸红的样子，语气正经："怎么了？有什么好害羞的？"

"我那不是害羞！"盛千姿嘴硬，"我是觉得自己肤浅。"

"你不肤浅啊！"顾绅给她留最后一点儿面子。

"我怎么不肤浅了？"盛千姿看着他渐渐逼近的脸，开始往后缩，情急之下居然说出了实话，"我就是馋你斯文败类外表下的身子，才喜欢上你的。"不然谁会无缘无故地去靠近一座冰山啊？

空气有一瞬的凝固。

盛千姿的大脑后知后觉地反应过来，自己好像说错什么话了。

顾绅挑了挑眉，唇边漾起轻笑，她真怕他下一句话就是"那来吧"。

幸好没有。

他低头在她的唇上啄了一下，抱歉地说："地点不合适，再忍忍，嗯？"

这该死的语气！

盛千姿被撩拨得差点儿在他怀里融成一摊水。

第一次来藏区，以后也不知道有没有机会再来一次，盛千姿的心里有些不舍，都还没来得及仔细看一眼周围就要走了。

这就像你踏进一座富丽堂皇的宫殿，只看到它辉煌耀眼的建筑和装饰，连墙边挂起的名贵油画都还没来得及欣赏，就匆匆离开。

顾绅钩着她的手指，跟她一起走回去，看出她的失落感："怎么了？不想离开？"

"有点儿。"她突然像个小学生，余兴未了地说，"还没玩够。"

顾绅沉默几秒，突然说出一个惊人的提议："那我们就去玩一趟？"

"嗯？"盛千姿一时间没懂。

这"玩一趟"是什么意思？是她想的那个意思吗？这也太不可思议了吧。

果不其然，顾绅一回去就订好了第二天清晨前往拉萨的客车车票，顺便将行李收拾好，扯着盛千姿在他的房间里睡。

盛千姿侧躺在枕边，看着他近在咫尺的俊脸，心里有些激动。

"私奔"二字从她脑中闪过。

顾绅原本闭着眼，睁开眼看见她直勾勾地看着他，搭在她腰间的手打了一下，训斥："看我干什么？快睡觉！明天还要赶路。"

盛千姿的脸一下子红了："顾绅，你刚刚手打哪儿呢？"

"不要脸。"盛千姿躺平望着天花板，不理他。

顾绅抬起干净的手，捏着她的鼻子，不让她透气。

盛千姿气结，鼻子不通，说话时声音也瓮瓮的："你有病啊？！放开我，我快透不上气了。"

"透不上气了是吗？"顾绅问得淡然无比。

盛千姿当然能透上气，嘴还能呼吸，她就是装着一副快窒息的样子，生无可恋地说："你要杀死我，你就直说。"

"怎么舍得？"顾绅低声道。

他说话时嗓音有些沙哑，被寂静的黑夜磨得没有了棱角，带着三分蛊惑、三分温柔。

"你怎么不舍得，你有多狠心，你自己知道……"

盛千姿话音刚落，他就压在她的身上，却给受伤的手臂留了恰当的距离，深深浅浅的吻落于她的唇边，像是在给她渡气，但更多的是侵略。

两人第一次这样亲吻。

盛千姿有少许的不习惯，慌乱中又不知道该怎么阻止他，软绵绵甚至带着些撒娇的拒绝在他看来更像是欲拒还迎，妩媚之意更甚。

他早就松开了她泛红的鼻尖，她喘着粗气，看着撑在她上方的男人："你在干吗？做人工呼吸啊？"

"傻瓜。"他揉了揉她柔软的发顶，"占你便宜。"

"哦。"盛千姿高估了他的情趣。

怎么，他还觉得自己很厉害？

"你说，我们明天走了，瑶姨会不会不高兴啊？"盛千姿漫不经心地问。

顾绅灼热的吻落在她的脖颈，敛眸："会啊！"

"那我们还走？我怕她骂我，瑶姨骂人可凶了。"

盛千姿睡裙的肩带滑下，他一个吻落在她的锁骨上，渐渐往下……

喘息间，他给了她个友好的建议："就说是我将你拐走的。"

"然后她就只骂你一个人。"盛千姿觉得这真的是个好主意。

而后，他似乎咬在了她的敏感部位，她战栗了一下，遮住自己的眼睛，踢他一脚，轻声细语地警告："干什么？"

"专心一点儿。"顾绅略微扬起下巴，看她。

盛千姿有些不知所措："你不会今晚就要……？"

顾绅还没回话，房门突然被人敲响，门外是卓思辰不耐烦的声音："喂，能不能小点儿声啊？"语气欠扁到极致。

突然被人横插了一句，氛围被打破，两人什么兴致都没了。

顾绅躺回床上，将盛千姿的睡裙提好，被子盖上，当作什么都没发生。

空气中还飘着一丝尴尬的气氛。

盛千姿真的很无语："我们根本没动静啊！她这是……找碴儿吧？看我不在隔壁睡，就专门走过来整这出。"

"睡吧。"顾绅不打算理会卓思辰，拥着她，闭上了眼。

盛千姿把脸蹭在他的颈间，嗯了一声。

酸味是别人的，而幸福只有他们知道。

翌日 6 点。

盛千姿被顾绅叫醒，起来刷牙。她一只手拿着牙刷，另一只手不方便，平日里都是林彤帮她挤牙膏。

顾绅在剃胡须，她就拿着牙膏过去，戳了戳他的腰，从镜子里看到了他剃胡须时不一样的表情。

顾绅剃完，冲洗了一下。

盛千姿将他下巴处的泡泡用手抹掉，被他抓着手放在水龙头下冲。

"不干净，你抹上来干吗？"

"好奇啊！"盛千姿如实说。

顾绅帮她挤牙膏，顺便装了一杯水，无奈地说："你以为你是好奇宝宝？"

"宝宝算不上。"盛千姿笑起来，露出牙齿，刷呀刷。

"嗯。"他看着她可爱的表情，"你是小朋友。"

盛千姿瞥他一眼："你别看着我。"

"我给你递水。"顾绅就是不想走，拿着她漱口的水杯，在她刷了一阵后，递到她唇边，"张嘴。"

盛千姿无可奈何，只能乖乖地张开嘴。

可嘴唇刚碰到杯壁，水杯就被他挪开，让她扑了个空。

盛千姿含着满口泡沫，不耐烦地道："顾绅，以后你要是生病，你就死定了。你看我会怎么对你！"

顾绅不逗她了，将水杯递回去，让她灌了一口水进嘴里，再慢慢地吐出来。

他双手揽上她的腰，在镜子前将她抱了个满怀。

盛千姿动了动，想让他走开："你现在好像个'巨婴'，你知道吗？"

"什么是'巨婴'？"顾绅好学地问。

盛千姿边刷牙边说："就是字面的意思。"

他俯下身，惩罚似的咬上她的耳垂，很轻的一下。

盛千姿啊了声，意识到这屋的其他人都还没起，又立马闭上嘴，细声警告："你干吗？"

"你不是说我是'巨婴'吗？"顾绅叛逆地问。

盛千姿继续就着他的手漱口，愤愤地说："所以你就咬人？你这不是'巨婴'，是狗！"

时间不够了，还有半个小时，客车就会出发。

这意味着，十分钟之内他们必须出门。

"狗"男人不理她，最后将房间收拾了一下，又返回床边，帮她穿好鞋。

两个人快速离开，在灰蒙蒙的天空下赶到上车地点，上了最早的一班前往拉萨的客车。

有人说，西藏是梦开始的地方。

他们从林芝出发前往拉萨，大概需要半天的时间。

路途行进了一半，盛千姿和顾绅分别收到了邓瑶的短信——

给盛千姿的："注意安全，好好玩。"

给顾绅的："回来跟你算账，照顾好她。"

盛千姿对比了一下两人收到的信息，不由得掩唇笑了："瑶姨知道我们去拉萨吗？"

"知道。"顾绅说，"我昨晚发了条短信。"

"哦。"盛千姿有些担忧地问，"我们这么贸然过去，又是冬天，又没准备什么，下车要怎么办啊？"

"傻子。"他莫名地推了推她的额头。

盛千姿摸着额头，不明所以地问："你骂我干吗？"

"是你自己来西藏什么都不准备。"顾绅说。

盛千姿说："你准备了吗？瑶姨说她那儿什么都有，而且林芝的海拔没有拉萨那么高，高原反应不会很严重，我才没准备。"

"我什么都有。"他一句话堵住了她的嘴。

盛千姿笑着说："都有你了，我还缺什么呀？"

顾绅认真地说："下了车，先找个医院，拆石膏。"

接近中午，客车终于在长达几个小时的颠簸中停下，司机吆喝着家乡话，他们根本听不懂，但从语境来看，大抵也能猜到是什么意思。

顾绅带盛千姿找到一家医院，挂了骨科，又拍了一次 X 光片，将石膏拆下。

一路上，行李都是顾绅在拿。

找到民宿，顾绅将行李箱抬上去。

不能洗澡，两人就到楼下随便找家餐馆解决午餐。

盛千姿抚着胸口说："幸好最近这几天都没有拍戏，也没有刻意节食，不然来这一趟，出现高原反应，半条小命都没了。"

"以后也不用减肥。"顾绅捏捏她的小脸说，"这不挺好看的吗？"

"肉眼看跟上镜哪能一样？"盛千姿撇了撇嘴，"有一次我就稍微胖了那么一点儿，而且那天的裙子比较显肚子，他们就造谣我怀孕了，我真是冤死了。这是在变相骂我胖啊！这怎么能忍？！"

顾绅坐在她身旁，状似不经意地问："这就受不了了。万一你以后真怀孕了怎么办？"

"那也是以后的事。"盛千姿想得认真，完全没发现话题越来越深入，"我可不想那么快生孩子。"

"嗯？"顾绅问，"你打算什么时候生孩子？"

盛千姿数了数："怎么也得 30 岁以后吧。生了孩子戏路大概率会变，女艺人的职业寿命很短。顾医生很喜欢孩子吗？"

"看你。"顾绅回答得无所谓。

盛千姿一惊："看我？"

她还是头一回听见这样的回答。

"如果我说我这辈子都不想生，不想要孩子，你不会不要我了吧？"盛千姿的手可以乱动了，攀上他的肩问。

"你以为我喜欢的是你的肚子？"顾绅问得一本正经。

盛千姿无语。

她真是自讨没趣。

盛千姿跳过话题，挥了挥手："不说这个了，反正我们……"她的声音又小又细，"还没到那一步呢。是吧，顾医生？"

"是啊！"这时，做好的热腾腾的拉萨小吃陆陆续续地被端上来，顾绅倒了杯茶给盛千姿喝，不疾不徐地道，"不过也快了吧？"

盛千姿喝了一口茶，险些喷出来。

这人有没有羞耻心？

在顾绅的威逼利诱下，盛千姿尝遍了拉萨几乎所有的有名小吃，连热量很高的芝士酸奶蛋糕都吃了，在发胖的道路上越走越远。

他的理由就是……吃多了，身强体壮，不容易出现高原反应，不然他又得背她回去，不过也不能吃得太撑。

在拉萨切忌大跑大跳。

他们没做什么旅游攻略，就这么戴着墨镜四处逛，像是在找一处安静无人之地，好好地度过只有他们两个人的时光。

值得庆幸的是，高原反应最终没有找上门。

在顾绅每天给她喝一支葡萄糖的情况下，她安然地过完了假期。

在陈芷珊的紧急召唤下，盛千姿被迫长途跋涉，回了临江。

回公寓的路上，陈芷珊无聊地"炮轰"她的微信，跟她聊天。

陈芷珊："大胆，居然跟男人偷偷摸摸地跑去拉萨约会！"

陈芷珊："盛千姿，你翅膀硬了是吗？快跟我说说，有没有发生什么不可描述的事情？"

盛千姿："你才不可描述，那里是高原地带啊！你敢做缝纫机的事吗？"

陈芷珊："那得看看我找了个什么男朋友了，说不定就敢了呢？"

盛千姿："哦，那我拭目以待，以后你去了拉萨，记得给我直播一下。"

陈芷珊："变态！"

顾绅侧头看了眼，不小心瞄到一个词，疑惑地问："缝纫机的事是什么事？"

立马护住手机却已经来不及的盛千姿汗颜。

"嗯？"顾绅微笑着问，"什么意思？"

盛千姿用探究的眼神盯着他，突然很想知道他是真不懂，还是装的，打着哈哈说："字面的意思啊！"

"字面的意思？"顾绅特纯洁地用自己的手做了个类似缝纫机的机针的形状，往大腿处碰了一下。

盛千姿看不下去了，啪地用手盖住他的手："不是的，你听我说。"

司机已经笑得快抽过去。

顾绅咬牙道："你们平时聊天就聊这些？"

"没有啊！"盛千姿感觉很委屈，"这只是小部分内容，我们平时不经常聊这些的。真的真的，我们大部分时间在聊工作，她是我的经纪人。"

他们说话的声音很小，尽量不让司机听见。

顾绅拖长音调哦了一声："所以两次都让我发现了这些内容？跟男人也聊？"

"哪有？"如果说她跟陈芷珊聊那还能接受，毕竟这是事实，但和男人聊是绝对没有的事情，"我很少跟男性朋友聊天。"

顾绅看她紧张兮兮的，捏了捏她的耳朵，保持着男朋友的威严，小声警告了句："朋友之间少说床事。"

从西藏回来后，盛千姿就不去医院的单身公寓住了。

最近天气变冷，气温直降到 10 摄氏度以下，空气阴冷潮湿，连说话时哈出的气都变成了白雾。

盛千姿的手虽然拆了石膏，但依旧不便拿重物、提箱子，所以行李箱基本是顾绅拿上来的。

这人一到八楼，等电梯门打开，就拖着行李箱往自己的公寓走，打开大门，把箱子全部推了进去。

盛千姿扯了扯他的袖子，说："我不住你那儿。"

"不住我那儿？"顾绅讨论得认真，"难道我们在一起后，公寓离得那么近，还分居？"

什么分居啊？说得好像他们结了婚又分居似的。

盛千姿给他掰扯要住在自己公寓的理由："我的化妆品、护肤品、衣服、鞋子都在里面，身为女艺人，离开这些东西，我就工作不了了。除非你那里有足够的空间让我把那些东西全部搬进去。"

"理由充分。"顾绅叹了口气，无话可说，"那就住你那里。"

"你也要来啊？"盛千姿帮忙将行李箱推过去，用指纹打开门锁，还有些窃喜。

顾绅揉了揉她柔软的发顶："不然真想分居啊？"

"你想占我便宜就直说。"盛千姿剋他一眼。

顾绅一本正经地说："公共场合，少说床事。"

盛千姿站在自家公寓的玄关处，不可思议地道："这也叫公共场合？"

顾绅将半开的门关上，在她的唇上啄了一口："这才不算。"

盛千姿不理他，把行李箱推进去，开始整理东西。虽然她平时挺懒，不打扫卫生，但每次去外地出通告前，都会认认真真地打扫一遍，以免几周或者几个月后回来，发现家中早已鼠蚁成群。

所以顾绅看到她家的状况就是特别整洁。

他换上鞋，走进里面随意逛了圈。上次进来的时候，他还不是她的男朋友，逛女生的私人房间和衣帽间难免有些不礼貌，但现在不一样了。

盛千姿热情地给他介绍："这是我的衣帽间，里面大多是出席活动穿的衣服，或者就是我的私服。"

顾绅看了眼，顿时眼花缭乱，狐疑地问："女艺人都这样？"

"对啊！"盛千姿点头，"毕竟艺人嘛，无时无刻不处在公众的视野中，当然要打扮得好一点儿啦。怎么样？是不是吓到你了？"

"还行。"顾绅勉强地说，"所以你打算腾出哪儿的位置放我的衣服？"

盛千姿有点儿蒙："你的也要放过来啊？你那边放不下吗？"

"我以后住这里，总不能换衣服都要跑过去一趟。"

盛千姿觉得这确实是个问题，拉着他的手问："那你要在这里住多久？"

他捏了捏她的脸："你不惹我生气，我就一直住在这里，住到我们结婚。"

"结婚"二字让盛千姿失神了一小会儿。

他这意思是，谈恋爱期间都会陪着她："不愧是临江首富顾家的儿子，几百万买回来的公寓，说不住就不住。"

"也不是真的不住。"他笑着反驳。

盛千姿想起他的上一句话："你的意思是，我们吵架了，你就去隔壁住？跟我冷战？幼不幼稚啊？"

顾绅无语。

盛千姿又问："说实话，你当时为什么要买那个房子啊？那可不是一笔小钱。你是怎么知道那个房子要出售的？"

"听你说的。"他回忆起来，"你不是帮邱鹤找房子吗？"

盛千姿扶着他的腰，仰起脸笑了笑："你听墙脚。"

"是你说话声音太大。"顾绅死不承认。

盛千姿垂眸，突然煽情地说："说实话，那段时间我很多行为挺刻意的，包括一看见你就很烦，跟你说我讨厌你……其实就是觉得自己丢脸，第一次那么喜欢一个人，被拒绝了好几回，我都那样跟你告白了，还不行。”

顾绅见她要哭了，捧着她的脸，在她的额头亲了一下，轻柔的亲吻像是在对待一件珍宝："对不起。"

"不过幸好……"盛千姿弯了弯眼睛，"现在我身边的人是你。"

"只有你这么傻。"顾绅开始劝导她，"当时明知道他对你有意思，还说要帮他找房子，还找隔壁那一间。"

"怎么啦？"盛千姿不明白这有什么错。

"很多事情远比你想象的要复杂，你帮他找了房子，他下次就会让你帮忙做其他事情，如果你不愿意，他对你的期待落了空，就会变得特别极端。而且当时你还是个单身女性，没有依靠，没有人保护，让一个极端的人住在你的隔壁，你明白后果是什么吗？"

盛千姿沉默了一会儿："可我当时觉得他不会是这种人。"

"就算不会……"顾绅说，"也不要随便帮一个男人找房子，还找在自己的对门。"

"你这是在吃醋？"盛千姿用鼻尖碰了碰他的脸，拼命嗅了嗅，仿佛在嗅酸味，"说得你比他好多少似的。你知道我听见人家议论你从七楼搬上八楼的时候，我内心有多震惊吗？我以为你脑子被摔坏了。"

"是。"他突然点了点头，不知道是在回应她前面那句话，还是后面那句，"就是不想让他住在你隔壁，才买下来的。"

盛千姿笑了笑，现在看来幸亏是他买了那套公寓。她甩开他的手："好了，时间不早了，快洗澡睡觉吧，明天还有工作。"

明天不仅盛千姿有工作，顾绅也要回医院上班。

生活又回到了正轨，前段时间的种种事情就像一场梦一样，梦醒之后，幸好他还在。

盛千姿拆完石膏，已经能像个正常人一样干自己的事情了，她洗澡花费的时间比较长，便让顾绅先去洗，自己安安静静地看《少女训练营》的节目组发来的文件信息，提前熟悉之后的工作内容。

十五分钟过去。

顾绅发梢滴水，一边擦着头发一边从浴室里走出来。

盛千姿自然地看他一眼，发现他赤着胸膛，没穿上衣，长裤松松垮垮地挂在腰间。

她耳朵猛地一红，却当没看见，走进衣帽间，随便拎了条睡裙和贴身的衣物就进去了。

洗澡过程持续了半个小时以上，盛千姿抹完身体乳，穿上睡裙，将头发吹干，开门，在一片水雾中走了出去。

刚从隔壁拿了本书过来的顾绅低头瞥了她一眼，淡淡地说："千姿。"

"嗯？"盛千姿像黏人精似的缠住他的手臂，身子下意识地贴在他的身上，低头看了眼他手上的书，问，"你刚刚去拿书了？什么书啊？"

顾绅咳嗽两声，平淡地说："你是不是少穿了点儿什么？"

盛千姿听到这话，缓慢地嗯嗯两声之后才反应过来，差点儿就要说出脏话。

她单身时养成了习惯，洗完澡，除了下半身，上半身直接不穿内衣，就这么套着睡裙出来，偏偏她现在整个身子几乎贴在顾绅身上："再见。"

盛千姿火急火燎地返回衣帽间，寻找今晚睡前要穿的胸罩。

虽然他们已经不是第一次同床共枕，该摸的地方基本也摸过，但真正地"坦诚相见"，倒真没有。

盛千姿刚找到胸罩，突然听到咔嚓一声，衣帽间的门被人从外面打开。

怎么打开的？哦，钥匙。

盛千姿眼睁睁地看着顾绅放下书走到她身边，步步逼近，在她还没来得及找件衣服套上的时候，把她困在了某个衣柜前。

顾绅长臂搭在柜边，半倚在衣柜上，有些懒散地搂着她的腰："走那么急干吗？不怕摔倒，再骨折？"

盛千姿脸红得快要滴血，不断地推搡着他，气鼓鼓地撇着嘴控诉他："你怎么进来的？你知不知道你这样很没有道德，跟无赖没什么区别？"

"是你自己把钥匙插在钥匙孔上，我看见了。"

"我插在那儿是因为我怕钥匙丢了，况且平时我一个人在家，我也不怕有人进来啊！"盛千姿继续说，"谁知道你这么无赖。"

"无赖是说不负责任的人，我负责。"

"嗯？"

他摸着她光溜溜的后颈，让她仰起头，接受他的亲吻。

女人的长发落在肩上，柔软的黑色发丝与白皙细腻的肌肤形成强烈对比，美得像一幅画。

网络上随处可见盛千姿穿礼服后曼妙的身体曲线，他们是惊叹的人，而他是接触的那一个。

密密麻麻的吻缠绵地落在肩头，盛千姿闭上眼，扶着他的肩膀，任由他索取。

事毕。

被盛千姿中途骂了句"衣冠禽兽"的男人正戴着金属框眼镜坐在床边看书，刚刚的一切像一场虚无缥缈的梦，完全没发生过一样。

盛千姿依旧很生气，脸也很红，绷着脸端坐在化妆台前护肤，最后敷了个面膜，爬上床骚扰他。

他看书很专注，一点儿心都分不出来，她在他身边待了十来分钟，他居然一句话都没说。

盛千姿拍了他一掌，有气无力地自嘲："我就像个工具人。"

"什么？"这句话终于让男人抬起眸子，他瞥她一眼，捏她的手，"为什么这么说？"

"不是吗？"盛千姿的脸被面膜盖住，顾绅看不见她的表情，但从语气也大抵能分辨出她现在很生气，"我只是你的工具人，你的事解决完了，我就没用了。你都不陪我聊天。"

"你要聊什么？"顾绅放下书，开启哄女友模式，"我看你刚刚捣饬你的脸那么认真，才没打扰。"

女人生气的原因总是奇奇怪怪。

盛千姿也分不清自己是不是在无理取闹，突然躺下，盖好被子，"戏精"般地叹了口气说："算了，我要睡觉了。"

"你面膜还没撕下来。"顾绅难以置信地问，"就这样睡一晚？"

"你是男朋友，"盛千姿瞪他，"你就不能帮我一下吗？设定个闹钟，十分钟之后帮我把它扯下来，再拿个毛巾帮我擦擦脸，切记擦脸时轻一点儿，这张脸值4亿。我睡了。"

顾绅第一次发现女人能懒到这种地步，但他还是答应了，老干部似的调了个振动静音的闹钟，将卧室的大灯关掉，只留床前的一盏小灯。

十分钟后，手机振动，他没好气地将她脸上的面膜拿下，干净又漂亮的小脸露了出来。他听话地拿毛巾蘸了点儿水帮她擦脸，再躺回床上，钻进被窝，与她睡在一起。

盛千姿肯定没睡。

顾绅攥了攥她的手，发现有些冰凉，放在手心焐了焐，问："真生气了？"

"没有。"盛千姿作也有作的度，不会无底线地任性，侧躺过来拥着他，低低地开口，"逗你玩的。我当然知道你是什么人，你是顾医生啊，不学习，不看书，哪能成为顾医生？"

顾绅笑了笑："明天什么时候工作？"

"下午出席个活动，你不用回来，陈芷珊接我去。"

"什么活动？"

"去一家书店，撑场子。"

"嗯。"

夜已深，两人相拥而眠。

第十二章
一个愿望

盛千姿表面上看像个高高在上的女王，其实心思也很细腻，很会为人着想。

在藏区她强迫顾绅买了当地的特产作为礼物，不多不少，不显得繁重，又很有心意，专门带回去送给他科室的人。

顾绅本来是很抗拒的，主要还是因为他没干过这种事。

但盛千姿说："凡事都有个开头啊，做了第一次，就会有第二次，反正又不贵，就带点儿回去让别人开心一下。以后工作起来，人家也会记着这个人情，帮着你一点儿。在社会上工作，讲究的是团队协作，而不是单打独斗。"

盛千姿说了一番话，表面上看是对他科室的同事好，本质上还是为了顾绅。

顾绅自然没拒绝。

第二天上班，他别扭地提着一大包东西去了医院。

小芝看见他，好奇地问："顾医生，你这是……什么东西啊？"

"你过来一下。"顾绅让她到自己的办公室详谈。

小芝以为是什么大事呢，结果一进去就见他拉开盛千姿曾经带去拍戏的大袋子，里面所有的藏区特产显露出来。

牦牛肉干、藏香、松茸、奶条和奶贝、蜜蜡……

"什么东西？"小芝隐隐察觉到了什么，但一直没敢往顾医生要送他们特产这个方向想，"谁给你的，顾医生？好多东西啊！居然还有牦牛肉干！我超爱！"

"那就拿去吧。"顾绅洗了洗手，拿下挂在一边好久没穿的白大褂，一边往身上套，一边平淡地说，"顺便把这些全部拿去分了。"

"什么？！"小芝不敢相信，"这些吗？全部吗？真的吗？"

接连三个问句，足以显示小芝的震惊程度，她简直要怀疑顾医生不是本人了。

顾绅点了点头，坐下正准备工作，突然补充了一句："就说是我女朋友给大家的。"

小芝："啥？"

如果说刚刚顾医生发特产这件事对小芝来说相当于晴天霹雳，那么这个已经不是晴天霹雳那么简单，简直就是雷暴。

"你……你你你谈恋爱了？"小芝迟疑地问，"真的假的？顾医生，你可以啊！是谁啊？可以跟我小小地透露一下吗？"

"不行。"顾绅无情又冷漠，"以后你会知道的。"

小芝撇了撇嘴，退而求其次地问："那……是我认识的人吗？"

顾绅垂眸思考了一下，认为这并不是什么过分的问题，旋即点了点头："嗯。"

"那应该就是我们医院的人。"小芝摸着下巴，提起袋子，慢慢走出去，"谢谢顾医生啦，我先去把这些分下去，待会儿到上班时间就不好分了。"

现在离正式的上班时间大概还有十五分钟，所有人基本是在的，又没有正式进入工作状态。

跟顾绅一起在西藏待过的同事都知道顾医生的女朋友是谁，但邓瑶导演说要保密，这件事还是由当事人来公开比较好。

小芝兴冲冲地拎着袋子去给大家分特产，并且悄悄地告诉大家"顾医生有女朋友"这个惊天大消息。

谁知大家兴味索然地说："早就知道啦！小芝的信息获取得也太不及时了吧？"

"知道了？"她居然不是第一个知道的，"你们是怎么知道的？"

"我们心外科的大群上有聊啊，昨晚你没看群吗？"对方推了推她的额头，无奈地说，"看过群的人都知道顾医生脱单了啊，不过爆出来的人神秘兮兮的，说不能暴露顾医生的女朋友是谁。"

"好奇怪，既然大家都知道顾医生已经脱单了，那为什么不能告诉大家他的女朋友到底是谁啊？她不会就藏在我们中间，偷偷摸摸地将心外科的招牌男神拐走了吧？"小芝说。

有人附和："我也觉得，谁要是骗了我们，一顿饭是少不了的，至于到底是顾医生请，还是那个人请，得看我们的心情。"

"一顿怎么够？起码十顿啊！"

"十顿？不行不行！一百顿！一百顿！"

"你们这是讹诈啊！你们敢讹顾医生的女人，打狗也要看主人吧？"

"你那么心疼干吗？你莫不就是顾医生的女朋友？"

"我是的话，我藏着掖着干吗？恨不得拉着顾医生的手环游医院好吗？可惜我连顾医生的一根头发丝都没碰到。"

盛千姿不知道，"顾医生的女朋友是谁"这个话题已经在医院被人讨论一周了。

而顾医生的正牌女友正每天奔波于各种活动之间，忙得不行。

终于在周五这天，盛千姿被发怒的顾绅带来医院进行最后的拍片检查。

顾绅有事要做，带她来到骨科之后，让她跟她的助理一起去挂号、复诊。

黄医生笑眯眯地说："手臂已经完全恢复了，不用担心。其实好不好你自己也能感觉得到，来检查一趟，还是比较保险。"

"那能健身吗？"盛千姿问了一个最关键的问题，因为她下周就要上节目了。

《少女训练营》的节目内容是一百个优秀且多才多艺的女孩竞争九个出道位，每个女孩都是长腿细腰的偶像身材。她作为导师可不能让这些小丫头比下去，相信节目播出后，也会有大量营销号将她与选手进行对比，各种挑刺。

黄医生严肃地道："还是不要了，再等一周，实在要练的话，你可以先练练腿啊，练一下腰腹也可以，只要别大力拉扯到手，都没问题。"

"行。"盛千姿正欲离开。

黄医生又笑着说："你还不知道吧？你现在啊，已经成为我们临江医院内部的未解之谜了。"

"什么意思？"盛千姿皱起眉，"未解之谜？"

"你之前不是让顾绅拿了一袋特产来吗？顾绅说是女朋友给大家的，现在大家都在猜他的女朋友是谁，到底是哪个女人拐走了临江医院的活招牌。"

"哦。"盛千姿心里乐开了花。

那袋特产是她亲自选的，也是她要求买的，但她当时希望是以顾绅的名义送出去，让他的同事多照顾一下这座冰山。

因为她知道顾医生的性格在人际交往这方面不太讨喜，她怕他被人针对、孤立，才想出这样的办法。

没想到他居然直接说这是自己的女朋友送的，不仅告诉别人自己已经脱单的事实，也表现了她的体贴。

盛千姿弯了弯嘴角，死不承认："那关我什么事？"

"嘴硬。"黄医生无奈地摇头。

盛千姿戴上口罩，走了。

晚上。

顾绅站在厨房的流理台边做饭，盛千姿走过去，贴着他的背，将他从背后拥住。

顾绅夹起一块肉，让她尝尝味道。

盛千姿说："我在减肥。"

"就吃一块。"顾绅低声道。

盛千姿没辙，只能把肉咬入口中，慢慢地说："够了，这个味道就可以。"

吃饭时，盛千姿没跟顾绅说医院的事，顾绅也没打算告诉她。

盛千姿夹菜到他嘴边，说了句："你真好。"

"怎么了？"顾绅警惕地问。

盛千姿瞪他："干吗？感觉像是我要毒死你一样，快吃！"

晚饭后，顾绅洗完澡坐在床上看书，盛千姿敷完面膜也挨过去。

他下意识地将她捞到自己怀里，最后直接抱到大腿上亲了一下。

盛千姿问："你在看什么啊？跟我说说呗。"

顾绅合上书，淡淡地开口："外科书籍，巩固一下知识。"

"真勤奋。"盛千姿捧着他的脸，在他的下巴处亲了一口，当作奖励。

而后，她看看时间："时间还早，你再看一会儿吧，我就不打扰你了。"

盛千姿有点儿困了，打了个哈欠，准备睡觉。

顾绅一个翻身将她压在身下："困了？"

"困了。"盛千姿眯了眯眼说，"最近有点儿累……"

顾绅也心软了："那我们的事……什么时候？"

我们的事？

盛千姿一听就知道他说的是什么事，虽然他们最近隔三岔五就会亲热一下，但还没有真正到最后一步，一直拖着……

她想了想，瞪他："你这个样子说出去会被笑话的。你真是顾医生吗？"

"什么时候？"顾绅盯着她问。

盛千姿想了想，别别扭扭地说："最近有点儿累，不太想，我考虑一下吧。"

孰料他咬了一下她纤瘦的脖颈，痒痒的，她啊了一声："你这是严刑逼迫啊！你就不怕我破罐子破摔？"

算了，他不闹她了。

顾绅吻上她爱狡辩的薄唇，沿着下唇的轮廓描绘了一圈，像是惩罚似的，直接吻了个够，吻到盛千姿呼吸不畅，才放开了她。

"睡吧。"顾绅躺在她身侧，揽着她的腰，语气前所未有地温柔。

盛千姿闭上眼，迷迷糊糊间说了句："不如就后天吧？大后天我要去外地彩排，准备录节目了，也不能经常回来……"

顾绅只问："去多久？"

"几个月啊！"盛千姿有些无奈，"一整季节目呢，不过中间应该会有时间回来的。顾绅，以后我开始拍戏了，也不能经常在这边，你会不会觉得我们这个恋爱谈得很艰难啊？"

毕竟他们的职业不一样，她作为艺人肯定是全国甚至全世界飞的，他们不能经常见面。

他说："不会，我会去找你。"

盛千姿睡醒时，刚好早上 9 点，身旁如往日般没有人。

顾绅总是在自己的生物钟下偷偷地起床，轻手轻脚地洗漱，然后出门上班。

顾绅知道她最近也挺累，没有吵醒她，让她多睡一会儿。

清晨的阳光从巨大的落地窗照射进来，洒在毛茸茸的地毯上，细小的尘埃飘浮在空气中，太舒服了，让盛千姿有了赖床的想法。

她翻了个身，直接翻去男人睡过的地方，枕着他的枕头，脸挨上去，睡了个回笼觉。

大概 11 点的光景，她才彻底清醒，伸了个懒腰，坐起身。

盛千姿跟许多九零后女孩一样，有一个怎么也改不了的毛病，就是醒了之后赖在床上玩手机，不愿意下床。

她打开手机，无聊地刷了刷微博，发现没什么有意思的话题，便转去刷朋友圈。

24 岁左右的年纪，她的高中同学基本已经谈恋爱，有的还结婚并且有孩子了。

朋友圈里有秀恩爱的，也有晒娃的，更有分享自己美好生活的，盛千姿感觉还挺有趣的。

她不是一个经常玩微信的人，所以一个月没刷过朋友圈是常有的事，这会儿刷下来，有很多有趣的东西可以看。

小芝今天调休，发了条朋友圈——

"儿子出生快一个月了，我要去领娃了！！！"

她的配图是四张很可爱的小奶猫的照片。

盛千姿点了个赞，在底下评论："你要养猫啊？"

小芝回复："对啊，年初就跟猫舍约好，排队排到现在，终于可以领儿子了。"

盛千姿："真漂亮！我也想养……但我的工作估计不允许……"

小芝："也对，养猫咪要认真负责，那可以以后再养啊！"

盛千姿："有空去你那儿撸猫。"

小芝："欢迎！欢迎！"

盛千姿刚跟小芝在她的朋友圈评论区里聊完天，顾绅就发微信给盛千姿了。

他们早就加上了微信，这个要求还是盛千姿提出的，短信一点儿都不好玩，不能发表情包，她要求他以后跟她只能用微信聊天。

顾绅："醒了？"

盛千姿："嗯。"

盛千姿看了眼时间，查岗似的回："现在十一点半，还没下班，你上班开小差？"

顾绅真的不理她了，好无情。

其实顾绅是恰好被主任叫走谈了点儿事情，接着去食堂吃饭，跟盛千姿在微信上聊天："快起床，起床后自己做饭吃。"

尚窝在被窝里的某人发了个问号。

盛千姿："你是不是在房间装了摄像头？怎么偷窥我的生活？"

顾绅："我在你身上装了摄像头。"

盛千姿当然知道顾绅在逗她："变态！！！"

顾绅："去厨房做你自己的饭。冰箱里有昨晚剩下的肉，热一热还能吃，实在吃不下就别吃了，另外还有些菜，放进锅里，加点儿油，加点儿盐，炒一下就行。"

盛千姿滑下床，穿着拖鞋，一边走去浴室，一边回复他："好麻烦啊，我就不能叫外卖吗？"

顾绅："外卖不一定健康，吃外卖更容易发胖，你不是在减肥吗？"

盛千姿："好吧。"

她莫名有种爸爸在操心生活不能自理的女儿的错觉。

盛千姿刷完牙，一边敷面膜，一边哼着歌去厨房，按照顾绅说的做。理论她是听懂了，但操作起来还是有点儿难。

她从小到大基本没怎么做过饭，一直都是陈芷珊或者艺人助理在照顾她，饭菜都是直接订的或者是陈芷珊给她做的。

屈指可数的几次做饭经历让盛千姿放弃了学做饭这件事，现在又从头开始，依旧做得一塌糊涂。

正好她吃得不多，这样也能糊弄过去。

吃饭前，盛千姿应顾医生的要求，拍了张照片发过去给他检查，告诉他"我有好好吃饭，没有吃外卖"。

顾绅空闲时从白大褂的口袋里掏出手机打开一看，眉头险些皱成"川"字。

顾绅："以后还是叫外卖吧。"

盛千姿感觉自己有被讽刺到，发了一串问号。

顾绅："我帮你叫。"

盛千姿："哼。"

盛千姿不理他，吃完饭，拉上窗帘，在房间里看了两部电影，又在网络上冲浪了一小会儿，顾绅就从医院回来了，买了些菜回来，直接放在厨房，看上去很急。

盛千姿关心地过去问："今天这么早啊？"

"晚上要值夜班，回来做顿饭给你吃。"顾绅快速交代完今晚的事情。

盛千姿不解地问："你夜班不是不在今天吗？怎么突然要上夜班了？"

"跟同事换了一下，他有点儿急事。"顾绅说。

盛千姿有些沮丧地说："好吧。那我今晚就只能一个人睡喽！算了，看在我们顾医生这么善良、为别人着想的分上，我不会计较的。只是我后天早上就要走了，有点儿可惜。"

顾绅在她唇边啄了一口，许是觉得不够，又低头深吻了一下，撬开她的牙关，温柔地舔舐纠缠："别怕，以后这样的事情还很多，有空我会去看你。"

"我知道，我不怕，就算因为工作，我们经常见不上面，我们都会一直在一起。"

"怎么突然这么有信心了？"

"因为我发现你爱我比我爱你更多，而你在我心里好到无可替代，我现在正努力追赶你的步伐。"

"傻瓜。"顾绅捏了捏她的耳朵，"两个人在一起，爱情本来就很难平衡，男人的义务更多，男人的责任更大，在你要完全把自己交付给我之前，我想先见见我们的家长。"

"盛新荣吗？"盛千姿皱起眉，"他不配做我父亲，而且我不确定他知道之后会不会将我们谈恋爱的事情发布到网络上。"

"他已经知道了。"顾绅叹了口气，无奈地说。

盛千姿迟疑地问："怎么知道的？"

顾绅将上个星期发生的事告诉她："上周我在医院碰见了他，我们从西藏回来后，我就接收了一个病人，就是你的父亲。"

"他病了？"盛千姿有些难以置信，"还是心外科？"

那一定不是什么很轻微的疾病。

顾绅点了点头："他的情况不乐观，也不算很严重，属于中危情况的病人。他说看见过我们走在一起，问我是不是和你在一起了。"

"那你怎么说？"盛千姿问。

顾绅说："我没否认。他了解情况后，感谢我没骗他，愿意跟他谈论关于你的事情。在医院里，我看过太多生死，医院是一个很现实的地方，尤其当患者是老人的时候，他们承受的不仅是疾病带来的折磨，还有孤独。"

"你是想让我去看他？"盛千姿直接拒绝，"我不会去的，他不是我爸爸。"

"我知道。我没有想要道德绑架你的意思，只是觉得需要告诉你这件事，告诉你他现在的处境，至于该怎么做决定，由你自己来选择。"他将她拥了满怀，"你做什么样的选择，我都会永远站在你这边。"

盛千姿问："他不是有妻子吗？黎秀芳呢？"

"目前没有见过任何一个中年女人来探望过他。"顾绅如实说。

盛千姿道："活该！"

顾绅转移话题："好了，翻篇。明天下班带你回月亮湾，爷爷说想你了。"

"哦。"盛千姿恍然大悟，"你说见双方家长，埋了个坑，就是想把我往坑里带，把我拐回家啊？"

"去不去？"顾绅一边洗菜一边问。

盛千姿道："去啊，为什么不去？跟你相比，爷爷好像更喜欢我欸。"

"不用你提醒。"顾绅没好气地说，"在他心里，你排第一，顾珩第二，齐炀第三……"

盛千姿觉得有点儿好笑，接着他的话说："你第四！你不该反思一下吗？"

顾绅说："我出国六年，让他念叨到现在，你不如给我个时光机，让我回到六年前选择不出国？"

"那不行。"盛千姿抱着他的腰说，"那你就不是现在的顾医生了，顾医生要有自己的理想，有自己坚持的事情。"

翌日下午。

盛千姿穿了件略显温柔的高领毛衣和黑色长裤，戴上墨镜，去外面买了点儿水果和带给长辈的营养品。

她返回停车场，打开她那辆快积尘的红色小奥迪的后备厢，把东西塞进去，上车前往临江医院。

她先给顾医生发了条微信："我出发啦。"

顾绅："注意安全，开慢点儿。"

盛千姿好久没开车，真的开得很规矩，总算来到医院。

下了班的顾绅走出来，在人流量大的医院门口，为了不被人认出来，盛千姿已经敏捷地从驾驶位蹿到了副驾驶位，乖乖地坐好。

顾绅直接拉开车门坐上去，没开过这辆车，适应了一小会儿，出发前往月亮湾。

盛千姿跟他说："我买了水果，听说老人家吃太过生冷的水果不好，我没敢买太多，买了些苹果和梨子，然后买了些营养品，够吗？"

"够了。"顾绅看着前面的路，勾着唇说，"这些他基本不缺。"

盛千姿说："那我也要表达一下自己的诚意啊！对了，我们今晚是住在月亮湾还是回公寓啊？"

"回去。"顾绅立马回答。

盛千姿问："不待一晚吗？"

"怎么？"顾绅压了压唇角，"你想让家里的人都知道我们的情趣啊？"

对呀，今晚他们还有一件"大事"要干。

盛千姿拍他一掌："你才情趣，不要脸。"

顾爷爷昨天就知道盛千姿要来，戴着老花镜，提笔列了一下今晚的菜单。

阿姨坐在一旁陪他聊天，没忍住笑："还从来没见过您对晚饭这么上心。"

他问："小盛前几次来有没有说喜欢吃什么？"

"好像没有。"阿姨不记得了，"这孩子挺客气的，哪会提自己喜欢吃的东西，然后非要我们做啊？"

"对啊！"顾爷爷推了推眼镜，"要不问问？"

阿姨笑着说："问谁？问二少爷，还是直接问她？"

"问阿绅吧。"顾爷爷想法很多，"顺便探一探情况，看看她跟我

- 422 -

们阿绅在一起有没有受委屈。如果他连人家喜欢吃什么都不知道，那就说不过去了。"

"也别问得太明显，您也知道二少爷的脾气。"阿姨建议。

顾爷爷说："我知道。我千算万算都没算到小盛那姑娘最后竟然跟他在一起了，之前看他俩……也没看出什么火花，搞不懂、搞不懂。"

阿姨笑道："这您就不懂了吧？现在的年轻人只有跟朋友才会大大咧咧的，在喜欢的人面前，那是收敛得很，偷偷摸摸地看着对方，生怕自己那点儿小心思被发现。脸皮薄……"

"我不懂。"顾爷爷摇了摇头，"我那个年代，都是喜欢谁就直接告诉她，先开口的孩子有肉吃。"

最后，顾爷爷给正在上班的顾绅打了个电话，问："你知道小盛爱吃什么菜吗？阿姨准备做饭了。"

顾绅想了想，直接说："做点儿海鲜吧，虾、蟹、螺这些。她要录节目了，吃不了热量高的东西，非要做肉的话，鸡肉或者兔肉就行，少做甜的。"

"她在减肥啊？也是，艺人基本是这样的，但你要督促一下她，不能因为减肥不吃饭啊！"

"我有分寸。"

顾爷爷见目的达到，不准备打扰他了，问最后一个问题："你们大概什么时候到？"

顾绅答："最晚7点，我们开车过去。"

盛千姿和顾绅到的时候，饭菜刚刚做好，阿姨做了大闸蟹和一些清淡的海鲜汤，真的没做太多，就是一桌普普通通的晚饭，完全将盛千姿当成了自家人。

盛千姿也很给面子地吃了很多，简直比昨天一天加起来的饭量都要大。

不就是在跑步机上多跑几圈吗？她只是偶尔放纵一下，没事。

顾爷爷问："顾绅欺负过你没？"

"没有啊！"盛千姿想了想，如实说，"他没您想象中的那么冷漠啦，都是我欺负他。以后有空我们经常回来看您，怎么样？"

"那肯定好。"顾爷爷说，"他要是欺负你，你就告诉我，我帮你收拾他。"

盛千姿很想笑——顾绅在顾爷爷心中的地位实在是太低了。她配合地点点头："好，我一定会告诉您的。"

晚饭后，两人以明天要工作，这边离市区太远为由，开车离开。

整整一晚，顾爷爷都没有在她面前提过"结婚""生孩子"或者"领证"之类的催婚字眼。

以前他老是催顾绅谈恋爱，要顾绅去相亲，现在在她面前，他知道她的职业性质特殊，只字不提，不给她增加负担，盛千姿心里前所未有地暖。

如果他真的提起来，她还挺不好应付的，姑且不说她和顾绅没谈多久，现在她还处于对赌协议生效时期，谈恋爱本来就是一件很不好的事情，结婚简直就是大忌。

所以至少在接下来的一年里，他们是不可能结婚的。

顾绅开着车，在红灯前停下，瞥她一眼："怎么了？在想什么？"

盛千姿摸着自己的肚子，叹了口气说："我在想该去健身房跑多少圈，才能抵消刚刚那一顿摄入的热量。"

"健身房？"顾绅皱了皱眉，"这个点儿了，就别去了。不是让你不要听他的话，少吃一点儿的吗？他让你多吃点儿，你就多吃点儿，我让你多吃点儿，你怎么不吃？"

"爷爷是长辈啊，怎么能一样？"盛千姿瞪他一眼，"而且他是一片好心。"

顾绅说："下次吃到适度饱就可以了，不要为难自己，拒绝了也没事。"

盛千姿点点头："知道了。"

顾绅没再跟她搭话，盛千姿低着头刷手机。

车厢里安静到车载音乐的声音都没有，盛千姿打开车载电台，里面正好在放一首慢歌。

两人听着听着，突然一个干净的女声提醒——

"现在是晚上 11 点。接下来是深夜电台……"

盛千姿没太在意，只听到"11"这个数字，早上七点半的飞机飞上海，还有不到九个小时，她就要走了，有些伤感。

"深夜电台"是一个情感节目，节目主持人是一个拥有温柔嗓音的女人："欢迎大家收听 ××× 深夜电台，友情、亲情和爱情占据了我们人生至少二分之一的空间，上一期我们接听了几个少女关于寝室同学之间的相处困惑，这一期我们就来讨论一下爱情吧。"

第一个连线的是一个男人，盛千姿没怎么在意，一直在玩微信小程序里的游戏，顾绅也在专心开车，对这些丝毫不感兴趣。

这男人貌似在说，跟自己的女朋友在一起五年了，从高中到大学，现在步入社会，大家都在工作，却感觉感情越来越淡，像是变了一个人。

主持人一直在问男人大概是从什么时候开始感受到变化的，这中间有没有发生什么事情。

男人支支吾吾，说得模棱两可，最后破罐子破摔，觉得没有人会认出他来，直接道："是那个……第一次后……"

此话一出，盛千姿玩游戏的手指一顿，空气中飘着一丝细微的尴尬。

他继续道："不知道是不是我第一次没发挥好……两人心里都有些疙瘩，后来……"

主持人抢答："后来你就越来越自卑……"

猜到后面剧情的盛千姿手疾眼快地将电台关了。

顾绅咳嗽两声。

盛千姿故作淡定地说："没事，没事。不如我们听歌吧？"

盛千姿不太记得车载 CD（激光唱盘）里面有些什么歌，一打开就听到了一首电音舞曲，在安静的夜里显得异常嘈杂。

顾绅轻轻瞥了眼："算了，别听了。快到了。"

盛千姿听话地关掉。

他往马路边变道，停车，将安全带解开："我去买点儿东西。"

"买什么啊？"盛千姿当下没反应过来。

顾绅看她一眼，眼中藏着些许深意，淡淡地说："等下你就知道了。"

盛千姿哼了一声。

他拉开车门走出去，走进一家偌大的便利店。隔着透光的玻璃门板，盛千姿看见顾绅长身鹤立，双手插在风衣的兜里，站在收银台旁，盯着上面那一排东西看了良久。

坐在车内的盛千姿猛地反应过来，双颊一红：这人，有没有毛病啊？

顾绅对这些不是很了解，随手拿了两三盒搁在收银台上，收银的小姑娘瞄他一眼，抿了抿唇："三盒，是吗？"

顾绅没说话，又挑了一盒放上去。

那小姑娘脸红得要滴血，小声应了声好，开始计算价格。

结完账，顾绅返回车上。

盛千姿将袋子抢过来看，一、二、三、四盒，她直接惊在那儿："你买这么多干吗？"

"没用过，先买着看看。"顾绅侧目看她，眼神淡淡，却笑了，"不如你先研究一下。"

现在吗？

研究这个？

盛千姿耳朵猛地一红，将像烫手山芋似的袋子扔在一边："我不看，要看你自己看。"

"行。"顾绅摸了摸她的脑袋，觉得她害羞起来有些可爱，宠溺地说，"我来看。"

两人回到公寓。

依照惯例，一般是顾绅先洗澡，因为他洗得比较快，不像盛千姿还要抹身体乳，但今晚不一样。

他问她："你先洗，还是我先洗？"

"我先吧。"盛千姿走进衣帽间，正准备找睡裙，想了想，又探了个脑袋出来，"不如……还是你先吧。"

顾绅洗澡挺快，十五分钟左右就结束，穿着居家宽松的黑色长裤，裤腰松松垮垮地挂在腰间，裤子不长，刚好露出细瘦的脚踝。

卧室里开了暖气，他只穿一件衣服就出来了。

正卸着妆的盛千姿余光落在他的脸上两秒，像是有什么奇怪的感觉在脑中滋生，唰的一下，脸又红了，气息莫名紊乱。

盛千姿感觉没面子极了，本来也不是什么都不懂的小女生，这种事情在成年人的恋爱里很常见，自己怎么就这么容易害羞？

顾绅走过来说："去洗吧，水温我调好了。"

昨天她说水太烫，洗完出来皮肤都被烫红了，偏偏水温又不好调，每次顾绅洗完，盛千姿都跟待宰的猪一样，感觉被沸水冲洗着。

"嗯。"盛千姿拿起早就准备好的睡裙，起身要往浴室走。

顾绅提醒她："不要抹身体乳了。"

"啊？"盛千姿瞪他一眼，"我知道。"

不然故意让你亲到的全是黏腻腻的乳膏吗？

盛千姿将自己关在浴室里，头顶的暖风呼呼吹来，抬手扇了扇微烫的脸。

她把衣服脱了，在顾绅调好的温水下慢慢冲洗，洗完后，穿上衣服，靠在洗手台边上，冷静了好一会儿。

镇定！镇定！

等下出去，我不要慌，第一次过后，所有事情都会水到渠成。

盛千姿拍了拍红扑扑的脸颊，刚扎起的头发凌乱地散开，她随便抓了抓，莫名抓出一缕性感。

她推开门，走出去时看见顾绅就坐在床上，不知道在干什么。

听见开门声，他抬眸低唤了句："过来。"

盛千姿走过去，一下就被他捞进怀里，坐在他的大腿上，仰头看着他。

视线交错的一刹那，她感觉心脏莫名一紧，身体好像已经不听使唤，连呼吸都紊乱得一塌糊涂。

"这么紧张干吗？脸都红了。"顾绅想检查一下她有没有抹身体乳，往她后背一摸。

盛千姿以为他要开始，顿时一个激灵，提议说："要不……我们喝点儿酒？"

"喝酒？"

"对啊！我有个储酒柜，里面有好多红酒，喝吗？"

"不喝。"

"为什么？"盛千姿不满地道。

"我没那么胆小。"顾绅转而说，"还是说，你需要先喝一瓶？"

盛千姿成功被激将："不用，谁胆小了？我才不胆小。"

盛千姿偏要逞强，这一恍惚的工夫，就已经被他按在了枕边。他温柔又细致地舔舐着她的薄唇，在她的眼睑落下一吻，不放过任何一处，慢慢往下……

"千姿。"顾绅又喊了她，郑重地问，"想好了吗？"

盛千姿有些羞怯，但因为他的尊重而滋生几分窃喜感，点了点头。

"你总是说，我爱你胜过你爱我，其实明明是你爱我更多。"

"怎么这么说？"

"因为我所看到的和你看到的不一样。"

听到这句话，盛千姿眼角微湿，衣衫尽褪的一瞬间，抬起身子，搂着他的脖子，亲了一下。

在我眼里，你更爱我；在你眼里，我更爱你。

只有对方才能清楚地看到对方的付出，深深地记在脑里。

她的声音比以往的每一日都要温柔，她咬着下唇，生怕呻吟声从口中溢出。

顾绅第一次做这种事，两人都不怎么会，一起慢慢探索……

盛千姿想起电台里的男生，竟然有些好笑地安慰起他来："没事，没事的。你别紧张，慢慢来，我们来日方长，有的是时间……"

顾绅瞥她一眼，有一滴汗从他的额角滑落，淌到下巴，衬托出几分性感。

盛千姿问："不如我们先睡觉，下次再来？时间不早了，都快3点了。"

许是嫌她话多，男人堵住她绯红的薄唇，轻咬了一下，盛千姿吃痛，无辜地闭上眼。

他说："再来一次。"

行，那就再来一次吧。

没想到，这一次顾绅直接折腾了很久很久，久到盛千姿撑不住，才小声地叫着他的名字，乞求他停下来，在他怀里闭上了眼。

两人再次醒来，天蒙蒙亮。

顾绅将盛千姿叫醒，被她气愤地拍了一掌："好累啊，还想睡。"

"乖，要赶飞机了。"顾绅将她捞起来，找来衣服帮她穿上，连贴身衣物都是他帮她穿的，"在飞机上还能睡。"

清醒后的盛千姿整个人跟没骨头似的，又累又痛："平时叫我不要熬夜的是谁？"

"我。"顾绅无奈地说。

盛千姿继续质问他："那昨晚4点多还不让我睡的是谁？"

"我。"

"我骂不动了，你自己骂自己一下。"

顾绅被这话逗笑，抱她下床，帮她穿上拖鞋，低低地哄："行，我该死。我早就在心里鞭挞自己很多遍了。"

"你要保证以后不会再犯，不然我以后早衰，脸垮了、失业了都赖你。"盛千姿气鼓鼓地说。

顾绅带她去浴室，帮她挤牙膏，把牙刷递给她："那不行，偶尔熬一下夜还是可以的。你要是失业了，我养你？"

盛千姿无奈地看着他："这还是个问句？"

"不。"他检讨，"是肯定句，肯定养。"他捏了捏她没洗过的脸，"求之不得。"

盛千姿拍开他的手，快速洗脸，连妆都来不及化就出门了。

顾绅将她送到机场时，陈芷珊已经在另一边等着她了。

他帮她解开安全带，顺势亲了一下，说："注意安全，工作别逞强。"

盛千姿点了点头，笑着说："记得想我。"

随后她拉开车门，走了。

当她走进航站楼，有送机的粉丝和抓着相机的"站姐"在喊她，她的前面是粉丝，后面是顾绅。

突然有一种冲动涌上来，直冲大脑，她很想告诉所有人，她有喜欢的人了，那个人也很喜欢她。

可是她不知道自己有没有勇气在事业巅峰的时候，牵着他的手站在他的身边，或者告诉他，其实不用等到30岁，他也可以娶她。

飞机落地时，正好接近中午，冬日暖阳悬于头顶，地上光影斑驳。

陈芷珊将盛千姿叫醒，收拾好东西，下飞机。

《少女训练营》早在半个月前就官宣了所有的导师和练习生，盛千姿的行程也在工作室官博展示。

今天的粉丝数量比以往都要多，还在快速增长。盛千姿作为女艺人，深知这种情况一般是不会发生在女艺人身上的，况且她只是一个不走流量明星路线的演员。

陈芷珊掩唇告诉她："池樾也是今天来。"

"池樾？"盛千姿明白了，戴好墨镜，在助理和保镖的保护下走出去，好巧不巧地迎面遇上了池樾的团队。

他们在姜恒导演的电影里合作过，打了下招呼，盛千姿先走出去。

上了商务车，喝了口水，盛千姿打开手机，正好瞧见顾绅几个小时前发来的微信消息："到了说一声。"

盛千姿打字回复："到了，好好工作，不要玩手机。"

顾绅没回她，估计是开会或者做手术去了。

盛千姿入住了节目组安排的酒店，有几个小时的休息时间，下午才进行导师团的第一次见面和彩排。

微博上的网友对这次的节目关注度颇高，尤其这是有池樾加盟的选秀综艺。

她刚到酒店，就看见话题榜上她和池樾又莫名地被关联在一起——"池樾、盛千姿机场偶遇。"

上次拍摄的电影将会在下下周上映，盛千姿和池樾分别饰演女三号和男三号，被以"双人tag（标签）"的形式送上话题榜，八成是电影投资方干的。

见惯了这种拉热度的手法，盛千姿没怎么在意。

可刚做完手术的顾绅碰巧看见了那张全网热传的盛千姿和池樾在机场打招呼的图。

她抬了抬手，冲池樾笑，笑得眉眼弯弯，一缕阳光洒进来，网友将周边的接机粉丝修得模糊了，只剩下两个人，竟然透着一丝唯美的感觉。

顾绅整个人都不好了，但他又不是什么小气之人，可能是男人的占有欲作祟，看见微博大量的嗑CP言论，有些不爽。

盛千姿掐准时间，顾绅的下班时间一到，发了个表情包给他："在干吗？"

顾绅："刚下班。"

盛千姿："那快去吃饭吧。"

顾绅："你吃了吗？"

盛千姿："在吃。"

盛千姿："我吃完，补一会儿觉，就要去工作了。"

顾绅："嗯。"

他十分冷淡地回了一个字。

盛千姿嗅到一丝微妙的气氛，以前的顾绅不是这样的啊，吃饭的时候总喜欢让她拍照，看看她吃的东西健不健康。

今天这是怎么了？

盛千姿想发消息问他，又觉得没必要，可能是她太敏感了。

可是他怎么回事啊？

他们昨晚才第一次做那样的事情，现在他态度立马就变了？

盛千姿越想越烦躁，最后干脆不理他，放下手机，吃完饭就睡觉。

一觉醒来，竟然没收到他的任何消息，盛千姿气炸了，皱起眉，下床洗漱，前往节目录制现场。

就算他现在给她打电话，她也不会接的。

盛千姿出门，坐上商务车，却没想到顾绅真的给她打电话了。

陈芷珊大腿上摆着一台轻薄的笔记本电脑，一边处理文件，一边乜她："怎么？这才刚来，你家顾医生就忍不住想你了？"

"你怎么知道是他？"盛千姿舔了舔唇，还没想好接不接。

陈芷珊勾着唇说："看你那一脸藏不住笑的表情就知道了。还不接？"

盛千姿说："我还没想好接不接呢。"

"干吗不接？"陈芷珊以为盛千姿怕她们听到后嘲笑她，"我们又不在意，你以为我平日里吃的狗粮还少吗？"

"不是因为你们。"

"那是因为什么？"

"就是……"盛千姿总觉得这件事有些难以启齿，但转念一想，平时她们开的荤段子玩笑还少吗？

她咳嗽两声，凑近陈芷珊说："你说，男人得到……后，会不会态度变差啊？"

"什么意思？"陈芷珊一时间没反应过来，顿了两秒，恍然大悟，"你……你们真那个了？"

盛千姿的脸一红："你回答我的问题就行了。"

"不会啊！"陈芷珊也是有很多恋爱经验的人，"如果真的不一样了，那就分手呗，反正咱们又不缺男人。不过顾医生应该不会吧？"

盛千姿抿了抿唇。

陈芷珊瞄一眼她的手机界面："人家都打第三个了，还不接？那个态度变差的人到底是谁，嗯？还好意思说人家，要不要脸啊你？"

盛千姿被陈芷珊这么一说，心情立马好起来。

陈芷珊说："快去接电话吧，你就是太敏感了。别想太多……"

"好。"她小心翼翼地拿着手机，走去商务车的第三排座椅，掩唇打电话。

她喂了一声。

顾绅问："干吗不接电话？"

盛千姿脸不红心不跳地撒谎："有事。"

顾绅又问："在干吗？"

盛千姿答："在去工作的路上啊！"

顾绅："嗯。"

嗯?

他打电话过来,问她在干吗,然后"嗯"?

盛千姿无语地问:"怎么了?你有事跟我说?"

顾绅说:"周末去看你。"

盛千姿拿下手机看了眼日期,明天就是周六了,顾绅说的应该是下周六吧。

她很自然地说:"好啊!下周三节目正式开录,周六我应该有时间,我们去上海周边逛逛。"

顾绅说:"我说的是明天。"

盛千姿蒙了:"啊?"

你在跟我开玩笑吗?

盛千姿没想到顾绅说来就来了。

第二日一早,他就拉着行李箱出现在酒店,省心到连接机都不需要她去。

盛千姿穿着睡衣,打开门看见风尘仆仆的男人,让他进来,他一下子就抱住了她。

她刚被门铃声吵醒,睡眼惺忪,奶声奶气地抱怨:"你是不是有毛病啊?我昨天刚来,你今天来干吗?你可以下周再过来啊!"

"下周不一定有时间,但我现在想你。"顾绅将她抱在怀里,低头亲了一口。

盛千姿躲开:"没刷牙。"

"没关系。"

"我有关系。"

他咬了一下她的耳垂,靠近她耳边低语:"你什么地方我没亲过,我会在意这些?"

盛千姿拍他一掌,简直被他人前人后的反差震惊了:"你害不害臊啊?以前刚认识的时候,我还不知道你会这样,简直色鬼投胎。"

顾绅笑着将她抱到床上,脱下大衣准备和她一起补觉:"那时候当然不知道,毕竟这个世界上,只有女朋友才能知道这件事。"

"你别挨我那么近。"盛千姿推开他,"我待会儿还要去工作。"

"几点？"

"你想干吗？"

"你以为我想干吗？"

"别想了，时间不够你发挥的。"

顾绅的嗓音微哑："睡吧，我也累了。"

"顾绅，你是不是很爱很爱我啊？"盛千姿闭着眼，轻轻开口，语气是从未有过的骄纵，透着几分肯定。

顾绅将她搂住，点了点头："爱到一刻都不想离开你。"

"我也是。"她捧着他的下巴亲了一口，被没刮干净的胡楂刺到了，张嘴咬了他一口。

顾绅微微皱眉："干什么？"

"惩罚你，谁让你刺我？"

"不是你凑上去的吗？"

"那也不能刺我。"

"那你再咬几口，好不好？"

盛千姿真的咬上去，却被他忽然凑下来的唇吻住，在他将舌头伸进来的那一刻，她用贝齿暧昧地咬了他一下，得意地笑了笑。

顾绅摸着她的后颈，有些无可奈何："真咬啊？"

"不然呢？"

盛千姿接下来的工作，顾绅一直都跟着，戴着黑色的鸭舌帽，穿着长款风衣。

不知道的人还以为他是盛千姿的保镖或者助理，她也没解释，只有陈芷珊知道顾绅并不是。

盛千姿进化妆间化妆，因为是具有一定咖位的导师，所以拥有一个独立化妆间。

顾绅坐在沙发上，认认真真地给她剥橙子。

盛千姿坐在化妆椅上一边化妆一边玩手机，今天不是正式录制，只是录将要发布在官博上的采访视频而已。

化妆过程很快，盛千姿刚换完出镜的衣服，就有人来喊了。

盛千姿看顾绅一眼，他递了两瓣橙子过来："吃两个。"

"我涂了口红。"她指了指自己的嘴唇，意思是妆不能花。

顾绅直接避开了她嫣红的唇，将橙瓣投喂到她嘴里。

陈芷珊没眼看："你们是在杀狗吗？"

盛千姿一边嚼一边说："杀你。"

而后，她抬眸看向顾绅："我要去录采访了，你要跟我去看看吗？"

"可以吗？"顾绅低声问。

盛千姿答："当然可以，你就说你是我的助理就可以了。"

顾绅真的跟了过去，亲眼看见艺人录采访的全部过程。

她先坐在椅子中央，通过摄像头，化妆老师会根据上镜情况来整理她的衣服褶皱，而后，有工作人员递给她一个收音话筒。

主持人前面问的一些问题都很常见，被采访过无数次的盛千姿简直应对自如。

接着，主持人小姐姐递给她一张纸，做一个小游戏，念一串绕口令。

盛千姿俯身，伸出手去接，上衣领子太低，泄出一点点春光。

顾绅在角落皱了皱眉。

采访结束，盛千姿发现顾绅不见了。

她给他发了个信息："你去哪儿了？我去二楼录一下东西，别乱跑。"

盛千姿上二楼做准备，摄像机器准备就绪，导演说："可以开始了。"

这时候，顾绅却突然出现，拿了件与上衣相衬的薄外套给她，细心地套上。

"你干吗？"节目组以为他是盛千姿团队的造型师，没有打扰，她抬眸看他，用只有两个人能听见的声音问。

顾绅勾唇，笑着说："怕你冷。"

盛千姿无端被搭了件外套，节目组以为这是她个人造型团队的意见，没有阻止。

盛千姿的造型师见了，想上前说一句，被陈芷珊拦住："算了吧，就是个小采访。"

顾绅帮盛千姿穿好外套，又细心地转到她背后，将她的长发从外套里弄出来，打理整齐。

盛千姿小声说："好了，我要工作了。你乖一点儿，不要像刚刚那样乱跑。"

顾绅低头瞥她一眼，走到场外。

工作结束。

顾绅跟盛千姿一起回酒店，两人订了酒店楼下的外卖，坐在房间里吃。

盛千姿没吃多少，把自己那份几乎全匀给了顾绅。

顾绅这人从来没有控制过自己的饮食，想吃就吃，但身材和体重基本没什么变化。

如此一来，一吃必胖的盛千姿就有点儿嫉妒了。

她吃完饭，捧着男人刚从下面买回来的牛油果奶昔，瞪着他："你说，你这是什么体质？为什么怎么吃都不见胖？"

"因为我运动。"顾绅如实说。

盛千姿还是不服："我不运动吗？我也有健身卡的好吗？"

顾绅挑了挑眉："是吗？那我算算，你跟我在一起后，去过几次健身房，有十次吗？"

"怎么没有？"她自己也忘了，就仗着谁声音大谁有理呵斥他，"我手断了，怎么健身啊？而且我没什么时间啊……"

顾绅看她一眼。

盛千姿越发心虚："好啦好啦，是我懒，可以了吧？每次你要去的时候，我都在公寓看电视、看小说。"她突然提议，"那不如趁今晚有空，我们下去健身吧？"

"不要。"顾绅果断拒绝。

盛千姿蹙眉："为什么？你刚刚还说我不运动，现在又不去了？"

顾绅吃完饭，将桌面收拾干净，该扔的东西扔到外面的垃圾桶，语气很淡："在这里也能运动。"

"怎么运动啊？"顾绅去浴室洗手，盛千姿从背后抱住他，却猝不及防地被男人抱住了腰，直接抱上盥洗台坐着。

两人如此面对面近距离地对视，盛千姿的脸唰的一下红了。

不躲不闪地与他对视了半晌，她好像懂了他的意思。

顾绅的眼神无波无澜，却依旧有一丝怎么压也压不住的情愫透了出来，他凑近问："懂了吗？"

盛千姿的视线从他凸起的性感喉结掠过，她咽了咽口水，跳下盥洗台，准备开溜："不懂。"

顾绅钩住她的腰，抬手摸了摸她的后脑勺，而另一只手已经将浴室的门关闭。

他勾着唇，轻笑出声："真的不懂？"

"我为什么要懂？"盛千姿拍开他的手，心跳如擂鼓，潜意识里喜欢他的接近，却又忍不住装矜持。

女人都是这样的吗？

她正想得入神，顾绅已经慢慢地俯身，将她抵在了门后，嘴唇覆上她的唇。

男人身上的气息一瞬间将她笼罩，盛千姿被弄得软成了一摊水。

睡觉前，盛千姿问了顾绅一个很严肃的问题："你会不会觉得我们每次那么小心翼翼像在偷情啊？就是，很见不得光……"

"我无所谓。"顾绅对此没有想法。

盛千姿又问："你真的无所谓吗？其实上次我们在广场已经算是半公开了，大家都知道我有男朋友，只是不知道这个男朋友是谁。"

她摸了摸他好看的鼻梁，继续说："我想跟你说一下，我不让你露面是因为我怕你被舆论攻击。我经历过一场网络暴力，不敢保证以后会不会有类似的事情发生，不想连累你……"

沉默了几秒，顾绅叹了口气，说："你以为我会在意？"

"我知道你不在意。"盛千姿说，"但我在意。如果你想要公开，我也不反对，也会配合。只是我们先等一阵子。《生命只有一次》上映完不到半年，我们再等一会儿，好吗？"

顾绅将灯关了，躺下睡觉："听你的。"

顾绅在酒店待到第二天中午就回临江了，盛千姿继续留在上海录制节目，偶尔也去别的地方出席活动。

年底将近，有不少跨年晚会和年终盛典晚会向盛千姿抛出了橄榄枝。

陈芷珊说："《生命只有一次》被挺多奖项提名了，这些晚会你都要出席。"

出席晚会盛千姿自然是没问题，但是走红毯怎么走啊？是不是要跟邱鹤一起走？

她委婉地说："这次不会都要双人红毯吧？"

那嫌弃的表情引得陈芷珊也她："你和邱鹤的关系到底闹得有多僵啊？闹掰了？"

"掰了吧。"盛千姿不记得了，两人上一次见面好像还是《生命只有一次》最后一次路演。

陈芷珊歪了歪头，一边处理文件一边说："你要是不想跟他一起走，那就自己走，主办方那边应该不会说什么，毕竟这次的优秀女演员，我觉得你有很大概率能拿下来。"

盛千姿今晚不吃晚餐，只吃沙拉，听到陈芷珊的话，顿时安心了不少。

她不情愿是一方面，主要还是不想让顾绅吃醋难堪，走红毯会涉及一些台阶和拍照，和男伴肢体接触肯定是避免不了的。

陈芷珊又说："你可以问问邓瑶老师啊，你和她走就不用跟邱鹤走啦。我也不用花心思帮你想些别的理由拒绝。"

盛千姿觉得有道理，没多久便去找了邓瑶，撒着娇要跟她一起走红毯。

电影华表奖颁奖典礼于 12 月 12 日举行，盛千姿凭借《生命只有一次》被提名优秀女演员奖。她穿着浅肤色的礼服长裙，坐在酒店房间候场。

走红毯的时间还没到，她就化好了妆，凶巴巴地看着陈芷珊吃牛排。

盛千姿有个习惯，走红毯前绝对不吃饭，因为再瘦的人吃完饭后肚子都难免会微微隆起，穿礼服极不好看，说不定还会被媒体再次解读成怀孕。

但陈芷珊肯定要吃，而且心情颇好地点了份牛排来吃："看我干什么？是你自己不吃的啊！今天你拿奖，我开心，怎么也要放纵一下，多吃点儿。吃不吃？吃一口。"

她叉了一块牛排过来。

盛千姿自律性极强，说不吃就不吃，摸着手机，无聊地找顾绅聊天，顺便反驳了陈芷珊一句："还不一定能拿，别说得太绝对。"

陈芷珊说："这你都没自信，接下来的金鸡奖、金像奖怎么办？"

盛千姿答："能被提名就很高兴了。"

"你已经是二战了。"陈芷珊没出息地看着她，"上一次被提名，我就以为能拿了，结果还是不行，不然现在多好啊，双奖最佳女演员，身价噌噌噌地往上涨……"

盛千姿看她那一副财迷样，接话："然后钱噌噌噌地进账。"

陈芷珊瞄她一眼："还是你懂我。"

盛千姿懒得理她，跟顾医生聊天："吃饭了吗？"

现在刚好是下午6点。

顾绅："刚下班。"

顾绅："还没出发？"

盛千姿："没有，还有半个小时左右。你会看直播吗？"

顾绅："如果没有突发的事情，会看。"

盛千姿："我好紧张啊！"

顾绅："紧张什么？"

盛千姿："你说呢？"

盛千姿："你不知道奖项对于一个演员来说是多大的肯定吗？"

顾绅："优秀女演员？"

盛千姿："是的。"

顾绅："一定会拿的。"

盛千姿："你好不走心啊，你们越这样说我压力越大。"

盛千姿感觉自己像在等待高考出成绩一样，格外紧张，这是她复出后被提名的第一个奖项，被寄予了无限期望，也有无数双眼睛在盯着，等着她出糗。

顾绅："那我们打个赌，我赌你能拿奖，如果我输了，我满足你一个愿望。无论是什么愿望，我都会满足你。"

盛千姿："那如果我输了呢？"

顾绅："你满足我一个愿望。"

盛千姿觉得这个赌挺公平的，这次有两位女演员被提名，都是二分之一的获奖概率。

她完全没多想，就傻兮兮地掉进了坑："成交。"

四十分钟后，盛千姿正式出发前往现场，走红毯时挽着邓瑶的手，一束束灯光汇聚在她身上，她才逐渐有了一种自己重回巅峰的感觉。

盛千姿的眼神越来越自信，在北京接近零摄氏度的冬天里，她以一袭漂亮又单薄的礼服艳压全场。

进入场内，助理递来毛茸茸的披肩让她披上，盛千姿有些错愕，却还是主动披在了自己的身上。

待找好位置坐下，她突然收到来自陈芷珊的微信消息："你家顾医生非要我给你加一件衣服，暖和吗？"

原来披肩是顾医生让加的，他在看晚会直播？

盛千姿敛起嘴边的笑，收好手机，静待晚会开始。

时间一分一秒地过去，前面颁了一大堆奖项，现在终于轮到了压轴的优秀女演员和优秀男演员奖。

她闭了闭眼，手紧紧地在膝盖上握着，听见台上的老前辈打趣了一阵，认真地说出——

"此次电影华表奖优秀女演员奖的获得者是——"

全场瞬间静默，等待着最后的结果。

老前辈笑了笑，说："我的一个老朋友，盛千姿。"

台下排山倒海的掌声传来，身后是无数为她鼓掌的影迷和粉丝，大屏幕的镜头落在她的身上，台上播放着她在《生命只有一次》里的精彩表现，盛千姿此时才真真切切地感受到她真的做到了。

盛千姿站起身，与身侧的邓瑶阿姨拥抱了一下，听见她在耳边轻轻地说："宝贝，你真的很棒。"

有那么一瞬间，她热泪盈眶，一边上台，一边落着泪，泪珠控制不住地从眼角滑落，一颗一颗地砸在地上。

可能有人不知道被网暴一年是什么感受，也不知道一个如日中天的女演员突然没了戏拍，被迫雪藏，大家都告诉她"你的演艺生涯已经到了终点"又是什么感受。

她在暗无天日的荒漠里走了一遭，又拼了命地爬起来，告诉大家：我没有，我从来没有做过那些被你们唾弃的事情，我问心无愧；我也不是什么空有天赋，天赋耗光了就什么都没有的水货演员。

台上的老前辈曾经在《倾城绝恋》里与盛千姿有合作，在她低迷时也给了她不少安慰。盛千姿接过他递过来的花束，与他轻轻拥抱了一下。

他捧着奖杯递到她手上，说了两个字："加油。"

盛千姿低笑，一手拿着奖杯，一手拿着花束，对着前面的话筒，竟然大脑一片空白，一时间不知道该说什么。

她又笑了下，开始说——

"大家好，我是盛千姿。"

掌声应声而起，她顿了几秒，继续说："可能半年前的你们已经把我给忘了，又或许有的人并不认识我……"

她看见粉丝们在摇头，大喊"没忘！"，继续道："但是没关系，现在我可以跟大家再自我介绍一次，我是盛千姿，一个热爱演戏，无惧表演，想当一个好演员的盛千姿。谢谢大家给我机会，谢谢邓瑶导演，以及《生命只有一次》的全部主创，谢谢。"

盛千姿获奖的消息很快在微博上传开，并且上了话题榜前排。

晚会结束后，陈芷珊激动得不行："太棒了，姐妹！我这是上辈子拯救了银河系才能拥有你这样的艺人！放心，我觉得你今年至少三连冠，拿下三个最佳女演员，我把话就搁在这儿了！"

可盛千姿根本没认真听，重色轻友地蹿到了房车角落跟顾绅打电话，低声说："我输了。"

顾绅在那边轻笑："所以你要满足我一个愿望。"

盛千姿听见他的声音，心脏重重地跳了两下，好奇地问："你的愿望是什么呀？"

他却绕了个弯说："婚姻是上天赐给人类最好的礼物。"

盛千姿听见前两个字就已经不行了，耳根发烫，没想到他的愿望竟然是结婚。

顾绅认真地问道："盛千姿小姐，你愿意给我这份礼物吗？"

第十三章
官宣恋爱

盛千姿有些受宠若惊，她今晚真的幸福过头。

她先是拿下了华表奖优秀女演员，而后，男朋友向自己求婚，若说她的童年过得不快乐，现在这么多关心她、喜欢她的人陪在她身边，也该弥补回来了。

盛千姿觉得自己遇到顾绅真是三生有幸，他才是那个上帝赐给她最好的礼物。

嫁给他，她当然愿意，他是第一个让她崇拜并喜欢的男人。

可对赌协议在身，盛千姿要有契约精神，只能跟顾绅好好谈："顾绅，我……"

她怕他以为她在拒绝，一股脑儿地把心里话说了出来："对不起，我身上还背着4亿的对赌协议，不能这么快结婚，我要遵守约定。我也知道，就算我最后赌输了，你也完全有能力帮我用钱支付赌注，但我不想半途而废，想要自己完成对赌。"

"我当然知道。"顾绅的声音有几分轻松，他显然早就猜到了结果，"我也不是让你立刻嫁给我。"

盛千姿咬着手指，结结巴巴地问："那你……刚刚？"

顾绅说："只是一个约定而已。"

盛千姿懂了："你的意思是说，我要帮你实现这个愿望，时间可以由我来定？"

顾绅似乎在那端点了点头："猜对了一半。"

盛千姿眨了眨眼，松了口气："那另一半是什么？"

顾绅说："想借此告诉你，我和你在一起是有目的的。"

他的目的就是让她成为他此生唯一的妻子。

"知道啦。"盛千姿心里跟灌了蜜似的，不断有粉红泡泡冒出来。

以前她一直觉得自己是一个什么都可以扛的女强人，现在变成了顾医生眼中不爱吃饭、不爱运动的小女生。她声音很缓，心跳也跟着漏了一拍，小声说："如果机会到了，我会暗示你求婚的。"

男人在那边笑了笑，许是因为她太可爱，嘴角一直没压下来。

挂了电话后，他发了这个微信号的第一条朋友圈——

顾绅："分享图片。"

图片中是他放在书桌上的笔记本电脑，电脑屏幕上刚好是盛千姿在华表奖颁奖现场发表获奖感言的画面。

神奇，太神奇了，顾医生居然发朋友圈了！！！

小芝立马评论："顾医生也在看华表奖直播啊？"

朋友A："顾医生也追星？"

朋友B："原来顾医生喜欢这一款？"

小芝回复朋友A："应该不是追星吧，盛千姿曾经在顾医生手下待了一个月，现在也是朋友，他应该只是关心一下朋友而已。顾医生追星，太惊悚了，我不敢想象。"

朋友C："暗恋顾医生的姑娘们注意了，顾医生喜欢的是盛千姿这一款，快向盛千姿靠拢，争取早日抱得男神归。"

朋友D："别瞎说，顾医生早就有女朋友了。话说，顾医生这样发一个女明星的图片出来，不会让女朋友吃醋罚跪榴梿吗？"

朋友B："有点儿想看顾医生跪榴梿的样子。"

盛千姿看不见其他人的评论，只能看见小芝的那一条，因为开心过了头，没忍住给某人点了个赞。

小芝立马评论："千姿给顾医生点赞了！顾医生追星成功！"

朋友A："实名羡慕！我也想加大美人微信，我可以拥有她的微信号吗？手动@小芝。"

两秒后，窥屏的顾医生回复朋友A："你做做梦或许可以拥有。"

朋友B、朋友C、朋友D都回复了问号表示鄙疑。

朋友A："谢谢，有被顾绅这个不要脸的人气到！！！"

接着，小芝将评论区截图发给盛千姿，重点标明了顾绅回复的那一句话。

盛千姿刚离开晚会，正在回酒店的房车上，一边吃晚饭一边玩手机，笑得腰都直不起来。

回到酒店，刚刚无意间听到盛千姿跟顾绅通话时说出"结婚"二字的陈芷珊，跟盛千姿讨论了一下结婚这件事："你真的想现在结婚吗？"

"没有啊！"盛千姿无所谓地说，"不在这一时，只是有想法而已。"

陈芷珊哦了一声，想了想，还是选择说出口："其实我有一个办法，可以让你们现在就结婚，并且不会对你的事业造成影响，或许还能带来好处。"

盛千姿抬了抬眸，顿了几秒："你说。"

陈芷珊在娱乐圈营销方面很有一套，坐进沙发，将自己的想法告诉她："你还记得上次录制的真人秀节目吗？顾医生不小心出镜，但是没露脸的那个……"

"记得。"盛千姿倒了杯水给她，"跟那个有关系？"

陈芷珊接过杯子："当时顾医生还上了话题榜，大家对他都很好奇，想知道他到底长什么样。以顾医生的气质和长相，绝对能引起网友的尖叫和花痴，如果你肯让他露面的话，让他出现在大众面前，你们再捆绑一下，以医生和最佳女演员搭配的噱头，建立CP'人设'，你的人气说不定会翻倍。"

盛千姿安静地思考了几分钟。

陈芷珊补充:"当然,我只是从市场的角度给你提供建议,你要是不喜欢这种方式,完全可以拒绝。"

盛千姿抿了抿唇,如实说:"不喜欢。"

陈芷珊猜到了:"不想让他露面,被大家花痴和喜欢?"

"不是。"盛千姿说,"不想用这段感情去赚钱。"

她说得简洁明了,陈芷珊明白了:"好,我以后不提了。"

陈芷珊给盛千姿拍了几张她拿着奖杯的照片后,嘱咐她早点儿睡,便离开了。

盛千姿把照片简单地处理了一下,发了微博。

难得有两天假期,盛千姿没告诉顾绅她的休假时间,悄悄坐飞机回了临江。

待推着行李箱走进电梯间后,她发了个微信消息问顾绅:"你在干吗?"

顾绅回得很慢。

她都已经打开她的公寓门,发现里面没有他的身影,他才慢悠悠地发消息过来:"在书房看书。"

盛千姿瞄了眼时间,都快晚上 11 点了,他还在书房看书?

这里没人的话,他应该是在自己的书房里吧。

盛千姿先不去打扰他,让他专心再看一会儿,磨磨蹭蹭地将行李箱里的东西拿出来,里面有给他买回来的礼物。

趿拉着拖鞋,盛千姿进衣帽间找了件黑色蕾丝边吊带睡裙,走进浴室洗澡。

累了一天的盛千姿将头发也洗了,舒舒服服地泡了个澡,中途还颇有雅兴地喝了半杯红酒。

整个洗澡过程持续了将近一个小时,顾绅居然还没有发现她回来。

盛千姿气鼓鼓地打开微信,又问他:"现在呢?"

顾绅:"再看一会儿,准备睡了。"

盛千姿："你在哪儿睡？"

顾绅："看心情。"

也是呀，女朋友不在家，睡女朋友的房间，四处都是她的味道，这不等于找虐吗？

她撇撇嘴，打字回复："好吧。"

盛千姿又问："如果我打算给你一个惊喜，你最希望是什么？"

顾绅答得迅速："你回来。"

盛千姿笑着逗他："这个恐怕不行，回不来怎么办？"

顾绅："那视频通话吧。"

盛千姿："这个点儿吗？"

顾绅："不可以？"

盛千姿半躺在浴缸里，精致的锁骨浮出水面，锁骨以下若隐若现。她为难地回复："也不是不可以。"

对方简单粗暴地打了个视频通话过来，吓得她险些将手机掉进浴缸。

盛千姿玩心大起，拒绝了视频邀请，委屈地说："我在洗澡啊！"

顾绅："洗澡玩什么手机？"

盛千姿："怪我喽？"

顾绅："你什么地方我没看过？"

盛千姿："我只是担心你今晚睡不着。"

顾绅："那你还来骚扰我？"

顾绅："你故意的吧？"

盛千姿："怎么能这样说呢？哥哥……"

顾绅在屏幕那端揉了揉太阳穴："正常点儿！"

盛千姿："人家只是想你，想找你聊聊天嘛！"

盛千姿已经能想象到冷静自持的顾医生在那头快要抓狂的样子了。

她掩唇偷笑了下，从浴缸站起身，白皙的肌肤上还沾着些许泡沫："好啦！给你看看你漂亮性感的大明星女朋友！我先穿衣服啊，等着。"

盛千姿发了个视频邀请过去。

视频通话仅仅持续了四秒，就被顾绅掐断。

盛千姿还处于蒙且得意的状态，下一秒一条消息跳进她的聊天框——

顾绅："滚过来。"

盛千姿知道自己闯大祸了，仅看这三个字就能察觉到大事不妙。

他何时对她这么无礼且粗暴过？

他刚刚让她滚是吧？

他在对谁说话，让谁滚？

真是反了天了。

盛千姿压着一股子气，屁颠屁颠地找生气的男朋友去了。

一走进男人的书房，盛千姿就感受到一股低低的气压和满满的书香。

盛千姿就像一个闯进了书生的地盘的妖精，穿着黑色的蕾丝睡裙，缠着顾绅的脖子，大胆且直接地坐在他的大腿上。

男人搂着她的腰。

"长本事了？"顾绅掐着她的腰，抬眸瞥她一眼，"回来都不吱一声。"

盛千姿委屈至极地说："那不是怕打扰您看书吗？"

她还用"您"这个字眼。

他小气又幼稚地咬着牙说："您？"

书桌上的台灯发出暖黄的光，将盛千姿的肤色也染成了漂亮的橙色。

两人的目光在空中纠缠了两秒，气氛缱绻。

顾绅低头，作势要吻她，还未触到她的薄唇，她反手将桌上的一本医学书摊开，放在自己的胸前，下巴搁在书脊上，调皮地说："你继续看啊！我陪着！"

顾绅对她的行为表示无奈，哑着嗓子低笑："哦？是吗？女朋友什么时候变得这么体贴了？"

盛千姿用尖尖的手指戳他的肩膀，愤愤地道："我什么时候不体贴了？"

顾绅捋着她的头发："出去工作一趟，胆子都变大了。"

他将书夺走，扔到桌上，咬她的耳朵："也越来越像个妖精了。"

盛千姿的耳朵尤其敏感，平常人是碰不得的，一碰就酥。

顾绅捏着她的命门，不停地挑逗，酸麻酥软的感觉从脊柱蔓延到四肢，她低声求饶："别……你别碰那里……"

男人直接吻上她的唇，舌尖相抵，鼻息渐乱。

他吮着她的软舌，有些用力。

盛千姿却像被蛊惑一样，变成一个任他摆布的木偶。

这一次盛千姿的休假恰好赶上了顾绅的调休假期。

短短两天，他们每天腻在一起，虚度光阴。

两天下来，盛千姿骨软筋酥，累得不行，哪儿哪儿都疼，走路都有点儿困难。

她无可奈何地找着各种机会捶打他，以图报复："打你！"她嗓音软软的。

"打我干吗？"顾绅抓住她乱动的"爪子"，放在唇边亲了下。

盛千姿嫌弃地看着他。

他将她抱起来，她两条修长匀称的腿在空中乱晃，盛千姿紧张道："干什么？不要了……不要了……真的不行了……"

"换个地方。"顾绅将她抱去另一间公寓，放在书桌上。

盛千姿抓住他的肩膀，动来动去，拼命求饶："我说真的！不开玩笑了，我明天就要回去工作，你得给我留点儿精力呀！"

"嗯。"顾绅应了声，答应得倒是爽快，"给你看个东西。"

盛千姿眨了眨眼，问："什么东西？"

他弯了弯腰，从书桌下的抽屉里拿出来一份文件，文件的封面上明晃晃地写着"遗嘱"二字。

盛千姿把文件抓在手上端详："遗嘱？谁的遗嘱？"

她的第一反应是，谁不在了吗？

顾绅说："盛新荣。"

"什么？"盛千姿手指轻轻一颤，边翻开文件边说，"他怎么了？"

顾绅安慰她道："没事，别紧张。他还没死……"

盛千姿松了口气。

顾绅顿了几秒，说："不过也快了。这份是他的遗嘱，你可以看看里面的内容。很抱歉，我怕你受到伤害，在征求他的同意后，已经看过一遍了。我可以给你解释一下，他为什么这么做……"

"你说。"盛千姿冷静地看着里面的每一个字。

顾绅揉了揉她的脑袋说："你和盛千盈是他的亲生骨肉，按照血缘关系来说，你们会是他一辈子的女儿。他的第二任妻子在他住院期间，没有来探望过一次，虽然是夫妻，他死后，遗产的继承，她没有份。"

盛千姿不知道是该哭还是该笑："所以他把所有的钱和资产全部给了我和千盈。他还真是肥水不流外人田，既吝啬又记仇，一辈子活成他那样，真是奇葩。"

顾绅听到她的形容，觉得有点儿好笑，捏了捏她的下巴说："你口是心非的本事跟谁学来的，嗯？"

"谁口是心非了？"盛千姿瞪他，"我就是在骂他，很认真地骂！"

顾绅附和着说："嗯，他确实该骂。"

盛千姿烦躁至极，撑着额头，静静地思考了一会儿，视线一直落在一个位置——顾绅的书架。

盯了好一会儿，她站起身走过去，拎起一瓶香水看了两眼："顾绅，这香水……"

这香水好眼熟啊！她总觉得在哪儿见过，可在哪儿见过呢？她想不起来了。

她抓了抓头发，猛然意识到——

这好像是她买的吧？

顾绅挑眉看她。

盛千姿旋开盖子闻了闻，一股淡淡的茉莉花和鸢尾花的香味。

她想起来了！！！

这不就是她交给警察用来感谢帮她澄清黑料的人的香水吗？

盛千姿抬眸看他，一时半会儿不知道该说什么，只能走过去抱了抱他，在他耳边说："谢谢。"

顾绅揉了揉她的脑袋，哑声道："你已经用行动感谢了。"

"就这瓶香水，还是那个有我签名的纸巾？"盛千姿撇了撇嘴，"为了逮那个坏人肯定很不容易吧？你又不是我的粉丝，也不用香水，我谢了也是白谢。"

顾绅懒洋洋地勾唇，告诉她："你不是将你的全部都给我了吗？我只做了一件事，却让你赌上了一生，我才是那个一辈子都感谢不完的人。"

盛千姿被他圈着，心软乎乎的，小声说："肯定不止一件，你都不告诉我。顾医生，做好事要留名的呀，尤其是关于女朋友的好事。不然她怎么知道呢？"

两人说着说着话，气氛似乎又暧昧起来。

盛千姿抿着唇，特扫兴地说："我们去趟医院吧。"

顾绅真的下楼开车带她去了医院，她隔着 ICU 的玻璃看见盛新荣奄奄一息地躺在那儿，看不见她，也不知道她的到来。

盛千姿就是不想让他知道，要让他记住，他这辈子作的孽害他在弥留之际连自己的亲生女儿都看不到。

他要带着满腹遗憾，孤独地离去……

休假结束。

陈芷珊没回来，只能由顾绅亲自送盛千姿去机场。

她拎着机票和证件，穿得漂漂亮亮地走在前面，顾绅则推着行李，慢慢跟在她身后。

盛千姿原以为这是私人行程，现在也不是出行高峰时段，不会有粉丝在机场聚集。

孰料她刚进航站楼，没走两分钟，就发现了第一个粉丝。

粉丝对着盛千姿一通拍，还喊她的名字，跟她说了一些表白的话，之后粉丝越来越多，都跟着她往前走。

盛千姿蒙了，幸好有墨镜挡着不至于让人拍到她惊慌失措的眼神，可身后还跟着个顾绅。

她往后瞟了眼，顾绅的眼神很淡定，目光与她撞了撞。

粉丝并没有在意顾绅的存在，甚至将他当成了透明人，直到有个粉丝问出："珊姐今天不跟你吗？只有一个助理？"

"助理？"盛千姿顿了一秒，尴尬地嗯了声，"对啊！她……没空，休假没回这边，就给我两天假期而已。"

"哦哦。"偶像跟自己说话，粉丝掩唇笑了，"那玩得开心吗？"

盛千姿说："开心啊，太久没休息了，睡了两天。"

她说最后一句话的时候，顾绅明显低咳了两声。

粉丝没听见，继续说："睡觉？哪里不是睡，还要飞来飞去那么麻烦。"

盛千姿心想：不麻烦啊，一点儿都不麻烦，哪里不是睡，也要看跟谁睡。

盛千姿要办行李托运了。

粉丝跟她说拜拜："姐姐加油！下周拿个金鸡最佳女主角，为我们争口气！"

盛千姿冲他们笑。

等离粉丝远了些，她小声地跟顾绅说："顾医生真惨，被当成了助理。"

"嗯。"顾绅对此无所谓，低笑，"能让女明星飞回来睡两天的助理，也不算惨。"

盛千姿掐他："说什么呢？我不要面子的啊？"

公共场合，两人不能吻别了。

顾绅让盛千姿注意安全，摆了摆手，转身离开。

飞机于早上6点在上海降落。

陈芷珊派了车来接她，她昏昏欲睡，其间陈芷珊跟她说了一些关于话题榜的事，她都没用心听。

直到回到酒店，睡了两个小时，她醒来翻了个身，恍惚记起陈芷珊接她回来时，在房车上好像说了一些事情。

其中有几个关键字眼被她敏锐地捕捉到——"话题榜""顾

医生"。

盛千姿皱了皱眉，当下的反应是：顾医生又上话题榜了？

她打开微博看了眼，果然看见"盛千姿助理"这一话题在话题榜的榜尾，经过一晚已经快掉下去了。

她点进话题一看，居然真的是刚刚的机场图，有粉丝拍盛千姿时无意之中拍到了顾绅。

在场的人基本是盛千姿的死忠粉，偶像在眼前，当然没有心思去关心帅哥之类的人物。

可当他们回去，将照片放在 iPad 或电脑上处理，才猛然发觉：这是什么神仙帅哥助理？以前怎么没见过？姐姐的助理也太帅了吧！

盛千姿的粉丝出圈了，不是因为正主本人，而是因为正主的助理。

这件事说来挺悲伤的，连盛千姿都觉得她好可怜……

热门微博的评论区里，一帮人都在感叹：

"确定这是姐姐的助理吗？太好看了吧！"

"这气质，这身高，这外貌，可以看出是我不配拥有的男人！"

大家的语气好酸啊！

盛千姿放大粉丝拍的照片，仔细看了两眼，发现顾绅上镜简直是太好看了。

这该死的男人，四处散发魅力。

她退出微博，立马打开微信给他发了个"哼"过去。

顾绅不常看微博，她有什么大活动的时候，他才会去瞄一眼，看见"哼"觉得莫名其妙，打字问："到了？"

盛千姿："早到了。"

盛千姿："我都补完觉了！你没有心！"

顾绅："乖。"

顾绅："最近工作忙，有空去看你。"

盛千姿："好呀，谁不来谁是小狗。"

顾绅："好。"

顾绅说忙，还真是忙得不行。

几天下来，他一直都没时间陪盛千姿视频聊天，连文字聊天都是断断续续的，回复消息要隔好久。

帅哥助理不在姐姐身边，"小树枝"们开始想念了。

甚至有粉丝直接在线下的活动现场问："姐姐，你知道你的助理前几天上了话题榜吗？"

陈芷珊没忍住在台下偷笑。

盛千姿很无奈地说："知道啊，你们这群小妖精，看见帅哥就忍不住尖叫。"

粉丝终于问出了自己的心里话："最近怎么没看见他啊？"

盛千姿答："他吗？他家里有点儿事，放假去了。"

她胡诌一通，偏偏粉丝还一脸天真地相信了。

粉丝追问："放假到什么时候？"

盛千姿想了想，顾绅说过金鸡奖颁奖典礼会陪她："没几天就回来啦。"

果然，三天后的金鸡奖颁奖典礼上，有人看见帅哥助理出现在盛千姿身边，后台候场时，他细心地帮她整理曳地的裙摆，居然还投喂零食。

这关系，不一般啊！

但没有证据，他们也不敢胡思乱想，毕竟工作人员也很有可能做到这种程度啊！

晚会结束。

盛千姿成功夺下金鸡最佳女主角奖，身价翻倍。

接着，她又斩获了金像奖的最佳女主角奖，真真切切地凭借一部电影荣获三个华人电影高级别的个人奖项，也获得了"内地最有价值女演员"的称号，扛剧能力在25岁以下的"小花"里排名第一。

其间她进组拍摄了一部仙侠题材电影。

后来《秋酿》上星开播，双台收视均夺冠，以不俗的收视成绩问鼎榜单。

大半年过去，大家好像遗忘了成功成为公认的实力派演员的盛千姿有一个男朋友的事。

陈芷珊说："这是普遍现象,大家对你作品的关注度已经高于你的私生活了。不过你要是公开,顾医生肯定会再上话题榜。"

盛千姿笑而不语。

戛纳电影节在法国举行。

盛千姿作为受邀嘉宾之一,准备前往。

她发了条消息给顾绅:"我上飞机啦。"

顾医生还是那句:"到了说一声。"

盛千姿:"好。"

然而她不知道的是,顾绅也买好了明天的机票,准备去那边找她。

电影节在白天开幕,阳光热烈。

盛千姿穿着礼服走过红毯,足足累了一天,才能回酒店休息。

回到酒店后,她一边脱鞋一边往地上看了眼,才发现玄关处有一双皮鞋。

盛千姿还以为她进错了房间,盯着皮鞋端详半晌,越看越熟悉,对某些想法越发肯定,走进房间瞄了眼,听见浴室里哗哗的流水声。

她敲门,笑了笑,说:"怎么来了也不说一声啊?"

男人洗完澡,围着浴巾走出来,肩阔腰窄,好身材一览无余。

彼时,两人已经恋爱大半年,亲密的事进行过无数次,盛千姿也不会害羞了。

他顿了顿,说:"给你惊喜。"

他刻意不说出明天是什么日子。

盛千姿哦了声:"时间还真巧,明天就是七夕了,你居然放假了?"

顾绅搂着她,语气平淡:"刚好有点儿时间。"

他打电话叫餐,让人送上来吃。

盛千姿听着他流利的法语,颇为惊讶,却也没有发问。

顾医生好像无所不能。他就像一本书,她翻了大半年,也翻不完其中的奥妙,里面永远存在惊喜,无时无刻不在引诱她沦陷。

等饭时,她坐进沙发,窝在顾绅的怀里,给陈芷珊发消息:"亲爱的!"

陈芷珊发了个翻白眼的表情包过来："说，闯什么祸了？"

盛千姿为难地打字："明天我们不是约好了要去巴黎吗？"

陈芷珊："对啊！有话快说，我怕我心脏承受不住，你接下来不会要说顾医生也去吧？"

盛千姿惊了："你怎么知道？"

陈芷珊："半年过去，你重色轻友这个毛病还真是一点儿没变！！！"

盛千姿被顾绅亲了一口，还要腾出手打字："你那么激动干吗？他有机票，而且是两张，我只是让你再捎一个人。"

陈芷珊："谁？"

盛千姿："那就要看你了，看你喜欢我们团队里哪一个。不说了，我要吃饭了，明天见。"

陈芷珊："行，老娘我好好斟酌一下。"

大功告成。

盛千姿跟顾绅一起吃饭，忽然谈到对赌协议的事。

盛千姿咬着筷子说："还有半年时间，协议已经差不多完成了。《秋酿》赚钱挺多的，我还有两部电影的库存，肯定可以。"

顾绅夹了块肉喂进她嘴里："嗯，看来某些事情该提上日程了。"

盛千姿一时半会儿没反应过来："什么事呀？"

顾绅说："助理的事情。"

盛千姿扑哧一声笑了："你这兼职做得不舒服吗？这么快就想着辞职了？我的粉丝超级喜欢你，我都快嫉妒死了。"

"该升职了。"顾绅认真地说，"不然以后不好交代。"

"嗯。"她也想过这个问题，不能把他一直当成助理瞒下去，不然以后很难交代清楚，"是该升职了。"

翌日。

盛千姿和顾绅下楼与陈芷珊碰面，外加一个造型师妹子，四人一起出发前往巴黎游玩。

他们去了卢浮宫、塞纳河，也去了埃菲尔铁塔。

盛千姿牵着顾绅的手，走在异域风情的国度，不用在意外人的眼光，眼中只有对方。

陈芷珊职业病犯了，不停地让盛千姿拍照，掌握相机的人却是顾绅。

作为艺人，盛千姿精通各种拍照技巧，加上自身的条件优势，怎么拍都好看。虽然顾医生的拍照角度直男了些，技术也拙劣了些，但无关紧要，陈芷珊也没说什么。

下午，日暮低垂，橘红色的夕阳在河岸边落下。

他们在塞纳河畔的一家露天餐厅用餐，无意中听见有人说唐人街那边晚上有烟花晚会。

造型师妹子说："是因为今天是中国的七夕节吗？"

"应该是吧。"盛千姿提议，"我们要不要去看看？"

陈芷珊吸了口饮料，说："可以啊！"

盛千姿问："顾医生，要去吗？"

顾绅没什么意见。

于是四人前往唐人街，问了人才知道大家都会在一家中餐厅的顶楼看烟花，那个位置最佳，风景也最美，不过位置不多，先到先得。

盛千姿上去瞄了眼，发现还有位置，便拉着顾绅过来，像参加以前学校里的校庆晚会一样，占着最好的位置准备观看表演。

烟花表演在晚上 8 点开始。

盛千姿等得都困了，托腮扒着围栏边，跟顾绅有一搭没一搭地聊着天。

终于当的一声，城市 8 点的钟声敲响。

烟花从远处的某一点升起，在漆黑的夜幕中绽开又落下，给暗沉沉的天空添加了几丝唯美的色彩。

顾绅给盛千姿拍了几张照片，陈芷珊催促着让他们合影。

盛千姿这才恍然想起，她和顾绅好像没有合影过，真的一次都没有。她扯了扯他的袖子，问："拍吗？"

顾绅见她一脸期待，点头同意。

不巧他们身边有中国人认出她来，开始小声喊她的名字。

盛千姿犹豫几秒，却还是扯着顾绅走过去，站在烟花之下。他揽上她的肩膀，合照了一张。

如果只是揽肩膀的话，路人看了估计都不会认为有什么问题。

路人确实一时没往他们是情侣的方向去想，盛千姿总觉得缺了点儿什么，有一种冲动促使她去做某件事。她抬头，小声提醒了顾绅一句："顾医生，你不是想升职吗？"

"怎么？"男人的双眸在黑夜中尤为明亮，他挑了挑眉，压低声音问，"现在可以了？"

盛千姿眨了眨眼说："你还没收到暗示吗？"

她话音刚落，薄唇被微凉的唇覆上，细碎的月光温柔地照在两人身上，层层叠叠地落下暗影。

顾绅用一个吻告诉了她答案。

一个漂亮清婉的东方女人，一个矜持沉稳的东方男子，在浪漫的法国街头，在专属于他们的节日接吻了。

他捧着她的脸，又亲了亲她的鼻尖。

盛千姿低叹："我终于可以大胆地告诉所有人，你到底是谁了。"

"谁？"顾绅偏要她说出来。

她低声说："我喜欢的人啊！"许是觉得不够，她又补充，"很喜欢，很喜欢，喜欢到怎么都不够……"

陈芷珊将这一幕拍下来，也不管身后那几个中国人惊讶的表情。

这已经算是公开了，作为他们的朋友，她早就想看到这一幕，如今它终于到来。

半小时后。

盛千姿登上微博，将陈芷珊拍的一张模糊了人影有些唯美的鼻尖相抵的照片发上微博，深吸了口气，配文——

"跟你们分享我喜欢的……"

一句话只打了一半，另一半引人遐想。

与其说她只喜欢顾医生这个人，倒不如说她喜欢顾医生的全部。

与他在一起的每一分每一秒，她都想珍藏。

第十四章
惊 喜

　　盛千姿的微博发出的第一秒，便有人评论了个"天哪！"，紧接着，数不清的留言铺天盖地，五分钟不到，数量就已破千。

　　经历过一次全网黑后，盛千姿对网络上的言论看得很开，一个东西有人喜欢，自然就有人不喜欢，毕竟每个人喜欢的东西不一样，口味也不一致，这很正常。

　　因此她没有第一时间去看大家的反馈，那张照片也没有完完全全将顾医生暴露，只有一个好看的暗影，引人猜测。

　　陈芷珊和造型师妹子说要去一趟法国的酒吧，有意无意地给他们留了独处的空间。

　　盛千姿没什么意见，倒是顾绅巴不得她们走。

　　在烟花落尽后，深蓝的夜幕下，她大胆地揪着他的脸，像长辈一样训斥他："你的脸还敢再臭一点儿吗？"

　　男人将她的手拿下来，淡淡的表情未变。

　　盛千姿扯着他的手说："她们都是我的好朋友，也是我的同事。"

"我知道。"顾绅说。

盛千姿乜他："你知道就好。所以对她们温柔一点儿。"

顾绅以为自己理解的温柔与她理解的不一样，低声问："跟对你一样……温柔？"

"嗯？"这个可把盛千姿给问倒了，"也不是，就是……"

她支支吾吾地想了半天，才发现掉进了他的坑里，拍他："当然不是啦。总之你别那么高冷，想冻死人啊？"

顾绅没说话，他不想回答的问题，谁也不能逼他回答，换了个话题说："走了，回酒店。"

回去的路上，盛千姿机灵地捎了瓶法国特产的可可酒。

牛奶、巧克力与酒精的融合，看起来特别像一瓶淡淡棕色醇香的咖啡或奶茶，旋开瓶盖，也确实有淡淡的奶香味。

盛千姿只觉得很神奇，听见那里的法国人煞有介事地说出这酒的配料和调制过程的时候，她就特别想买回来尝尝。

她想知道，这三种常见的东西调配在一起，到底是什么味道。

两人进了酒店，盛千姿立马去找两个酒杯过来，喜滋滋地倒了一杯。

顾绅倚在桌边，似笑非笑地说："你真要喝酒？"

看他那嘲笑的眼神，盛千姿就觉得很不爽："别这么看着我，那店主说了，酒精含量只有百分之七。"

"是吗？"顾绅拿起酒杯，放在鼻尖闻了一下，又替她浅尝了一口，"不止百分之七。"

盛千姿眼睛睁大了几分："什么？你骗人的吧？那店主说的分明就是百分之七啊！"

顾绅揉了揉她的脑袋，看着她："首先，我们去的不是正宗的门店，只是街边偶然瞧见的小店；其次，法国可可酒的产地不在巴黎，你跟他说你喝不了太烈的酒，容易醉，人家自然把度数降低骗骗你这种什么都不懂的小姑娘了。"

盛千姿泄了气似的坐在椅子上，愤愤地盯着他："那你不早说。"

顾绅抬了抬下巴，意有所指地敲了敲桌面："谁让你倒那么多，真不怕喝醉了难受？"

前几次醉酒，又头痛又呕吐的景象还历历在目，盛千姿真是怕了："你说，我这和酒精过敏有什么区别？还不如干脆让我别喝得了，一杯倒的酒量，说出去都怕被粉丝笑话。"

顾绅坐在椅子上，将她捞入怀中，忍不住低头，捏着她的下巴亲下去。

细密的吻带着男人身上清淡的酒气和特有的味道落下来，他在她唇边吻了一圈，细细地吮，接着下巴一抬，嗓音变得沙哑："现在知道是什么味道了吗？"

味道甜甜的，有点儿涩，但不腻。

盛千姿挑了挑眉说："我自己尝一点点，也能知道啊！"

顾绅低头笑："那我不是没有借口亲你了？"

呃……

盛千姿看着他笑，不知道该怎么回答。

他抱紧了她，好商量地说："那再亲一次。"

盛千姿就要拒绝："喂……"

她的下唇被他轻轻地咬住，还没说完的话被咽入腹中。

折腾半天，两人终于可以睡觉了。

临睡前，盛千姿缠着顾绅，眯着眼问："明天还能待一天，有什么安排？"

"早上去晨练。"顾绅先说出第一个安排。

她就钩着他的脖子，在他耳边附和："我也要去，我也要去。"

他补充了一个条件："6点起床。"

"嗯。"盛千姿没拒绝，"是在塞纳河边跑步吗？"

"不然你想去哪儿？"

"就那儿吧，早上的霞光应该很漂亮。"

制订好计划，盛千姿睡起来就容易多了。

为了避免明天赖床，她没有搞其他的小动作，也没有想方设法地偷偷熬夜玩手机，闭眼就睡。

顾绅盯着她的睡颜，轻轻勾唇。

像怀里睡了只柔软的猫，他需要一辈子对她负责。

第二日。

顾绅特地查看了一下巴黎今日的日出时间，发现是早上6点27分。

他先起床洗漱，随后将尚在睡梦中的女人叫醒。

盛千姿睡眼迷蒙，一副慵懒的模样，梦游似的走进浴室，举起牙刷，刷呀刷……

顾绅对此已经习以为常，她平常就这样，不知道是不是所有女生都如此。

反正她有点儿打破自律的顾医生这三十年来的认知就对了。

刷完牙，盛千姿总算清醒了些，用清水抹了把脸，开始公式化的基础护肤，稍微描了描眉，抹上淡色唇膏。

她调皮地啵啵两声，问身侧的男人："要不要亲我？今天的吻是蜜桃味的。"

男人拒绝。

盛千姿气得想咬他！

盛千姿的行李箱中一直备着一套运动装，黑色系的运动内衣和紧身长裤，干练又凸显身材，她去健身房健身都会穿。

不过她健身一般是在独立的包间内，直接拎着衣服过去，健身完毕在那儿洗澡，又换回平常的套装。

酒店的房间中没有衣帽间，就算是浴室也只是被半透明的玻璃隔着。

盛千姿抓了抓头发，直接在床边换衣服，揪着睡衣的衣摆往上推，脱掉后直接将运动内衣穿上。

这件内衣完全可以穿着外出，且舒适自在，盛千姿很喜欢。

某人长腿交叠，慵懒地坐在她对面，眼睁睁地看着她将胸勒到趋于平坦，而且就要这么走出去。

顾绅问："不穿件外套吗？外面冷……"

盛千姿喝了口水，找到皮筋随手扎起长发："才8月份，这天气能有多冷啊？"

"早上冷。"顾绅二话不说，找了件薄一点儿的防晒衫给她套上，拉拉链的时候问了一个直男都很好奇的问题，"你……"

盛千姿看他："嗯？"

顾绅哑声说："这么勒着，不痛吗？"

盛千姿真想一脚将他踢飞："不痛！走啦。"

她拉着他出门。

两人走去塞纳河畔，十分幸运地看见了法国巴黎的浪漫日出。

橘红的朝阳染红了半边天，阳光斜照楼面，从高楼的缝隙中洒下，泻下斑驳的光影，暖洋洋的。

盛千姿跟着顾绅跑步，在他身后追逐着他修长的背影，逐渐淹没在河边的晨跑人群中。

慢慢地，她跑不动了。

可他显然还有力气，呼吸均匀，一看就是常年锻炼才有的身体素质。

顾绅停下，单手叉腰，问："累了？"

"累了。"盛千姿不想跑了，坐在旁边的长椅上看着他，"你还没累，再去跑一会儿吧。我就在这儿等你。"

顾绅不放心："你被人拐跑了怎么办？"他摸了摸她的耳朵。

盛千姿钩他的手，乜着他："光天化日的，我能跟谁跑啊？这国外也没几个人认识我。快去吧！"

"行。"顾绅直起身，"别乱跑。"

"不会乱跑的。"

顾绅去跑步了。

盛千姿拿出手机，打开相机给他拍照，越拍越感叹，这人连跑步都那么好看。

她拍着拍着，突然一个蓝眼睛的法国男人入了镜，朝她招了招手。

盛千姿也友好地放下手机，跟他打招呼。

她不怎么会法语，参加电影节之前曾恶补过几节课，现在也快忘光了，顿了许久，只能说出一句生硬的"你好"。

对方回以笑容，用法语问她："一个人？"

盛千姿听不懂，用英语说："我不会法语，抱歉。"

他笑了笑，竟然开始说英文了："我说，你一个人吗？"

她说："不是啊，我有同伴的。"

他往四周望了望："Where？（在哪里？）"

盛千姿往远处指了指，才猛然发觉，顾绅不见了！

蓝眼睛小哥盯着她笑："你在逗我？"

盛千姿觉得他笑起来是真的好看，年龄看上去应该不大，皮肤白白的，胳膊也挺细，有种少年人的消瘦感。

她歪了歪头，无奈地说："是真的，我没必要骗你。"

蓝眼睛小哥说："你笑起来真漂亮。"

盛千姿有点儿语塞，刚准备说声谢谢，身后已经有人慢慢走来，替她说了。

"Thank you for my girlfriend.（我替我的女朋友谢谢你。）"

蓝眼睛小哥闻声望去，看见一个腿长肩宽的亚洲男人站在盛千姿身后，个子很高，比周围人都要高出半个头，干净又出众。

盛千姿走过去，瞧见他额头上覆着一层薄薄的汗，递纸巾给他擦，友善地开口介绍："他就是我的同伴。"

蓝眼睛小哥问："你的男朋友？"

盛千姿点头，唇边漾起一抹笑，唇红齿白，很诱人。

蓝眼睛小哥礼貌地表示抱歉："能拥有与你在一起的机会，他真幸福。你们很般配。"

盛千姿道："谢谢。"

小哥走后，盛千姿接过纸巾给顾绅擦汗，顺便问了句："你刚刚去哪儿了？都看不见你，害我跟别人说我有同伴的时候，尴尬死了。"

顾绅抓住她的手，将她开到胸部以下的拉链拉高，缓声说："只是同伴吗？看来你还不知道'男朋友'和'同伴'这两个称呼之间的区别，嗯？"

"知道，我当然知道。"盛千姿觑他，"你太小气了，又抠我字眼。"

顾绅还挺有理："我不小气，你都跟人家跑了。"

盛千姿抓着他的衣摆，笑意明显，笃定地说："不会跑的，要跑也是跟你跑。"

"来啊！"顾绅居然跑了。

他跑了！

他真的跑了！

他还真是一点儿面子都不给。

刚说完豪言壮语的盛千姿又被骗着锻炼了两圈，累得直不起腰来。

最后是顾绅搀着她回去的。

盛千姿一半的重量都在男人身上，她累得不行，低低地喘着气，双颊泛红。

她一共也没跑多少米啊，怎么就累成这样了？

顾绅很不解，她平时看起来很健康地去健身房运动，到底是怎么运动的？

她瘦倒是比以前瘦了点儿，抱也没那么好抱了，但身体素质方面，真的完全看不到提高。

顾绅担忧地问："你体力怎么那么差？"

盛千姿没好气地说："我平时不这样的，就今天而已！"

顾绅拿她没有办法："行行行，快回去洗澡。"

盛千姿舒舒服服地洗了个澡，洗完出来，认认真真地化了个日常妆，温柔又清婉。

等顾绅的间隙，她掏出手机，默默地吸了口气，决定开始看昨晚那条官宣恋情微博的评论反馈。

一晚上过去了，微博的点赞和评论都达到了史无前例的数量。

前排评论大多是圈内明星好友的祝福——

陈绍："哟哟哟，姐夫真帅，祝福！"

齐衡："我们钟意终于谈恋爱了，祝福祝福！"

余忠导演："《生命只有一次》杀青时，你说喜欢跟圈外人在一起我还不怎么相信，果然……"

盛千姿看完前排评论，挨个儿去回复圈内好友的祝福，就没再翻评论区了。

紧接着，她点进话题榜瞄了眼，果不其然，"盛千姿恋情"还在第一位。

只不过话题里的热门微博跟昨晚的不一样，换了一拨。

因为有去法国旅游的路人看见了盛千姿和顾绅，随手拍了一个仅有 30 秒的小视频，配文："酸死我算了。"

网友们这才了解到盛千姿微博那张配图拍摄时的花絮，都直呼好甜！

"呜呜呜呜，那男的搂着盛千姿的腰，在咬耳朵，他们在说什么啊？"

"盛千姿身高一米七二吧？她居然还比他矮了大半个头，男的身高保守估计一米九了，侧影好帅！他是圈内人吗？是圈内人吗？上次看他的背影就觉得超级帅，但是没人扒出来！"

随后，有人试着扒出了盛千姿即将上映的下一部电影的男主演陈绍，发现根本"货不对板"。

虽然陈绍也帅，有满满的少年感，但与视频里的男人不一样，顾绅是带着点儿成熟味道的。

陈绍很快就被排除了。

有人将盛千姿微博的关注列表那上百个人都扫了一遍，扒出她刚入圈时认识的几个男模，还是觉得不像。

直到有人将《充满活力的一天》里盛千姿那一期被遮住的邻居与小视频里的男人剪到一起，直观对比。

"真相来了！是邻居啊！"

"居然真的是邻居，我刚刚就猜会不会是那个邻居，没想到真是！"

"原来我跟盛千姿没有在一起，是因为买房子的时候不够走运啊！不然跟她站在烟花下拍照的人就是我了。我心理平衡了，各位。"

盛千姿看得开心，网友也讨论得开心。

顾绅从浴室出来，一边用毛巾擦头发，一边走过来问："在看什么？"

"我昨晚发的那条微博啊！"盛千姿大大方方地跟他分享，又有点儿吃醋，"顾医生，你知不知道你都上话题榜几次了？好多圈内明星都没上过话题榜，你一个素人就上了几次，让我数数是多少次来着……哦，三次！"

顾绅拿过手机扫一眼，似是不太在意，低声说："每次不都是跟你绑在一起，才能上吗？"

这……倒是没错。

盛千姿被小小地安慰到，站起身，攀着他的肩膀亲了他一下。

顾绅没穿上衣，下半身松松垮垮地穿着一条浅灰色的居家长裤，胸膛的皮肤被浴室内氤氲的热气蒸得微微发烫。

他的腰很瘦，却不干瘪，腰间有一圈紧实的腹肌，硬邦邦的。

他发梢滴落的水珠滚到腰间，更添了几分性感。

盛千姿被他这个样子迷到，尤其是刚刚看到那些网友对他的评价后，感觉自己捡到了宝。

网友说他不出道，真是太可惜了。

盛千姿认为，他不出道，真是太便宜她了！顾医生是她一个人的了！她是他永远的死忠粉！

顾绅翻完评论，觉得挺有趣，随口一问："上话题榜有什么用？"

"嗯？"

他垂眸看见揽着自己腰的小女人要将他拆吃入腹的眼神，怔了几秒，摸她的脸："你干吗？"

盛千姿抿了抿唇说："上话题榜当然有用啦。你知道明星商务是怎么赚钱的吗？"

"拍广告、品牌站台，或者其他的商业活动？"顾绅跟她在一起大半年，对很多娱乐圈的规矩和专有名词一清二楚。

盛千姿晃了晃脑袋，说："确实是这样，可是人家为什么偏偏要找你，而不找别人呢？"

"因为人气啊！"

"人气换个词来说，就是数据。品牌方会通过对你微博数据、超话数据、路人缘或观众缘的评估，来推断你的带货能力。毕竟人家用你，肯定是想要在目前的基础上让盈利翻倍或者给品牌带来知名度啊，他们有时候也会通过话题榜来进行判断。"

"这就是流量变现？"

"差不多吧。话题榜就那 50 个位置，不可能全是明星的。顾医生，你的话题资源已经很好啦。"

他听完，还是觉得这对他来说没什么用。

确实没用，因为他没有任何出道或者利用这些流量来赚钱的想法，但不可否认，顾医生这张帅脸让她的人气又高了不少。

没几天，大家就扒出了顾绅的真实身份：顾氏集团坐拥千亿资产的二少爷，临江医院榜上有名的心外科医生。

医生配演员！

网友们又疯了一轮，关于他们是怎么在一起的，各种猜测都跟着出来。

盛千姿对此感觉挺无语。

能知道她和顾绅是怎么在一起的，只有齐炀、顾珩那些人，那些人不会那么无聊去胡诌这些莫须有的东西。

陈芷珊挑了挑眉，问："别人胡乱造谣自己的男朋友，心疼了？"

"是啊！"盛千姿大大方方地承认，一种低落的情绪从心底蔓延，"以为自己是铜墙铁壁，不管什么样的言论都伤害不了我。可当他们将剑锋指向我在乎的人的时候，我才发现，任何对他进行造谣和诋毁的话，无论是轻是重，我都受不了。"

陈芷珊将她的手机拿走："那就别看了。"

盛千姿倒了杯水喝："不看了。我知道他是什么样的人就可以了。其他的我不在意，也不管。"

陈芷珊挺羡慕盛千姿这种对自己喜欢的人无条件信任的态度，

可惜她已经是老油条了，经历过几场失败的恋爱，凡事都喜欢留个心眼。

她沉默一会儿，低声问："你就没怀疑过？"

"没有啊！"盛千姿怼她，勾着唇，"如果喜欢一个人不能全力以赴，还不如不喜欢。既然我选择了跟他在一起，就会相信他啊，即便最后真的受伤了，那也认了，至少我是问心无愧的，大不了就被人骂蠢呗。可我相信顾医生不是这样的人……"

盛千姿没戏拍，休息了半个月。

她在一部职场虐恋正剧和一部古装电影之间，选择了古装电影作为下一部戏，准备入组进行拍摄。

彼时，她和陈绍拍摄的姐弟恋题材电影《冰糖蜜柚》准备上映，预告片于两天后首发，只是一部小成本的恋爱电影。

陈芷珊不打算将接下来几个月的工作重心放在这上面，直接让盛千姿进组拍剧，上映前请假溜出来，跑几场路演就算完事。

这几天，盛千姿一直待在临江附近一个省份的横店影视城，进行古装电影《袅袅清韵花间事》的开机前培训。

培训完，她一边玩手机一边回酒店，刚打开微信想找顾医生聊聊天，心有灵犀似的，顾绅直接发了十几张图片，一瞬间挤满她的微信对话框。

这都是什么呀？

盛千姿蒙了，这十几张图片都是房子，有外景的拍摄图，也有内景图，连空间布置平面图都有。

她打字回复："你最近又在搞什么奇奇怪怪的东西？"

盛千姿心里有某个念头闪过，大概知道他是什么意思。没几秒，她晃了晃脑袋，觉得自己一定是想多了，这不可能。

顾绅直截了当地问："看房子，喜欢吗？"

盛千姿："你这是别墅吧？"

别墅外景挺好看的，有个小花园，三层高的雪白色小洋房很雅致，设计也很特别。

虽然别墅内部还是未装修的状态，但是她已经能想象到装修后会有多漂亮。

顾绅："嗯。"

盛千姿："你要买房啊？不跟我住了？是我那公寓塞不下你，还是你嫌弃我了？"

顾绅："这房现在买下来，要半年以后才能入住。"

盛千姿："嗯，我知道。"

盛千姿挑了挑眉："所以你想说什么？"

顾绅被她逼问得有些窘迫。

看得出来，他是很无奈了。

顾绅委婉地回复："半年内看看能不能实现愿望，不能就再等等。"

他果然是想结婚啊！

齐炀说得真没错，这人就是闷骚，也不怕把自己给闷坏了。

他直接跟她说不就好了？她也不一定会拒绝。

盛千姿问："你这是……想金屋藏娇？"

顾绅："你不愿意？"

她当然愿意！她简直恨不得立马拎包前往！

话说，顾医生今年也30岁了，是该成家立业了呀！

盛千姿要进组拍戏，剧组实行封闭式管理，购房这件事只能暂时搁置了。

毕竟买房子不是一个人的事情，对于以后的婚房，两人当然要从长计议。

《袅袅清韵花间事》开机当日，盛千姿化着淡妆来到现场，居然又看到与之前几乎一模一样的蓝色妖姬花板。

平常有人送她一束蓝色妖姬，她都会觉得很漂亮，小心翼翼地捧在手上，生怕哪里被磕到碰到，花瓣掉落，更别说是一整块花板！

盛千姿用"令人惊艳""亮眼"这两个词都觉得形容不出它的独特与好看！

按照惯例，开机仪式结束后，盛千姿会去跟粉丝们合影，感谢他们不远千里来到这里，一大早占位置，准备那么多，就为了给她加油、给她鼓励。

盛千姿觉得每一个来到现场的粉丝都很不容易，也特别珍惜他们。

其实，有些面孔，她看多了，也会记得。

有个身材微胖、穿白色衣服的女孩，盛千姿就觉得很眼熟，仿佛见过几次面。

在众人散去后，她还没走，帮助现场的工作人员和其他粉丝收拾留下来的垃圾。

盛千姿觉得好奇，便随口问了句："你们怎么总是给我那么多蓝色妖姬啊？下次可以弄一些性价比高一点儿的东西，不要那么破费，你们的钱也不是大风刮来的呀！"

小妹妹蒙了，她跟着后援会的姐姐们来了好几场，大概知道些什么，抿了抿唇，低声说："这不是后援会弄的啊，我们也不知道是哪个散粉弄的。反正每次我们来这儿布置的时候，它就已经在这儿了。蓝色妖姬肯定是给你的。"

"散粉？"盛千姿迟疑地重复了一遍，依旧觉得很奇怪。

到底是从什么时候开始有这些蓝色妖姬的呢？

好像是她和陈绍合作的电影《冰糖蜜柚》开机的时候吧。

当天工作结束，陈芷珊拎着顾医生托他的营养师朋友配的营养减肥餐过来，跟盛千姿一起吃晚饭。

盛千姿放下手中的剧本，打开餐盒，看见有她爱吃并且中午才跟顾绅抱怨过好久没吃的蟹肉，开心得不得了。

"真好！"陈芷珊满心羡慕，"现在连三餐都是男朋友托人定做了，你这是已经有顾家少奶奶的待遇了呀！"

盛千姿掰开筷子，吐了吐舌头说："你去谈个恋爱，你也可以啊！"

陈芷珊没好气地说："你以为天底下的男人都是顾医生啊？"

"那倒是。"盛千姿给她出了个馊主意，"你找外科医生当男朋友不就行了吗？医生每天面对的都是病人，脾气不会太差，耐心肯定是有的，毕竟有时候在手术室一待就是几个小时或者十几个小时。怎么样？可以试试……"

陈芷珊咬着筷子，乜她："我上哪儿去找啊？跟你一样，也去临江医院当一个月志愿者？"

"不用那么麻烦。"盛千姿激动地说，"我可以找顾医生给你介绍啊！他认识的医生多，同事都是医院里的人。"

陈芷珊显然不怎么感兴趣，她现在工作忙到焦头烂额，哪里有心思去想脱单的事情？

对于恋爱，她更喜欢顺其自然地发展："算了吧。你的顾医生像座冰山一样，我可不想也找个'冰山'回家里供着。"

"哪有供着啊？"盛千姿小声地说，"好像一直都是他供着我吧？"

当媒婆失败，盛千姿也不管那么多了，吃完饭，老老实实地钻研剧本、背台词，拿着荧光笔或红笔在一些感情表现力需要加重的地方进行批注提醒。

陈芷珊有空也会跟她对戏。

时间如流沙从指间流过。

盛千姿请假几天离开横店，参加《冰糖蜜柚》的路演活动。

因为《冰糖蜜柚》是爱情电影，她也破例和陈绍一起参与了一些娱乐综艺的录制，为电影进行宣传。

所有宣传物料录制完毕，难得有半天的时间可以休息，盛千姿伸了伸懒腰，坐在休息室内哈欠连天。

此时她正在临江附近省份的电视台里坐着，距离临江大概有三个小时的车程。

盛千姿在录节目前跟顾绅说了，让他有空就来接她，她想回家。

顾绅爽快地答应下来，几乎是立马就放下了手中的东西，拎着钥匙出门。

现在已经过去了两个半小时。

经过高速收费站需要时间，遇到堵车也需要时间，顾绅估计还有一个小时才能到。

盛千姿真的很累，不知道为什么，在她的潜意识里，一直觉得做宣传活动、商业活动和综艺是最累的事，比拍戏还要累个十倍八倍。

可能是因为演戏是她喜欢与热爱的事情吧。

人在做自己感兴趣的事情时总会充满无限的活力。

她知道顾绅在开车，没有打电话过去打扰他，只打开微信，发了条消息过去："我在沙发上睡一会儿。你到的时候，打电话找我的助理，让他带你进来，就是上次你来探班时，打电话给你，带你进来的那个。"

盛千姿发了个粉色猪猪挂着黑眼圈的表情包过去："我撑不住了……我真的要睡了。"

三十分钟后，顾绅通过收费站路口，驶离高速。

暗黑色的劳斯莱斯缓慢地停在路口，他干净的手指点上手机屏幕，他正准备打开导航软件，发现盛千姿发了消息过来。

顾绅回："好，睡吧。"

紧接着，他调出导航软件，输入当地广播电视台的名称，重新发动车辆。

劳斯莱斯在黑夜中绝尘而去。

顾绅到时，盛千姿侧身窝在沙发上睡得正香，手臂撑在脸颊下，被当成枕头使，眉头微微皱起，看起来不舒服极了。

作为医生，顾绅有一种敏锐感，立马伸手摸了摸她的额头和手心，发现都不是很烫。

她显然不是在发烧，可为什么会皱眉头？

顾绅忽然想起盛千姿在微信里说自己很累，应该是累的吧。

他凑近她，一只手圈过她的膝盖，另一只手揽着她的腰，直接将她打横抱出去。

他没走几步，盛千姿就醒了。

凌晨两点的夜晚，电视台里的工作人员已经陆陆续续离开，楼道里仅有几个在值班的工作人员。盛千姿的助理见顾绅来了，也返回酒店休息。

四周安静得仿佛全世界都睡了。

盛千姿感觉腰很酸，要是在平时，她一定会要求顾绅将她放下来，自己走回去，可现在窝在他怀里，竟然一刻都不想离开。

只有他的怀抱是温暖的，让她有安全感。

一看见他，她就像找到了可以依靠的人，接下来的一切都不用操心，只需要依偎在他怀里，被他抱着走就行了。

盛千姿靠在他的肩上，低声说："几点了？"

顾绅答："两点。"

她实在是累得睁不开眼，轻声耳语："要不在酒店休息一晚再走吧？你开车会很累的。"

顾绅没有听她的话，只记得她让他来时说"我想回家"，到了停车场，将她放进后座，让她躺着睡。

他要带她回家。

劳斯莱斯很快发动起来，从电视台的停车场驶出，又从小道驶进高速。

回去用的时间比来时短了半小时，刚刚好，三个小时到家。

他将她抱上楼。

睡了两个多小时，盛千姿的精力恢复了些。她想要进浴室洗澡，却发觉一股热流从小腹涌出。

她朝男人眨了眨眼，根本不敢看裤子后面有没有沾上鲜艳的颜色。

顾绅说："要不……先睡会儿，明天早上再洗？"

盛千姿立马回绝："我还是现在洗吧。"

接着，她尴尬地面向他，别别扭扭地侧着身体走路，走去浴室，嘭的一下关上门。

顾绅只觉得莫名其妙。

盛千姿脱下裤子看了眼，果然看见一大片红色，也不知道他刚刚有没有看见。

不会连他车子的后座也沾上了吧？

盛千姿越想越懊恼，脱下裤子和内裤，长长的上衣衣摆完全遮住了她的臀，只露出两条又长又细的腿。

她用纸巾擦了擦，探出头，放卫生巾的地方离浴室不远。

她用风一般的速度跑了出去，几秒钟后又折回来。

顾绅只看见她窜来窜去的身影，觉得有些奇怪。

随后，哗啦啦的水声从浴室传出，逐渐消停，她在里头折腾了一会儿，心虚地说："顾绅……"

顾绅知道她喊他干什么，抱臂倚在浴室门口，明知故问："怎么了？"

"我没拿衣服进来。"盛千姿又开口，"你帮我拿一下呗。"

这不像盛千姿的作风啊！

顾绅随口道："今晚怎么这么急，衣服都不拿？"

盛千姿："忘了。"

他走进衣帽间拿了条睡裙，随后打开她装贴身衣物的小抽屉，从里面挑了一条黑色的内裤，递进去。

等她洗完出来，顾绅也换好了睡衣，他早在接她前就洗完了澡。

盛千姿很随意地抹点儿护肤品就爬上床，顾绅搂着她的腰，闭了闭眼说："这几天我看了些楼盘，明天给你看照片，看看你喜欢哪个。"

盛千姿却没用心听，一心想的都是他的劳斯莱斯脏了的问题，尴尬地开口："顾绅。"

顾绅应道："嗯？"

盛千姿更尴尬了："你明天去外面洗一下车呗？"

顾绅问："怎么了？"

盛千姿胡诌："你是不是在车里放过海鲜啊？有点儿腥味。"

顾绅蒙了："什么？"

洗车这一话题暂时算是结束了。

顾绅嗯了声，答得不清不楚，心想的是：他什么时候在车里放过海鲜？居然还有腥味？

他决定先睡觉，明天下去看看就知道是怎么回事了。

盛千姿窝在他的怀里，临睡前还忍不住提醒："记得一定要去洗啊！不洗的话，以后发生什么事情都别赖我，我提醒你了。"

顾绅揉了揉鼻梁，被她这一顿唠叨直接弄得睡意全无。

原本她回家了，他就没什么睡的念头。

半天的假期，他们全睡过去，下一次见面还不知道是什么时候。

顾绅翻了个身，高大的身体压住她，双手撑在她的肩侧，盯着锁骨的位置，吻下去。

盛千姿蒙了："你干吗？"

"看不出来？"顾绅没看她，手放在她的腰间渐渐往上，"是不是刚刚在车上睡够了？现在很精神？"

盛千姿的例假来了，完全做不了那个，推开他："不精神，我要睡了。"

已经开了个头，衣服都差点儿剥了，顾绅舍不得停下，低声诱哄："就一次，嗯？"

盛千姿坚守着底线，决不退让："一次都不行。"

"难得见一次面，一次都不行？"顾绅盯着她，重复着问，最后还喊了一声"宝贝儿"。

连"宝贝儿"都喊出来了，可见顾医生有多想要她。

盛千姿忽然想起之前在微博上火过一阵子的话题"清冷男人求欢时是什么样的？"，这个问题的答案近在眼前，她笑了笑，觉得他有点儿可爱，狠心地告诉他："喊宝贝儿也没用，我……'姨妈'来了。"

顾绅转身走进浴室，孤独又无奈的背影仿佛在表达一句话——"不早说？！"

翌日。

盛千姿睡到将近 10 点才醒，懒洋洋地伸了个懒腰，脚踢到硬物，发现男人居然还没起。

这不应该啊！

她看了眼雪白墙壁上的欧式壁钟，已经是 9 点 57 分了。

就算是周末，顾绅也不会赖床到那么晚，况且他是一个喜欢周末晨练的人。

盛千姿撑起上半身，喊了喊他："顾绅？"

男人双眼紧闭，只皱了皱眉头，像睡美人一样躺在那儿，轮廓依旧棱角分明，五官耐看到让人惊叹。

盛千姿想逗他，摸了摸他的脸，正准备捏一捏，陡然发现……他的身体烫得吓人。

很显然，这不是因为天气热才产生的，像是生病了。

盛千姿有一瞬的惊慌。恋爱接近一年，她从来没有见过顾绅生病的样子，就算有，也是咳嗽和感冒这种不吃药也能自愈的小毛病。

他现在是……发烧了？

盛千姿抓了抓头发，快速下床，从医药箱里掏出一支家用的体温计，抬起他的手，在他耳边说："你好像发烧了，我测一下，抬抬手。要是严重，我们就去医院，嗯？"

顾绅睁开眼，发烧对他来说不算什么，只是有点儿累而已。

他正准备起身，又被盛千姿按下去，只能像个重症病人一样半躺在床上："我没事。"

"手那么烫，脸那么烫，你还说你没事。你以为我没看过几本医书，没上过医学院，就什么都不懂了？"盛千姿摸了摸他的额头，"我也没笨到连一些基本常识都不清楚，你肯定发烧了。"

他昨天上了一天的班，晚上又硬撑着跨省开了两趟车，最后还去洗了个冷水澡，就算免疫力再强，也禁不住这么折腾。

盛千姿说："我已经托齐炀帮你去科室那边请假了，你就乖乖待在这儿，等病好了再上班。"她似乎还有些自责，"昨晚就不应该让你开车回去的，我们在酒店睡一晚，今天再慢慢回来多好，下一次我要态度强硬一点儿。"

顾绅看着她笑："你怎么不说不让我过去？"

盛千姿抿了抿唇："因为我知道我忍不住，就算知道自己在任性，还是想见你……"

顾绅微笑："我也忍不住。"

盛千姿坐在床边，定了个十分钟的闹钟，倒了杯热水给他喝："以后我会尽量克制住，不再那么任性……"

他们在一起也快一年了，热恋期到底什么时候结束呢？

盛千姿说："我们需要互相体谅和包容，这样才能长久地在一起，单靠爱情完全不够，所以还是要学会成长。拍完下部戏，我就歇了，大概一年拍一部电影、一部电视剧，将重心放在生活上。"

顾绅担心地问："是因为我吗？"

如果盛千姿说"是"，他一方面会开心，另一方面会认为是他阻碍了她喜欢的事业。

但顾绅不知道，演员如果持续不断地奔波与劳累下去，是会耗光灵气的。

大多数人会这样，但不排除有人会在强压下成长。

盛千姿不知道她是不是这一类人，但她觉得，演不好一部戏，达不到自己的要求，比这部戏最后播出时收视或票房仆街还要让她难受。

她喜欢细细地钻研，去发现新的技巧，去挖掘人物更深层次的情绪。

所以她想放缓脚步了。

盛千姿说："不全是吧。我只是想要停下来，多看看书，四处走一走，看看世界，体验一下平淡的人生。不然没有输入，不断输出，我会很累。"

"行。"顾绅没有阻拦。

毕竟她也是个成年人了，有自己的想法。

她想干什么，那就去干好了。

反正她的身后有他。

十分钟到了，闹铃声打断了盛千姿的思绪。

她将闹钟关掉，拿出体温计一看，刚刚好 38 摄氏度。

顾绅不紧不慢地说："去把药箱拿来，我知道该吃什么药。"

"你真的不去医院？"盛千姿迟疑地问，"去医院会不会好得快一点儿啊？"

男人还是不肯妥协。

吃药之前，他要先吃早餐，盛千姿说："我给你煮个面吧？"

顾绅似笑非笑地问："你会煮面？"

"怎么不会？"被他无端嘲笑了，盛千姿怎么也要向他展示一下自己那一丁点儿厨艺，"你看着好了。"

她走进厨房，戴上围裙。

顾绅过来，钩住围裙的两条细带子，帮她系好。

盛千姿扭头问："你怎么不躺着啊？"

顾绅说："我又不是腿断了。"

难得有机会可以表现一下贤惠一面的盛千姿，发现现实与她想象的有些不一样。

不应该是男朋友卧病在床，女朋友悉心照顾吗？

他居然活蹦乱跳，跟个没事人一样。

算了。

盛千姿当他不存在，在脑子里过了一遍煮面的步骤，先把面拿出来，放进锅里。

顾绅掩唇咳嗽两声："先放水，把水煮开了再放面。"

盛千姿乜他。

"我知道，我只是……"盛千姿涨红了脸，说，"大概地比较一下，面够不够吃。"

顾绅倚在流理台旁，拖长尾音哦了声："这倒挺严谨的，我平时怎么没想到？"

找回了面子，盛千姿一边往锅里加水，一边笑着说："是吧？要严谨一点儿。"

顾绅平淡地开口："一把面不够，起码三把。"

她真是无语！

盛千姿又说："我知道，你不说话会死吗？"

顾绅："不说话会饿死。"

盛千姿烦死他了，踹他一脚，指着门口赶他出去："你！给我立刻马上现在就出去，消失在厨房！不要让我看见你！"

顾绅不依："不行。"

盛千姿问："为什么？病人就要有病人的样子！"

顾绅道："怕你把厨房炸了，面没了就算了，女朋友也没了。"

盛千姿怒道："呸呸呸！你才把厨房炸了，别咒我！"

顾绅还是没有走。

盛千姿也不管他，专心地把番茄从冰箱里拿出来，洗干净，切成四份，再切成一块一块的。

她很少干这些活儿，刀工不好，拿大刀不习惯，就用削皮的小刀来切。

随后她将番茄放进锅里，加点儿油。

等水开了，番茄也煮得差不多了，盛千姿将面放进去，加了两个鸡蛋。五分钟后，大功告成。

煮面其实也没有很难嘛！谁说她不会的？

盛千姿得意地扫了顾绅一眼，拿了块抹布，想将整锅面端去餐桌。

男人直接上来，帮她端走。

盛千姿就负责拿碗和筷子，满心期待地说："我预感到我这锅面会很好吃。"

顾绅挑了挑眉："试试？"

盛千姿帮他盛一碗，顾绅吃了。

确实挺好吃的，只要是她做的东西，他都觉得好吃了不止一倍。

盛千姿问："怎么样？"

顾绅点了点头："还不错。"

"我就说吧！"她得意扬扬，"我也是会两手的，等我拍完戏就回来陪你，天天给你做。"

"别。"男人摸了摸她的手，她的手指匀称且细长，椭圆光滑的指甲被涂上了好看的浅紫色指甲油，俨然一双女艺人的漂漂亮亮的手，"我舍不得。"

盛千姿抿了抿唇，说："没事的，就做做饭而已。"

"该休息的时候就好好休息，去看你的书，研究你的剧本。"顾绅无奈地说，"而不是回家天天只想着做家务。"

盛千姿吃了口面，妥协："好吧。对了，你不是要给我看房于吗？照片呢？"

顾绅吃完面，在她的监督下吃了药，去房间将手机拿过来，点开相册给她看。

相册里面有近百张照片都是关于房子的。

盛千姿觉得很神奇，顾绅一直以来都是冷淡到极致的人，手机相册里没几张照片，现在居然为了他们以后的房子这么认真地给她拍照，拍了无数个角落，只为了让她看得真切一点儿。

所有的照片，一共包括四个户型。

一个是两层的巴黎样式小洋楼，也就是上次顾绅发了照片的那个。

另外三个分别是四层的精简风格豪宅、三层欧式风格别墅和三层玻璃建筑。

盛千姿每一张照片都认真看了，最后还是被那栋双层的精致小洋楼吸引了视线，洋楼的小花园比较宽敞，可以种一些好看的鲜花，再在草坪上放两张长椅。

工作结束没事干时，她可以跟顾绅一起在外面懒懒地晒太阳，待一下午。

盛千姿问："你真的要买了吗？"

顾绅答："有打算。"

"嗯。"盛千姿觉得这算是一件大事，他们决定得是不是太草率了？

她顿了顿，问："爷爷知道吗？"

顾绅摇了摇头。

盛千姿叹了口气："顾医生真有钱。"她认真地看着他，眼神真诚又含着些许庄重，"你真的决定好了吗？"

顾绅问："决定什么？"

盛千姿瞪他："还能决定什么？买了房子就算定下来了，所以你真的决定好了，要跟我一直在一起，一辈子在一起啊？你要想好了，我们一旦结了婚，再离婚，作为你的妻子，我可是能拿走你一半的钱的，到时候你心疼都来不及。我知道，顾医生的小金库肯定比我多得多……"

她边笑边调侃，明眼人都知道，她这哪是贪财啊？

真正贪财的人才不会说出来。

顾绅轻笑，原本因发烧有些疲惫的感觉荡然无存："能用我一半的钱换一张结婚证，求之不得。"

盛千姿挑了挑眉，说："你真的不打算再考虑考虑？我们才在一起不到一年，其中见面的时间加起来都不到两个月……"

她凑近他的耳朵，暧昧地问："其实我身上有很多很多小毛病，没有你想的那么完美。你确定你喜欢的是现在的我，而不是外面包装起来的'人设'？"

"你是什么'人设'？"顾绅把她捞到自己的腿上，笑意更浓，"是又懒又蠢，喜欢赖床，生活极度不规律、不健康，爱跟人聊八卦的'人设'？"

"顾绅！"

当人的面不能揭短，这是亘古不变的道理。

盛千姿佯装很生气的样子，不理他。

他终于说出了一个她的优点："但有一个地方，还挺一拍即合。"

"什么地方？"盛千姿试探着问。

顾绅答："夫妻生活。"

盛千姿无语。

盛千姿只有半天的假期，下午就要回横店拍戏，不能陪他了。

她收拾好碗筷，将厨房打理了一遍，紧接着进卧室收拾行李。

她将行李箱中春天穿的外套和小开衫拿出来，多放了几件短袖和短裤进去，连着一个半月没回家，品牌方寄了许多新品过来，她逐一拆开，看了一遍。

对了。

她今天早上还有一个任务，拍一支限量新品口红的广告。

盛千姿坐在化妆台前应品牌方的要求认认真真地化了个妆，抹上他家的新品口红。

抹完，她看着镜子观察了两眼，没想到口红跟妆容还挺搭，偏亚光的，枫叶色调。

品牌方要求的是拍抖音式的宣传小视频，自拍挺尴尬的，而房间里又没有三脚架。

盛千姿目光顿了顿，立马将目标转向正拿着书、准备上床的病人。

"顾绅。"盛千姿冲他喊了声，明显一副求人的表情，眯着眼勾起唇笑，"你有空吗？"

怎么可能没空？他今天一天都不需要上班，休病假，闲得不得了。

顾绅问："怎么了？"

盛千姿拿着手机过去，爬上床，直截了当地说："帮我拍个视频。"

"没问题。"顾绅觉得这是小事，举手之劳罢了。

不就是几分钟就能搞定的事情吗？他完全可以！

盛千姿见他答应得这么爽快，小小地提醒了一下："你别嫌我烦哟。"

"我什么时候嫌过你烦？"顾绅轻撩着她的发丝，声音冷厉却带着缱绻之意。

盛千姿嘟囔着："我只是怕……拍完这个广告，我们的关系会出现一丝裂痕。"

但这句话，她没敢当面跟顾绅说，就让他自己体会好了。

"好啊！"盛千姿直起身，下床，"快来，我要去浴室拍。"

顾绅大抵是不懂搞艺术的人心里到底是怎么想的，不解地问："为什么要去浴室拍？"

盛千姿进衣帽间换了一条深V深紫色吊带细闪裙，胸部的沟壑和平滑的直角肩露出来。她轻轻一动，风情万种。

顾绅委婉地提出自己的感受："你这广告拍摄得太认真了吧？"

"我是代言人啊，当然要认真啦。"盛千姿跟他说明原因，还小小地炫耀了一把，"我已经在和他们谈全线代言的事了，不出意外，不被截和的话，最迟明年年初就会开始宣传。"

顾绅不懂。

代言人就代言人，还分什么全线不全线的？

盛千姿一看就知道他又迷茫了，就像有时候她瞧见他最近很累，问他最近怎么了，是有什么棘手的病人吗，他说了一大堆关于某种疾病的理论知识，盛千姿一头雾水，似懂非懂地点头。

盛千姿说："真神奇，我们涉及的领域不一样，却不会完全没有话题。"

"嗯。"顾绅赞同，"但大多数时间是你在说。"

这要怪谁啊？

盛千姿不爽地道："你这个闷葫芦，我不说的话，我们就彻底没话说了。"

不过她每次跟顾医生说话，都会得到他的回应。

他总是会深情地看着她，即便他完全听不懂，也听得很认真，好像看她说话，就是一件很有意思的事。

"好的，来吧。"盛千姿走去浴室，跟他大致说了一下自己的想法，"我想拍的是，我站在镜子前，用口红抹嘴唇，然后你站在侧面拍我，当我将脸转过去时，你就正面拍，OK 吗？"

顾绅微敛下巴："OK。"

盛千姿对他的领悟能力有点儿惊讶，但又怀疑他的审美。

算了，先拍一次看看效果。

"好。"盛千姿先把手机拿在手上，对着可能会入镜的空间大概检查了一下有没有涉及隐私的东西。

她细心地将顾医生昨晚换下的衬衫拿走，又将装换洗衣服的篓子拿远一点儿，确保它不会入镜。

最后，她将顾医生的剃须刀、男士沐浴露、他常用的洗发水全部拿开。

忙活了一阵，盛千姿叉着腰问他："你帮我看看还有什么漏的，看仔细一点儿……"

顾绅视线落在镜子前的一块男士剃须刀替换刀片上，略微沉吟："没了。"

"好。"盛千姿将手机给他，一只手拿着口红，一只手的手掌撑在台面，稍稍弯腰，一撩长发，露出一半圆润的肩膀，"可以开始了。开始的时候，跟我说一声。"

顾绅调整好拍摄的角度，声音很有质感，还有浅浅的回音从浴室的雪白瓷砖上反弹回来："好，开始。"

盛千姿今天画的眼线，眼尾上挑，有点儿妩媚。她勾唇笑了下，象征性地抹了抹口红，单手撑住盥洗台，转了个身，将口红举到肩膀的位置，顺利说出了口播词。

录制完毕。

她开心地将手机拿过来，看了眼，短短 30 秒的小视频，很快就能检阅完。

盛千姿打开视频的第一秒就皱起了眉，狠狠地瞪他一眼："顾绅，我刚刚示范给你的是这个角度吗？"

对方有些无辜，凑过来看了眼："不是吗？"

盛千姿说："你拍摄的角度应该高一点儿，从上往下，而不是从下往上拍，那样的话，脸会很胖的！"

顾绅吸取教训，又拍了一次。

盛千姿又皱了一次眉："不够，不够！还是不够高！你听我的嘛，你就按我给你示范的去拍！"

第三次亦是如此。

盛千姿要气死了。

她冷静了几秒，低头叹了口气，终于发现了什么不得了的原因。

她今天穿的裙子是深 V 设计，如果从上往下拍，会露出春色，但是很性感。

她要的就是这种妩媚的感觉啊！

盛千姿威胁他："顾绅，你别逼我。你要是还不听我的，我就自拍了，从上面往下拍。"

顾绅无语。

行！

这个威胁果然管用，顾医生果断改掉之前的毛病，虽然依旧没有达到她的要求，却也改进了不少。

之后她开始抠别的细节……

盛千姿从出道开始就在上表情管理和表现力这门课，在表演上，她对自己的要求很高，又把视频拍了二三十遍。

顾绅有些困了，他刚吃了药，隐隐有撑不住的迹象，挺拔的后背倚在墙壁上，举着手机给她拍。

盛千姿见他这样，也不忍心再折腾他，走过去，一手轻轻抓住他的衣角，一手摸上他的俊脸："怎么了？累了？不拍了。"

盛千姿将视频素材发到自己的工作室群里，让工作室的人去增加一些特效或者修一下，然后发出。

她的微博账号不全由自己打理，很多时候是由工作室内专门负责这一块工作的人进行管理。

去年有一段时间，陈芷珊很忙，但她一直都不说自己到底在忙什么，只用签了几个新人要培养为由搪塞过去。

盛千姿半信半疑，没有多问。

直到今年盛千姿生日，陈芷珊说要给她一个大惊喜，带她来到公司附近一栋偌大的办公楼里，走进去看到新鲜出炉的 logo（标志）和办公室名称，她才恍然大悟——这里是盛千姿工作室。

出道数载，她终于有了属于自己的个人工作室。

这代表她的事业已经步入正轨，有专业的团队在背后为她服务，处理关于她的各种事务。

拍摄完广告，盛千姿就要出发前往横店继续拍戏了。

陈芷珊派了车来接她，司机给她发消息提醒："到了。"

盛千姿回了个"好"，推出行李箱。

顾绅执意要送她下楼，她没拒绝。

临走前，她说："记得乖乖吃药，不要逞强。等下就回去休息，我先走了，拜拜。"

顾绅点了点头，跟她说再见。

盛千姿上车后，还打开车窗看着他笑，直到再也看不见他的身影……

这小半天的相处，让盛千姿更加肯定了自己要休息的想法。

娱乐圈有很多明星情侣因为行程的安排，两人不能常见面而导致感情疏淡，最后分手。

隔着屏幕，有时候并不能清楚地知道对方打出一句话时的表情，所以异地恋的情侣之间总会出现许许多多的误会和摩擦。

她和顾绅也吵过架，也有过冷战。

谈起恋爱来，他们跟其他人没什么区别。

最可怕的是，因为不在同一个地方，冷战的时候看不到对方，她会更加难过和着急。

那时候她是真的怕，有一天他们冷战着，互相不搭理对方，最后真的就不理了，所有的感情都淡了……

盛千姿跟顾绅商量过，以后吵架，宁愿骂人也不要冷战，但顾绅不愿意。

"骂你，我做不到，只能让自己先冷静下来，变得理性，去思考如何解决问题。可能有时候冷静的过程比较漫长，但是我会改进……"

盛千姿对他真的是又爱又恨："你知不知道你真的很奇葩，"看着顾绅迷惑的表情，她又补充道，"也很可爱。这个方案，我同意。"

当天晚上。

工作室整理好了广告的小视频，在盛千姿微博直接放出。

盛千姿没多在意，也不怎么关心，平常她发的广告就不少，尤其是最近代言接多了，简直一个接着一个地发。

但今天这个……她完全没预料到，居然上话题榜了！

话题是："盛千姿的浴室里有什么东西？"

盛千姿无语：这是什么奇葩话题？

事情的起因是有个粉丝发现盛千姿上次不小心上传过的公寓浴室对镜自拍照，里面的瓷砖颜色和型号跟这一次拍摄的广告视频里的一模一样。

所以很显然，这就是盛千姿的浴室。

@盛千姿是我女儿："这条微博来做个整理，看看宝贝儿盥洗台上有什么护肤品或者好东西。"

这条微博的本意只是扒一下盛千姿日常护理常用的产品，做一下安利而已。

刚开始大家都很认真。

十分钟后，一条画风清奇的评论新鲜出炉。

不到十秒，这条评论获得一堆点赞和回复。

当盛千姿看见她和顾医生上次在浴室没用完的东西被无限放大，出现在话题榜第一的热门微博里时，戳瞎自己眼睛的心都有！

一个小时后，顾医生第四次成功上了话题榜，简直不知道是该哭还是该笑。

这个月，口红新品的销量暴增，很多人慕名前来观看那个原始的广告小视频，最后被安利了口红，成功下单。

盛千姿原本在谈的全线代言人的事，也因为这一事件直接签约，初定下个月官宣。

盛千姿接近一个月都没脸出现在工作室。

她不知道的是，工作室的人也不敢面对她，因为是他们检查不认真，出现疏忽，才造成了这一闹剧。

陈芷珊笑着说："你知道吗？原本工作人员已经发现了顾医生的剃须刀替换刀片，把它用特效挡住了，但是就是没发现那个，你们也太激烈了吧？连浴室都有……"

"你想绝交就继续说。"盛千姿睁大眼睛威胁她。

陈芷珊安慰道："这有什么？很正常啊！你和顾医生都恋爱快一年了，要是你说你们没有进行到那一步，我或许还会担心有什么问题。现在看来，你们过得挺甜啊，打算什么时候结婚？"

"还没想好呢。"盛千姿很纠结，因为她职业的特殊性，结婚的事情都变得棘手起来，"我在想，要不和他领个证就算了。"

陈芷珊大惊："这怎么行？人这辈子或许就结一次婚，你不想穿婚纱啊？不想跟他走进礼堂，在别人的祝福下宣誓，一起踏入婚姻的殿堂啊？你确定你以后想起来不会后悔？"

"当然想啊！"盛千姿托着腮说，"只是该怎么办呢？"

陈芷珊给她出谋划策："我可以帮你。首先，你得把时间定下来。然后你的初步构想是怎么样的？是公开，还是不公开？邀请的客人大概涉及什么圈子，大概多少人？至于其他的，比如场地这种问题我可以用我的人脉帮你解决，如果你家顾医生想自己给你设计或者亲自去办也行。"

结婚好复杂！

盛千姿纠结的其实不是这个，而是其他方面的问题："可是我们都没有父母在场啊！顾医生的爸妈早就离异了，在国外各过各的，我家的情况你也知道。"

陈芷珊推她的脑袋："你怎么这么一根筋？盛新荣那半残不废的，都起不来了，你就别指望他来现场了。谁说只有爸爸可以牵着女儿的手？找千盈啊，妹妹送姐姐出嫁不可以吗？或者你小姨父也行。"

盛千姿点了点头："行吧。"

陈芷珊又问："最近你去看过他吗？"

陈芷珊说的"他"到底指谁，盛千姿肯定知道。

盛千姿摇了摇头："没有啊！我哪有时间？我休息的时间都没多少，还专门去看他？"

他想都不要想！

陈芷珊笑："但他也真是幸运啊，得了重病碰巧被自己的准女婿收治。顾医生可是心外科的专家，加上又有翁婿这一层关系在，几次大手术都将他从鬼门关捞了回来，不得了。"

"是啊！"盛千姿心疼地说，"就因为他，顾医生三天两头出差，有时候还要去国外。这样也好，谁让他自己造孽？让他待在医院里，体会一下晚年被病魔折磨和孤独的痛。"

盛千姿现在在拍的电影《袅袅清韵花间事》改编自十年前的一本著名网络小说，现在已经成了大IP。

电影的制作班底挺强，男主演是当红流量小生，连演配角的都是在娱乐圈有名有姓的人。

这部电影是一部大女主戏，作为女一号的饰演者以及电影一番，盛千姿拍摄场次极多，十有八九是吊威亚武打的戏份。

两个月下来，盛千姿的腰和膝盖已经有些撑不住了。

趁着空闲的时候，导演给盛千姿一个早上的假期，趁人少去医院拍片看看情况，如果情况严重，就要增加替身的戏份。

盛千姿很少拍仙侠剧，武打片也基本没有，上次拍摄的《秋酿》只是一部宫斗剧，吊威亚的戏份少之又少。

这一部电影，她拍得挺吃力的。

她经常要飞来飞去，还有一大堆武打动作，想要拍得好看，力气肯定得有，因此，一天下来，运动量巨大，有时候也会吃不消。

助理陪盛千姿去了医院，盛千姿戴着墨镜和帽子走下房车，前往早就预约好的诊室进行检查。

不到一个小时，检查就有了结果。

医生说："腰没什么大碍，休息一下就会好。膝盖目前来看是有膝关节滑膜炎，也就是膝关节积水。这个病可大可小，不影响走路，对生活也没有影响，就是会肿痛，有点儿难以忍受，同时也能自愈，前提是减少剧烈运动，不然真的有致残的风险。"

医生说完这番话，助理听了，立马狗腿地报告给陈芷珊。

陈芷珊了解情况后，跟导演沟通了一下，希望导演可以态度强硬一点儿，不要让盛千姿逞强去做替身也可以完成的高难度动作了。

导演一听，也很赞同："千姿真的太敬业了，以前没跟她合作过，听业内的人评价她业务能力很优秀，又认真又负责，我还挺不相信的。现在我是深有体会。"

毕竟，咖位这么高的艺人，谁没点儿脾气？

虽然业内的人对耍大牌的艺人嗤之以鼻，但只要不算过分，比如冷淡一点儿，话少一点儿，只做自己分内的事，多余的活儿一点儿不上心，大家其实都可以接受。

导演最初以为盛千姿也是这样的人，没想到她居然还挺好相处。

盛千姿听完医生的建议，没有太大的情绪波动。

这一行里因为拍戏受伤的人实在是太多太多了，就一个膝关节积水而已，等她拍完最后一个月的戏再说。

然而她刚回到横店，就被导演告知："下午不用来了，你好好歇一歇。"

盛千姿被迫歇了一下午，只能在酒店看剧本，背接下来几场戏的台词，简直是无聊透顶，也很担心拍摄进度，一而再，再而三地问："真的不用去了吗？今天明明有我的戏份啊！"

　　导演："换了一下，今天拍群演，我要去副导那里把控一下。"

　　盛千姿："所以我的戏份呢？"

　　导演："明天再说吧。"

　　导演不是一个不负责任的人，既然他不需要她，那就证明真的没她什么事，她安心地在酒店休息。

　　没多久，有医院的路人或者蹲点的记者偷拍到盛千姿前往医院的照片，发上微博，给她编出了各种奇奇怪怪的病，盛千姿看得目瞪口呆。

　　"今天我去××医院做产检的时候，看见了盛千姿跟她的助理！"

　　"什么？！妇产科！！！"

　　"怀孕了？！"

　　"盛千姿的粉丝只认官宣哟，姐姐家的私事还是让她自己处理好了。如果姐姐真的怀孕了，我们就祝福！大家关注姐姐的私生活，不如关注一下姐姐正在上映的恋爱电影《冰糖蜜柚》和正在拍摄的《袅袅清韵花间事》？"

　　"公开吧，公开吧，我祝福他们！他们什么时候结婚啊？想看漂亮姐姐穿婚纱的样子，希望婚礼公开举行，想看！想看！"

　　当事人盛千姿刚从浴室接了盆热水出来，把毛巾放进去浸湿，又拿出来拧干，正热敷得起劲，一边喝水一边刷微博，结果一口水喷出来。

　　这都是什么玩意儿？

　　关键是网友们误会就算了，一些朋友也来关心她，给她送祝福，熟一点儿的好友还大胆地问："什么时候办婚礼啊？"

　　盛千姿无可奈何，直接拍了一张正在热敷的膝盖的照片过去："膝盖怀孕了。"

　　朋友："哈哈哈哈哈哈哈哈哈哈哈哈哈！"

盛千姿和顾绅恋爱的事已经尽人皆知。

之前医院里的人猜测了好久都猜不到顾医生的女朋友是谁，直到盛千姿恋爱官宣的那晚，他们才发现，拐走顾医生的根本就不是医院里的人，而是演员盛千姿。

盛千姿啊！！！

原来他们临江医院的活招牌是被盛千姿拐走的，这下医院里的女同志们心服口服。

她们也没办法啊……

她们没人家漂亮，也没人家身材好。

盛千姿漂亮就算了，连演技都那么好，成就还那么高，在她那个领域，也算是个响当当的人物。

后来有一段时间，顾医生抱走了娱乐圈最漂亮的大美人的事被调侃了好一阵子。

单身男医生都很羡慕，酸到了骨子里。而顾绅往往对这些异样的目光视若无睹，如往日一般正常上班，鲜少有人能看到他在工作时间露出那种恋爱中的傻笑。

小芝有时候也会想：顾医生这样的高冷男人恋爱起来，会不会很冷啊？千姿会不会受不住，或者顾医生会不会对她不好？

后来，小芝拍了拍脑袋，感慨自己简直是护士职业病发，看到什么都想要操心一下，或许顾医生只是在他们面前严肃，在千姿面前又变了样呢？

无论如何，她都祝福他们。

在看见"盛千姿怀孕"的话题后，她咯咯地傻笑，经过顾医生办公室时，顺口恭喜了一句。

顾绅被她这一声"恭喜"弄得很蒙，愕然地抬眸，问："恭喜什么？"

小芝没敢在走廊大声说，就进去说了句："你们不是有宝宝了吗？千姿都去妇产科了。"

顾绅脑中有无数个问号："妇产科？"

"对啊！"小芝说，"有记者拍到了动图和照片，你不知道吗？"

她忽然想到某一种可能，"会不会是千姿还没告诉你，想要给你一个惊喜？可是这也兜不住了啊，现在全世界都知道她怀孕了。"

顾绅更迷惑了。

全世界都知道她怀孕了？

他立马打开手机，点进微博看了眼，果然看见那张盛千姿戴着墨镜和帽子，在助理的陪同下走进医院的动图，以及那一条说在妇产科看见盛千姿的素人的微博。

话题热度到现在依旧很高，主要是盛千姿的粉丝质问那个说在妇产科看见盛千姿的博主，让她不能乱说话，要有图有真相。

而后她真的上传了一张盛千姿在医院的照片，照片里的盛千姿正低头玩手机，背后有医院走廊的指示牌，显示这里就是妇产科。

盛千姿怀孕的真实性高到基本"实锤"了！

大多数人已经相信这件事，静待官宣。

下班后，顾绅慢条斯理地整理办公桌桌面，而后将东西收拾好，站起身，迈开长腿去停车场。

他怔了许久，不知道自己在想什么，只觉得有一丝控制不住的情绪被压在心底。他从未如此失控过，那是激动，是喜悦，还有对未来的期待。

去停车场的这一路上，他已经将他们的一生都构想完，并且生出一个念头，那就是：要抓紧结婚了。

顾绅拉开劳斯莱斯的车门，坐进车内。

刚巧，盛千姿发了条消息过来求安慰："膝盖有点儿痛……"

为了不让他担心，盛千姿没有告诉他她具体得了什么病。

虽然已经知道了某些事实，但顾绅还是觉得让她本人亲自说出事实比较好——女人不都喜欢制造惊喜吗？

顾绅删掉了"怀孕了？"这三个字，重新打字发过去："怎么了？"

盛千姿："没什么，就是拍戏的时候磕到膝盖了，有点儿痛。"

顾绅："你拍的电影，我记得是仙侠剧吧？"

盛千姿："是啊！你有兴趣？你看过小说？可以有空的时候过来探班啊，我是你喜欢的小说的女主角，爽不爽？"

顾绅轻咳了两声，回复："周五晚上去看你。"

盛千姿："好啊好啊！"

顾绅："膝盖痛就热敷一下，别蹿来蹿去了，你现在这个状况，以后做什么事都要小心一点儿，知道吗？"

盛千姿惊了一下。她不就说她膝盖有一点点痛吗？顾医生怎么就这么贴心？

什么叫以后做什么事都要小心一点儿？太夸张了吧！

盛千姿："知道了，我会注意的。"

顾绅："拍戏没问题吧？"

盛千姿："你还操心我拍戏？没问题啊，刚刚陈芷珊来跟我谈了，她应该跟导演说了，现在替身能上的戏份，都不需要我了。"

顾绅："那就行，你自己注意点儿。"

顾绅像个长辈一样唠叨，主要还是不放心盛千姿。

在他眼里，她还是个小孩子，现在怎么就要做妈妈了？这会不会有点儿太早了？

顾绅越想越觉得自己不是个东西，自己喜欢的女人，想要一辈子宠着护着的女人，居然在未婚的状态下怀上了他的宝宝。鬼使神差似的，干净的手指摸上手机屏幕，他认真且诚恳地打出了几个字："千姿，我爱你。"

远在横店的盛千姿看见自家男友开窍了，居然主动说"我爱你"，激动得想要在酒店房间里暴走。

盛千姿发了个可可爱爱的表情包，回："我也爱你呀！"

顾绅想到什么，又发："最近不要减肥了，我让人每两天给你煮一碗汤，补一补。"

盛千姿被顾绅的好意打了个措手不及，觉得他有点儿奇怪。

盛千姿："我真的只是有一点点疼而已，真的是一点点，没事的。你不用给我喝汤，我还没拍完戏啊啊啊啊啊！！！"

顾绅："拍戏重要还是身体重要？"

盛千姿："都重要。"

顾绅："这事没得商量。"

盛千姿心虚地问："你都知道啦？"

顾绅愕然了一阵，笑了："嗯。"

盛千姿想也知道肯定是陈芷珊说的："好吧。你周五晚上过来是吧？"

顾绅："嗯，到时候我们详谈。"

盛千姿觉得他有点儿小题大做了，但也乖乖回复："行。"

第十五章
解锁"小挂件"

一次微信聊天结束，盛千姿总觉得顾绅怪怪的，但具体哪里怪，一时半会儿又说不上来。

他居然还说要详谈？

详谈什么？

盛千姿才发现，刚刚的对话实在是太不对劲儿了。

她记得之前微博上出现过一个名为"男朋友突然行为奇怪，变得比以前更体贴了是为什么？"的话题，底下评论的人基本是富有恋爱经验的，说起来头头是道。

盛千姿记得，话题里三分之二的人评论说，男朋友是做错事了才会这样。

至于男朋友做了什么错事，那肯定有很多种。

顾绅会做什么错事呢？

盛千姿逼迫自己不要瞎想，既然他说谈，那就谈谈吧。

那番微信对话后，顾绅更加肯定了心中的想法，原本打算直接开车回公寓休息，他却突然停下车，走进一家书店，在里面转了一圈，像是在找什么类型的书籍。

书店里整理书柜的小姐姐见他利落干净，心想这样的男人八成是事业型的，估计是来找一些行业领域的书籍吧。

她贴心地告诉他："先生，行业类的书在那个角落，您可以过去瞧瞧。"

顾绅往她脸上扫了一眼，她笑了笑，觉得他真好看。

然而下一秒，这个好看的男人淡淡地开口："母婴类的书在哪里？"

"啊？"小姐姐判断失误。

她看他穿着白衬衫、西装裤，俨然一副社会精英的模样，居然要找母婴类的书？

她没有看不起或者嘲笑他的意思，只是现在这种类型的男人能做到一个人来书店为妻子或者妻子肚子里的宝宝买母婴类的书籍来学习的，实在是……少之又少。

她对他高看了几眼，但又觉得实在可惜。

母婴类的书的位置有点儿偏，她直接给他带路，告诉他："就在这儿。请问你具体要买哪种类型的呢？或许我可以推荐几本给你看看。"

顾绅随便拿起一本书翻了翻："孕期的吧。"

"哦。"原来他的老婆刚怀孕啊！

小姐姐抽出两本书推荐给他："这本书是一位很出名的专家写的，权威性特别高，而且卖得很好，因为好评率高。"

顾绅把书拿在手上，垂眸看了下封面上的小字，没说话。

小姐姐继续推荐第二本："这一本呢，是国外的著作，里面描写的很多孕期的突发状况的处理方法都很新潮，也可以拿来了解一下。"

顾绅接过。

他对这方面不太懂，有人介绍，管她是不是推销，都想买来看看再说。

顾绅结完账，回去做饭，吃饭，洗澡，而后走进书房，开着台灯，认认真真地翻阅买来的书。

书里面介绍了很多孕妇怀孕期间的一些身体反应，以及生产时的情景。

作为医生，他对此肯定略知一二，但是为了确保零差错，他觉得还是认真学习一下比较好。

另一边。

盛千姿正优哉游哉地喝着冰可乐，一边看剧本一边跷着腿哼歌，完全不知道某人正在慢慢走上"妇产科医生"的道路……

至于网上的怀孕谣言，她没理会，反正现在戏还没拍完，等她拍几场吊威亚的戏，谣言不攻自破。

营销号应该不至于写她"带着身孕还亲自上场拍武打戏"吧？

弱智才会信这种谣言。

周五傍晚。

顾绅到的时候，盛千姿还没收工，在拍个人内心戏的特写镜头。

这是一场哭戏。

盛千姿坐在一旁默默地酝酿感情，纤瘦的身子穿着古装仙侠剧的戏服，连背影都唯美得过分。

他没有去打扰她，站在附近静静地看她拍戏。

顾绅已经不是第一次看她拍戏了，但哭戏是第一次。

顾绅亲眼瞧见盛千姿站起身，走入镜头中，把目睹爱人魂飞魄散的那种悲痛和心如死灰通过种种技巧慢慢地演绎出来。

她站在草丛中，伸手往空中去抓仅剩的几缕幽魂，跟疯了一样。

没有特效加持，她演得确实像一个疯子，没有一丝包袱。

草丛中隐藏的石头多，她跌跌跄跄地每走一步，顾绅眉头就皱起一分，真怕她演着演着突然摔在地上。

拍摄结束，导演喊："Cut！特别好，收工！"

顾绅走过去，手上还拿着保温杯，亲自旋开瓶盖，递给她。

盛千姿对他的出现没有太大的惊讶，只是觉得时间有点儿早，一边喝水一边说："今天怎么这么早？"

"没什么事。"顾绅看她刚刚拍哭戏的泪痕还在，便用手指给她抹眼泪，"你怎么说哭就哭，是真的想到事情心里难受才挤的眼泪，还是技巧？"

"当然是技巧啦。"盛千姿看他一眼，见他不太理解，又补充了一句，"都有吧，一半一半，不过现在拍戏拍多了，还是技巧占多数。"

顾绅挑了挑眉，问："刚开始拍戏的时候，你也能说哭就哭？"

"不能。"盛千姿摇了摇头，"哪有那么容易？刚开始找不到方法，但是进了一个很厉害的剧组，高压下很快就学会啦。不过那阵子是真的累得可怕……"

盛千姿过去跟导演和其他工作人员说了一声，便跟顾绅一起离开。

她挽着他的手，有些兴奋地跳着走，抬眸问："我们去哪儿吃饭？"

顾绅没回答，却提醒她："走路小心一点儿。"

盛千姿道："没这么严重，现在好多了。"

盛千姿想吃火锅，还是九宫格的那种，结果一说出口就被顾绅否决了："你现在这样，还吃火锅？"

盛千姿好无奈："你要不要这么死板啊？又不是什么大事，我都忌口好几天了，都馋死了。"

"以后有的是机会，先忍忍。"顾绅自作主张地带她去一家她喜欢吃的日料店，点了碗拉面给她，汤很素，不是泡菜拉面，也不是麻辣拉面。

盛千姿觉得没意思极了，但一想到他是为了她好，撇了撇嘴，只能忍受。

面吃到一半，顾绅告诉她："那套房子，我已经买了。"

他已经买了？

盛千姿吓得筷子险些掉在桌上，不解地问："干吗买那么快？"她说完，发现自己惊讶得有些过分了，又补充一句，"不是，我没有别的意思啊！我只是觉得……很多事情还没定下来，是不是太快了？你也要跟我再商量一下啊，毕竟买房子是一件大事。"

"没事。"顾绅捏着她的手，往她的小腹扫了一眼，温柔地说，"等宝宝出生就来不及了。"

盛千姿立马愣住。

"宝宝？"她机械地重复了一遍。

顾绅应道："嗯。"

哪来的宝宝？她凭空变出来给他吗？

盛千姿突然趴在桌子上忍不住笑了，笑声过于无奈，且带着点儿嘲笑的意味。

怎么办？她家顾医生太可爱了。网友被营销号骗也就算了，作为跟她"负距离"交流过且是她以后孩子爸爸的人，他居然也被营销号给骗了。

顾绅不懂她到底在笑什么，却隐隐察觉到一些情况。

直到盛千姿勾着唇，凑到他耳边，轻轻地说"傻子"，顾绅彻底了然："没有？"

盛千姿摊手："当然没有啦。你想事情不用用脑子的吗？这怎么可能啊？"

也是，虽然盛千姿是有怀孕的概率，但小到几乎可以忽略。

可能是他太渴望有孩子了，一听到这个消息，就自然而然地相信且没有过多怀疑。

顾绅又问："那你去妇产科干什么？"

盛千姿一边吃面一边说："我助理最近月经总不来，我正好去了医院，就陪她去看看医生，然后就闹出大乌龙啦。"

"什么叫正好去医院？"顾绅细心地抓住字眼来问。

盛千姿心想糟了，也知道肯定瞒不住："就是膝盖啊！"

"情况怎么样？"顾绅职业病犯了般地问。

盛千姿含混地说："没什么大碍，就是……膝关节积水。"

顾绅轻呵了一声，语气冷淡，像是要把刚刚受骗的气全撒到她身上："这叫……没什么大碍？"

"我觉得没什么大碍啊！"

"你觉得？"

随后，盛千姿被他教训了一顿，连反驳的机会都没有。

夜已深，她提议说："要不我们去看电影吧？"

"看什么电影？"有工作短信发到顾绅的手机上，他低头回复了一下，语气略有敷衍。

盛千姿真的想翻脸："还能是什么电影啊？当然是我的电影啊！顾绅，以前我们还没恋爱的时候，你可是去看点映的人啊，现在不会电影上映了一个月，你还没看过吧？有宝宝就对我柔情似水，没有了就敷衍对待，我看透你了。"

他不过是回了个短信，因为内容涉及一些专业知识，需要思考，语气略微敷衍了些，就被扣上了这样的帽子。

在幽蓝的夜幕下，他搂着她的腰慢慢往电影院走，一边走路，一边俯身说了句："早就看了，只是不想再看一遍，不想看自己的女人跟别人卿卿我我。"

"那是拍戏需要。"盛千姿说。

顾绅点了点头："我知道，但这跟我吃醋没有任何冲突。"

好吧。

《冰糖蜜柚》这部电影比较小众，不像《生命只有一次》那样纪实性强，能引人深思，所以票房不高不低的，男主演是新人，票房基本靠盛千姿的路人缘和粉丝在撑。

现在电影上映一个多月了，影厅的排片率与上座率都在降低，想看的人已经看过了。

所以盛千姿和顾绅买电影票的时候发现，这个时间段影厅竟然没人。

正好，这就相当于他们包场了。

盛千姿没怀孕，也没必要严格忌口，顾绅买了爆米花和一杯饮料就跟她走进去，坐在影厅的中央，等待电影开场。

盛千姿吃了几颗爆米花，一想起刚刚那个乌龙就觉得好笑。

趁电影还没开始，她凑过去问他："你到底是为什么这么肯定我怀孕了啊？"

"医院。"顾绅答得简洁明了。

盛千姿捋了捋头发："可我们也没有那个啊，上次不是出来才……的吗？怎么会有？"

顾绅低低地道："概率还是有的。"

"这跟买彩票一样，难说。"盛千姿没太在意，却又忍不住问他，"你怎么……感觉很难过啊？就因为我没怀孕？"

顾绅不说话。

盛千姿越说越没劲，不过从表情也能看出来，她家顾医生还是有点儿喜欢小孩的。

看破不说破，她只对他说："下下周。"

"嗯？"顾绅侧了侧头，等着她说下去。

盛千姿顿了好久，都没再开口。

下下周什么？

顾绅不解地看着她。

盛千姿无奈地开口："杀青啊！"

他们约定，这部戏拍完就结婚。

盛千姿在暗示顾绅。

顾绅却不知道有没有接收到这个暗示，只嗯了一声："具体哪一天？"

盛千姿乜他："暂定是周四。当天晚上有杀青宴，我就先不回去了，周五再回去。"

顾绅抓过她的手，捏在手心，轻声问："要我去接你吗？"

电影开始了。

第一幕是早晨，闹铃声响起，盛千姿饰演的角色从床上迷迷糊糊地起来，准备赶去上班。

盛千姿一边看着电影里的场景，一边说："不用了吧，你不是要上班吗？我参加完杀青宴睡一觉，早上收拾一下东西就走了，然后回家。"

"行。"顾绅由着她，只叮嘱道，"路上小心。还有，别喝酒。"

盛千姿吐了吐舌头，不说话。

喝不喝酒，她看情况吧。

顾绅今天过来原本是想跟她商量一下宝宝的事情，还有后期的结婚、装修房子和其他琐碎的事。

现在他突然被告知这只是一场大乌龙，很多事情没法聊了。

看完电影，两人慢慢地走回酒店。

顾绅说想要检查一下盛千姿的膝盖的情况，他对骨科也颇有了解，膝关节滑膜炎不算是什么复杂的病，所以他还是懂的。

所幸情况真的如她所说，不算严重。

她只要减少剧烈运动，好好歇上一阵，便会好。

有顾医生在，盛千姿连热敷都不需要自己动手，他走进浴室端了盆水出来，慢条斯理地蹲在她的脚边，帮她敷膝盖。

有时候毛巾太烫，盛千姿被刺激得小腿一颤。

他问："很烫？"

"嗯。"她一边看剧本，一边点头。

顾绅轻叹了一声说："还行，是你皮太薄。"

"那你的意思是你的皮很厚、很结实喽？"盛千姿撇了撇嘴。

顾绅说："比你厚。"

"那肯定啊，比我薄还得了？"有他在，盛千姿根本没什么心思认真看剧本。

幸好她一直有提前背台词的习惯，接下来几天的戏份的台词，她都已经背完了，虽然并没有背到烂熟于心的地步，却也能将大概的意思说出来，拍之前再巩固细化一下就行。

她明天的戏份都是跟男主角的感情戏，对话特别多。

盛千姿灵光一现，陡然提出："不如，你跟我对戏吧？"

"对戏？"盛千姿一看顾绅的表情就知道他很不乐意。

从恋爱到现在，他极少会对她的剧本感兴趣，像剧本这种不允许外泄的东西，她经常直接放在公寓里，他都不看。

盛千姿不为难他了，伸手从他腰间穿过，搂着他："你就不好奇我接下来会拍什么戏份吗？比如感情戏这些？"

"我不喜欢你就不拍吗？"顾绅捏着她的下巴，摩挲了一下。

盛千姿勾唇笑笑："那……当然不会。"她给他吃颗定心丸，"不过放心啦，我不是偶像剧演员，我拍的戏亲密戏都挺少的，嗯……比别的女演员少。"

两人许久未见，她甚是想念他。

她搂着他的脖子，将红唇送上去，亲了他一下："顾绅。"

顾绅将她往身上带，抱到自己的大腿上坐着："嗯？"

盛千姿委屈地说："刚刚的暗示，你还没收到吗？"

"什么？"他又问了一遍。

盛千姿提醒他："结婚啊！"

顾绅问："你想什么时候？"

盛千姿笑了笑："你是说领证？"

"嗯。"

"为什么要我决定？"

"我决定的话，我希望下一个工作日我们就去。"

"那不行。"盛千姿没想到他这么急，"那时候我还没杀青，民政局是工作时间才开门的，而且我在拍戏，你也在上班啊！"

顾绅无奈地说："所以……"

盛千姿躺在床上，他以为她会说出一个日期。

结果，女人在被子上滚了滚，奸诈地笑着说："所以，你先求婚吧。哈哈哈哈哈！"

求婚不能少，不然多没意思啊！

其实顾绅也早有计划要求婚，只不过没有告诉她："嗯，那就先求婚吧。"

盛千姿听到这句话，有一瞬间的失落。

原来他一开始是不打算求婚的吗？

但这种失落很快便被她消化掉，她安慰自己：可能顾医生就是这样不喜欢形式主义的人呢？

她不能因为一点儿小事情就觉得他对自己不好，毕竟他们生活的点滴与他对她的陪伴都是有目共睹的。

第二日。

盛千姿早起前往拍摄现场化妆，继续拍戏。

顾绅没有跟过来，只是在中午的时候过来陪她吃饭。

盛千姿问："你早上干什么去了？"

"四处逛逛。"顾绅答得随意。

盛千姿哦了一声："去哪儿逛了？"

顾绅似乎不是很想说，顿了顿："附近的广场。"

盛千姿总觉得他心里有鬼，跟他相处了那么久，顾医生有一个优点她很喜欢，就是不太会说谎。

他一说谎，她总能看出来，但她没拆穿，就这么憋着，难免有些闷闷不乐。

到了晚上。

顾绅发微信消息说："在酒店吃饭，买了东西。"

盛千姿回了个"哦"。

陈芷珊见她今天有些不对劲儿，经常坐在一旁发呆，便多嘴问了句："怎么了？周末顾医生来陪你，你不是应该很开心吗？你这情况怎么回事？你们吵架了？"

"没有。"盛千姿摇了摇头，将最近的情况告诉她，"你觉得是怎么回事？"

陈芷珊叹了口气说："这些东西……猜来猜去的，你还不如直接去问他。你是不是太敏感了？顾医生都来横店陪你了，大概率不会有问题，你觉得他怪，那就去问清楚。"

"好。"

盛千姿也是这样想的，立马走回酒店，一路上连接下来要问出口的话都组织好了。

结果，她打开房门，里面居然一片黑暗，灯没开，人也不在。

这诡异的氛围让盛千姿蹙紧了眉头，将房卡插入取电开关，把灯打开。

灯一开，她才发现，房间里铺了满地的红玫瑰花瓣，像是一片花海，一眼望去，很是浪漫。

盛千姿拍戏时也拍过这样的场景，男主角为了哄女主角开心或者向女主角求婚的时候，就会用尽办法，利用玫瑰花去制造浪漫。

所以，现在是……？

房间里不见顾绅的人影，她都不知道他去哪儿了。

盛千姿无语地靠近床边，瞧见床上放着一束鲜艳的蓝色妖姬，中间有张卡片。她将卡片抽出来，正打算瞧上一眼……

啪嗒一声。

酒店房门被人从外面打开，顾绅走进来，手中还拎着一袋东西，看见比约定时间早收工了半小时的女人站在自己精心布置了一天的小天地内，有些惊讶。

盛千姿说："你回来啦？"

她一边说话，一边低头看卡片，上面的文字简洁明了，是漂亮又熟悉的瘦金体，很显然是顾绅写的。

"千姿，嫁给我，好吗？"

所以他这是要求婚？

盛千姿已经猜到他刚刚为什么那么惊讶了，原来他早上遮遮掩掩不想告诉她到底去了哪里，就是因为在准备这些东西来向她求婚啊？

她抬起手，朝他晃了晃卡片，尽量显得不尴尬地问："你是……要求婚吗？"

眼见男人的脸色沉下来，她快憋不住笑了。

盛千姿提了个建议："不如，我出去再进来？"

"不用了。"顾绅走进来说。

盛千姿凑过去，踮起脚搂着他："好啦，你的惊喜已经很成功了，我刚刚进来的时候都没想到会这样，吓了一跳。"

顾绅扶着她的腰："只是吓了一跳？"

盛千姿思考了几秒，又郑重地加上一个形容词："眼前一亮。"

屋内出现一瞬的安静。

顾绅却突然严肃起来，每一个字都说得极其认真："千姿，你是第一个让我喜欢上的女人，也是第一个改变我的女人，将来的每一天我都想跟你一起度过，也想照顾你一辈子，嫁给我好吗？"

两人的默契早已形成，盛千姿几乎想都不用想，就能回答："好啊！"

她慢吞吞地说:"你也是我第一个喜欢上的人,虽然中间有点儿波折,但是没关系。顾医生,追人太累了,你对我好一点儿,我们以后都不用再喜欢别人了。"

顾绅点了点头,不知道在回应她的哪一句话,不知道是在说"是啊,追人确实有点儿累",还是在说"我会对你好"……

简简单单的求婚仪式,只有他们两个人知道。

顾绅还买了戒指送给她,款式特别漂亮,价格她不用问都知道是好几位数的。

盛千姿在餐桌旁落座,桌上一眼望去都是她喜欢吃的菜式,不过分量都不是很多,可能是考虑到她现下还在拍戏阶段。

她咬着筷子问:"你今天这么忙,就是为了准备这些?"

"嗯。"

顾绅将落地窗的窗帘全部拉开,让外头的夜色泻进来,星辰寥落,弦月高挂。

刚刚的一些小郁闷全都消失了,盛千姿特别开心地一边吃饭一边看他,笑得梨涡微现。

顾绅问:"怎么了?"

"没有。"盛千姿抿了抿唇,"就是觉得……这两年过得挺好的。"

有他的这两年是真的挺开心的,盛千姿这样觉得。

顾绅淡淡地勾唇:"只是这两年吗?"

盛千姿说:"还有以后的很多很多年。以后啊,我再也不怕遭遇低谷了。"

顾绅告诉她:"怕也没关系,我陪你。"

晚上。

顾绅洗澡的时候,又拉着盛千姿进去,最后因为她膝盖疼,只能将她抱回床上……

一波又一波的快感袭来,盛千姿如同躺在云间,浮浮沉沉的,很不真实,却感到了前所未有的满足与幸福。

周日,顾绅就要回临江准备上班了。

盛千姿要下周五才能回去,拍完上午的戏份,刚好有空闲时间送他离开。

穿着浅粉色的古装戏服，盛千姿在不远处的劳斯莱斯旁跟他聊天，大概就是聊什么时候去领证之类的话题。

其实盛千姿就是不舍得他走，硬要拉着他多聊一会儿。

不巧，这一幕被横店的记者拍到，发布到了网络上。

"顾绅探班盛千姿"的话题很快出现在话题榜上，但是已经不能成为榜单第一了，因为随着时间的推移，网友和粉丝都知道并且了解了盛千姿恋爱的事。

很多明星的恋情只是在公开或分手的那一刻才会引起全网"吃瓜"的现象。

他们恋爱期间，只要没什么奇怪的操作，大家都不会太过关注，最多也只是点进来瞧一瞧，心里暗暗说一句"好甜"便退出。

顾绅开车离开，盛千姿继续投入工作。

陈芷珊过来问她："怎么样？你之前郁闷的事说清楚了吗？"

盛千姿摊了摊手，说："只是我想多了罢了。"

"我就说。"陈芷珊也她，"以后有什么事与其猜来猜去的，还不如直接问他，憋着不一定是好事，说出来也没什么坏处，多沟通、多交流总是有用的。"

盛千姿笑道："知道啦。"

"好了。"陈芷珊挺舍不得她的，"拍完这部戏，你就休息了，下一部戏还没决定，不过也不急，你想拍的时候再拍。以后我就去带新人了，不能天天跟你唠叨、烦你了。你们什么时候结婚啊？"

盛千姿抿了抿唇，喝了口水，说："杀青后。什么叫不能跟我唠叨了？你说过要给我筹办婚礼的。"

"什么？"陈芷珊没想到她说出的话信息量这么大，"你们真的要办婚礼？公开吗？"

"要办。"盛千姿点着头说，"我跟顾医生商量过了，婚礼肯定是要办的，但不会全公开，毕竟这是我们的私事。我的想法是找人拍视频，以 vlog 的形式分享给大家，也给自己留个纪念。"

"好。"陈芷珊觉得这个方法不错，"没想到，最后还是你比我先嫁人啊，祝你幸福。相信我，姐姐看人的眼光不会错的，你以后一定会很快乐、很开心，将以前的所有不快乐的事情都忘掉。"

《袅袅清韵花间事》于周四傍晚杀青，当晚剧组按照惯例办了个杀青宴，盛千姿作为女主演必须参加。

整场晚宴持续了四个小时，盛千姿回到酒店时身体又累又酸，浑身都使不上劲儿。

顾绅发微信消息问她："结束没？"

盛千姿："结束啦，你还没睡吗？"

顾绅："在等你。"

盛千姿："干吗？你还怕我在杀青宴上出什么事啊？"

盛千姿："我已经不是以前的盛千姿了，谁敢碰我？"

顾绅："快睡吧，明天睡醒了再慢慢回来。"

盛千姿："好，你跟主任请假了吗？星期几呀？"

民政局的上班时间是周一到周五。

顾绅这几天都上班，如果不请假的话，他们是办不了结婚手续的。

顾绅："周一。"

盛千姿笑他："你还真急。"

盛千姿："我睡了，不跟你说了，好累啊！"

顾绅："嗯，晚安。"

没有工作，盛千姿在酒店睡到自然醒，没有闹钟，也没有人喊。

日上三竿，她才懒懒地翻了个身，感到前所未有地舒适，下床趿拉着拖鞋去浴室一边洗漱一边点了首歌来听。

哼着歌，她用手机点了份早餐，顺便打开微信告诉顾医生："我醒了，先吃早餐，然后收拾好东西就回来。"

顾绅："嗯，乖。"

盛千姿笑。以前她都不习惯吃早餐，跟顾绅在一起后，她时刻谨记不吃早餐会对身体有危害的忠告，时间一长，即便他不在她身边，她也会老老实实地去吃。

送餐员将早餐送上来，是一份乌冬面。

盛千姿一边吃面条，一边将工作室修完发来的杀青照片整理了一下，打开微博，发了一条动态："一觉醒来，我复活了。各位最近过得还好吗？"文字下面配了九张图。

"恭喜杀青！期待《袅袅清韵花间事》电影上映啊！"

"我们过得很好，每天刷你的美图都很开心，你呢？"

"杀青了就好好休息，别太累了。"

盛千姿确实是准备休息了，但她没想到的是，结婚比拍戏还累。

回去后的第一天，盛千姿就给自己制订了一个月的计划，列出接下来她要做什么：

"要学会做饭，至少掌握三道菜。"

"看书五本。"

"看电影十部。"

"跟顾绅领证。"

"准备婚礼。"

"旅行一次。"

…………

她贪心地把自己以前想静下心去做却一直没有做的事情列在表格上，打算慢慢完成。

顾绅对她这样的生活态度很满意，晚上临睡前看着她的计划，揉她的脑袋："我还以为你休息真的就在家什么都不做。"

"怎么可能？"盛千姿觑他，"我也是有理想、有追求的好吗？"

顾绅淡淡地说："嗯，那就看看你能完成几件事。"

这略带怀疑的口吻将盛千姿刺激到了，让她充满信心与动力。

第二天，她开始学做菜，琢磨了一下午都没学会一道，简简单单的一盘西红柿炒蛋，蛋居然还被她炒煳了……

顾绅觉得她特别可爱，眼角眉梢都是忍不住的笑意，最后还是他来掌勺，给她做好了晚餐。

"看来，这所有的计划里，你第一个要成功的是结婚啊！"

"今天就是失误，火开得太大了，油又放少了，菜就煳了。不然我肯定能成功。"

"行，那你明天再试试。最重要的是注意安全，如果厌倦了或者累了，就不要做了，没人笑话你。"

"我知道了。"

翌日。

盛千姿和顾绅前往民政局办理结婚登记，他们穿着白衬衫和黑色长裤，简单又干净，挽着手来到办事处。

盛千姿化着淡妆，摘下墨镜的一瞬间，直接让办事的小姑娘惊呆了。

小姑娘瞪大眼睛，没想到在这儿能看见她，不敢相信地问："你是盛千姿？"

"对啊！"盛千姿大大方方地承认。

小姑娘掩唇笑了笑，给他们拿表格填资料，随后说了句恭喜："新婚快乐呀！"

盛千姿笑眯眯地道："谢谢。"

拍证件照时，两人都很上镜。盛千姿往顾绅那儿靠了靠，唇角上扬，顾绅虽无过多笑意，却带着丝丝的宠溺。

摄影师无奈地说："老公可以多笑笑。"

老公？

盛千姿有点儿蒙，一时没将称呼转换过来，想了想，调皮地低声喊他："老公，这可是一辈子仅有的一次机会，你确定不笑一笑吗？"

顾绅被这一声"老公"喊得心都软了。

贴在证件上的结婚照只需要拍一张，后面可以拍气氛活跃一点儿的照片。

盛千姿见顾绅一直绷着脸，拍照时从来不做什么表情，直接偷偷地用手隔着白衬衫掐他腰间的肉。

他皱了皱眉，垂眸宠溺地看向她，刚好，盛千姿嘬了嘬唇，盯住他。这一幕被摄影师拍了下来。

所有流程走完，结婚证也拿到手了。

盛千姿牵着顾绅的手，一边欣赏结婚证，一边去停车场准备回公寓。

她拿着结婚证前翻后看，爱不释手，惊叹了一句："这封皮的颜色好红火啊，看上去就很喜庆，也很严肃。"

"没见过？"顾绅一边拉开车门一边问。

盛千姿迅速捕捉到关键词，眯起眼问他："你见过？"

"见过。"顾绅说，语气中难掩失落，似乎又想到某些场景。

盛千姿好奇地问："什么时候呀？是你爸妈的吗？"

顾绅走去驾驶位，上车，淡淡地道："他们离婚的时候。"

盛千姿知道顾绅爸妈离婚的事。这件事早在几年前就传了，盛千姿不知道他们具体为什么离婚，但听说离婚过程还挺平静的，没有出现任何争执和吵闹，只是曾经恩爱的两个人感情不在了，选择了放手。

而后，不到一年，两人又开始了新的生活。

顾绅和顾珩一直待在顾家，平时操心他们的也只有顾爷爷而已。

盛千姿想到接下来的婚礼，冒昧地问："我们结婚的时候，他们会回来吗？"

"不会。"她看顾绅这样子就知道他肯定没问过，而且压根儿不打算跟他们说。

盛千姿心中早有计划，没忍住又问了句："你就不想他们？"

那毕竟是他的爸妈啊……

顾绅平淡地说："还行吧。"

盛千姿努了努嘴，用他听不见的音量嘟囔："你就嘴硬吧。"

领证当天，顾医生休假。

两人去外面的餐厅吃了顿饭，点了一瓶红酒，是盛千姿硬要点的。

她给他们的杯子都倒上酒，她的那杯少一点儿，举起高脚杯试图与他碰杯："新婚快乐呀，恭喜我们的顾医生踏进婚姻的——"盛千姿拖长了音，悠悠地道，"殿堂。"

其实她刚刚想说的是坟墓，但又觉得在这一天说这个很不吉利，只是开开玩笑。

顾绅挑了挑眉，举杯与她碰了碰："新婚快乐。吃饭。"

这人真的好没情趣。

盛千姿夹了最喜欢的虾来吃，一边剥虾壳一边逗他："感觉好不真实啊，好像我第一次见你的那一天，就在不久前，怎么一眨眼就两年过去了？顾医生结婚后有什么想法吗？"

顾绅亲自剥虾给她，虽然话少，但对她问的问题都会好好地去思考："想法是……以前不知道自己喜欢什么样的女生，现在看见身边的太太，才发现我喜欢的原来是这一类型。"

盛千姿用手背将刘海拨开，想起之前他说过的自己的理想型："可是你之前好像不是这样说的。你不是说你喜欢矮一点儿的，身高最好不到一米六，小姑娘，短头发，娃娃脸，身子骨瘦一点儿的女生吗？"

"你怎么知道？"顾绅对这段话有点儿熟悉，他好像说过，但想不起来什么时候说过。

盛千姿歪了歪脑袋："嗯？我说得没错？"

顾绅想起来了："你偷听啊？"

"所以是不是吗，顾医生？"盛千姿又问。

顾绅将剥好的虾蘸了点儿酱，递到她唇边："不是，我乱说的。"

盛千姿一口咬下他递过来的虾，不小心碰到他冰凉的指尖，挑衅地问："可是我那时候感觉你对我这一类的女生不感兴趣啊？"

顾绅顺势给她挖坑："你是什么类型的女生？"

盛千姿立马愣住，没话说了。

她要是说了，不就等于自夸吗？

她干脆使出"撒手锏"，佯装出委屈的表情："这才结婚第一天，你就这样对我了？"

"你平时不是很大胆的吗？"顾绅对她表示无奈，"现在在自己的老公面前都不敢夸自己了？"

盛千姿抿了抿唇："没有啦，人总是要有自知之明的啊！"

顾绅嗯了一声："也对。"

什么也对，她就谦虚了一下，他居然附和了？

顾绅见她微微失落，笑着开口："那就说事实好了。"

盛千姿用筷子戳着碗里的米饭："什么事实啊？"

顾绅说："你身材好，长得又高又漂亮。"

盛千姿没想到他夸得这么直接，双颊隐隐泛粉："然后呢？"

顾绅接着说："你独立又坚强，能赚钱，工作认真，有实力。"

"好了好了。"盛千姿心里乐开了花，却瞪着他，"不说了，禁止捧杀。"

一整晚，她都很开心，一方面是因为自己已经踏入了人生的另一个阶段，成为别人的妻子；另一方面是她嫁给了爱情，可以肆无忌惮地跟自己喜欢的人在一起。

因为喝了半杯红酒，吃完饭回去的路上，盛千姿走路有些摇摇晃晃，顾绅看不过去，在她面前蹲下。

"干吗？"她疑惑地问。

"上来。"他的语气不容置疑。

"你不累吗？"盛千姿笑着问。

顾绅答："不累，一点儿都不累。"

盛千姿稍稍屈膝，趴在他的背上，双臂圈过他的脖子，淡淡的酒气喷洒在他的颈间，小声祈求道："顾医生。"

顾绅侧了侧脑袋："嗯？"

盛千姿用气音问："你能喊我一声吗？"

顾绅问："喊什么？千姿？"

还能喊什么？

盛千姿说："你知道的。"

顾绅道："你要我喊你，你却喊我'顾医生'？"

盛千姿懊恼地闭了闭眼，她喊顾医生习惯了，一时半会儿还改不过来："那我喊你，你也会喊我吗？"

顾绅点头："嗯。"

盛千姿静默。

幽蓝的夜空下安静了几秒。

盛千姿深吸了口气，总是忍不住笑，喊他："老公。"

"乖。"顾绅心满意足地应着。

盛千姿不高兴了："你不喊我吗？"

顾绅叫她："我的太太。"

盛千姿撇了撇嘴："没诚意。"

她一直认为"太太"这个称呼是在外人面前说的，"老婆"是在两个人相处的时候说的。

可能是他脸皮薄，一时还改不过来吧。

盛千姿不怪他。

回到公寓，两人总免不了抱着亲热一阵。盛千姿双腿挂在他腰间，被他抱去浴室，还有点儿蒙："干吗呀？"

"在这儿。"顾绅只说了三个字，言简意赅。

…………

一切结束后，顾绅去整理浴室，盛千姿累得躺在床上无所事事，想拿点儿东西来看。她拉开床边的抽屉想看看有没有杂志或者书籍，结果却看见两个没用过的安全套。

她气得大喊："顾绅！"

男人没应。

她不爽地道："你不是说家里没有了吗？这两个是什么东西？骗子！"

盛千姿躺好等他回来，在他上床时一脚踹了过去："不许上床。"

顾绅也不恼，站在床边看着用被子将自己裹成蚕蛹一样的女人："怎么样才让？"

盛千姿撇撇嘴："叫 10 次老婆、10 次女王大人，我就让你上来。"

顾绅反问："你确定等我叫完，你今晚还能睡？"

盛千姿蹙起眉："你还有理了？好啊，鉴于你平时对我挺好的，次数减半，喊 5 次老婆、5 次女王大人。"

顾绅纵容地点点头，嗓音清冷得过分，语气却让人身体酥麻："嗯，我的女王大人，老婆大人，可以吗？"

盛千姿摆出严厉的样子："还有四次。"

"我最喜欢的女王和老婆大人。"

"夹带私货啊，顾医生？"盛千姿在心里偷笑。

顾绅继续说："我终于拐进户口本的女王和老婆大人。"

盛千姿伸出两根手指："还有两次哟。"

顾绅已经坐在床边："我想守护一辈子的女王和老婆大人。"

"好啦，好啦。"他越说越肉麻，盛千姿受不了了，立马止住，"看在你态度还算诚恳的分上，就减少一次吧。"

顾绅上床，没听她的话，低低地道："千姿，谢谢你嫁给我。"

盛千姿将他的手拽过来，握在手心："客气客气，成为顾医生的妻子，也是我的荣幸。"

"顾绅，我们真的能在一起直到老去吗？"

"能，我对我的感情很有信心。"

"我也是。"

领证的第二天，生活如往日一般平淡地度过。

顾绅去医院上班。

盛千姿早上起床锻炼了一会儿，吃完早餐，安安静静地待在书房里看了两小时书，而后，低调地戴着墨镜出去买菜，顺便给自己买了一份午餐。

下午，她一边听音乐一边琢磨前天第一次尝试就失败的西红柿炒蛋。

西红柿炒蛋是公认的最容易烹饪的菜式，大多数人无师自通，第一次上手就做得非常顺利，而她居然认认真真地琢磨也能将鸡蛋炒煳？

盛千姿感觉有些挫败，今天她决定将难度升级，不仅重做西红柿炒蛋，还要煲汤。

陈芷珊虽是盛千姿的经纪人，但她对盛千姿来说已经无异于闺密、保姆和生活助理了。

盛千姿打电话问陈芷珊："汤怎么煲啊？"

"你要煲汤？"陈芷珊认识盛千姿这么多年，对她简直了如指掌，一听说她要煲汤就猜到了她的目的。

盛千姿点了点头："对啊，很奇怪吗？"

陈芷珊说："不奇怪，每一个刚结婚的女人在新婚时都会有给丈夫做饭的想法。"

盛千姿笑了笑，说："你猜错了，我不仅仅是为顾绅做的。"

这陈芷珊倒没想到。

"你还要给谁做？"

盛千姿说出自己的打算："给顾爷爷啊，我打算去看看他。毕竟刚结婚嘛，长辈总要看看的，我想顺便跟他商量一下婚礼的事情。"

陈芷珊拖长尾音哦了一声："也对，应该的、应该的。可是你连基本的菜都不会做啊，你确定这样搞下去不会把厨房给炸了？顾医生不在家吗？"

"不在。"盛千姿板起脸。

真是无语，每一个听说她要做饭的人都会提醒她，小心把厨房给炸了，她有那么差劲吗？

陈芷珊不放心地说："正好今天没事，我去看看你，顺便跟你商量一下婚礼现场的事。"

"好啊！"盛千姿很欢迎，"快来。"

半个小时不到，陈芷珊登门，手上还拎着一个大袋子。她匆匆忙忙地过来一趟竟然还买了一堆礼物，看样子应该不是临时买的，而是早有准备。

盛千姿粗略地扫了眼袋子里的东西："哇，你买这么多东西干什么？太夸张了吧？"

袋子里面有菜，有肉，也有小玩偶、房间装饰，还有一个不知道从哪里淘来的特别可爱的小抱枕，都是一些零零碎碎的小玩意儿。

陈芷珊解释说："菜和肉是刚刚买的，怕你不知道挑什么样的肉煲汤最好，就帮你买了。至于这些小东西，你也知道我有个毛病，喜欢乱买东西，跟你出通告、出差的时候，买了很多奇奇怪怪的小玩意儿，选了些好看的送你了。"

盛千姿把东西一件件拿出来，吐槽："你也太不走心了吧？怕不是把你不喜欢的东西给我了？"

陈芷珊拍拍她的肩："放心，等你和顾医生的别墅装修好的那一天，里面一层楼的家具，我全包了，你想买什么，随便挑，老板给你付钱。"

盛千姿哼哼两声:"看来老板这两年赚了不少钱嘛!"

"还不是因为有你这棵摇钱树?"

陈芷珊不跟她废话,将袖口挽起,去厨房洗了洗手,教她煲汤切肉该切多大一块,放多少水,煲多久转小火,然后再等多久……

一个下午就这么愉快地过去了。

盛千姿发微信消息告诉顾医生:"今晚我们去月亮湾吧?"

顾绅隔了大概半小时才回复:"可以,我回家开车带你过去。"

盛千姿立马拒绝:"不用,我跟陈芷珊一起去。"

顾绅微微皱了皱眉:"好,那我直接过去。"

陈芷珊无意间瞄到盛千姿给顾绅做的备注,撇了撇嘴,笑她:"这备注怎么还是顾医生啊?你们都结婚了。"

"不然要备注什么?"盛千姿没好意思改成那两个字。

因为顾医生的聊天框被她设置了置顶,如果她改了,工作时会被很多工作人员看见。

虽然她现在短期内已经不拍戏了,但偶尔还是会参加一些小通告或者宣传活动,维持一下热度和曝光率。

陈芷珊没有丁点儿害臊的意思:"当然是改成'老公'或者'宝贝'啦。"

盛千姿怼她:"滚。"

煲好汤后,盛千姿用两个保温饭盒将汤装起来,又下楼买了些水果,跟陈芷珊一起开车去月亮湾。

两年过去,月亮湾一点儿变化都没有,幽静青翠,雅致脱俗,空气依旧清新。

阿姨知道盛千姿今天要来,掐准了时间在院外陪老爷子散步,眼巴巴地候着她。

盛千姿一到,阿姨立马过来开门,和蔼且恭敬地喊:"二少奶奶。"

盛千姿不习惯这个称呼,皱了皱眉:"阿姨,您就别这样叫我了,叫我千姿吧。"

阿姨望了眼老爷子，见老爷子点点头，她才开心地叫了声："千姿。"

盛千姿跟爷爷打招呼，顺便给他们介绍："爷爷好，这位是我的经纪人，也是我多年的好朋友，陈芷珊。"

陈芷珊热情地说："爷爷好，今天我陪千姿来看看您。"

顾爷爷的视力不太好，眯起眼看她："哦，陈芷珊是吧？我知道，我知道。"

陈芷珊有些惊讶："您知道我？"

阿姨笑着说："他自从知道我们二少爷跟千姿在一起后，就喜欢用 iPad 上网看新闻了，毕竟千姿是明星，上网搜一搜就可以看见。"

盛千姿受宠若惊，挑了挑眉。

敢情顾爷爷还是个"5G（第五代移动通信技术）小老头"，太可爱了。

陈芷珊有点儿担心老爷子看到一些对盛千姿不利的评论，提了个建议："现在网络环境不如以前，网上说话不负责的人很多，爷爷年纪大了，看见估计会生气。不如这样吧，我是千姿的经纪人，她的所有工作行程和照片都在我这儿，我来给您发，给您汇报她有什么工作或者今天发生了什么事，好吗？"

"这再好不过了。"阿姨真的见过几次老爷子被几个骂人的"黑子"气到，"以后我们都不用搜来搜去了。"

盛千姿没想到自己在顾家会被重视到这种程度，受之有愧地说："这样也好，不过说真的，照片哪比得过真人啊？以后我和顾绅会经常回来看您的，就算他不愿意，我也拽他过来。"

阿姨做好了饭，盛千姿将汤拿进厨房，倒在一个盛汤的大碗里端出去。

正要出去时，她瞧见阿姨拿了 6 个碗和 6 双筷子，好奇地问："家里还有谁吗？"

不应该是 5 个人吗？

阿姨说："大少爷今天也在。"

盛千姿了然："顾珩也在啊！"

她端着汤走出去，果然看见顾珩平静地坐在餐桌边，看上去很忙，还在低头看手机处理信息。

他还是那副样子，只不过现在成熟许多，不像以前那样幼稚了。

这些年虽然不常和顾珩见面，但她时常能在网上看见顾氏集团的一些大喜讯，例如在美国成功上市……

"顾珩。"盛千姿喊他，语气特别自然，就像跟亲人相处。

其实她应该喊大哥的，但是他们是十几年的朋友，喊哥的话，估计两个人都尴尬。

顾珩放下手机，扫她一眼："新婚快乐。"

盛千姿微笑："谢谢。"

所有人在餐桌边坐好，只差顾绅。

陈芷珊已经被顾珩的外表迷倒，小声地问："这就是顾氏集团的总裁顾珩？"

"对啊！"

"他是单身吗？"

盛千姿挑挑眉，诚实地说："不知道，我们挺久没联系了。"

陈芷珊试探地说："你问问？"

盛千姿歪了歪脑袋，显然有些为难，大家都不是小孩子了，现在的她处理事情时会考虑很多。

顾绅也在这个时候回来了，说让他们先吃，他洗个手就过来。

盛千姿无奈地回绝陈芷珊："人家的隐私，我问不太好吧？你要是喜欢，就去问问他？他没有你想象中的那么高冷。"

"也对，是我冲动了。"陈芷珊收敛情绪，道歉道。

顾绅走过来，坐在盛千姿的左边，向爷爷问好后立马就看向盛千姿："来很久了？"

"没有。"盛千姿计算了一下时间，"就到了半个小时左右吧，煲汤耗的时间久了点儿。"

顾绅怔住："煲汤？"

他下意识地将视线放在面前的一碗汤上，顾珩也惊住了，喝汤的动作顿了一秒。

顾绅问："你煲的？"

盛千姿如实说："我和陈芷珊一起煲的，我不太会，她教我的。好喝吗？"

顾绅尝了一口："好喝。"

顾爷爷哼了一下："我孙媳做的，怎么会不好喝？"

吃饭时，大家都看见了盛千姿和顾绅之间自然而亲昵的氛围，明眼人一看就知道这小两口感情好得很。

傍晚，顾珩和顾绅坐在客厅一边看电视一边聊天，兄弟俩的感情貌似也没有很生疏。

盛千姿笑起来，继续跟爷爷和陈芷珊一起探讨婚礼的场地布置问题。

讨论接近尾声时，她小声请求了一件事，顾爷爷应下来。

半个月后，一架从洛杉矶飞来的飞机在临江国际机场降落，顾从声和他的前妻于倾一起出现在了月亮湾。

顾从声和于倾回国的事顾珩不知道，顾绅也不知道，只有顾爷爷和盛千姿知道。

他们到月亮湾后，顾爷爷第一时间发消息给她。

顾爷爷："要告诉阿绅吗？"

盛千姿用商量的语气问："不如我们婚礼的那一天再说？怎么样？"

顾爷爷："怎么说？"

自从盛千姿成了顾家的儿媳妇，顾爷爷就变成了一个老小孩，处处依赖盛千姿，无聊时喜欢找她聊天，或者让阿姨做一些她喜欢吃的东西送过去，比跟顾珩和顾绅还要亲近。

刚巧盛千姿最近没什么工作，能多陪老人家一会儿是一会儿呗。

她打字回复："婚礼的时候直接让爸妈出席就行了。"

盛千姿又问："您觉得这个主意怎么样？"

顾爷爷："好。"

顾爷爷："婚礼的事情办得怎么样了？"

盛千姿："您放心好了，婚礼一直是我的团队在操办，我们只提供设计和建议，其他事情几乎是他们全程包揽的。"

至于她为什么没让顾医生来办，主要还是因为她信不过顾医生独特的"直男审美"，而且他要上班，没什么休息时间，跟不上婚礼紧凑的筹办进度。

不过礼服、婚纱以及一些重要的程序，盛千姿还是会问一问顾医生的意见的。

毕竟他是新郎嘛，但她采不采纳就另当别论了。

正式的婚礼就在下周日举行，微博上已经有小道消息传出来。

@娱乐八卦："据内部人员透露，盛千姿和顾绅的婚礼将在下周日举行，地点是临江国际会展中心，占地面积巨大，婚礼布置超级豪华。"

网友们惊叹之余，还有些羡慕。

"什么？！就是那个传说中租金超贵的国际会展中心？"

"伴娘团和伴郎团都有谁啊？有圈内人吗？"

越临近婚礼日期，盛千姿越是忙得焦头烂额。

顾医生不能请假太久，有些手术是早就定好的，不能推迟也不能取消，以至于关于婚礼的很多事情是她在操持。

新人的三套礼服和伴娘伴郎的服装已经定制出来了。盛千姿找来自己的姐妹逐一去试穿了一下，看看还有没有别的地方需要修改，幸好需要调整的地方不多。

至于伴郎，由于只是西装，多半是不会出现问题的，盛千姿没怎么管，也没什么心力去管。

婚礼前一晚，所有事情就绪。

盛千姿看见同样因为手术累得不行的顾医生，走进书房弯腰抱住了他，轻声细语地道："明天就是婚礼啦。"

"嗯。"顾绅合上书，将她捞到大腿上抱着，拨了拨她额前的碎发，"最近是不是很累？"

"还行。"盛千姿如实说，"没办法啊，你天天都要进手术室，而我又那么无所事事，只能去干活啦。其实我也没做什么，就是想东西有点儿费脑子。"

顾绅笑："想什么能让你累成这样？是穿的衣服的颜色，还是婚礼时天上撒下的花瓣应该用真花还是假花，或者是什么颜色的花？"

盛千姿拍他的肩膀："这也想得很累的好吗？你是不懂选择恐惧症的痛苦。"

"你可以问我啊，或者让我做点儿什么。"顾绅搂着她的腰，"每次我给出的意见你都不采纳。"

盛千姿轻轻地拧他高挺的鼻梁，愤愤地道："我也有采纳的，好吗？你不是一无是处，不要把自己说得那么委屈！"

顾绅将她抱到书桌上，顺手把桌上的东西推开，正要有所行动。

盛千姿蹿下来，逃回卧室："干吗？今晚你也不放过我啊？"

顾绅无奈地走过去，将她连同被子一起拥住："就一次，嗯？"

"不行。"盛千姿坚定地道，"明天要早起化妆。"

顾绅瞄了眼壁钟，瞧见时针刚好指向"10"的方向。

现在才 10 点。

顾绅说："11 点就可以睡觉。"

盛千姿用被子将自己的脸盖得严严实实的，在里面摇了摇头："不行。"

顾绅显然不理解了。

平日她就算早睡，也不会早到这种程度，况且他们已经挺久没那个了……现在居然连一次都不可以。

行吧。

顾绅什么事都会让着她，她不愿意就算了，他总不能强来。

男人躺在她的身侧，将她拥住："睡觉吧。"

盛千姿凑到他耳边，小声说："你好像很不爽？"

"没有。"顾绅闭着眼道。

盛千姿偷笑："还说没有，语气都变了。你就再忍忍，明天告诉你几个好消息，怎么样？"

"什么好消息？"

"都说是明天才能说了。"盛千姿撇了撇嘴，"今晚说了就没惊喜啦。"

顾绅本身就是一个挺冷静的人，盛千姿说明天说，那他就等，完全不会出现什么急躁的情绪。

"好，等你。"

"乖啊！"

盛千姿在他的下巴处亲了一口，亲到些许胡楂，又亲了一下，觉得好玩，在上面啄吻……

顾绅这时睁开了眼，低沉的嗓音含着微微的警告："你再亲，我就不管你愿不愿意了。"

盛千姿挑衅道："你管不管，你还是不能做啊！"

顾绅对她这肯定的态度有些疑惑，立刻翻身将她压在身下，却被盛千姿推开，让两人之间留出少许的空间，不至于压到她的小腹："你干吗？不打一声招呼就过来，快下去。"

盛千姿的手护着小腹，因为位置比较靠下，顾绅眉峰皱起，当下想到的就是："你就这么防着我？"

这下轮到盛千姿疑惑了："嗯？"

这是什么情况？好像有什么误会产生了？

顾绅翻身躺下，冷静地望着天花板，一声不吭，仿佛在沉思这段时间有什么他无意间疏忽却可能对她造成伤害的事，低声问："是我最近太忙，没有照顾到你吗？千姿……"

"没有。"盛千姿不知道该怎么跟他解释，"我没有防着你，真的没有。"

顾绅笃定地说："我不瞎。"

盛千姿咬了咬唇，原本想明天再告诉他的，可是事情好像已经瞒不到那时候了。

在沉静的黑夜里，她稍微组织了一下语言，正要开口，却忽然听见男人说了句："对不起……"

"不是。"盛千姿半撑起腰看向他，"顾绅，你干吗呢？我又不是无理取闹的人，当然知道最近你在医院很忙啊！我也知道最近因为婚礼的事情很多是我在操心，你想帮却有心无力，感到有些愧疚……"

顾绅看着她，带着一丝无奈。

盛千姿笑着说："别人大多数是男女一起操办或者男方直接办的，但是我不在意啊，真的不在意。我嫁给你，是对这两年的感情的信任，也清楚地知道你的为人。一个人对我好不好，不是看他有没有给我设计一场好看的婚礼，而是看他平日里的举动，再说了……"她凑到他耳边，"你不会不知道吧？我花的钱全是你的。这样我心里就平衡了。"

顾绅当然知道盛千姿最后一句话只是开玩笑。

顾绅也肯定知道他的卡不断有账单发出，只是不说也没必要说罢了。

盛千姿抬了抬下巴，亲吻他的薄唇，勾起一抹笑，细声开口："爸爸，你不会想要今晚就扼杀你两个月不到的宝宝的生命吧？"

时间仿佛凝固了一秒，谁也没说话。

顾绅微微皱眉，从她说出第一个词"爸爸"的时候，他就惊觉不妥了。

宝宝？

"你……"

"嗯。"盛千姿歪了歪脑袋，"不是我在防你，是他。"

顾绅有一瞬间的失控，将她拥入怀中，问："什么时候的事？"

"就是那一次啊！"盛千姿笑着说。

顾绅又问："什么时候发现的？"

"这个吗？"盛千姿回忆了一下，"大概是一周前，我去婚礼现场看情况，然后跟陈芷珊一起去吃午饭的时候有些想吐，去洗手间干哕了一阵，刚开始我还没怎么在意，以为只是吃错东西了。"

"然后呢？"

"然后我忽然想起我上个月好像就没来例假，而且最近总是很累，我就让助理去买了验孕棒回来，验出来了。因为不是百分之百确定，我又去医院做了次检查，刚好那时候你在做手术，没空，我检查完等了你一会儿，见你还没出来就先回来啦。后来我仔细想了想，还是想找个合适的时机再告诉你。"

"怎么不早说？"顾绅低声训斥了句，"这不是小问题，万一刚刚我真的硬来了怎么办？"

"那我就大声告诉你，你太太怀孕了！"

婚礼当日，天气甚好。

暖阳立于东方，阳光从树叶的细缝里洒下，投下斑斑驳驳的阴影，衬得卧室床边的细瘦倩影都唯美了几分。

两人只睡到了早上 6 点，就被一串串的电话铃声闹醒。

最大胆先打电话过来的人是齐炀，他直接打到顾绅的手机上，装得挺无辜，像是被人逼着说："陈芷珊让我提醒你，喊你老婆起床，过来化妆。"

齐炀喊话的声音很大，连睡在一旁的盛千姿都被吵醒了。

她揉了揉眼睛，问："谁啊？"

顾绅对着电话那端说："知道了。"

"是不是要起床了？"盛千姿问，"现在几点了？"

"6 点。"

"6 点了？"盛千姿睡了七八个小时，不知为何还是感觉睡不够，可能是肚子里多了个小生命的缘故，最近她的"懒癌"发作，什么都不想做。

但今天不一样，是她一辈子仅有一次的盛大婚礼举行的日子。

她让顾绅先起床去洗漱。她也紧随而至，粗粗地洗了把脸就出门了。

公寓楼下有两辆车，她有点儿不太明白为什么会有两辆，他们不是去同一个地方吗？

盛千盈从其中一辆车里钻出来，拉盛千姿过去，顺便对顾绅说："姐夫，你去那辆吧。"

盛千姿歪了歪脑袋，被迫与顾绅分开。

女生这一辆车，开车的是陈芷珊，俨然一个爱搞恶作剧的"老司机"。

盛千姿抚了抚额头，她应该早就想到的，由陈芷珊做伴娘的头儿，顾绅要遭的罪要翻上一倍。

清晨的车不多，两辆车在迷蒙的清晨驶出，在会展中心附近停下。

接下来就是繁复的化妆和准备工作，时间太早，伴娘们的妆也没化，幸好她们有专业的化妆团队。

不到三小时，事情全部就绪。

盛千姿穿的第一套婚服是凤冠霞帔，婚服上的一针一线都透着精致和手艺人的水准，据说这是顾爷爷托关系找已经退休的绣娘为她量身定做的。

黛眉、杏眼、红唇、冷白的皮肤，她本身就是一个能驾驭民国风和古典风的演员，如今穿上传统的婚服，简直美得倾国倾城。

陈芷珊说："婚礼结束后肯定会有很多婚纱制作公司找我们代言。你这样太美了。"

盛千盈笑她："芷珊姐，你怎么看什么都想到工作啊？姐姐不会接的，她这辈子只会为一个人穿上婚纱。"

"知道了。"陈芷珊拍拍她的脑袋，"我也就是说说。你看你跟你姐姐同岁，你姐姐都嫁人了，还有宝宝了，你什么时候来搞个喜事啊？"

盛千盈怼她："你就别打趣我了。"

盛千姿觉得她们很有趣，可能今天是她的大喜之日，连带着她的朋友、妹妹都有些兴奋。

她悄悄地掏出手机，想发个消息给顾医生问问他那边的情况，刚打了个"你"字，手机就被陈芷珊夺走。

"干什么？干什么？"陈芷珊严肃地盯着她，摆出对所有事情都很严格的态度，"婚礼还没开始，我们的新娘子就想着通风报信了？"

"我哪有？"盛千姿说不过她，"我就问问。"

"不行，不行。"陈芷珊一边笑着一边抬起她的手机晃了晃，微微一笑，"你的手机我先替你保管，仪式结束了还给你。"

"这么严肃啊？"盛千姿试探着问，想给顾绅打探一下情况。

陈芷珊说："当然，新郎想抱走新娘，哪有那么容易？"

盛千姿拿她们没辙："行行行，随你们。"

半小时后。

伴郎团浩浩荡荡地来到了这边，与凤冠霞帔相搭配的是统一的唐装，只不过顾绅那一套独特一点儿。

之后就是齐炀和陈芷珊的对手戏。

两人骂骂咧咧的，一个使劲儿地刁难对方，另一个不停地接招，隔着一扇门，盛千姿偶尔也能听见顾绅清淡的笑声。

他向来是有求必应，陈芷珊提出的大难题，最后一关都是他解决的。

门被拉开的一瞬间，她才真真切切地看清顾绅穿婚服的样子。他貌似还被迫上了点儿妆，眉眼英气，轮廓分明。

盛千姿偷笑。

伴娘团设置的关卡被全部闯完，陈芷珊也累了，不想跟他们斗。

顾绅迈开长腿进屋，俯身抬起她的下巴，吻了她一下。

齐炀带头起哄，屋内闹哄哄的。

盛千姿也跟着笑，坐在椅子上任由顾绅弯下腰，帮她穿鞋。

随后，一群人围在一起拍了照片留念。

这一环节就算是结束了。

换上西式的婚纱，盛千姿穿着抹胸的礼服，被送到了真正的婚礼现场。

现场人数众多，有顾绅的亲朋好友，也有盛千姿的，圈内、圈外的人都有，很多大咖演员、歌手来到了现场。大家看着她挽着小姨父的手，从这一头走到另一头，把手交到顾绅的手上，由他牵着走上舞台。

盛千姿知道顾绅看见嘉宾席那边的人了，顾从声和于倾就坐在那里，冷静从容地看着他们。

她反握上顾绅的手，小声说："他们答应过我，过几天才走。所以现在先举行仪式吧。"

顾绅问她："这就是你要给我的惊喜？"

盛千姿红唇揿起，笑了笑："还有宝宝啊！"她摸了摸小腹。

顾绅牵着她的手用力了些。

司仪见时机到了，举起话筒，轻咳两声，正式说出宣誓词，全场寂静。

"无论是顺境还是逆境，无论是富裕还是贫穷，无论是健康还是疾病，一生一世，永永远远，爱着对方……"

结婚誓词大多千篇一律。

盛千姿拍戏时也拍过几场婚礼，此刻真正在自己的婚礼上听到这些，她才发觉这一刻有多感动。

司仪说的"一生一世"是属于他们的一生一世。

他们真的可以一生一世在一起吗？

这恐怕需要时间去验证。

之前顾绅说："我对自己的感情很有信心。"

盛千姿自然相信他，举起话筒，缓缓地点头，说："我愿意。"

但她没想到顾绅说的是："我会，一定，永远是你的丈夫、你的家人。"

盛千姿看着他，晶莹的泪珠从眼角滴落，滑至脸颊。

他们看过了太多失败或者不幸的婚姻，在走进属于自己的婚姻前，或许会有些忐忑不安，但他用"我会"代替了"我愿意"，直接给了她一个承诺。

戒指是由顾绅负责找人定制的，幸好他的审美在线，戒指还挺漂亮。

仪式在新娘和新郎亲吻的那一刻宣告结束，也正是这一刻，微博网友疯了。

微博话题榜第一是"盛千姿婚礼"，并且出现了"爆"字。

有不少前去参加婚礼的艺人发了照片出来给众多网友欣赏，虽然他们没有发盛千姿和顾绅的合照，但只发一些现场布景照片就足够惊人。

"这地方得多大啊？感觉走进了梦幻世界，应该很久之前就在准备了吧？"

"哈哈哈哈哈哈！审美好好，这应该是盛千姿自己设计的吧，比别的明星的婚礼现场都高级漂亮很多！"

原本大家都在讨论地布景有多美，隔天，盛千姿登录微博，将工作室剪辑好的婚礼vlog发上微博，短短四分钟，让所有人大饱眼福。

@盛千姿："一直不知道嫁给爱情到底是什么样的感觉。直到穿上白色的婚纱，牵着你的手，听到你说家人的那一刻，我才发现，我爱惨了你。1+1=3。"

"呜呜呜呜呜！好幸福！女神一定要幸福，顾绅给我对她好点儿！"

"1+1=3？姐姐是怀孕了吗？有宝宝了？"

"这也太快了吧？vlog里完全没看出来怀孕啊！难道女艺人怀孕跟我们怀孕不一样？"

盛千姿坐在床边，顾绅给她提来热水，让她把莹白的脚丫放进去泡。

她咯咯笑着回复那条评论："不是啦，才怀孕不到两个月。"

顾绅抬眸问："看什么这么开心？"

盛千姿笑着说："看我们的婚礼视频啊，工作室已经将纪念视频剪出来了，你要不要看看？"

"好。"

顾绅坐在她身侧，陪她看完。

两人没有再去理会网络上的评论，也不知道话题已经从"盛千姿婚礼vlog"发酵成了"盛千姿婚礼赞助一个都没有"。

他们婚礼用的钱全都是自己掏的，没有掺杂商业化的东西，每一件礼服、每一份伴手礼都是盛千姿精心设计与准备的。

时间不早了，孕妇不能晚睡。

盛千姿躺上床，捏着他的鼻尖，小声抱怨："你知道吗？女艺人怀孕会带来很大损失，我至少一年不能拍戏了。"

"是吗？"顾绅抓住她的手，笑意明显，"那正好，我的目的达到了。你就安心在家休息，当我的妻子。"

盛千姿瞪他："嗯？"

顾绅用低哑的嗓音，贴在她的耳边说："老公给你发工资，绝对不比你拍戏少。"

怀胎十月，将近三百天的时间，盛千姿基本没有接过工作，每天的生活平淡又充实。

顾绅不让她学做饭了，她只能看看书，看看电影，或者下楼散步。

每天晚上，他都会抽出半小时的时间，带她去绕着小区走一圈，陪她说说话，缓解她无聊的情绪。

有时候盛千姿也会撒点儿娇，问他："你什么时候有长假啊？"

例如，五一劳动节，国庆节调休什么的，三天时间的假期，除了春节，他一年都找不到一次吗？

顾医生是有产假的，但是还没到，盛千姿如今也才怀孕四个月左右。

他揽着她的肩膀，无意间触碰到她颈间的青丝，低声问："怎么？想出去玩啊？"

"对啊！"盛千姿轻轻巧巧地说，"你好歹给个准信，你要是没时间，我就跟千盈和陈芷珊去了，自驾游，去不了很远的。我们就在附近的海边城市住上几晚，姐妹们聊聊天……"

她还没说完，就被顾绅打断，语气没的商量："不行。"

盛千姿看他："为什么？不会有问题的，陈芷珊开车很稳，而且我们三个人一起。"

顾绅说："我会申请假期的，怎么也会有个三四天，我陪你去。"顿了几秒，他照顾到她想找自己的朋友聊天的情绪，又补充，"如果她们想去，也行。"

盛千姿乜他："你还真是大方，你去，她们哪儿敢去啊？"

其实她们的原话是："顾医生也去？那我们不如微信视频聊天？"

行吧。

盛千姿没再要求什么，只好等他的假期批下来。

结果这一等就是一个月。

真正外出那天，盛千姿特别高兴，把最近网购的零食和衣服都带上了。

虽说怀孕就那么几个月，生产后衣服大概率是不怎么会穿的，但盛千姿不想在这么艰难的时期也为难自己，可劲儿地买喜欢的衣服和首饰，顾医生对此没说过一句话。

两人说是出来郊游，其实更像是散心。

顾绅最近阅读了很多关于怀孕和分娩的书籍，包括孕妇的心理健康的内容，就算盛千姿不提，他也会尽可能地安排时间在她行动还不算不便时带她出来一趟。

盛千姿静静地坐在海边结实的秋千上，戴着墨镜看向顾绅："老公，你要不要亲我一下？"

这已经是她不知道第几次说这样的话了，顾绅依旧没有不耐烦，俯身吻了她的下唇："最近怎么了？"

她突然变得好依赖他，像是没有安全感。

"没有啊！"盛千姿笑出两个小梨涡，如实说，"只是觉得你很好。"

顾绅看着她："嗯？"

"你知道吗？人与人之间的关系特别奇怪，就算是亲人，在一起待久了，也会出现不耐烦和嫌弃的情绪。比如，放寒假暑假时，在家待的时间长了，妈妈就会说你懒，说你不乖。"盛千姿最近变得有些话痨，可能是真的闷到了，"以前我们聚少离多，很多时候我在拍戏，两个人的距离比较远，所以能见面的时间我们都不会考虑其他不好的事情。现在，我们每天晚上睡在一起，孕妇脾气差又事儿多，半夜还经常吵醒你，你都没有嫌弃过我。"

"嫌弃你什么？"顾绅看着她，一字一字地说，"嫌弃你最近说话慢了很多，还是嫌弃你最近乖了不少，都不走进书房打扰我工作？"

"你喜欢任性的老婆啊？"盛千姿问。

顾绅摸了摸她的侧脸："我喜欢你最真实的样子。"

"我很真实啊！"盛千姿不服气地说，"我哪里不真实了？"

顾绅一眼看穿她："你心里明明藏着事。"

"好吧。"盛千姿扯了扯他的衣角，撇了撇嘴，突然像个小孩一样老实交代，"其实，老公，我有点儿怕。"

顾绅被她这副样子惹笑了，摸摸她的脑袋："怕什么？"

"你说宝宝的头这么大，是怎么出来的啊？"盛千姿怕的东西很多，她怕痛，怕宝宝出事，也怕自己出事。

身为孕妇，她其实很不称职，很多科普性的关于分娩全过程的书籍，她都选择不看，就是怕自己一旦看了就退缩了。反倒是顾绅，看得特别认真，她都怀疑这十个月下来，他会成为一名妇产科医生。

顾绅说："别怕，我会陪着你。"

"你要陪着我吗？"盛千姿有些不敢相信，"进产房？不会很恐怖吗？你看了会不会出现心理阴影啊？我看挺多丈夫看妻子分娩后，就……"

顾绅敛容低笑："你在跟一个在心脏上动刀子的人说恐怖？"

盛千姿知道自己多嘴了，她家顾医生怎么可能怕呢？

好吧，她好像安心了不少。

她相信他不会让她和宝宝出事的。

所有事情，听医生的就好了。

预产期将近，盛千姿被送进了月子中心。

由于月子中心管理严格，很多朋友不能来探望了，只有少数特别亲近的朋友来看看她。

她每天的饭菜都是专门按照孕妇所需的营养搭配的。

盛千姿被按部就班地照顾着，顾绅也开始休产假，在月子中心陪她。

两人一起吃饭，对于不喜欢吃的东西，盛千姿吃得少，剩下的都给了顾绅，想要喂胖他。

"你怎么一点儿都不胖啊？"她有些不满，"我都胖了十几斤了，你居然一点儿都不胖。爷爷可是经常让人给我们送汤来的，你对得起他的汤吗？"

顾绅问："你想让我胖啊？"

"对啊！"盛千姿其实无所谓，"胖了，你就不这么受欢迎了。我听小芝说，你都结婚了，医院里还有人暗恋你？"

"想要我不受欢迎，很简单啊！"

"嗯？"盛千姿疑惑地看他。

顾绅瞥她一眼："你带孩子来医院给我送饭。"

他这是在暗示她，让她宣示主权吗？

"哦。"盛千姿没说愿意，也没说不愿意，"那得看宝宝的意思了。"

"他还不是听你的？"

"这可说不定，我听他的。"

盛千姿狡黠地道。

一周后，盛千姿正式分娩，开指就用了很长时间，惊动了不少人。

顾爷爷、小姨、小姨父、盛千盈、陈芷珊和顾珩都来到了这儿。

只有顾绅跟进去，其他人在外面干着急，时不时瞄一眼时间，心想怎么这么长时间还没出来啊，都几个小时了。

六个小时后。

有护士出来说："生了，是个女孩儿。"她连孩子的体重都报了一遍。

顾爷爷忙说："好，好。谢谢啊姑娘，他们呢？"

护士贴心地说："爸爸在陪妈妈呢，你们可以去看看孩子。"

盛千姿生完宝宝，坐完月子从月子中心离开，就不回那间小公寓了，而是直接搬去顾绅之前就买下来的别墅。别墅里面配备齐全，婴儿房、健身房，包括她的衣帽间，应有尽有……

小宝宝刚出生时还小，没长开，看不出来到底是什么样子。

过了半年，宝宝的五官逐渐定型，怎么看都像个骄纵恣意的小美女，尤其喜欢欺负爸爸。

她的名字是顾绅取的，叫顾依依，小名是齐炀叔叔取的，叫小饼干，因为她特别喜欢吃饼干。

刚开始盛千姿很反对这个小名，没想到这小姑娘喜欢得不得了。

大人来看她，都喜欢喊她："小饼干，你今年几岁啦？"

"小饼干"对着齐炀叔叔比了四根手指："4 岁。"

"骗人。"齐炀就喜欢逗她，"你明明只有 3 岁。"

"小饼干"不懂了，她没说错啊！

爸爸妈妈刚给她过完4岁生日，怎么就变成3岁了？

小姑娘一下子急哭了，很想辩解自己没有骗人，但又不知道怎么开口，只能用稚嫩软糯的声音喊着："妈咪……"

她想找妈妈评评理，可惜盛千姿不在，怎么着也得晚上才能回来。

顾珩看不过去，将小姑娘抱过来，放在自己的大腿上，问她："谁欺负你了？"

"他。""小饼干"指着齐炀，泪眼模糊地看过去，委屈地撇嘴。

顾珩给她揩眼泪："好了好了，不哭了。等妈妈回来，我们告诉妈妈，以后不让他来了，好不好？"

"好。""小饼干"真的不哭了，看着顾珩那张帅脸，突然很想抱抱，软糯地说，"大伯，抱抱。"

顾珩抱住她，让她搂着自己的脖子。

今天周末，难得大家都有空，顾绅、顾珩、齐炀和盛千姿都回来了，就聚在这栋小别墅里吃饭。

"小饼干"看见妈妈工作回来，跑过去抱住她的大腿，还真告起状来。

盛千姿无奈地瞪齐炀一眼，齐炀跟"小饼干"道歉："叔叔不对，叔叔就是开个玩笑，跟依依说对不起。依依会原谅叔叔吗？"

小姑娘小嘴巴一扁："好吧，我原谅你了。"

"真乖。"齐炀捏了捏她的小脸蛋。

而后，盛千姿去厨房帮忙干活，顾绅下班回来就被"小饼干"缠住，只能抱着她坐在客厅与他们聊了会儿天。

这小家伙还总喜欢占爸爸便宜，白嫩嫩的包子脸凑过去，亲了顾绅的侧脸一口。

顾珩看着这一幕，心中羡慕。

小姑娘像极了盛千姿，眼睛水灵灵的，睫毛又长又密，像个小"睫毛精"。

顾绅一回来，她就当个腿部挂件，他走去哪儿，她跟去哪儿，谁看了都喜欢。

吃完饭，送走客人，"小饼干"玩累了就睡了。

顾绅握住盛千姿的手，她也看向他，勾唇笑了笑。

一眨眼，时间过得真快。

四年了，千言万语，都抵不过四个字——

"我不后悔。"

无论是喜欢你，还是嫁给你，我都不后悔。